王充闾文学作品与研究（第六卷）

王充闾作品评论集（二）

王充闾文学研究中心 编
执行主编 李阳

北方联合出版传媒（集团）股份有限公司
春风文艺出版社
·沈阳·

图书在版编目（CIP）数据

王充闾文学作品与研究.王充闾作品评论集.二 / 王充闾文学研究中心等编. — 沈阳：春风文艺出版社，2022.8
　ISBN 978-7-5313-6280-7

Ⅰ.①王… Ⅱ.①王… Ⅲ.①中国文学—当代文学—文学评论—文集 Ⅳ.① I217.2 ② I206.7-53

中国版本图书馆 CIP 数据核字（2022）第 113848 号

编委会

主　任　王恩来

副主任　张　冰　雒学志　李秀文　戴　月

主　编　李　阳

副主编　刘叶青　刘雪婷

编　委　赵思靓　张路路　蒋　芳　李　鑫

目　录

文化人格与艺术自觉　　　　　　　　　　　　　　王开志　001
　　——王充闾的散文创作

东北文化转型的可能　　　　　　　　　　刘广远　周景雷　008
　　——谈王充闾的散文创作

王充闾历史文化散文的性别审美解读　　　　　　　王春荣　013

美学的独行者　　　　　　　　　　　　　　　　　颜翔林　020

生命体验和散文的文学性　　　　　　　　　　　　孟繁华　024

王充闾的艺术思维和散文作品的文化"相"　　　　 彭定安　032

散文的精品创造　　　　　　　　　　　　　　　　王向峰　037

论王充闾散文的张力结构　　　　　　　　　　　　王兆胜　040

焦躁的叩问　　　　　　　　　　　　　　　　　　王志清　049
　　——王充闾及其散文之美学观照

日臻至境的生命美学　　　　　　　　　　张学昕　李桂玲　055
　　——王充闾散文创作研究述评

为历史增添精神重量与文化资源　　　　　　　　　古　耜　064
　　——王充闾散文创作论纲

王充闾散文创作审美心理分析　　　　　　　　　　赵慧平　075

人文建构与深度追求　　　　　　　　　　　　　　徐迎新　088
　　——试论王充闾的美学观

美在结构之中	颜翔林	095
——王充闾散文论		
论王充闾散文的批判意蕴	彭定安	104
王充闾散文的情智识	王香宁	113
深邃冷峻清醇雅致的本调	王明刚	120
——王充闾散文风格论		
论王充闾散文中的儒道禅意识	孙殿玲	126
情景相融的诗艺创造	王向峰	131
——谈王充闾的三组诗作		
王充闾历史文化散文的超越性	吴玉杰	141
灵魂之舞的自由维度	王志清	149
——王充闾的历史散文与散文观研究		
悖论奇观	康启昌	158
理解王充闾的诗性精神	徐迎新	163
王充闾散文中的生态思想内涵	石 杰	166
知识与知识分子的对话	刘 巍	175
诗性的建构：王充闾散文的美学追求	张英伟	183
为少帅写心	古 耜	193
——读王充闾的《张学良人格图谱》		
语已多 情难诉	丛 琳 崔绍锋	198
——读王充闾的情感散文		
《张学良人格图谱》	丁晓原	207
——作为主体价值化的历史散文		

散文研究，何以"辉煌"   刘 巍 214
  ——由《走向文学的辉煌——王充闾创作研究》谈散文研究

寻求诗、史、思的契合之道   罗振亚 219
  ——评王充闾的《张学良人格图谱》

大历史观与历史文化散文的价值   刘俐俐 226

《张学良人格图谱》：散文体传记的新尝试   贺绍俊 236

散文泛化语境下王充闾散文的文体创造   王 宁 241

文化之盾的光芒与力量   高海涛 247
  ——关于《张学良人格图谱》

历史文化散文的诗性   邹 军 255

"小历史"镜像中的张学良   王静斯 260
  ——读王充闾先生的《张学良人格图谱》

散文领域的一次冒险   蔡恒忠 263
  ——论王充闾《张学良人格图谱》

《张学良人格图谱》的文本间性   阎丽杰 266

真实地刻画出成功的失败者人格形象   牟心海 272
  ——读王充闾的长篇历史文化散文《张学良人格图谱》

多重能指下的原始想象   赵 坤 280
  ——由《张学良人格图谱》想到的

主持人语   孟繁华 283

历史与现代的对话   张恩华 287

《张学良人格图谱》折射出的文学性   汪清华 289

论王充闾散文中的历史意识   张 颖 295

评王充闾的历史文化散文   颜翔林 305

望夕阳于山外	白长鸿	314
——读王充闾近作《张学良人格图谱》		
"世纪老人"传奇、多彩的一生	韩志峰	317
——读《张学良人格图谱》		
追忆的双重解构	程义伟	320
——王充闾散文集《何处是归程》的文化价值		
王充闾随笔赏评	吴玉杰	325
作为现代性表意实践的王充闾历史散文	徐迎新	330
创作主体的生命体验：生命长度与生命深度	吴玉杰	335
——王充闾作品赏析		
王充闾历史散文创作的深度意识	詹 丽	341
悖论中的悖论	韩春燕	351
——读王充闾先生散文集《龙墩上的悖论——中国皇帝命运大思考》		
走入历史 从容品味	王 惠	366
——浅析王充闾散文创作中的历史性和文学性		
"合金文化"聚合下的诗性"童心"	王 朔	369
——读王充闾散文集《青灯有味忆儿时》		
谈艺术创作领域中的"误读"	张立军	374
——从王向峰与王充闾先生关于《一图三解诗情远》的讨论谈起		
论王充闾散文创作的个性化追求	马平野	385
文学性、历史真实性与深度意识的有机结合	刘冬梅	391
中国元素 诗意书写	曾欣乔	400
——读王充闾《域外集》		

目 录

王充闾历史散文创作的"深度意识"研究	刘冬梅	406
——以互文性为视角		
诗之内外	孙 郁	411
王充闾：诗外文章别样醇（上）	舒晋瑜	414
王充闾：诗外文章别样醇（下）	舒晋瑜	427
传统文化与当代性	孟繁华	439
——评王充闾的散文集《国粹：人文传承书》		
激活传统风韵 谱写时代弦歌	古 耜	444
——读《充闾文集》		
"审理"式的诗词鉴赏	贺绍俊	448
——读《诗外文章——文学、历史、哲学的对话》		
逍遥游拟学蒙庄	贺绍俊	451
——评《逍遥游：庄子全传》		
爱国正是将军心	古 耜	457
——读王充闾《成功的失败者——张学良传》		
中国文化自信的日常智慧	古 耜	460
——评王充闾《国粹：人文传承书》		
散文家王充闾《诗外文章》：不仅感知古人世界，还窥见内中玄机	孙 郁	464
用负责任的态度书写历史文化	王 研	467
透识民族的文化精神	王向峰	474
——读王充闾的《国粹：人文传承书》		
王充闾《向古诗学哲理》	李 磊	478
——少壮功夫老始成		

在文脉中揭秘心灵史 　　　　　　　　　　　向　成　481

千年文化　一脉相承 　　　　　　　　　　　王向峰　485
　　——王充闾《文脉：我们的心灵史》评介

文化人格与艺术自觉
——王充闾的散文创作

◎王开志

英国大哲学家、散文家培根说过,哲学观是人生观和文学观的先导。通览王充闾的人生轨迹和散文创作经历,我们不难发现,庄子的哲学思想对王充闾有着巨大而深远的影响。对此,王充闾的评论者们早有论述,他本人也颇为认同。2002年4月,由北京大学中文系、中国散文学会和北大在线主办的"中国散文论坛"以"20世纪末期中国散文的回顾与总结"为主题,先后邀请了余秋雨、王充闾、贾平凹、卞毓方等几位资深散文家在北大登坛演讲,王充闾在长达3个小时的演讲中详细地阐述了自己的散文观及其形成背景,特别强调自己人生观、文学观的哲学基础,坦言自己"得益于庄子者实在很多"。

庄子视独立人格、个性自由为生命,视王侯如粪土,视富贵为浮云,将人生导向诗性境界。正是受庄子"诗性人生"的影响,王充闾才表现出卓异的文化人格,轻功名、淡利禄、远尘嚣,在读书、写作、游历中追寻生命的意义,山水的奥秘,历史文化的价值。他对散文的选择,对散文衣带渐宽终不悔的执着,正是他文化人格定型、成熟的标志。上海评论家吴俊先生一语道破王充闾钟情散文的天机:"王充闾将他的文化意识特别是他的生命意识,充分完全地投注在散文创作之中,他是在写他的精神体验和心灵体验,是在进行自己的人生和人格写作。"

王充闾的散文创作大致经历了以下三个阶段:

第一阶段：纵情山水乘物游心

毋庸置疑，庄子哲学对中国思想史和艺术史有着巨大的渗透力，庄子的生命体验和艺术精神，滋养了后来的魏晋风度，成就一种超拔的人生境界和心灵状态，开启了渊源不竭的艺术资源，同时也开启了王充闾散文创作的艺术资源。

王充闾散文创作的第一个阶段时间跨度较大，大致始于 20 世纪 70 年代末至 90 年代中期，以山水自然、风光名胜的游记为主。深厚的文化底蕴，庄子思想的浸润使得王充闾对自然山水的观照和感受较他人有明显的差异，他对山水名胜的爱恋似乎不能简单地用寄情山水或忘情山水来表述，他在尽情感受自然之美的同时，投注了更多的文化与人生思考。美学大师宗白华说："艺术家以心灵映射万象，代山川立言，他所表现的是主观的生命情调与客观的自然景象交融互渗，成就一个鸢飞鱼跃、活泼玲珑、渊然而深的灵境；这灵境就是构成艺术之所以成为艺术的'意境'。"王充闾心无旁骛，以超拔脱俗的心态全身心投入山水名胜，以灵府之"虚"接纳自然之"实"追求主观生命情调与客观自然景象的交融互渗，体物赋情，游目骋怀，达到了"相看两不厌"的审美境界。深厚的文化底蕴使王充闾笔下的山水名胜充满了文化含量和艺术张力，中国古典诗词名句不仅使他的山水游记散文添了几多书卷儒雅之气，而且成为他表现生活的一种态度，一种独特的话语方式。而当这种文化人格与山水名胜握手相拥之时，一种全新而独特的艺术境界便得到鲜活的呈现，作家的个性气质也随之而彰显。

《读三峡》常被评论界提及。作家立足天空，俯视山川，把四百里三峡奇观当作一部大书来读，彻底打破了一般游记散文由点至线，移步换景，游感结合的写作模式。作家落笔便由衷感慨道："三峡，这部上接苍冥，下临江底，近四百里长的硕大无朋的典籍，是异常古老的。早在语言文字出现之前，不，应该说早在'混沌初开，乾坤始奠'之际，它就已经摊开在这里了。它的每一叠岩页，都是历史老人留下的回音壁、记事珠和备忘录。里面镂刻着岁月的履痕，律动着乾坤的吐纳，展现着大自然的启示。里面映照着尧时日，秦时月，汉时云，浸透了造化的情思与眼泪。""假如三峡中壁立的群峰是一排历史的录音机，它一定会录下历代诗人一颗颗敏感心灵的摧肝折骨的呐喊和豪情似火的朗吟。"正如标题中一个精妙的"读"字，作家对山水风光早已超越了赏玩的层面，他是把观照对象当作史、当作书来细细解读，呈现给读者的不仅仅是旖旎的山水名胜，而且是一部部博大厚重的历史文化典籍，读者在徜徉山水名胜的同时，也在随同作家进行历史的回眸和文化的巡礼。

在庄子"诗意人生"的引领下，王充闾的山水游记散文努力追求一种"清风白水"般的审美意蕴。其散文集以"清风白水"命名，具有极大的涵盖性，既可以视为王充闾对散文的格调追求，也可以视作王充闾对人生境界的追求。《清风白水》这篇散文是作家寻访九寨沟之后所作，可见出王充闾人生追求和艺术追求之一斑。作家开篇就讲"诗文讲究风格"，并以苏轼、柳永的词风殊异为例说明阳刚、阴柔两种风格的客观存在，之后笔锋自然一转，"其实，风景区何独不然！它们的风格特征也是极其鲜明的，泰山的威严肃穆，迥然不同于黄山的瑰奇峭美；'山色如娥，花光如颊，温风如酒，波纹如绫'的西子湖，与'气蒸云梦泽，波撼岳阳楼'的八百里洞庭悬同霄壤……"之后，作家将泰山与九寨沟风光进行比较观照，"如果说，泰山具有老年人那种饱经风雨、阅尽繁华的成熟与镇定，那么，九寨沟就是少男少女般的活泼、烂漫，清风白水，一片童真。"

"山水以形媚道"，自然山水和人文精神之间总是存在着某种让人说不清道不明，或只可意会不可言传的对应关系，而正是凭借庄子哲学的"自由、通脱"精神，王充闾才能自由出入山水的审美王国，并给人以文化和人生的诸多昭示和启迪。简言之，丰厚的国学修养和自由放达的心境是王充闾山水游记散文取得成功的两大法宝。

第二阶段：在历史的回音壁上作艺术与哲学的巡礼

20世纪90年代以后，王充闾散文创作的重心由山水名胜的记游转向了对历史文化遗迹的探寻，时间是从1994年至1998年4年间，这是王充闾文化散文创作的爆发期。

较余秋雨、卞毓方等以写文化散文成就其名的散文家，王充闾文化散文的卓异之处在于哲学精神的渗入。

这期间，王充闾造访了许多历史名都，由此写出了一系列文化散文。中州之行，面对开封、洛阳和邯郸这些曾经繁华绮丽的历史名城，王充闾感到，"历经世事沧桑，许多当年的胜景已荡然无存，但在故都遗址上，都有沉甸甸的文化积存在那里。漫步在这些地方，我脑子里涌现出很多诗文经史，翻腾着春秋战国以来几乎整部的中华文明史的烟云。这些作品记叙了曾经发生过的一切，更道出了作者对具体生命形态的超越性理解。"

在《陈桥崖海须臾事》中，作家置身开封北郊的陈桥驿，不禁思绪万端，浮想联翩，"漫步古镇街头，想到诗中说的，从赵匡胤在这里兵变举事，黄袍加身，建立宋王朝，到末帝在崖州沉海自尽，宣告宋朝灭亡，300多年不过转瞬间事，可是看看大千世界，仰首苍穹，依旧是天淡云闲，仿佛古今都是一样，不禁感慨系之。有人评说，寥寥十四个字抵得上一部《南华经》。进入开封市区，空间没有跨出多远，时间却仿佛越过了千年，有'一步走进历史，转眼似成古人'的感觉。整个汴梁古城，简直就是一部充满历史回声的博物馆。"

历史是人类足迹的真实记录，岁月无限，历史有痕。因此，从这个意义上讲，每一段历史都是当代史。王充闾对历史人物，历史事件，历史生活，不仅投以现代目光，自觉地疏离古典的历史感，探索社会人生的沧桑变幻，揭示历史规律与悲剧意识，而且冷静地以哲学眼光加以观照，在有常中探索无常，又在无常中体现有常。在《赋到沧桑句便工》中，王充闾这样写洛阳的魏晋故城遗址："那些帝王公侯及其娇妻美妾，无论是胜利的、失败的、得意的、失意的、杀人的、被杀的，最后统统地都在这里报到了。'纵有千年铁门槛，终归一个土馒头。'留下来的只是一些'饥年何不食肉糜'与'蛙声为公还是为私'的千载笑料和争权夺利，滥杀无辜的万古骂名。"在《千古兴亡 百年悲笑 一时登览》中，当作家"漫步在山川庙宇，残垣颓墙间，走过一座座历史的博物馆，在一面面文化的回音壁上倾听，一任古典诗文中展现的历史风貌在新的境遇中展开"时，"那朝代兴亡，人事变异的大规模过程在时空流转中的留痕；人格的悲喜剧在时间长河中所显示的超出个体生命的意义；存在与虚无，永恒与有限，成功与幻灭的探寻；以及在终极毁灭中所获得的怆然之情和宇宙永恒感，都在与古人的沟通中展现，给了我们远远超出生命长度的感慨"。

读王充闾的文化散文，我们感受到的不仅仅是现代意识与传统文化的遇合，也不仅仅是春秋代序，物是人非的沧桑感，而是一种颇有哲学意味的寻索，往往给人一种"观古今于须臾，抚四海于一瞬"的阅读体验。

第三阶段：对人性的深度开掘

世纪之交的王充闾已届古稀，但他仍以夸父逐日的精神在散文创作领域从事新的探索。关于王充闾该阶段的创作心态，我们可以从他的散文集《何处是归程》题记中的一首小诗窥见一斑，诗云："生涯旅寄等飘蓬，浮世嚣烦百感增。为雨为晴浑不觉，小窗心语觅归程。"庄子哲学帮助和引领王充闾站在一个相当高的海拔对人生的价值和意义进行不懈追索和探询。王充闾该阶段的散文创作旨在关注人的命运、人性弱点和人类生存处境，充分揭示人的精神世界，力求从更深层面上把握具体的人生形态，解析人类心理结构的复杂性，代表作有《用破一生心》《两个李白》《终古凝眉》《疗疴琐忆》等。

曾国藩是一个极度复杂的人物，对他的评价，人们大都从政治立场和社会伦理两个方面着眼。王充闾在《用破一生心》中带给我们一个崭新的认识视野，他从人性的角度切入，从人生哲学方面对这个复杂的历史人物进行了细致的解读。首先，王充闾对曾国藩进行人格定位，说他一生活得太苦太累，是十足的可怜虫，除去一具猥猥琐琐、畏畏缩缩的躯壳，不见一丝生命的活力和灵魂的光彩。然后，他对曾国藩的人格成因进行了深入的剖析，指出这个人物的苦与累来自于过多、过强、过盛、过高的欲望。"内圣外王"的追求使得曾国藩毕生都挣扎在灵魂与肉体，言论与行动的对抗之中，"名心盛者必作伪"，矫情，伪饰，道貌岸然，表里不一自然成为曾国藩的人格主流。接着，王充闾在多方面的比较中深层次地分析曾国藩之"苦"所蕴含的人性本质，说他的痛苦一是有别于古代诗人为了"一语惊人"，刳肚搜肠，苦心孤诣，因为人家的"苦"中蕴含着无穷的乐趣；二是有别于那些持斋受戒，面壁枯坐的"苦行僧"，人家有一种虔诚的信仰，由于确信幸福之光照耀来生之路，因而苦亦不觉其苦，反而甘之如饴。在作了如此比较之后，王充闾找准了曾国藩之"苦"与古代贞妇之"苦"的惊人相似处：贞妇为了挣得一座旌表节烈的牌坊，甘心忍受人间最沉重的痛苦；曾国藩同样是为了那块意念中的"功德碑"而万苦不辞。王充闾通过解读曾国藩这个典型人物，揭示了诸多的人生真谛。

在《两个李白》中，王充闾对李白的解读很有典型意义。李白的宏伟抱负，政治情结，傲岸品格，诗人气质以及人生际遇，在很大程度上代表了中国传统文人的精神走向。王充闾抓住哲学对人生观的影响和渗透这一要害，指出李白天生就是一个矛盾体，因为他受庄子的影响太深，强调自我，张扬个性，追求"诗性人生"，然而"不仕无礼"的儒家哲学却逼迫李白去走千万个文人要走的路——"登龙入仕"，南辕北辙的结果必然是屡受挫折，陷入无边的苦闷与激愤之中。于是，就出现了两个李白，一个是现实的李白——屡试屡败，仕途上一败涂地；一个是诗意的李白——豪放不羁，文学上辉煌无比。王充闾的人生观哲学观决定他更欣赏诗意的李白，甚至大有同调之感慨："我想，亏得李白政坛失意，所如不偶，以致远离魏阙，浪迹江湖，否则，沉香亭畔，温泉宫前，将不时地闪现着他那潇洒出尘的隽影，而千秋诗苑的青空，则会因为失去这颗朗照寰宇的明星，而变得无边暗淡与寥落。这该是何等遗憾，多么巨大的损失啊！"

王充闾在对人性的开掘中善于把握必然与偶然，常理与悖论的辩证关系，因而他的这类散文总是充满了深刻的哲学意味。而文化人格和哲学精神的有机统一，正是王充闾超越他人的秘诀所在。

王充闾在北大的演讲中说："散文是与人的心性距离最近的一种文体，是人类精神与心灵秘密最为自由的显现方式。只有具备自由，自在的心态，具备不依附于社会功利的独立的审美意识和超越世俗的固定眼光，才能真正进入艺术创造的境界。"细细玩味这番话，我们有理由说王充闾已实现了文化人格与艺术自觉的和谐统一。

东北文化转型的可能
——谈王充闾的散文创作

◎刘广远　周景雷

中国东北文化无论从风格、特质、内涵与江南文化都有着极大的不同，东北素以荒寒著称，所以有学者认为东北文化为荒寒文化。林语堂在《吾国与吾民》中说："北方的中国人，习惯于简单质朴的思维和艰苦的生活，身材高大健壮，性格热情幽默，吃大葱，爱开玩笑。"这是从自然生存状态和生理面貌对东北人的刻画，而从文化内涵上，王富仁在《中国现代短篇小说发展的历史轨迹》里有这样一段话："在东北，生存的压力是巨大的，生存的意志是人的基本价值尺度，感情的东西，温暖的东西，被生存意志压抑下去了，人与人的关系没有了那么多温情脉脉的东西，一切的欲望都赤裸裸地表现在外面。在精神上，人们感到孤独和荒凉，具有一种像东北的天气一样的寒冷感觉。——他们每个人的心里好像都有一块又大又重的磐石，下面压抑着许多不可名状的情绪，语言和动作都是突如其来的，过渡也是突兀的，再加上他们对东北外部自然环境的描写，其作品就不能不给人一种荒凉、寒冷的感觉"。在这个荒寒地带生长的作家们都或多或少地以他们的方式书写、传承和印证着这种文化的存在。20世纪20、30年代的萧军、萧红、舒群、端木蕻良为代表的"东北作家群"，80、90年代的阿成、迟子健、马原等，他们的作品作为一种文学现象为东北文化的存在提供现实描述的资源。然而，我们现在可以看到一种东北文化转型的可能，散文家王充闾是一条可供叙述的主要线索。

东北文化的特质造就东北作家写作的风格、语言的运筹具有地方特色。一个地域的作家，立足地方文化进行创作，这既表明了人和文化的制约关系，也表明了这些作家挖掘文化资源的努力。中国近现代文学史的京派、海派，后来的陕军、豫军、湘军、鲁军等。但是，长时间的固守，造成了文化相对意义上的狭仄，从而阻碍了文化的进步。所以，文化的开放性和交融性成为我们关注的焦点。文化的传播途径是多方面和多渠道的，当然，文学占有最重要的位置。我们认为当下的东北文化面临一次转型，虽然缓慢而无形，但已经潜移默化于文学创作之中。王充闾是这种文化转型的杰出代表。他作品中的文化内涵是开放的、包容的，尤其是新世纪以来的作品。所以，研究近二三十年东北文化的转型，王充闾是一条主要线索，他既是线索的提供者，也是转型的完成者。

我们谈王充闾是东北文化转型的代表和线索，必然涉及文化资源问题。对作家文化资源问题的认识，现代文学的一些大家被研究得比较深入，比如鲁迅、郭沫若、郁达夫，比如徐志摩、李金发。然而当代著名作家谈自己与文化资源的关系时，提供给我们的资料并不充分，我们更多的时候也可能在臆测，比如有的作家强调自己和俄罗斯文学之间的关系，有的强调与法国文化之间的关系，有的强调与美国文化之间的关系。文化资源是作家创作最基本的东西。很多人能够进行写作，并暴得一时大名，但后来默默无闻，他们靠的是生活经验，而不是文化。例如《半夜鸡叫》的创作者高玉宝。所以，只有文化才是作家写作生命力的基础和动力。许多作家受到多种文化资源的影响，但是在作品中显现得并不清晰。而在王充闾的整个创作中，文化的显像是很丰富的。王充闾生在东北的辽西，初读私塾，后来从政，在此数十年间，读了大量书籍。我们认为在王充闾的创作中，有三条线索值得我们注意。一是传统文化，主要是儒家文化，后期则是庄子思想对其有重要影响。他在《春宽梦窄》中说，"我从六岁开始接触书籍，先是《三字经》《百家姓》《千字文》启蒙，而后，读四书五经，读古文辞——与书卷结下了不解之缘"。熟读古典书籍，熟谙古典文化，所以，其前期创作有学者认为王充闾的散文陷入"掉书袋"之窠臼，这也充分说明其文化底蕴的深厚。二是马克思主义文艺的传统。这也是有踪可循的，1985年以后，随着西学渐热，王充闾阅读了马克思的《德意志意识形态》、黑格尔的《美学》等西方哲学与美学经典著作以及法国年鉴派史学、美国新历史主义史学著作。王充闾虽然没有具体表述过他受到这些哲学思想的影响。如他在散文《青天一缕霞》和《涅瓦大街》中，感叹了人生命的短暂和艺术生命的恒久，以一种隐性的方式，表现出对生命长度的追求。三是欧洲文化的影响。王充闾阅读（或重读）罗素的《西方哲学史》、丹纳的《艺术哲学》、卡西尔的《人论》，阅读大量西方文学，如《麦田的守望者》《红字》《百年孤独》，还有博尔赫斯的短篇小说。他读出这些作品中蕴含的强烈的生命意识和独立的批判精神，从而使他感到本土文化的局限，灵魂受到震撼。这为王充闾的作品由初期历史文化的简单书写进入"螺旋式"前进的创作状态提供了理论基础和思想源泉。从这三条线索看，王充闾的创作已经初步跳脱地域的局囿，显示其具有了博古通今、通晓中外的文化视野。

我们再从文学性和学术性的角度对王充闾的创作进行解读。这涉及文学功能的拓展。在传统意义上，我们认为文学的功能有三个，即娱乐的、教化的、审美的。但是现在我们认为应该加上一点，那就是学术的。我认为，文化散文的一个突出的特征是它的学术性。我们所谈论的学者散文实际上本身就包含了学术性问题。这一点自20世纪90年代以来表现得相当明显，王充闾是其中最重要的代表。这类文学的学术性一般表现在三个方面，一是对学术问题的探讨或者方式的借用，如他的《青山魂》写的是李白出世与入世的矛盾，也可看成作者自己的内心的思考；二是对于对象的历史性总结，如《叩问沧桑》从东汉写到西晋，活脱地刻画出封建王朝的血腥史，《无字碑》表现出作者对封建王朝的清醒的认知和理性的概括；三是对于对象的哲学性把握，如《桐波江上一丝风》中汉代的严光、《寂寞濠梁》中的庄子都是"隐"于世的智者，作者更认为庄子是"把身心的自由看得高于一切"。我们都知道，一般的人写小说或者写散文，期望能够达到一定的哲学高度，以其实现对人类生存状况的普遍关注。然而，很少有人在写作时考虑文学中的学术性问题，因而缺乏诗、史、思的浑然融合。而文学的这种学术功能转向对于王充闾的意义在于，他以诗人的深邃的感悟能力和运用翔实史据的逻辑能力，对历史人物、历史场景、古今事件钩沉触摸，从而在古今中外的文化情境中来去自由、挥洒若定。王充闾天性有淡泊从容的品格，后天形成强势的逻辑思维习惯，加之深厚的文化底蕴，其作品中昭示出与众不同的学术性在情理之中。但是，学术性的增强势必冲淡文学的审美功能，这也使王充闾的作品常常表现出一种内在的冲突、自我的矛盾。所以，王充闾散文的学术色彩与审美功用的关系还可以进一步梳理。

我们谈论东北文化的转型，隐含的一层意思是作家跳出地域的局限，从王充闾的作品看，他已经成功转型。实际上，一个作家如何来看待他所面对的事物、他所经历过的事件，反映了一个作家的格局和心胸，也就是他的情怀和度量；而他所叙述的作品如何产生韵味无穷的美感、形成生命律动的意境，这取决于作家的深刻的精神向度和对人的"存在"的思索——"人是谁？我是谁？这些问题同人类自身一样古老，因为人是有着自我意识的存在。自从有了人，就有了这些问题，没有这些疑难，人就不成其为人"。（赫舍尔（Abraham Joshua Heschel，1907—1972）《人是谁》）而作为作家的王充闾经历了人生能够经历的一切。1993年他得了肺癌，从生死线上走了一遭；2001年他辞去了辽宁省人大常委会的领导职位，成为真正的布衣。"人生不幸诗家幸"，如果说病痛是生命的考验，辞职则是自主的选择。正如石杰在《王充闾：文园归去来》里所归纳的，新世纪以来，"他的创作具有鲜明的体验性——对自我和他人的生命体验；而且第一次出现批判——对文化和人性的双重批判"。王充闾进入老年，摆脱羁绊、心无杂念，真正回归到文学本身，他开始最本真、最天性的创作。他的《灵魂的拷问》写康熙进士李光地对友情的背叛，《成功者的劫难》写的是嫉妒，这些作品明显具有批判精神，作者以一种超越历史的思想去品评人性，彰显作家对人性的关注；《扣起鸿蒙》《石上精灵》《冷静而炽烈的生命之华》则从艺术品的角度表现了生命世界的多彩和艺术对人的启示。王充闾的思想具有了悲天悯人的情怀，他开始考虑人性的崇高与卑下、生命的恒久与轮回，他开始思考存在的意义——而这正是作家的超越自身，走向一种自觉的自由状态的开始。

王充闾历史文化散文的性别审美解读

◎王春荣

当代文坛，王充闾历史文化散文的地位、价值、特征已有定评。但是，在大量的研究文字中却少有从性别文化视角解读他的作品、研究渗透于其中的性别意识的。当然，这是一个很复杂也很微妙的问题。所以留下这种阅读空白，主要原因恐怕在于王充闾没有像文学史上某些男性作家那么集中地去写女性题材，探讨性别问题，其历史文化散文的性别意识比较隐蔽，文本表层也呈现一种自在的和自然的状态，没有刻意张扬性别文化审美倾向。但这不等于作家的历史观和文化观中缺少性别文化视野，王充闾实际上是把性别问题特别是女性问题视为历史问题和文化问题来审视和思考的，当他关注历史题材、建构新的人文精神的同时，已经自然地把女性问题放置其中。科学的历史文化观告诉我们，无论正写的大历史，还是作为人类精神史的文学史，如果缺少对女性问题的关注和叙述，那必将是不完整的、不真实的历史。历史的、文化的、审美的视野不可能置女性（性别）问题于不顾。相反，只要我们正视历史，就会发现正是一系列女性艺术形象构成了一部世界文学史，而创造名垂史册的女性形象的男性作家也自然因此成为彪炳史册的经典作家。

事实上，王充闾的历史文化散文，包括他早期创作的古体诗词都不乏对女性命运、女性生存状态、女性审美创造等现象的书写，其中堪称佳作名篇的也为数不少。同样的沉潜并感悟历史，同样的人性化叙事，同样的与古文人对话，其中因为有了自然的审美的性别视角介入，而使王充闾的历史文化散文更具大气、宽容的同时，也呈现出和谐、柔美等特征和艺术感染力。

王充闾最初是以古体诗词的形式关注女性生存的历史，礼赞当代女性形象的。旧体诗《孟姜女祠》仅仅四句，却蕴含着丰富的历史文化内蕴，耐人回味。"万里寻夫有梦知，/痴情牵动古今思；/秦皇霸业空沉寂，/偏是村姑尚有祠！"诗的前两句由"孟姜女万里寻夫"的故事原型引出对历史文化的思考；后两句则是思考的结论，指出封建帝王尽管霸业煌煌，但是对于世道人心来说："空沉寂"则是他们普遍的历史命运；倒是像孟姜女这样的村姑却永留人间，"孟姜女祠"正是后世为这一民间女子而建造的纪念碑，这纪念碑上同时也镌刻着人民朴素的历史观和性别文化观。

城市环卫工人特别是清扫女工这个生活在社会底层的劳动者群体更是文学较少涉笔的对象。王充闾写于 20 世纪 80 年代初的《扫街女工》，则以深切的平民关怀体恤环卫女工的辛劳，诗化了这个弱势群体。"竹帚钢锹伴晓晨，春寒恻恻汗淋身"，形象地状写了她们不辞劳苦的平凡身影；盛赞了她们平凡而伟大的劳动业绩，并将其打扫街尘提升到"扫世尘"的崇高境界——"扫净街尘扫世尘"，真诚地歌吟了当代劳动妇女感人的精神风貌。

《山村少女》更是一首颇得古韵、充满乡情野趣的古体诗："茅舍疏篱野径斜，/清泉一脉瀑如纱。/憨情小犬伏身侧，/照影寒塘插鬓花。"真正是诗中有画，画中有诗。作品首先绘出了一幅幽雅恬静的乡村景致；而后惟妙惟肖地推出了憨态的小犬与爱美的少女两个可爱的形象。诗中少女与自然、与动物是那么和谐美好，情景交融，表达了王充闾"一生爱好是天然"的审美境界，从中也表现了作家对保有自然天性的女性的赞美。"为文也好，为人也好，能够做到本色、天然，大概距离化境也就不远了。"（王充闾《一生爱好是天然·题记》）

仅从这几首旧体诗中我们不难看出，创作初期的王充闾对女性生活的关注是出自一个"官员作家"关心民生、忧患民瘼的平民心态，创作灵感也可能是在此基础上的偶然得之，对女性历史命运的反思基于对帝王霸业史的反思和慨叹，并没有把"女性"作为社会文化问题特别的标出，女性是以一种审美客体存在于其文本之中的，此时作家的性别文化意识尚潜隐在创作心理的深层结构中，未能凸现出来。

正如王充闾历史文化散文的成就离不开早期的诗文创作基础一样，数量有限的几首女性旧体诗作，却为其日后的女性历史文化散文的创作开启了极为重要的一页。以《青天一缕霞》（1990年）为创作契机，王充闾连续创作了《碗花糕》（2000年）、《终古凝眉》（2001年）、《一夜芳邻》（2002年）、《香冢》（2003年）等女性历史文化散文，集中表达了作家向母亲（老嫂）和母爱致敬，与中外文学史上的经典女作家对话，以及由皇室女性悲剧命运所引发的历史文化反思等主题倾向。女性气质、女性历史和女性审美创造力构成了王充闾女性历史文化散文的重要视点，而女性历史文化散文自然成为他整个散文创作的重要华章。在这些作品中，作家主要关注三个阶层的女性——社会底层的平民妇女、中产阶级知识女性、高处不胜寒的皇妃，描摹了三种不同的女性生活场景，塑造了三种不同的女性艺术形象，却体现了创作主体同样的历史洞察力和文化阐释力。女性，在王充闾的创作中已经远远超越了作为客体存在的题材层面，上升为文本的主体，成为其历史文化精神内蕴不可或缺的元素。她们或者是作家心仪已久令其崇拜、与之神交的文学女神——以李清照、萧红、勃朗特三姐妹等为代表的女作家；或者是融入作家生命中的精神导师——像"母亲一般爱我、怜我的高尚女性""我的嫂嫂"或者是既柔美又刚烈，但终究摆脱不了皇权规约、香魂归天的宫廷女子——香妃。对三种不同时空中的女性的再创造，再阐释，一再凸现出王充闾的历史文化审美大视野中的性别文化意识，超越了文学创作中一般的对女性题材的关注。正视女性多层面的生存境况和殊途同归的历史命运的客观态度，与创造了文学史上大量名篇佳作的女作家对话的平等意识，以及对皇权压迫下的宫廷女子悲剧命运的慨叹等，这一切都形象地证明王充闾科学的性别文化观念，以及在此基础上生成的性别文化审美态度和审美呈现。

吴国璋先生在其《新说文解字》中从字源的角度重解了"女"字和女性的审美寓意。他指出:"关于女子和女人,从古到今,总是永恒的话题。就字而言,'女'字在所有上古文字中,结构最为优美。有机会看到甲骨文或金文原字的人,会发现该字不仅形美,而且寓意悠远,于形于意都反映了女性的特点。好的女人,不仅是一个字,而且是一本书,不一定有太多的学问和道理,但一定有学不完的东西。我总觉得,男人不仅由女人生出来,而且一直在女人的手中传递,这使'女'字平添了许多神圣感。"《新说文解字——第三只眼看汉字》)如此的女性文化观念在国学功底深厚的王充闾的文化心理中也同样存在,可以说他一生都在阅读人类文化史这部大书,同时也始终以崇敬、怜悯、赞美之情阅读着女人这部大书。《碗花糕》这一具有经典意味的散文,是以一个历史的在场者的身份,感同身受地写出了眉毛弯弯、眼睛大大,总是面带微笑的嫂嫂的高尚品德及其令人伤感的命运结局。该作不同于一般的亲情颂歌之处就在于,叙述主体与对象主体的时空同一性,从而形成了人物情感和叙述情感世界的统一性。"我"作为亲人见证了嫂嫂一生的美德,"我"作为一个孩童承受了嫂嫂对我人生成长的精神培育,"我"的文化记忆时时呈现着嫂嫂凄苦、无奈的命运。俗话说,"老嫂如母"。《碗花糕》生动真实地印证了这一传统的民间伦理美德,深沉地讴歌了具有象征意义的"嫂嫂"们的伟大和神圣,对中国千千万万的劳动妇女从"形"到"意"作了全新的阐释。尽管如此《碗花糕》的写作仍旧是继承了现代男性作家"崇母"的文化心态,以仰视的姿态书写母亲／嫂嫂的文学形象,这类"贤妻良母"形象的塑造恰恰满足了传统男性文化对女性的审美期待。

一如吴国璋先生所说,"女"字的中心位置是一个空白。但是,这空白在几千年的历史中满填着政权、族权、神权、夫权的文化律条;这空白横竖都写着女人被吃的宿命;这空白同时形象地标示着女性历史的空白之页。"浩浩愁,茫茫劫;短歌终,明月缺。郁郁佳城,中有碧血。碧亦有时尽，血亦有时灭。一缕香魂无断绝。是耶非耶化为蝴蝶。"无名氏为香妃撰写的这一碣文，尽管没有直接记录一个柔弱女子惨遭迫害的历史，但它却昭示了历史阴晴圆缺、扑朔迷离的悲剧一幕，设置了一个值得后世探索的文化迷踪。香山、香冢、香妃、香魂，王充闾从多次寻访"香冢"这一历史遗迹中，想象这位由"化外之邦"而被动入宫的香妃那绝世美貌及冷艳风骨，赞赏她对皇权倔强的反抗精神，慨叹她对自由独立人格的守护。向历史发问、向男权中心质疑："男人女人，皇帝宫女，不都是人吗？为什么女人就不能有自己的意愿，自己的爱的选择和追求……香妃是清白无辜的，香妃的人身是自由的，人格是独立的，她有权选定自己的出路，安排自己的情感取向。"这段话不啻一篇"妇女宣言"。与《碗花糕》不同，《香冢》是对封建贵族女性命运的历史解读。王充闾对两种不同阶层、不同生活境况，不同历史命运女性的历史凭吊，却又见出他对中国传统妇女历史真实的建构；对香妃墓冢的凭吊，具体超越了《孟姜女祠》上升为对女性生命本体和历史命运的深刻反思。

艾略特（Thomas Stearns Eliot，1888—1965）认为："已故诗人只有在我们拥有活着的诗人的情况下，对我们才有意义，已故作家的生命力通过活着的作家得以维持。"的确，文学史上许多经典作家的生命力除了在批评家对已故作家的不断解读和阐释的成果中得以延续，后世作家的创作思想和艺术传承也不断地显现着他们的文学精神。历史上，研究李清照、萧红、勃朗特三姐妹等经典女作家的文字不少，作品赏析、作家评传、专题研究，形式多样，成果丰厚。但像王充闾这样在他所营造的文学世界中直接与女作家对话，以女性的文学生命为本体进行再创作，探讨女作家惊人的审美创造力的却不多见，至少他开创了以历史文化散文这一独特文体重解中外女作家的佳绩。《青天一缕霞》《终古凝眉》《一夜芳邻》等作品，让我们在欣赏王充闾历史文化散文的同时，再度领略了萧红、李清照、勃朗特三姐妹的艺术创造精神，这些非凡的女性的生命经由当代作家之手以一种艺术的存在再度放射出耀目的光彩。

王充闾认为，仿佛赏云者看云一样，"虽然眺者自眺，飞者自飞，霄壤悬隔互不搭界，但在久久的神情谛视中，通过艺术的、精神的感应，往往彼此间能够取得默契"。现实的作家同历史上的作家对话，也是一种艺术的、心灵的感应和沟通。《青天一缕霞》正是从作家眺望呼兰河上空变幻无穷的云霞联想到呼兰河的女儿、现代文学史上著名女作家萧红的文学生命，不仅对萧红做出了富有诗意的独特评价，还特别追问了"何人绘得萧红影"（聂绀弩诗句），并从时代、地缘、家庭、个性等多重视角开掘了萧红所以成为名垂史册的萧红之深层原因。当然，作为同类作品中的第一篇，《清天一缕霞》在显露出作家文体创新的同时，也留下了更大的艺术发展空间。十年后的《终古凝眉》和《一夜芳邻》，与《青山魂》（1997）、《春梦留痕》（1997）、《孤枕寻梦》（1997）等著名篇章一道构成了王充闾历史文化散文中一个独特的文学景观。《终古凝眉》和《一夜芳邻》，两篇佳作涉及的对象一是中国古代著名女词人李清照，二是世界文学史上的奇特文学现象，"勃朗特三姐妹"。两篇作品同一个主题，即高度赞美了中外女作家神奇的艺术创造力，而承认不承认女性的创造力，恰恰是关乎女性本质的一个极其重要的文化尺度；沉潜历史，想象历史，回到历史情境中去，与其为邻，与其神交，跨越性别隔阂，寻找同为人类文化艺术创造者的心灵默契。同样是对女作家的解读和阐释，王充闾再一次以历史文化散文的体式，为今天的读者塑造了一个个形神兼备的"李清照"，进一步增殖了这些女作家的生命启迪意义和文化审美价值。

但是，同样是与已故作家对话，与男性作家的对话和与女性作家的对话，显然存在着性别心理差异。《青山魂》等作品是以中国文学史上的著名男作家的生命现象为对象主体而创作的，深受中国儒家传统精神熏染的王充闾先生在与李白、苏东坡、陆游等古文人对话的时候，不仅深得其文化精神内蕴，而且作为同性别的作家，心与心的碰撞没有性别禁忌，没有时空的隔膜，同气相求，心理同构，故而写作心态放松，叙述从容，文风洒脱，读来令人回肠荡气。反之，即便像《一夜芳邻》这样的佳构，仍不免流露出异性之间的心理隔膜，自觉不自觉地透着"惜香怜玉"的男性强者心态。所以说，性别文化审美不仅是文体的建构，首先应该是性别文化心理的调整。我们热切地期待着王充闾先生在研读著名女词人朱淑真以及为中国妇女文学撰写文学史的男性史学家（如谭正璧先生）之后的新的创构问世。

美学的独行者

◎ 颜翔林

　　而立之年初读充闾先生的散文，可谓一见倾心，好似久居都市，身陷红尘的出行客，突然间面对青山碧水，听泉声鸟鸣，闻见青草花香，别有一番滋味在心头。人世如烟，转眼将近廿年，恍惚间已近知天命之年，两鬓如盐。其间，充闾先生的散文一直相伴至今，成为生命存在的一部分。

　　这 10 多年，充闾先生的散文踪迹逍遥于天地山水，写青山魂梦，清风白水，雪域土囊，寂寞濠梁，空灵地勾画桐波江上一丝风。透过邯郸道上的如烟梦幻，摹绘狮山史影，弦歌凉山的史记。叙述陈桥崖海的悲情往事，叩问沧桑，追问存在与虚无的历史。以童心守候荒原青灯，感伤地追忆流溢亲情的碗花糕，回头几度风花，体认鸱鹩的苦境，夜话人生的悲哀和纯粹，展露心灵的真实与透明，传递薏苡的苦涩幽默，以华发回头认本根的心态体验人生百味。充闾先生漫步在涅瓦大街的意识流，衬托着万花如海一身藏的诗趣，活画出马背上的水手——杰克·伦敦的如戏人生，以贝多芬、海顿的流淌音乐作为情感的告别仪式，让契诃夫这位黎明鸟的呼唤，象征和隐喻一个世界历史的美好未来……

　　充闾先生的散文，是美学的散文，洗净铅华后天然无雕的唯美，取自天籁的自然之音，空间林地的一抹夕阳，飘逸在山谷里的无言月色，融合着兰花的淡雅芳香。心会这样的散文，如饮一杯醇茶，平淡之后余香满口，洗却心尘。充闾先生的散文，有如一泓清泉，一潭池水，飞流与宁静，映照历史的烽烟，反射生命的热烈和苍凉。没有余秋雨散文老男人式的故作矫情和周国平散文掉书袋的枯燥理念，没有其他一类散文作家的知识炫耀和令人厌倦的身份立场，没有当今流俗知识分子的启蒙和救赎的虚假神话，当然，也没有自恋不已的脂粉气。充闾先生的散文，有童心回归华发的本真，以平等对话的方式探寻历史与现实的玄机，淡然的幽默代替情绪化的愤世嫉俗，春秋笔法的叙事准则，写历史人物和事件的曲折凄婉，恢复我们中断久远的对于历史的恋情，呼唤文学回归对历史的直觉。正像现代历史学丧失了美感一样，现代文学丧失了历史感，两者形成一个有趣的反差。充闾先生的散文，重新嫁接了历史与文学的命脉，在历史的残垣断壁之中寻找出诗意和美感，在对历史人物的想象性的生命体验和交互性的心理分析过程中，复活了历史和历史人物，复活了历史与人之间的诗意联结，让两者获得审美升华。在对历史文化的叙述和诠释的过程中，充闾先生的散文，闪烁着道家天人和合的生命智慧和儒家的仁爱情怀，佛家的慈悲心和不执迷的性灵，空诸万象和禅定心神的韵致，处处洋溢着对传统和族群的文化回归情结。

　　充闾先生散文的字里行间，流露出痴迷自然的理趣，因为自小在大自然中长大，东北荒原的苍凉神秘给他童年的心灵以强烈印象，尔后在他周游中华大地的旅程中，九寨绚丽奇幻的水色激发起审美灵感，阅读三峡的体悟和吟咏如火的辽东枫叶，步履三江平原的广阔和安宁，眷恋这块三十多个民族劳作、栖息和繁衍的肥沃土地，写出流水逝云两茫然的叹息，欲挽西流问短长的感喟。充闾先生散文酷爱山水的情怀，时刻将自然赋予人格和生命，性情和智慧，处处串联历史的轨迹，人事的行状经历，心灵深处的喜怒哀乐，以写意山水的方式抒发对大自然的依恋和诗意栖居的神往。他的《濠濮间想》《青山魂梦》《春梦留痕》《读三峡》《清风白水》等篇目，堪称汇合自然之美和人文之情的经典之作。充闾先生的散文，充满对自然的敏感直觉和精妙体悟，截然异于一般文人雅士的游山玩水之余，故作姿态的闲适笔墨。

　　如果从散文的修辞技艺上讲，余秋雨散文长于制造人物之间的戏剧化冲突，而拙于自然场景的诗意描摹。周国平散文善于哲理性的议论，而陋于叙事，不善整体的协调和有机结构的眼光，显然缺乏文学性和美感魅力。王充闾的散文则无前两者的弊端，而充盈着美的灵光。如果说，歌德认为，一种诗是从一般出发寻找特殊，另一种诗是从特殊出发表现一般，他自己的诗就是在第二条道路上行走。显然，余秋雨和周国平的散文走的都是第一条道路。窃以为，充闾先生的散文走的是全然不同的第三条道路。那就是，他从特殊出发表现特殊，而不仅仅满足从感性的事物出发，达到所谓反映一般规律和意义如此通行的美学理念。充闾先生的散文，无论从大处落墨，还是从小事发端，全然瞩目于感性的事物，流连于自然万象的山水景致，在宁静悠然的客观叙述之间，追问历史沧桑的机缘，感喟时运无常的荒谬，惊叹生命的虚无和充实。他的散文，重于提问，舍弃回答，沉思代替结论，极少偏激和断言，宁愿选择存而不论的悬置，而不情愿独断地宣称自己发现了真理或正确的东西。因此，王充闾不像余秋雨、周国平之类的知识分子，自诩主体的先知先觉，而是和读者处于平等的地位，自由坦然和开诚布公地对话，以谦卑的态度，从不自诩高明，始终敬重前人和敬重自然，敬重事实和客观现象。充闾先生的散文，可以归结为仁者和智者的散文，不张扬，不喧哗，以沉默对抗浮华，据守率真、宽容、谦卑、平和的姿态，裹挟着返璞归真的童心，让读者油然滋生可爱感和亲近感。

　　充闾先生是审美的独行者，美学的独行者，美学散文的独行者。凭借自己对于自然的独特直觉与体验，充闾先生有着穿透历史的奇异想象力，以想象激活历史，以自然万象隐喻历史的苍茫和人事的诡秘。充闾先生的独到之处在于，他具有对于大自然的超常敏锐，童年时代身处东北荒原，使得他成为自然之子，造就了其对于大自然的沉迷与酷爱。成年后求学奔波以及从政仕宦，周游中华大地和海外诸国，使得他延续了对于山水人文景观的眷注，并以自己的文学笔墨形诸于世。私塾严师的启蒙，开悟了文学与人生，培育了其继承传统文化的神圣使命，道德文章的修炼，汉语言的精细锤炼和后天的纯正语感，让其散文话语焕发出醇厚庄严之中的空灵绚丽色彩，纯粹清澈之间寄寓着含蓄委婉的意趣。充闾先生的散文叙事技艺高妙于诸多方家，谙熟中国传统小说的叙事策略，潜藏着多焦点叙事、客观叙事、零度叙事、有保留叙事等等技巧，常常以隐匿叙述方式的春秋笔法，巧妙地暗示主体的价值判断和意义选择。这是充闾先生的散文高明于许多散文文本的又一个地方。

充闾先生的散文之中，体现出现代哲学的主体间性（Intersubjectivity）的精神内涵。作家的文本，不仅消解了对于历史和人物的冷嘲热讽，而且以悲悯同情的姿态对历史和人物进行美学化的悼亡，以佛家的悲情来凝视历史的苍茫和荒诞，宽容历史人物的思想和举动，即使对于存在明显人格缺陷和道德污点的人物，作者也给予一定程度的宽容，以冷静之中渗透温暖的眼睛打量历史，而不是以挑剔冰凉的目光苛求历史。当然，作者并没有完全抛弃共时性的道德准则和历史正义，在坚持这些基本的价值准则的同时，以一种交互性的思想方法和悲悯情怀，静观历史，寄寓对于历史人物的审美同情，或者说，始终保持和历史之间适度的审美距离，在对历史的感伤的追忆笔墨之中，闪烁着悲凉的同情和关怀，从而使历史披上了诗意和审美的色彩，达到以文学阐释历史的艺术目的。这是充闾先生的散文给我们的另一个深刻的印象和启思。

中国古典美学推崇文如其人和人如其文的生命境界，也许这是一个相对苛刻和执着的企求，然而，也不失为一种完善的理想追求和艺术责任。依照传统观念，充闾先生已处于夕阳黄昏之年，却焕发出生命状态和散文创作的勃勃生机，道德文章两相映。为人的谦和雅量，中和真率，童心依旧，古典的性情晰晰如新，都自然随意地融汇于散文写作之中，让读者感受到面对的是一位充盈古典情怀的和善长者。读者与作者之间在进行以散文为桥梁的平等愉悦的对话，是回归历史和传统的心灵之约，是无言无声的会心一笑，是纯粹的心灵逍遥和审美神游。充闾先生的散文，尤其是近年来的大部分散文，属于臻于完美的散文，是美学化的散文，其人生也是美学化的人生。作为充闾先生散文的沉醉者和珍藏者，作为他的忘年交，真诚祝福他在审美和诗意的散文旅途上越走越好，快乐地享受生命的福慧双全。

生命体验和散文的文学性

◎ 孟繁华

当文学在社会生活结构中的重要性被日益动摇的时候，越是古老成熟的文体被冷落的可能性就越大，越是新奇时尚的形式被青睐的可能性也越大。如果这个逻辑成立的话，那么作为最古老的文体形式之一的散文，它在这个时代的命运就是不难想象的。但是，对于真正执着于散文创作并将其作为文化信念的作家来说，他们往往因不合时宜而绝处逢生，可能在虽然寂寞但仍然阔大的文化空间盛开出最灿烂的文学花朵，而成为这个红尘滚滚的时代的高贵和有尊严的精神风景。

散文家王充闾是我们这个时代最优秀的作家之一。他大量的散文创作不仅证实着作家处乱不惊依然故我的人生哲学，在纷乱如云的文化时代对文化传统和现实问题处理的镇定和成熟；同时，也在他关注的文学和文化命题中显示着他纯粹的审美趣味和一个现代知识分子的精神修养。他的散文可以概括在文化散文的范畴之中，但是，他在作品中所达到的历史深度和情感深度，他的散文所散发出的文学魅力给我们带来的崭新阅读经验，使我们有理由对文学的信念坚定不移。在我看来，王充闾散文的动人之处，大致可以概括为"唯美主义"特征、深邃的历史眼光、对精神归宿的寻找以及他诚实的生命体验和文学性的表达。

一、关于唯美主义

　　王充闾首先是一位对国学有很深造诣的学者，他对古代经典作品的熟知程度，远远超出了我所了解的一些专业教授；同时，他更是一个现代知识分子，他所具有的"现代意识"才有可能使他对熟知的传统文化和自身的存在有反省、检讨、坚持和发扬的愿望与能力；而他的文学天赋为他要表达的思想又赋予了大音希声的形式和幽谷流云的飘逸。他丰富的人生阅历和遍及中外的足迹汇集为不断奔涌的文学源泉。他的深厚和独特，使他在 20 多年的散文创作整体格局中，不在潮流之中却在潮头之上。

　　王充闾初期的散文多与山水游记相关。这一传统题材在古代文人的名篇佳作中不胜枚举。越是历史悠久的题材越是难写。那些闲情逸致、借景抒情或辞官之后的独善其身、寄情山水等，在这类散文中已沦为陈词滥调。王充闾是最熟悉这一文体的作家，但他在创作这类散文时却努力超越了传统文人的情趣。在他的散文中，唯美主义倾向不仅体现在他对书写对象的选择上，同时也表现在他的修辞和表达方式上。他的游记名篇《清风白水》《春宽梦窄》《读三峡》《山不在高》《祁连雪》《天上黄昏》《情注河汾》《神话的失踪》等，既有名满天下的名山大川等风光胜地，也有僻陋孤山和闲情偶记。在这些散文中，他不只是状写风光的俊美旖旎或威严沧桑，而是更多地和个体心灵建立起联系。或者说作家对这些纯净之地的心向往之，背后隐含的恰恰是他对纷乱世界和名利欲望的厌恶和不屑。一个作家书写的对象就是他关注和向往的对象。王充闾在写这些文章的时候，正是他"跌入宦海""误落尘网"的时候，但他似乎没有"千古文人侠客梦"，兼善天下为万世开太平的勃勃雄心。他似乎总是心有旁骛志不在此。他所理解的文学更多地还是与个人体验、禀赋、情怀、趣味相关。它要处理的是与人相关的精神事务，它的作用是渐进、缓慢地浸润世道人心。王充闾的风光游记从一个方面体现了他在那一时代对文学的理解，但也似乎从一个方面佐证了他对淡泊和宁静的情有独钟。因此，这些作品我们可以理解为是作家对栖息心灵净土的一种寻找，当然也是一种不得已而为之的临时性策略。

我们注意到，王充闾在状写这些对象的时候，以诗入景是他常用的手法。这既与他的修养有关，也与他的情怀有关。但他以诗入景不是抒思古之幽情，发逝者之感慨，而是情景交融自然天成，无斧凿痕迹和迂腐气。这种手法超越的是"诗骚传统"，而凸现的则是书卷气息。"诗骚传统"始于话本小说，这一文学体式因多述勾栏瓦舍卖浆者流，四部不列士人不齿。为了表现它的有文化和儒雅气，故文中多有"有诗为证"。但王充闾散文的以诗入文却远远地超越了这一传统。《清风白水》是写九寨沟的游记，文章切入于名词佳句，却又与词义无关，豪放婉约在这里仅仅成了他的一种参照和比较。《春宽梦窄》起句就是"八千里路云和月"，磅礴气势与飞秦岭越关山奔向西域的漫漫长途和心中激荡的豪情相得益彰。在《青天一缕霞》中，由呼兰河而想到萧红，由萧红联想到聂绀弩的"何人绘得萧红影，望断青天一缕霞"的诗。这样的表现手法在王充闾的游记散文中几乎随处可见。这些借用表现了作家对"美文"的追求和唯美主义的美学倾向。当然，"美文"不只是作家对修辞的讲求，更重要的是作家在文中体现出的情怀和趣味。他借用古典诗词，以诗词入文，整体表达出的风格是静穆幽远。他不偏婉约爱豪放，兼收并蓄为我所用，中和之风文如其人。行文儒雅内敛而不事张扬，但他孜孜以求的不倦和坚韧，展示的却是他宠辱不惊镇定自若的风范和情怀。他对湖光山色的情趣，不是相忘于江湖的了却，而是对"天生丽质"纯净之地发自内心的一种亲和。

二、关于历史感

他有几篇重要的作品：《用破一生心》《他这个人呐》等。文章是以曾国藩、李鸿章为对象的。《用破一生心》对曾的一生以简约却是准确的笔墨予以概括。这位"中兴第一名臣"的一生历来褒贬不一。但在王充闾看来,"这位曾公似乎并不像某些人说的那样可亲、可敬,倒是十足的可怜。他的生命乐章太不浏亮,在那淡漠的身影后面,除了一具猥猥琐琐、畏畏缩缩的躯壳之外,看不到一丝生命的活力、灵魂的光彩。"按说,曾国藩既通过"登龙入室,建立赫赫战功"达到了出人头地,又"通过内省功夫,跻身圣贤之域"达到了名垂万世。他不仅是清朝建国以来汉族大臣中功勋、权势、地位无出其右者,而且在学术造诣上的精深也"冠冕一代"。因此也难怪有人对这位"古今完人"极为推崇和尊崇。但是,在曾国藩辉煌灿烂的人生背后,却掩埋着鲜为人知的另一面。他不仅官场上战战兢兢如履薄冰,就是与夫人私房玩笑也要检讨"闺房失敬",如此分裂的人格在王充闾的笔下被揭示得淋漓尽致。更重要的可能还是曾氏言行、表里的分裂和对人生目标期待的问题。虚伪和不真实构成了曾氏人生的另一个方面,而一个"苦"字则最深刻地概括了"中堂大人"的一生:"他的灵魂是破碎的,心理是矛盾的,他的忍辱包羞、屈心抑志,俯首甘为荒淫君主、阴险太后的忠顺奴才,并非源于什么衷心的信仰,也不是寄希望于来生,而是为了实现现实人生中的一种欲望。"文中对曾氏的人生道路的选择和分裂的性格充满了不屑,但也充满了同情。他不是简单地批判和否定,同时也对人的历史局限性给予了充分的理解。这个理解就是,这不仅是曾氏的个人选择,同时他也面临着历史的被选择。

　　大概也正是出于对身不由己的悲剧性的超越愿望,王充闾对"淡泊"的境界心向往之。曾氏对此也曾向往,对"名心太切,俗见太重"有过检讨,也曾欣赏苏东坡的淡泊。但在王充闾看来他只是"止于欣赏而已"。真正的淡泊"是一种哲学,一种生存方式,也是一种审美文化,它的内涵十分丰富,大体上涵盖了平淡、冲淡、素淡和散淡等多方面的意蕴,反映出一个人内在的胸襟与外在的风貌,但集中地表现为一种人生境界,精神涵养"(《收拾雄心归淡泊》)。这种淡泊在王充闾这里集中体现在他对人生审美化的理解和向往。同是写历史人物的作品,对《终古凝眉》中的易安居士和《一夜芳邻》中的勃朗特三姐妹的情感却截然不同。《终古凝眉》是与易安居士在遥想中的有幸遭逢,是一次向一代词人致敬的肃穆仪式,是一次现实与历史的悄然对话。文中对易安居士的景仰和感佩溢于言表,在追忆李清照悲凉愁苦一生的时候,作家充满了同情和悲悯;《一夜芳邻》表达了作家相似的情感取向。勃朗特三姐妹的才华蜚声世界文坛,她们的作品已经成为文学经典的一部分。但她们都英年早逝,最长的也只活了39岁。如果说易安居士的性格是内敛的,更关注个人内心的体验,那么,三姐妹的性格则是开放的,她们把同情和爱更多地给予了并没有更多直接经验的不幸的人们。这种高贵的内心洋溢着宗教般的温暖和撼人心魄的诗意。对这些经典作家灵魂的旁白或独语,其实也是作家自己的生命感悟或心灵体验的自述。这些作品对人生感悟所表达出的人性和情感深度,是王充闾散文最动人的一部分。这与书写的对象是女性作家有关。倒不是说对女性的书写便能够表现出男性作家的情感投入或怜香惜玉的姿态,而是说,同是内心和情感丰富的族类,书写女性使作家特别容易融入并且将自己对象化。在交织着情感和理性的表达中,既入乎其内,又出乎其外。在历史隧道中对历史人物的想象和相遇,作家个人的情感体验和美学趣味获得了检视。

　　如果说这类作品还是建立在个人兴趣或偏爱范畴内的话,那么,他的另一类历史散文则表达了他对历史重大事件的史家眼光和以文学的方式处理重大题材的能力。《土囊吟》《文明的征服》《叩问沧桑》《黍离》《麦秀》等作品,是对曾经沧桑的久远历史的再度审视,是对文明与代价的再度追问。在对陈桥崖海、邯郸古道、魏晋故城、金元铁骑等的追忆中,在社会动乱、朝代更迭、诸家云起、狼烟烽火的争斗和取代过程中,辨析了历史与文明的发展规律,识别了文明在历史进程中的特殊价值和意义。特别是《土囊吟》和《文明的征服》,对一个强大和强悍的民族统治失败的分析,不仅重现了历史教训,而且在当今全球化的语境中,它的现实意义尤为重大。一种文明无论是出于主动地对另一种文明的向往,还是处于被动的无奈的被吞噬，都意味着一个民族的解体或破产。文明的隐形规约和凝聚力是看不见的，但它又无处不在。这些作品，在真实的史实基础上，重在理性分析，在史传中发掘出与当下相关的重大意义。它显示了作家凝望历史的现代眼光和以文学的视角掌控、表现历史的非凡功力，它的宏观性和纵横开阖的游刃有余，也从一个方面显示了作家丰富扎实的历史学修养和举重若轻的文学表现力。

三、关于精神归宿

一个有价值的作家，总是一个充满了矛盾、困惑甚至是沉重的思想者。无论社会发生什么样的变化，我们总会遇到前人不曾遇到的精神困顿，这是人类的宿命。在社会转型的精神漂流时代，如何寻找精神家园和归宿，如何寻找灵魂的栖息地，不仅是我们共同面对的时代命题，同时也应该是作家焦虑探讨的核心领域。文学有义务回答人类的精神难题。王充闾在可能范畴内的追问以及有价值的探讨为我们提供了可贵的参照和可能。

我们注意到，王充闾在探讨这一领域问题的时候，并没有从一个庞大的乌托邦框架出发，并没有提供一个普世性、终极的精神宿地。而是以相当个人化的方式，实现了他个人的精神还乡。这个精神故地，既是他亲历生长的地方，也是一个遥远但却日益清晰的梦乡。王充闾有一本散文集，他将其命名为《何处是归程》。这个命名隐含了一种沧桑、悲凉和困顿，同时也隐含了一种叩问和探寻的坚忍。当然，无论从作家对风光的状写还是对历史人物人性的开掘，都不同程度地表达了他对人生选择的理解和志向。但并没有像晚近作品那样更关注心灵去向的问题。这一写作倾向的偏移，既是作家对切近思考的反映，同时也纵向地联系着他的一贯的旨归和意趣，只不过没有像晚近作品这样突出和明显罢了。特别在他一些"忆旧"式的散文里，如《童年的风景》《碗花糕》《青灯有味忆儿时》《华发回头认本根》《灵魂的回归》《乡音》《故园心眼》《思归思归，胡不归》

等作品，抒发的是一种别样的情怀。这是一种给人亲近、质朴、纤尘未染甚至有些"前现代"意味的生活图景。充闾先生对故土家园的眷恋和一往情深，与他出身于乡土中国有关，与他深受中国古代文化的熏染有关，但作为一个现代知识分子，更与他经历了官场和世事的"乱云飞渡"有关。纷乱的现实使他心绪难平，他才萌发了"小窗心语觅归程"的心绪。精神的田园成为作家安顿心绪的驿站。但值得注意的是，王充闾与中国现代作家逃离乡村到都市生活遇挫之后，再度追忆乡村生活时将其诗化和圣化的民粹主义立场截然不同。他与当下世相比较时，宁愿重新体验未被污染的乡村的"童年记忆"，那里确实存在着诗意和美好，亲和的人间情怀。但是，王充闾的意义就在于，他在追忆前现代生活时，并未将其乌托邦化。他一贯的警醒和自我检视使他获得了另一种自觉，这就是对放大想象的检讨警惕。他曾说："对于故乡的认识，游子们无一例外地都会夹杂着浓重的感情色彩和想象的成分。原本十分鄙陋的乡园，经过记忆中的漫长岁月的刷新，在离人的遥遥相望中，已经变作温馨的留念与甜美的追怀，化为一种风味独具的亮点，放射出诗意的光芒。在回忆的网筛过滤之下，有一些东西被放大了，又有一些东西被汰除了，留下的是一切美好的追怀，而把种种辛酸、苦难和斑驳的泪痕统统漏出。"（《思归思归，胡不归》）这种敢于面对心灵诚实体会的表白，亦道出了与"怀乡情结"相伴相生的问题。

　　但王充闾这一努力的价值在于，在这个困顿迷茫心灵家园成为问题的时候，他表现出了执意追寻的勇气，表现出了对"现代性"两面性认识的自觉。当然，"精神还乡"仅仅是一个表意符号，没有人会认为王充闾要退回到"前现代"或乡村牧歌时代。那个只可想象而不可重临的乡村乌托邦在王充闾的反省中已经解决。他的这一追求背后隐含的是他对精神困境的焦虑和突围的强烈愿望。在物质世界得到了空前发展的时代，在世俗生活的合法性得到了确立之后，人如何解决心灵归属的问题便日益迫切。王充闾只不过以"精神还乡"的方式表达了他解决精神归属的意愿，而不是最后的答案。重要的是，对不同领域写作的开拓，一方面显示了王充闾开放的心态，他愿意并试图在不同的领地一试身手，将"关己"的灵魂问题提出，一方面，也展示了他在创作上"螺旋式"前进的步履。他没有将自己限定在所谓的"风格"领域。而总是在学习和积累的过程中别有新声。这个现象是尤为引人瞩目的。这时，我想起了他的较近的一篇文章《训心》。文中对传统文化对知识分子的驯化，或福柯所说的"规训"，作了极为精辟的分析。传统文化对士人的训心，在于让这个阶层的价值尺度永远停留在一个方位和目标上，在于让他们永远失去独立的思考能力和特立独行的人格风范。就像"熬鹰"一样，让志在千里的雄鹰乖乖就范。王充闾曾在官场，也生活于世界即商场的时代，但他仍然没有被"训心"。他独立的思想和情怀，在温和从容的书写中恰恰表现出了一种铮铮傲骨，在貌似散淡的述说中坚持了一种文化信念。这是王充闾散文获得普遍赞誉的最重要的原因，也是他的创作心态不断走向自由和开放的表征。也正因为如此，他才能在文学不断失落的时代创作了散文的无限风光。

王充闾的艺术思维和散文作品的文化"相"

◎彭定安

这里的"相",是借用自然科学的概念。在物理学上,"相"是指在一个系统中,物质的成分以及物理的和化学的性质均衡地存在的状态。如水与冰各为一种相。

所谓王充闾艺术思维与散文作品的文化"相",即指均衡地分布、蕴涵、潜匿在他的艺术思维和散文作品中的文化成分与文化质地及其基本的性质,也就是这种"潜存文化"的质地、构造和特征。我以为从这个角度来研究王充闾,至少是提供了另一种视角吧。

那么,王充闾的这种文化"相"的构造如何?其主要成分与它们之间的结构比状况如何?它们又以何种方式与状态存在和表现于他的艺术思维和散文作品中?在这里冒昧作一没有充分把握并且是相当粗浅的解析。

评论者的评析作品、品评作家,都自他所拥有的海德格尔所说的"三前"出发并以之为立论之本和演绎之道。海氏所言"三前"是:"前有"——"预先有的文化习惯","前识"——"预先有的概念系统","前设"——"预先已有的假设"。我亦跳不出这位哲人的如来佛掌心,也是从自己的"三前"出发来阐释充闾。因此,如果有所阐释而意涉浅易甚至错误,则问题在于评论者—阐释者的"三前",而与阐释对象无关。

一、据我的出自自我"三前"的认识，王充闾文化"相"的构造，可以概括为"儒学基础南华魂，撷取西学有新成。"

这意思是：他的文化"相"的基础是中国传统文化的儒学，而又汲取了老庄的哲思与艺思，在儒学的基础上化入了老庄精魂；同时，在新时期和近期，更不断吸收了西方文化进步的、科学的与有益的成分——所谓"有新成"，其意乃指吸取西方文化有新的成绩并于文化"相"中增添了新有成分，形成了文化"相"的新构造。

需要稍微详细一些解释的是：这里所说的"儒学"，不局限于孔子之学，也不局限于一般儒家，而是更广泛的、构造更为复杂的、内涵因而也更丰赡繁富的儒学性的中国传统文化。这里所说的"老庄"则更偏重庄子，故以"南华魂"称之。还有，"西学"之谓，大矣哉，这里则指哲学——美学与历史观方面的知识构件。

这样论证王充闾文化的"相"，现略加解说。

王充闾少读诗书，亦受教获益于业师，8年私塾四书五经、诗古文词，熟读成诵，敏学强记，故文史知识丰富，尤其古典诗词文赋，背诵记忆，烂熟于心，于少时即打下坚固的中国传统文化基础了。以后又在长期的工作与学习过程中，坚持学习，广泛阅读，持之以恒，于是，按"相似性原理"，其中国传统文史知识的"相似块"就日积月累地增长壮大了。从而成为他的文化相的基础构造和核心结构。

我曾多次说到，充闾同志每有所言，或报告，或讲演，或议论，或闲谈，皆习以为常地引用古典诗词，张口即来，纯熟精通，特别是融会于他的语言中，思维中，表述中，自然流露，成为他的语言中天然自成的部分，血肉相连，不可分割，是内在的，不是外在的。记得恩格斯曾说，如果能用外语思维，这就是掌握这门外语到家了。充闾掌握古典诗词，已经达到恩格斯所说的以其思维的程度，那些熟读的古典诗词已经是他的思维和语言的"血肉成分""思维粒子""话语词汇"。据此,谓其文化"相"乃儒学基础,其无得乎?殆可一思耶。

正因为如此,所以一方面可以推断其文化"相"之主体部分乃儒学思想—文化,盖充满中国古典诗词的文化"相",正是儒学的根;而另一方面,中国古典诗词也蕴涵着中华文化的其他成分,如道家,如释家,以至其他诸家思想—文化。其中似道家更多于和重于释家。充闾的艺思与文心之中,道家成分可见,而释家似觉少见。

充闾散文中常见对于历史重大事件,特别是文人学士,尤其是曾经为官作宦而终究归于文人的诗人、文士、学者的论述评骘,读者于其中可以窥见其儒家与道家思想—文化的痕迹。

二、官宦生活的反思与超越

王充闾曾经为官。这"生活"无疑要在他的思想—文化中留下刻痕,留下"文化印迹",无论他自己是否注意到,均如此。这也是一种"不以自己的意志为转移"。问题只在于主观上是否注意体察、思索。这种"文化刻痕",有正面的,也有反面的。这里所说的充闾的反思与超越,有正面的,也有反面的。这种反思与超越,成为他的艺术思维和散文作品中的思想—文化的"粒子""因素""成分",构成了一种文化内涵、文化底蕴和文化质地及品性。这是他的艺术思维和散文作品的思想文化特征,也是其优势。他在他的许多散文作品中,在那些品评历史重大事件和重要历史名人,包括帝王将相、政治人物,特别是文人学士的作家艺术家的作品中所作的深入的、中肯的评论,都具有这种文化背景,表现了这种文化"相"许多感受和许多论评,是未曾为官的人难得体察并写出来的。

是否可以说,即使不是全部,至少也是不在少数的情况下,他的散文的立意、旨趣、"骨""气",他的描述与"议叙",是从这种反思与超越中得之?他于文字中和文字背后,发挥了海德格尔(Martin Heidegger,

1889—1976）所说的"去蔽"，即"掀开生活的遮蔽"而显示、揭示、暗示"被遮蔽的真实与本质"。这也是他能做到海德格尔所说的"外位"地思考。而这正是"官宦生活的反思与超越"的文学实现和文学实践，由此而形成了他的优势文化"相"。

三、西方思想—文化的"文化补充"与"精神滋补"

这一点，前面已经谈到，但未多说，只说它是成分之一。这里再多说几句，以为补充。特别侧重讨论艺术思维和创作实践方面的情况。

前已述及，王充闾文化"相"的"西方文化成分"，主要是哲学美学和文学方面的，这突出地表现在近一些年中。而在实践层面上的表现，则是在立意和论旨上，有的命题和旨意、意趣，有取自借自或得益、受启发于西方哲思与审美的文化资源。在行文、语言的运用上，在文章的风格上，在一些术语、词汇的使用上，都表现了这一点。

我以为，这是一种与时俱进，是一种创新，一种进步和发展。这使充闾文章增色，思想添光。其广度、深度、视野，都有长足表现。

这方面，充闾仍在发展，仍能发展。

四、语言构造与风格方面的文化"相"表现

王充闾散文的语言，包括词汇、句式、句子构造和语法等项，基本上是传统规范汉语的表达方式，其"格式"与风格，是与他的文章的整体态势与气韵契合的，因而是得体的，艺术上是统一的。总之，王充闾所使用的，作为"思想的体现"的语言，是和他的艺术思想及一般思维契合的。而当他在近几年，汲取西方文化之精华质素以及中国现代学术与文学表述方式之后，为了表现新的思想，新的理念—命题—意象，便使他的叙述语言来了一个改革，一个发展，一个演变，而产生新的语言体现方式与语言风格。

它在整体上，是以传统中国规范语言，特别是具有古典规范语言，即蕴涵中国古典散文（文言散文）和诗词歌赋神韵的语言范式为基础，又汲取现代的和西方的学术艺文语言范式，化而用之，从而使整个文化"相"发生变异，而成就了新的格局。这是一种艺术思维与文学风格的变化与发展。

作家艺术家的一生中，总会经历一次或多次的人生再觉醒和艺术再觉醒，即所谓"艺术变法"。充闾已经历了他的人生再觉醒与艺术再觉醒；现在，仍然在进行或曰经历又一次的再觉醒。我们也许不妨提一点建议，以供他自觉地实现人生与艺术再觉醒之参考。

（一）古典重读，即对于已经熟读成诵、烂记于心的中国传统文化经典，包括那些诗古文词，进行再阅读、重读、细读，以心读之，融进自己的人生与艺术再觉醒的体察、体验、感受，思想—文化的血肉，对之作重新理解与重新阐释，并且做出现代化处理其效果将远超过一般的温故知新。

（二）从中国古典散文、西方和日本的随笔以及中国现代作家的散文精品中，汲取余裕丰赡、不"删尽枝叶"的文章风格，以增添自身文章的丰富、繁复、深厚而不逼促，不至"浓得化不开"，为此，不惜适度"稀释"，增添枝叶、闲话、杂说，"说开去"；当然，是适度，而且能够放得开，收得拢。

（三）如鲁迅所说，以活人的口语，来改革自己的文章。在规范的、精审的文学语言中，有时可夹杂一点口语、俗语、方言、土话。世俗的话语，能够使文章增添生气，且能在使用得当时，显出泼辣、洒脱之文态气韵。

以上斗胆言之，不揣简陋，野叟献曝，略表心意而已，不当之处愿听教正。

散文的精品创造

◎王向峰

由辽宁教育出版社出版的"王充闾作品系列"包括六本散文集和一本诗词集,即《寂寞濠梁》《文明的征服》《西厢里的房客》《一夜芳邻》《山城的静中消息》《天凉好个秋》《我有诗魂招不得》。这七本书大体包括了作者过去创作的大部分作品。尤其是六本散文集在题材与主题方面实现了归类整合,各有侧重,更能见出文本的整体合力,使一位散文大家的精品创造的势能更显突出。

从作品系列更能见出一位散文大家的文体自觉

广义的散文很难说谁没有写过,但就是在写散文的作家中,也有很多人称不上散文的文体作家。王充闾用一篇篇一本本的作品证明:他是一位成就突出的文体作家。这主要是:第一,以散文创作为专务,写出了大量的具有精品意义的文章与文集。第二,对于写入文章的历史与现实显示了独有的视点与感悟,对读者能产生特有的启发。第三,对于散文的体式创造显出自己的一贯特点,虽文无定式,但却有艺术风格的统一性。第四,在叙述、描写、议论的语言运用上有自己的创造,并言之有文,富于诗意。

从作品系列更能见出一位散文大家的工程意识

由于散文的文体自由性，写作的随机性，题材的广泛性，不少作者自己也常常是不知道明天写什么，只是在写了一些之后收拢在一起，给集子起个名，算是告一段落。出书之前很难说是作为一个艺术工程去对待。中国作协2005年重点扶持的作品篇目中，在"散文杂文"项目下只有一篇《37孔窑洞》，而长篇小说却有21部，这足以说明当前国内散文作家工程意识的淡薄。那么散文文体的创作真是天然地缺乏工程性的吗？不是的。王充闾的散文创作过去有《人才诗话》和《沧桑无语》等带有工程性的散文编集，而这次以新著的篇章为纽带的六本散文集，像《寂寞濠梁》《文明的征服》《西厢里的客房》等，都是所表现的题材比较集中，所揭示的主题相对统一，所显现的格调大体一致的文本。读者拿到其中一本，不仅可以从中读到许多篇精品散文，而读完一本还可以因其多篇的合力，触发出更多的感悟，升华起深刻的哲思。

从作品系列更能见出一位散文大家的突出成就

作为一般写散文的作者，大多以时间过程中生成的散文数量为编集原则，或薄或厚，大体够几个印张之后即可编成一集。这是常见的一般写法和编集法。而发展成文体作家之后，或因其散文所写的题材与主题为风格所制约形成了侧重点，或因其形成了作家的以至文体的风格，不论写什么都具有作家风格的统一性，这时编成的散文集却与前者有很大的不同。我们看苏轼写人物、写景物的散文，都具有苏轼自身的风格特点。鲁迅回忆青少年时代生活的《朝花夕拾》，布丰（Georges Louis Leclere de Buffon，1707—1788）写动物的《自然史》，巴乌斯托夫斯基（Konstantin Paustorsky，1892—1968）写俄国和欧洲许多作家的散文，都是可以探讨文集主题的散文杰作。有鉴于此,王充闾的散文创作越来越有工程意识,编辑文集时越来越有主题意识,形成了今天作品系列中所展示的"千秋叩问、红尘解悟、昔梦追怀、文化乡愁、山川赏读、生涯旅寄等人生内外两界的般般情味"。每一集都是这样务总纲领,杂而不越。

  王充闾的散文创作已经达到了艺术的辉煌阶段,他不仅找到了比较集中的题材开发地,又能充分运用特有的审美眼光去观照,在体物赋情时,把精炼的古文溶化在现代文学语言中,造成自己的诗意散文,情采与哲思并茂,不论全国的评论界,还是广大的读者群,都公认其为散文文体创造的大家。而"王充闾作品系列"的出版更对象性地确证了这种公认的无可辩驳性。

论王充闾散文的张力结构

◎ 王兆胜

在当代中国散文作家中,王充闾是较有代表性的一位。这既表现在他著述等身,新作迭出;又表现在他写出了《用破一生心》《碗花糕》《小妤》和《青眼高歌》等佳作;还表现在他积极进取,有一种不断超越自我的精神境界。还有一点特别重要,这就是王充闾散文巨大的"张力结构"。张力结构如一只硕大无朋的网,将王充闾散文的所有内容囊括其中,这既带来了其独特的个性和魅力,也使其产生不易觉察的盲点。

1. 如果将王充闾散文繁茂的"枝叶"删除,剖开树干和土层,就会发现其艺术生命的年轮和根系。这就是强大的"张力结构"。张力结构在王充闾散文中,极像控制木偶行动的丝线,具有不可忽略的价值和意义。

"官员与书生"是王充闾散文中第一个也是最重要的张力场。一般地说,在当代中国散文家中,不乏单独写官员或书生者,但少有两者兼备,更难以见到将二者作为一个张力场的"两极"来书写的。这既与作家的经历有关,也与他的思维向度有关。由于王充闾经历了宦海生涯,也由于他骨子里永难改变的书生本色,更由于他对二者之间的反差有敏锐和强烈的感觉与思考,他才能将主要的笔力集中于此,从而构筑自己的独特场域。在王充闾散文中,"官员与书生"是个关键词。这表现在选题、结构、立意、价值判断和审美选择等多个方面。这也是为什么王充闾偏爱将既是官员又是书生的人作为书写对象的内在原因,庄子、严光、王勃、李白、苏东坡、陆游、纳兰性德、陈梦雷、曾国藩、李鸿章等都是如此!有时,"官员与书生"还是王充闾散文的内、外结构。如《寂寞濠梁》即是以皇帝朱元璋和书生庄子来结构作品的,《用破一生心》即是从曾国藩在"官员"与"书生"二者的冲突中展开的,《灵魂的拷问》也是以官僚李光地和书生陈梦雷两种不同的品格推动着作品的情节结构。在立意上,作者对"官员"和"书生"往往并不采取简单化的理解,而是"你中有我""我中有你",试图对二者进行某种"焊接"和"融会"。如作者写苏东坡为政时是个好官,而被贬海南这一偏僻之地后,他仍然没有"独善其身",而是千方百计为百姓谋福利!但是苏东坡的精神世界一直是个书生。与李鸿章这个官僚相比,他的同门师兄弟俞樾"只知道拼命著书",而乃师曾国藩则不失书生气质。还有将李白、王勃的"官员"与"书生"集结于一身,其命运遭际充满着浓郁的悲喜剧色彩。

"官员"和"书生"具有两极性的特点:一者为国为民,身肩道义,有时其个性不得不融入甚至消解在集体中;一者以个性与自由为本位,本乎天然,我行我素,无所滞碍。然而,这两极却在王充闾散文中具有"一而二"和"二而一"的特点,从而产生了巨大的张力效果。

王充闾散文的第二个张力场是在"书斋"和"天地自然"间生成的。一面是"节假光阴诗卷里"的"丈夫拥书万卷"和"四壁图书中有我";一面是留恋于山川胜景,作"万人如海一身藏"式的逍遥游。可以说,"读万卷书"和"行万里路"这两极在王充闾散文中形成一个颇具张力的场域,二者既相互矛盾又相辅相成和相得益彰。也许,"书斋"和"天地自然"在许多散文家中都明显存在,但少有像王充闾散文这样突出和富有张力。如王充闾对书的痴迷,他的藏书、读书、爱书在当代作家中是少见的;又如王充闾酷爱游历,他足迹所至,笔录之勤,在当代作家中也是难得的。也正因此,王充闾在身患重病时才能有这样的举动:最放不下的是他的书。如果说,在王充闾的生命中有什么最爱,我认为:"书"与"山水"是不可忽略的。所以,用"书痴"和"山水痴"来概括王充闾和他的散文并不为过!

"书斋"是小的、静的、内敛的、私人化的,而"天地自然"则是博大的、动的、开放的、公共的,这是其相异处。另一方面,二者又可以通联会合,共存于人生和生命的世界,成为车之"双轮"和鸟之"双翼"。王充闾散文丰富的知识性与人性的感悟、大与小、动与静、真实与虚空、历史与现实、开张与内敛等都与此相关。

"进取"与"保守"构成了王充闾散文的第三个张力场。有人将王充闾散文发展概括为由悦己的创化到自由叩问人生和生命的价值意义的演变路径,王充闾自己也表示:"先是山水自然,风光名胜,以游记为主;而后是着眼于人文、历史,写文化历史散文;近期主要是关注人性、人生和人类精神家园的问题,……我自认为是在一步一步走向深入,体现着一种深度的追求。"确实是如此,进取精神和渴望超越一直是王充闾散文的一个强烈的向度。但容易被人忽略的是,"保守"的向度在王充闾的散文中一直存在着,这既包括对历史题材的执着,也包括叙事方式、描写手法的传统化,还包括道德感的强烈与审美眼光的现实主义性质。换言之,在王充闾散文中,尽管有一个不断向前突破的箭头,但我们较少看到现代派、后现代主义等观念和手法的深刻影响,传统的价值观和审美观一直处于主宰地位。这一"进取"和"保守"产生的张力也是王充闾散文的独特之处!

当然,除了以上方面,王充闾散文还有一些张力场,如情与理、文与白等都是其两极的方面。以"情与理"论,一者是热的、软的、柔的、感性的;一者是冷的、硬的、刚的、理性的,二者相互作用形成一个颇具张力的场域。"文与白"也是如此,当代中国作家较少有人像王充闾这样,在白话文中加入大量的古典诗词,这种文白融杂造成极强的张力效果,显示了通俗与典雅、快与慢、松与紧、新与旧的辩证统一。总之,在中国当代散文作家中,较少有王充闾这样充满着人与自然、传统与现代、感性与理性、主观与客观、现实与理想的矛盾冲突与谐调统一,而在由这些"两极"生成的"场域"中,作家却经历了思想和心灵炼狱的过程,这颇似"蝉蜕化蝶"的艰难过程和生命飞扬,也包含了作家创作的散文文本具有不断被阐释的可能性和意义空间。

2. 一般意义上说，当代中国散文创作确实取得了令人瞩目的成就，尤其是自 20 世纪 90 年代以来，散文成为最受欢迎也是变化最大的文学门类；但换个角度观察，视野狭窄、道德弱化、感情虚假、人文精神匮乏、缺乏深度追求是当代尤其是近些年中国散文的通病。王充闾散文避免了以上弊病，一个重要原因在于其张力场的营造。张力结构使王充闾散文具有如下特点：一是开阔博大；二是富于矛盾冲突；三是充满力之美；四是深刻而感人。

就开阔博大而言，王充闾散文以自己的"书斋"为圆点，他追溯历史，检视现实，有天地之宽，又着眼于未来，所以给读者展示了一个可以无限伸延的广大时空，这也是王充闾集教员、官员、书生、学者和漂泊者于一身所占的优势。正因为开阔博大，所以王充闾散文有极丰富的知识含量，书卷气息浓郁，是一个充满信息的万花筒或博物馆，徜徉其间，读者可以俯拾即得闪光的知识贝壳；正因为开阔博大，所以王充闾散文有气势、有胸襟、有韵致、色彩斑斓而又从容不迫，而非一隅之限；正因为开阔博大，所以王充闾散文才能有较高的境界、深刻的情思与多元的价值观。以庄子为例，王充闾最欣赏的是他的不为物役也不为自己所役的"大自由"精神，因之，他才能理解诗化人生的真谛：在别人（包括惠子）孜孜以求的官位，在庄子则将它看成"祭品神龟"和"腐鼠"。在严光、纳兰性德等人身上，王充闾才能体会到视"官位"如粪土，而将自由看成生命本根的至高要义。在《青眼高歌》中，作者写才子纳兰性德无意于官场，结交汉族才俊，情深意长，品性高洁，境界高远，充分显示了自己的人生观和价值观。

对于矛盾，一般人总有一种偏见，即认为它是个贬义词，它往往表明一个人思想的混乱和浅薄。其实不然，一个人思想有矛盾正是其思想成熟的标志。诚如林语堂所言："一个人如果没有思想上的矛盾，这个人肯定就没有研究的价值。"所以，林语堂称自己"我是一捆矛盾，我喜欢如此"。

在《英国人与中国人》中，林语堂还表示："西塞罗说过：'不矛盾是狭小心性的美德。'英国人的具有矛盾之点，只是表示英国伟大的标志。""英国的政体的本身便是一件矛盾的东西，名义上是君主政体，实际上却是民主政体，可是不知怎的，英国人并不觉得其中有什么冲突。"王充闾散文常常充满矛盾，但也正因此才显示他的变动性、力之美和深刻性。最典型的是曾国藩，在王充闾看来，曾国藩在上与下、左与右、内与外、言与行、现实与理想中处处充满矛盾，表面看来他是智慧和成功的代表，但从人性的角度观之，他却活得太苦太累，太没有自我，是个十足的可怜虫。这种切入矛盾之中的剖析，深刻动人，极具艺术感染力。对于纳兰性德矛盾性的表现也非常感人，这种"高歌猛进"式的力量汹涌澎湃，不可遏止，读之久久难以释怀。

在王充闾散文中，除了直接"使力"，表现刚性的力美，我最欣赏的是他的阴柔之美，这在《碗花糕》《小妤》等作品中表现得最为突出：母亲似的大嫂对"我"情深意长，长"我"四岁的女孩子小妤对"我"关爱备至，对此，作者没有采用热烈的抒情方式，而是用"冷"调进行平淡叙事。正是在趋向拉开距离进行"零度"抒写中，在"热"与"冷"的张力中产生极其强烈的艺术感染力。"我"的大嫂和童年伙伴远去了，然而美丽与纯良却永活在作者和读者心中。王充闾还写过这样一段话："我曾从天空云朵的奇幻变化，想到了萧红的整个生命历程。当我看到片云当空不动时，就联想到这个解事颇早的小女孩，没有母爱，没有伙伴，孤寂地坐在后花园里，双手支颐，凭空遐想；而当一抹流云疾速地逸向远方，我想这宛如一个青年女子冲出封建家庭的樊笼，逃婚出走，开始其流离颠沛的生涯；有时，两片浮游的云朵叠合在一起，而后又各不相干地飘走，我联想到这有如两颗叛逆的灵魂的契合，结伴跋涉，后来又分道扬镳，天各一方了；当发现一缕云霞渐渐地融入青空悄然泯灭，我便抑制不住悲怀，为天涯沦落的才女一缕香魂飘散在遥远的浅水湾而深情悼惜。"这是一种斜风细雨式的力美，它"举重若轻"地将萧红这个异常复杂的灵魂描写得淋漓尽致、力透纸背。在此,重与轻的张力效果非常明显!

有论者曾这样评价张力在文学中的作用:"文学张力中的美是一种'坚奥的美',经历了惊讶—压抑、涵泳—释放两个阶段后,指向审美超越。优秀的文本建立在恰当的张力度的基础之上,使文本的信息量和由文本激发的读者审美感受量都指向最大化。"显然,"张力场"的审美效果往往不是1+1=2,而是1+1远远大于2。它像冰山一角,更大的部分隐在水下;它又像朦胧诗和模糊美学,内中有更大的可解释空间,而不是可以简单地一言以蔽之的。因之,王充闾散文的魅力可以从多方面获得解释,但不可不考虑其结构的张力效果。

3. 张力结构是王充闾散文非常重要的特点,由此使其作品有了广度、深度、厚度和灵气。但是,王充闾散文的张力结构并未臻于完美,它还存有不少问题。也可以这样说,由于作者缺乏更自觉、更清醒、更深刻的认识,所以他散文中的张力结构还有不少漏洞,这势必影响作品的整体水准。

第一,张力场的两极还需要增强平衡感、弹性与谐和度。虽然王充闾散文中的张力结构明显存在,但两极失衡、板滞和冲突的情况依然存在,这势必限制其张力结构巨大活力的生成。以"官员与书生"这一张力场为例,由于更加明确的"书生"立场和意识,因之,在王充闾笔下更多的是对官场的失望以至于绝望,对隐逸风尚的推崇甚至顶礼膜拜,这就弱化了"官员"与"书生"的"互文性",导致"张力场"磁性的磨损。事实上,在中国官场有不少为国为民殚思竭虑的成功者,正是因为他们的天生伟才、刚直不阿、公而忘私才使国家机器得以正常运转,人民过上安宁的日子。远的像包公、海瑞,近的如焦裕禄、任长霞,他们身上仍然保留着"官员"未被异化的光辉!古人云:"自腐而后虫生。"虽然从本质意义上说,权力导致腐败,过分的不受限制的权力产生更严重的腐败;但"百毒不侵"廉洁奉公的官员并不乏其人,否则一个国家一个民族不可能维持下去!如果站在这一角度说,将隐士品格作为最高的价值标尺,反映了王充闾对"官员"和"书生"两极理解的偏向。

如果对"官员"和"书生"不做简单的价值和美学判断,那么王充闾散文的许多人物就会写得更加丰满厚实、真实动人和匠心独运。如《他这一辈子》写李鸿章,虽然将这一个"拼命做官"的"不倒翁""裱糊匠""避雷针"写得活灵活现,但因为没有将李鸿章放在一个特殊的历史文化背景上进行审视,没有从人性和心灵深处体味李鸿章的灵魂,也没有从"书生"角度剖析他(至少可以剖白他身上的书生本性是怎样逐渐丧失殆尽的),因之,李鸿章这一形象仍然显得概念化,缺乏深厚的文化底蕴和强大的艺术张力,其失衡、扁平、粗糙就不可避免!

第二,以"书斋"为立足点,放眼于天地自然,过于注重现象展示,而对于天地自然的道心参透不够。应该说,王充闾散文也充满着天地自然的情怀,有时还有强烈的生命意识甚至宇宙意识,如他曾表示:"死亡是精神活动的最终场所,它把虚无带给了人生,从而引起了深沉的恐惧与焦虑。而正是这种焦虑和恐惧,使生命主体悟解到生命的可贵、生存的意义。"作者还说:"我看到过一块辽西产的鸟化石,是一亿四千万年前形成的,对着它我深思了好久。与这化石相比,一个人的生命实在是太短暂了,就算是上寿百年吧,也只占了一百四十万分之一……王母娘娘的仙桃三千年开一次,开过一千遍也不过三百万年,不及鸟化石的四十分之一。即使有八百年寿命的彭祖也不知死过了多少回了,更何况普通人呢!这么一比较,那些蜗居角虚名、蝇头微利,连'泰山一毫芒'也谈不上了,争个什么劲头?真该抓住宝贵的瞬间干些有意义的事!"这话说得多好!不过,在王充闾散文中,这样的对天地自然之道的体悟被大量的自然现象和生活世相覆盖和淹没,这就带来了作家在自然面前有"匆匆一瞥"的感觉。

第三,作家在注重思想的掘进时,往往忽略了培育心灵的光芒,不少作品给人以"为文而文"的感觉。应该承认,王充闾以积极进取的精神,在向文化和思想进军的过程中,确实将其散文提升到一个新的高度,但以

"头脑"代替"心灵"的倾向也明显存在,即是说,"理性"大于"情感","思想"覆盖"心灵",使他近几年的散文创作有"裸露"之感。这颇似一座大山,因为失了茂盛的植被,山体裸露,也就少了云气和光辉。在此我提出如下建议:一是多用"减法"少用"加法"。这包括在写作的数量上要减少,篇幅的长短上要缩短,知识的引用要减少,头脑的思考要减少,与时尚和潮流拉开距离,让心灵虚空、宁静、明亮和强大起来。一句话,将目光、耳朵、感觉从外在世界收回,回到己心,以心灵为镜照亮外界也照亮自身。因为眼睛极易为五色所迷,耳朵常被五声所惑,所以,让心灵来观照天地的"无形"之形,让心灵去倾听天地的"无声"之音,往往来得更为重要!关于心灵在文学创作中的重要性,有人这样概括说:"一切有价值的文学作品,乃为作者心灵的发表,其本质上是抒情的,就是发表思考的文学也适用这种原理——只有直接从人们心灵上发生的思想,始值得永垂不朽。爱德华·杨格(Edward Young)早于1795年已在《原始作文之研究》一书中,很清楚地说明这种观点。"当下许多散文一味追求思想而忽略心灵的光辉,很值得引以为戒。

散文要进取,要有思想,但它们往往不能忽略"静默",更不能使思想"裸露",而应该自然而然地呈现,否则就不容易与哲学随笔区别开来,从而失了文学性。换言之,真正优秀的散文是离不开诗性的,它的思想的内核包裹在毛茸茸的灵性和文学性之中,有时只能"感到"但看不到思想。如法国布丰的《马》和《天鹅》,作家不是以逻辑说理的形式高论"自由"和"美",而是通过优雅的文笔,极具透力的描绘和分析,用"马"和"天鹅"这两个动物进行"点燃",于是两篇文章的思想被"光芒"照亮了!与许多思想裸露的随笔不同,布丰这两篇散文是用心灵的大光将"思想"照射得通体光辉,就如在阳光底下被照亮的薄如纸张的瓷器一样!还有王羲之的《兰亭集序》、王勃的《滕王阁序》都是这样的佳作。以更高的标准来看,王充闾散文缺乏的就是这样的思想的"大光",当然,这也是当下中国散文存在的通病。

众所周知，散文易学难工！要真正写出有思想、磁性、境界和光芒的天地至文谈何容易！然而，我们不能因为困难，就放弃更高的完美的标准。这就需要内外双收，不断精进，进入化境。祝愿王充闾的散文创作更上一层楼！

焦躁的叩问
——王充闾及其散文之美学观照

◎王志清

读王充闾作品最突出的感受就是，我宁可把他看成是一个哲学家，一个美学哲学家。这个以智性长者的风采出现的作家，他最感召人心的地方，是他的忧心，是他焦躁无比的叩问。其作品越到后来，越加感到他太像问天的屈原而有着特别的焦躁，有着特别沉郁而激越的叩问。而其人性的锐度、人格的力度和人文精神的厚度，正是在这种焦躁和焦躁的呈现中得以卓突表现的。王充闾说："我以为，散文应体现一种深度追求，以对社会人生和宇宙万物的深度关怀和深切体验，抒发内心的真实情感，表露充满个性色彩的人格风范。我也试图在状写波诡云谲的历史烟云时，以一种清新雅致的美学追求和冷峻深邃的历史眼光，渗透对生活的独特理解。在美的观照与史的穿透中，寻求一种指向重大命题的意蕴深度，实现对审美视界的建构，对意味世界的探究。"这种生命的焦灼和文体的自觉，表现出作者重塑历史精神的渴望，也表现出创造新的文体的自信。他的散文可以概括在文化散文的范畴之中，但是，他在作品中所能达到的历史深度、情感深度乃至哲学意蕴，则以其强劲的文学魅力而给我们带来崭新阅读经验和生命意义的反刍。

海德格尔认为：人在现实中总是痛苦的，他必须通过寻找精神家园来消解这种痛苦。当人们通过对时间、历史、自然和生命的思索而明了家园之所在时，也便获得了自由，变成了"诗性的存在"，也即是到达了与庸常的社会相对性的"神性世界"。可以毫无疑问地说，王充闾的焦躁源自于人性的深刻痛苦，是基于当下、基于生存、基于生命状态的焦躁。具体地说是人性失落、文化失范、文学失语而引发的焦躁。其表现可以归纳为两方面：一是在社会转型的时代，现代人浮躁、焦灼和迷茫，需要灵魂的拯救；二是越来越多作家经受不住金钱的诱惑，文学成为追求市场效应的商业化行为，作家不再把文学创作当作精神的必需和生命存在方式，更不能够坚守创作的严肃性和神圣性。

在王充闾的眼里，文学始终是以处理人的精神和灵魂事务为最高价值的，它有义务回答人类的精神难题。于是其焦躁越发的深切，其焦躁也深沉地转化为对于传统文化的追寻，生成人文忧患的精神情结，转化为知识分子的精英的批判立场。"伟大的作家并不是无为与无奈的。他们总是着眼于民族灵魂的发扬与重铸，或敞开传统文化和现代文化双重渗透下的自我，对文化生命作真正的慧命相接，将灵魂的解剖刀直逼自我，去体味焦灼后的会心，冥思后的渐悟，凄苦后的欢愉；或关注历史上递嬗兴亡、人事变迁的大规模过程在时空流转中的意义，强调人情物事的文化价值，而使某些特殊人格与精神的象征挺立于时间长河之中，显示出一种宇宙的乐感与恒定感；或是夸张时间的销蚀力，以致一切人事作为都隐现于终极毁灭的倾向，如此而引发一种宇宙的悲剧性与无常感。"这种焦躁，这种关注现实政治，关注社稷兴亡、民族命运的焦躁，也正是王充闾写作的缘起和动力，并形成了他写作中的人性自觉。作者企图通过生命体验、生命激情的滋润，来剖析现实、审视历史、观照未来，进而关注人生、人性和人的生存状态、人的命运及其生命价值，这本身就体现了一种写作的价值追求和人性置换。因此，其散文创作，往往是精神的炼狱、精神的还乡、精神的自觉承担，是其特殊的士、仕身份的人文情怀与政治情怀同兼的生命状态。

在荣格（Car Gustav Jung，1875—1961）看来，情结是意识无法控制的心理内涵。情结中永远存在有冲突、焦躁、骚乱和惊悸。正是这种焦躁，使王充闾始终处于一种惶惶不安的灵魂悸动之中，处于一种对于灵魂栖息地急不可耐的寻找中，处于一种自觉承担解决我们共同面对的时代命题的困惑中。因此，王充闾的散文创作，也便呈现出"螺旋式攀升，精进不已，始终处于动态之中，呈现一种飞扬之势"的轨迹。王充闾自觉地、甚至是在自觉"规划"着这样的进取走向，他也为能够形成这样的"飞扬之势"而自豪和兴奋。王充闾在《渴望超越——在北京大学散文论坛上的讲演》中有过清醒的自我归纳："先是山水自然，风光名胜，以游记为主；而后着眼于人文、历史，写文化历史散文；近期主要是关注人性、人生和人类精神家园问题，用我的话说，就是以有限的笔墨说些与无限相关的事，我自认为是在一步一步走向深入，体现着一种深度追求。"王充闾的散文创作起步于20世纪80年代，创作多为游记散文。和同时代的作家作品相比较，王充闾的这类游记散文以深厚的古典文学功力见长。进入90年代后，王充闾不再满足于仅以清新的笔调表现自然美，表现生活中的诗意了，他开始走向文化散文的创作，往往从当下出发，重新开掘传统中蕴含的历史深意和哲理意味。笔者同意这样的说法：如果说，在90年代，王充闾的历史文化散文创作只是近十位同类写作的作家中极有特色的一位的话，那么，在世纪之交，当历史文化散文的创作处于停滞不前甚至式微的状态时，王充闾的创作无疑给这种文体注入了一些新的活力。而且，笔者更深一层地认为：王充闾在其他作家找不到突破口的苦恼时，他跃上了新的层面，出现了新的超越。

王充闾的确是"把不重复自己作为艺术创造的标尺"，从他散文创作的三个阶段来考察，可以看出：他是越来越焦躁，其情结越来越不可破解。在这个精神危机的时代，他企图以"经典写作"独立支撑而维护文学最后的尊严，而他的这种执着与坚持，也正显示着他纯粹的审美趣味，表现出一个现代知识分子的精神修养。从这三个阶段看，王充闾的散文创作发生着显著的变化，最主要的是，其散文创作已经逐步掘进到人性的层面了，深入到对象世界的多元性、多样性之中而生成"未曾传言"的内涵。越往深掘，越是焦躁；越是焦躁，越是深掘，他已经仿佛是那个推石头上山的西西弗斯角色了。因而他越发地使尽全力推石上山，而石头终于还是滚了下来，于是他再努力推石上山，石头复又照样滚了下来。如此往返重复，永无止境地经受着推举石头的磨难。然而，每一次的重复，又绝不是简单意义的重复，而是更添加了许多的焦躁，也更添加了许多承受类似推举石头磨难的勇力、毅力和实力。他是在焦躁和消解焦躁中享受生命，超越生命，进而显示生命的诗意的存在的。王充闾把他的一本散文集命名为《何处是归程》，其本身就隐含了一种焦躁和怅惘，也隐含着一种淡淡的对人生短暂苍凉的慨叹和难以名状的悲剧意识，表现出一种叩问和探询的困顿。因此，从精神维度上看，王充闾的这种不断探索，不断地自我超越，是其内心焦躁的积极反映，是其追寻情结化解的不安分的情性跃动，而其内心的情怀和人文精神也就在这种嬗变和渐进中不断清晰地呈现出来，其创作状态也就越发开放，越发自由。

虽然王充闾的散文创作有这么三个阶段，虽然其散文也具有多样化题材书写的选择，还形成了三种散文类型，然而，"心灵归程"的寻找是贯穿于王充闾创作始终的，也许王充闾早期的散文创作并没有这么自觉和强烈的意识性。但是，那些作品也是一种追寻，是作家对栖息心灵净土的一种寻找，其早期游记名篇如《清风白水》《春宽梦窄》《读三峡》《山不在高》《祁连雪》《天上黄昏》《情注河汾》《神话的失踪》等，既有名满天下的名山大川风光胜地，也有僻陋孤山和闲情偶记。在这些散文中，他不只是状写风光的俊美旖旎或威严沧桑，而是更多地和个体心灵建立起联系。特别那些"忆旧"式的散文，如《童年的风景》《碗花糕》《青灯有味忆儿时》《华发回头认本根》《灵魂的回归》《乡音》《故园心眼》《思归思归，胡不归》等作品，纷乱的现实使他心绪难平，他才萌发了"小窗心语觅归程"的心绪，而重新体验未被污染的乡村的"童年记忆"，他在《思归思归，胡不归》里心灵表白道："原本十分鄙陋的乡园，经过记忆中的漫长岁月的刷新，在离人的遥遥相望中，已经变作温馨的留念与甜美的追怀，化为一种风味独具的亮点，放射出诗意的光芒。在回忆的网筛过滤之下，有一些东西被放大了，又有一些东西被汰除了，留下的是一切美好的追怀，而把种种辛酸、苦难和斑驳的泪痕统统漏出。"此中，隐隐道出了作家"怀乡"的焦躁。无论是对历史人物人性的开掘，还是作家对风光的状写，都不同程度地表达了他的作品更关注心灵去向的问题，这一写作倾向，成为其一贯的旨归和意趣。"赏鉴自然，实际上也是在观书读史，在感受沧桑、把握苍凉的过程中，体味古往今来无数哲人智者留在这里的神思遐想，透过'人文化'的现实风景去解读那灼热的人格，鲜活的情事。当然，人们在欣赏自然风物的同时，也是在从中寻找、发现和寄托着自己。"而文明古国处处都能够引发你的情思，"又使你不期而然地负上一笔情思的宿债，急切地渴望着对其中实境的探访，情怀的热切有时竟达到欲罢不能的程度"。这种寻找的焦躁和焦躁的寻找，决定了他散文的写法，决定了他散文创作的走向，决定了他的散文都是从人性、从人生哲学的方面来解读社会、历史的视域。王充闾所追寻的这个精神故地，既是他亲历生长的地方，也是一个遥远但却日益清晰的梦乡。他在以个人化的方式处理历史和现实题材时，那些已然发生的事件、人物和见闻，均成为他表达人文关怀的对象，均成为消解其焦躁的精神着陆地，因此，形成了他散文"生命美学"的文本形态。

　　王充闾的这种生命美学的散文文本，还不仅仅表现出在困顿迷茫而对心灵家园寻找的执意和自觉，而他这一努力的另一种价值是：人格的独立性和文化的自信。中国文化传统的重要特点就是士与仕一体，文与史一体。王充闾的写作似乎也有这样的意味，是一位身处政界高位的现代知识分子以文学的样式回答当代中国的一些精神文明的问题。王充闾有一篇散文就命名为《驯心》。我们以为，这是作者的一篇人格宣言。这也是一种"焦躁"，不仅是他对精神困境的焦虑和突围的强烈愿望，也是他对灵魂检点、对文化精神反省的自觉，是王充闾在其文化历史散文中所表达的那种检讨、反省和有所皈依的诚实体会。传统文化对士人具有"驯心"的强大功能，其不可抗拒的力量就在于让士阶层像"熬鹰"一样而作"乖乖就范"的价值取向上，让他们永远失去独立的思考能力和特立独行的人格风范。在对传统文化的"驯化"的精辟分析中，显现出作者那种精神突围和不甘就范的心灵冲突，表现出难能可贵的精神独立和铮铮傲骨。王充闾曾经身居高位，也生活于世界即商场的时代，但他仍然没有被"驯心"。王充闾独立的思想和情怀的表现，是一种精神回归的深刻焦躁的需要，而他只不过以"精神还乡"的方式表达了他解决精神归属的意愿。

因此，我们解读王充闾及其散文，最为深切感受的就是其中蕴涵着一种震撼人心的焦躁。这种焦躁所形成的作家的人性自觉和文体自觉，使其散文成为生命美学的文本范型，赋予了其散文强烈的偾张内力、深层忧患的内核和对人类命运特殊关怀的深情悲悯。"因为文学创作说到底，是生命的转换，灵魂的对接，精神的契合。"这样的文体自觉，决定了他的文学本位，决定了他的焦躁、他的思考、他的表现，是通过文学的而不是哲学、历史抑或是伦理的层面。

日臻至境的生命美学
——王充闾散文创作研究述评

◎张学昕　李桂玲

  王充闾的散文创作，最早可追溯到20世纪50年代。归结起来，在延续至今的五十余年时间里，其公开发表的散文作品有数百篇，结集出版的散文集九部，曾获包括鲁迅文学奖、冰心散文奖、辽宁文学奖等在内的多种重要奖项，有多篇散文作品被选入各类中、高级学校教材。可以说，王充闾是20世纪50年代以来中国文坛始终坚持散文创作且佳作颇多、并有自己独特艺术风貌的重要散文作家之一。文学评论界对他的关注，最早始于1988年，其后研究、评论不断。截至目前，结集出版的关于他散文的研究、评论合集和专著共有五部，散见于各报纸、刊物、网络的评论文章已经无法计数。对于一位曾身担政务多年的人来说，有如此数量的著述，且引起了文学评论界如此广泛的关注与认可，确属不易。

  从20世纪50年代到60年代，王充闾的散文作品，更多的是一些对现实关注意味浓厚，抒写时代社会新生活、新风貌或是批判社会弊病的文章。在思想性上局限于对小情、小景、小事的议论，在艺术性上还未成熟，还没有形成自己的风格。另外，由于受当时政治环境以及他个人工作性质的影响，在这些早年"起步期"的作品中能够看出50、60年代中国散文创作沿着歌颂与倡扬的单一模式，沿着秦牧、刘白羽等人创造的散文写作样式一路走来的明显痕迹，有评论者将这一时期中国散文创作形容为"审美乌托邦"模式。在10年"文革"中,在外部的政治压力下,王充闾基本上停止了创作活动。可以说王充闾在50年代到70年代这段时间内,几乎没有引起评论界的太多关注。但现在一些进行王充闾系统研究的评论者在回顾其50、60年代的创作时认为,王充闾关注现实,用简单的事例说理的手法,勤于观察、深入思考的习惯在那时就已开始形成,并为其日后创作打下了深厚的基础。

我们现仅对20世纪80年代以来有关王充闾散文创作的研究、评论文章,进行梳理与归纳,以期整理出一个清晰的研究、评论图景,以更利于深刻理解和把握王充闾这位散文大家,考察其散文创作在中国当代散文创作的发展进程中,所达到的精神、艺术创作高度及其所具有的文学史意义。

一代知识分子的文化超越与真诚人格

进入80年代,王充闾重新开始了散文创作。此后的十年可以说是王充闾创作的最为重要的爆发期。这期间的作品后来主要收入《柳荫絮语》《人才诗话》《清风白水》这三部散文集中,这一时期被认为是王充闾形成其个人独特散文风格的开创期,也是为他赢得读者和评论界认可与称道的关键时期。自此,关于王充闾散文创作的研究与评论,随着其作品数量与品质的不断增长,日渐丰盈起来。进入90年代后的几部散文集《春宽梦窄》《面对历史的苍茫》《沧桑无语》《何处是归程》,尤其是《面对历史的苍茫》和《沧桑无语》则标志着王充闾创作的发展和成熟期的真正到来。

知识分子的道德感、使命感与理想主义的精神追求在王充闾80年代的散文创作中格外引人注目,一些知名的散文作家和评论家对此都给予了关注与评论。孙郁曾对《柳荫絮语》《人才诗话》两部集子给过这样的评价:"他尚未摆脱古代散文的文以载道的寓言模式,他甚至带有杨朔式的文体和认知心理，喜欢在咏物之余，把理性化的主题升华在作品的结尾。王充闾的思想是传统的，他的审美趣味相当程度带有50、60年代坚强而忠贞的理想主义色调……在他的散文中，可以看到在50年代步入革命队伍的知识分子心灵的影子。"孙郁的评析，可以说道出了王充闾80年代作品背后统一的精神追求，王充闾想通过散文的形式，表达他及与他同代知识分子的一种历史使命感与社会责任感，以唤起民众的良知。这种精神追求是中国散文传统自古以来就承继的一种"天下兴亡，匹夫有责"的承担与干预的精神。对此，郭风说王充闾是在"以很强的文学修养写出他的社会、人生，乃至政治见解的"。文学评论家雷达在对散文集《清风白水》评析时说："它并无老庄的'虚'，魏晋的'玄'，更无避世、逃世之意，而是充满了中国式知识分子的追求意识、执着精神和很强烈的时代责任感。"这种评价切中肯綮，我们也深深感到，在对祖国山川的歌咏之余，在他对历史的巡礼之中，他总是能够把思绪拉到这些平凡而伟大的人物之间，在充满热情的叙述与生动的描写之中，表现出他的道德理想和精神向往。如果说，道德感与理想主义是王充闾散文创作的精神外壳，那么包含在里面的、更具有永恒生命力量的内核，则是他作为当代中国文人知识分子的文化坚守与超越之境。这在90年代的创作中逐渐显露、明晰起来。在此期间，王充闾以描写历史中的知识分子为重点，试图发掘他们生命深处的精神状态。经过几年的实践，在20世纪90年代后期和21世纪最初几年里，王充闾的历史散文已开始向着思想探源和人格分析的角度拓展。其中，以描写曾国藩的《用破一生心》和描写勃朗特三姐妹的《一夜芳邻》为代表的一批以历史人物为描写对象的作品最为突出。这些散文，被认为是最能表现王充闾对历史的人性、人道主义关怀的典范之作。蓝棣之在读过王充闾这一时期作品之后说："他长于谈天说地，辨析名物，借以抒写对人生的感受，启发人们去思考与领悟。"我们以为，这句话简洁地点出了王充闾散文的"穴位"，而王充闾先生自身的人格力量也在其中获得诗意的呈现。

米兰·昆德拉(Milan Kundera，1929—　)曾说："'认识的激情'攫住人，使他去探索人的具体的生活，保护它，抵抗'存在的被遗忘'；把'生活的世界'置于永恒的光芒下。"如果说，"认识的激情"属于每一个潜心写作的作家，那么，它就使我们找到了一条通往王充闾散文创作的精神之路——以文化的方式试图寻求超越之路，以期实现对人的本质意义的书写。诚然，他曾经认为文化要为历史服务的，但是他最终仍然将表现的重心转向了人。对此，研究者石杰做出了这样的评述："王充闾以往的散文创作中最缺乏的就是生命体验，他一度徜徉在生活的表层，真实的生命体验则或隐藏，或沉睡。直到20世纪90年代的历史散文创作，生命体验才明显地表现出来……在这里，生命大于文化。人既不是文化符号，也不是观念的载体，它们只是人，具体的有血有肉的活生生的人。作家的任务也只是从人出发，揭示人的存在、本质和人性的奥秘，从而认识他人也'认识你自己'。"特别是2000年以后，他的散文，更多体现出的，则完全是一个经历世事苍茫，重归心灵宁静与寂寞的年高德劭的长者，对整个人生，对宇宙万事万物的一种知而后智的关注与思考了。这是站在更高一层的精神境界之上的回顾与反思，是对人生终极生存意义的一种文化深层探究，以及对人类大智、大美的一种不懈追求。这时的王充闾，已逐渐摆脱了叙述文体的束缚与所谓种种"意义"的追求，这时的散文更像是一首首老人追忆一生中的丝丝缕缕的片断、并对其重新梳理的人生心曲。

历史与现实之间的生命追问

对于集中体现王充闾80年代创作风貌的《柳荫絮语》《人才诗话》《清风白水》三部集子，一些评论者认为，这一时期王充闾的散文创作已体现出了将历史感与现实感相融合的功力，以达到以古鉴今、在现实和历史间自由地进行精神腾挪的作用。显然，王充闾在以一种独特的"叙述"记叙着对生命的追问。

王充闾在《人才诗话》集的后记中也说过,他在写这些文章时,是将历代与其写作主题相关的诗文、典制与轶闻等综合在一起,"试图以辩证唯物主义和历史唯物主义的观点,对一些古代诗文和历史资料进行综合分析,力求从中引出一些科学的结论"。可以说,王充闾的这种散文创作是用文学的体式对历史、现实进行哲学思辨的典型范例,也体现出了他个人的一种文化价值观,即对于传统道德的强烈维护,以及对于具有集体主义精神的理想人格的不懈追求。

我们看到,王充闾散文作品有很大一部分是对他游历过的祖国山川、海外景致进行描摹抒怀的,这类散文,可统称为游记散文。丁亚平在王充闾游记散文漫谈中提出"文化情绪"这一说法:"我们看到,在他的游记作品中,由于作家坚持不懈地扩展精神的园地,努力发展自己的文化情绪,因而,使得他的创作在成为自己心灵历程写照的同时,取得了普泛的文化机能与价值内涵……王充闾其实首先是把游记创作当作一种文化活动、一种'精神导游'来写的。这包含三个层面:一、文化交流;二、知识传播;三、心灵沟通。三者紧相关联,发散出精神的性质。"王充闾对自己的游记散文是这样解释的:"写游记散文,既要把历史收在笔下,把读自然、读书、读史融为一体,又不能为历史所累……走出古人,找出一片'阶前盈尺之地',来创出自己的辉煌,就是一个非解决不可的课题了。这也正是我所苦苦追求的。"在这里,借用历史又不被历史捆住的思想,成了王充闾游记散文的关键,而文中的历史在王充闾眼中也就有了加入他个人理解的新的含义。

随着多年来创作经验的积累和在人生道路上的历练,进入90年代以来,王充闾的散文作品在思想深度上、在个人风格上开始向更加成熟和个性化的方向上拓展。尤其是在历史散文、游记散文创作方面,已树立起了属于自己的散文风格或者不同凡响的散文品质。这一时期的作品主要收在《春宽梦窄》《面对历史的苍茫》《沧桑无语》《何处是归程》几部散文集中。

结集出版于1991年的散文集《春宽梦窄》获得了"鲁迅文学奖"1995—1996年度优秀散文奖。对于王充闾90年代的创作，李晓虹曾有过这样的描述："80年代，王充闾的创作多为游记散文……90年代以来，王充闾不再满足于仅以清闲的笔调表现生活中的自然美和诗意，历险攀高的热情和形上思索的创化扩展了他心灵的维度和创作视野。他开始走向文化散文的创作。他的着眼点在于从当下出发，重新开掘传统中蕴含的历史深意和哲理意味。"评论家周政保在一篇评论《沧桑无语》的文章里这样写道："初读《沧桑无语》，往往能给人留下游记的印象，但实际上，游历只是给创作提供了一种感怀自然或深思沧桑变迁的契机，或者说，历史才是这些作品的感悟对象……在这里，作为抒怀对象的历史，仅仅是一种偶然的遭遇，即便是陈述历史，也绝不是为历史而历史，而是或主要是为了打开'视昔'的窗口，以便让读者收获更多的思情——那种既与历史相关、又与现实相关、更与人的精神情怀相关的意味或启迪。我想，这便是《沧桑无语》叩问沧桑的终极目标了。"

　　面对如何处理散文中的历史问题，确实曾经存在着一些争议。孟繁华认为，王充闾在处理他散文中的历史元素时，用现代人心态、方法去解析古人便是他的高明之处，"在王充闾的散文中，他不是以价值的尺度评价从政或为文，而是从人性的角度对不同的对象做出了拒绝或认同"。但评论者李咏吟对此则给出了截然相反的说法："诚然，智慧的叙述可以引发人们对历史的新理解，但历史毕竟是历史，其庄严性与非诗性，不是情感的抒写所能充分把握的，因而，散文家虽有灵光闪现，但基于历史的文化散文，不许创作者过度诠释与发挥，只能就历史本身进行深度发掘"。以上有关历史与王充闾散文之间关系的赞赏或是争议，与其说是对王充闾个人历史文化散文创作的讨论，毋宁说是对90年代以来散文发展进程中出现的"历史文化散文热"这一大问题的思考与辨析。从1990年开始，将历史文化知识融入散文写作的方法，以其阔大、豪放、有史学深度的文学架构和话语风度，冲破了此前散文创作中存在的以闲适生活、日常叙写为主的个体生活写作，并获得了空前的成功。一时间，怀古悠思、纵横上下5000年的大历史散文抒写，集中出现在各报纸杂志，鱼龙混杂，泥沙俱下。但历史文化散文应如何写，它又将朝着怎样的方向前行，写作者、评论家甚至读者都在试验、思考的途中。在这样的环境下，王充闾初期的历史散文创作也曾一度陷入困境中。李晓虹指出了他这时期散文创作的明显缺憾："一是作品中的历史叙述往往为知识所累，很难看到作者的情怀，本应属于背景的史料，因着作者的引述，反倒成了文章的主体，留给读者的想象空间很小，使人读起来难以喘息；二是缺少具有现代意识的文化反省、灵魂撞击，缺乏精神的发掘。在不少文化历史散文中，看不到那种穿透历史，进入人性、人生和精神家园层面的精神思索。"王充闾也意识到了这些缺憾，并开始尝试用强化主体精神的介入，以人性化解析、人道主义关怀为突破口，力求开创出一条更有生命力的历史文化散文创作之路，在历史和现实之间，找寻极具生命、思想价值的精神追问。

创作思想探源与心理情结

随着王充闾散文创作影响的深入，对于其创作思想与心理的研究也日益加深。很多学者认为，儒道意识、历史意识、悲剧意识、忧患意识一直深深地植根于王充闾的散文创作之中。孙郁认为："他力图在马克思的共产主义思想与传统儒学中，寻找一个新的道德秩序。"栾俊林的一篇评论文章中也曾提到："他散文的内在风韵在思想根基与发展上，有布尔什维主义，也有传统的儒学成分，这二者构成了他对社会观察与表现的审美标尺。"王向峰所编著的《王充闾散文创作研究》中更是将他创作的思想与心理情结进行了非常细化的研究。

应该说，在历史的审视与文化的解读中，在审美情思的表露中，必然凝结着作者的哲学思想，体现了作者强烈的儒道交互、庄禅并生的思想，这在《沧桑无语》中有着鲜明的体现。王充闾将李白作为"诗仙"的形象来追怀和赞赏，解读李白的典型意义在于他的心路历程及其个人际遇所带来的悲欢苦乐，在很大程度上反映出几千年来中国文人的心态，呈现出带有普遍的"士"的性格与悲剧的命运，这都是和儒家的积极入世的人生态度和"修身、齐家、治国、平天下"的价值取向有直接关系的。同时，《沧桑无语》中所体现的道家思想也是十分突出的，道家的精神实质即是追求精神自由、人格独立，所谓大隐隐于市，小隐隐于林，具有道家精神的人实为"大隐"。李白身上也体现着道家对于人性自由肯定的一面。他是一个自我意识非常突出的人，时刻把自己作为一个自由独立的个体，把人格的独立视为自我价值的最高体现。在王充闾看来，他的悲剧也正产生于此。历史意识、忧患意识与悲剧意识都深刻地熔铸于王充闾的散文中，他的历史散文内容十分丰富，历史和人物自先秦而汉唐，自宋明而近现代，引用、批评和涉及的古籍，经史诗文无所不有，正可谓博大宽厚。但是作者并未拘泥于历史，而是始终如一地开凿着历史与现实之间的通道，将历史作为审美观照的对象，同时又不忘对现实的思考，为我们提供了一条深刻思考和认识现实的途径；此外，王充闾散文中的忧患意识，具有内涵复杂性和整体情绪积极性的特色，充分地体现出了作家的大家风范和思想家的宏阔气度。王充闾以其特殊的人生经历为底蕴，以丰富的文化知识为依托，凭借独特的视角，阐发自己对社会、历史、人生的深邃见解。悲剧意识是作者在历史回眸中对历史钩沉的感念，也是作者一种独特的生命探究、人生感悟、哲理思考与人生审视的方式，因此，具有浓重的历史沧桑之感的悲剧意识成为作家自觉进行历史探寻与反思的动力。

  王充闾对于历史和文化的迷恋与虔诚，使我们感到，他在散文创作的审美构思过程中，内心深处必然集结着某种特别的、不能自已的创作冲动与心理情结，那就是学者们总结出的废墟情结、庄禅情结、梦幻情结和诗语情结[八]。首先，王充闾散文中的废墟情结，主要体现为他对于历史上已经湮没的名都、古城、园林、街道、遗迹等昔日辉煌繁盛、如今颓败残缺的存在所具有的一种深沉的追念心理,这形成了他独特的审美情趣与艺术敏感。

为历史增添精神重量与文化资源
——王充闾散文创作论纲

◎ 古 耜

在我看来，作为散文家和诗人的王充闾，无疑构成了中国当代文学史，尤其是进入新时期之后近 30 年文学发展史上一个绕不过去的存在。笔者之所以做出这样的判断，并非仅仅鉴于时至今日的王充闾，已经出版了 30 多部散文以及旧体诗词著作，其中包括辽宁教育出版社出版的六卷本"王充闾作品系列"和重庆出版社出版的三卷本"王充闾历史文化散文系列"，这样比较全面的成果展示；也不单单因为这些著作中的若干散文篇章或专集已经荣获鲁迅文学奖、冰心散文奖等诸多权威奖项，有的散文作品甚至经过时光的淘洗，渐渐浮现出文学历史上经典文本的端倪；这里，更重要也更带有本质意义的理由和依据是，体现着文学良知并砥砺着审美高度的学术界与评论界，开始广泛关注王充闾的文学创作，一大批严肃的、卓有成就的学者和评论家，围绕王充闾的散文及其诗词作品，撰写并发表了一系列文章，展开了深入的文本分析和细致的价值评估，几位中青年学者相继完成了以王充闾为对象，追踪其创作道路、梳理其文学成就的专著。所有这些均无异于告知文坛和读者：以散文为主体样式的王充闾的文学创作，已经进入了一个时代的艺术高端，进而形成了特定历史条件下学术研究和审美阐释的意义。

然而，我又觉得，截至目前，无论是文学界、读书界对王充闾作品的一般接受，抑或是学术界、评论界对王充闾创作的专业解读，都还存在明显的缺欠与不足，都与王充闾作品固有的内涵和价值，拉开了距离乃至呈现出反差。就前者而言，消费时代阅读的感官化和快餐化，无形中遮蔽和冷落着王充闾作品的诗性精神，从而在一定程度上影响了王充闾作品于更大范围的传播；依后者而论，相当一部分研究王充闾的文章，还停留于孤立的文本解读和封闭的作品阐释的层面，而缺乏一种宏阔、深远的背景意识，即未能将王充闾的创作放到文学史、文化史乃至思想史的发展过程之中，加以审视、梳理和评价，这自然难以从根本上揭示王充闾作品的精神和艺术内涵，并真正认识和把握多维视野中的王充闾。正是基于这样的情况，笔者不揣浅陋，拟就王充闾的文学创作，进行一次以散文为重心的立体观照和宏观剖析，以期对当下学术界的王充闾研究有所推进和裨补。

一、用散文以抒情，这是中国文学的传统，也是汉语写作的创造，其艺术源头至少能够追溯到楚辞和汉赋，其创作实绩则可以列举从苏东坡到朱自清、再到杨朔的一系列作品。但是，如果我们能够放眼世界文学的历史和现状，即可发现，散文其实是一种包罗万象、异态纷呈的文体，它的灵魂和本质与其说是情感，不如说是思想。这也就是说，在更大的世界文学的范围内，优秀的散文家和散文作品，是需要有足够的精神含量和思想高度的。正是在这一意义上，学贯中西的董桥先生才认为："散文，单单美丽是没有用的，最重要的还是内容，要有 information，有 message 给人，而且是相当清楚的讯息。"也正是在这一意义上，诺贝尔文学奖得主、写过许多散文作品的萨特（Jean-Paul Sartre，1905—1980）干脆断言："作家的任务就是运用各种文学形式，来表达自己的哲学思想和个人感受。"

从这样的理念和尺度出发，我们来看王充闾的散文创作，即可发现：作家笔下的大多数文本虽然并不排斥情感的介入和浸润，其中一些描述童年记忆的篇章，甚至富有很强的情感张力，但是支撑这些作品基本构架和主要脉络的，却每每是一种精神的翕张和思想的延展，是一种理性的或者说知性的力量。换句更为直截了当的话说，王充闾的散文在本质上是灵魂和思想的审美外化,是一种精神魅力的沛然呈现。王尧先生指出:"与虚构的文学样式相比,散文更直接地表达了知识分子的'世界观'和'审美观',用语言的形式反映或表现了知识分子的存在方式。"由此引申,庶可断言:王充闾散文选择强化精神和思想的言说方式,不仅体现着作家放眼四海,取精用宏的艺术胸襟;而且包含了他以文学为通道,与人类共勉和与生活对话的自觉追求。

正如一个人的内宇宙往往是异常丰富的一样,王充闾散文世界里的精神追询和思想言说,也呈现出多层次、多侧面和多色彩的情形。其中有历史的、也有哲学的,当然也不乏文化的、艺术的乃至社会的、政治的。值得注意的是,这种多层多面多彩的精神追询和思想言说,并不是平面的、静止的,而是随着作家艺术视线的位移和创作观念的嬗递,逐步实施着面向对象世界和意义王国的深度探求。如果说具体点,我们或许可做如下的纵向描述:20世纪80年代,王充闾的散文,如后来多收入《柳荫絮语》《清风白水》《春宽梦窄》等集子里的篇章,其内容主要是记人叙事、感物咏怀和山水探胜,与之相适应的作品的思想主题,也常常停留在多角度的人生哲理和自然伦理的阐发上。进入90年代,王充闾的散文更多地引入了历史视角,写出了《青山魂》《土囊吟》《春梦留痕》等作品,这时,诗性、哲思和史眼的结合,构成了其内在的思想轨迹和精神重量。接下来,王充闾捧出的《陈桥崖海须臾事》《文明的征服》《叩问沧桑》诸篇,则试图在更为宏大的背景之下,挖掘文化的悖论,烛照历史的吊诡,其意义的探寻进一步走向纵深。新旧世纪之交,王充闾出版了散文集《何处是归程》,其核心的精神指向,拓展到了对生命要义的体察和对人生本质的把握,一种内倾性和哲思性的努力清晰可见。跨越新世纪以来,王充闾的一系列散文新作,如《用破一生心》《他这一辈子》《终古凝眉》《纳兰心事几曾知》《人生几度秋凉》等,开始让思索的触须,穿过时光的隧道,潜入人物的内心,联系特定的历史条件和复杂的社会关系,展开人性与人格的解读,就中发现种种扭曲、痛苦、权变和玄奥,同时提炼和肯定那些迄今仍然具有普遍认识价值的东西。应当承认，探索和追寻至此，王充闾历史文化散文最基本的精神主题，已经沿着另外一条路子，会聚到了鲁迅先生当年高擎的"为人生"的文学旗帜之下。

当然，与鲁迅所践行的文学"立人"相比，王充闾散文对人的关注和救赎，已经有了内容上的极大不同：如果说前者的文学取材"多采自病态社会的不幸的人们中，意思是在揭出病苦，以引起疗救的注意"，那么后者则直面历史和现实语境中的人生难题与人性困境，力求在物质化、市场化和功利化的喧嚣里，营造人的精神的着陆点，实现人的诗意的栖居。沿着这样的轨迹考察，不难看出，王充闾散文的精神基调，实质上是对"五四"以来文学启蒙的一种与时俱进的赓续和发展。联系时至今日依然让人频生忧虑的中华民族的精神生态，其积极的思想建设意义不言而喻。

二、不少学者和评论家都喜欢把王充闾的散文，归入20世纪90年代崛起的"历史文化散文"或"文化大散文"的范畴。从一般的散文题材和体式的划分来看，这固然不错，王充闾的散文确实常常把历史作为审美对象，作为艺术表现的切入点和聚焦点；即使一些并非专写历史的篇章，也大都自然而然、潜移默化地渗入了多方面的历史元素，呈现出浓郁的历史文化氛围。用作家自己的话来说就是："我写散文总是习惯于对当代生活和现实精神予以哲学的概括和历史的观照。"但是，如果我们因此就把王充闾的历史文化散文同近年来每每可见的一些同类作品等量齐观，则又是一种绝对的肤浅和极大的粗疏。这里，一个不容置疑的事实是，同样以历史为题材，王充闾有着特殊而强大的主体优势，如：8年私塾和新式院校教育相叠加带给他的丰厚的传统文化修养；长期的领导干部阅历与一贯的典籍阅读兴趣赋予他的敏锐的历史眼光等等。这使得他笔下的历史文化散文较之大多数同类作品，明显包含了更为深邃的文化思考和更为自觉的文体意识，从而具有了超越具体文本的建构和丰富文化资源的重要价值。

第一，在20世纪中国散文史上，历史文化散文虽然早已存在，如20世纪鲁迅写于20年代的《魏晋风度及文章与药及酒之关系》，周作人写于30年代的《太监》，翦伯赞写于60年代的《内蒙访古》等等；但是，作为一种散文文体的异军突起和蔚为大观，却无疑发生于80、90年代之交，即余秋雨的《文化苦旅》问世之后。此种散文文体的长期休眠与一朝勃发，猛一看来似乎是偶然的，但联系当时中国的社会文化思潮细加琢磨，即可发现，这偶然之中包含着必然。即，历史文化散文的崛起，只有在20世纪末文化保守主义回潮的大背景和大氛围之下才会成为可能。甚至可以这样说，历史文化散文在本质上就是回眸民族历史，重估传统文化的产物。王充闾显然洞悉此中要义，他在谈到近些年来历史研究不景气的原因时指出："从本世纪初开始的'打倒孔家店'，对于传统文化的简单否定，而后延续几十年，直至'文革'中变本加厉，'与传统彻底决裂'，使我们长期饱受数典忘祖的文化断裂之苦。"同时，"由于受到'西方中心论'的冲击和全盘西化的影响，唯工具、唯自然科学、唯技术主义，使许多人陷入了鄙薄民族传统文化和'见物不见人'的误区，失去了主体的自主性，忽视中国传统文化中存在着的现代价值或永恒价值的内涵。"这样一种清醒的认识，使王充闾的历史文化散文自觉地承担起了站在现代意识的制高点上，重新发掘、打量、梳理和评价传统文化的使命。于是，我们读到了作家浸透着如此使命感的一系列篇章。譬如，《寂寞濠梁》一文，由庄子和施惠的对话说开去，在轻松自如的远近对比和纵横挥洒中，使高蹈不羁、逸趣盎然的道家精神，获得了肯定性的且富有新意的呈现。而一篇《忍把浮名换钓丝》，围绕东汉严子陵的避官遁世，几乎是全方位地剖析了中国古代特有的隐逸现象，进而把其中的合理与不合理、价值与非价值，统统摆在了历史的天平上。《文明的征服》落墨于较大的历史时空，它透过女真族与北宋王朝的兴衰更迭，把强势的传统文化与弱势的异质文化之间罕见的相互撞击、相互转化，以致成也萧何、败也萧何的关系，讲述得有理有据，昭然若揭。至于《雪域情缘》《凉山访古》等篇，则借助文成公主的史实和"月亮女儿"的传说，从容走进了藏族和彝族的历史，在夹叙夹议中开掘和展示着汉文化同少数民族文化交流、互补与融合的生动场景，从而完成了另一维度的文化书写。应当承认，诸如此类的作品，在无形中充实和丰富着中华民族传统文化的宝库。

第二，在中国古代的文化典籍中，亦文亦史、文史融合，曾是比较普遍的现象。优秀的史学著作大都是上乘的文学作品，而传世的文学作品又殆皆拥有深湛的史学意识和鲜明的历史感。大约在两汉以后，这种情况发生了变化，文学和历史沿着或重辞、或重事的向度分道扬镳，直至成为两个泾渭分明的领域。文学和历史做这样的分化，自有其社会和学科发展的必然性，但是从文化传播的角度讲，却无疑失去了一种不同文字门类之间因相互借力而相得益彰的有效途径。显然是出于对这种分化的不满和不甘，一些现代学者和作家，如吕思勉、黎东方、黄仁宇等，开始尝试另一种笔驭感性乃至形象的历史言说，以期把轻松、活泼、意趣乃至美感还给读者。王充闾应当是上述学者和作家观念上的同路人，他也谋求"在现实的床笫上，文史可以和谐地结合在一起"。有所不同的是，王充闾的历史文化言说，并不以历史的通俗化和生动化为最终目的，而是注重在历史的长河里高扬文学的主体精神，通过文学的观照来丰富历史的内涵。借用作家自己文章标题的话说就是：用"散文激活历史"。这一点反映到作家的创作中，便形成了一种独特的文本形态和表现方式，即：每一篇严格意义上的历史文化散文，如早些时的《叩问沧桑》《邯郸道上》《劫后遗珠》和晚些时的《终古凝眉》《驯心》《千载心香域外烧》等等，都紧扣着具体的历史场景、事件或人物，都包含着特定的史思与史见；而所有这些史实、史思与史见在走向读者时，又总是伴随着作家颇见个性的优美的情思、灵动的感觉和清新的语言，即伴随着一种形象化和审美化了的叙事风度。显而易见，这样写成的散文兼具了历史的知性与文学的感性，同时也打通了史学和文学所共同推重的诗性。它们在全新的背景下和更高的层面上，为恢复和发展文史联姻的优良传统所做的潜心探索与切实努力，实属难能可贵，因而值得充分肯定。

第三，王充闾的历史文化散文既然选择了历史为言说对象，那么，其字里行间便不仅无法回避观念的阐释与价值的判断，而且会必然承载史实的讲述和知识的传播。譬如，《狮山史影》穿过明王朝的皇位更迭，探究着建文帝朱允炆谜一般的命运归宿。《忻州说艳》进入种种史料和传说，勾画着美女貂蝉扑朔迷离的来龙去脉。《悠悠千古一毒瘤》揭示了明代宫廷的宦官之乱，而同时讲述的则是太监文化的社会根源。《驯心》批判的是封建专制主义对知识分子的高压、禁锢和诱惑，但其中也包含了有关科举制度和仕进规范的一般解读。此外，类似的篇章还有《春梦留痕》《夕阳红树照乌伤》《用破一生心》《无字碑》等等。它们均在丰赡的思想元素之外，拥有足够的知识含量，甚至在一定意义上堪称历史文化的知识长廊。对于王充闾历史文化散文（当然也包括其他一些作家的同类作品）所呈现出的这种捎带着普及历史知识的功能，学术界和评论界一向很少涉及，这当中似乎隐含着对散文传播知识的某种质疑或不屑。其实，如果我们用一种开放的眼光看散文，即可发现，无论是古代的徐霞客，抑或是现代的汪曾祺；无论是外国的法布尔（Jean-Henri Casimir Fabre, 1823—1915），抑或是中国的周作人，都从不拒绝在散文里传递知识，相反，把它当成了散文的优势和责任。在这方面，我们理当有正确的认识。更何况王充闾散文所传递的历史文化知识，对于今天的国人而言，委实是亟待强化的基本素养。

三、王充闾的散文作品承载着丰沛的思想含量和深远的文化意蕴，但是却不曾因此就迷失或忽视自身应有的艺术特性和审美质感。事实上，作家在营造自己的散文世界时，一向保持着清醒的创作意识，始终坚持从文学本位出发，按照艺术的规律，进行文字的差遣、结构的调度，直至意旨的熔铸，努力追求着形神合一，质文兼备的散文境界。其中一些个性化的着力点，很值得文坛和学界关注。

首先，王充闾从事散文创作，特别注重自身的生命体验和心灵感悟。按照作家的理解，所谓生命体验与心灵感悟，"是指人在自觉或不自觉的特定情况下，处于某种典型的、不可解脱和改变的境遇之中，以致达到极致状态，使自身为其所化、所创的一种独特的生命历程与情感经历。"毫无疑问，对于散文创作来说，这种生命与情感经历是至关重要的，它直接决定着作品能否依靠主体内在的充实与强大，从而形成一种感人至深的艺术冲击力。正因为如此，熟谙创作三昧的王充闾，一向把生命体验与心灵感悟视为散文写作的源头活水，以致倍加珍惜；而他笔下的一些优秀作品，也恰恰成功地映现出生命体验的深邃和心灵感悟的飞动。譬如，在访问勃朗特三姐妹故乡和故居之后写成的《一夜芳邻》；由金华李清照雕像激活创作思维的《终古凝眉》；记叙陶然亭香妃孤坟前思绪的《香冢》等，均可作如是观。应当看到，正是这类作品构成了王充闾散文艺术表现上的突出个性。

其次，在王充闾的散文作品中，时常饱含着鲜活而奇妙的艺术想象。有一种说法由来已久，这就是：散文属于非虚构文本，它以真实的主体呈现为关键，而并不特别需要艺术想象。对此，王充闾不以为然。在他看来，散文既然是文学的一种，就不应当放弃精神创造的权利。而将所谓内容的"真实"推向极端和绝对，既是不明智的，也是不可能的。因此，他认为："把想象作为散文审美的基本特征之一，这是散文走向开放和现代化，显现艺术形式的开放性、丰富性的一个标志。"正是基于这样的认识，王充闾笔下的一些作品，便自觉将艺术想象当成了重要的表现手段，进而形成了凭借"无理而妙"的创造性想象，以活化和深化对象世界的艺术特点和文本优势。关于这点，我们阅读作家写俄罗斯文学精神的《涅瓦大街》，写萧红身世的《青天一缕霞》，写三峡气象的《读三峡》，写朝阳鱼化石的《石上精灵》，写贺兰山岩画的《叩启鸿蒙》，甚至包括他的一些历史文化散文，都会有较深的体悟。事实上，如此这般的艺术特点和创作追求，不仅有效地丰富了王充闾散文世界的审美表现力和感染力，而且对强化和提升整个散文文体的艺术质感，都是一种扎扎实实的贡献和促进。

第三，持续进行审美形态的探索、扬弃和创新，构成了王充闾散文创作的稳定追求。文学的变革与创新，是一个古老的、为许多作家所熟知、所常谈的话题。然而,要把这样一种文学的老生常谈转化为作家的自觉意识,进而置换成直观的艺术实绩,却是一项殊为不易的事情。在这方面,王充闾表现出了少有的认真与执着,因而也见到了可喜的收获与成效。反映到他的散文作品中,便是形成了一条作家特有的朝着艺术的未来不断"变法"、不断试验、不断否定、不断超越的轨迹。而这种不断的"变法"、试验、否定和超越,除了内化为前面所说的作品精神意涵的深度追求之外,更多的则外化为审美形态和艺术风格的嬗递与更迭。具体来说,王充闾早期的散文,明显带有美文的特征,以语言的优雅明丽和境界的诗情画意取胜;后来,出于扩大容量和增加重量的考虑,王充闾的散文不断引入文化元素,直至形成大散文的规模,这时,一种语涉众体、汪洋恣肆的叙事风格旋即形成;或许是为了调解大散文有可能造成的过分刚硬和虚空,接下来的王充闾散文,着力营造同日常生活景观相适应的娓娓道来的"谈话风",于是,清新自然,亲切动情,成为这部分作品的突出特征;而近年来的王充闾散文,又尝试着借鉴小说、戏剧和电影的手法,以表现更为繁复、也更为微妙的生活内容,这自然为散文的发展,开辟了极为阔大的艺术前景。显然,所有这些都是有所拓展、有所扬弃、有所积累,但所有这些又都是人在旅途的"中间物",是一种寻找过程中的艺术风景,难怪善于细读的李晓虹博士要以"未完成的王充闾"来加以描述。必须承认,这样一种生机勃勃的探索和创新精神,出现在王充闾这样一位早已不再年轻的作家身上,其内在的动力和成因,是应当加以深入研究的。

四、文学的历史告诉我们:在通常情况下,评价一个作家的创作成就,勾画一个作家的艺术贡献,当然要看他捧出了怎样的文学作品,这些作品提供了哪些新鲜的思想和审美元素,实现了何种精神的突破或艺术的超越。但是,光有这些似乎是不够的,除此之外,我们还应当建立另外一个考察和透视的维度,这就是:看看该作家在从事文学创作的过程中,表现出了怎样的精神风范、心理状态和思维图式,即他有着怎样的主体特征。这后一方面,有时不仅关系着作家笔下作品所能达到的审美高度和艺术成就,而且往往直接影响乃至决定着一个作家在文学史上的价值和地位。如果需要举一个例子，那么，最恰当的便是：鲁迅"横站"的姿态之于他作为中国新文学和新文化运动的旗手与主将。

那么，在长达几十年的文学跋涉中，王充闾表现出了怎样的主体特征呢？窃以为，有两点似应当予以特别提示。

第一，如众所知，20世纪虽然一再经历着社会历史条件的转换，只是倘就总体的时代氛围而言，却每每交织着动荡、沉重与苦难。这样一种时代背景使得相当一部分知识分子的内心世界，平生出莫名的焦虑感和紧张感，或者说使他们同赖以生存的社会环境构成了明显的矛盾和紧张关系。在这种情况下，不少知识分子的言说虽然涌动着愤世的激情和匡世的尖锐，但作为一种痛切或峻急之中的表达，也就难免掺杂种种的粗疏、偏颇甚至谬误。相比之下，王充闾属于另一种情况。在漫长的人生旅途上，他虽然也经历过一些境遇的坎坷和成长的曲折，但就大的方面，譬如个人才智的发展而言，还是比较顺遂的。这种顺遂决定了王充闾能够与周遭的社会环境形成基本的谐调与统一，同时也能够拥有一份内心的和谐与健全。而这样的主体特征投影到作家的治学和创作世界，便映现出一种令人欣喜的场景：作家总是保持着一种相对平静的心态，以睿智的理性和机敏的感觉，从容不迫地打量和分析着一些重要问题，譬如：重新梳理中国传统文化，辩证评价中外经典作家，细致揭示人性误区所在，深入探究人生终极意义，客观看待社会发展潮流等等。这当中包含的多方面的精神与文化的建设意义，是既不容置疑也不容忽视的。显然，这在破坏胜过建设的20世纪的文学史与文化史上并不多见。它应当是王充闾特有的一种价值所在。

第二，依旧与20世纪中国的社会环境和历史条件相关，置身其中的知识分子，虽然仍有人情愿做大潮之外的低吟浅唱，但就整体和主流而言，却更多选择了以儒家文化为精神底色的厉扬高蹈和激流勇进。从社会变革与发展的角度来看，这无疑值得充分肯定，但在艺术生产的意义上，却常常让人喜忧参半。因为对于作家而言，强烈而执着的入世精神，固然有利于催生作品的现实品格和思想锋芒，但也很容易引发创作的实用主义和功利主义，并因此而导致作品的简单、直露和粗糙。在这方面，20世纪的文学史并非没有留下值得汲取的教训。从这样的背景出发，我们来看王充闾，即可发现他于精神坐标和人生取向上的特立独行：作为一个兼有自觉的政治信仰和忘我的艺术精神的现代知识分子，在现实的、职业的层面，他是认认真真而又扎扎实实的，体现着儒家文化济世泽民的传统精要；只是一旦进入艺术的领域和文学的语境，他就显示出对道家文化的由衷喜爱。关于这一点，作家自己曾有明确的表述："我在散文创作中，得益于庄子者实在太多……庄子的'乘物以游心'的诗性人生，为我培植超拔、自在的心态提供了有益的滋养；而道家文化，特别是庄子的艺术精神，包括经过现代化转换的艺术视野，更成为我治学与创作的一种深度背景和可贵的矿富，成为展现艺术人生的生命底线。"是否可以这样说，正是这种清醒自觉的角色分离与转换，以及精神意义上的儒道互补，使得生活中的王充闾始终保持着一种自由和恬淡的心态，同时也使王充闾的散文创作一向拥有纯正的审美品格，同时也更接近艺术的应然之境。如果这样的理解并无不妥，那么，这庶几是王充闾对现代文学史和文化史的又一特殊贡献。

王充闾散文创作审美心理分析

◎赵慧平

　　笔者一向认为，王充闾散文创作是当下现代汉语文学创作一个极值得研究的案例。这并不是因为王充闾散文获得了当代散文创作最高奖——鲁迅文学奖，并且在散文界享有越来越高的声誉，而是在我看来，王充闾的散文创作集中地体现着自20世纪"五四"新文学运动以来，汉语文学由古代汉语文学向现代汉语文学转型的一些重要特征。古代汉语文学建立在相对封闭的社会生活历史的基础之上，展现着延绵5000年的中华传统文化精神与美学理想，形成了独具特色的文学思想体系与艺术传统，在世界上独领风骚。但是，在世界还处于农耕经济的历史条件下，古代汉语文学并没有得到过真正的世界性传播，而现代汉语文学是以西方现代思想和文学经验为思想与艺术资源，以对古代汉语文学革命性的方式产生的，从一开始其身份就不断地遭到质疑。直至今日，依然同时存在着两种截然相反的判断：一方面认为中国现当代文学与中国古代文学发生了严重的断裂，一方面认为中国新文学并没有真正具有过"现代"意义的现代性品质。由于现代汉语文学在内在的文化精神、写作理念、美学品质、艺术境界、语言魅力等方面远没有古代汉语文学那样形成稳定、和谐的创作与鉴赏的美学机制，因而与英语文学、法语文学等相比，在世界上传播的广度与深度都是不可同日而语的。但是，我认为，这并不意味着现代汉语文学真的就是既无民族文学传统的根性，又无体现社会发展的当代性。我们必须看到现代汉语文学在独特的历史、文化语境中形成、发展的特殊历程带来的影响，同时也必须看到一些优秀的中国作家对民族性与时代性相结合的现代汉语文学发展之路积极的探索。我想，王充闾散文创作及其成果能够显示现代汉语文学这种"在路上"的状态，从中我们可以看到汉语文学的历史联系与变迁，可以看到现代汉语文学创作的成就和存在的深层问题，也可以看到新的全球化语境下汉语文学的某些发展趋向。本文试就王充闾散文创作的审美心理作一分析，从创作主体的视角观察现当代作家的创作姿态。

一、审美心理并不是单纯的心理学问题，而是关涉到人的生存境界问题。就人的生命存在来说，实际上在两个层面存在着：一个是物质性的现实存在，一个是意识性的精神存在。人的精神存在是人的现实存在的一部分，而且是最为体现人的品质的一部分，体现着人对自身现实存在的认识、理解与评价，马克思（Karl Heinrich Marx，1818—1883）将其称为"理论存在"。艺术则是人以审美的方式表现人对自身现实生存状态的思想与情感倾向，其自身也属于人的现实生存方式的一部分——人的审美存在方式。因此，审美心理并不是神秘的东西，它的依据存在于主体的现实存在中，与主体的思想、人格、美学经验有直接的联系。

以现世精神为特点的中华传统文化思想，将人的现实生活与理想的境界统一起来，形成了人的现实存在与精神、审美相统一的写作理念。写作已经是将现实存在上升为审美存在的一种方式。在写作中品味人生，人生同时在写作中实现，将写作与人生直接统一，成为人生的组成部分，上升到人现实生存方式的本体地位，是中国传统写作观念的一个突出特点。王充闾自己也曾说过："对我而言，读书、创作不是一般意义上的兴趣、爱好，而是压倒一切的'本根'，是我的内在追求、精神归宿，是生活的意义所在，是我的存在方式。"正是在这样的文化精神烛照下，写作才有了更高的哲学意义，人们才会以一种更为庄严、超越的态度来对待它。王充闾的散文写作正体现了这样的一种写作理念。他不想作一己私情、私欲或偶然感受的表达，而更愿意上升到宇宙、人生、社会、历史的层面体验一种哲学思考与探索，以世间的大我，探寻天地之间的人性、人生的理想境界。他说：

"从一定意义说,哲学不是学术性的,而是人生的,哲学联结着人生体验,是一种渴望超越的生存方式,一种闪放着个性光彩、关乎人生根本、体现着人性深度探求的精神生活。因此,说到超越,说到散文创作的深度追求,我必然会想到哲学。我们当会注意到,在那些伟大的艺术杰作中,在那些丰富多彩的感性世界深层,总是蕴含着某种深刻的东西,凝聚着艺术家的哲学思考,体现着他们对人类、对世界的终极关切。"在王充闾的意识中,散文创作不再是简单的写作活动,几乎是与哲学同一的,同时又是一种践行主体人格理想的行为方式,或者直接说,是主体生命审美化的现实存在方式。阅读王充闾全部作品和他的理论文章,可以得到一个鲜明的印象:他是一个真正把个体生命的存在与写作密切融合在一起的作家,因而也是一个真正将个人的生命意识与人格理想印存在文学中的作家。我们甚至无法清晰地区分出王充闾是个文学家还是哲学家,是在作业余化的情趣体验式的文学玩赏,还是直接转化为生命存在的现实方式。这样的文化品格与践行方式,使我不免想起冯友兰先生非常赞赏的金岳霖先生对中国传统哲学家的描述:"中国哲学家,在不同程度上,都是苏格拉底,因为他把伦理、哲学、反思和知识都融合在一起了。就哲学家来说,知识和品德是不可分的,哲学要求信奉它的人以生命去实践这个哲学,哲学家只是载道的人而已,按照所信奉的哲学信念去生活,乃是他的哲学的一部分。哲学家终身持久不懈地操练自己,生活在哲学体验之中,超越了自私和自我中心,以求与天合一。十分清楚,这种心灵的操练一刻也不能停止,因为一旦停止,自我就会抬头,内心的宇宙意识就会丧失。因此,从认识角度说,哲学永远处于追求之中;从实践角度看,他永远在行动或将要行动。这些都是不可分割的。"王充闾自幼曾在私塾中饱读传统经典,四书五经倒背如流,甚至连清诗都脱口而出,是一位有深厚传统文化与文学修养的作家。传统文化的浸润使他对自然、社会、人生的理解和感受方面带有深刻的文化母体的印记,获得了构成自身文化人格理想与审美意识的精神原型。因此他才能成为金先生所描述的"哲学家",持久不懈地操练自己,生活在哲学体验之中，超越自私和自我中心，指向更高的精神世界，才能在创作中以丰富的历史文化知识、深邃的社会、人生的思考，以及对传统艺术手段炉火纯青的运用，营造出高远的艺术境界，创造出具有中国传统文学气韵和美学精神的作品，成为当代散文创作中不可多得的精品。源于传统文化精神的哲学、伦理、知识和审美都融合在一起的生命意识与存在方式，形成了王充闾追求哲学化生存境界的内在动力，使他崇尚有智慧的超越个人物质存在局限而更具精神品质的存在方式，追求更高远的精神境界。

二、在王充闾的系列散文作品中我们可以发现，在他的人格理想中包含着异乎寻常的精英意识。是这种精英意识引导了他的审美价值取向，不仅使他不断地追求创作上的卓越与完善，还使他的创作超出个体生存的直接要求和生命意识的表达，赋予自己探索社会、历史、人性与民族精神建构的使命。在世界范围内的后工业社会的文化语境中，知识分子原有精英性的群体特征、文化品质、公共道德价值日益为市场化、物质化、世俗化所消解，理想、责任、价值，甚至理性等表现精英意识的词语都遭到疏离和嘲笑，王充闾却在创作中如此鲜明地坚守着精英意识和以此为基础的审美价值立场，代表了新的文化语境中现代汉语文学创作的一种文化选择。

王充闾有着一种对自身知识、智慧、领悟力的自信，带着这种自信不断体验着由超越自己与超越他人而带来的愉快。这是一种源于对自身能力确证而带来的审美愉快，对于这种审美愉快的追求也演化为他体验智慧人生的人生情趣。这种自信使他相信自己要做的事情就会做得最好，也促使他做人做事都努力追求卓越。从20多年来王充闾散文创作的发展历程中可以清晰地看到，他对散文创作达到卓越境界所做的努力是巨大的，他不允许自己在散文创作的知识构成方面有任何的缺陷，甚至不允许有任何没有达到卓越的地方。在对西方文化与文学传统的吸收与运用方面，在散文理论研究与批评方面，在对当代文艺思潮的把握方面，他都迅速提高到与专业人士平等交流的水平。使他具有古今中外、思想与文学完善的知识结构，能够以民族性、世界性、时代性的视野思考与表现现实、社会与人生。

笔者看来,他是把散文创作当作一项宏伟的事业去完成,不仅带着对艺术的崇拜,还带着巨大的挑战心理,因为他为自己确立的目标是达到当代散文创作水平的顶峰。为了达到事业的顶峰,他虚心学习,不耻下问,敏锐地捕捉每一个新鲜的思想观点用来充实、发展自己,沉浸完善和优化知识结构之中,沉浸在对社会、人生的思考与探索之中,沉浸在艺术创作的体验中。终致在短短的十几年内即获得鲁迅文学奖,他的历史文化散文也获得了广泛的影响和学者们的关注。

自觉的精英知识分子的身份意识使王充闾的散文创作始终保持着中国知识分子数千年传承的以天下为己任的天下情怀和理性精神。文学创作的个体活动特点决定了创作主体具有选择不同的精神向度的权利:完全可以以写作主体的个人为本位,写个人的隐私、欲望、琐屑与偶然,也可以写超越一己私情的对社会、历史、人生的思考与发现。当然,不同的精神向度会使作品产生不同的境界。在文学创作的价值取向方面,王充闾合逻辑地选择了展现自己的天下情怀。他的文学观其实就是建立在这种天下情怀基础之上的。

对于文学的理解,王充闾有多处表述:"文学是国民前进的灯火,担负着改造国民性的神圣使命。就其总体而言,永远是对人的生存状态特别是对人的精神状态的写照与思考。""文学也是历史,是一个民族的精神追寻史。对于历史的反思,永远是走向未来的人们的自觉追求。"王充闾还用了"文学本体"的概念。他认为:"从回归文学本体的角度看,文学在充分表现社会、人生的同时,应该重视对于人的自身的发掘,本着对人的命运、人性弱点和人类处境、生存价值的深度关怀,充分揭示人的情感世界,力求从更深层次上把握具体的人生形态,揭橥心理结构的复杂性。"这里所引的对文学的不同表述大概在王充闾看来,已经有了由社会、人生向人自身发掘的不同深度的区别,其实,其基本精神是完全一致的。对人的生存关怀,对人的内心世界的深度探索,对人的生命价值的思考虽然从个体的生命体验为起点,但其旨归在于普遍性与必然性的揭示,在于民族与社会文化精神的建构,已经远远超出了个体感性存在的范围,展现出对人类存在与发展的关注,蕴涵着巨大的理性精神。

正是由于有了这种精英知识分子的天下情怀和理性精神,王充闾才能够要求自己的散文创作不断地"超越",展现出"深度意识"。"超越"与"深度",是王充闾散文创作理念中的两个关键词。在演讲、访谈和评论文章中,王充闾反复强调自己在创作中对"超越"与"深度"的理解与追求。他指出,文学创作"如果缺乏精神的超越性,光有一般的感觉、体验,或者是困苦,或者是忧患,充其量只是一种'伤痕式'的文学,只能告诉读者有这么个事情。而我们应该做到的,是要能够超越情感与激情,抵达一种智性与深邃,在似乎抽象的分析和演绎中,激活读者为习惯所钝化了的认知与感受,把形而上的哲思文学化,以诗性的语言表达自己的生命意识;或以独特的感悟、生命的体验咀嚼人生问题,思考生命超越的可能"。"超越"在王充闾这里,已经不只是文学创作层面的文学视野与表现内容的问题,而且进入到创作主体超越自己现实存在的有限性的哲学、伦理与实践的层面。

深度是王充闾通过超越而要达到的目标。他认为:"在任何时候,深度、深刻,都是判断文学艺术质量的一个重要标准。"他严厉批评标榜后现代文化的写作浅表化、碎片化、去除中心、脱离深度,把创造性的艺术实践理解为个人琐碎的、偶然的、无意义的生命律动,只关注个人经验,迷信个人言说的权利,平面化、被动式地还原生活,热衷于表现人的生物性特征,沉迷于物质享受与原始欲望的张扬,使文学粗鄙化、媚俗化,缺乏超越精神与审美观照,缺少主体性的深度追求,造成精神探索的消解,美学追求与想象力的流失。他批评当前的散文创作思想平庸化、话语共性化,多的是烦琐、无聊、浅层次的欲望展现和心灵的萎缩,少的是对审美意蕴的深度追求,认为这种写作不仅消解了文学应有的深度,消解了社会批判功能,而且消解了日常诗性,造成文学本质的流失。对于在商业社会中出现的失去生命的价值感和方向感"空心人"和不仅失去外在的完整性,同社会与自然的关系处于割裂、对立状态,而且失去了内在的统一,被各种矛盾冲突弄得支离破碎的"碎片人"的所谓创作,保持高度警惕。他指出:"人的需求是多层次的,那种面向心灵世界的深入开掘,对于人的生存状态的深切关注,同样不可或缺。追求深度无论如何是文学走向更大精神空间的有效途径。"基于这种认识,他在散文创作中不懈地努力开拓着思想与艺术表现的深度。他总结自己的散文创作一步一步走向深入的三个阶段:因蜜寻花,感受山川胜境中留下来的无数诗心墨迹显现的性灵之光,以独特的审美感受写出美文;深入观照对象的意义世界,以作家的人生感悟和史家眼光,实现对意味世界的深入探究,寻求一种面向社会、面向人生的意蕴深度,"揭示历史规律与人生的悲剧性、无常感,或者说,是在有常中探索无常,又在无常中体现有常";关注人性、人生和人类精神家园问题,"想在物质化、市场化、功利化的现实中,寻找人的精神的着陆点",也就是将散文创作深入到形而上的哲学层面。或许王充闾所列的三个阶段并没有确切的深浅之分,但他对深度的思考与追求却是十分明确的,他要求自己的创作在思想的深度、对人性、人的心灵揭示的深度、审美意蕴表现的深度、对生活表层背后严峻的现实剖析的深度、对现实人生批判的深度等方面都要达到当代的最高水平。

对于自身精英知识分子的身份定位和在创作中所体现的天下情怀与理性精神,王充闾在文化立场与文学精神方面实现了与传统知识分子的沟通。他的那种不愿平庸、发奋图强、刚健有为的生命意识与生存方式,也正是中国精英知识分子的历代相传的"内圣"的精神底色。从一定意义上说,王充闾的散文创作,其实是其美化"内圣"人格的方式,也是其艺术生存方式。虽然他没有政治上的"外王"诉求,但他十分重视内在心灵的修养,在精神超越与艺术创作方面却有着永不歇息的对卓越的追求。他的文学观,不仅基于他的人格理想,还渊源于汉语文学"经世致用""文以载道"的诗学传统,传承于"五四"新文学发生以来的现实主义为主导的文学精神。

三、如果试图简单地区分出王充闾所传承的传统文化与文学思想是儒家的还是道家的,将会十分困难。传统文化与文学思想在王充闾散文世界中存在着一种有趣的现象：王充闾在散文创作本身所显现出来的刚健有为的精神与其在作品中推崇与践行的道家，特别是庄子的诗化人生态度与感受世界的方式之间似乎存在着明显的内在矛盾。如前所述，他追求卓越的人格理想、他的以天下为己任的文化与文学的价值立场，他在创作中对实现超越和深度所做的巨大的努力，都展现着强烈的刚健有为的"入世"精神，不能不说是属于儒家思想体系的证据。而王充闾自己却多次申明自己对道家人生境界的向往和受到庄子思想的影响。"作为一种生命体验和价值取向，庄子的人生艺术化与'乘物以游心'的诗性人生，为我培植超拔、虚静、自在、自适的心态，提供了有益的滋养；而道家文化，特别是庄子的艺术精神，更成为我治学与创作的一种深度背景和可贵的富矿、重要的领域。至于增强了思辨功能，扩展了经过现代化转换的艺术视野，就更不用说了。我很欣赏庄子那种超脱凡俗、不为名利所执的超拔境界，对于历史上的这类人物自然有一种情感契合。"

确确实实，王充闾并不是一个热衷于仕途并钻研投机之道的人，他的内心甚至为仕途与为文两种思想、感情与行为方式的冲突而困惑，对于仕途采取了顺其自然的态度。作为个体的生命，在他的生命意识中有着向往精神的自由，以诗性的方式生存在现实生活中的天性。因此，他喜欢庄子，喜欢庄子那种"无待"的人生境界，那种不羁的处世态度，那种灵魂的自由自在，是完全可以相信的。在他的作品中，特别是在近年来发表的作品中，庄子在诗化人生的方式中所透露出的对人格独立、精神自由的追求，成为品评人物人生境界的重要坐标系。对庄子艺术人生境界的推崇，也为他的艺术世界带来了超越人与物有限存在的巨大的时间与空间的扩展，蕴涵着一种游于物外，自在、自如的高远境界精神向往，在艺术表现方式与审美意象的创造也多有借鉴庄子，能够使读者生命意识中向往自由与独立的天性得到诗意的栖息与升华，完成诗性化人生的体验。

但是，即使是这样，如果把他对仕途顺其自然的态度理解为道家出世思想的表现，把他在作品中宣示的对道家文化与文学思想的推崇，并在艺术表现中的积极展现看作他主道家思想的证据，在我看来，这是大可怀疑的。其实，中国传统的知识分子哲学思想都在出世与入世之间，或者说都具有儒家与道家的思想，很难将两者清晰地分离出来。这是与个体的现实观念与理想精神相对应的。人总是要面对现实生活中的各种问题，以现实的态度处理，同时，人又总会产生超越现实的理想。诗化人生当然是一种理想的境界，但毕竟人首先要在现实生活中衣食住行，然后才能从事哲学与艺术等精神活动。理想能够引导人从现实中超越，向着更高的人生境界努力，但无法代替人的现实存在。因此，中国传统文化思想的两个主要派别儒家与道家必然会发生互补。个体的人也是这样，我们也常见到中国知识分子出入于儒家与道家之间、入世与出世之间，常常陷入现实的束缚与精神"无待"要求的心灵冲突之中。王充闾及其他的散文创作大概依然在这矛盾之中。他对散文创作卓越的追求，他努力达到的意识的深度，他对社会、人生、人性的不懈探索，也就是他对自身内圣化的要求，都体现着一个当代知识分子精神深处对儒家思想传统的继承，而且这种思想精神投射到艺术世界中，给王充闾散文带来的美学品质也是鲜明的。在王充闾的全部散文中，包括那些写庄子、写李白、写苏东坡的篇什中，尽管有些对他们人格独立、精神自由、豪放不羁的人生境界热情展示，但作品本身所释放的则更多的是深邃的理性思考和对历史、人生深深的喟叹，甚至是杜甫式的沉郁。在他的散文作品中，能够读到的更多的是理性精神烛照下的从容与雅致，却很少能够读到《庄子》的那种汪洋恣肆、无拘无束。

或许，在当前的语境中，人们会把与政治、与意识形态保持距离，看作为保持人格独立、精神自由、诗化人生的道家思想的表现，这种看法似乎过于简单。冯友兰先生曾经指出过，不能把中国传统哲学称作完全是现世的，也不能把它称作完全出世的。它既是现世的，又是出世的。中国哲学既是理想主义的，又是现实主义的；既讲究实际，又不浮浅。中国哲学的使命正是要在这种两极对立中寻求它们的结合。如果不仅能够在理论上，而且在行动中实现这种综合的，就是圣人。他既入世，又出世，他的品格可以用"内圣外王"四个字来刻画。内圣，是说他的内心致力于心灵的修养，外王，是说他在社会活动中好似君王，并一定是一国的政治首脑。基于这种认识，我们就可以大概理解王充闾散文创作中出现的内在矛盾。我们也许不必区分他属于儒家或道家，因为他遇到的是传统知识分子经常会遇到的困惑。在《青山魂》中，王充闾揭示了李白宏伟抱负、从政情结与其张扬个性、傲岸品格之间的内在矛盾，现实存在的李白与精神存在的李白相互冲突，试图超越却又无法超越，顽强地选择命运却又终归为命运所选择。他意味深长地指出：李白内心的矛盾冲突"在很大程度上反映了两千多年来中国士人的心态，直到今天仍有一定的现实性"。那么，我们是否可以把它看作王充闾自身的写照呢？因此，我更倾向于整体地看王充闾的思想与创作，将他看作中国文化与文学传统的传承者和践行者。

四、王充闾说的这段话应给予足够的重视："面对经济全球化和由此形成的全球化语境，接受西方现代主义文学艺术的影响，人们的主体意识、探索意识、批判意识、超越意识大大增强，实现了文学自身审美原则的整合与调节，导致各种文学话语、理论话语纷乱与喧哗。随之而来，作家的审美意识也发生了重大变化，逐步呈现出表现自我的自觉性，由以往的对现实功利目标的直白展露，注重外部世界的描绘，转为对自身情感、心灵世界的深层开掘；从过去对政治形势的热情跟踪和对表层现象的匆促评判，转向对人的生存状态的深切关注，对现实世界和国民心理的深刻剖析；抛弃那种平面的现行的艺术观念和说明性意义的传达，致力于新的表现领域与抒情方式，从而实现了创作主体与接受主体的精神对接，构成了今日散文繁荣兴盛的基础。"这是他描述当下文学创作的审美意识受到西方现代文学思想影响，所发生的三大重要的积极转向。它也透露出近年来王充闾接受西方现代思想后，在散文创作的审美意识层面的重大发展。

强调文学的独立性，强调文学的批判品格，强调文学家的主体性与主体意识，强调对人的生存状态与心灵世界的关注，都不是中国文化与文学传统中所具有的，虽然我们在传统中大致可以找到一些思想的因素，但远不符合现代意义。它们产生于工业化为基础的商品经济条件下，是现代工业化生产方式在思想、艺术领域里的反映。自由、平等的个性化文化要求，日益挣脱以政治、主流意识形态为象征的现行秩序与束缚，衍化出种种主义来，以展现人们在现代社会中的生存状态精神诉求。文学力图独立于政治、道德，乃至功利要求，建立起审美的王国，把个人的精神自由提升到人的本体层面来展现，批判一切限制、束缚人的自由的现实，是西方进入现代社会以来所发生的现象。新时期以来，中国在生产方式转型过程中所发生的思想文化的转型，使上述审美意识成为构成当下文学语境的重要因素，并且形成了展示不同生存意识与生存境界的多元化文学成果。王充闾敏锐地感受到西方现代文化与文学思想对于文学创作的意义与价值，并且将其纳入自己的审美意识中。不过，他以他既有的文化与文学以其进行了积极的扬弃，文学的独立意识、批判意识、超越意识、生命与生存关怀意识等，都与庄子、与道家、与刚健有为的儒家精神发生了"契合"，融会在了他的以天下情怀为基本精神的审美意识之中。

王充闾在散文中所表现出来的批判意识已经在新的层面了。他在散文中展示了一大批历史人物，并不滞留于流行的政治的、意识形态的、道德层面的评判，努力抛弃那种平面的现行的艺术观念和说明性意义的传达，绝不让自己的文字成为流行观念的逻辑演绎，也绝不对生活作说明性意义的公共话语传达，无论是庄子、严光、李白、苏轼，还是陆游、曾国藩，都把他们还原成一个现实的人，一个复杂的多侧面存在的人，将视点聚焦在他们在现实生存背景下心理发展的逻辑上。通过对他们不同的生命意识与生存方式在特定的生存环境中获得的生存状态的展现，追寻存在与虚无、永恒与有限、成功与幻灭的意义，达到对人性、人生、社会、历史的深度思考。

对中国传统知识分子的生存悖论和悲剧命运的发现和揭示，是王充闾新的文化视野与审美意识所产生的成果。他指出："古代的知识分子大别之有三类：在朝的、在野的、周旋于朝野之间的。不管哪一种，如何选择自己的人生道路，总的说，最后都是悲剧性结局。入世的实现了儒家经邦济世的社会价值理想，获得了政治的权力、地位，却丧失了自我，失去了人生的自由与安宁；出世的获得了个性自由与人格尊严，进入纯粹的精神世界，却放弃了知识分子固有的社会理想和人生抱负；第三种在穷达的张力之中苦撑着，也并没有人生的快活。"[14]且不论这"二律背反"的文化悖论所依据的哲学基础在王充闾那里是否统一，但它毫无疑问地说明，王充闾这个对中国古代知识分子遭遇到的"文化悖论"的发现，是他接受西方现代人学思想，提升个体生命地位，人生价值标准发生改变的一个重要成果。当个体生命受到尊重，个人作为思想着的主体对自身的独立、自由的欲望能够正视，并达到了自觉，人就难免产生觉醒人的痛苦和对人生的悲剧意识。鲁迅有着强烈的悲剧意识，他发现了传统文化"吃人"的残酷本质，看到了发生在日常生活中人们无泪的悲剧，是因为他把底层民众提升到有着普遍意义的人的生命主体的地位中来观察，揭示出鲜活的生命个体是如何在旧文化的困境中走向悲剧结局的。王充闾则从人的生命意识中追求自由、诗性生活的无限性与现实生存环境的有限性之间难以统一的困境中，发现了古代知识分子的悲剧命运。

从王充闾审美意识的发展过程里我们可以看到中国知识分子走向世界的开放精神与巨大努力。王充闾散文创作中与新文学一样存在着传统文学精神与西方现代文学思想之间内在的紧张关系。在新文学产生的初期，两种文学思想是以对立的关系显现的。对古代汉语文学的革命，是以西方现代文学思想为思想武器开展起来的。20世纪之交出现的梁启超、严复、蔡元培、王国维等清末知识分子主张以西方现代文学思想"新"文学，"五四"新文化运动时期的胡适、陈独秀、李大钊、鲁迅、周作人等现代知识分子主张以西方现代文学思想革旧文学的命，都是以西方文学思想之"新"改造传统文学之"旧"的。新文学似乎在与传统文学断裂而脱胎换骨地成为西方文学谱系中新成员而形成的。但另一方面，这使我们在新文学倡导者那里看到了一种有趣的悖论现象：那些倡导以西方文学代替传统文学的文学革命家，却以最"功利"的态度彰显着"经世致用"的文学传统精神。

王充闾的散文创作也是这样。从王充闾开始散文创作以至今天，尽管在题材、主题、艺术表现方式等方面有了明显的发展，完成了由古典向现代的转型，但我以为，其基本的艺术精神还是没有变化——他依然属于中国正统知识分子，而且是保留儒家思想因素较多的知识分子，尽管他广泛地学习西方现代哲学、人文社会科学的思想理论和文学理论，并由衷地赞叹，但他还是没有改变他的文化立场，还是只能从一个文化主体的视角以自己的经验理解和吸收，将其纳入既有的思想理论体系之中。这并不是他对待西方现代文化思想的吸收缺乏真心，而是文化交流的规律所决定的。这也是中国新文学发展历程的缩影。从这个意义上说，他不只是传统文化与文学精神的传承者，他属于当代，属于具有世界性、现代性的现代知识分子。

　　王充闾是中国汉语文学发展历史进程中的优秀散文作家，是中华传统文化赋予了他精神的原型，塑造了他的人格理想和文化品格，他的思想与中国优秀知识分子一脉相承，也是"五四"以来现代知识分子思想文化传统在……

人文建构与深度追求
——试论王充闾的美学观

◎ 徐迎新

作为一位从事文学创作多年、对文学艺术有着深刻体悟的作家,王充闾的创作不仅洋溢着充满灵性的诗人气质,而且不乏透彻的人生体验与冷峻的生命思索。这使他对文学创作活动有着深刻的自觉,对审美创造有着独到的认识与反思,并进而形成了自己的美学与艺术主张。

一、"人文化"——审美本体论

王充闾散文的题材范围极广,从他的笔下,我们可以观览到一个异彩纷呈的世界。而对一个美的寻觅者来说,这些表面的描写是远远不够的。在王充闾看来,美的真谛、艺术的本体不是这些表层的东西,美的建构是一种"人文化"了的现实。他说:"就这个意义上来说,鉴赏自然,实际上也是在观书读史。在感受沧桑、把握苍凉的过程中,体味古往今来无数哲人智者留在这里的神思遐想,透过'人文化'的现实风景去解读那灼热的人格、鲜活的情事。"

如果说"人文"一词在文艺复兴时期是以人权对神权的超越为特征的,在王充闾这里则更多显现为人的存在、人的行为对事物纯自然属性的超越。王充闾非常看重人独有的精神世界的意义,"这种'万物之灵'的每双眼睛都面对着两个世界:即围绕着视觉而构筑起来的知觉体系,属于现象世界，和围绕着记忆而凝结起来的经验体系，属于本体世界"。正是这个本体世界使人类获得了超越的可能，是内在对外在的超越、心灵对感官的超越、精神对现象的超越。王充闾的"人文"世界，是情感世界、意味世界、历史世界。

在王充闾笔下，自然世界是一个有着千变万化的外貌、令人产生无限遐思的世界。无论是烟波中的三峡、雪峰连绵的祁连山、浪涛翻滚的马六甲海峡，还是清风白水、柳荫絮语，都是心灵的境界，情感的境界。"在作家笔下，看似最普通不过的现实情景，经过一番勾皴点染，却成为一个丰满的韵味十足的艺术世界。……欣赏的是自然山水，同时也在品鉴着人文世界。"平凡的现实生活、习见的生活场景并非仅具有实用意义，在王充闾眼中，它们也是一个意味的世界。他说："日常生活具有一种诗性象征，是人的精神自由舒卷、翕张之地。"人生瞬间的领悟、悠然的遐思、绵远的回忆，都可以挖掘出无尽的意蕴，这使平凡的日常生活世界成为意味的世界、诗性的空间。王充闾笔下的历史也不是生硬的历史故事。历史人物、历史事件在他的散文中都幻化成一个个活生生的现实意蕴空间，让人在巨大的时空张力中感受生命的力量。

在某种意义上说，"人文"就是人类的思想、精神、行为在外界事物上留下的痕迹，正是这些才使得外界的事物——或者是自然景物，或者是历史遗迹——如此令人留恋。"一座山城也好，一条古道也好，一处几千年前的建筑废墟也好，在它残存的构架后面，也都深藏着无尽的兰因絮果，遗存着丰富的文化内涵。"正是"人文"赋予自然的、普通的甚至丑陋的东西进入文学艺术的合法性，才使得一切献身于文学艺术的人们有了巨大的创作空间。

二、"精神写意"——审美表现论

正是由于这种"人文化"的审美本体追求，王充闾在审美表现上不是停留于对人情物事表层形态的描摹，而是指向其背后深层的意义世界，尤其要以展现人的精神世界为要旨。他说："文学……就其总体而言，永远是对人的生存状态特别是对人的精神状态的写照与思考。""大而言之，它是一个民族的心声倾诉、精神写意与心灵升华，承担着社会批判和人性烛照、灵魂滋养的责任。"

傅雷曾说过："艺术的最高目标并不是艺术本身，而是表现或心灵的意境，或伟大的思想，或人类热情的使命。"正如我们描绘自然并不是为了自然本身，我们创造艺术也不是为了艺术本身。审美表现的重心总是离不开人，离不开人类独有的精神空间。从表层现象入手，逐层深入揭示人类内在的心灵世界与精神状态是王充闾散文的自觉追求。在王充闾笔下，我们可以感受到李白的轻世肆志、豪气冲天，庄子的淡泊忘我、洒脱逍遥，苏轼的睿智达观、豪纵放逸，李清照的敏感高标、悲凉愁苦。"一个心灵就是一片世界"，借助一个个独特的精神世界，我们感受到人类精神生命空间的广大、人的世界的丰富与复杂。这些超凡的心灵世界并不是人类心理的偶然现象，而是人类情感世界的典型表述，是人类精神力量的集中表现。

王充闾的作品中不仅有立足于人类个体的深层心理展现，也有站在民族文化视角上对民族心理特性的反省。《驯心》中作者从驯兽、驯鹰的原理讲到古代帝王对知识分子的"驯心"之道，像驯兽师将猛兽、猛禽变成温顺、听话的笼养动物，帝王也将这些精英们驯化成了顺服、乖巧的奴才，成为失去了本真也失去了自由的御用工具。它既揭示了士人的悲剧，也展示了民族文化心理的一面。

苏珊·朗格（SuSanne Katherina Knauth Langer，1895—1982）说："任何一件艺术品都是这样一种形象，不管它是一场舞蹈，还是一件雕塑品，或是一幅绘画、一部乐曲、一首诗，本质上都是内在生活的外部显现，都是主观现实的客观显现。"文学艺术有其外在美的形式，但这形式绝不是文学本身，文学有着更为重要的使命——呈现人类的情感世界，给生命以安慰、给人生以力量。故而，文学滋养着民族的精神，是国民前进的灯火，文学又记录着人类的精神生活，给人以思考。所以，"文学从来就是一种历史，是一个民族的精神追寻史"。

三、"深度追求"——审美创造论

王充闾认为："散文应体现一种深度追求，以对社会人生和宇宙万物的深度关怀和深度体验抒发内心的真实情感，表露充满个性色彩的人格风范。""深度追求"正是王充闾审美创造的核心命题。

对于"深度追求"的内涵，王充闾结合创造实践做出了自己的理解。他说："我也试图在状写云谲波诡的历史烟云时，以一种清新雅致的美学追求和冷峻深邃的历史眼光，渗透对生活的独特理解。在美的观照与史的穿透中，寻求一种指向重大命题的意蕴深度，实现对美的世界的建构、对意味世界的探究。"王充闾对"深度追求"的这一认识，可以说是马克思主义美学关于文艺标准的"美学的观点"和"历史的观点"结合的一种当代表述。恩格斯（Friedrich Engels，1820—1895）曾在给拉萨尔（Ferdinand Lassalle，1825—1864）的信中提到了文艺作品的思想性和艺术性的要求，提到艺术作品应有"较大的思想深度和意识到的历史内容，是生动性和丰富性的完美融合"。王充闾的"清新雅致的美学追求""冷峻深邃的历史眼光"与"美的观照""史的穿透"可以说正是对这两个标准的基于创作实践而做出的具体把握。他的"指向重大命题的意蕴深度"尤其展现了马克思主义美学深刻的社会历史内涵。可以说，深刻的社会历史意蕴的艺术表达正是王充闾"深度追求"的艺术创造论的核心。正是由于对文学所应包含的深刻的历史内涵的认识，王充闾才高度重视文学的社会作用，在文艺日益浅俗化、消费化的潮流中，他毅然扛起了追求深度与超越的旗帜。

王充闾"深度追求"的主张还体现在他对艺术创造的超越性强调上。

他说:"没有艺术感觉,自然写不出好东西来;但是只是停留在感觉上,而缺乏深刻的哲学感悟,我想也会流于肤浅。好的文化散文应该是既防止自我的滑落,又防止审美的偏离、思想的贫困。如果缺乏精神的超越性,光有一般的感觉、体验,或者是困苦,或者是忧患,充其量只是一种'伤痕式'的文学,只能告诉读者有这个事情。而我们应该做到的,是要能够超越情感与激情,抵达一种智性与深邃。在似乎抽象的分析和演绎中,激活读者为习惯所钝化了的认知与感受,把形而上的哲思文学化,以诗性的语言表达自己的生命意识;或以独特的感悟、生命的体验咀嚼人生问题,思考生命超越的可能。"通过对表象的超越,作家在对事物本质的揭示中完成了一种深度的追求。

四、"无中介交流"——审美接受论

王充闾上述的审美主张实际上已经暗含着他对审美接受的一种希冀,这就是一种对话的方式,或者说是一种"无中介交流"。他说:"从本质上讲,散文即是一种对话。它面对的不是小说的虚拟空间,亦非诗歌的情绪世界,而是日常生活语境中人与人之间的平等交流。通过这种交流,彼此饱尝精神上相互点燃、相互激发的愉悦。散文是作者面对读者无中介交流、直抒胸臆的质朴而真挚的艺术,它直接体现着作者的思想情绪和人格精神。"

对话就是一种面对面的无阻隔的交流。王充闾希望通过一种心灵的写作方式直抵读者的心灵,实现灵魂的对话。在他看来,"文学说到底,是生命的转换、灵魂的对接、精神的契合"。在《一夜芳邻》中,作家写到在静寂的暗夜,作者往复于勃朗特三姐妹的故居与墓地之间,品味着她们短暂而丰富的生命历程,好像渐渐走进她们绵渺无际的心灵。这种生命间的心灵感应、灵魂的对接正是作者所期待的审美接受的境界,他由此也深深体会到"作品完成了,作者的生命形态、生命本质便留存其间,成为一种可以感知、能够抚摸到的活体。而当读者打开她们的作品时,便像是面对面地与之交谈，时时感受到她们的生命气息，在分享生命愉悦的同时，也充分体验到一种强烈的生命冲击。所以说，读她们的作品需要用整个心灵，而不能只靠一双眼睛"。勃朗特三姐妹是用生命在写作，读者读她们的作品，甚至接触她们留下的物品，身处她们生活过的环境，都会感受到她们的生命气息。心灵与心灵在此是直接相通的，时空是无法阻断这种生命的交流、灵魂的对话的。艺术交流理论认为，艺术审美活动的本质在于人总是通过作品与潜在地存在于作品中的作者进行"对话"，将人与作品的关系变为"我与你"的关系，变成一种心灵对话、灵魂问答的关系。王充闾的"无中介交流"的理论主张与这种艺术交流理论是相通的。作品与作者或读者的关系不是主体与客体的关系，而是互为主体、互相解释、互相生成的。虽然王充闾没有对这种主张做过多的理论阐释，但他却以诗化的语言倡导了一种新的写作方式与阅读方式。萨特说："一切文学作品都是一种吁求，正是通过作品世界，作家与观赏者之间建立一种新型的'盟誓'关系，他们在艺术这另一世界中互相吁求自由。"也许正是这种相互吁求使读者和作者建立起了一个关系链，他们相互期待、相互满足，从而在这种相互推动之中达到精神上的高度愉悦。阅读的过程并不单单是承纳一种思想或情感，更是思想情感的延续或升华；不单单是面对一本书或一篇文稿，更是面对一个灵魂、一种境界，是灵魂与灵魂的照面、境界与境界的相接，是无须中介的精神的自由流动。

综观王充闾的审美与艺术观念，他的人文本体论、精神表现论、深度创造论与心灵交流论都有着共同的指向，这就是对人的世界的关怀，显现出强烈的人文性特征。然而，这种对人的关注与当代思潮中某些人本主义主张又有着不同的旨趣。他并不去强调人的非理性因素在人生中的意义，而是强调人类理性的力量，强调具有现实意义的理性思考与深度追求的作用，从而显现出更多的社会理性与使命意识。应该说，他的这种主张更多的是来自于传统文化的影响，来自于中国传统知识分子身上所特有的忧患意识与批判精神。文学在他这里并不是单纯的个体性的宣泄情感的工具，而具有着重大的社会使命。英国艺术史家贡布里希（Ernst Hans Josef Gombrich，1909—2001）曾说，如果我们失去（对过去的）记忆，我们便失去了为我们文化提供深度和实质的维度。也许正是在这里，在对现实人生的关爱中，文学才真正走向了自我。

美在结构之中
——王充闾散文论

◎ 颜翔林

  语言泡沫和思想碎片已经成为当今散文写作的流俗景观,议论压倒了美感,概念或理念已经取代技巧和叙事,矫情的虚构和拜占庭式的夸张占据了散文的中心位置,还有材料堆砌和旁征博引的知识炫耀成为一部分知识分子散文写作的传染病。一个关键的问题是,当今散文写作,许多散文家已经不再瞩目或者没有能力眷注结构的美感和技巧,他们似乎更推崇语言游戏和发泄过剩的情感。值得庆幸的是,还有少部分散文家在潜心文本意义的表达和哲理探索的同时,孜孜不倦地寻求写作的唯美性,醉心于文本美感的呈现及讲求结构和技巧的修辞方法。这种看似追求形式化的写作策略,却隐藏着一个关键性的美学问题:文学的价值不仅仅取决于文本的主体意识和心理情绪的象征性表达,也不仅仅决定于审美符号的隐喻和意识形态的阐述,一个重要的因素在于,判断文学性文本的美学价值的根本性依据之一,在于它的结构和形式化的美感。其实,从亚里士多德(Aristotle,公元前384—前322)的《诗学》就论述悲剧结构的完整、统一和有机感,许多西方美学史上的重要理论,一直至结构主义都从不同视角强调文本结构的优先地位。

  王充闾的散文写作被关注和评论是一个值得庆幸的事件,多年沉醉散文世界的作家终于被批评家和众多读者认同和喜爱,这是一个有意味的象征,一方面文学还固执而顽强地坚守着自己的领域,另一方面,理论和阅读这两个领域都还关注那些寂寞的审美边缘和孤独的心灵世界。充闾先生的写作人生证明，他在本性上，是一个散文家，换言之，这是一个为散文写作而生的生命个体，他的散文是美学的散文，而注重结构之美感构成了他写作生涯的不懈渴求。王充闾的散文不以吉光片羽的碎片写作见长，也不依赖矫揉造作的语言夸张和哗众取宠与耸人听闻的过激议论笼络接受者，文本中寄寓的宁静如水的思、柔和如晨风夕月的情愫、典雅自然而从容洒脱的话语表达，平等自由的对话方式，如淅沥春雨和清澈秋水渐渐地渗透到阅读者的心灵田园，一种自然而然的心驰神往，令人在不知不觉之中感受到作者和文本的亲切睿智和澄明通透，还有他童心犹在的纯真和年长者的生命智慧，以及追忆年华的感伤和对于荒谬历史的吊诡与独到之评判，都令作家的散文弥散一种摄取人心的魅力和气味。

一言以蔽之，美在结构之中。王充闾散文的魅力之一，在于文本精巧独到的结构，在于机心和智慧、文思和才情相互交融的美妙布局。

一、结构的眼睛

"结构的眼睛"构成王充闾散文第一个的审美意象。"结构的眼睛"在这里是一个隐喻性的表达，它意在言说，王充闾散文文本的结构，服从一个构思与立意、叙述和表达的策略、方法、技巧的目的性，它体现一种智慧性的写作机心，藏匿着作家的艺术独创性和审美选择。堪称经典的篇目《青天一缕霞》，整个文章从云着笔，以象征性的笔法以云的形状、色彩、情态的变幻，以意识流的视角叙述天才女作家萧红才情卓荦、悲凉感伤的短暂人生。"云霞"构成散文结构的眼睛，成为凝视萧红诗意和唯美的生命路程的一串目光。"云"，既是艺术文本的机杼，又是散文意境的纹理，更是创作心理的张力，它成为整个文本的有机结构。伴随着"云"的意象的变幻和递进，文本的思理和情感的足迹也在向深层行走。作者扣住萧红挚友聂绀弩的诗句："何人绘得萧红影，望断青天一缕霞。"将文章做得空灵飘逸，才情并茂。"她像白云一样飘逝着，她的世界在天之涯、地之角……云，是萧红作品中的风景线，手稿没有，何不去读窗外的云？"如果说《青天一缕霞》在结构上是以空间写时间，而《狮山史影》则以祖孙三代的皇权变更的历史时间，交错着散文结构上的空间变换，揭示出权力对于历史和人性的宰制和操纵。理性中隐含诗性智慧，运思中潜隐禅意与佛理，对历史与人事照之以空幻，观之以虚无，又不乏逻辑公理和道德良知，文本以一种极具想象力的阐释学视域重估历史的价值与意义。该文的结构之眼睛，就是一副楹联，或者说作者的立意和结构方式就围绕这一楹联延展，以它作为串联整个散文的线索和灵魂。一个熟知的历史事件由于精妙的叙事方式和文本结构形式，给予欣赏者的审美感受却是丰富而充满陌生感的。这不能不折服于作家的匠心才智。

文学创作难题之一，是如何将耳熟能详的题材写出新的境界和新的意象，激发接受者的审美知觉和心理体验，当然，这也是考量作家才情和灵性的一个尺规。充闾先生以少帅张学良为主角的散文《人生几度秋凉》，能够独辟蹊径，慧眼穿尘。一是在写法上以夏威夷的威基基海滩三个串联的画面，勾勒出周身沾染历史尘埃的世纪老人张学良的一生沧桑，借用类似蒙太奇的镜头，以三个美丽而感伤的夏威夷海滩的黄昏为背景作底色，作家笔底生花，轻盈腾挪地勾画出将军闪烁传奇色彩的刚正、悲剧的生命轨迹，点染其忠义倔强、率真仁爱的秉性。文本犹如传统的泼墨写意，回肠荡气，笔墨淋漓，读之令人手不忍释卷，感慨不已。二是文思上也独行理路，以一连串命意奇特的假设，提出对于历史和人物的双重疑问，暗藏着多种可能性的历史吊诡和命运玄机。这一节文字，哲理和禅机俱现，颇有些古典怀疑论者的遗风。三是对于人物的心理分析也有一己之见："他同一般政治家的显著区别，是率真、粗犷、人情味浓；情可见心，不假雕饰，无遮拦、无保留的坦诚。这些都源于天性，反映出一种人生境界。大概只有心地光明、自信自足的智者、仁人，才能修炼到这种地步。"整个文章一气呵成，结构上巧妙编织和思理的不落言筌，的确令人钦佩，因此，该篇散文去年获得全国的散文大奖也是实至名归。《人生几度秋凉》的结构方式，可谓是类似现象学的"看"的方法：一方面是以视觉的眼睛进行"还原直观"，以三个秋凉的黄昏为审美媒介，纵览少帅的百年人生，体察历史的神秘和偶然。另一方面，是以心灵的慧眼去"本质直观"，领悟生命主体的强力意志、爱的激情、仁的力量、智的空灵和信念的轮回。该文叙事结构的活脱精巧和运思结构的飞扬飘逸形成美妙的双峰对峙。这也许是迄今为止写少帅散文中最为传神和最见美感的篇目。

李白更是一个被后世文本和话语写得太多和说得太多的天才诗人，而王充闾的《青山魂梦》以"两个李白"的对比性结构，给我们摹写出两个个性鲜明、存在精神差异的李白：一个是生性浪漫、诗意存在的李白，一个是刻意从政、现实存在的李白："历史很会开玩笑，生生把一个完整的李白劈成了两半：一半是，志不在于为诗为文，最后竟以诗仙、文豪名垂万古，攀上荣誉的巅峰；而另一半是，醒里梦里，时时想着登龙入仕，却坎坷一世，落拓穷途，不断跌入谷底。"文本紧紧扣住精神存在鲜明反差却又融为一体的李白，以两种差异性的心理结构作为文本结构的逻辑起点和审美理由，让我们感受和审视到和以往阐释迥然不同的李白，给读者一个接受的陌生化和审美惊异的体验。这不能不归结为作家富有创造力的构思和可贵的结构篇章的才智。

诸如此类的篇目，《春宽梦窄》《回头几度风花》《清风白水》《寂寞濠梁》《碗花糕》《存在与虚无》《雪域情缘》《陈桥涯海须臾事》等，都以精巧的结构方式呈现给阅读者纯净透明的美感。

二、结构的肌理

"结构的肌理"是王充闾散文文本的另一个美学特色。翁方纲诗法论云："法之立也，有立乎其先，立乎其中者，此法之正本探原也。有立乎其节目，立乎其肌理界缝者，此法之穷形尽变也。"他这里的"肌理"强调文学写作,"从立意到结构、造句、用字、辨音,从分宾主、分虚实到蓄势、突出重点、前后照应等都要讲究。"我们此处的"肌理"概念,显然要宽泛于翁氏的界定,它趋向于文本结构的和谐和匀称,匠心独运又自然天成,呈现有机统一性。之所以将王充闾的散文言说为"美学化的散文",结构的肌理性是一个重要的缘由。

域外散文的代表作之一《涅瓦大街》,以意识流的自由联想巧妙地在文本中出场一个个已经成为历史晶体的天才作家:

散文的结构方式精妙绝伦,充盈激情与灵感,颇有点契合柏拉图(Plato,公元前427年—公元前347)所声称的艺术创作是神灵附体、从而令诗人获得灵感和迷狂的理论。柏拉图的这一说法,固然在实证意义上不免存在荒谬的成分。然而,它毕竟揭示了艺术创作过程中的主体的心理体验所释放的积极功能。《涅瓦大街》无疑隐含着灵感和迷狂的心理体验,这就是作者的"幻想的白日梦"所产生的意识流动和情感漫游,而且毫无做作和矫情的因素,一切显得既合理又自然,使读者明白地知道这是"虚拟的想象"和"幻觉的假设",然而又不得不沉醉在由作家所虚构的情境中,随着作者的意识流动走入遥远而亲切、熟悉而陌生的异域世界和人物内心。这个虚拟的"白日梦",包含着作者对俄罗斯文化的亲近感,闪烁着作者对逝去的文学巨匠的怀念与追忆以及对历史与文明的哲学思考。因此,这种"幻想的白日梦"不单纯是非理性性质的,也不是纯粹无意识的感性结果,而是将幻想与理性、直觉与逻辑、梦境与现实、虚拟与历史有机和谐地统一于艺术文本之中。这种散文笔法和结构策略,无疑代表了王充闾散文创作的新的走向。

历史文化的名篇之一《叩问沧桑》,笔墨跳跃伴随着意识的节律运动,时间流逝隐喻着历史变迁,作者将地域和历史交织在散文的文本之中,以联想与对比的艺术笔法,将古罗马与洛阳城进行了相似和差异的双重对比,借用北宋大政治家、著名史学家司马光的"若问古今兴废事,请君只看洛阳城"的诗句,作为"旧时月色"的隐喻和文笔的线索,同时内化为文本的肌理和有机结构。作者以简练的线条勾勒出与洛阳地域有关的历史沧桑，以《麦秀》《黍离》的古诗和"铜驼荆棘"的预言，寄托着抚今追昔、凭吊兴亡的情感。借用元人宋无诗句"不信铜驼荆棘里，百年前是五侯家"，隐喻历史的沧桑变化。文章一方面以散点透视的方式，粗线条地概括了历史全景，给人以整体感和全面感；另一方面，又以特写聚焦的技法，浓墨重彩、工笔细刻，侧重于魏晋时期的历史文化的现象探索，凸现了局部的历史和个别的人物，点彩于"八王之乱"和"魏晋风度"这两个具有特殊历史意义和美学价值的现象。完好地将面与点、全景与局部结合起来，显现了作者善于结构的艺术才能。

三、结构的色彩

"结构的色彩"是王充闾散文文本的第三个美学特征。在一般意义上，结构可以采取空间和时间、物质和心理、数学和化学等逻辑形式进行分类与描述。在文学领域，结构涉及语言、文法、修辞、篇章、内容、形式、情感、叙事等方面。就王充闾散文的结构而言，体现时间和空间及其相统一的结构技法，内容和形式相交融的结构策略，呈现结构的丰富性和斑斓色彩。这里，笔者主要凸显王充闾散文文本闪耀的心理或情感的结构色彩。

倘若说文本的客观结构只是作家才能闪现的一个窗口，那么，衡量写作主体的艺术成就和美学魅力的方法之一，就是观察和分析凝练于文本之中的心理结构或情感结构，它才是作家灵感闪烁和才情聚集的精彩风景。王充闾散文的结构，挥洒着主体的斑斓色彩，创造性的情思时时令人目不暇接和启人心扉，一方面充分展现了散文家的主体性和精神内蕴，另一方面，则以公共空间的自由、平等的对话心态和读者交流，以充溢同情心和悲悯情怀言说的境界和接受者达到以心会心的交往境界。

王充闾散文"结构的色彩"在《梦雨潇潇沈氏园》这一文本得以充分显现。"沈园"作为特定的审美空间寄寓着写作对象（陆游）的诗意体验，而它又附丽着延绵的情感时间，凝聚千古词人的爱情守望和绝望的美感，作者以时间和空间的渗透和转换，描述了感伤千古的爱情故事。写作主体的"结构色彩"又借助于梦的符号和意象获得充分的富有想象力的泼洒。《梦雨潇潇沈氏园》正是着眼于"沈园、诗人、爱情、悲剧、诗歌、梦幻"这一系列存在的相互交叉点，将陆游诗歌的梦境，以时间和情感的双重逻辑呈现出来，给接受者以梦幻美的感受。汤显祖以为："世总为情，情生诗歌，而行于神。"又提出"因情成梦，因梦成戏"的美学主张，将情感、梦幻、艺术视为一体化的精神构成，并在自己的戏剧创作中实践了这一理论。王充闾散文的不少篇目，表现出梦幻之美，它也佐证了弗洛伊德（Sigmund Freud，1856—1939）的这一看法："一篇创造性的作品像一场白日梦一样，是童年时代曾做过的游戏的继续的代替品。"

《问世间，情是何物》，开门见山，以元好问的词句"问世间，情是何物"破题，统掣全局。然后，以此为引，回忆和这句词相关的往事与故人。回忆的情感线索既串联起四十多年前尊敬师长的不幸旧事，又连带出纳西族的《鲁般鲁饶》的叙事长诗。由于后者作为文章关切的焦点，因此，文章实际上运用的是曲折转承的技巧。所以，作者将"直"与"曲"的不同作法糅合于一文之中。诚如古人所论："笔尚变化，似无成法可拘。然阴阳开合，造化之机，为文之道，亦岂外是。……笔之所以妙者，唯在熟于开合，使断续纵擒无不如志而已。盖有断与纵者，以离而远之；有续与擒者，以收而近之，此之谓善于用笔。"该文即是"善于用笔"，卷首直契文题，用的是"粘连"之法；而后面有意断开题旨，用的是"疏离"之法。转而再切入主题，使"断续擒纵无不如志"，文章开合自如，而收尾借用泰戈尔（Rabindranath Tagore，1861—1941）的话语，更留有不尽之意。文章以对"情"的追问展开结构与脉络，围绕着"殉情"这个主旨而延伸故事。散文将情景与意境，叙述与议论，神话与现实，时间与空间，按照自我的艺术经验重新编排组合，构成了一幅凄婉苍凉而又奇异优美的画卷。"情"寄寓于其中，但又不是浮华与矫饰，一切自然天成，浑然动人。文章的最后片断，采用"回溯"的手法，重新回到开头的那首元好问词，以形成首尾的对照与呼应。然而，作者又使用"层递"之法，对"问世间，情为何物"一词，进行细致的诠释，似乎非探得"情"的底蕴不罢休。其间，又插入另一则殉情故事，牵进了元好问的为殉情的男女而作的另一首词，再予以分析。层层递进的笔法，将读者的情绪引向探询"情为何物"的纵深境界。

王充闾的散文从题材上划分，大致构成三类，一是历史文化散文，二是追忆往事散文，三是域外游记散文。第一类散文，奠定了他在当代散文中的创作地位并产生广泛的社会影响。散文穿越历史的弥漫尘烟和隐秘帷幕，在尊重客观现实的前提下，和古人以心会心，以美学的理解和文学的想象活动，展开和历史的对话与追问，重新阐释历史和回答对历史的疑问。对于历史的无限可能性的思考，渗透当代的社会意识，以理性主义和诗意眼光双重性地运思历史，由此获得对历史的美学化体验。所以，他的历史文化散文，是历史和美学进行对话的文本。如果说王充闾的历史文化散文是对于遥远历史的想象的复活，那么，他的追忆往事的散文，则是在时间距离上对于相对接近的事物和人物展开审美记忆的文本。这些如梦如烟的往事和故人的追忆活动，既有呈现自然童心和青春梦幻的喜悦，也有中年成熟和老年沧桑的生命感喟，不同人生过程的回忆和体验，程度不同地沾染着强烈的唯美主义的感伤色彩。弗洛伊德用大量的例证试图说明，童年的创伤性记忆对于艺术家后来艺术创作起到至关重要的作用。之所以强调感伤性追忆对于艺术创造的重要性，是因为感伤或惆怅的情绪寄寓着审美活动的丰富可能，它们无意识和共时性地存在于人类的文化心理结构之中，影响着每一个历史时间的生命主体，尤其影响着艺术主体从事他们的文本创造活动。宇文所安（Stephen Owen，1946— ）在《追忆》中感叹中国古典文学的往事再现的母题充满了感伤性的追忆氛围，一种浓厚的乡愁色彩掩映在如梦如烟的场景。浩如烟海的中国古典诗词，无以计数的篇目，在对于往事的追忆性书写过程，普遍地充盈感伤和惆怅的情怀，乡愁、情愁、忧愁成为变动不停的心灵钟摆。王充闾的追忆散文，以唯美主义的感伤追忆继承和丰富了中国散文的优秀传统。第三类散文，为充闾先生游历欧美的美感笔墨。显然，作家的创作不同于一般旅游者的浮光掠影和简单印象式的游历笔记，也不仅仅是依赖于厚实的文化积累和人生经验去写一些感受性和教益性的文字，而是以空灵深邃和诗意审美的眼界，穿越历史烽烟和现实性的技术进步以及消费表象，深入理解和感悟西方文化的历史与艺术，以理性批判和审美体验相结合的方式，和那些早已逝去的伟大哲人及艺术家进行心灵沟通，试图理解和倾听他们的内心独白。作家借助于物质的文字的符号形式，以气韵生动和飘逸才情的话语和精巧和谐的结构，建立充溢诗意和美感的文本，给予接受者美妙的感受和多样化的启思。这三类散文从艺术价值考察，可谓等量齐观，审美风格上各有千秋，题材表现上也是清风白水相互掩映，充分呈现作家深邃旷达的哲思与智慧，飘逸空灵的诗意与才情，还有他的童心和机趣，率真和良知，以及超越世俗和意识形态的人本主义精神，特别是作家的古典主义情怀和审美趣味，这些显然要远远超越一般以文学作为谋生策略和攫取名利的游戏家或玩家。充闾先生的散文，是当代文士的散文，唯美主义的散文，诗意而感伤的散文，充溢着同情心、爱心和悲悯情怀的散文……这些，同样构成他散文文本的精神结构，换言之，它们又成为散文结构的精神色彩，给散文增添语言之外的美感与魅力。从这个意义上说，王充闾散文的美在其文本的结构之中。

论王充闾散文的批判意蕴

◎彭定安

王充闾数量可观的散文作品,以历史文化散文为多,而且这类散文多为佳构。探讨充闾的历史文化散文,可以从许多方面着笔,比如思想、审美特质、历史哲学、历史人物的评骘等等。但不可忽视的一个重要方面,就是这些散文中所蕴含的作者的批判意识和作品中的批判意蕴,这种内蕴不仅具有思想的价值,而且还潜蕴着审美素质,因此应该视为充闾散文的思想,审美价值系列的组成部分。这种意识和内蕴使充闾的散文作品思想内容更为深厚,审美素质更为提高,也使读者获益更多。记得周扬曾以王船山的"知人论世"四字来概括鲁迅作品之予人以进益。而充闾散文创作心理中的批判意识和作品中的批判意蕴之价值所在,正是在"知人论世"上可予现代人以思想与审美的进益。

作家的文化观念与文化襟怀,是他作品深度的源泉和底蕴,而这种观念与襟怀所包含的重要内容之一,就是批判意识。忧患意识、批判意识、超脱与超越意识三位一体,构成文化观念与文化襟怀的基础性和生命意义的基核。充闾散文的批判意识,正是构成他散文审美与文化价值的基核。读充闾历史文化散文,几乎在每一篇章中,都能感受到这种历史的与文化的批判,或者批判的锋芒显露,批判的意念扑面而来;或在行文之中,隐隐巡行,使你感受到那批判意蕴的存在;或者在述事、讲史、诉情中,于叙事状物中潜流涓涓,于细处、于暗中授你以批判的意念。他的那些访古觅史、寻觅历史陈迹、评骘帝王圣贤文人学士以至流人等等的佳构中,无不蕴含这种批判的意识与批判的内容，这是他的历史文化散文的脊梁。

这种批判意识、批判意蕴，也就是一种倾向性。批判总是立足于某种与其所批判的理念、价值观和事物对立的"理论立场"，总是在批判中显露地或者潜隐地彰显着、褒奖着某种正面的东西，倾向性因此也就蕴藏其中了。恩格斯曾经为维护某种"社会主义文学作品"的倾向性而批驳了否定文学作品倾向性的论调。但是，他同时指出，社会主义倾向性在文学的叙事中越隐蔽越好。不过，恩格斯所论是指小说叙事，这不同于散文，尤其是议论性散文。公认的西方散文大师蒙田（Michel de Montaigne, 1533—1592）的作品，"整个"地就是议论散文，或者说是用散文发议论，这一点并不妨碍他成为文学大师，也不妨碍他的作品成为散文典范。别林斯基（Vissarion Grigoryevich Belinsky, 1811—1848）也曾经论述过"思想"在文学作品中的作用和意义问题。他很重视文学作品中的"思想"的意义和价值，但他着重论述了"思想如何进入"文学作品的问题。他的意思是，问题不在于"思想"进入，而在于如何进入。如果思想进入作品之后，作品的质量发生问题，那么，并不是"思想"本身存在问题，而是作者对他引入的"思想"还不熟知，还没有成为自身的东西，而"进入"的方式也就生硬、隔阂、外在。充闾散文的倾向性很明朗，不隐蔽，这是符合前面所说议论性散文的体式的，但是并不生硬、隔阂。他的批判的锋芒显露而直白，但又闪耀着自身的光芒，"思想"是属于他自己的，他当然汲取了前人的智慧与理论，但不仅经过消化、吸收，而且内化为自身的血肉了，更重要的是，蕴含着他自己的人生经历与生命体验——这是最重要和可贵的。比如在他批判的"对象"中，热衷事功、做官为宦是"常见客"，其中，当然含有许多文化的事理，但也存在曾经长期"为官"的作者自己的生活感受与人生体验在内。所以其所论就不是隔靴搔痒，而是正中鹄的，既有苦涩、无奈，也有苦衷与可谅解处；既有感叹、同情，也有一针见血与诤言。

在充闾散文中，往往存在两两相对的人生课题与文化命题，它们是：入世与出世；仕途与文运；执着与洒脱；达与穷；事功与文学；庙廊与山林；身隐与心隐，这可以说是他的批判意识与批判意蕴的总体框架。这个框架凝聚了文人学士的全部人生课题，简直是他们生命的基本情结。然而这里不仅是事关官宦士子，同时也蕴藏着中国社会、中国历史、中国文化的基本的特征性内涵。这一框架可以算作中国独具的"人生、生命、文化"情结与命题，它迥异于西方从古至今的社会、历史、文化与知识分子的情结与命题。因此，解读、评析、论列和批判这一"中国特色"情结与命题，就是抓住一个"理论、文化原点"，来解读、评析、论列和批判中国社会、历史、文化与人生。也可以说，充闾散文是突破一点，又以此"视点"，透视中国社会、历史、文化、人生。充闾散文在这一蕴涵丰富的框架里，驰骋思想与文采，挥洒笔墨，纵横捭阖，解析、论证、对比、批判。他批判的锋芒总是对准前者，而欣赏与赞誉，则施与后者；思想的光照出前者的阴影，而映照出后者的绚丽的光泽。我们在他关于严子陵、李白、曾国藩、李鸿章等等的篇章中，就可以看出这种炽热的倾向性。

充闾的历史文化散文，每每涉及历史与历史人物，"述史""评人"是他的题材与主题的骨干，这就涉及历史观与历史哲学问题。按照法国年鉴学派的历史观点，历史都是写史者对于历史的"重构"，而法国历史哲学的代表人物雷蒙·阿隆（Raymond Aron，1905—1983）的说法则更为有趣而中的。他说："历史是由活着的人和为了活着的人而重建的死者的生活。"这当然不是说历史都是主观臆造的，或者说历史是可以伪造的，这就好像接受美学中的命题：接受者总是根据"作品"的"原意"来创造"意义"。前者是依据，是基础，是范围，不能按照自己的主观意愿来随意创造，也不许随心所欲地伪造。他必须在也只能在"原意"的基础上和范围内来"创造"，只能在"原意"的"如来佛"的掌心中"跳舞"。历史的"重构"也是如此，对死者生活的"重建"也是如此，"历史材料"是"重构""重建"的，跳不出"如来佛掌心"。不过，这个"掌心"广阔辽远，海阔天空，足可供作家施展其想象与才华。充闾正是这样做的，并做得颇为成功。

前面使用批判的"锋芒"与"显露"来标识充闾散文，这词语可能有不确切的缺点，或者说容易引起误解。所谓"锋芒"，所谓"显露"，都是指批判的气势、力度和韵味，是一种对于文章内在气质的赞誉，而不是指文字外在的表现。事实上，在文章的运作、进行、表达过程中，充闾散文在整体上都是行云流水，逶迤蜿蜒，娓娓道来，如涓流细泉。其批判意识和批判意蕴，率皆孕育其中，或直白论列，却也条分缕析，不仅理路清晰，而且文采斐然。匿锋芒于华文，于隐匿中彰显。即批判不是"金刚怒目"式，而是理清情切式。可以说其中含着作者的理论上的自信、情理上的通畅和心理上的自恰，还有审美理想上的圆融，故能形于外而成就优雅的历史文化散文。

历史的重构和批判，立足点和眼光是决定性的前提。重构一个历史事件或一段历史，或者"重建死者的生活"，需要确定自己的立足点，进行批判则需要具有批判的眼光。这都不是轻易之举，也非轻易能够成功的。列夫·舍斯托夫（Lev Shestov，1866—1938）在论述陀思妥耶夫斯基（Fyodor Mikhailovich Dostoevsky，1821—1881）时，曾经把作家的眼光分为两个视力，他说，"第一视力"是"天然眼睛"；而"第二视力"则是非同他人的作家自己独具的眼光、视力。这第二视力可称为"文化的眼睛""文化视力"。充闾的批判意识和作品的批判意蕴，正是由于他形成了并且使用了自己的"第二视力"的结果，是他的"第二视力"的思想之光，照亮了"对象、题材"，闪出了审美的绚烂，这一点突出地表现在关于曾国藩和李鸿章的两篇散文中。评析曾国藩的《用破一生心》，首先这题目就画龙点睛，有"电光一闪"耀人眼之效，读者一见即引起兴趣，想要读下去。及至开篇就开宗明义地点出"曾国藩也被'炒'得不亦热乎"，把文章产生的时代背景与诞生的现时语境托出。而后，紧紧抓住曾国藩的人生观核心与生命终极追求就是一个"立功扬名"，他的行事轨迹与基本道途，就是一个"伪"字。真正抓住要害，刺入骨髓，活画了曾氏漫画像。那批判的锋芒是锐利的，那思想的光泽闪耀全篇。

分析李鸿章一生的《他这一辈子》，则极简略而又准确地评析、记叙李氏一生，扼要而中肯。同时，提炼了几个关键时期、关键事件，予以透析。在人生轨迹的记叙和文章的巡进中，正中要害地提出几个"评点、'亮点'"："不倒翁""五子登科""有阅历而无血性"等。特别是还进行了"比较研究、比较文化研究"，拿李鸿章和曾国藩、彭玉麟比较，显出李氏的特色。李、曾之比那一段，是颇为精彩的，他指出，曾氏特看重"后世评价"，而李氏则认准一条路，不管后人如何说三道四；曾氏"讲究伦理道德，期望着超凡入圣；而李则着眼于实用，不想做那种'中看不中用'的佛前点心"；对"于义有亏的事"，曾氏"做而不说"，李则"又做又说"。结论："一个是伪君子，一个是真小人"。

　　这里，对于历史的重构，对于"死人生活的重建"和对于历史与历史人物的批判，都闪动着批判的锋芒和思想的光辉。在这里，思想不是隔生的、他人的、外在的，而是成熟的、自己的、内在的。至此，我们可以回到开始时说到的朗松（Lanson Gustave，1857—1934）的命题："将知识提纯的批判工作"。王充闾之能使他的散文的批判功夫达到这一程度，就是他进行了"知识的提纯"。关于曾国藩的史实，纵不能说汗牛充栋，却也是十分浩繁的；关于李鸿章的史实也很多。充闾将历史知识进行了有效的、属于他自己的正确的"提纯"，因此能够提纲挈领，能够抓住要害，能够纵横捭阖而不脱离核心与关隘。

　　关于李白和宋徽宗的两篇散文，则是另一种类型的批判。这里的"批判"义，更加具有前述郭沫若、李长之所使用的含义了，它偏重剖析、估价、论述、评骘的意义。《两个李白》，一个是"现实存在的李白"，一个是"诗意存在的李白"。前一个李白醉心于立功立德，"他热切地期待着'长风破浪会有时，直挂云帆济沧海'"。后一个李白"痛饮狂歌，飞扬无忌""长安市上酒家眠，天子呼来不上船，自称臣是酒中仙"。但前一个李白一败涂地，而后一个李白则达于顶峰。通篇文章在这两个互克互生的"极"点上，进行了细致的论述与评骘。批判的锋芒，不是对着人的缺陷、弱点、问题，而是人的性格与命运，思想的光映照着人生的选择、追求的得当与失着。

但问题又不仅仅涉及个体的眼力和"已知"之事,历史事实就是如此:一个志不在诗文的李白,却成就为诗仙文豪,名垂千古;另一个时时想着登龙入仕的李白,终归坎坷一生,落拓穷途。结论是什么?"既是时代造就了伟大诗人,也是李白自己的性格、自己的个性造就了自己"。而他的悲剧,则"既是时代悲剧,社会悲剧,也是性格悲剧"。

贯穿这篇散文的是批判——历史批判与文化批判,但这不是文学论文,它以散文文体叙事,也以散文文体议论,是以批判的意识与理念为核心,重构逝去的历史,重建"死者的生活"。而且,它越过了李白"这一个",而提升到"李白的心路历程及其穷通际遇所带来的甜酸苦辣,在很大程度上映现了几千年来中国文人的心态"。这是作者一开始就指出来的,于是以后的行文所及,"点"在李白身上,而整个文章的批判意义,却已经及于几千年来中国文人的心态了。

另一篇关于宋徽宗的散文《土囊吟》,则是另一种批判,另一种审美情趣。宋徽宗无疑是个坏皇帝,他不仅治世能力差,而且恶行也多,任用坏人、穷奢极欲、荒淫无度。然而,他却是一位杰出的艺术家,书法独创"瘦金书",画作达到北宋绘画艺术的顶峰,诗文长短句亦佳。作为亡国之君,他流落北国苦寒地,跌入屈辱求生非人境地。但作为杰出诗人艺术家,他却流芳后世。这是非常令人慨叹的历史嘲弄与命运悲剧。充闾的散文对此作了尖锐的批判和深刻的喟叹。

《灵魂的拷问》是又一种批判形态:比较论。通篇以陈梦雷与李光地的纠葛为经,编织了两种人生、两种人格、两种身后名的比较论列。这里,揄扬与批判同步,赞赏与抨击俱在,高尚与卑鄙、纯真与龌龊、君子与小人强烈地对比存在。那种在高尚、纯真、君子面前和观照下的对卑鄙、龌龊与小人的鞭笞、贬斥、批判愈显强劲、有力而深沉。这种历史、知识提纯后的批判,我以为具有超越某个历史人物、某个历史阶段与事件的一般性意义,达到了批判的历史哲学的层次。

还有一种批判形式,可称之为顺势的批判和捎带的批判,也是暂时离开文章主流的批判。这种批判，除了批判文字与意义的意趣之外，还有"行文"的情趣，即文章上的"说开去""插言""顺势发挥"。这种表面的离题，却可收到"额外"的切题之效。比如访濠梁论庄子而批明太祖朱元璋的阴险毒辣、残酷无情；论李鸿章而批实用主义；赞陈梦雷而批电视剧《康熙王朝》的主题歌；叹香妃而批皇室；濠梁思庄子而批今日之破坏生态环境等等。从这种文字中，即可体验到在作者的创作心理中，有一种潜批判意识存在，它随遇而出，使文章生辉。批判意识的潜存，这是作家创作心理的重要构成。一般说来，西方优秀作家创作心理中普遍存在的批判意识、幽默感和象征意蕴，在中国作家创作心理中，是比较缺乏的。充闾在这方面有其优点。

充闾近作《龙墩上的悖论》更加在高层次上显示了他的历史文化散文批判的锋芒与思想的光辉。先浏览这些题目：《祖龙空作万年图》《血腥家族》《赵家天子可怜虫》《天骄无奈死神何》《龙种和跳蚤》。仅从题目上看，即折射出其历史与文化的"将知识提纯的批判工作"，显示了在社会位置的显赫与"至高"上，在历史、文化的深层与厚重上，达到了新的高度与深度。但他立论的宗旨和批判的锋芒，却是起于帝王之业的高层，而落于芸芸众生的尘世。这里且只以两篇力作为例，以见一斑。

《祖龙空作万年图》《天骄无奈死神何》，写了中国古代两个绝代皇帝。但不同于任何帝王论的论旨，两篇散文把这两个权利薄天、威风盖世的君王，放到"死亡"这个极限面前来考问和评骘。婴儿依赖—生命极限—生理极限，这三者是人的不可逾越的死坎。我在拙作《文化选择学》中，称之为"人生三大限（三大圈层）"。始皇帝也好，一代天骄也罢，任他们如何自信、威风、霸道，任他们如何希求长生不老，如何以为自己可以战胜一切敌人，但是，他们终究在极限面前败下阵来。对此，对两个不同时代、不同霸业、不同性格的绝代君王，王充闾作了这样的论述：

……你不是期望万世一系吗？偏偏让你二世而亡；你不是幻想长生不老吗？最后只拨给你49年寿算，连半个世纪还不到；北筑万里长城，抵御强胡入侵，不料中原大地上两个耕夫揭竿而起；焚书坑儒，防备读书人造反，而亡秦者却是不读书的刘、项。一切都事与愿违，大谬不然。这是怎样的一种辛辣而可悲的历史文化悖论啊！

王充闾接着评论说：他一生是悲剧性的。在整个生命途程中，每一步，他都挑战无限，冲破无限，超越无限，却又无时无刻不在向着有限回归，向着有限投降，最后恨恨地辞别人世。"但见三泉下，金棺葬寒灰"（李白诗句）。这是历史的无情，也是人生的无奈。

这种无情与无奈，岂止对于秦始皇是不可违逆的极限与律令呢？它的历史教训与文化教益的意义，不是远超出始皇帝一人吗？而作品的批判意蕴也就超越"个人论"的范畴了。

至于那位所向披靡、建立了世界霸业的一代天骄，又如何呢？死亡是自然对人所执行的无法逃避的"绝对的法律"。对于这一"性命之理"，成吉思汗开始是不承认的，或者说不想承认……西征以来，特别是会见丘真人之后，成吉思汗渐渐觉察到死神的套杆在身后晃动。但他并不肯束手就擒，而是把征服一切的欲望作为助燃剂，去继续点燃生存欲望的火焰，用以取代对死亡的忧虑与恐惧。

成吉思汗在这里是以进为退，用武功与征战的硝烟来遮蔽自己的眼与心，使之看不到和感受不到死亡的威胁。这是作品对于一代天骄的"死亡观"与对待死亡态度的深刻的批判，更是对于他的霸业与雄心的内在悖论的揭示。

但批判没有停留在这个"阶段"和这个层次。接着又进一步提出了"死不起"的论题。这个论题使论述也使批判更深入、更普泛化，也更具人生哲理意蕴了。它不是死亡的论题，而是人生与生命的课题。王充闾写道：有些人是"死不起"的。生前拥有的越多，死时丧失的就越多，痛苦也就越大，就越是"死不起"。对于那类一意攫取、不知止足者而言，这生而必死的规律，实在是太残酷了。

这里的批判、论述、指向，哪里只是一个成吉思汗，又哪里只是指出死的必然而已？不是世人皆在其中？不是越过死亡的律令，而入于生活的圭臬了吗？

朗松论蒙田时说，要弄清楚"蒙田的思想在什么地方引发出来，在什么地方停留，从什么地方得到营养，在什么地方把自己摆进去，在什么地方真正创造了自己的思想"。的确，要研究和论证王充闾历史文化散文的批判意识与意蕴，还需要研究这些课题，弄清楚这些问题。

王充闾散文的情智识

◎王香宁

　　王充闾是我国当代著名的散文家，他创作的历史文化散文在当代散文界占有重要地位，同时他还创作了大量的生活散文和游记散文。他高扬散文创作诗性、历史和哲思三者融一的创作理念，这就使其散文文本构成具有了感人之情、启人之智、益人之识。

一、感人之情

　　散文是"情种"的艺术。王充闾散文的真诚感人之情，突出体现于他的生活散文中。他将在个人生活世界中所感受到的动人情感，经过艺术加工抒写于笔端，流露于纸上。

　　首先是他童年的悲凉的亲情。精神分析理论家弗洛伊德认为，童年的创伤性经验对作家的心理结构的形成，以及后来的创作实践有着至关重要的影响。因此，王充闾在其散文中注入了童年悲剧性的情感。《碗花糕》中，王充闾以"碗花糕"为线索，回忆了嫂子的往事。从嫂子故意给他夹有铜钱的饺子到蒸制碗花糕，从大年三十嫂子让他去借枕头到帮他为他的"杰作"开脱，一件件的事情都表现出了嫂子对他的关爱和他对嫂子的依赖。之后，家里的大哥去世了，嫂子无奈再嫁，为了怕他伤心，嫂子改嫁的那天是趁他上学的时候走的。从之前的美好的家庭氛围，一下子变成人地两隔，没有了嫂子的关爱，没有了嫂子的碗花糕。生活境遇的突变，撞击了王充闾的悲情的火花，辐射于文中。

　　王充闾的散文中不仅有这种他个人体验到的真挚情感，同时他还将所见所闻的人物之间的感人之情融入散文之中。《梦雨潇潇沈氏园》中，王充闾漫步于沈园之中，回忆陆游和唐婉的凄美爱情，内心的感慨油然而生。虽然两人的爱情是世人"纷谈发生在这里的一幕凄绝千古的爱情悲剧"，但王充闾以陆游的诗歌为线索，细腻地道出陆游和唐婉的悲情。

　　还有《绿窗人去远》中他与小好的感情，《我的第一位老师》中他与"魔怔"叔亦师亦友的感情等等，这些饱含感人之情的作品，更加突显王充闾的个人情趣和个人世界。对于这些散文，不会有人去专注其渊博的历史学术知识，深邃的哲学思想的辨析，古雅的个人风格的展示，娴熟的文学创作手法……在情的面前，这些都成为它的附属品。人们更关注的是作者的心灵抒写与体验。

二、启人之智

　　王充闾历史散文涉及大量的史实，并通过对历史的反思建立起了具有史学豪气的宏观世界，因此在这种散文世界中，人们对王充闾散文不断地阐释，希冀通过这宏观的视角拓展散文的视野。王充闾历史散文的成功不在于对历史内容的反复拓沓，或是对历史雄伟的不停歌咏，而在于对历史的认识之广与理解之深。

　　历史本身只是一种客观的发展历程，纯粹意义上的真实，它并没有错对之分，而在史学家的叙述中，我们得到的只是具有道德评论的主观历史而非客观的历史。现在，历史的书写不仅仅是史学家的专属领地，而是已经进入到了文学写作之中，使过往的历史诗意化。王充闾首先从观念上打破了以往历史叙述的束缚，他将历史的概念丰富化，人们将不仅可以用一种目的性的眼光去看待历史，更可以根据自身的体验对历史加以阐释，既注重了历史的客观性，又扩大了历史概念的外延。王充闾以散文的文学形式书写他个人眼中的历史，使史学具有了感性的气息，也使文学渲染上了理性的趣味，达到诗、史、思的完美结合。

在王充闾历史散文里，思是他选择具有一定历史内涵的文化场域，或对其以自身经历的事实来表达情绪，或直接提出自己的看法，或根据自身的文化修养提出令人深思的问题，之后将其发之为文。如在《青山魂》中，他透过青山场景点评李白。他认为李白志在政治，一心想成为不通过科举而被人们重视的士人，完成他的仕途梦想。但事实上，他的仕途梦想没有完成，却无意中成为文学史上的一位伟大的人物——"诗仙"。王充闾对其有更深层的点评："看来一个人的政治抱负同他的政治才能、识见并不都是统一的，归根到底，李白并不是一个出色的政治家，大概连合格也谈不上。他只是一个诗人，当然是一个伟大的诗人。虽然他常常以政治家高自期许，但他并不具备政治家应有的才能、经验与素质，不善于审时度势，疏于政治斗争的策略与艺术。其后果如何，不问可知。这种主观与客观严重背离、实践与愿意相互脱节的悲剧现象，在中国历代文人中并不鲜见，值得我们深长思之。"此时王充闾的沉思不仅是对李白身上的悲剧意识的思量，而是以李白作为"怀才不遇"士人的代表加以反思，给予现代人以警醒。

王充闾在反思中经常将两个历史事件或人相互比较，从历史的循回角度得到启示。在《陈桥崖海须臾事》中，宋太祖赵匡胤黄袍加身从后周符太后和7岁的周恭帝手中夺取了政权，而300年后，出现了末帝跳崖的惨剧。在《土囊吟》中，王充闾又讲述了一种历史循环。宋太祖没有任何理由地灭掉南唐，毒害早已向他臣服的李后主，而157年之后，金太宗也是不讲任何理由地扑灭北宋，而宋太祖的第5世嫡孙也瘐毙于金太宗设置的五国城的深渊中。王充闾分析，这些历史虽是必然发生，但与人自身的失败有很大关联。他紧紧扣住人的欲望，将历史的必然和偶然显现出来。他的散文，体现了深思的追求。他不仅着眼于历史与现在的单线的反思，而且在历史中寻找重大命题的历史事件群，进行更加深化反思，探究其具有现实意义的意蕴。

　　同时，王充闾的生活散文也给予生活在现代社会的人们以启示。随着现代社会的不断发展，现代性以城市为中心辐射到社会的各个角落，城市化的进程吞并了乡村、土地，使现代人逐渐远离了他们曾经热爱过的土地和自然，成为无家可归的流浪者，沦为了无根的存在。海德格尔称这样一种文明只能带给人们"逃避诸神，破坏大地，人的群体化，对一切创造性和自由的仇恨与不信任"。其实现代生活把人们的精神给分解了，沦为了没有联系的碎片，人们的心极力去寻找能将碎片联系在一起的完整的本真的人。《神圣的泥土》中写出了现代人被压抑在高楼狭巷中，身心已被尘埃与噪声吞没，生命也在无根之境中萎缩的困境。王充闾提到"我们回家吧"，通过家，找到生命的存在，使自身重生。家就是他的故乡——亲近泥土的大自然：双足直接踏入泥土中，这时就会感到自然的生命力集聚在脚下，"然后像气流一样，通过经络慢慢地升腾到人们的胸间、发际，遍布全身。"这时才找到心灵的本真状态。也就是说王充闾不是一般意义上去寻找出生的地方，而是寻求故乡对现代人的本体意义。其实，人们寻找心灵安慰的简单途径就是通过艺术把现代人带向大地，使人归属于大地，从而让人们敞亮地存在。但这一步并不是所有人都能体验到。《故园心眼》中的王充闾的族弟，他苦笑王充闾怀念当年的旧茅草房、窗纸、火炕这些难忘的情景，在他眼里，这些农民的旧日生活情景怎能和现代化事物相提并论。现代生活中并不是所有人都会积极寻找生命价值，包括他的族弟。在现代化的享受面前，"诗意化的浪漫情调"也相形见绌了。现代化把社会拼命往前拽，但把人与人之间的关系也拉扯得越来越疏远了。现代的高楼大厦使人与人之间的物理距离拉近了，但把人与人的心灵距离推远了。

　　可见，王充闾的散文关注现在的世界，关心现代社会生活下的人的生存状态。他的散文所给予人们的不是简单的历史，不是日常的生活现象，而是抛给读者一个又一个的反思。

三、益人之识

科学和文学是人们把握世界的两种不同的方式，但把握世界的途径不同，科学借助于概念给人以知识，是直接的；文学是借助于形象等多方面的手段给人以知识，是间接的，也是立体丰富的。但是在文学创作中以诗意的方式向读者介绍一些自然、科学、社会历史等方面的知识，也是不违背文学的本质的。王充闾的散文也在这个方面做了大量的文章。

王充闾散文益人之识之处体现在他的学识方面。他以文史哲贯通起来的学识背景使散文充满诗人的才华、史家的渊博、哲人的睿智。诚如王向峰教授所说："学识对散文创作具有重要作用。说起来，散文人人可写，人人会写，但成就一篇有质量的散文，其制约因素要比其他体裁多得多。而学识的深浅、高低，就是影响散文质量的最重要因素，桐城古文把'义理'放在'考据''辞章'之上，不是没有道理的，这也就是为什么现代、当代散文大家，都是学问家的缘由。"

王充闾具有这种高深的学识，给人以真正的知识。这首先体现在史学上。在石杰的《王充闾：文园归去来》中曾写道："早在1964年他（王充闾）还只是20多岁的时候，就曾经参加过学术界关于《忠王李秀成自述》的真伪问题的大讨论。王充闾在认真阅读分析了有关文献后，认为这份自述是真实的，并非出自曾国藩的伪造，但不排除有的地方曾被篡改。于是，写了一篇题为《〈忠王李秀成自述〉之我见》的文章，刊登在《新民晚报》上。1994年春，全国史学界讨论清军入关问题，召开研讨清史的学术会议，他应邀在会上做了《努尔哈赤迁都探赜》的长篇发言，后由中国香港《大公报》全文刊载。"因此王充闾足可以运用自身的学识使人获得真正的知识。

其次是王充闾散文给人以文学知识。在《春宽梦窄》的题记中他写道："'春宽梦窄'，原是一句宋词。现在把它摘取来作为书名，意在说明大千世界和人生旅程是丰富多彩的，是无限的；而作为现实与有限的存在物，人的想象能力、认知能力、表现能力，按它的个别实现和每次的实现来说，则是有限的。因为人的思维都是在完全有限地思维着的个人中实现的，不能不受到时间和空间的制约。其结果就是所谓的'春宽梦窄'。"可见这个诗句一经王充闾的运用，具有了更深的生命意味，使读者对诗句有了更新的认识。同时，王充闾透过具有诗意的地方展现出历史往事，不仅传达给读者历史知识，而且还让读者对这些地方产生了诗性的认识。

王充闾的文学底蕴还表现在他会运用前人的诗歌或自己创作的诗歌表达当时当地的情感。王充闾游历过很多地方，这些地域特色也深受他的喜爱，当内心的喜爱无法以现代语言表达时，他会借用前人的诗歌把当时的心情恰到好处地抒发出来，让人们更能领略到诗歌的意境。当陶醉于张家界的美景中时，他油然漾出稼轩的词"我见青山多妩媚，料青山见我应如是。情与貌，略相似"。当他被三峡险峻所倾倒时，想到了李白的"上有六龙回日之高标，下有冲波逆折之回川。黄鹤之飞尚不得过，猿猱欲度愁攀援"，他被表现三峡险峻的诗词所折服，"不能不由衷地佩服古诗用字的贴切"。当然，具有诗文才华的王充闾也自己作诗来表达内心的情感。《祁连雪》中，王充闾对祁连山的感慨写了四首七绝寄情祁连雪的诗歌。这些诗歌不仅有益于读者更进一步地了解前人诗歌的意蕴，而且也有益于读者运用自身的才智化境为文。

在王充闾的散文中有大量的文字涉及古今中外的民风民俗，这有益于人们了解世界风情。1989年他在川西北游览了九寨沟、峨眉山、都江堰、三苏祠、青城山等文化历史名胜，于是写了《清风白水》《沧浪之水清兮》，同年10月王充闾赴西藏拉萨、泽当，写下了《雅隆河，一首雄奇的史诗》。之后他也游历过很多地方。在游历的过程中，他将采集来的鲜为人知的掌故趣谈、异闻传说以及各地的风土人情、人物风貌融入他的散文中，为读者增添了见识。在《雅隆河，一首雄奇的史诗》中，王充闾记载了有关文成公主的故事，为文成公主的胸襟并未在后人所写的《唐书》中留下一笔而惋惜："这样一位对历史有过重大贡献，简直可以惊天地而泣鬼神的旷代女杰，竟然在新、旧唐书上没有留下几行传记，甚至连她的名字都没有记载下来。实在是太不公平了！"读者在历史书中是得不到这样翔实的资料的，只有通过王充闾的散文才能更深刻地了解到文成公主犹如"昭君出塞"一般的豪气。

综上所述，王充闾的散文创作不仅打通了科学和文学的界限，而且打通了文学、史学和哲学的界限，由此加深了他散文创作的情感浓度、思想深度和知识密度。

深邃冷峻清醇雅致的本调
——王充闾散文风格论

◎ 王明刚

王充闾的散文创作风格既是稳定统一的，又是丰富多样的。作品风格的丰富多样性和稳定统一性并不是矛盾的，而是辩证统一的。对于一个作家来说，他的艺术风格首先必须具有稳定统一性。然而，作家风格的稳定统一绝非意味着停滞、凝固或贫乏，大凡高明的、有追求的作家总是"本调"强烈却又毫不单调。王充闾的散文创作并不满足于单一题材、单一风格的重复，而总是不断自我超越，创作出风格多样的作品。

一、历史文化散文：冷峻通透

在王充闾多种类型的散文中，历史文化散文最能展现其深厚的文学、史学和哲学功底。王充闾的历史文化散文创作是在中国特殊的时代语境中孕育出来的。他说："随着社会的日益商业化、物质化，随着传统的理性和诗性的消解，随着文化价值取向的世俗化，有些人往往满足于官能刺激和'众声嘈杂'现象，从而阻窒了深度的精神阐扬和艺术开掘。但是，作为一种内在追求，我仍是乐此不疲，在散文创作中，执着地追求诗性、哲思、历史感的结合。"王充闾的这种文学追求突出地体现在他的历史文化散文中。他的历史文化散文与其他作家的历史文化散文具有一致性，即：追求文、史、哲的融合，用诗性话语在叩问历史的沧桑中对历史进行深度的意义拷问。但是虽然是同样的文学题材，在进入个人化的写作之后，便会呈现出各不相同的风貌。以与王充闾并肩南北的余秋雨作比较，两人同是历史文化散文创作，但风格却有所不同。余秋雨的历史文化散文常以个人想象回到历史现场，复活历史人物与事件，将自我融入历史人物与事件之中，注重抒发个人的感受（从文章处处出现"我"就可看出），如此使其散文洋溢着浓郁的个人情感；而王充闾则在状写波诡云谲的历史烟云时，以一种清新雅致的美学追求和冷峻深邃的历史眼光，渗透对生活的独特理解。在美的观照与史的穿透中，寻求一种指向重大命题的意蕴深度，实现对审美世界的建构。因此，他的散文少了余秋雨散文的那种激情洋溢，多了冷静的理性思索，这就使他的历史文化散文呈现出一种冷峻的独特风格。对此，著名评论家谢友顺说，王充闾与余秋雨的煽情比起来，要显得冷静很多。冷静并不等于内心就趋于一片静寂了，这是王充闾的可贵之处。他不机械地追求回到事实中的历史现场，他走的是以诗证史、以诗言思的话语道路。正因为这种冷静的创作心态，王充闾就像一位站在高处俯瞰历史现场的旁观者，更能清醒地洞悉历史发展的规律和人物的命运，仿佛一切尽在他的"法眼"之中，可谓"远想出宏域，高步超常伦"。这种对于历史人物与事件入木三分的洞察力和条分缕析的理性阐释，使其文章呈现出一种通透的风格。

　　王充闾在散文创作中将史、诗和思三者融合在一起，在诗性的叙述中将历史引入哲学层面加以反思。他以深邃而敏感的洞察力发现隐在喧哗历史现象背后的规律，并以高人一等的智慧对这些历史现象做出明晰的解释。比如在王充闾散文创作中，塑造了几种知识分子类型：一种是积极入世的，如《孤枕梦寻》中的陆游、《用破一生心》中的曾国藩；一种是隐逸避世的，如《忍把浮名换钓丝》里的严光、《寂寞濠梁》中的庄子；还有一种是入世中出世，或者从出世中寻求出路的，如《青山魂》中的李白、《春梦留痕》中的苏轼。这几个不同知识分子类型的代表，在王充闾的笔下，都是悲剧人物。王充闾不满足于单纯地讲述人物的悲剧事件，也没有替主人公大发悲凄之感和自己的悲悯之情，而是以冷峻的目光在文化和人性的深度上积极探究产生悲剧的原因。王充闾说："古代的知识分子大致有三类：在朝的，在野的，周旋于朝野之间的。不管哪一种，如何选择自己的人生道路，总的说，最后都是悲剧性结局。入世的实现了儒家经邦济世的社会价值理想，获得了政治的权力、地位，却丧失了自我，失去了人生的自由与安宁；出世的获得了个性自由与人格尊严，进入纯粹的精神世界，却放弃了知识分子固有的社会理想和人生抱负；第三种在穷达的张力之中苦撑着，周旋着，也并没有人生的快活。"他把产生悲剧的原因归结为文化的悖论及它内化到个体的人后所发生的人性的悖论。

总之，王充闾学贯古今中外，再加上长期从事政务，他看待问题总能保持清醒而通达的认知。所以面对历史上的悲欢，他没有随之情绪化的大喜大悲，而是透过历史表象深入历史本质之中，对其进行冷静的思考和透彻的阐释。如此，他的历史文化散文创作既有同题材散文创作所具有的深邃厚重的特点，又具有冷峻通透的风格，从而独树一帜。

二、生活情感散文：醇厚绵密

依据心理学所公认的关于人的三种典型情绪状态，我们把作家进行艺术创作时的审美情态也分为三类：激情、热情、情境。激情是激烈而沸腾的情绪状态，处于这种情绪状态的创作主体因遭遇环境的强烈冲击，心潮翻卷，汹涌起伏，不能自己；与激情相比，热情是较为深沉的情绪状态。这种状态下的艺术情趣一般比较幽邃醇厚，给人以荡气回肠，忧愤深广，余味曲包的审美情趣。如果将王充闾生活情感散文创作的审美情态加以归类的话，应属于"热情"这一类。王充闾的生活情感散文大多是怀旧型和追忆型的。由于空间的变更和时间的沉淀，炽烈的情感已经澄静下来，隐在心灵深处，变得绵密而厚重。

比如在《望》中，他用血泪之笔讲述了在短短的几年内大姐、二哥、大哥相继死去的情景。他的大姐爱读《红楼梦》，甚至读得泪眼模糊，食不下咽。这样一个多愁善感的姐姐后来不知患了什么病，留下一个刚刚两岁的女儿故去了。屋漏偏遭连夜雨，在家人还笼罩在姐姐死去的悲伤之中的时候，二哥又得了结核病突然病倒了，最终也离开了人世。二哥写一手好字，家里的墙上留有他的墨迹。每次"妈妈眼望着墙上的字迹，想起来就痛哭一场。为了免去触景伤怀，睹物思人，父亲伤情无限地花费一整天时间，用菜刀把墙上的字一个个铲掉，然后再用抹泥板抹平"。接着，大哥患了疟疾，庸医误诊，下了反药，出了一身冷汗后，便猝然断气了。如此重大的打击，母亲再也撑不住了，"病倒了三个月，形容枯槁，瘦骨支离，头发花白，终朝每日以眼泪洗面。"但是母亲特别刚强，常说"宁可身子骨受苦，绝不让脸上受热"。她把希望寄托在了"我"的身上。接下去，作者追忆了有关母亲和"我"的一幅幅场景：母亲知道误会"我"偷拿家里铜钱后的悔慰、起早贪黑地为"我"做可口的饭菜、在昏黄的灯下为"我"缝补衣袜、"我"上县中学临走时的叮咛，其中含有多少心酸、多少欣喜、多少期盼。"我"终于没有辜负母亲的心愿，有了理想的工作，但是却很少有时间去陪母亲，结果母亲孤独地离开了人世，这让"我"内心充满了永久的悔恨。若干年后，作者依旧自责："'树欲静而风不止，子欲养而亲不待'现在，只能抱憾于无穷，锥心刺骨也好，呼天抢地也好，一切一切，都无济于事了。"在这里王充闾没有进行个人撕心裂肺的悲情宣泄，只是似乎不动声色地将往事娓娓道来，文字的表面不见飞扬四溅的情感浪花，但是读者却能够体会到文字背后汹涌着的情感深流，因此这种隐在心灵深处和文字深处的深厚绵密的情感最能感动人心。

　　如果说王充闾的历史文化散文对情感采取淡化方式的话，那么他的生活情感散文采取的则是深隐的方式。将情感淡化是为了排除情感对认知的干扰，保持审视和分析问题的客观性与明晰度；将情感深隐是为了避免情感在文字表面激荡时所造成的挥发，保存更加饱满厚重的情感含量，以撼动人心。所以前者呈现出冷峻通透的风格，而后者呈现出醇厚绵密的风格。

三、智性散文：剀切深微

　　文学创作是情感过程和认识过程同时作用的审美创作活动。情感过程以审美的情感态度和情感评价的形式出现，产生艺术的情趣美；审美认识过程则着重于对生活底蕴和本质的真的追索，表现为识度美。对于王充闾而言，这种识度美不仅表现在他的历史文化散文中，在他的智性散文中表现得更加突出。如果说王充闾的生活情感散文更多地表现醇厚绵密的情趣美的话，那么他的智性散文则更多地表现出剀切深微的识度美。

　　文学作品的识度美与作品风格有着密切的关系。真正的文学风格不能没有识度美，更确切地说，风格不能不以识度美作为基础。作家的思想认识能力是风格识度美的内在依据和先决条件。作家对生活的审美认识贯穿于文学创作的始终，如果没有独特个人立场、观点和方法，他就不可能比别人"高出一头，深入一境"。读万卷书，行万里路，做万般事，使得王充闾练就了超凡的认识能力，使其智性散文作品达到一般作家难以企及的思想深度。比如1987年11月，王充闾出版了《人才诗话》。在这部智性散文集中，他从历史现象分析进入对现实问题的思考，就人才的培养、磨炼、选拔、深造等方面提出了自己的一系列的看法。如颜翔林先生所言，王充闾的人才观已经超越了一般的人才学范畴，上升为对人的生存意义、生存价值、人格设计、审美情怀、生命智慧等方面本体论、存在论、价值论视角的认识。可以说，就这一问题的运思，很少有人能达到王充闾这样的关切和深刻的程度。因此，他的智性散文总体上呈现出剀切深微的风格。

四、山水散文：清醇健朗

　　《清山白水》是王充闾山水散文的代表。他的山水散文从其风格韵致上看，王向峰先生将其概括为清醇健朗。他进一步解释："《清山白水》

的清淳，是说其中有清真淳厚的质地；说其健朗，是说散文有立命于上述基点上的主体情思的刚健明快。这二者的艺术统一，是美的质地与显像之间的审美化成。"

《清风白水》里的大部分山水散文，王充闾绝没有停留在对山水景色的客观摹写的层面上，而是将自己的生命体验、审美情感和哲学思索投注到自然景观之上，从而创作出具有生命情感温度和哲学思想深度的审美的人化自然。在山水散文中，他常常将自我生命的存在形式与山水景物实行审美想象性的物我浑融，达到"天人合一"的审美境界，从而使主体生命精神在山水中畅怀适意，逍遥以游，忘却现世的痛苦与烦恼，获得纯粹的审美形式的体验，宣泄生命存在的感性冲动，达到对个体自由的提升，并升华出一种诗性生命的美感。这既契合中国道家的山水精神，又接近西方生命哲学的人文情怀，使两种哲学话语在王充闾散文所描摹的山水意境中得以对话和交流；另一方面他的山水散文灌注了儒家的哲学精神内核，通过观鉴山水，寄寓了主体积极进取、兼济苍生、修齐治平的道德理念。

综上所述，正是儒家、道家等多种主体情思蕴含在清真淳厚的山水意象和山水意境的创设之中，才使其山水散文呈现出清醇健朗的风格。

对于王充闾的散文来说，无论是历史文化散文、生活情感散文、智性散文还是山水散文，最终都是通过语言来书写的。尽管不同题材的散文有着不同的风格，但是在王充闾的散文语言运用上却有着古奥雅润的一贯风格。彭定安先生认为王充闾的"整体语言家园，是由以中国现代文学－学术话语为基础，又消化、吸收、融会中国古典诗词语言，并以同样方式吸取了现代西方文学－学术话语，汇合三者，而形成他的新的散文叙事话语、语言世界。"

论王充闾散文中的儒道禅意识

◎孙殿玲

儒道禅思想的融合为历代哲学家、思想家、艺术家开辟了思与悟、知与行的天地,尤其为艺术家认识人生、体验生命、艺术创作提供了丰富的文化资源,使其在人生的道路上各抒情性。在当代作家中,王充闾散文思想深厚,意蕴深沉,境界博大,洋溢着理趣、诗情和禅意,这基于他能从儒道禅的传统中汲取营养,丰富了自己的创作思想。

一、积极进取、匡世济民的儒家意识

儒家经世致用、匡世济民的思想作为中华民族安身立命的主流文化和正统思想存在,影响了历代文人和知识分子,为他们塑造自身的人格打下了深厚的思想基础。这在王充闾的散文创作中首先体现为积极进取的奋斗意识。儒家讲人生进取,有所作为,以贡献社会、利国福民为旨归。这种意识在王充闾的散文中有明确表现。他认为:"对于献身事业,自强不息的人来说,再艰险的环境,再恶劣的条件,也阻挡不了他去开拓闪光的人生之路。"自强不息、锐意进取是事业成功的保障,这成为他人生的信条。他通过不懈的努力,铺就了一条成功之路,从一个中学教师到报社编辑,一步步走到了省委宣传部长的位置。他的散文叙写了他走过的人生历程,勾勒了他一生成长的轨迹。他通过散文这种文学样式,在写景、状物、叙事中,确立了他的思想:"你若获得优越的条件、顺利的环境,就应该首先立足于不利的条件和艰苦的环境去奋力争取。"这是儒家进取意识的真实流露。

思虑民生的忧患意识。思社稷之安危,"哀民生之多艰"成为历代文学表现的一个优良传统。就儒家知识分子来讲,他们对国计民生的忧思往往先于个人生存的思考,忧国家民族的发展和未来,患民众的生存与苦乐。古代文人深厚的忧患意识深深地积淀在王充闾的散文创作之中,他写景状物,以史为鉴,探寻历史的奥秘,思考社会与人生。致力于国家发展、为人民服务成为王充闾自觉的人生追求。在他看来,为官一任,能为百姓做点实事,造福于民才是正道。我们认为他的散文就是这方面的心得,这样的题材是他散文创作的重要选择。例如,他对当前政府官员思想保守、眼界狭窄、工作不务实的作风忧心忡忡:"作为一名领导干部,如果在一个地方工作多年,毫无建树,乏善可陈,不曾也不想切切实实地为群众干几件值得忆念的好事,实在有负于'人民公仆'这一称号。"他夜间看到第一场春雨,就想到久旱的农村降了甘露,仿佛看到了春雨"唤醒了万物生机,催动着人们丰收的热望"。在《买豆腐》一文中,他把排队买豆腐当成密切联系群众,倾听百姓的心声的一个渠道:"当然在我看来,买豆腐有着更大的收获。每天同市民一道排队,使相互间的感情贴近了,共同语言增多了,从而可以获得许多其他场合难以获得的舆论和信息,及时听到各个阶层群众的不同反响。"他的散文塑造了一个中国儒家官员的形象。

经邦济世的人才意识。在儒家看来,人才是举国立业的根本。文明越发展,重视人才的程度就越高,尤其是到了商品经济社会,经济的竞争就是人才的竞争。因此,人才是国家政策决策者首要考虑的因素,人才理念是每一个领导者必须具备的意识,也是经邦治国者必备的思想。王充闾的散文就集结着浓厚的人才意识。他敞开了一个政治家的襟怀,在他的散文中,极力提倡重视人才、选拔人才、促进人才发展;批判那些无视人才,求全责备地对待人才的错误做法。在他看来,人才的成长、发展要有一个萌发、发展、鼎盛的过程,用人也要在其最有创造力的时期提拔使用,所以,国家要建立一套高效的用人制度。此类作品很多，比如，《蛟龙不能失水》中讲到人才成长发挥作用的客观条件："要使人才充分发挥作用，必须有良好的社会环境和客观条件。"《拿金色护照》中谈到人才能力结构问题，《未必人间无好汉》谈人才政策问题，等等。他的散文展现了一个心胸宽广、有事业上的远见卓识和远大理想的领导者形象。这正是他深层次的儒家意识在文学创作上的外显。

二、崇尚自然、遗世独立的道家意识

道家提倡个体生命意义，强调人格完美，以审美的态度看待自然和个体生命，以超越的态度看待人生、社会和自然的一切变化。王充闾的散文就集结着崇尚自然、遗世独立的道家情结。

彻悟人生的悲悯意识。人为什么活着，怎样活着，这是哲学家、思想家探讨的永恒话题。只有少数人先知先觉，大彻大悟，出来指点迷津，悲天悯人。于是，中国文人中形成了悲天悯人的传统，并在文学中充分表现出来。这种意识构成了王充闾散文的又一主要基调。他通过对历代文人、官员一生的考察，以不同的视角重新解读他们的人生，对其命运给以不同常理的评价，还给世人一个真实的人物本身。这样的例子很多。《用破一生心》中对曾国藩的重新解读就是一例。曾国藩在一般人眼里，一直是成就非凡、造诣精深的"世代之楷模"，可在王充闾的笔下却是个既可悲又可悯的可怜虫。他认为曾国藩的可怜之处在于他"缺乏的是本色、天真、真实"，所以一生都在舞台上表演。于是王充闾为其深感悲哀："活得那么苦、那么累，值得吗？"这是活脱脱的现代道家话语，表达了他对中国历史，那些为扬名、立德、立功所困和为名利所欺的可鄙、可怜、可悲的人们的怜悯，表现了作者本人超凡脱俗的高洁品格。

追求精神独立的人格美意识。中国特有的几千年封建制度一方面培养了卑躬屈膝、摇尾乞怜的"精神侏儒"，另一方面也锻造了人格至高无上、视功名利禄如薄翼、尊重生命价值和精神自由的坚贞之士。人格独立是形成王充闾的悲悯意识的基础，因此，人格独立意识是王充闾散文表现的另一个重要内容。他在对古人人格本质的描绘中，表达他对遗世独立的人格美的追求。这方面的题材在王充闾的散文中大量存在。如他赞美傅山不肯赴京应试，见了皇帝不行礼的硬骨头精神；推崇蒲松龄、郑板桥、曹雪芹不为名利所动，宁愿贫困但求自由的人格追求（《驯心》）；赞誉严光不重名利的人格美。他喜爱的历史人物中首推李白，因为他具有超越世俗、淡泊名利的真性；他最喜欢的诗人是苏轼，苏轼的率真和旷达成为他超俗的人格美形成的助力。苏轼的"一蓑烟雨任平生"这句词，在他的散文中无数次被引用，几乎成了他的口头禅（《春梦留痕》）。王充闾对这些题材的选择，正是王充闾追求精神独立、崇尚自然的真实人格美写照，是王充闾的人生态度的体现。

三、身置大厦、心存虚空的禅宗意识

禅宗认为，世界的本质是空的，宇宙万物只是外在的表现和暂时的现象，"凡有所相，皆是虚妄"。人受尘垢污染，所以要明心见性，要做到"无相""无念""无住"，坚守自性，不为名利所困。禅宗思想作为人们修身养性和自我解脱的一种修行方式，历来为人们所重视。王充闾的散文充满了禅意，并且这种禅宗意识以各种各样的形式显形。

扫除世俗功利诱惑的平常心。王充闾散文中最明显的体现就是他的平常心。禅宗认为，佛法在世间，平常心是道，即心即佛，即佛不在遥远的西天和彼岸，就在身边，求佛不必外求。王充闾在喧嚣的社会竞争大环境中，不为浮名所驱使，始终保持自性。他每天要有纷纭复杂的事去处理。但从他的散文中，我们感到，他在复杂的事务中却能静心思索，细心品味，很从容地对待一切对象，这就是平常心的表现。这种禅宗意识体现在他散文选择的题材上。

破除功利执着的人生境界。创造一颗平常心就要破除功利执着，这是王充闾散文表现的又一重要内容，也是构成王充闾人生理想的渠道。王充闾是散文家，也是思想家。他通过散文摹写人生百态，抒写生命体验，探索宇宙奥秘。无论写什么，都渗透着对人生的思考，思索人的生命本体，这就是他的庄禅情节。如病后他对人生的思考："从前那么苦抓苦曳，拼死拼活，究竟所为何来？"并彻悟：人生之苦就因为有占有欲，"占有欲就是一个'苦'源，世上能得到手的东西毕竟有限，而占有的欲望却是无限膨胀，以有限逐无限，必然陷入失望与苦恼中。"

因此说，王充闾散文创作取得的巨大成就，与他深厚的思想文化底蕴有密切联系。儒道禅意识融合到他的散文中，相辅相成，由此及彼，以彼辅此，共同发生作用，成为他探索宇宙、叩问沧桑、认识人生、理解生命、审美创造的动力源泉。

情景相融的诗艺创造
——谈王充闾的三组诗作

◎王向峰

王充闾的旧体诗是以古体形式反映新生活、新局面、新思想、新情感的创成之作，与其散文创作一样，也极富于文学性，情景相融的特点尤为突出。即将出版的《蓬芦吟草》中的三首（组）诗，集中体现出由物而心、以情牵事和化物为人的笔法特点。

一、由物而心的诗意生发

诗的创作中所以要有比兴手法，其根本原因在于诗人的诗兴是由外物而触发，或由内心而外化，这两者一旦有一端首发，达到交合之后，便不分心物，也就是物即是心，心即是物，主体实现了对象化，对象达到了主体化。这在诗中便是情景相融的生发。诗人能以相适应的词语肯定这种生发，就是一首好诗。王充闾的诗中有三首诗最能证明上述论断。

写困死北宋徽、钦二帝的"五国城"的《土囊吟》三首，就是感物摇情的咏史诗。诗人在一个秋天的傍晚，到了黑龙江省伊兰县城北门外的五国城的旧址，在那里寻觅800年前金人囚禁宋徽宗赵佶和宋钦宗赵桓的旧址，在朦胧月色和归巢鸟叫的氛围里，心头泛起了北宋社稷倾覆的那一段历史，看当地那种由山川三面围绕的地形，立即形成了一个土囊的意象，当年与二帝同时被俘的三千余宗室人众，也纷纷攘攘地出现在眼下的囊中，这情景是惨痛的、可悲的；也是令人痛恨的、可怜的。随着悲悯而生的还有沉思与教训的总结，著名散文《土囊吟》随之而成，并在文中又凝情为三首绝句诗：

造化无情却有心，一囊吞尽宋王孙。荒边万里孤城月，曾照繁华汴水春。
艮岳阿房久作尘，上京宫阙属何人？东风不醒兴亡梦，大块无言草自春。
哀悯秦人待后人，松江悲咽土囊吟。荒淫不鉴前王耻，转眼蒙元又灭金！

公元10世纪，松花江下游两岸女真人的5个部族由5个部落分别筑城据地，黑龙江省依兰县的五国城是5个部族的会盟之地，即为5个部族的中心之地，故又称五国头城。这里的地形很特殊，西、北、东三面的牡丹江、松花江、倭肯河将其包拢起来，只有南面没有遮拦，远望，酷似一个敞开口的土布口袋，故名"土囊"。金人将宋徽宗、宋钦宗及在京的所有嫡亲皇室、宗戚及技艺工匠、皇宫侍女、娼妓、演员等3000余人掳到此处，关押起来。充闾在一个雾霭朦胧的傍晚，独自一人登上五国城的城头旧址凭吊历史，一时百感中来，写下了《土囊吟》这篇优秀的散文作品，并作了三首绝句。状似"土囊"的五国城是一个实际的地域，是实际存在的历史遗迹，充闾来到此地大发文思诗情。如果从写诗来看，在这里，物与心或景与情是怎样一个生成关系呢？这显然是由景到情，触景生情，由物而及于心的一个情感生发过程。自然存在的东西，或是社会存在的东西，有的本身是没有生命的，一旦进入文学之中，必须得复活这些无生命的存在，将其注入创作主体的情感温度和思想深度，使其染上创作主体的色彩，达到心物合一、物我相融。在上面的几行绝句中，"土囊""孤城月""东风""大块""松江"等都是无生命的自然存在，但进入到诗歌中，却化为了活的存在。在诗中情、物关系的处理上，通常有两种方法：一种为正衬。比如杜甫的"感时花溅泪，恨别鸟惊心"就属于这一种；另一种是反衬。即以乐景写哀，或以哀景写乐。充闾在这三首诗中既有正衬，也有反衬。在他的诗中，造物者是有心而无情的，它并不同情两个皇帝的悲凄命运，因为他们完全是咎由自取，自作自受。正如《土囊吟》所言："赵佶的可悲下场，他的大起大落，由33天堕入十八层地狱，受尽了屈辱，吃透了苦头，都是他自己一手造成的。"宋徽宗为政期间，信用奸人，穷奢极欲，整天沉迷于声色犬马和酒池肉林之中。他身边的一些权臣、阉臣为了投其所好，勒令各地搜刮、进献珍禽异兽、奇花美石，结果搞得劳民伤财，军备废弛。宋徽宗见局面无法维持了，把一个烂摊子抛给儿子赵桓。这时金兵打到黄河，守黄河大桥的宋朝兵士望风而逃，金人不费一兵一卒就轻松地渡过了黄河边。金军兵临城下之后，北宋负责守卫京都的竟是术士郭京。他召集一批市井游民，聚于一处，祭符念咒，练所谓的刀枪不入之功。结果他们刚一出城，就被金兵打得落花流水。"天作孽，犹可违；自作孽，不可活。"让这样两个无道昏君，在荒寒苦旅中亲身体验一番饥寒、痛苦、屈辱的非人境遇，最终"一囊吞尽宋王孙"。如岑参的《山房春事》："梁园日暮乱飞鸦，极目萧条三两家。庭树不知人去尽，春来还发旧时花。"这是反衬。韦庄的《金陵图》："江雨霏霏江草齐，六朝如梦鸟空啼。无情最是台城柳，依旧烟笼十里堤。"这也是反衬。张泌的《寄人》："别梦依依到谢家，小廊回合曲阑斜。多情只有春庭月，犹为离人照落花！"这是正衬。

无论是梁园、谢家还是六朝，当时都是繁盛可说，但是终因种种变故而归为败落，不变的依旧是花谢花开、明月高悬、绿柳常新。这几首诗皆是以自然的恒常性来反衬世事的无常性，用繁华反衬败落，用无情反衬有情。在充闾的诗里，也用了正衬与反衬。无情的土囊，无情的冷月，无情的东风，无情的春草，只有江水悲吟，但无论谁也阻挡不了一个腐朽的王朝灭亡，这是历史的必然。

此外，诗中也写到了由此而引发的历史反思。"荒淫不鉴前王耻，转眼蒙元又灭金！"在金人和南宋对峙中，元人在大草原迅速崛起，挥兵灭金，转而又灭了南宋。在宋金对抗中，最终灭宋的却不是金，而是元。南宋六岁登基的小皇帝赵昺是被元军追至南海，投海自尽的。金人没有从北宋的灭亡中吸取教训，重蹈宋人覆辙，最终又为元人所灭。金人元好问对此感触颇深，写下了很多反映这一时期的诗作。从清人赵翼写的评价元好问的诗中可以看出："身阅兴亡浩劫空，两朝文献一衰翁。无官未害餐周粟，有史深愁失楚弓。行殿幽兰悲夜火，故都乔木泣秋风。国家不幸诗家幸，赋到沧桑句便工。"（题《元遗山集》）赵翼在《读史》诗中也从历史的兴衰中总结了教训："历历兴衰史册陈，古今方今病辙相循。时当暇豫谁忧国？事到艰难亦乏人。九仞山才倾篑土，一杯水岂救车薪？书生把卷偏多感，剪烛彷徨到向晨。"

打开历史，我们发现任何一个朝代总是处在兴起、繁盛和衰亡的历史循环中。这是历史的必然规律。如果加以总结的话，一个朝代兴起的原因大体是相似的，灭亡的原因也是相似的。一个王朝行将灭亡是早有症状的，比如说统治集团腐朽没落，沉迷于酒色，"亲小人，远贤臣"。老百姓负担加重，民不聊生，怨声载道；武备废弛，一触即溃。这个时候，或者是老百姓揭竿而起，或者是外敌乘虚而入，这是无一例外的。而到了这个关头，已经是"事到艰难已乏人"，灭亡就是不可扭转的结局了。王充闾对此亦是颇为感慨，哀惜世人不知历史教训，无暇自哀，而总由后人哀悼前人。

二、以情牵事的诗意生发

诗人写诗有的情由景起，也有的是事以情牵。事以情牵者，则怀着一种早积的情愫去寻觅牵情释意的对象，这样的诗不是即景抒情，而是凭借寻求的对象使情成体，化无形为有形，变情思为诗作。这种诗作的题材对象，与题材本身影响的高度、广度、深度有直接关系，一般都有相当的历史文化蕴涵，在全国乃至全世界著名，如名山、名水、名城、名人、名地、名物。人们在实际接触这些对象前对其早已耳熟能详，甚至是十分向往和崇拜，心仪已久，一旦有了机遇，则"五岳寻仙不辞远"，把久积的倾慕之情，顷刻倾吐出来。王充闾对于"初唐四杰"之首的王勃，在童年时代就早已是熟记于心了，他在2004年4月访问越南，听驻越大使馆的文化参赞告知，义安省宜禄县宜春乡有王勃墓和王勃祠的遗迹，这对于兼有史家和诗人身份的王充闾来说，真是天大的好消息，他要把积淀在心中几十年的情结到那里去释放和解结，他到了这位客死于异乡的中国诗坛奇才王勃终焉之地，写下了《千载心香域外烧》的散文，也写了《吊王勃祠》七律诗：

南郡寻亲归路遥，孤篷蹈海等萍飘。
才高名振滕王阁，命蹇身沉蓝水湖。
祠像由来非故国，神仙出处是文豪。
相逢我亦他乡客，千载心香域外烧。

从散文中我们看到，从河内到宜禄县要走300多里的不平坦之路，当天不能往返，若没有虔诚的仰慕之心是不会去的，他领代表团的人去了，1000多年来，成了到那里凭吊的第一批中国人。诗中几个关键词透出了原因。

"才高"。作为四杰之首的王勃，广为国人知晓，他是少年成名的才子，14岁就应试及第，被授朝散郎，成为章怀太子李贤的修撰，传世的绝代诗文《送杜少府之任蜀州》和《滕王阁序》可谓家喻户晓，诗能动人心弦，文有传奇故事，成为千古绝唱，被赋予神话色彩。他虽是唐代诗人中最短命的诗人之一，但他的诗名却是广为人知，诗文广被传诵。这引起王充闾对他的关注，也是关注了国人的关注，是赞颂了值得赞颂的对象。

"命蹇"。王勃虽然少年成名，步入仕途的起点就很高，但他命途多舛，时运不济。他在为章怀太子沛王李贤的修撰时，少年气盛，在诸王子斗鸡游戏时，写了一篇讨伐英王之鸡的游戏文章，引起高宗的盛怒，将王勃赶出了沛王府。又因家中藏有犯罪官奴之事败露，因担心走漏消息，便把此人杀了，事泄被追查，若不是高宗立太子、改元大赦，必受死罪。其父王福畤却因之由雍州司户参军被贬为交趾（今越南中北部地区）令。而王勃作为失路之人到交趾省亲，回归途中在蓝江出海口遇风浪死于非命。王勃少年成名，恃才傲物，多被谗忌，一篇戏作招致重罚。当时的一个相面师，由他神气足而体相亏预言他："神强骨弱，气清体羸，脑骨亏陷，目睛不全，秀而不实，终难大贵矣。"其实，这不是命数使之然，而是性格决定命运的现实实现。

"祠像"。公元676年，在王勃丧命蓝江海口以后，遗体随潮漂流到江岸边，被当地村民发现，他们都认出这是来此探亲的大唐诗人王勃，民众把这位盛名诗人在蓝江左岸加以安葬，修了墓，也修了祠庙，立了碑，并以红木刻成坐像，供于祠中，通高一米四五，当地人奉其为神仙，享受香火，灵加海外。到了越战期间，美国飞机对当地狂轰滥炸，祠庙、墓冢全被毁坏，祠庙中的王勃木雕被当地的退伍大尉阮友温抢救出来，在家中专供于厅堂之上。这就是诗中写的"祠像由来非故国，神仙出处是文豪"的历史与现实的背景。

"他乡"。这是诗人王勃的充满生命体验性的一个谶语。其源出自王勃的《滕王阁序》："关山难越，谁悲失路之人？萍水相逢，尽是他乡之客。怀帝阍而不见，奉宣室以何年？"王勃在唐高宗上元二年（675年），在无聊岁月中到交趾探望因自身惹祸而贬去交趾为令的父亲，只身漂泊到南昌，在这里参加了滕王阁的重修完工的典礼。典礼上都是东南地区的高官显宦、文人雅士，王勃虽然感到与他们相比哪方面也毫不逊色，但自己现在的地位与命运，却是一个漂泊天涯的失路之人，也就是无职、无家、无路的"一介书生"，境遇与被流放的屈原一样，再无法叩开皇朝的大门；也像被驱逐的贾谊那样，回到宣室被咨询政事的期望也已渺茫。其实，作为漂泊他乡的经历这已不是第一次。早在被逐出沛王府失去修撰官职之后，他即漂泊江汉，旅食巴蜀，那首赠别杜少府的劝慰不作歧路沾巾的诗就是写在求宦途中。后来得友人陵季友帮助补为虢州参军。好景不长，因为收留了一个逃逸的犯罪官奴，怕受连累又将此人杀掉，因此又获罪坐牢，后遇改元大赦，才回归社会。这次在南昌做"他乡之客"已是第二次漂泊了。这次漂泊是王勃的彻底失望期，他深重地慨叹"时运不齐，命途多舛；冯唐易老，李广难封"，眼下庆典场面愈盛，自己愈觉身世飘零，那落霞孤鹜，雁阵惊寒，都在意象化着自身的境况存在，而对前路的另一种"他乡"，更是茫茫难料，请缨无路，投笔无着了。充闾对于王勃的"他乡"情结甚为了解，对于王勃自身未曾想到的如此陨落"他乡"的收场，更是悲悯万分。王充闾熟知王勃六岁时写的一首落叶难归的五言诗："高高山头树，风吹叶落去；一去数千里，何当还故处。"今日看到这落叶"他乡"的惨象，不由得设身处地地为王勃的"他乡情结"和早作谶语的落叶诗所浸染，写出了"相逢我亦他乡客"的沉痛诗句。

"心香"。王充闾是一个善恶美丑、是非爱憎之心非常分明的人，他不论是在生活中与创作中，也不论是立身行事与把笔为文，总有自己的原则标准，指奸责佞，贬恶诛邪，褒善崇正，称功颂德，写了历史与当世的许多人物，正反面人物名字可以排列出长长的谱系，而对于中外历史上的文化名家，尤其是赞赏有加，中国古代的庄子、严光、骆宾王、李白、苏轼、陆游、李清照、纳兰性德等，都享受过他的崇敬的心香。王充闾对于古今人才都十分珍惜。对于像王勃这样才华旷代的诗人更是青眼相向，对于他的不幸命运更是加倍同情。此时此地的王勃与王充闾，更有心印，所以他宁肯舍弃到别的地方参观访问，也要到王勃祠的旧址以同是他乡又故国之人的身份来凭吊遗踪，献上千载未有的心香，并给他以应有的评价和告慰。

三、化物为人的诗意生发

诗人写诗，如刘勰的《文心雕龙》所云："登山则情满于山，观海则意溢于海。"这样的主体渗透，必然使所写的一切对象变成人的、负载着主体的情思，于是自然存在的一切都变成具有人的灵性的东西，如佛禅所谓的"众生有情"。而诗人也会以对人的态度对待那些物，在人化的自然界中对象着诗人自身。

王充闾的《执化斋吟稿》中有《三峡九首》加上散文《清风白水》中那首过巫峡的七绝，共是10首三峡诗，而2003年所作9首中，写神女峰的诗就有5首，这表明诗人不仅把自然人化了，更把三峡情化了。

《三峡九首》的前4首是与三峡叙旧。诗人1991年过三峡曾写有散文《清风白水》，2003年重过三峡，与三峡已是旧友重逢了。而当年写的三峡作为"读本"已经是再版更新了，必得读出新篇新意："画苑诗廊浣旧痕，一番晤对一番新。依稀十载江天幕，'书卷多情似故人'。"三峡此日之新在于修了拦江大坝，"高峡出平湖"了。江面成平湖，更显新奇，以其作为书本阅读，自然是"而今展卷烟波上"，这时视觉与心怀皆有空前超越之感：

千秋壮旅迥绝伦，逼仄终嫌气不伸；
此日中流行自在，平湖高峡倍迷人。

三峡之迷人秀色，除了天然的自然景观，如峰、云、江、树等等，还特别在于它的神话传说与诗词吟咏的文化附着，为人留下了永世无穷的魅力，让人悠然心会，走过多少次都玩味不尽；没到过的人更是早已着了迷，亲历亲睹已成梦想，尤其是那个不变秀色的神女峰。王充闾《三峡九首》中有五首直关神女峰，也是一个历史证明。这五首是：

果是青天若可扪，江风浩浩净无尘。举头不费搜寻力，倩影分明梦里人。
云想衣裳玉想身，婷婷袅袅现真真。灵峰神女仍无恙，丽影娇姿更可人。
朝云暮雨感清真，结想陈王赋洛神。纵使莺花还入梦，镜波已换昔时人。
九月巫山别有春，停舟暂驻峡江滨。早知心被灵峰恋，茅结云根效土人。
静对巫云发兴新，痴情直欲结芳邻。归欤聊作天涯叹，缘浅无由傍玉人。

诗人在浩浩江风中举头就看到了那位并不陌生的神女,她"婷婷袅袅","丽影娇姿","倩影分明梦里人",她的吸引力与动情力是屡见于前人与今人无数凝神结想的诗文之中的,令人读后都可以造成自己心中的神女情结,王充闾也是人同此心,心同此理,实现了悠然神会的补偿。

《三峡九首》中,每首的结尾字都是"人"字,这个"人"字值得细加品味。

第一首的"故人",是说与三峡不是新交,而是老朋友。第二首的"远人",是说自己的身份本是远来之人,但所以远来此地重赏风华,是因为作为阅读的书卷,已今非昔比,更胜前身了。第三首的"迷人",是说"平湖高峡"使今日的壮旅更感中流自在。第四首的"蕴藉人",是说江山有情,情怀蕴藉如人,自己已从观赏风物超越至象外,与三峡已成为如同缘深意厚的朋侣了。第五首的"梦里人",使三峡作为对象人与自己更近了一层,已把对于三峡的观物发展至情交,视线与心向集中转到神女峰的神女身上,今日见其形容,印证的就是梦中倩影,顿时诗的情潮陡涨,以下四首完全过渡到了神女身上,写的基本上可以说是"游仙诗"。第六首的"更可人",已经是直接写巫山神女了,由此开始了人与神的对话:诗人赞赏意象里神女衣如云霞之美,身如美玉之洁,"丽影娇姿更可人",要比前人诗中所描绘的诸多神女还更出色。第七首的"昔时人",是说诗人自己:在12年前诗人曾初晤神女峰,那时自己尚觉风情蕴藉,而对神女的丽影娇姿,尚未感到自身的年华见绌,好似曹植在洛水岸边晤对宓妃一样,不过那时是宓妃向陈思王曹植怅"恨人神之道殊兮,怨盛年之莫当",不配偕伴风流倜傥的曹植,而今诗人以江水照映自己的身影,所见已不是从前的自己了,"纵使莺花还入梦,镜波已换昔时人"。这样写是诗情的抑势,属于欲纵故收,给下面两首的诗情张扬准备了条件。第八首的"效土人",是写痴情与愿心。诗人在江边停舟,望峰沉思,考量对神女峰的痴迷之情,原来是那么深,那么难以割舍,恨不当初卜居巫山顶上,像当地的山民一样,朝于斯、夕于斯地与神女为邻,"早知心被灵峰恋,茅结云根效土人"。

说不定那样会有更多的梦想实现。第九首的"傍玉人",是写白日梦的觉醒。神女峰是秀美的灵峰,伫立峰顶的天神之女瑶姬,虽可想望在心头,甚至愿与之结为芳邻,永相眷顾,但毕竟是浪漫主义的幻想;即使是真有其倩影娇姿的真身存在,那也是人神殊道,可梦想而不可实求,只能作为梦醒后的缘浅之叹资:"静对巫云发兴新,痴情直欲结芳邻。归欤聊作天涯叹,缘浅无由傍玉人。"

这9首诗是从现实世界的景物之新异写起,很快就由所见进入所想,"寂然凝虑,思接千载;悄焉动容,视通万里",纵神思而进入神话世界,尽显思理之妙的坐驰之游、畅心之笔,但最后却不能不回归于现实土地之上,因为这里才是双脚可以站立之地。一切游仙诗人最后都是如此。

王充闾在《鸿爪春泥》之后又写了很多诗词,统编为《执化斋吟稿》,综观其诗词创作,可见在诗艺创造上更为专精,把情景交融这一诗词的基本创作经验,在实践上又推到了更为高超的地步。

王充闾的诗是以古体形式反映新生活、新局面、新思想、新情感的创成之作。在诗的题材选取上,多半不离景境,但又不止于景境,他多有情景相融的创化,多有情景相融的体验,又多有情景相融的寄托。读他的诗,我们并不感到是"旧瓶装新酒",我自己也由此特别相信,旧体足可以在高手诗家的笔下再创辉煌,真正得到一次赫赫扬扬的凤凰涅槃!

王充闾历史文化散文的超越性

◎吴玉杰

历史文化散文在1990年形成创作高潮。1990年初，文化散文以非媚俗的形式超越了媚俗之作，然而，几年之后，正是它曾经不齿的"媚俗"之冠戴到了自己的头上，"媚俗成为我们日常的美学观与道德"。"繁华遮蔽下的贫困"使文化散文陷入困境，"文化散文的困境""文化散文的终结"等批评屡见报端。作为历史文化散文作家，王充闾似"潮流"之中，又似"潮流"之外。历史文化散文好评如潮时，他冷静醒觉，找出自己文本的缺失；历史文化散文棒喝如雨时，他镇定自若，依然如故，搭建自己的散文工程。在一些文化散文脱去媚俗之华丽之衣所剩无几时，王充闾的历史文化散文方显出"豪华落尽见真淳"的可贵内质。

文学创作是一种精神和心灵的欢愉，然而，对于王充闾来说，有时完成与历史文本的一次对话，恰是一种痛苦的过程。个人生命体验之苦使他对苦涩之美情有独钟，他所选择的历史文本本身有一种苦的底蕴。创作，是苦涩的艺术之旅；渴望超越，是一种苦涩的艺术追求。如果说童年关于死亡的记忆、成长的苦境、生病之苦痛作为一种生命体验积淀在他的意识深处，那么，苦涩的人生观和艺术观更使他倾向于把这种苦涩上升为一种审美的和哲学的高度。如果说何处是归程的寻找之苦、人格面具的束缚之苦、人生暂住性的悲凉之苦在文本中都化为一种所指性存在，那么，不断渴望超越、未完成的创作之苦则犹如幽灵般在他的精神世界中游荡，使他永不安宁。王充闾引经据典等诗语情结、叙述的变革、严肃文本中偶尔的幽默给读者造成阅读上的障碍，这是具有美学意味的涩，这种陌生化的追求使文本获得独特的历史情味和审美趣味，获得艺术上的审美超越。

一、陌生化：叙述的变革

历史文化散文"以其不同于众、不同以往的'陌生化'话语方式见长"，其选取历史题材实现对现实的观照，是一种陌生化的叙述策略。这里我们强调的是，王充闾的历史文化散文逐渐走出游记散文的模式，有意识地改变叙述方法，讲究叙述空间的拓展等等，后一阶段文本对前一个阶段的每一次艺术上的超越，都是一种陌生化的叙述变革的结果。"艺术的手法是事物的陌生化手法，是变化形式的手法，它增加了感受的难度和时延。"所以，陌生化这种艺术使平日司空见惯的事物从理所当然的范畴提高到新的审美境界。

第一，游记的悄然退隐。

王充闾的历史文化散文脱胎于游记散文，站在历史废墟上感慨或顺着诗文导引进入历史几乎成为当时历史文化散文的创作模式。当然，这并不是说带有游记痕迹的历史文化散文就不是富有文学性的散文（只要作者把自己的审美情思对象化到历史文本中并升华为超越性的感悟就是艺术佳品），而是说，如果所有的历史文化散文都按照游记散文的模式去写，那么，一方面构成对自己创作的重复，另一方面也失去历史文化散文自身的内在规定性。王充闾的可贵之处在于，他不断地探索，寻找历史散文化散文的多种写作途径。一是增加"我"的文本功能，从一个单纯的叙述者到被述者，主体意识得到彰显，如《终古凝眉》《一夜芳邻》等。二是近年历史文化散文，有时并没有出现"我"的叙述，却处处有"我"的存在，《用破一生心》《他这一辈子》《话说张学良》等，这是作者生命体验对象化的结果，历史文化散文进入到一个新的阶段。游记的悄然退隐，使历史文化散文真正获得审美特质，这是一个内在的超越。正是从这个意义上，我们可以肯定地说，王充闾不是1990年以来最早的历史文化散文的书写者，但他是把历史文化散文坚持到底、推向新的审美起点的实践者。

第二，叙述空间的拓展。

首先，注意叙述的细节，在不同的叙述节奏中表达不同的情感的变化。这方面比较有代表性的是情感抒情性的历史文化散文。看到李清照"轻蹙不展的凝眉"时，作者写道："我想象中的易安居士，竟然是这样，也应该是这样。""竟然"表示一种吃惊，和自己的期待视野不同，但随后一句"也应该是这样"，又表现和前理解一致。"竟然"，是没想到易安居士如此凝眉、有如此之苦，"应该"，是理解了植根本性的悲凉愁苦一定会"终古凝眉"。叙述的两次转折，否定、否定之否定，陌生而后熟悉，节奏感舒缓迂回，是艺术的涩。表面上叙述的停留，实际上和文本内部作者的情感变化密切联系在一起，拓展了文本的审美空间。其次，"他者"——"我"的另一种叙述。有些文本中出现一类人物——"他者"，《劫后遗珠》中的G兄、《寂寞濠梁》中的向导、《凉山访古》中同行的学者等，"我""觉得他说得很妙。""他者"的文化底蕴、真知灼见、审美趣味和表达方式都是作者的风格，我们不排除当时真有他者的存在，但"他者"的话一定是作者化了的。作者不直接用第一人称叙述，而借助"他者"来完成，是陌生化叙述的策略之一。作者考虑的是，"他者"和"我"同感，强调感觉或取向的普遍性；从"我"的叙述到"他者"叙述，变换叙述角度，拓展叙述空间；避免"我"的单一叙述，增加文本的动感，有一种流动之美。

王充闾历史文化散文的深度追求有时掩盖了他在艺术上的不断超越，读者和批评家习惯于把目光聚焦到文本的文化含量，也多从意蕴上谈其文学史意义，"他用历史叙事探究了文化、生命、人性的种种形态，打开了中国知识分子尘封的心灵之门和与之相关的种种枷锁。"甚至作家本人在创作谈中也特别重视文本的意蕴，较少谈到艺术形式上的不断探索与苦涩追求。实际上，王充闾历史文化散文的成就是文本意蕴与艺术形式相得益彰的结果。他的渴望超越，不单单是意蕴上的超越，还包括艺术形式上的超越。陌生化的叙述变革是他渴望艺术超越的坚实努力，我们也看到这种陌生化所带来的艺术之美。

二、趣味性：苦涩的幽默

王充闾历史文化散文把有趣的故事融入严肃的历史当中，增强文本的趣味性；同时，善于用形象的比喻描述，喻体生动，使本体清晰可见，颇有幽默之风。作者以宽容与悲情观照历史人物之苦，幽默中饱含苦涩的味道。

第一，严肃的历史与有趣的故事。

历史文化散文是一种"严肃"的文体形式，"文化"与"历史"两个限定词似乎规定了它的"严肃"性。但考察文化散文我们发现，周作人、鲁迅、梁实秋、林语堂等文化散文都追求趣味性，趣味性是文化散文的重要审美特性之一。王充闾也有意识地在历史叙述中插入民间叙述，调节叙述的节奏，舒缓历史的紧张氛围，在张弛中调动读者的审美能动性。《凉山访古》中孟获"官上官"、诸葛亮"馒头祭江"的故事；《雪域情缘》中"辨马母子"和公主辨识忠奸的故事，幽默有趣，让人忍俊不禁。这些民间叙述看似破坏了历史叙述的平衡，实际上是作者有意打破这种"严肃性"叙述的单一性而建构一种新的平衡。

第二，形象的比喻与苦涩的幽默。王充闾早期的历史文化散文曲高和寡，不取悦读者；近年他逐渐调整自己的写作策略和叙述方式，《用破一生心》《他这辈子》《话说张学良》《利欲驱人万火牛》等写得越来越自如，读者面不断扩大，这在一定程度上得益于他的比喻和幽默。王充闾笔下的李鸿章是"不倒翁""太极拳师""撞钟的和尚""裱糊匠"，他这一辈子，大红大绿伴随着大青大紫。"一方面活得有头有脸儿，风光无限，生荣死哀，名闻四海；另一方面，又是受够了苦，遭足了罪，活得憋憋屈屈，窝窝囊囊，像一个饱遭老拳的伤号，浑身青一块紫一块的。"这段话在艺上至少有3个方面超越早期的创作：一是抑扬顿挫的典雅与日常俗语的直白构成鲜明的对比。王充闾散文有诗语情结，行文讲究内在的韵律，更善用四字词语，早期的作品显得比较典雅；而在这里前一句典雅，后一句直白通俗，鲜明的对比构成喜剧性效果。二是叙述节奏的加快，早期的历史文化散文写得比较拘束、谨慎，这里一系列排比直到最后才给读者一个喘息机会，酣畅淋漓，给读者带来阅读的快感。三是比喻的妙用，诙谐幽默。人物塑造得很有质感，形象几乎可以触摸得到；又有一种透明感，可以触摸到人物苦痛的心灵。《话说张学良》中说到蒋介石还赠张学良"一双拖鞋、一只手杖，意思是，一拖到底，直到老死"。联想到张学良一生的命运，确是一种苦涩的幽默，藏庄严于诙谐之内，寓绚丽于素朴之中。

三、渴望超越：未完成的幽灵

王充闾说，"欲望按其实质来说，就是痛苦。"渴望超越，是一种欲望，也是一种痛苦。史铁生认为人类的一大困境就是，人实现欲望的能力永远比不上他欲望的能力，这就意味着痛苦。王充闾"始终觉得自己未完成"的幽灵，使他在创作上始终保持清醒，不断总结自我，从未停止过探索的脚步。他渴望超越，就等于他选择了痛苦。

第一，自我的醒觉。王充闾认真总结历史文化散文的创作，针对自己的创作实际，一步步做出调整。作家的醒觉体现在他与批评家的对话、创作谈、散文集的后记中。如，《文章千古事 得失寸心知——关于散文的一次对话》《中国古代知识分子的命运》《千年兴亡百年悲笑一时登览》《散文激活历史》《渴望超越》等，这些充满理性化、思辨力的文章体现了作者的文学观和审美观，尤其是《渴望超越》可以看作是作者基于自我创作而又超越自我的散文理论精华。"散文创作的深度追求、深切的生命体验与超越性的感悟、自在的心态与不懈的追求"，王充闾总结自己的三个阶段，从自然山水到人文山水，从现实到历史，从历史到人类，从外部世界到内部世界，观照视域逐渐扩大，审美表现层层深入，体现着一种渴望超越、不断超越的深度追求。

自我的醒觉意味着独特的个性化追求。在王充闾的意识深处，有一种"独立意识"。从历史文化散文得到认可的那一天起，他就背着"南有余秋雨，北有王充闾"的沉重包袱。一句十分甜蜜的赞扬的话，给他带来的是切身之苦。他的内心深处一直纠缠着一种想法，似乎自己永远是他人的跟随、影子，时时处于刺痛当中。这对一个作家来说，是最大的痛苦。王充闾对自己的清醒认识就是，找到自我，还要超越自我。《渴望超越》是对自己的超越，也是对历史文化散文创作模式的超越。痛苦的纠缠变成痛苦中的奋发和求索，成为振飞的内在动力。超越之后，找到心灵的平衡支点，却格外敬重那一份痛苦。作家体会到超越之苦，也体会到获得个性彰显以及深度追求的超越之欢愉。

第二，工程意识与经典意识。工程意识是一种执着，是对不重复自己的信心，是不断超越自我、创造美的信念。王充闾在构架工程时，始终考虑工程的长久性、文本的经典性存在。"工程意识对所有艺术创造都有意义，对散文创作尤其重要。"散文，是一种最自由、最贴近生命本真的文体，因为最适合表达自我，所以往往成为作家意绪的心灵驿站。有的作家只是偶尔观望或暂时停留，并没在这里搭建一座房子长时间填充自己生命的意识。所以，尽管有些散文作家写了诸多作品，但只是一个个的片断，不能构成一个阶段性的工程。王充闾不同，作为一个成熟的历史文化散文作家，工程意识比较鲜明。从他3个创作阶段看，每一个阶段都有相对集中的审美取向，他是在架构自己的散文工程。在每一个阶段，他沉潜历史，又疏离历史，发挥艺术想象力，调动艺术思维，达到自己的预期目标，做到对前一阶段文本一定程度上的超越。

工程意识和经典意识统一在王充闾的创作中。他的一些散文作品早已发表，但是我们看到收到文集中的散文似乎变了模样，有几篇改了篇名，《青山魂》《寂寞濠梁》《灵魂的拷问》等。每一篇名的改变，都暗含着作者深刻的思考。从《寄情濠上》到《寂寞濠梁》，我们可以看出作者的心意，前者是满怀期待的精神家园，后者是失落的寂寞情怀。表现在六个方面：一是和皇城比濠上自然的寂寞，而作者"寄情濠上"，寂寞是一种内心的高贵；二是惠子死后庄子失去对手内心的寂寞；三是濠梁再也不会出现天地间最灿烂、最充满哲理性的论辩而无声的寂寞；四是濠梁在两三千年历史中无人凭吊的寂寞；五是濠水污染后没有生命的寂寞；六是作者的失落与寂寞。作者把濠梁想象成一个诗意之地，而眼前的濠梁竟然"看不出一丝一毫诗意的存在"。诗意濠梁与寂寞濠梁，期待与失落，这巨大的心理落差使作者的心理涌出苦涩。何处是我家园？诗意濠梁存在作者的心中，不幸的是寂寞濠梁好像粉碎了作者的丝丝梦幻。"寂寞"是作者在寂寞的心境中对寂寞本身的文本表现，突出创作主体的心态，比《寄情濠上》审美取向更明显，艺术氛围更浓，当然苦涩的意味也更浓。也可以说，寂寞濠梁粉碎了作者的丝丝梦幻，而诗意濠梁永存作者心中。这种变化，说明作者的未完成心态，并不是作品的发表就意味着作品成为过去，他时常审视自己的旧作。这种现象在理论著述中常见、在作家中是不多见的。对于已经出版或发表的作品，中国当代文学中出现过被动修改而不是主动修改作品的现象，十七年文学中，一些文学作品为了符合主流意识形态的需要，对已出版的作品作了修改，杨沫的《青春之歌》、柳青的《创业史》等；新时期文学中，茅盾文学奖获奖的作品陈忠实《白鹿原》因为文本细部的描写而被要求修订。这些修改不是出于作家的自愿。如果说，在未出版或发表之前，作家修改自己的作品，那是一种艺术上的推敲与整合，而在发表出版之后，作家的这种举动就显得特别。没有任何外在的压力迫使王充闾修改自己的作品，它完全来源自己的内心世界，是"未完成的幽灵"。就像是鲁迅笔下的过客，之所以尊崇"走"的哲学，是他感觉有一个声音在召唤他，老翁听不到，小女孩听不到，只有过客能听到，因为那是来自过客心灵的声音。

未完成的幽灵把作者引向散文工程，引向经典性追求。在消费时代，几乎"所有的事件的、文化的或政治的价值都烟消云散了"。然而"经典作为一种内在的尺度仍然存在于"王充闾的"心灵深处"。有很多批评家注意到王充闾历史文化散文的文学史意义及其汉语写作的意义，因为王充闾在消费经典的时代真正崇尚经典，固守着清洁的精神圣地。经典存在于王充闾的内心深处，在潮流中又在潮流外的宠辱不惊使其保持内心的平衡与不懈的追求。

灵魂之舞的自由维度
——王充闾的历史散文与散文观研究

◎王志清

解读王充闾的散文文本，是一项需要文学、历史乃至哲学等诸多门类的知识共同参与的情感与智识的活动。因为，我们所面对的是一个飘逸而自由的思想精灵，一个矫健而灵动的灵魂舞者，我们是在观赏一幕出演于历史与未来之间的广袤时空里的灵魂之舞。

王充闾认为"历史，也是诗章，更是哲学，是天人合一的美学境界"，文化散文要达到或者说逐渐到达这样的美学境界。法国美学家杜夫海纳（Mikel Dufrenne,1910—1995）这样阐释自由境界："在这个世界中，激情即是色彩，色彩即是激情，因为一切事物对一种不可能得到的公正都感到有难以忍受的需要。审美对象意味着——只有在有意味的条件下它才是美的——世界对主体性的某种关系，世界的一个维度；它不是向我提出有关世界的一种真理，而是对我打开作为真理源泉的世界。因为这个世界对我来说首先不完全是一个知识的对象，而是一个令人赞叹和感激的对象。"走近王充闾这个具体的审美对象，也意味着我们必须超越其大文化散文的语言层面而瞩目和到达此在之外的审美的自由世界，把王充闾也当作一种文本来读，人、本互读，领略其雄视明隽的大家气质，进而深入其诗性品格，体验其深厚的人文内涵。

立体的王充闾，让我们选择了立体的解读。因此，任何简单地来探讨其散文的主题，探究其散文的表现艺术，或者对应性地把其归入某一流派，把他与写苦旅散文的余秋雨比较，与写哲学散文的周国平比较，那是连其文本风范都不可能领略的。

王充闾说："我以为，散文应体现一种深度追求，以对社会人生和宇宙万物的深度关怀和深切体验，抒发内心的真实情感，表露充满个性色彩的人格风范。我也试图在状写波诡云谲的历史烟云时，以一种清新雅致的美学追求和冷峻深邃的历史眼光，渗透对生活的独特理解。在美的观照与史的穿透中，寻求一种指向重大命题的意蕴深度，实现对审美视界的建构，对意味世界的探究。"这种生命的焦灼和文体的自觉，表现出作者重塑历史精神的渴望，也表现出创造新的文体的自信。他的散文可以概括在文化的范畴之中，但是，他在作品中所能达到的历史深度、情感深度乃至哲学意蕴，则以其强劲的文学魅力而给我们带来崭新阅读体验和生命意义的反刍。"因为文学创作说到底，是生命的转换，灵魂的对接，精神的契合。"这样的文体自觉，决定了他的文学本位，决定了他的焦躁、他的思考，他的表现，是通过文学的而不是哲学、历史抑或是伦理的层面，故而，王充闾认为："人的自由本性是人的不断向意义生成的生命活动。"他以焦躁的追求使其人性的自由本性得以充分的释放，形成了一种自由之舞生命状态。

文化散文作家的站位，决定了他的视野，决定了他审视的维度，也决定了他精神的自由向度。对于王充闾来说，其散文的维度本身又是多维的。认真考察王充闾的站位，可以从两大方面来考察：一是外在的，一是内在的。外在维度的有历史、社会、自然及其文化的，而内在的则是其人性、人格和身份的维度。内与外的交叉，显示出复杂多元多层的立体交错的站位状态，形成了他写作文化散文的独特优势。

王充闾集官员、作家、学者于一身，他首先是一个具有良好传统文化修养的学者，他曾读过私塾，也接受过现代学院教育，特别是他熟悉古代文学经典；但他更是一个现代知识分子，尤其是他具有人性反省、检讨的自觉；而他的文学天赋则又赋予了他文字的华彩以及从容不迫的飘逸。他有过教师、编辑乃至高官的丰富人生阅历,足迹曾遍及中外,遍访先贤胜地。这些得天独厚的经历成就了王充闾,仿佛命定了他必然会在文化大散文上超拔出来。因为其内在维度的丰厚,使王充闾进入外在"四维",使他获得了灵魂舞蹈的空间和自由。

当下历史、文化散文的作家们太依赖史料,而把那些本应是背景的史料,变成了文章的主体,充其量只是在用华丽的辞藻转述历史学家早就确定的史学结论,或者代替历史学家在行使诠释历史的话语权力和考据劳作,而唯独放弃了作为一个文学家的灵智的自由介入。这些作家对于历史的解读,不外乎对王朝权力的解读,最多只是人格气节的欣赏,或者是关于悲情与沧桑之类的慨叹,而没有为读者提供充分的个人想象空间,获得饥渴心性上的审美照应,这也就造成了读者们对历史散文的逐渐冷漠,而生成了怕读、厌读、不读的心理和理由。"如果一个散文作者也像历史学家那样试图以史料说话、并求历史的正解的话,那除了留下一堆漏洞和笑柄之外,我想不会有其他的收获。"

我们以为,历史文化散文的困境,不在于作家们缺乏历史知识,而在于他们并不拥有精神主体参与的深邃史识,因此容易被史料所左右,限制了自由心性的抒发和心灵力度的展示,而陷入喋喋不休地阐解的泥潭,而不可能真正地与历史、文化发生精神对话,不可能发现历史的个性,寻找到历史的人性珍藏。王充闾认为:"散文是发现与发掘的艺术,最关紧要的是在叩问沧桑中撷取独到的精神发现。"王充闾的散文,往往是通过对历史的个性化的人文解读,通过千年沧桑的焦躁叩问来建立起一种豪放大气、具有史学哲学美学力度的新散文。王充闾所以能够超越,是其灵魂的积极介入,是其精神主体的充分参与,是其生命本真的极端自由,因而形成了以人性人格为中心轴并在历史、社会、自然及其文化的广袤里自由舞蹈的立体维度,使其进入极其广阔的精神视界和心灵空间,进入到更深层次的思考。因此,他在处理历史题材的时候,不像历史学家那样忙碌着对历史的发掘和考论,也不像其他历史文化散文作家那样重在描述历史的史学共性，他立足于生命本体，注重自由心性的抒发，倾力于精神发现和发掘，在历史和作家之间找到一种精神沟通，在与历史的对话中、在对千古灵魂叩问中，解析文化悖论，寻找人性的出口和心灵轨迹，而抵达历史的人性深处，尽可能多地发现历史中的人性和精神碎片。因此，王充闾理性地总结说："缺乏深沉的历史感与哲思，缺乏独特的精神见解，不能获得广阔的精神视界和深邃的心灵空间，进入更深层次的文化反省，就无所谓深刻，也无法撄攫人心。"说到底，是他获得了一种高度的自由，成为一个广袤时空里的自由的灵魂舞者。

历史文明赋予他的私人解读的权力、睿智和诗性，于是，接通历史中秘密的心灵通道，因此也具有了超越历史与现实的时空局限的飞扬。王充闾因此也获得了进入广袤时空的自由，获得了抵达历史的人性深度。在交织着情感和理性的表达中，王充闾既入乎其内，又出乎其外。在历史隧道中与历史人物相遇而对话，在立体的维度中展开多视角、多侧面剖析，深切到历史、社会、人物的深层心理结构。他的历史散文正表现出他有处理重大题材的能力。如《文明的征服》《叩问沧桑》《土囊吟》等作品，是对沧桑的久远历史的再度审视，是对文明与代价的再度追问，作者与历史与当下构成了立体的对话关系，他对历史的反思和借鉴，并不像传统观念支配下的旧文人那样总是陷在循环论的历史框架内不能自拔。作家凝望历史的现代眼光自由地飞扬，在社会动乱、朝代更迭、狼烟烽火的争斗和取代过程中飞扬，立体多维，从人性的解读来赋予废墟文化以其特殊意义，发掘出与当下相关的特殊价值。诚如王充闾所体悟的："远者如近，古者如今，活转来的经史诗文给了我们'当下'一个时空的定位，更给我们一个打开的不再遮蔽的视界，在这里，我们与传统相遭遇，又以今天的眼光看待它，于是，历史就不再是沉重的包袱，而为我们思考'当下'、思考自身提供了无限的可能性。此刻，无论是灵心慧眼的冥然会合，还是意象情趣的偶然生发，都借由对历史人事的叙咏，而寻求情志的感格，精神的辉映。这种情志包括了对古人的景仰、评骘、惋惜与悲歌，闪动着先哲的魂魄，贯穿着历史的神经和中华文明的汩汩血脉。"

譬如曾国藩、李鸿章这样非常难把握的人物，如何跳出史学家、社会学家、政治家的看法，而形成文学家的看法呢？如何作文学的解读？王充闾以一种悲悯心态去理解，在极端化的历史情境里，站在历史规定的情境中去理解，因而那些"复杂"的历史人物也同样鲜活生动而耐人寻味。《用破一生心》中用一个"苦"字概括了"中堂大人"的一生，深入到人性的层面深入解读。在曾国藩身上，智慧、修养和地位权力，应有尽有，唯一缺乏的是本色和天真。他的人性的扭曲，使他一生绝无乐趣可言。曾国藩通过"登龙入室，建立赫赫战功"而出人头地；又"通过内省功夫，跻身圣贤之域"而名垂万世。他不仅是清朝建国以来汉族大臣中功勋、权势、地位等无出其右者，而且在学术造诣上也"冠冕一代"。因此拥有了"古今完人"的推崇和尊崇。但是，在曾国藩辉煌灿烂人生的后面，则掩埋着鲜为人知的另一面。他不仅官场上战战兢兢如履薄冰，就是与夫人私房玩笑也要检讨"闺房失敬"。王充闾淋漓尽致地表现出一个人格分裂的曾国藩。文中不是简单地批判和否定，而是对其人的历史局限性给予了充分的理解，对其扭曲人格表示出一定的同情。对曾国藩的深入剖析，其典型意义在于，切入了一个被仕途扭曲变形的知识分子的内在本质，展现出中国古代知识分子追求仕途而自甘就范的奴性缩影，并引发了读者对于现实生活中这种性格悲剧的联想。我们以王充闾对曾国藩的解读个案，验证了他以人性为轴心的多维向度，而正因为其心性超越时空的自由，在多维向度的寻绎中极大限度地扩展了他心灵的维度。

王充闾的高明之处，在于其在立体交错维度中的高度自由性。他走向那些昔日辉煌的古代文明时，获得了更大的思索空间，形成了作者从外观（外部世界）、远观（中外历史）到内观（心灵世界）以立体观照多维态势。作者"为着收取'八面受敌'，纵横剖断之效……常常驰骋着无边的臆想"。广袤时空以横断面、纵剖面，纵横交错面以全面展示，使其散文呈现出多声部的协奏形态。因此，当我们走进王充闾的散文天地，置身于一个丰满的有厚度的艺术世界，"那民族兴衰、人事嬗变的大规模过程在时空流转中的留痕，人格的悲喜剧在时间长河中所显示的超出个体生命的意义，存在与虚无、永恒与有限、成功与幻灭的不倦探寻，以及在终极毁灭中所获得的怆然之情和宇宙永恒感，都在新的境遇中展开，给我们远远超出生命长度的感慨"。

笔者始终认为，文学的最高境界便是飘逸。飘逸就是诗性，飘逸就有了性灵。飘逸是诗的本质，甚至是诗的形态，也是以抒情性为根本的散文的习性。文化大散文何以"飘逸"不起来？笔者以为，主要是它背负太过沉重，它的表现太过泥实，它缺乏主体精神积极参与而生成的诗性。对此，王充闾也概括了四点：一曰背着太沉的文化包袱，缺乏"融化"的功夫；二曰预设前置概念，价值观念先行；三曰缺乏自由心性的抒发，缺乏灵魂的拷问；四曰形式呆板，篇幅臃肿。所有的这些，最根本的是"造成灵性萎缩""流于板滞"。因而，尽管徒有其纷呈与斑斓之表，却远离了文学，而成为历史的翻版，成为哲学的玄言，充其量也只能算是文化随笔。那么，王充闾理想中的文化大散文是一个怎样的文本范式？何谓"文化大散文"？王充闾有这样具体的三点概括：其一，"应该高扬主体意识，让自我充分渗入对象领域，通过不断地质疑、探寻与追问，阐扬个性化的独立的批判精神"；其二，"应该洋溢着作家灵魂跃动的真情，闪耀着熠熠文采""力求在情感和理智两方面感染读者、征服读者"；其三，"应该坚守精神的向度，闪现理性的光辉，在对历史的描述中，进行灵魂烛照、文化反思"。

王充闾的散文所以飘逸，首先因为它是诗性的。诗性在创作过程中的外在和内在的具体表现都产生于激情和想象，是作家激情的驱动和激情的文本转化。法国卡昂大学学者阿尼·贝克在对18世纪法国著名文艺理论家巴脱（Charles Batteux, 1713—1780）的研究中指出："激情不是一种直接情感，而是看到某种赫然作态的全新物质而引发的激动之情；'是理性刚刚创造的一幅画面'，'被理性突然推到活跃的灵魂面前、通体犹若火种的一种意象……激动的程度与被捕捉的灵魂的活跃的程度、知识面和细腻程度成正比'；激动以后随之而生的便是表达这种激情的愿望，因为这是灵魂的本性，灵魂的'全部运动就是情感与表达的不断交替'。"对照此段论述来解读王充闾及其散文，我们发现这段比较深奥的理论变得非常的亲切易懂。王充闾的创作的启动与过程，也正应合与验证了这段理论关于激情的阐释。他在创作中也极其重视激情与想象，他说："文学家与史学家都是凭借内心世界深深介入种种冲突从而激起无限波澜来打发日子、寻觅理性、诠释人生的人，都是通过搜索历史与现实在心中碰撞的回声，表现他们对人生命运的深情关注，体味跋涉在人生旅途中的独特感悟。"他的散文与最能够代表余秋雨实力和水准的散文一样，都是通过"游"来呈现内心，来表现对社会、历史、人生的思考的，而王充闾的散文侧重于"心游"，或者叫作"游心"，是得益于庄子的"无待无侍"。虽然其内心是焦躁激灵的，但是，其外表还是那样从容洒脱的，其散文文本往往表现出"行到水穷处，坐看云起时"的逍遥与自由。

《青天一缕霞》是作者为纪念萧红而创作的散文，王充闾在北大的演讲中也以此文的创作为例来说明他是如何获得灵感与激情的。他说："看云、做梦，也是我实现妙悟的方式。""我曾从天空云朵的奇妙变化，想到了萧红的整个生命历程。……当发现一缕云霞渐渐地溶入青空悄然泯灭，我便抑制不住悲怀，为天涯沦落的才女一缕香魂飘散在遥远的浅水湾而深深悼惜。"王充闾创作中的这种对于生命体验与心灵体验的方式，对于所关照对象在精神层面上的心灵体验，使他已经化入其所创造的一种独特的生命历程与情感经历中去了，以其心性滋润而获得诗性的散文自然也如云如梦的飘逸了。

《终古凝眉》中对易安居士的写法虽然不与写萧红同，但是，来看其创作的发生、过程和风格上的飘逸，也是一致的。作者在文章中这样写道：

"斜阳影里，八咏楼头。站在她长身玉立、瘦影茕独的雕像前，我久久地、久久地凝望着，沉思着。似乎渐渐地领悟了、或者说捕捉到了她那饱蕴着凄清之美的喷珠漱玉的词章的神髓。"面对放射着凄清之美的词人和词作，虽然对易安居士的这种审美化人生是只可想象而不能经验的，但王充闾也靠激情和想象而"全身心地投入"，仿佛已经不是一种沟通古今的对话，简直就是同其呼吸的生命本真，"激动的程度与被捕捉的灵魂的活跃的程度"化为饱满的生命意象和飘逸的诗思。

《一夜芳邻》也同样是写女性的散文。勃朗特三姐妹的才华蜚声世界文坛。王充闾有机会到三姐妹生活的哈沃斯访问，面对三姐妹的故居和纪念馆，走在三姐妹曾经走过的石径上，作家的想象闪现为夜色如梦般的幻影。而作家在情感和理智两方面受到深深的感染，当他置身于"活跃的灵魂面前"，感受勃朗特三姐妹高贵内心所洋溢着的宗教般的温暖和撼人心魄的诗意的时候，作家的灵魂也震颤了，也飘逸了。因此，他的这些散文，并没有停留于记叙曾经发生过的史实的层面上，而是努力揭示作者对于具体生命形态的超越性理解。

笔者以为，相比较而言，王充闾的思辨能力高于他的描绘刻画的功夫。他的哲学、文艺理论水平，他的学术研究的深度，并不比许多专家浅薄。王充闾似乎对学术、文化的课题特别感兴趣，与其说他是作家学者化，不如说他是学者作家化更加妥帖。他本质上是学者，具有诗人气质的学者，他擅长也习惯于解决精神方面的问题，其散文具有深厚的哲学支撑，也具有浓郁的哲味学理。我们这样客观地评价他在哲学、历史乃至文艺理论上的水准，就是强调他的自觉文体、文化底气和创作实力。笔者在本文中比较多地引用了王充闾的历史散文观，目的诚然是为了实现人、本的互读，同时也展示了王充闾创作的理性面目，而作家的这些生命感悟或心灵体验的创作自述，则成为我们探索其思想和灵感所以高度自由而矫健的艺术密码。

王充闾在《文化大散文刍议》里说得好极了："在阐释历史的过程中，

作家本人也在被阐释——读者通过作品中的独特感悟来发现和剖析阐释者。"我们对于王充闾散文及其散文观的解读，存在着原创义与新生义之间的对话。呵，这个在历史与现实的广袤时空里自由舞蹈的文学精灵，我们读懂你了吗？

悖论奇观

◎康启昌

读王充闾《龙墩上的悖论》，不禁拍案惊奇叫绝，乘兴写下几点感悟，以志读书之乐。首先，我说它是一部奇书、大书。奇是指文字特殊、稀罕，令人不测；而大是指内涵广博深邃。

其特点之一是著述体例的开放式，不以前人规定的某种格式为圭臬。用他自己的题解应该是论文。当然是论文，论点论据论证三要素一项不缺，完全合乎优等论文的标准，但它又绝非一般的学术论文或一般的历史论著，它更是一部古今罕见的文学精品，一部选材独特、主体意识极强的历史散文。史文并茂，史家的严谨与作家的艺术风范悄然、巧然结合。驾驭这种体裁、创造这种体例的作者，仅有史料的扩容、表述方式的新巧还不够，还必须具有哲学家的多向思维与思想家敏锐的慧眼，方能全史在胸，驾驭全局。他是否借鉴了骆宾王的《为徐敬业讨武曌檄》？那一篇专门宣丑揭秘的声讨批判的檄文，武曌（则天）听了都要变色动容，实在是天下奇文。当年的宋徽宗和李后主如果面对王充闾的《赵家天子可怜虫》，是否也能动容变色，或者当时就挤出了一江春水？王充闾这13篇"檄文"，完全可以收入"散文观止"，他是奇人著奇书。

特点之二是立论与选材的角度。我国古老的历史长河，鱼龙混杂，泥沙俱下。渔人从何下手？"弱水三千"充闾"只取一瓢饮"。他专取历史人物。历史人物恒河沙数，他专挑龙墩上那些社会地位最高的"真龙天子"。上自秦始皇嬴政，下至清末的宣统皇帝溥仪，当过真龙天子的不下数百人，写谁？充闾只选十几位。这些特殊人物或留香，或遗臭，其味道并不整齐划一，长短善恶也不均等。但他们无一例外皆属悖论奇观的典型人物。褒谁，贬谁？褒几许，贬到什么程度？作者自有其特立独行的裁夺。如《赵匡胤下棋》，他把赵匡胤从黄袍加身到暴病身亡的人生之旅比作下棋。说他"棋术算不得高明，妙棋险棋固然也有，更多的还是臭棋败棋"。我读后，觉得他有失公道。打电话跟他聊，我说："赵匡胤，相对那些暴君昏君，还是不错的。'陈桥兵变'正好说明他有点人气。"他立即肯定："在历朝历代的帝王中，他是唯一一个不杀功臣的皇帝。"听起来，他并不偏激，我们观点一致。但他却说："你注意没有？我不想对他们完全肯定，一个也没有完全肯定。"哦，是这样。原来他是有针对性的。他是针对目前媒体炒作的"皇帝热"，对一些封建帝王大树特树"功德碑"而言的；当然，也是他立论与选材的角度决定的。他是从这十几位龙墩上的特殊人物的人生人性的悖论角度来选材论证的。以此，他批判了这种悖论产生的理论基础：君命天授、家天下及万世一系等不可冒犯、不许动摇、不准改变的封建伦理及宗法制度。朝朝不变，代代相袭。若说变过，那也只是换汤不换药。始皇帝二世而斩，刘氏上台照样是真龙天子，照样君权神授，照样家天下金口玉言一人堂，极权制，所谓"祖宗之法不可变"。王充闾立论的角度是彻底摧毁封建法度的强大的因袭力量。温家宝在2008年3月18日的新闻发布会上，回答中外记者说："天变不足畏，人言不足恤，祖宗不足法。"是引用王安石的名言，表示"苟利国家生死以，岂因祸福避趋之"的决心。王充闾通过一系列的悖论现象，论证的结论是祖宗之法必须改变。

　　读此，我想到，作为学者兼作家的王充闾，同时也是从政二十年的高官，他对政治的实施、政权的巩固等种种问题，不能不比一般作家更熟悉，更敏感；但，《龙墩上的悖论》198000字，并没有一字直诉民主、人权、改革、图新，可是，读者看了以后又必定会想到这些现当代的话题。他是大作家，具有大胸怀，大气派，他懂得如何相信读者、尊重读者，不能像小学教师对待小学生那样谆谆教诲，耳提面命，直奔主题。他将那些沉淀在两千年历史长河里的粗岩细沙、水草淤泥，穿针引线，缝制成一个严峻的主题，那就是"祖宗不足法"。强烈的主体意识，竟然于不容置疑的历史考据、典型事例之中沉潜反复。这不能不是一个大腕作家的真本事，"燕雀焉知鸿鹄之志哉！"那么，"吾侪读史何为乎？""察往以知来，鉴彼以诲我"者也。当然，以史为鉴，拨亮历史的灯盏，透视反思当代的人性人情人文的文化思考，绝不是一般地再现历史、复述历史的文字可以奏效的。所以，我还要谈谈《龙墩上的悖论》的特点之三：表达方式。

我说的表达方式，主要指文本的艺术巧构。因材施法，量体裁衣，不拘一格。把秦始皇万世一系的梦想与其二世而亡的历史，把他长生不老的梦想与其活到49岁的事实，组成一副主客观完全悖谬的对联；把刘邦的流氓成性与项羽的英雄气概拿来对比，把流氓皇帝杀戮功臣与其衣锦还乡、呼唤猛士的矛盾心理拿来碰击，画出一副道德与功业"二律背反"的阴阳图；把宋太宗、明成祖和清雍正帝三个不同朝代的恶霸皇帝拴在一根耻辱柱上一块清算；又把开国皇帝的"龙种"与其所生的一代不如一代的跳蚤捏在一起；把性格、政见迥异的完颜三兄弟一起勾勒比较……没有满腹经纶，没有比天空更广阔的怀抱，安能"倚天抽宝剑，万里任纵横"？

这里，我还要涉及体例，涉及叙述文体中不可或缺的引经据典。王充闾作文，一向喜欢或习惯引经据典，这是读者们多年来的共识，褒贬却大不一样。1988年辽宁省通俗文学学会召开成立大会，请他讲话，他只讲了5分钟，却用了6个典故。1990年代初，他出版了第三本散文集《清风白水》，辽宁文坛反响强烈，为他召开研讨会。与会文友在肯定他的创作成就时，有人直言不讳，说他用典太多，旁征博引，有掉书袋之嫌，有的文友在发言中跟他幽默一把，说他的散文知识超标。我注意了，他后来的十几部散文，在这方面确实做了认真地节制与调整。难为他了，他6岁入私塾，读了8年古典诗文。诸子百家，诗词歌赋，烂熟于胸，张口就来。如此学历，焉能不"超典""超故"？少成如天性，习惯成自然嘛！但这部以历史人物为素材的著述，除了自我表述之外，必须引入他人文字，或引前人的判断，或摘抄相关的史料，谁也躲不过引经据典，既"旁"且"博"，是谁也免不了的。我眼见他似乎是信手拈来了不少的经典、趣事、奇闻，却不能说他"知识超标"了。原因何在？我想他是在如何引录，怎样衔接、驾驭，怎样在自家著述中恰如其分地安排他人的言语上，下了很大功夫。正用、反用、借用、暗用、列用、比用，面对庞大的引用家族，他挥洒自如，抑扬有度。读者如能细心体悟，将不难发现，他引用的高明在于不引不行，恰如其分。

充闾善用比喻，使他的表述文字的信息功能和美学功能发生了奇妙的艺术效果。信手翻开书本的首篇首页，你就会在一段四百余字的"提要"中发现一串比喻："人生角斗场""光怪陆离的海洋"，名喻、暗喻最后转喻到"但见三泉下，金棺葬寒灰"。多形象，多精彩！这种比兴的修辞手法，书中比比皆是，并与其他修辞方法活用套用，使文章的表述功能增加了艺术的张力。

记得他在一篇写李鸿章的散文中，通篇全是比喻，竟用了裱糊匠、不倒翁、太极拳师、避雷针、撞钟和尚、仓老鼠等六七种形象，而且，没有一种不切合李鸿章的身份，我把它概括为数理学科常用的类比方法。这种叙述策略，在他的手里简直是用绝了。我不想省略它，并愿誉之以"超经典的文字"推荐给读者。"悖论"的第12篇，名为《圣朝设考选奴才》。出于酷爱，我已经读过多遍。其实，只要你读过一遍，就会对封建王朝牢笼士子的手段的毒辣残忍产生旷日持久的刻骨铭心。作者通过一个令人心酸心痛的"二混混"驯鹰的故事，描述统治者怎样像驯鹰那样对知识分子进行"驯心"。看了那只猛鸷的雄鹰在怎样的摧残下"精神崩溃""变得驯顺无比，服服帖帖地听人摆布"（还有那些被解除武装、驯得摇尾乞怜的老虎），使我联想到那些穷途落拓的范进、孔乙己，联想到那些为了功名利禄完全丧失人的尊严，自动交出灵魂的自由，自愿毁灭自我个性的可怜的知识分子。每当想到"驯心者"的残忍，被驯心者的可悲，我就想哭，想骂，想揭竿而起。充闾把反动统治者戕杀士子的灵魂（驯心）与"二混混"

驯鹰的方法加以比较，断定它们在性质上完全相同的类比手法，真是神来之笔。此笔之神妙，既表现出王充闾对这些知识分子的深切同情，更表现了他对人类生存的大忧患、大悲悯。

最后，我再说说《龙墩上的悖论》的语言变化。由于王充闾与众不同的特殊学历和他的深厚的国学功底，他的娴熟、清丽而又规范的现代汉语中，总似有一股"魏晋风度"式的清泉在潺潺流动。凝练、沉实、舒徐、婉曲，句短词精，文白相糅。《龙墩上的悖论》的语言仍然保持这一典雅的风格，让熟悉他的读者，不看作者姓名便可知是王充闾的作品。但《龙墩上的悖论》的语言却不是没有变化，而且变化得比较明显。此次纵笔所至，常有玄言俏语；有时还杂以俗谚、俚语、民谣，甚至西方的现代句式。笔锋常带感情，音节清朗，读起来畅达上口，抑制了艰深晦涩、佶屈聱牙的生硬。偶有几句讥讽调侃，亦庄亦谐，增加了文章的趣味性和可读性。这种变化，既与他的才学、修养有关，更与他渴望超越、不断挑战自我的奋进心态有关。如此下去，何愁不能再见到作者之佳作问世也。

理解王充闾的诗性精神

◎徐迎新

王充闾是当代中国文坛具有重要影响的散文作家。然而，对王充闾作品的阅读与研究却还存在诸多不足。无论是文学界、读书界对王充闾作品的一般接受，还是评论界、学术界对王充闾创作的专业解读，都与王充闾作品固有的内涵和价值拉开距离乃至于呈现出反差。就前者而言，消费时代阅读的感官化和快餐化，无形中遮蔽和冷落着王充闾作品的诗性精神，从而在一定程度上影响了其作品在更大范围的传播；就后者而论，相当一部分研究文章还停留于孤立的文本解读和封闭的作品阐释层面，缺乏一种宏阔、深远的背景意识，未能将王充闾的创作放到文学史、文化史乃至思想史的发展过程中加以审视、梳理和评价。因此，对王充闾创作的艺术成就作更进一步的研究就显得极为必要。

王向峰教授主编的《走向文学的辉煌——王充闾创作研究》（以下简称《辉煌》）一书，正是这种努力的结晶。该书是在《王充闾诗词创作论集》《王充闾散文创作研究》基础上的拓展创新之作，是对王充闾创作思想研究的最新、最集中的成果展示。它在更高的理论起点上，对王充闾创作实践范畴进行了总括，完善了王充闾文学创作的研究体系，与对王充闾文学创作的其他研究相比，该书在研究形态、解读方式和对研究对象的学术定位方面表现出不俗的眼光和鲜明的研究特色。

《辉煌》的一个突出特点是文艺理论研究范式的大胆使用。这种研究使得对王充闾文学创作的综观研究态势得以形成，从而对王充闾的创作实践范畴进行总结。该书共设四编，分别从作家主体之在、诗文体类创造、作品的艺术蕴涵和审美的经验分析的几个方面总结了王充闾文学创作实践范畴；在具体的章节设置上，可以看到文学的外部研究和内部研究比肩展开、文化意蕴和心理探索互相映照、历史空间与文学生存互融互见，大大提升了该书的理论意义的价值空间；而王充闾创作的工程意识、文体意识、文学意识、批判意识的提炼更显示出该书的总体理论意图与理论含量。这种研究彰显了王充闾文学创作的深广的价值属性，在同类的研究著作中，以其理论形态和理论品性的分析独树一帜。

一般的文学解读往往是一篇作品统缮在一种观念主张之下，而《辉煌》的研究范式使得一篇作品处于几种理论视角观照中，它们互相映照关联，使作品显现出巨大的情感内涵和意义空间。

国外学者曾指出，文学作品如果以完全不同的方式被理解的话，我们的文化传统就会变得与其本来面目大不相同。实际上，不仅是文化和观念影响着作品的接受，作品的接受和解释也塑造着人们对现实的理解。文学理解的多样性和多视角，极大地关联着现实文化的生成和人们对生活的感受。在《辉煌》中，王充闾的同一散文作品在书中的不同理论场中反复出现，打破了人们对作品的单一认识，极大地活化了人们对生活的感受向度。比如《春梦留痕》一篇，在全书中数度解读，意蕴迭出：智慧的写作机心、道家意识的自然真率、场面渲染的剧场效果、梦幻情结与诗语情结、文人悲剧与人文关怀、逆境超越与自由、理性与感性融合、历史知识的传递等等，每一种理论话语都是一个思想空间，每一种意蕴阐发都是一个意义世界。它们虽独立成篇，意义纷呈，但又主旨相连，内在贯通。思想的撞击带来的是精神的超越，而情感的互现助益的是心灵的提升。

王充闾的文学创作活动历经半个世纪，几乎与共和国同龄。其创作内容和创作风格几经变迁，不仅见证着文学的发展，也见证着文化、思想、学术的发展历程。他的文学创作实践深深刻上了当代中国历史发展的辙印。而如何在当代文学发展的历史进程中评说王充闾的文学贡献，是王充闾文学创作研究不应回避的课题。

　　在该书中，我们已经感受到对王充闾的文学创作活动进行整体学术定位的强烈冲动。从文学史上看，该书认为王充闾的散文创作集中地体现着自"五四"新文学运动以来，汉语文学由古代汉语文学向现代汉语文学转型的一些重要特征。王充闾是中国汉语文学发展历史进程中的优秀散文作家。他继承了"五四"以来的现代语言，又将古典语言融入其中；注重用现代语言和生活体验去激活古代文化的传统语言，在现代汉语框架中，复活古典语言，完成新的审美语境创造。从文化史和思想史上看，该书认为王充闾历史文化散文最基本的精神主题，已经沿着另一条路子，汇聚到鲁迅先生当年高擎的"为人生"的文学旗帜之下。王充闾散文的精神基调，实质上是对"五四"以来文学启蒙的一种与时俱进的延续和发展。这种学术定位既是理论研究的需要，同时也显示出王充闾创作研究已达到一个新高度。

王充闾散文中的生态思想内涵

◎石 杰

在新时期散文史上，王充闾以对自己的创作道路的坚守创造了令人瞩目的佳绩。尤其是20世纪90年代以来，他以文学家和史学家兼具的资质，书写历史的沧桑，拷问存在的真相，探测已有定评的历史人物鲜为人知的内心世界，作品也因此被归列为历史文化散文。多年来，学术界和评论界从王充闾散文的创作思想、文化观念、历史意义、审美积淀、形式手法等各个方面进行了系统的研究，但有一点却一直为研究者所忽略，就是他的散文中的生态思想。对于那些数量仅次于历史文化散文的纯游记散文，研究者往往只是从艺术审美的角度着眼，而忽略了其中所蕴含的生态思想内涵。这一方面缘于作家真正属于生态文学的作品不算太多，另一方面也是由于生态思想迄今尚未深入人心，容易为人所忽略。因此，从狭义说，本文是对王充闾散文研究的一种补充；从广义说，也是为促进中国生态文学创作和批评的发展尽一份力。

王充闾被誉为是有"工程意识"的作家，他每一时期的创作都有不同的重点。然而，无论是"文革"前后的讴歌祖国经济和政治形势的变化，还是80年代的颂扬文化，感悟生命；还有90年代的沉浸于对历史沧桑的书写，以及本世纪以来的对历史人物的心灵的深度开掘，在这些不同时期的不同重点之外，都有以自然为题材的作品面世。7卷本的"王充闾散文系列"，共收散文258篇，其中以自然为题材或主要题材的就占了近1/5，还不包括那些关于人文历史题材的书写中涉及自然的作品。从本质上说，这些作品都程度不同地体现出人与自然的关系。

20世纪80年代中期以前，这类散文中的人与自然处于相互对应状态。写作主体往往将自己的精神理想融入客体对象之中，同时又从客体对象中提取某种属于人的精神品质，并加以称颂。比如：《天上黄昏》中那宛如"薄暮中大片成熟的谷物"般的"横亘西天的宽阔彩带"，显然带有主体意识的痕迹；《祁连雪》中面对"空际琼瑶、素影清氛"的雪景，"顿觉情愫高洁，凉生襟腋"的描写，也是作家审美理想的折射。这种人与自然关系的艺术表现，被一些学者排除在生态文学之外，理由是它是在以人为本的前提下派生出来的。王诺在研究了欧美生态文学专家关于生态文学的思想后就曾这样说："必须指出的是，在文学所展现的自然与人的关系中，有一种关系被排除在生态文学之外，那就是：把人以外的自然物仅仅当作工具、途径、手段、符号、对应物等等，来抒发、表现、比喻、对应、暗示、象征人的内心世界和人格特征，这可以称为文学领域里的一种自然的人化或人的自然对象化。之所以将其排除在生态文学之外，就是因为它是人类中心主义在文学及其创作手法里的一种典型表现。"

王充闾20世纪80年代中期以前书写自然的散文中有没有生态思想？或者进一步说算不算是生态文学？答案是否定的，理由很简单，因为他未从生态学的角度去思考、表现人与自然，或者说他的思考、表现尚不在生态学的范围之内，而不全是因为手法或者人类中心主义的缘故。生态学中的人类中心主义是什么？是人对自然的敌视、蔑视，是对人以外的生命（包括植物）的乱砍滥杀，是自我意志的独尊。而审美视角下的人与自然的关系虽然也是从人出发甚至回归于人，却不是对自然的否定、破坏，与典型的人类中心主义是有着本质上的不同的。这种关系中的人也热爱自然，甚至崇拜、敬畏，和谐是二者关系的底色。正是这一点，与生态学中的人与自然的关系趋于一致。因此说，王充闾80年代以前的以自然为题材的散文虽然尚不属于生态文学范围，却是他后来的生态文学文本产生的基础。

80年代末期以后，王充闾以自然为题材的散文的思想内涵发生了质的变化。他不再满足于从艺术审美的角度去观照自然，而是从自然的生存和发展、从人与自然的关系上做哲学性质的思考、表现。这类作品的数量虽不算多，但作家的生态思想、观念却丰富、充分、鲜明，主要可以概括为以下几点。

一、自然界是一个具有自我生存自我发展能力的整体性动态平衡系统

历史发展到 21 世纪，生态平衡早已被严重破坏，保护大自然，恢复生态平衡是现代人迫在眉睫的任务。于是，在人类的宣传中，任何一项有益于生态平衡的举措似乎都是人类的功绩，好像人类是自然的救主。这种认识恰恰颠倒了罪犯和受害者之间的关系。自然界的生物到底有没有维持其整体上平衡状态的能力？有，这是由其内在的固有的规律决定的。每一物种的生存都为其他物种的生存创造了条件，每一物种又依赖于其他物种而生存。在这种自我调节、自我维系、相互依存、自我发展的整体性动态平衡过程中，自然界呈现为一种和谐状态。王充闾在散文《空山鸟语》中展示了这一景象："在这里，乔木、灌木混杂、错落地生长着，随高就低，无争无竞，随心所欲地发展着自己，一切都顺应自然，没有一丝一毫人工的介入。也合乎规律地向外发展、扩张，保持着自然生态的平衡，不存在旱魔、山洪、虫灾、风暴的威胁。鹰隼一类的猛禽，以凶悍的蛇族和柔弱的山鸟为食，蛇类又靠着小鸟及其雏、卵补给营养，而成群结阵的鸟类则以捕捉取之不尽的昆虫来维系生命。它们共同组成一条生物链，消长盈虚，生灭流转，自然地维持着生态平衡……什么护鸟员、杀虫剂、人工投食措施，也都成了多余之举。"这种描述，表现出他对自然界的生物价值和内在规律的认识。

二、人是自然的产儿，与万物平等、共生

人与自然界是什么关系？人与自然界的生命万物是什么关系？这可以说是生态学的中心议题。在以往相当长的历史阶段中，我们都是秉承着人类中心主义观念的，即人高居于自然、万物之上，人是宇宙的中心，其实质是强调人的情感、意志等非理性因素。一切以人为尺度，一切从人的需要出发，一切为人的利益服务。正是在这种人类中心主义的观念主宰下，人一度与自然万物处于一种不正常的关系之中。在西方，人的地位被认为是至高无上的。人是仅次于上帝的宇宙主宰的思想为一代又一代的哲人所传播；就连素有"天人合一"思想的中国，也一度产生了对人的盲目崇拜，认为人定胜天。王充闾散文中的生态思想，反驳了人类中心主义的观念。在《清风白水》中，他这样说："自然界有其合法的地位和独立的价值。我们每个生活在地球母亲怀抱中的现代人，都应该对生态环境有一种深沉的眷恋意识和自觉的责任感。遗憾的是，在这方面，人常常忘本。人是自然的产儿，但在成为文明人以后，便一天天远离自然，掉头不顾了。"强调了人与自然之间的从属关系以及对自然的责任；在《空山鸟语》中，他又说："……在大地母亲的怀抱中，人并不是唯一的存在。""本来人和周围的环境，包括各种虫、鱼、花、鸟，飞、潜、动、植，是相生相长、相互依存的，少了哪一样都不成其为完整的自然界大家庭……标准的说法是：万物与我共生，天地与我为一。"表达了人与自然不可分割、宇宙万物相互平等的思想。

三、欲望是破坏生态平衡的罪魁祸首

人应简单生活，回归自然。

欲望是与生俱来的，它对推动人类文明的发展有着无法否认的作用。

比如，如果没有改善生存条件的需要，就不会使用火。一些现代生态学家对欲望推动社会发展的说法持绝对性的批判态度，从现实的生态环境看可以理解，但从历史的角度看却难以为人接受。问题是如何把欲望控制在合理的范围内。科学技术的不断发展为人类创造了丰富的物质财富，然而这并没有使人的欲望得到满足，而是产生了相反的效果：人在享受物质文明的同时，欲望也被不断地刺激，一再向地球伸出贪婪之手，欲望变成了贪欲。美国著名经济学家戴利（Lichard Michael Daley，1942—　）就曾这样说过："贪得无厌的人类已经堕落了，只因受到其永不满足的物质贪欲的诱惑。……为越来越多的人生产越来越多的东西的疯狂愚行还在加剧着人类的饥渴。备受无穷贪欲的折磨，现代人的搜刮已进入误区，他们凶猛抓挠，正在使生命赖以支持的地球方舟的循环系统——生物圈渗出血来。"人类这种贪得无厌的行为、心理同样激起了王充闾的忧虑和愤慨，在《鱼·鸟·人》中，他为50年代被渔民们宰杀了的那条巨大的鲸鱼而伤怀；在《清风白水》中，面对一群刚刚吃罢山禽盛宴、喝得烂醉如泥的年轻人随处便溺、呕吐、乱扔罐头、酒瓶的丑行，他无比愤慨："九寨沟开发得晚也未必不是它的幸运。在工业文明的物欲往往是以破坏生态平衡为其代价的现代社会里，如果九寨沟早几十年面世，恐怕今天再也见不着这块净土了。"

与此相应，王充闾提倡人应该简单、宁静、淡泊地生活。在《三道茶》《村居酒趣》等篇中，他表达了对繁华、奢侈、喧嚣的都市生活的厌倦，向往乡村的简朴、清新、自然；在《安步当车》《家住陵西》中，他谈到了不乘车辇、徒步行走的乐趣；在《节假光阴诗卷里》《我的四代书橱》中，他表现了轻物质、重精神的思想。《家住陵西》的结尾，作家借助史实再一次阐明了自己的价值观："一千九百多年前，东汉著名隐士严子陵把物质享受与心灵自由分置于心灵天平的两端，最后，毅然放弃种种优越的物质享受，以孤贫、潦倒为代价换取了人格的独立和心灵的自由，从而实现了对固有的生存范式的超越。"这种价值取向，他自己也是身体力行的。

更进一步，王充闾主张人应体悟自然，回归自然。几乎在他所有的以自然为题材的（甚至包括一些不是自然题材的）散文里，都可以看到他对自然的发自内心的喜爱、欣赏、赞颂。置身九寨沟的清风白水，他"像裸体的婴孩扑入母亲的怀抱，生发出一种重葆童真、宠辱皆忘，挣脱小我牢笼，返回精神家园，与壮美清新的自然融为一体的感觉"。徜徉于大自然赋予的敞开的大地上，他"总有一种生命还乡的欣慰和生命谢恩的热望"。他甚至想到了人类的未来，主张"在孩子们的成长过程中，带他们更多地接触自然，贴近田野，体验山林，以便长大成人后，心胸能够像大地一样宽广，具有健康的心灵，鲜活的情趣"。这与美国著名的自然文学家巴勒斯（John Burroughs，1837—1921）20世纪初在纽约自然历史博物馆里对孩子们说的"不要去博物馆里寻找自然。让你们的父母带你们去公园或海滩。看看麻雀在你们头顶上飞旋，听听海鸥的叫声，跟着松鼠到它那老橡树的小巢里看看"等感人肺腑的话语，多么相似。热爱自然的人，心灵是相通的。不能否认，王充闾对俭朴生活的提倡和回归自然的主张有古代文人审美的影子，未必都是从生态角度思考问题的。尤其是对那种淡泊宁静的人生的倾心，传统审美意识的色彩很重。但是，这些观点在现代生态学领域却有着显赫地位和重要意义。在生态平衡遭到严重破坏的当下，如何改变人的生活观念，扼制疯狂增长的欲望，保持简单素朴的美德，在宁静淡泊中丰富自己的内在精神世界，是现代人不容回避的问题，也是生态学家肩负的任务。

四、科技发展导致了对生态平衡的破坏，人应增强理性，重塑文明

科技发展与人类命运之间到底有着怎样的关系？答案已经十分清楚却难以为人类所接受。曾几何时，我们对科技这一工业文明的产物顶礼膜拜，认为它是衡量社会进步和人类文明的标准。而今天，人们不得不承认，正

是科技的发展使人类付出了惨重的代价。照此下去，还将付出更大的代价。

王充闾是肯定科技发展的正面意义的，"现代化与对外开放，是历史发展的必然趋势。"但同时也反对科技对自然界的破坏作用，这使他的思想常常处于无法解决的矛盾之中。在《清风白水》《乾坤清气得来难》《生命的承诺》等篇中，他反复表达着同一个意思：美丽的山川景色开发得晚未尝不是一件憾事，但与开发后受人践踏相比，晚也是幸福、幸运；欣赏的同时总是带来人为的践踏，发现自然美的同时往往也就意味着与其挥手告别。这真是一种近乎悖论的难题。不过，在这种难以化解的矛盾中，作家的价值取向还是指向了保护生态、自然。在《空山鸟语》中，他指责了喷洒农药使自然界没了鸟叫虫鸣的恶果；在《二一九公园记》中，他怒斥了当政者目光如豆，在房地产热潮中高价卖掉城市里的园林腴地的蠢行；在《清风白水》中，他更是一针见血地指出工业文明的物欲满足是以破坏生态环境为代价的，并谆谆告诫说："应该认真汲取西方工业国家先征服自然、破坏自然，而后才想到爱护自然、恢复自然，结果事倍功半、百难偿一的沉痛教训，设法超越人与自然分裂、对立的历史阶段，从现代化进程伊始，便早自为计，尽力保护自然生态平衡，莫待那些最珍贵的东西一去不复返时，再来哀叹、悔恨和痛惜。"

强烈的责任感使作家不满足于停留在对生态失衡现象的描述和保护自然的重要性的阐释上，而是要寻求解决问题的出路。除了前面说到的破除人类中心主义中所包含的伦理革命外，他把希望寄托于人的理性。在《乾坤清气得来难》中，他肯定了当地政府汲取生态景区普遍存在的在毁灭中发展的教训，走生态旅游的路子，扼制人无限发展的欲望以及急功近利的行为，在保护自然资源的前提下发展经济的计划；在《绿净不可唾》中，他认为净化环境首先要形成良好的道德修养和行为规范；在《鱼·鸟·人》中，他由衷地赞美那些控制着自己的掠夺行为和享乐欲望的具有动物保护意识的人。这种对人的理性精神的提倡与马克思主义生态思想十分相近。恩格斯就曾这样说过："我们统治自然界，绝不像征服者统治异民族一样，绝不像站在自然界之外的人一样——相反地，我们连同我们的肉、血和头脑都是属于自然界，存在于自然界的，我们对自然界的整个统治，就在于我们比其他一切动物强，能够正确认识和正确运用自然规律。"而这种正确认识和运用自然规律的能力，就是人的理性的表现，是人所独有的。与一些生态理想主义者不同，王充闾虽然也承认科技发展的负面作用，却不认为人与自然的原始状态才是理想的生存状态，而认为人类应该反省自己，在现代化发展中进行伦理道德的重构，塑造新的人类文明。他借用马克思的话表达了自己的这种思想："通过生产而发展和改造着自身，造成新的力量和新的观念，造成新的生活方式、新的需要和新的语言。"这种看法，蕴含着作家对人的期望以及文明的前瞻性。

最后，我们有必要简要分析一下王充闾散文中的生态思想产生的根源。

王充闾有着丰厚的学识积淀。他的中国传统文化的修养之深，在当代作家中恐怕少有人能比，而中国传统文化的三大主体部分——儒、道、佛——与当代生态文明思想均有着紧密的联系。儒家的天人合一、天人合德、人副天数、尽性知天等思想和仁义、和谐、以理制欲的价值取向，都为工业文明发展到一定程度后，人类关于自我与自然的关系的思考提供了可资借鉴的文化资源；而道家文化中的体道思想、无为而治的观念、齐物无我的境界以及万物一体的学说，更与现代的生态文明思想有着内在的一致性。就连佛家的教理教义，也充满了对现代生态文明建构的启迪。如此看来，上过6年私塾，从小就对中国传统文化典籍耳濡目染，客观上已经将中国传统文化典籍作为精神支柱的王充闾产生上述生态思想就很自然了。

如果说中国传统文化为王充闾生态思想的产生奠定了智慧的根基，那么西方文化则赋予了他更多的理性。这与他在拥有中国传统文化的同时，又自觉地接受西方文化的影响有关。大约是从20世纪70年代初开始，几十年来，王充闾有意识地阅读了一些西方文学、哲学著作，西方文明中的以人为本和理性精神对他的思想和创作影响很大，这可以从他近年的散文中看出来。西方文明使他打量人类现实生存困境时，目光中更多了科学和冷静。他反思人类的历史，更关心人类的现在、将来。面对愈演愈烈的生态危机，他从人出发寻找根源，批判人的野蛮、贪婪、愚昧的行径，最终又归结为人——一种拥有新的文明的人。这种思维方式、思想观念和表现方法，与西方文化对人的关注是一脉相承的。

当然，王充闾散文中的生态思想的产生与当下生态失衡的现状有着更为直接的关系。尽管20世纪60年代环境污染等问题就引起了全球范围内的注意，然而四十多年过去了，生态环境依然不容人乐观，甚至可以说人类面临着更大的危机。空气污染、植被破坏、人口膨胀、疾病频发、能源迅速枯竭、荒漠化加重、水资源匮乏，等等。乃至有人称20世纪是全球规模环境破坏的世纪，"地球曾是生命的乐园，如今却被人类糟蹋得满目疮痍，破败不堪！"正是这种前所未有的惨象，激发了作家的公民责任感，使得鲜明的生态思想内涵，成为他的散文园地中一道亮丽的风景。

知识与知识分子的对话

◎刘　巍

　　由王向峰先生主编的《走向文学的辉煌——王充闾创作研究》，以"主体""文体""蕴涵""经验"多个板块式的结构评说王充闾先生的文学成就。强大而颇具实力的书写阵容，全面而丰富的评说框架，客观而权威的学术态度，无一不显示出这部评论巨著的文学意义和美学价值。凭着主编王向峰先生的严谨、深邃，副主编吴玉杰女士、许宁女士的细致、周到，《走向文学的辉煌》成为一部全景式地反映王充闾散文创作的集大成之作。王充闾的散文自觉地背负上了一个知识分子所特有的社会责任感和艺术使命感，被评论家称为"'散文时代'中的知识分子写作"。拓展开来，不仅从作家的角度来说，而且从评论家的角度来说，该书的论者与他们的论述对象所进行的都是"知识和知识分子的对话"。就如编者所说的，该书是在1996年的"诗词创作论"和2001年的"散文创作研究"的基础上发展而来的，"从深广度上又前进了一大步，表现了我们当下的新见解，也显示了王充闾文学创作的新成就。"这部著作是在积累基础上的创新、突破和更高层次的综述生发，诸位先生的评说充满了精彩的见解，文字个人相殊、情态互异，思想却在相互的映照中分外生动。阅后不得不为该书丰厚的理论积累和宽阔的学术视野所折服。这些批评从作家主体到散文文体，从艺术思维到审美意境，端庄大气的风格中不仅浸润着对文学的思考、对美学的追求，而且投射出对中国文化智慧和诗意的探究，对东方审美经验的魅力和内涵的向往。

知识——"实事求是"

　　文本是评说的基础和前提，文学与评论的关系表现为：其一，文学是评论的内容和模本，有前者，后者才有说话的可能；其二，评论为文学提供了理论语境（context），后者作为基本取向和功能体系，提供了充分理解、运用文学并对其进行有效分析的可能。他们之间的相应相生，或隐或显，有意识无意识地向着对二者都有利的方向谐调发展。可就目前的文学现状而言，散文创作的繁荣与散文理论研究的滞后并行，是"繁华遮蔽下的贫困"，是"繁而不荣"。姑且不说散文的理论建设远不及小说、戏剧、诗歌，理论界甚至对电影、网络等的研究探讨热情都超过了散文。现有的散文研究在许多方面还局限于认识，局限于散文历史的流变分析，局限于作为对象自身的问题（诸如美感、审美关系以及作家作品之类），而忽略了对散文理论的全面把握。所以才有论者提出"文化散文的困境""文化散文的终结"等质疑。这种状况有诸多原因，姑且不论文学外部的体制、传媒、市场等因素，单就散文本体研究来说，文学性的遗失与淡化，美感的失落与变异也是无法推脱的责任之一。

　　由此看来，《走向文学的辉煌》从王充闾对散文体式的坚守和对散文文学性的提升出发，完成的是对散文文体的确认与强调、对散文理论建设的丰富与扩充。该书以散文学科的自律性诉求参与文学整体的构成，建构起了关于散文文体的谱系，"泛化语境下的文体辨析""散文中的历史诗意化""事体情理的艺术建构"等都被组织进了关于散文文体的评说之中。在探讨散文的"体类创造"时编者强调了王充闾散文的"工程意识""文体意识""文学意识""超越意识"，就如编者坦言的："深知对一个作家从学理研究的视野上设题是一件非同小可之事，因为设题必有明确的指向，对象也须有其相应的意蕴存在，这样才能从中提取出所指向的东西，才能进行实事求是地研究。"

法国著名批评家阿尔贝·蒂博代（Albert Thibaudet，1874—1913）在《六说文学批评》一书中将文学批评分为自发的批评、职业的批评和大师的批评三种，虽不过是一家之言，但《走向文学的辉煌》一书却可视为涵盖了以上三种批评的整体——既有自发批评的原生态的鉴赏和议论，也有职业批评严丝合缝的论点和论证，更有大师批评高屋建瓴的定度和裁判。但这些评说都不仅是就事论事的分析，而是与历史进程、生活实质、文化渊源相关联的，是一种"注意文学的内部和外部，注意文学的和文化的，注意形式的和精神的"，深度与广度相结合的研究。书中的每个章节大致是先在文本层面给研究对象以整体性逻辑还原，确定其历史的身份和地位，然后探讨被阐释对象何以如此生成的内在和外在动因，最后再予以整体性的认识和评说。比如第四编"审美的经验分析"中关于"意象的审美化创造"一节，就是先从"意象"的文学史角度溯源——"独照之匠，窥意象而运斤"；再旁征博引到庞德的"意象"是"一种在瞬间呈现的理智与情感的复杂经验"，是"一种各种根本不同的观念的联合"再到陈剑晖的"意象是作家心理、情感和意识多重综合而构成的一个或多个词象组合，是心和概念、表象与现实意蕴的统一。同时，它也是一个充分生命化了意象运用，最后得出其作品'象征性意象''叠合性意象'和'潜隐性意象'的三种类型，加以一一论述。本书的编撰方法基本应用了传统的'归纳演绎法'的具有质感的词语，它漂浮于感性与理性、形态与意义之间"。以此作为理论基础，考察王充闾散文的—在拥有大量材料的基础上，进行从个别到一般的概括，又从一般到个别的推论；"历史逻辑法"——从历史的发展事实及逻辑，分析概括出现象的性质和特征；"社会批评法"——从文艺和社会生活、社会心理、接受对象的关系来研究文艺对象。对不同的章节运用不同的研究方法，综合辩证地分析才保证了评价的真实客观，保证了对王充闾创作的总体认识和整体阐释。

知识分子——"知人论世"

　　一个作家就是一个广阔的世界。王充闾既是作家，又是学者，他的世界不仅广阔，而且深厚。该书的论者面对的是正在发生的语言事实，并且要对这一事实进行学理层面的研究、挖掘对象的意蕴、提取对象的指涉，甚至指明对象的缺憾与未来写作的趋向，这就要求论者不仅要"论世"，更要"知人"。王充闾的文章走的是"以人为本"的书写路线，以知识为背景，以知识分子为角色来贯穿和建构文章。与此相类似，论者同样也是以深厚的学理为底蕴，以专业的研究视角来切入王充闾的创作。王向峰先生在序言中说，"'器识'是作家之本，'辞章'是作家的枝叶，本根不深则花果不能繁茂"。基于独有的机缘，该书的诸多评论家与王充闾本人都有或多或少或直接或间接的交往，都是对王充闾诗文素有研究的一线学者，其中不乏博士生导师、学科带头人，每一个学术观点都是建立在扎实的资料基础之上的。他们研究王充闾创作的根据主要是从理论文章与学术著作、文艺论争与创作思潮以及作家创作谈等资料中抽纳出其思想内质，并以此为契机拓展到文学理论和美学领域。

　　同时，解读王充闾的文学创作，需要哲学、历史、文化乃至更多门类知识的共同参与，因为我们面对的是"有丰富的人生阅历，有深厚的中外文化学养，有正中的道德品格，有精细的思辨与想象能力，有聪颖的智慧和敏感的情怀"（同上）的作家。在"知人"的基础上编写文学评论，论者不仅梳理了王充闾的"创作历程""人生态度""传统素养与现代意识"，更是指明了他"不断超越的创作走向"，他对"价值意义的追求"。"知人论世"可以理解为对知识分子的人性关怀与其对历史的文学关怀两重，这样的评说既继承了传统的"诗教"理论，又发展了现代的注重对象本身的美学形式研究。论者归纳出了由"人"至"文"的几个特质：1.关注历史难题、人生困境、精神超越；2.强调对象的可开发性、可研究性；3.体现评说的个性化、文学的独特性。按照福柯的观点，知识本身就是权力，那么知识分子就是在运用他的权力解读人世，"它（散文）是一个民族的心声倾诉、精神写意与心灵升华，承担着社会批判和人性烛照、灵魂滋养的责任"。借助知识的推衍，表达知识分子的感悟，以世事的更迭体会人世的沧桑。

知识分子首先必须将自己的角色定位，才有可能在书写领域中展示自己的艺术思想，实现自己的文学乃至社会理想。《论语》中有"知言""知人""知命"之说，又有"己欲立，立于人；己欲达，达于人"之辨，这是对知者主体本身的规定。"知"是知识分子的努力，由此而达他人和世界，建立符合自身规范的社会秩序，作家的写作往往是鲜明的个体意识对时代意识和民族意识的充分印证。王充闾散文选择强化精神和思想的言说方式，不仅体现着作家放眼古今未来，取精用宏的艺术胸襟；而且包含了他以文学为通道，与人类共勉和与生活对话的自觉追求。"我写散文总是习惯于对当代生活和现实精神予以哲学的概括和历史的观照。"知识分子是传统文化的继承传播者，是现代文化的生产制造者，同时又是传统与现代文化的反思批判者，这种特殊的身份使他们的创作必然包含了某些历史最深处的本质和必然。文学是有着丰富的文化背景和对人性的深刻洞察力的，既然文学活动是人的自由自觉生命活动的一种实现方式，评论家就应该为这种活动提供得以延展的理论印证。历史文化散文本身就是回眸历史、重估传统的手段，在关注历史难题、人生困境方面，王充闾的忧患意识、批判意识、精神高度和美学旨趣都是颇具代表性的。书中的评说确认了不论是讴歌还是审视，赞美还是幽思，王充闾笔下的世界中精神理念的高扬总会超越简单的善恶伦理判断，理想的高蹈始终在为人性保留一份对高尚、纯美的向往。

"以人为本"来写作思想史，文学和美学的评说常带着人性的温度。文学批评的价值追求同样也是指向文艺精神的，指向基本人性的建构，指向审美文化的倡导。"知人论世"是情感的世界、意味的世界，也是文学的世界，这样的评说论据更为丰富、视野更为开阔、手法更为诗意，个性化、人性化更为浓郁。

对话——"寻美"与"发展"

本书论者指出："文学接受过程是文学活动过程整体的一部分，是一个完成的过程，更是一个新的开始。阅读的过程并不单单是承纳一种思想或情感，更是思想情感的延续或升华；不单单是面对一本书或一篇文稿，更是面对一个灵魂、一种境界，是灵魂与灵魂的照面，境界与境界的相接，是无须中介的精神的自由流动。"艺术审美活动的本质在于人总是通过作品与潜在地存在于作品中的作者进行"对话"，将人与作品的关系变为一种心灵对话和灵魂问答。接受美学认为，"文学的本质是它的人际交流性质，这种性质决定了文学不能脱离其观察者而独立存在"。对文学的虔诚和对美学的崇拜在《走向文学的辉煌》一书中贯穿始终，论者在论述过程中集理性和诗情于一身，阅读者、欣赏者、思考者和评判者于一身。比如在探讨散文的文体价值方面，无论对王充闾的散文进行何种命名，历史文化散文、智性散文、学者散文还是生命散文，也无论他的散文是在抒情、叙事还是说理，论者和作者都不约而同地指出散文的文体内涵——感动心灵、支撑精神："散文，是心灵的文学呈现"（高凯征语），"是生命的转换，灵魂的对接，精神的契合"，"散文是发现与开掘的艺术。它不一定要求作家创造什么东西来表现思想、感情和精神，而在于通过观察和感悟，把那些深藏于内外两界的思想、感情和精神挖掘出来"（王充闾语）。优秀的批评家总能给作家指明写作的道路，养育作家，为作家补充知识，王向峰先生主编的这部批评著作进行的"知识与知识分子的对话"是论者对作品的真正完成。

考察王充闾的作品，《春宽梦窄》《沧桑无语》乃至《生者对逝者的叩问》《龙墩上的悖论》，论者多次提到了"诗性""意象""话语"，在论述的过程中有重合也有交叠，却仍各自彰显特色。所有的评说都巧妙分析、精心研究、努力挖掘。在"寻美"的过程中，"韵律之美""典雅之美""哲思之美"等赞美之词常见诸笔端。书中论述了王充闾在审美主体上的"才思"、在审美体类上的"超越"、在审美蕴涵上的"雅致"、在审美经验上的"诗意"，在美的关照中寻求意蕴深度，坚持散文的审美性、文学性，实现对审美世界的建构。书中在每一编的题头都以概括性的文字综述该编的主要内容，第四编写道："充闾的散文创作，有厚重的思想基础，有直接的生命体验，有深切的人文关怀，有丰富的美学资源，有超越的艺术笔法，有个性的表述话语，在体物赋形、使情成体上，创造了独有的经验，使主体与对象的互纳与互化，历史与现实的同构与同一，风格与体式的沉稳与超越，都达到了相适相偕的地步，为文学艺术的创新与发展提供了足资借鉴的经验。"寥寥数语，客观、中肯又丰富全面，论者希冀通过这番"寻美"，还文学一种憧憬、一种希望。论者在探求作品生成的原因和存在状态的同时，还注重作品的未来性，描述文学现实的同时也追求文学的理想，就如该书的题目指向的是"走向"——"辉煌"。

论者在第28章"视野融合的审美创造"中借用了迦达默尔（Hans-Georg Gadamer，1900—2002）在《真理与方法》中提出的"视野融合"的观念："历史视野中的筹划活动只是理解过程中的第一阶段，而且不会使自己凝固成为某种过去意识的自我异化，而是被自己现在的理解视野所替代。在理解过程中产生一种真正的视野融合，这种视野融合随着历史视野的筹划而同时消除了这视野。"并由此把王充闾散文创作的历史散文称之为"视野融合的审美创造"，那么论者的评说就是在王充闾散文"历史视野"与"现代视野"融合的基础上又以开放的眼光面向未来地植入了"未来视野"。"令人欣喜和钦佩的是，充闾的诗文创作至今仍在不断发展的势头之中，新作频频发表"，像作家余华说的："一成不变的作家只会迅速地奔向坟墓，我们面对的是一个捉摸不定与喜新厌旧的时代……作家的不稳定性取决于他的智慧与敏锐的程度。作家是否能够使自己始终置身于发现之中，这是最重要的。"王充闾散文创作的追求就是持续的审美形态的探索、扬弃和创新;同样,作为文学史观建构自我更新的需要及对这一实践的补充丰富,评论家应具备高度介入、密切追踪并致力于剖析社会精神领域幻象的气度。既要对以往的研究成果过滤、吸收,又要有丰富的美学观并促使研究向科学的方向发展的理论勇气,这样才能体现出研究者的思想品位与历史价值。

批评需要阅读与审视,也需要判断与结论,所以"寻美"是与"求疵"相对应的,任何作家在当下的写作都会有可圈可点之处,王充闾当然也不例外。在此,不免提出小小的"献疑",比如他在表现内心情感时的酣畅有余而韵味不足,激情四射而飘逸遁形;比如他的问题意识不甚明了而过多泼墨于对过往的幽思批判等。他的散文是北方的"刚性"写作,古文功底和诗文并现是他的特色,他的思辨能力高过他的摹写能力,但在写作过程中少了那种绵绵密密的抒情,少了"满蓄着温柔,微带着忧愁"的风韵,作者的感性表达不妨更充沛些,就像有的论者指出的他仍然是"未完成的王充闾"。而这些,书中却并未给予过多的关注。

诗性的建构：王充闾散文的美学追求

◎张英伟

　　20世纪的80、90年代，散文军团异军突起，散文创作横空出世，使一度寂寥的散文园地升腾起一道亮丽的风景线。这之中，以文体意识的嬗变和增强，艺术视野的宏阔和超越，思想容量的厚重与深邃为人称道的王充闾及其作品，尤为引人注目，甚至，人们将其崛起称为王充闾现象。也正是从那时起，王充闾现象吸引了许多评论家的理论焦距，他们从不同的审美维度，对他的创作进行了深刻的诠释和解读，推出了一批颇有分量的长文或专著，将王充闾散文的研究推向了新的层面，如王向峰的美学评判，石杰的作家评传等都广有影响。这些，无疑都逼近了王充闾艺术世界的真髓，给予了这位作家以恰切的文学定位。

　　然而，一个不该无视的缺憾是，在众声喧哗的评论中，在文本艺术的研究中，大家有意无意地忽略了王充闾散文一个最重要的美学特征——诗性的建构。对其在诗性的艺术领地上开掘，在诗性的精神世界中寻觅，在诗性的语言空间里驰骋的散文特质，论之甚少或语焉不详。笔者以为，恰恰是在我们忽略的这个艺术质点上，王充闾散文彰显了他可贵的美学价值，昭示了他独特的文学贡献。因此，切入这一点，不仅对王充闾散文的全面观照和整体研究十分必要，而且对梳理当代散文的艺术流变，开发散文创作的艺术资源，都不无意义。

一、在诗性的艺术领地上开掘

在诗性的艺术领地上开掘,是王充闾散文诗性建构的重要途径,也是他散文观念的顽强表现。

谈到诗性的建构,人们自然会想到被散文界告别了的杨朔模式。岂止是告别,一些人简直是深恶痛绝。一个时期,提到"把散文当作诗歌来写",说到"形散神不散",简直就像说到了洪水猛兽。大家不约而同地去追求那种"散",好像只有喝醉酒一样的天马行空,侃大山一般的意气高扬,才会出独抒性灵的好文章。如果遇到严谨圆润、诗意盎然的散文,"刻意雕琢""矫揉造作"的批评马上使其运交华盖。其实,这是一种认识的误区。

众所周知,诗歌和散文一直是比邻而居、血肉相连的。中国古代的优秀散文,无不如诗如画,具有诗的韵律、诗的意境,抑或是说,诗文向来不分家。诗歌对散文来说,非但不是洪水猛兽,而且是须臾难离的亲密伙伴呢。王充闾的文体观念使他对散文的诗性建构有着明晰的认识,甚至是自觉的追求。他毫不避讳以文为诗的问题,执着地认为诗歌和散文是一体的,是艺术的两种表现形式。他曾多次强调诗歌创作对散文的补益作用,并在多年的创作实践中,始终坚持在诗性的艺术世界中开掘,像写诗歌一样在写每一篇散文。这种努力使他的散文不但具有翁翁郁郁的诗情,而且在整体上具有一种诗化的特征。

在诗性的艺术领地上开掘,王充闾特别注意寻找诗意的生活,并进行诗意的处理,灌注诗意的精神。并不是什么东西都能够进入他的笔端的,并不是什么题材都能流淌诗意的,他的审美目光是挑剔的,他的筛选汰滤是苛刻的。面对散文的喧哗与骚动,王充闾从未放弃为人生的艺术准则,从未冷漠融贯古今的浩然正气,而一直以作家的清醒与真知,以诗人的清纯和正气来捍卫散文这一方净土。

散文也在变，当人们鄙视小说精神的萎缩与孱弱，惊异于影视艺术对文学母体的疯狂攻掠，而处于踟蹰彷徨、无所适从的时候，散文正在悄悄地发生嬗变。几乎所有的报纸、杂志都在激烈竞争中为散文敞开了大门，虚席以待。那些出自大家手笔的花边文学、名人轶事、闲言碎语的所谓散文比比皆是。有些还堂而皇之地开设专栏，头痛写头，脚痛写脚，打喷嚏写打喷嚏，似乎有宣泄不尽的自恋情结，这些，不可避免地降低了散文的艺术品位，使散文驶进了粗鄙流俗的港湾，陷入了二律背反的境地。

面对这种现象，王充闾通过自己鲜明的散文话语，发出了真诚的宣言。他说：我觉得，散文的语言应该"奉行一个'真'字，明心见本色天然。这里有欣戚心迹，有风雨萍踪；有纯情的忆恋，有热烈的憧憬；有新旧异质的递嬗，有出世入世的融合；有'今古乾坤秋一幅'，有'万里灯前故国情'"。这写于 1995 年的《题记》，决不能只看作是对《春宽梦窄》话语嬗变的说明。也就是说，王充闾怀着崇高的使命感，力图通过自己对散文诗意的升华，通过对散文美质的发现，洋溢一种历史的诗意，弘扬一种高昂的激情，对当代生活、民族现实生存与未来倾诉自己极其强烈的关注。

这样，走进王充闾的散文世界，我们仿佛在和诗人王充闾对话，因为他奉献给我们的多是无韵之离骚。他笔下那山、那水、那人，都别具高格、卓尔不群，既皴染着中国传统的人文精神美，又跳荡着诗歌的脉律。聆听作家的心灵独语，我们感到了他那强烈的忧患意识；品味作家那人生哲思，我们看到了他对人文情怀的坚执；吟咏他那清风明月的诗章，我们陶醉于他坦坦荡荡的诉求。

你看，仰视万米高空上的瑰丽黄昏，他发出了人类总得不断开拓的感慨；聆听那雄壮的歌声，他澎湃着革命理想主义的激情；沐浴着润物细无声的酥酥春雨，他领受了那温馨深切的亲情；登上那远祖遗迹金牛山峰，他想到为后代创造更多的辉煌；目睹坚韧的辽滨翠柳，他祝愿柳荫绿满天涯、郁郁葱葱。那汹涌的大海、广袤的农田，甚至一粒米、半瓣花，都使他精骛八极，心游万仞，在历史与现实的二重时空中驰骋飞腾，开拓动人心弦的艺术视野，升华起充塞天地的浩然正气。于此，你不能不承认，这才是散文的诗歌美，散文就应该带给人们这些诗意的冲撞。

在诗性的艺术领地上开掘，王充闾引领读者走进诗意的历史，对其进行现代的观照，使其散文倾泻出丰沛的诗意。王充闾的散文引诗颇多，中国历史上的名家诗篇，他都能够信手拈来。对此，你不能不叹服作者才思敏锐、博学多闻；你不能不心折于其文章的知识密度大、信息量强。你可能真如行走在山阴道上，穿陵涉谷，繁复恢宏，幻幽幻朗，倏临倏逝，目不暇接，乐而忘返，美不胜收！说春雨，他滔滔不绝，佳句连篇；谈黄山，他遍数奇峰，妙语如珠；道沈园，他一咏三叹，柔肠百转；讲三峡，他横空出世，似数家珍。就是唠豆腐他也追本溯源、洋洋千言。那么多脍炙人口的清词丽句，那么多内蕴丰厚的传说掌故，他都能运用自如，真是非同凡俗。

《黄昏》更是旁征博引、游刃有余的典型之作。文中他历数中外名家歌咏黄昏的名诗，王维、泰戈尔、高尔基（Maxim Gorky，1868—1936）、莫泊桑（Guy de Maupassant，1850—1893）、凡尔纳（Rules Verne，1828—1905）、赫尔岑（Alexander Herzen，1812—1870）、夏洛蒂·勃朗特（Charlotte Bronte，1816—1855）、刘禹锡、朱自清、李商隐、陈毅、叶剑英、卢森堡（Rosa Luxemburg，1871—1919）、伏契克（Julius Fucik，1903—1943）、刘白羽近20家，令人眼花缭乱、叹为观止。这些名诗佳句镶嵌在作品中，绝不是哗众取宠的点缀品，而是对中国诗歌的认同，绝不是对古典诗歌的复制，而是对诗歌精神的张扬。在他这里，名诗佳句已经化为文章的经络血肉，已经变作他观照大自然和人类社会的最佳视角，成了触发感情的"多媒体"、文学与时代相通的"万向节"了。

《读三峡》，单是一个"读"字，就涵纳了极为深刻的内容。面对这部天地造化、鬼斧神工的大书，作者心头涌流出何等壮美的诗情："真是'山塞疑无路，湾回别有天'。此刻，不能不由衷地佩服古诗用字的贴切。

老杜笔力的雄健更令我心折：那群山万壑像无数匹高高低低的骏马，脱缰解辔；挤挤撞撞，奔赴荆门。谪仙作诗，惯用夸张手法，但他刻画三峡之险峻：'上有六龙回日之高标，下有冲波逆折之回川，黄鹤之飞尚不得过，猿猱欲度愁攀援'，则全是写实。峡中景色变化无常，适才还是'高江急峡雷霆斗'，令人目眩神摇，霎时烟云浮荡，一变而为惝恍迷离，幻成一幅绝妙的米家山水。游人也随之从现实的有限形象，转入绵邈无际的心灵境域。"这段精美的语言文字，不禁使我们想到了刘白羽的《长江三日》。如果说，刘白羽以他那热情、豪放、庄严、粗犷的语言文字，将我们带入了革命人生的哲学思考境界，那么是否可以认为，王充闾这幅古香古色的"米家山水"图，回荡着中国诗歌韵律的奏鸣？记游抒情，是诗的发现，美的选择。在审美选择判断上，王充闾无疑皈依了诗美。在《细雨梦回》中，伴随那扯不断的夜雨思绪，作家一连吟诵出十多位诗人的诗章，古今中外，历史现实，穿插铺排成诗歌的艺术锦绣，令人遐思悠悠。

二、在诗性的精神世界中寻觅

在诗性的精神世界寻觅，是王充闾散文诗性建构的鲜明特色，也是他人文情怀的彰显高扬。

不同的散文家有不同的散文美学标准，不同的美学标准构建了散文百花园的千汇万状、五彩斑斓。在这之中，人们尤为喜欢那些充溢着人文情怀和诗意精神的文化散文。这些融会了秦汉文章、魏晋风骨、唐宋意蕴、明清菁华的散文，在文艺大潮惊涛拍岸中能浪遏飞舟，在文学诗意大面积流失时能力挽狂澜，不能不说明中国人文精神的巨大生力，不能不昭示中华传统的崛起信息。

王充闾的散文大多就属于此类散文。他自幼饱读诗书，打下了深厚的传统道德根基。因之，从登上文坛那天起，他的散文根须就深深地扎在中华传统文化的沃土上，在诗性的精神世界中寻觅纯洁，守望崇高，呼唤操守，拒绝媚俗，批评卑下，抵抗猥琐，具有中国人文精神的天生丽质。他以学人的渊博和睿智，将纯朴崇高的人文情怀与新的价值取向接轨融通，顽强地表现了自己的精神追求，庄严宣告，中华民族的精神高地永远不能弃置！

王充闾在诗意的精神世界中，最青睐的是家国情怀和忧患意识。他的许多作品，都营造了浓郁的精神氛围和文化气息，鲜明地体现了他高洁脱俗的情趣和忧国忧民的襟怀。无论是他于亭亭华盖的柳荫之下坐而论道，钩稽文史，还是在轻车简从中纵谈天下，针砭时事；无论是他赴漠北，走东瀛，还是去美国，下南洋；无论是他观光流连，还是沉吟遐想，他都以自己那颗赤诚的中国心，去发现和选择纯朴崇高的中国人文精神。

一部《人才诗话》，就传导和辐射了这种精神。浓重的社会忧患意识，就是其具体的体现。人才，是富国兴邦的根本，是民族复兴的希望。竞争，从根本上说，是人才的竞争。基于此，历代的有识之士，无不将人才的选拔，作为头等大事来抓。可见，邦国为怀，心系天下，这正是古典人文情怀的自然生发啊。

王充闾在诗意的精神世界中，最看重的是正义人格和反思精神。他的许多作品，都穿过历史的烟尘，观古鉴今，为我们树立了光辉的道德楷模，提供了宝贵的人生借鉴和历史经验。《记事珠》这篇散文，洋洋洒洒地书写了当年引种薏苡（药玉米）的经过。望着油光可鉴的薏苡，遥想如烟的往事，作者不禁思涛澎湃："我忽然觉得它很像珍珠。古代传说中有一种记事珠，或有阙忘之事，以手持弄此珠，便觉心神开悟，焕然明晓。我想，若是把这些薏苡粒串缀起来、悬置座前，不也同样是一种记事珠吗！"前事不忘，后事之师。联系到20世纪五六十年代我国社会生活中的大跌宕，我们不是很能顿悟其中的弦外之音吗！显然，那深湛的内涵是不言自明的。在《昙花，昙花》中，作者为这名不见经传的花仙子竭尽全力、绽放奇葩而惊叹，发出了怜才、爱才、惜才的呼声，具有强烈的平民意识和底层精神。

王充闾在诗意的精神世界中，最推崇的是大公无私和人梯精神。中华民族的复兴急需大批英才为之殚精竭虑，前仆后继；改革开放，又呼唤不拘一格地遴选干部。应该说，优越的社会主义制度为人才的脱颖而出创造了历史上无与伦比的条件，尊重知识、尊重人才已蔚成风气。

然而，积淀了几千年的陈规陋习和思维定式，极"左"思潮酿成的积弊与偏见，时时在阻遏着人才的成长与发现。这样，就亟须以马列主义的历史观与唯物辩证法，总结历史的经验，审视、评价历史的人事，阐发新的人才观念，升华健康的人文精神。对李贺《马诗》的四说，即《此马非凡马》《骏骨折西风》《快步踏清秋》《厩中皆肉马》等就是这方面的文章。

文章从不同的角度，对诗歌的深刻话语来进行诠释，以马喻人，以马析理，以马抒情，将古代英雄失路的悲愤，骋才无地的辛酸，剖析得令人心折，并纠正了历史与时代对李贺诗歌意旨的误读。那时而隐喻婉讽，时而妙藏机锋之语，表现了中国知识分子浓烈的人文精神。这种人文精神，也弥漫在他所有的文章中。他在以自己的观点同历史对话的过程中，注意摄取新的时代潮汛，不断微调或重新确立自己的散文意识，以使自己在观照历史人事时，有一种更广阔的视角，更新颖的观念，更深刻的启迪。

《楚材晋用》《从卞和说到赵普》《南郭先生与"大锅饭"》《智囊·门客·山中宰相》《用人莫待两鬓丝》《李煜与爱因斯坦》《〈诗经〉中的人才思想》《关于〈大风歌〉的争论》等，都是从历史哲学的高度去考察人才的佳篇，都不乏独特发现与戛戛独创，微言大义，甘苦寸心，人文精神牵导下的审美追求，令人为之震撼。

三、在诗性的语言空间里驰骋

在诗性的语言空间里驰骋，是王充闾散文诗性建构的突出表征，也是他散文话语的重要创新。

散文的别称是美文。优秀的散文家总是具有自己的话语风格，具有自己独特的语言载体。在散文的百花园中，优秀的散文千姿百态、姹紫嫣红。

有的清新俊逸，于娓娓叙谈之中流泻出诗情画意；有的意气昂扬，在纵横捭阖中轰鸣出黄钟大吕之声；有的自然朴素，在淡淡的白描中阐释着深刻的哲理。王充闾的语言特色在于，他力图在历史与现实的连接上建立自己的话语风格，追求那种诗意盎然的自然之美，以此构建自己独有的诗性语言空间。

王充闾散文构建的诗性语言空间崇尚的是清纯自然。诗性语言空间是一种较高的话语境界，需要有深湛的古典文学修养和丰富的知识储备量来支撑。王充闾的散文话语文字清纯如水，自然天成，返璞归真。虽然他"观古今于须臾，挫万物于笔端"，知识信息数量繁、密度大，但是在百科全书式的叙述中，王充闾的文化造诣，使其作品毫不晦涩。浩如烟海的佳词丽句，历代传诵的诗歌名篇，已经化为他自己的精神财富。生活灵感随时会触发他去记忆的仓库中进行语言美的检索。对他来说，点击它们，已经不是什么技巧问题，而是他铺彩为文的必然。清纯自然，无疑成了王充闾散文话语风格的重要元素。

王充闾散文构建的诗性语言空间得力于渲染铺陈。他那如楚辞、汉赋般汪洋恣肆、滔滔滚滚的铺陈渲染，使文体既繁缛、富丽，又浩瀚、流转，令人目不暇接，一唱三叹。有时他巧设铺陈、广征博引，不局囿于笔下的人事，有时他纵横古今、神游中外，文史哲经联翩而来。这使得著名评论家阎纲似乎都感到大惑不解："他不知从哪里弄来那么多的资料，诗文、笔记、野史、专著，应有尽有，一旦智慧闪光，偶有所得，有关的材料、例证、格言、诗话、画意纷至沓来。如众星拱月，花团锦簇，把鲁迅所说的'一点意思'衬托、渲染、强化得淋漓尽致。"这种铺陈之美充满诗意，不胜枚举。"一年容易又秋风"，他一口气推出了十几首古今咏蟹的诗文；"小楼一夜听春雨"，他一股脑举出几十联对春雨描绘；"朝辞白帝彩云间"，名家吟诵三峡之作熠熠闪光；"梦雨潇潇沈氏园"，陆唐悲剧的评断令人神伤。面对瑰丽的黄昏，他想起了几十位名人的深刻体验；造访蓬莱，他如数家珍地讲述仙阁沧桑的巨变。就连司空见惯的豆腐，他也津津有味地推出一大堆掌故。由穿街走巷的豆腐车担,讲到"青菜豆腐保平安";由宋代的《延年秘录》,说到清廷的豆腐宴;由豆腐的特色,说到为人之道、为政崇德。真如一篇洋洋洒洒、妙趣横生、源远流长的豆腐经,可作一篇古典美的铭、赋来读了。

王充闾散文构建的诗性语言空间很注重"序曲"。他那漂亮的诗词"凤头",常常为全文的诗意营造一种浓郁的氛围,凝定主旋律,让读者开卷便饱尝一种典雅的意蕴,很快进入作家的诗性语言空间。像《读三峡》《冰城忆》《节假光阴诗卷里》等都是这样。检索他的百篇散文,就有三分之一以上是以诗词开头,当然,诗词开篇并非就是最佳的话语选择,如果这样的开头与文章形成了互斥模式,这当然不足取。可贵的是,王充闾能将所引用的诗词自然流转到正文之中,而不留任何雕琢与焊接的痕迹。

像《冰城忆》的开头:"望着窗外渐渐消融的冰雪,脑际不期然地浮现秦观的'梅英疏淡,冰澌溶泄,东风暗换年华'的名句。不过,此刻萦绕心中的却不是洛下的金谷名园、铜驼巷陌,而是松花江畔的北国冰城。"由冰雪而浮现名句,由名句而陡转冰城,过渡得极为自然。

再如《清风白水》,为了衬托九寨沟的美,他列举大量名句以类比。当写到西子湖、洞庭湖时,心中那描画它们的千古名句便流淌到纸上——"山色如娥,花光如颊,温风如酒,波纹如绫,气蒸云梦泽,波撼岳阳城";当将诗文风格与风景区风格进行类比时,又自然提到关西大汉执铜琶铁板,唱"大江东去",二八女郎手执红牙玉板,唱"杨柳岸晓风残月"来。甚至后文提到白鹇鸟,也情不自禁地想起了"贞姿自耿介""白雪耻容颜"来。这同九寨沟那淙淙飞瀑、飒飒松风、关关鸟语、唧唧虫鸣,扑朔迷离、绚丽多姿的自然天籁、荒情野趣多么协调。可见,铺陈渲染已经成为他的语言特色。

王充闾散文构建的诗性语言空间具有自然的美质。众所周知,失去了自然,铺陈就将成为赘疣与烦冗,真的没有任何魅力了。大概,王充闾所说的"自然心境""自然涌流""自然成篇",就是他所追求的话语风格的概括吧。王充闾的创作都来自闲庭信步，此时"心境悠然，万虑澄净，平日的诸多见闻联想便如一脉清泉汩汩流出"，"胸中有得，兴会淋漓，笔之所至，自然成篇"。试想，这样的心态驱动下诞生的散文，又怎能会丢失自然之色呢？因此，他的散文虽然一直追求着诗的艺术效应，但却没有故弄玄机之吟。这就是因为，他的诗性语言空间是建立在向读者袒露一个自然真实的"我"这一基点上的，是为了抒发自己的真情实感。这就使他的文章字里行间都弥散着那跃动、鲜活的诗歌气韵。无论是描述山光水色，勾勒域外风情，开掘人文精神，还是升华生活情趣，抒写个人心绪，都能以主体的自然物化客体的自然，让读者在接受他所描写的笔下事物的同时，接受一个自然的"我"，一个在浩瀚的时空中上天入地地寻觅美，扫描着历史与现实契合点的诗人。

总之，诗性的建构，是王充闾散文创作的显见特质。这里，笔者之所以不讳言这一点，绝不是对渐行渐远的 20 世纪散文的怀念，而是意图给予当下——我们学界的理论诚朴和批评良知以某种救赎。

为少帅写心
——读王充闾的《张学良人格图谱》

◎ 古 耜

　　散文大家王充闾和少帅张学良都出生在当年很有些荒僻的辽河岸畔，两家的故园相隔不过十几公里，因此，他们堪称是严格意义上的乡党或乡亲。显然是基于这可遇而不可求的地脉之缘，多年来，充闾先生对作为千古功臣、民族英雄的张学良，别怀一腔景仰，也别具一种牵念。为此，他不惜挤出大量的时间和精力，孜孜不倦地从事有关张学良的资料收集与生平研读，并撰写了一系列以张学良为主要观照对象，而在内容上既各有侧重、又互为补充的散文作品。这些作品经报刊发表后，或收入权威的选刊和选本，或登上散文的年度排行榜；或在网络上酿成很高的人气，或被专家们誉为精彩的篇章，一时间，赢得了多方推许和广泛好评。最近，作家从方便阅读出发，本着精益求精的原则，对上述已经产生了较大社会影响的文字，重新修订，再加润色，汇成《张学良人格图谱》一书，交东方出版中心付梓。这时，文苑之内，不仅站立起一位丰邃、鲜活而厚重的少帅张学良的文学形象；而且凭借这一形象，透显出作家在以散文状写历史人物的维度上，所进行的潜心探索和大胆尝试，以及其中所包含的多方面的艺术启示。

　　随着张学良在 21 世纪初的飘然辞世，这些年来，记述这位百岁老人生命旅程的著作或读物已经出版了若干。应当承认，这类著作或读物中有不少都是作者惨淡经营，厚积薄发的结晶，因而常常视角独特，材料翔实，立论妥切，对于今天的人们走近和认识张学良，具有重要的引领意义或参考价值。然而，同样毋庸讳言的是，由于这类著作和读物多从历史本位出发，且自觉或不自觉地追求着一种传奇色彩与揭秘旨趣，所以其字里行间难免过多地纠缠于事件的原委和过程的真相，以致无形中忽略了人物的精神意蕴和人格内涵，忽略了他鲜活而丰满的生命状态。对于这样的偏颇和缺失，充闾自有清醒的认识，并据此而自觉调整着笔下的创作。具体来说，他没有让《张学良人格图谱》向通常的传记靠拢，而是将其定位为系列散文，至于行文建构，则充分发挥语言艺术的优长，努力突出和强化着为少帅写心的文学向度。譬如，开卷第一篇《人生几度秋凉》，从张学良晚年定居夏威夷写起，透过大跨度的时空转换和多侧面的人生组合，编织起主人公一生的事业跌宕与命运沉浮，就中剖析了他一系列选择背后的心理动因与人格元素，呈现出整体的悲喜交集的生命基调。《九一八，九一八》和《鹤有还巢梦》二文，将艺术瞳孔分别对准了九一八事变之中和晚年恢复自由之后的张学良。其中前者在重返九一八事变的历史现场时，没有简单趋随过往流行的有关蒋介石电令不抵抗的说法，而是在指出蒋氏"攘外必先安内"错误立场的基础上，依据历史夹缝里的第一手资料，归纳出了张学良对日态度上的"两个极端""三个错误期待"以及"最深层的考虑"，从而还原了主人公在"事变"过程中的心灵真实，也完成了一次颇有深度的性格扫描。后者以张学良漂泊人生中的家国之情为切入点，沿着"鹤有还巢梦"，但最终梦成空的思路，精心破译着一切之所以如此的精神疑团与历史密码，而最终在期待着并致力于祖国统一的层面上，打开了主人公的心灵门扉，亮出了其旷远博大的爱国情怀。显而易见，这两篇作品对一直拖在张学良脑后的"两条辫子"，即：九一八事变时何以不抵抗，晚年何以不还乡？做出了全新的且有说服力的诠释，因而属于有重点的同时也是值得称许的心理勘察。而作为压卷之作的《成功的失败者》，更是让笔锋穿越历史的迷雾，直接进入张学良精神世界的纵深处和隐秘处，在一种充满悖论意味的解说与辨析中，凸显着其"个性"对"命运"的决定性影响，以及酿成这种个性的家庭、社会和时代原因,这自然抓住了主人公骨髓里的东西。此外,《史海觅道》由史入心,《将军本色是诗人》借诗言志,都从特定的通道揭开了张学良心幕的一角。应当承认,面对这样的人物描绘,我们很容易联想起作家在全书之后的"夫子自道":"'文学是人学',文学创作不能停留在事实的层面上,它要向心灵深处进逼,要拓展精神世界的多种可能性空间;它不仅要有形象,还要写出象外之象、味外之旨、韵外之致。一句话,它要探求内在的精神的奥秘。"而以此质之《张学良人格图谱》,我们完全可以说,充闾是成功地实践了自己的审美主张和创作构想的。

《张学良人格图谱》旨在为少帅写心,旨在写出少帅的精神世界和人格天地,但是却没有因此就把人物孤立起来,一味做封闭性的心理分析和性格描绘;恰恰相反,全书在展示张学良的精神轨迹和心路历程时,有意识地将这一切放到特定的时代背景和社会环境之中,做知人论世的梳理与远绍旁搜的解剖,力求还原既定历史条件下的"这一个",呈现典型环境中的典型人物。在这一维度上,充闾除了注意写足和用活每一事件的背景材料及相关逸闻之外,还选择了一个行之有效且事半功倍的方法,这就是以张学良为轴心,凭借史实与史料的牵引,把他和与他有着密切关系的诸多历史人物联系起来,展开亦此亦彼,双向对流式的观照与书写,以求让主人公的生命磁场做最大限度的辐射。于是,我们看到:《不能忘记老朋友》讲述着周恩来与张学良的心灵相知和终生牵挂;《别样恩仇》透视了张学良对蒋介石的亦爱亦怨,亦情亦仇;《良言美语》钩稽出张学良和宋美龄诚挚的友谊;《您和凤至大姐》披露了于凤至与张学良遗憾的情缘;而一篇《尴尬四重奏》则把张学良、张作霖和郭松龄之间的刀光剑影、是非曲直,清晰、详尽而生动地摆在了读者面前。毫无疑问,这样一种让人物"相准而立",互为镜鉴的写法,因为人物命运和作家视线的双重拓展,从而大大丰富了作品的社会因子和历史含量,而在如此环境中走来的少帅其人,也就更多地浓缩了那个时代的气息与光影,同时也就更具有历史的天然深度与认识价值。

　　前辈学者林辰在为鲁迅做考证时曾提出过一个见微知著的观点。他认为:"研究一个伟大人物,有些人往往只从他的学问、道德、事业等大处着眼,而轻轻放过了他的较为隐晦、较为细微的许多地方,这显然不是正确的方法。因为在研究上,一篇峨冠博带的文章,有时会不及几行书信、半页日记的重要;慷慨悲歌,也许反不如灯前絮语,更足以显示一个人的真面目、真精神。因此,我们在知道了鲁迅先生在思想、文艺、民族解放事业上的种种大功业之外,还必须研究其他素不为人注意的一些事迹。必须这样,然后才能从人的鲁迅的身上去作具体深入的了解。"后来曹聚仁将这段话引入了自己的《鲁迅评传》,并当成了为鲁迅立传的重要原则和基本方法。王充闾显然是林辰和曹聚仁的知音。因为通观他的《张学良人格图谱》,我们不难发现,其整体的追求和把握之中,同样注入了寻常处着眼、细微处落墨,而最终又不失平中见奇、微中见著的意趣。不是吗?对于风云叱咤、戎马倥偬的少帅而言,熟谙皮黄,酷爱京剧,甚至不辞亲身操琴演练,大抵只能算一种个人的雅爱。然而,一篇《情注梨园》偏偏从这里切入了主人公的生命旅程与内心世界。而事实上,正是这几乎贯穿一生的京剧因缘,折射出少帅对中国传统文化的深深眷恋,和对人生哲理的另一种洞察与理解,是其心灵的不经意的敞开。《庆生辰》和《猛回头》,一写过生日的情景,一写戒鸦片的经过,它们看似属于张学良的个人生活空间,但实际上均蛰伏了主人公重要的生命和心灵密码,如前者所表现的思想的无怨无悔和后者所反映的精神的极度苦闷等,所以一经作家发掘和再现,旋即成为认识张学良的不可或缺的内容。而《夕阳山外山》一文,则将笔触轻轻移至少帅的两性世界,其中所集中披露的主人公与蒋士云女士的一段情感线索,固然不脱人世间的儿女情长,但又何尝不传递出少帅复杂多面的心态与人性?应当承认,这样写成的张学良,更具有文学形象所看重的血肉感和立体感,也更具有艺术创造的感染力和穿透力。

　　与为少帅写心的总体追求相协调,一部《张学良人格图谱》在具体的

为少帅写心——读王充闾的《张学良人格图谱》

谋篇布局和艺术表现上，亦可谓殚精竭虑，颇费匠心，以致留下了若干可圈可点之处。如《人生几度秋凉》《庆生辰》，或由夏威夷海滩的三个傍晚串联全篇，或以主人公一生的五个寿辰结构全文，皆为小切口，大包蕴，颇得散文写作之三昧。《良言美语》《夕阳山外山》，或以人物的话语提领文脉，或借名家的绝唱隐喻情思，都显示出作家构思的新颖与精妙。《将军本色是诗人》《情注梨园》《史海觅道》等篇，均注重鲜活灵动且言之有据的细节勾勒，同时适当穿插进诗词、楹联、典故的生发与趣谈，以致使作品别具一种丰腴和优美。而全书的语言除了保持着作家一贯的清新与典雅之外，也尽量融入了口语化与性情化的成分，从而有效地丰富和提升着自身的表现力与吸引力。

作为著述丰盈，成就卓著的作家，王充闾一向把诗、思、史的交汇与融合，奉为文学的至境，并为此而进行着顽强、艰辛和持久的努力。写作《张学良人格图谱》这样的历史人物散文，自然用力尤甚。在这方面，作家有一点值得特别称道，这就是：尽管追求人物的内心性和作品的文学性，但绝不因此就忽视历史的真实性与可信性，而是自觉坚持从后者出发营造前者，努力让前者站立在后者的基础之上。关于这一点，我们如果细心查看一下作家在书中所引用的大量的史料，包括自传、他传、回忆、日记、口述历史、谈话记录、报刊旧文等等，是不难窥见一斑，有所领略的。古人早有"文章不写半句空"的说法，且讲究义理、考据和文章的三要并举，窃以为：王充闾的《张学良人格图谱》是达到了这一境界的，因而很值得我们拨冗一读。

语已多 情难诉
——读王充闾的情感散文

◎丛　琳　崔绍锋

应该说，散文是更能充分展现作家自身的精神与情感的文体存在方式，是作家心灵秘密的自由、本色而朴素的显现。20世纪90年代以来散文的写作再度掀起新的浪潮，特别是，历史文化散文的出现使散文的创作焕发出了新的生机，为散文的发展开辟了新的路径。王充闾的散文正是在这一时期走入了读者与评论界的视野。不可否认，王充闾的散文在当代中国的散文界有不可替代的地位，他的散文有自己独特的品格，他深厚的国学功底，渊博的历史知识，开阔的视野，敏锐的思辨能力，使得他那些纵情山水，巡礼历史，透视历史人物人性深度的历史文化散文备受关注，我们从中看到的是一个博学的、充满了书生意气的散文家王充闾。很显然，王充闾将散文创作的重心放在了叙述历史、开掘哲理意蕴上面。从《清风白水》《春宽梦窄》到《面对历史的苍茫》《沧桑无语》，王充闾的艺术世界更加开阔，体现了他在散文艺术上的深度追求和潜心探索。然而，在我看来，王充闾最能打动人心的却是他的那些追忆往事的情感性散文，这些散文浸透的是王充闾心灵深处的生命体验，与他的心性距离最为接近，由此，我们看到的是一个质朴、深情、坦率、真实的诗人王充闾。

一、追忆中的人生感悟

　　王安忆曾经说过:"散文在语言上没有虚构的权利,它必须实话实说……散文使感情呈现出裸露的状态,尤其是我们使用的是这么一种平铺直叙的语言的时候,一切掩饰都除去了。所以我说它是感情的试金石。"的确,世间惟有情难诉,王充闾的这部分情感散文,大都是通过回忆的方式来记录家乡的旧人、旧事,将浓浓的亲情、友情、乡情诉诸文字,以最质朴、单纯的方式碰触着内心最柔软的情感。与历史文化散文恢宏、磅礴的气势不同,王充闾的这些情感散文都是他自己的人生经历和个人对生活的感悟,追寻的是充溢在生活深处的诗意,散文风格更趋向于沉静而淡定,恰如一位饱经人世沧桑的老人在娓娓讲述着他的心路历程,那缕缕淡淡的哀愁,那些对年华的追忆,都在文字中凝结成人间的沧桑滋味。

　　问世间,情为何物?无论是爱情、亲情,抑或是友情、乡情,都具有震撼人心的巨大力量。王充闾情感散文的动人之处,并不在于散文语言的高雅与从容,也并非对人生哲理的深入开掘,而是其中流露出的质朴而真实的情感。这些散文中对世事沧桑的感怀,对人生体验的领悟,在情感上最接近普通人的离愁别绪,是生命中真情的诉说。阅读这些散文我们看到的是王充闾一路走来的人生足迹,是潜藏在生命深处的诗意情怀。王充闾出生在辽西医巫闾山脚下一个偏僻的山村里,在那里度过了最无忧的童年和少年时光,每到夜深人静之时,这段回忆总是会悄然而至。

　　"仿佛回到了辽河冲积平原上故家的茅屋里……小时候,我经常去的地方,是大沙岗子前面那片沼泽地。清明一过,芦苇、水草和香蒲都冒出了绿锥锥儿。蜻蜓在草上飞,青蛙往水里跳,鸬鹚悠然站在水边剔着洁白的羽毛,或者像老翁那样一步一步地闲踱着,冷不防把脑袋扎进水里,叼出来一只筷子长的白鱼。五六月间,蒲草棵子一人多高,水鸟在上面结巢、孵卵,'嘎嘎叽''嘎嘎叽',里里外外叫个不停。秋风吹过,芦花像雪片一般飘飞着,于黄叶凋零之外又点缀出一片银妆世界。"

王充闾正是在这如诗如画般的乡村中度过了活泼贪玩、天真烂漫的童年,"幼年的感受,故乡的印象,对于一个作家是非常重要的东西,正像母亲的语言对于婴儿的影响。这种影响和作家一同成熟着,可以影响他毕生的作品。它的营养,像母亲的乳汁一样,要长久地在作家的血液里周流,抹也抹不掉。这种影响是生活内容的,也是艺术形式的,我们都不自觉地有个地方色彩"。正是这生机勃勃的乡村生活,滋养了王充闾细腻、丰富而又朴拙的情感品质,给他的写作带来了鲜活的灵性,使他对故乡的土地,故乡的亲人、朋友都饱含着一份难舍的真挚情义。在《碗花糕》中,一碗又香又甜的碗花糕牵出了嫂子对他的关爱和他对嫂子的依赖,嫂子那总是带着盈盈笑意的脸,嫂子在年三十悄悄放在他碗中的包着钱的饺子,嫂子那些出于喜爱的捉弄与袒护,如今都已成为透射着诗意光彩的往事,是挥之不去的美好回忆,然而,嫂子的命运凄苦,在王充闾平静的叙述中,浓浓的亲情飘散出一抹淡淡的哀愁。《望》是作家对母亲的深情回忆,刚强的母亲性格严谨,对子女要求严格,可是,却总是悄悄把儿女喜欢吃的东西精心留下来,不管刮风下雨都在门前迎候放学的孩子。《"子弟书"下酒》和《我的第一个老师》追忆了酷爱曲艺,喜欢文学的父亲和族叔"魔怔",他们常常在家中吟唱"子弟书",萦绕耳际的沉郁、悠缓的音调使作家幼小的心灵深受感染,开启了最初对文学艺术的敏锐感觉。昔日的乡村生活虽然闭塞,但如今这些生活细节在作家的回忆中都充满了浪漫的诗意情怀,过去生活中的点点滴滴都深深镌刻在了王充闾的记忆之中,他是在用散文记录着他的生命道路。

王充闾这些追忆往事的情感散文洋溢着的是质朴的诗意情怀,都是他对往昔生活的真实感受。在这些情感散文中王充闾并非在矫揉造作地简单抒发自己的情感或将自我感情极力夸大,也不仅是停留在对现实生活的直接描摹和客观叙述,否则,呈现在读者面前的散文作品,情感是苍白无力的,内容也是空洞乏味的。王充闾从生活中的身边事开掘出的却是对人生的感悟，是要对读者有所启迪，在娓娓叙述中挖掘出生活中隐藏的丰富意蕴，从常态的生活里感悟生命的真谛与诗意也正是王充闾情感散文的不懈追求。人生就是一个逐渐走向成熟与衰老的历程，在这个过程中，我们的身体和内心都会发生无数次的变化，尤其像王充闾这样因为病痛而在死亡线上几度挣扎过的人，更加能够了解生命的真谛。经历了如此劫难之后，作家的心态更加平和，在追索往事的时候更多地关注人的内在的性情，在那些无论是回忆嫂子还是父母、亲朋的散文中，我们看到的都是有着多样性格与丰富内心的人。摆脱了历史文化散文的桎梏，在这些情感散文中我们感受到的是王充闾细腻的内心世界。他有深厚的文化内涵，他也有诗人的襟怀和深邃的历史眼光，但此时的他同样充满了生活情趣，他要抒发的只是眷恋往昔生活的别样情怀。

二、话语中的诗意之美

不可否认，王充闾有良好的传统文化素养和敏锐的艺术感觉，他的散文作品，无论对于历史还是现实的解读都有一种诗性的意味。与其说王充闾是一位散文家，不如说他是一个诗人更加贴切。王充闾曾经在一次访谈中提到："散文本身应该体现一种诗性。传统的中国知识分子常常向往一种诗意人生境界，对他们来说，日常生活具有一种诗性象征，是人的精神自由舒卷、翕张之地。对此，我有同感。"在王充闾的身上我们不难看出中国传统知识分子的志趣，他曾接受过八年的私塾教育，6岁开始了"《三字经》《百家姓》《千字文》"的启蒙，而后是四书五经、诗词古文，举凡左史庄骚、汉魏文章、唐诗宋词、明清杂俎都总搜博览。另外，作为一位作家来讲，王充闾的人生阅历是相当丰富的，他当过教师、报纸文艺副刊的编辑、政府的高官，他的足迹遍及中国和欧美，正是这些传统文化的浸染和这些得天独厚的人生经历，使王充闾在感受生活的时候不自觉地将人生与诗情浑然一体，于是，一种诗意的情怀在他的情感散文中弥漫开来。

散文同其他的文学样式一样，成功的散文依赖的是语言的意义。文学语言对于作家来说，是支撑其创作持续进行的灵魂与动力，作家只有找到了真正属于自己的语言表达方式，才能抓住文学的机巧。毫无疑问，王充闾情感散文的诗意之美就得益于他深厚的语言功力。王充闾很早就有较强的语言意识，他曾在《关于文学性的探讨》一文中说道："语言的表现功能，我觉得这是一个重要的话题。文学语言的表现性，作为文学作品不可忽视的审美因素之一，是语言的诗意所在，它与语言符号性质有着千丝万缕的联系。表现性的文学语言所关注的是语言的形式自身，它的情感性、体验性，消解了再现性语言的客观性、真实性，从而调动了读者参与语言符号想象与创造的积极性……（语言）从作者说，是表达作者思想、情感的物质载体；从读者说，正确把握作品中所蕴含的丰富语义，是欣赏作品的基础和前提。"翻开王充闾的散文集，就会感受到他十分重视散文语言的选择与运用，他的散文语言已经形成了自己的独特品格。在《碗花糕》中有这样一段关于过年吃饺子情景的描述：

"热腾腾的一大盘饺子端了上来，全家人一边吃一边说笑着。突然，我喊：'我的饺子里有一个钱。'嫂嫂的眼睛笑成了一道缝，甜甜地说：'恭喜，恭喜！我小弟的命就是好！'旧俗，谁能在大年夜里吃到铜钱，就会长年有福，一顺百顺。哥哥笑说，怎么偏偏小弟就能吃到铜钱？这里面一定有说道，咱们得检查一下。说着，就夹起了我的饺子，一看，上面有一溜花边儿，其他饺子都没有。

"原来，铜钱是嫂嫂悄悄放在里面的，花边也是她捏的，最后，又由她盛到了我的碗里。谜底揭开了，逗得满场轰然腾笑起来。"

在这里，王充闾完全采用的是日常性的叙述语言，用最朴素的语言将普通人家过年时的热闹场景跃然纸上，为乡村生活平添了一抹温润的诗意，任谁看了这样的场面都会会心一笑，品味到其中隽永的情致和悠长的意味。然而，王充闾不仅只有这一套笔墨，与这些朴素、简约的日常语言相对应的是那些流露出精致风范和典雅气息的语言。在王充闾的情感散文中，他没有像他在那些历史文化散文中那样,直接采用以诗入文的方式,显得突兀而又有卖弄之嫌,而是真正将诗与文自然地融为一体,更多了一份含蓄与精妙。在回忆童年时光的散文《童年的风景》中,王充闾以回忆与现实交织的充满古典意味的情境入文,也显现出其独具的匠心:

"推开后门,扑入眼帘的是笼罩在斜晖脉脉中的苍茫的旷野。岁月匆匆,几十载倏忽飞逝,而望中的流云霞彩、绿野平畴却似乎没有太多的变化。我把视线扫向那几分熟悉、几分亲切而又充满陌生感的村落,想从中辨识出哪怕是一点点的当年陈迹。谁知,一个不留神,血红的夕阳便已滚到群山背后,天色渐渐地暗了下来。晚归的鸦群从头顶上掠过,'呱、呱、呱'地叫个不停,白杨林幽幽地矗立在沉沉的暮霭里。荒草离离的仄径上,一大一小的两头黄牛慢条斯理地走过来,后面尾随着憨态可掬的小牧童,一支跑了调的村歌趁着晚风弥散在色彩斑驳的田野里。"

此情此景颇有"枯藤,老树,昏鸦"的韵致暗藏其中,呈现出一种灵性与典雅的诗性品质。可以看出,王充闾的散文语言采用的是质朴的日常生活用语和充满了古典意蕴的诗意语言相交缠的叙述方式。这样的语言运用方式和作家所要传递给读者的真实的情感体验相契合,在朴拙与洒脱之间形成了巨大的语言张力,使作品如行云流水般晓畅、通达,进入了没有束缚、没有矫情、没有障碍的自由天地。

王充闾小心翼翼地触摸着这些有质感的词语,摆脱了他人话语的笼罩,找到了属于他自己的、富于个性的语言方式和修辞策略。在这些追忆往事的情感性散文中,"诗性"已经不单单是一种语言艺术上的追求,而是文学与人生的相互融合与映照。过去的生活虽然已经随风而逝,但却在作家的心灵中渐渐沉淀下来,开始新的酝酿过程,成为作家精神血脉的延续。

三、何处是归程

从创作时间上来说,王充闾的这些情感散文都创作于新旧世纪之交,这一时期正是他继续向新的散文创作领域探索的阶段，当时的创作心态可以从这首小诗中洞见一二："生涯旅寄等飘蓬，浮世嚣烦百感增。为雨为情浑不觉，小窗心语觅归程。"可以看出王充闾的散文已经摆脱了早期的以山水游记和历史文化为主体的散文模式，开始向文学本体回归，重视对人的自我精神与价值的挖掘与深度关怀，充分揭示人的情感世界和复杂的心理结构，同时也开始了一个自我剖析的过程，在日益物质化、功利化的社会现实中，寻求自我的精神着陆点。生活在这样的时代，作为一名现代知识分子，王充闾难得地拥有相当超拔的心态，无论社会历史条件如何转换，自己的身份地位发生什么样的变化，他都能坚持自己的精神追求，将读书与创作作为生活的意义之所在，作为自我的存在方式，能够清醒而又自觉地始终保持着超脱而恬淡的心境，执着于精神故乡的找寻。

阅读王充闾的这些情感散文，就会发现它们都是以故乡作为写作的背景，在《"化外"荒原》《神圣的泥土》《思归思归胡不归》《请君细问西流水》《故园心眼》等等篇章中，故乡多姿多彩的双台河子、大沙岗子，广漠的旷野，一字排开的村庄，浓郁的乡土气息这些都成为触发游子怀乡的契机。这些怀乡之作的诞生在很大程度上缘自作家的老年心态，"人，不知不觉就来到这个世上了，就长大了，就老了。老了，往往喜欢回忆小时候的事情——在一种温馨、恬静的心境里，向着过往的时空含情睇视。于是，人生的首尾两头便接连起来了"。人生本就是一条单行线，越是人到老年，越是会发现生命有限的苦楚，然而人到老年也是生命含义最为丰富的时期，经历了人生风雨的洗礼，从稚嫩走向成熟，更能够透彻地感悟到生命的真谛与智慧，就会"收拾雄心归淡泊"，以坦荡的襟怀面对自己的过去，剖析自己灵魂，于是，在这种叶落归根的怀乡心理的促使下，王充闾将那些鲜活的记忆诉诸文字，前尘往事都化作真情的诉说。

更为重要的是，出身于"乡土中国"的王充闾，对故乡本身就怀有深深的眷恋之情，特别是在经历了官场与世事的种种纷扰之后，记忆中美好的乡土家园成为他漂泊的灵魂的寄托之地。在经历了"文革"，社会转型的动荡不安，面对纷乱的现实，价值失范，精神无所归依的时代，寻找精神家园成为我们所面临的共同的问题，更是作家应该着力探讨的核心领域，毕竟，文学承载着解决人类精神难题的重任。王充闾选择了用返顾乡土的方式来救赎那无处安顿的灵魂，回到那片记录着成长足迹的土地，安放下浮躁的心绪，摆脱都市丛林的喧嚣，乡土家园成为心灵休憩与沉潜的驿站，于是，产生了生命还乡的欣慰之感。正如王充闾在《神圣的泥土》中写道："是呀，自从我离开了故园，也就割断了同滚烫的泥土相依相偎的脐带，成了虽有固定居所却安顿不了心灵的形而上意义上的漂泊者。整天生活在高楼狭巷之中，目光为霓虹灯之类的奇光异彩所眩惑，身心被十丈埃尘和无所不在的噪声污染着，生命在远离自然的自我异化中逐渐地萎缩。真是从心底里渴望着接近原生状态，从大自然身上获取一种性灵的滋养，使眼睛和心灵得到一番精华。由是，我懂得了，所谓乡情、乡思，正是反映了这种对生命之树的根基的眷恋。"对乡土的眷恋决定了王充闾这一类散文的内容是以怀乡为主体，并且蕴藏着深沉的情感向度，然而，知识分子的自觉又迫使他不得不承认记忆中的乡土正在发生悄然的变化，乡村在不断地向城市聚拢，往昔的诗意与美好正在渐渐消逝，乡村与城市究竟何处才是心灵家园的承载之地？在这样的叩问之下而形成的悖论，扩大了散文的叙述空间，成为王充闾继续精神探索的出发点。

从精神探索的视角来说，王充闾在对乡土的回忆中找到了可以让灵魂自由飞翔的天地，而从散文创作的角度来说，我们也看到了王充闾想要摆脱窠臼，渴望超越，寻求突破的勇气与信念。然而，值得注意的是，王充闾与那些一味地夸大乡村诗意的作家不同，他清醒地认识到"世上又有哪一样东西能够永远维持旧观，绝不改变形色！乡村旧迹也同生命本身一样，随着岁月的迁流，必然要由风华靓丽变成陋貌衰颜，甚至踪迹全无，成为前尘梦影。更何况，故乡的那些茅屋，即以当时而论，也算不得光华灿烂呢！"对于乡村中正在发生的变动，王充闾采取的是极其宽容的态度，毕竟，离乡的游子和那些久住其间的人们对乡村的感受是大相径庭的，那些对乡村充满诗意的浪漫想象只能留存于记忆之中。我们深切地感受到了王充闾豁达、开放的心态，和勇于面对自我心灵发现的诚实态度，虽然往昔的诗意乡村已经不复存在，但它仍然可以作为灵魂最后的归宿之地，那是生命中永恒的乌托邦，那是记忆中从未被污染过的乡村时代。

与王充闾此前大量的山水游记、历史文化类的散文相比较，我更喜欢这些抒写细腻、蕴藉温润的情感散文，那些发自内心的真实情感的声音，最具有动人心弦的力量。王充闾始终将他之所想、他之所思、他之所感，毫无保留地呈现在读者面前，没有虚伪、没有矫饰，只有真情的诉说。对于王充闾这样持续创作近四十几年的老作家，我们是心存敬畏与感动的，在一个文学式微的时代，王充闾对散文创作的执着追求，不断地寻求自我超越之心，建构属于自己的散文艺术天地的努力，都源于对于文学的一腔赤子之情。当然，对于一个有责任感、使命感的作家来说，创作是艰苦的，每一次突破都必将经历心灵上的艰难跋涉。而王充闾的创作就是这样，他仿佛始终都处于现在进行时的状态，这使得他的文字随同他永不停歇的脚步，跃动出生命的华彩乐章。

《张学良人格图谱》
——作为主体价值化的历史散文

◎丁晓原

　　对于散文家王充闾，我内心有着一种真实的敬重。作为一位长期在体制中工作的高层领导，在其后的人生时段里，心无旁骛地写作散文，而且成为良莠杂陈的"散文时代"一个有意义的散文家。我不是故意设置两者之间的矛盾关系，只是以为体制的某些规则与散文的体性之间，在很大程度上并不可能真正地达成兼容。通常有言：散文"姓散""名真""字自我"，这是说，"自我性"是散文有别于其他文体的一个重要特征。散文既不是一种纯粹的再现性文体，基于对人物情节的完整叙写而成篇，也不是完全的表现性文体，只是抒写内在情思意绪，它是一种"互文性"很强的文体。散文作者在观照反映对象世界的同时，直接地呈现着作者的自我。一方面散文所写的基本面无法虚构，另一方面，作者在表达对象时又无法隐逸自己。因此，在散文写作中，重要的不只是其中所写的经验、知识，或是叙写的艺术，更重要的是主体的精神含量与品质。在我看来，从某种角度而言，主体的精神存在决定着散文的价值。所谓优秀的散文，其间一定有着主体独特而深刻的生命感受，并由此凝练生成的富有意味的人类精神。这样，自由心志、个体感受以及由此伴生的富有个性张力的主体性书写，在散文写作中至关重要。也正是这些元素，成就了散文家王充闾。

一、文体选择：历史与文学之间

王充闾的散文写作具有多种类型，但最主要的是他的历史人物散文。在写作《张学良人格图谱》之前，王充闾已有《用破一生心》《他这一辈子》《两个李白》等分别以曾国藩、李鸿章、李白等历史人物为叙写对象的作品发表，他也正是以这一类颇具水准的散文，参与了晚近中国散文史的部分叙事的。似乎历史散文或者说文化大散文可以以余秋雨的名字命名，其实这不确切。在余秋雨之前，叙写历史的散文并不少见。散文家余秋雨在以《文化苦旅》《山居笔记》这样的方式书写并解读着历史，其中《一个王朝的背影》《遥远的绝响》《苏东坡"突围"》等作品改写了当代中国散文写作的格局，因而具有了不可无视的文学史意义。但文化散文后来的走势却让读者感到了乏味，具有个体体温的现实与历史的对话，逐渐演变成一系列历史材料或故事碎片的堆集，"有的借助史料的堆砌来救治作家心灵与精神的缺席，抹杀了散文表达个性、袒露自我的特长，把本应作为背景的史料当作文章的主体，见不到心灵的展示"。正是在文化大散文出现普遍的颓势时，王充闾出版了20余万字的长篇历史人物散文《张学良人格图谱》。这部作品并没有一线贯穿的核心情节，全书15篇从各个不同的角度展示着张学良人格的种种，由此建构人物人格的"图谱"。

张学良作为一个书写的对象，已有各种读物推出，这些读物大多可以归为史著一类。面对这些先在的文字，王充闾需要设定一个"再写作"的意义支点。对此，作者十分明确地将《张学良人格图谱》界定为"文学作品"，"既然是文学作品，自不能以单纯的纪实为满足，还需通过文学的手法（运用文学的语言；借助形象、细节、场面、心理的刻画，进行审美创造）"处理叙写对象，特别是"要透过事件、现象，致力于人物特别是心灵的剖析，拓展精神世界的多种可能性空间，发掘出人性、人格、命运抉择、人生价值等深层次的蕴涵"。由王充闾的这些表述，我们可以知道作者基于张学良这个特定的写作对象，选择的是文学的方式而不是历史的方式。确指性的历史叙事追求的是非虚构，并且这种非虚构要尽可能更多地摒弃主观色彩，客观地还原历史的本真，而文学的方式，并且是散文的方式，则要求在真实地反映历史存在时，体现出主体必要的情感取向和价值判断，以主体的个性表现出对象的个性。文学，作为人类精神活动的一种方式，它在表达对象世界的时候，从来就不可能也不应该完全是纯然客观的。无论作者是否自觉，主体性与写作活动如影随形。文学的主体性又不是一种简单的存在。在各式不同的文体中，文学的主体性具有不同的表现形态。小说、戏剧、诗歌、散文等各有其主体性，因得其各自的审美范式，这些文体也就有着自己独特的主体表现方式。正如王充闾自己所言，《张学良人格图谱》是一种文学的制式，这样在历史人物张学良与散文文学之间就构成了特殊的关联。这种关联使我们有必要将这一作品置于历史文化大散文的视域中加以分析。历史文化大散文具有自己的写作规范，对这种规范王充闾是十分自觉的。从反面说，历史散文不能"满足于史海徜徉而忘记了文学的本性，出现所谓'历史挤压艺术'的偏向"；从正面而言，它"作为主体性、个性更为鲜明的文学作品，自然更应该充分体现作家的主体意识与思想倾向"。概而言之，主体的价值化是历史文化大散文价值生成的关键，而这种主体价值化的实现需要散文作家在历史与艺术之间达成一种适度。历史在此是叙写的对象，它并不需要以一种完整的故事形式出现，历史或是作为一种基点、作为一种背景而出现，艺术的主事者作者对历史作别有意味的选择，对所选对象进行"有我"的解读，在逼近历史的同时，凸显出作者散文文学的主体性。王充闾有着自觉的历史散文观，这也表明他对这一文体已有弊端的警惕。

二、文本设计：人物叙写的去平面化

作为一个散文的文本，《张学良人格图谱》最为有效的设计，是作者能以一个生命的主体去体验感受另一个生命主体，这种体验感受是具有某种深度的。这样的写作心理建构对于历史与艺术的合致有着决定性的前置意义。非虚构的历史写作，作者应该抵达历史本身，这是无疑的。这种抵达在王充闾这里成为进入，作者不在历史之外，而是通过熟稔历史，将身心浸润于历史存在之中，和历史本体呼吸与共。因此作者不仅进入到了对象的历史现场，而且能深入到人物在特定时空背景中的特殊心灵。但同时作者又不历史主义地对待历史人物及其行迹心理，在叙写对象的同时又表达自己基于历史的感悟、评价，并且以自己的方式呈现历史与艺术的存在。这就是说，作者能入乎其内而又出乎其外。《人生几度秋凉》在我看来是《张学良人格图谱》最为成功的一个篇章，所以作者将其置于全篇的首章。所用题目点染烘托了历史人物的苍凉感和某种悲剧性意味，这也表明了作者对于人物的体认和深刻的历史同情。这一篇章体现着历史人物散文写作的一种理想状态和境界，这种状态和境界表现为既不是"历史挤压艺术"，又不是超脱历史的主观臆想，凌虚蹈玄，而是实现了历史与艺术的相得共生。在这里关键是作者获得了深得人物之形神的整体把握和充分个人化的表达方式。对于百岁传奇人物张学良，作者没有做纪传式的处理，推演人物各式的人生故事，而是截取人物生命历程中富有意味的段落加以表现。作者的叙写颇显其不凡的心智，作品取出张学良晚年在夏威夷威基基海边度假一节，以椰风海韵为背景，通过三个夜晚触目景物的描写和人物心理流转的演绎，十分富有表现力地写出了张学良功业、情感生活和丰富多彩的人格镜像。起笔是很散文化的，其中意境铺设与人物的心境大多切合，时光是初秋夕阳西下近黄昏。大海苍茫，鸥鸟漂泊，"他把一身托付给海上摇篮，一如陆上无家的鸥鸟""不经意间，夕阳——晚景戏里的悲壮主角便下了场，天宇的标靶上抹上了滚烫的红心，余霞散绮，幻化成一条琥珀色的桥梁"。这样的文字是写实的，更是写意的，既写出了人物角色的独特人生的多彩而苍凉，又写出了作者对人物真切的感受和理解。感受的生成导源于对对象的生命关怀，而在散文文本中呈现的是基于这种感受而衍生出的富有滋味的想象联想性表达景观。感受愈深,则想象和联想愈是蓬勃而出新,由此形成一种特殊的召唤读者的散文笔调。"他像一只挣脱网罟、藏身岩穴的龙虾,在这孤悬大洋深处的避风港湾隐遁下来。龙虾一生中多次脱壳,他也在人生舞台上不断地变换角色:先是扮演横冲直撞、冒险犯难的唐·吉诃德,回来化身戴着紧箍咒、曾被压在五行山下的行者悟空,收场时又成了脱离红尘紫陌、流寓孤岛的鲁滨孙。"这一比喻不惟新鲜而生动,而且贴切饶有意味,由眼前的海景、海上物,联想流寓夏威夷的张学良,耐人寻味地浓缩了张学良多种的人生角色。作者的想象和联想不择地而出,这是由于作者进入了对象生命体,丰富扩张了对对象的独特感觉而致:"这么说来,他也当能从奔涌的洪流中听到昔日中原战马的嘶鸣,辽河岸边的乡音喁喁,还有那白山黑水的风呼林啸吧?不然,他怎么会面对波涛起伏的青烟蓝水久久地发呆呢!看来,疲惫了的灵魂,要安顿也是暂时的,如同老树上的杈丫,一旦碰上春色的撩拨,便会萌生尖尖的新叶。"以下的比喻更是新奇而有神韵,白浪、沙滩、留声机唱盘,将实与虚勾连,将眼前与往昔联通,老唱片的意象唤起人对于历史的忆念:"'涛似连山喷雪来'。太平洋上的晚风挟着滔滔白浪,一层一层地冲刷着金黄色的滩涂,像是留声机唱盘上的丝丝螺纹。记忆中的60年前的那场事变,再次在老人的脑海中浮现出来。"这些语词在《人生几度秋凉》中俯拾即是。在我看来这样的语言方式,从一个方面体现了历史散文应有的纪实与写意、取形与传神的有机结合,使叙事保持了必要的张力。想象与联想的发生和主体的情感取向密切关联,作者书写的主体性由此也能得到艺术化的显现。

张学良作为一个历史人物,是一个传奇的复杂多变的人物。王充闾虽然在作历史的散文书写时,有一种先在的主体意识,但他在处理具体对象的过程中,并不由于这种先在将丰富复杂的对象打捏成某种理念的符号,而是充分注意尊重人物历史的本来面目,以去平面化的自觉,立体地个性化地还原张学良人生的真实存在。《张学良人格图谱》是一种散文体作品,它在结构上与人物传奇的纵向线性结构明显不同，是以人物人生的多维存在逐一展开的方式设置结构的。全书内含十五个部分，叙写各有侧重，其中《别样恩仇》主要写对张学良人生影响最为重大的与蒋介石的特殊关系，人物两相对照，显示出张学良人格中的义与忠以及某种程度的"迂"。《夕阳山外山》《您和凤至大姐》和《"良"言"美"语》三篇则记写了张学良与两位"四小姐"、原配夫人以及宋美龄之间的情感关联，由此可见张学良异性情感关联中的层次和性情，同时也显示出四位女性的情怀和人格。《将军本色是诗人》《情注梨园》写了武人张学良的诗情诗才和对京剧的喜爱，凸显人物精神世界中的艺术素养。除了通过人物人生的不同侧面写出立体的张学良外，作品还注意以大量的细节透视人物浩瀚精微的心灵世界，揭示人物性格的复杂性，由此还原出一个有棱有角有滋有味的真实人物。如对日本首相特使百般利诱其"执政满洲"的游说，张学良说："你想得挺周到啊，只是忘掉了一点，你忘了我是中国人。"只一语就给出了张学良坚定执着的中国之心。又如带兵在河南牧马集车站经过，见到饿得趴在地上起不来的老妈妈，张学良又是找来馒头，又是倾听诉说，听到伤心处，"就呜呜呜地号啕大哭起来。在他，这还是有生以来第一次。"这里，显示出人物善良悲悯的本性。再如张学良自白："我一生有三爱：一爱打麻将，二爱说笑话，三爱唱老歌"，"自古英雄多好色，未必好色尽英雄。我虽并非英雄汉，唯有好色似英雄"。这些则又刻画出了人物率真无拘的情趣心性。将这些材料导入作品无疑既凸显了人物的姿势和情采，同时又增强了作品的趣味。而作者对人物的这些有意味的存在，不只是作外置的展览，也能如同解说员做出自己的评说。"他同一般的政治家的显著区别，是率真、粗犷，人情味浓；情可见心，不假雕饰，无遮拦，无保留的坦诚。这些都源于性灵，映现出一种超然物外的人生境界。大概只有赋性超拔、心无挂碍、自信自足的智者、仁人，才能修炼到这种地步吧。"这些文字在高度评价张学良为人品格的同时，也明白地表达了作者王充闾自己的人格取向。要之，《张学良人格图谱》其中既有张学良，也有王充闾。正如作者所说："历史强调叙事的客观性，而文学主观色彩鲜明，所谓'须教自我胸中出'、'诗文无我不如删'。"这正是《张学良人格图谱》，作为历史散文所具有的文体意义。当然这部作品也不是完美无缺的，即使单从历史散文的主体价值化而言，其中有些篇章如《情注梨园》《庆生辰》《猛回头》等也是"历史挤压艺术"，只有叙事对象而少见作者之"我"。这样使《张学良人格图谱》出现"文本断裂"的不足。

散文研究，何以"辉煌"
——由《走向文学的辉煌——王充闾创作研究》谈散文研究

◎刘 巍

新文学伊始，胡适之先生感念于中国文学无严密体式之分，编撰文学史时将除诗歌、戏剧、小说之外的文学样式统称为"散文"，确立了这一文体包容性的同时也对其模糊性无法释然。周作人倡导"美文"的写作，将西方的散文观念引入，主张"记述的""艺术性的"文字为"美文"，并说："在现代的国语文学里，还不曾见有这类文章，治新文学的人为什么不去试试呢？"鼓励文学同仁试笔。郁达夫对散文的规定加以丰富、补充，将"智"作为另一个条件提出。中国文学的"现实""情"和"主智"。很明显，散文在20世纪20年代到30年代是理论指导创作的时期，与当时的"问题小说"和"新月"诗派相类似，有明确的理论主张，有发言的阵地，也有名家名作的不俗的创作实绩。笼统地说，从40年代到80年代，散文创作几乎背离了新文学的初衷。民族斗争的生死存亡、社会政治的风起云涌将散文中的"湛醇的情绪"和"超越的智慧"悉数淹没，《三八节有感》《我们会见了彭德怀司令员》，乃至后来的杨朔模式，散文发展受着太多非文学因素的牵绊，作品既无法繁荣，理论就更谈不上"建设"。几十年的散文理论就是"形散而神不散"、抓住"文眼""把散文当成诗来写""真情实感论""说真话"，理论研究没有充分的发展。

直至90年代——比小说、诗歌、戏剧的"新时期"推后了15年之久——

散文研究，何以"辉煌"——由《走向文学的辉煌——王充闾创作研究》谈散文研究

"历史文化散文"的出现才再一次提升了散文的地位，继承了"情"与"智"相承的传统。作家以忧患的意识、渊博的学养、睿智的书写实现了散文的华丽转身。历史文化散文赋予作家"身份认同"，也为研究者的理论指认和评价提供了特定而有效的辨识方式。以此为契机，十几年来的散文不仅创作上蔚为壮观，表现手法上风格各异，而且理论研究也逐渐走向深入；不少学者都已经做出了努力，比如孙绍振的散文观念建构，王兆胜的散文文本研究，林非、陈剑晖的散文理论探索等，在散文本体研究、分体研究、主体研究等方面都取得了一定的成绩。可就当代文学现状而言，散文理论研究仍然是"繁华遮蔽下的贫困"，是"繁而不荣"。其理论建设别说远不及小说、戏剧、诗歌的理论丰富、深厚，甚至连电影、电视、网络等后发的学科都无法望其项背。这种状况固然有诸多原因，姑且不论文学外部的体制、传媒、市场等因素，单就散文本体研究的文学性遗失与淡化、美感的失落与变异等，就是研究者不可推卸的责任。

现有的散文研究在许多方面还局限于对作家精神主体的探究——儒家也好、道家也罢，局限于散文历史的流变分析，局限于作为对象自身的问题（诸如美感、审美关系以及作家作品之类），而忽略了对散文理论的全面把握、深入探讨与学理建设。散文的理论体系仍存在着"建设性的模糊"，某些研究成果或以弘扬文化传统为目的，局限于社会历史、文化现象研究；或以阐释理论为主旨，进行形而上的探讨。相对于"五四"时期，目前的散文研究更多的是在就事论事、以点对点，而没有致力于建构一个科学的、完整的、面向未来的理论批评体系。研究者往往偏执多于客观、表面的热情多于冷静的思考，不能站在未来的高度审视当下。正如任何事物都要经历质疑、调整方能走向成熟一样，由"历史文化散文"牵涉的散文研究也在面临着如何定位与前行的问题，这就亟须为散文研究树立一个理论中轴进行支撑。

由王向峰主编的《走向文学的辉煌——王充闾创作研究》，为当前的散文研究提供了个案研究的实践范例。该书60万字，4篇36章，以"主体"、"文体""蕴涵""经验"板块式的结构评说王充闾的历史文化散文，是

215

作家创作历程的追踪，也是一部全景式地反映其文字功力的集大成之作。就如编者所说的，该书是在1996年的"诗词创作论"和2001年的"散文创作研究"的基础上发展而来的，"从深广度上又前进了一大步，表现了我们当下的新见解，也显示了王充闾文学创作的新成就。"这部著作是在积累基础上的创新、突破和更高层次的综述升发，诸位论者的评说充满了精彩的见解，文字各人相殊、情态互异，思想却在相互的映照中分外生动，阅后不得不为该书宽阔的学术视野所折服。这些批评从作家主体到散文文体，从艺术思维到审美意境，处处浸润着对文学的思考，对美学的追求。

虽然不能说该书克服了当下理论研究的诸种缺憾，但论者在研究中体现出的文体建设意识和审美机制却颇具启发性。《走向文学的辉煌》从王充闾对散文体式的坚守和对散文文学性的提升出发，完成的是对散文文体的确认与强调，对散文理论建设的丰富与扩充。该书以散文学科的自律性诉求参与文学整体的构成，建构起了关于散文文体的谱系，"泛化语境下的文体辨析""散文中的历史诗意化""事体情理的艺术建构"等都被组织进了关于散文文体的评说之中。就如编者坦言的，"深知对一个作家从学理研究的视野上设题是一件非同小可之事，因为设题必有明确的指向，对象也须有其相应的意蕴存在，这样才能从中提取出所指向的东西，才能进行实事求是的研究。"论者将散文理论还原为"审美创造""生命体验""意义指向"等有机组成部分，以血肉丰满的经验和深入浅出的笔法提供了对王充闾散文的能动解释。历史文化散文本身就是回眸历史、重估传统的手段，在关注历史难题、人生困境方面，王充闾的忧患意识、批判意识、精神高度和美学旨趣都是颇具代表性的。

散文研究因其内涵的包容性需要开放的视野和丰富的批评手段，如前所述，书中进行的是作家的主体、本体研究，以文体意识、工程意识、艺术蕴涵、审美经验解读王充闾的散文创作，面对的是正在发生的语言事实，并且对这一事实进行学理层面的研究，挖掘对象的意蕴、提取对象的指涉，甚至指明对象的缺憾与未来写作的趋向。

散文研究,何以"辉煌"——由《走向文学的辉煌——王充闾创作研究》谈散文研究

每个作家都有自己的特色,一个优秀的散文作家不仅要有小说家敏锐的视角、坚持的耐力、丰盈的情感,还要有诗人的灵感、悟性和精致美妙的文字,更要有深厚的底蕴、学识和个性资质。文学是有着丰富的文化背景和对人性的深刻洞察力的,既然文学活动是人的自由自觉生命活动的一种实现方式,评论家就应该为这种活动提供得以延展的理论印证。面对独特的审美主体,论者该如何进行评判和鉴赏?优秀的批评家总能给作家指明写作的道路,养育作家,为作家补充知识,引导作家实现理想的写作状态,但是,理论体系、理论中轴依托的缺失限制了研究者的视野,使他们难以确立研究对象在文学史脉络中的坐标点。所以,除上述的对散文研究的贡献之外,《走向文学的辉煌》一书在"寻美"之外难免力不从心,难以实现对散文文体高屋建瓴的探究,也无法完成从认识论到价值论的推进。

比如王充闾的写作是主流意识形态和文人视野的结合,身处官场经年,王充闾对"官文化"的揭示、官场心理的探究都是极富特色的(《用破一生心》《驯心》)。如何发挥这个优势,在官方认同的机制下确立自身的审美批判尺度,以切身的经验入文,以文化底蕴的深邃内审,纵横捭阖地去化解人世的烦扰,应该是作者力图保持的特色之一,也是评论家要肯定乃至弘扬的特色之一。文学的价值在于使人生活得更美好,所以作家就要在暴露或批判之余,用心去呵护那些脆弱而温暖的情感。在文学所营构的世界中我们要看到生命的绿色,感受到无所不在的挚爱,寻找到人生在超越什么、创造什么。这就需要作者有对自身创作的定位和发展态势的清醒认识,对文化建设的自觉意识,要在意识形态导向性的前提下具备独立性,才能实现对历史的超越和对未来的憧憬,提升散文的美学高度。

还有,如余光中在《散文的知性与感性》一文中说:"在一切文体之中,散文是最亲切、最平实、最透明的言谈,不像诗可以破空而来,绝尘而去,也不像小说可以戴上人物的假面具,事件的隐身衣。散文家理当维持与读者对话的形态……"王充闾在面对读者时就少了这种"对话"的姿态而更多的是"独白",是一种意在独白的倾诉,意趣掩盖了情趣、谐趣。他的

历史文化散文在逐渐成熟的同时也面临着难以逾越的景—史—情—理的模式化创作，不仅造成作品的表现范围过于狭隘，也削弱了应有的欣赏美感，所以才有论者提出"文化散文的困境""文化散文的终结"等质疑。

再比如，他在表现内心情感时的酣畅有余而韵味不足，激情四射而飘逸遁形；他的问题意识不甚明了而过多泼墨于对过往的幽思批判；他的文化底蕴限制了他的审美灵感，在他的感受、精神触角无法到达的地方往往用史料补足，不是自然而然地"发乎情"，却过早地"止乎礼"。他的散文是北方的"刚性"写作，古文功底和诗文并现是他的特色，他的思辨能力高过他的摹写能力，但在写作过程中少了那种绵绵密密的抒情，少了"满蓄着温柔，微带着忧愁"的风韵，少了生命的旨趣，作者的感性表达不妨更充沛些，让我们看到更加真挚的情感和舒缓从容的叙述。

而这些，书中却并未给予过多的关注。应该说，散文研究始终未曾像诗歌、小说那样繁荣，尚存在着结构性缺陷。散文理论的贫困是国际化的现象，我们的散文研究不像其他门类的研究可以直接从西方借鉴采纳，但这不能成为当下理论匮乏的借口。既然外援乏善可陈，不如建构我们民族的、东方的散文理论批评体系，重归中国文化与本土经验。王国维说："散文易学而难工"，论家不仅要论"美"，更要发现问题，探讨趋向，建立范畴体系。因为王充闾是"未完成的"，散文的理论研究更是开放的，上述问题不解决，何以走向"辉煌"？

寻求诗、史、思的契合之道
——评王充闾的《张学良人格图谱》

◎ 罗振亚

  作为影响过20世纪中国历史发展方向和进程的一代豪杰，张学良仿佛是一个永远阐释不尽、历久弥新的言说话题。即便在今天，以散文的笔法对他进行重新书写，仍然是十分必要的，只是也颇具难度。显而易见的难点：一是散文属于倚重想象力的艺术形式，讲究形象和文采，而传记则崇尚对历史真相的尊重，需要境界的客观，二者之间充满着本质的矛盾；二是有关张学良的创作、研究成果积累，已经相当丰厚。传记、年谱、回忆录、影视作品等分别都有数种在世间流行，超越起来非常费力；三是张学良的人生经历和精神世界过于丰富和复杂，不易把握。他到底是万众景仰的"民族英雄"，还是该遭唾骂的"不抵抗将军"；是名垂千古的成功者，还是遗恨永远的失败者；他和蒋介石的恩怨纠葛究竟体现了何种结构图示，两人孰高孰低，孰是孰非；他和于凤至、赵四小姐、蒋四小姐三个女人之间，又各是一种什么样的感情状态？这一切都极不容易理清，历来的评说也皆仁智各见，聚讼纷纭，在观点上从未取得过完全的一致。所以坦率地说，最初拿到王充闾先生的《张学良人格图谱》时，心里对他是不无担心的，这本由15篇历史文化散文构成的传记类作品，能够克服上述困难，把问题厘清吗？读完全书后疑虑渐消。这本书是以深刻的理解态度，把张学良作为现代史上的一块人格"界碑"进行凸显，完成了艰难的精神突围。

  由于张学良的人与事基本上已经家喻户晓，对其书写必须寻找一种异于以往的介入视角。如果《张学良人格图谱》还是走传统的路线,以时间顺序和传主的生平为经,以传主的事迹或思想变化为纬,去为张学良的人生画像,就会做无效的精神劳动,蹈入和其他人物评传雷同的窠臼,自然也就难以引起读者的注意了。在这一点上,该书值得彰显之处在于,它没有对张学良的外在人生做事无巨细、面面俱到的纵向恢复,而是针对已有成果有意无意忽略张学良的人生细节的弊端,几乎每一篇都把重心定位在对张学良丰富、复杂、神秘的精神世界的挖掘,定位在对张学良独特人格内涵的把握上。

具体的表现是,鉴于张学良和国共两党、新旧军阀的上层来往频繁的特点,作者相应地把他置于和妻子于凤至、赵四小姐及情人蒋四小姐的日常冲突中,同"老朋友"周恩来、红颜知己宋美龄的深情交往中,与同僚、政敌蒋介石的恩仇较量中,即通过对张学良一生命运起决定性影响的多向度关系网络的展开,和一系列人物"众星捧月"似的衬托,将他的个性自然而鲜明地表现出来。如在《尴尬四重奏》"郭军反奉"的处境里,张学良是左也不是、右也不是,其处境两难的残酷程度用戏剧的形式都形容不出。1925 年,郭松龄倒戈反奉,要逼张作霖下台,拥戴张学良主政。这对当时的张学良来说,一面是恩师加挚友郭松龄,一面是父帅、"东北王"张作霖,让儿子出面打他爹,将陷他于不忠不孝之地,此乃他万万做不到的;而后父帅又命他挂帅去讨伐情同手足、亦师亦友的郭松龄,这又会令他担上不仁不义的罪名,也是违背他的良心的。情与理的矛盾,折磨得他头痛欲裂,苦闷至极。他费尽心思想出的"两全之策"——劝和息兵,因郭松龄的拒谈而难以实施。无奈之下,惺惺相惜且始终对对方一往情深的张学良和郭松龄被迫交火。结果使郭松龄变得师出无名,其手下的军官、士兵不愿和张学良对抗,军心涣散,郭军大败,奔逃的郭松龄夫妇被抓,又遭张作霖的手下杨宇霆暗算,就地枪决。事过多年,念及郭松龄,张学良仍然哀痛、悲叹不已。正是在忠孝与公理、情感和良知悖裂冲突的尴尬"场"里,在与貌似粗豪霸气实则老谋深算的张作霖,爱国脱俗、学养精湛的郭松龄的鲜明对比中,张学良的讲纲常、重言诺、坦诚大气、孝亲而侠义的不无矛盾的性格,在读者的脑海里烙下了深刻的印痕。

与在环境"场"内写"心"的隐秘同步,王充闾先生更善于抓取典型的事件、细节,透视张学良的人格底蕴,张学良赋诗、读史、听戏、庆生、戒毒等系列花絮、细节的描写,就外化出了他幽默风趣、聪慧多智和豁达坚毅的磁性人格特质。如《猛回头》一篇的揭示简直让人触目惊心。作者写道:父母嗜好的熏染,宣显尊贵、阔气的内心需求,当然也为舒缓直奉战争带来的精神紧张,张学良在20世纪20年代中期开始吸食鸦片,但并未成瘾。郭松龄反戈后事务的繁重,尤其是父帅皇姑屯遇难,更使他变本加厉,对鸦片的贪恋竟达到了无法自拔的地步,好端端的英俊倜傥的少帅,变得形销骨立、弱不禁风,脾气异常暴躁。随着东北沦陷、热河失守,张学良被迫引咎辞职。天上地下的处境逆转,使张学良猛醒,决心痛改前非,并采用"顿戒"方式戒毒。他把手枪上膛放在枕下,警告身边的人:"从我戒治之日起,无论任何人,看见我怎样的难过,也不许理我,如果有人拿毒品给我的话,我马上拿这支手枪打死他!"足以证明其戒毒的意志之坚。德国米勒博士以毒攻毒的治疗,是从患者肛门给入麻醉药和其他药物,一待麻醉期过,"病人肠胃里开始翻江倒海,胃壁痉挛,腹痛难忍,肌肉抽搐、剧痛,内脏宛若打了结,起了皱,就像一条条纠缠在一起的长蛇在体内搏斗,由此引起强烈呕吐、腹泻,每天多达数十次……"这种治疗手段是一般人无法忍受,甚至无法想象的,为此张学良浑身抽搐,痛得撕心裂肺,哀号、呻吟,以头撞墙,用牙咬胳膊。但在煎熬七天之后,他终于戒掉了毒瘾,"脱胎换骨"。在作者娓娓道来的"戒毒"叙述中,铮铮铁骨的张学良将军那种超人的意志力、刚直的尊严感,被渲染得毫发毕现,酣畅淋漓。

王充闾先生这种注重在"场"中表现人心,以事件、细节带动历史的写法,既由一个个篇章的叠加、连缀,大致勾勒出了张学良足迹如游记、经历似传奇小说、人生像苦行之旅的动态命运轨迹,构成了相对完整自足的系统结构,满足了传记"信史"的叙述要求;又揭示出了张学良在为人子、为人夫、为人父、为人友、为人上、为人下等诸方面的内在人格魅力,使其形象立体、饱满,从形到质地"站"起来了。

不论是文学创作还是理论研究,任何技巧层面的经营都是靠不住的,能够活下去的永远只能是思想。一部传记作品要想令人刮目相看,也必须对书写对象有着殊于他人的深刻理解。《张学良人格图谱》就以对张学良的再理解与再发现获得了这种品格,兼有传的精美和评的深邃,许多随人随事生发的思想体验和感悟,为作品输送了一种智慧之美。在该书的后记中,作者郑重地申明他写此书的动机:一是出于对张学良的敬仰爱戴,二是出于对这个成功的失败者传奇一生的同情和理解。纵览全书,我感到作者确实是在以"深刻的理解",对传主高贵的灵魂与人格进行着全方位的诠释、对话和交流。如对张学良的故乡情结、矛盾心理结构和历史地位的精辟解读,就典型地体现了这一点。写到张学良"老鹤还巢"之梦为何始终未圆时,作者是浓墨重彩,并在尽情涂抹之后,客观地指认"政治阴影始终笼罩在这位一生热爱祖国、主张国家统一、反对'台独'的民族英雄身上",中国台湾当局给他的精神压力过大,过于严酷的伤害,使他不想再卷入两岸纷争的政治漩涡,所以在返回大陆的问题上他的态度一直模棱两可,他说是要脱离政治,实则时刻在考虑政治问题,他是要维护自己"失败英雄"的完整形象,以中间状态出现,目的是使自己成为超越意识形态、被各方接受的伟人。这种分析是和书写对象之间平等的倾心交流,是走进对方灵魂深处的一种体贴和理解,它触及到了张学良隐蔽、幽微的意识世界,抓住了张学良此时思想实质的皮里阳秋。这种欲归未归的深层动因的阐明,已超越简单的政治或者情感评判,而进入一种人生体悟和思考的揭示,不是为传主辩解却自有一股辩解的力量。该书对张学良人生"矛盾"蕴涵的把握、历史地位的评说同样也是非常到位的。作者漫过张学良一生升沉起伏的历史烟云,准确地点醒其一生的核心特征就是矛盾,并指出这种特征的表现及其根源:张学良是和平主义者,但命运却驱遣他做了领兵

寻求诗、史、思的契合之道——评王充闾的《张学良人格图谱》

的上将，临场杀人；他对鸦片恨之入骨，但失意之时却以之麻痹神经，寻找慰藉；对军国主义深恶痛绝，然而却推崇墨索里尼和希特勒；一生热爱自由，但后半生一直身陷囹圄之中；热爱家乡，但到死也未踏上归途……是父亲张作霖、上司蒋介石、对头日本人和化敌为友的中共这四股力量的抗衡作用，造就了他的矛盾性格，使他豪气云天又胸无城府，豁达率直也不免冲动，长短之处恰如硬币的两面，这种矛盾性格也是他悲凉命运的决定因素。作者这样的解读，鞭辟入里，头头是道，把言说对象看得透里透，对张学良性格的稔熟程度本身就饱含一种不容置疑的可信力。作者把张学良放在现代历史的宽阔背景里，通过和同时期的政治家们比较，指认张学良的生命历程充满了偶然性和戏剧性，始终在荣辱、得失、成败之间纠缠和徘徊，但在只有十七八年的政治生涯中，却成就了惊天动地的伟业，成了千古功臣、民族英雄。这样定位张学良也恰如其分，客观公正。而这些对张学良个人生存境遇的深沉思考，无疑使传记获得了理性思考的深度。

　　王充闾先生是优秀的散文大家，他对艺术品位是非常讲究的。《张学良：人格图谱》就至少在方法上提供了两点有益的启示。一是老生常谈却永远都无法回避的传记散文的文学性问题。勒内·韦勒克（Rene Wellek，1903—1995）和奥斯汀·沃伦（Austin Warren，1899—1986）曾说，"一个传记家所遇到的问题，简直就是一个历史学家所遇到的问题"，他所涉略的文献、书信和见证人的叙述、回忆等，都不是特殊的文学问题。但是传记散文毕竟隶属于文学范畴，它和诗歌等文类有许多相通之处，"诗是由真实经过想象而出来的，不单是真实；亦不单是想象"，其实传记也介于真实和想象之间，它不像写小说，可以挥洒自如，凭意而造，也不似历史研究，恪守真实原则和逻辑力度就成功了一半，它既要发挥为传主塑像的自由、创造性，又要对客观历史事实保持足够的尊重，是"戴着镣铐跳舞"。该书之所以没让读者产生审美疲倦，就是因为遵循了传记散文的文学性规律。如开篇的《人生几度秋凉》，以张学良三段傍晚时分在威基基海滩的心理描写，串联起他一生充满悖论的斑斓、坎坷的岁月，构思不落俗套，艺术上更是匠心独运。这三段描写都是形貌、神态、声音俱有，动作、言辞、感觉兼出，如三幅棱角分明的画，又像三段舒缓的音乐，达成了凝定和流动的统一，小说、戏剧笔法的融入，将张学良心忧天下、乡愁绵远和晚年的凄清传达得婉约而现代，简净又丰满，外在的立体感和内心的孤独感不宣自明。这种轻逸而别致的写法，体现出了作者深厚的文学创作功力。至于以多次脱壳的龙虾做比，曲喻张学良人生角色的变换，"先是扮演横冲直撞、冒险犯难的堂吉诃德，后来化身为戴着紧箍咒、曾被压在五行山下的行者悟空，收场时又成了脱离红尘紫陌、流寓孤岛的鲁滨孙"。寥寥三句，就把张学良一生的际遇、心境和性情，形象地推出在读者面前，更是大胆绝妙，增加了文字的可读性。

　　二是一个合格的传记散文作者，必须处理好自己和书写对象、材料的关系，对之应该若即若离，既能入乎其内，又能出乎其外。写传记散文掌握传主的材料固然重要，但怎样处理、剪辑材料则更为重要。《张学良人格图谱》是在承继前人成果的基础上继续寻找创新之路的，它没有局限于对资料的钩沉、罗列，在"故纸堆"里打圈圈，而是发挥作者文化、历史知识渊博之长，常启用一些和传主有关的历史、文化趣事，以强化散文的趣味。如以虞姬和楚霸王的生死相伴，比附于凤至、赵四小姐对张学良生死不渝的拳拳深情；以白居易的诗句"周公恐惧流言日，王莽谦恭未篡时。向使当年身便死，一生真伪复谁知"，和汪精卫从早年刺杀摄政王到后来成为汉奸的异变轨迹，对张学良在20岁前、30岁前、40岁前、50岁前、100岁前去世的种种设想，以及张学良从明代杨升庵遭遇中的自我发现和印证，这大量生动的历史细节和人物掌故，都突破了文化历史散文的沉闷局面，强化了传记散文的阅读美感和灵动气息，更利于凸显张学良的人格特质。至于张学良这位"将军诗人"不断疏泄郁结情肠的诗词创作，和古今诗篇俯拾即来的大量穿插、化用，以及"蚌病成珠"等诸多语词、典故的巧借，在保证作品的凝练度同时，也充满了暗示的张力。而上述种种追求的结果，使该书确实达到了作者追求的诗、史、思融汇的境界。

如今报纸、刊物上的散文大都属于消闲文字，多停浮于游山玩水、饮酒歌唱、阿猫阿狗的把玩，或卖弄炫耀地自我标榜，或甜腻嗲气地搔首弄姿，或声嘶力竭地故作大气，但无一不标榜讲究诗意与抒情性，讲究深奥的哲理、机智的幽默和文笔的潇洒，轻松自娱，缺少人文关怀，思想严重贫血。由于那些发嗲倒胃的抒情散文和累死人的文化散文，严重滋养了人们的小视与挑剔情绪，所以有人感叹如今的散文丧失了艺术标准，成了一种远离灵魂真实套牢现实功用的体制性文体。在这样拙劣蹩脚的表演氛围中，《张学良人格图谱》以一颗平常心去解读人物，以一种散文的方式去演绎历史，文思泉涌，自然大气，为散文创作带来了浓厚的"文化"味，留下了诸多可圈可点之处，特别是以诗、史、思契合之道的寻找，为一种新文体的出现拓展了空间，提供了可能，这恐怕是该书的最大贡献。当然，探索也不仅仅意味着成功，该书也不无遗憾。如人称的变换便于贴近书写对象的心理，但也容易带来文本的芜杂和断裂，《您和凤至大姐》就有这种倾向；用单篇散文集束性地阐述同一对象，也许单独看篇篇都是佳构，但放在一起就可能泛出整体感的薄弱，通过周恩来的视角凸显张学良的那篇《"不能忘记老朋友"》的确感人，周恩来形象的塑造也很成功，但在此却有"喧宾夺主"之嫌；过多历史掌故、细节、诗词的借用和化用，抗衡了文化散文少文化的"缺钙"现状，但也不时影响文气的酣畅。

不论怎么说，《张学良人格图谱》是近期值得一读的优秀之作，我愿再次袒露我的阅读感觉。

大历史观与历史文化散文的价值

◎ 刘俐俐

近年来，标示为历史文化散文的作品频频走到读者面前，其中王充闾的历史文化散文尤其引人注目。他的《张学良人格图谱》2009年7月由东方出版中心出版，此书附有王充闾2009年3月19日在北京大学中文系题为《历史文化散文的现实关怀》的讲演，他称此讲演"是说我在历史文化散文创作中，如何以一种开放的、现代的语境，做到笔涉往昔，意在当今"。在大学里人文学者们纷纷进入象牙塔的今天，却有作家"笔涉往昔，意在当今"，他的散文之笔，如何涉及往昔？以何意干预当今？与散文文体有怎样关系这些问题引发了我的思索兴致。

一、拿历史说事是我国人文知识分子的传统

我国历史悠久，拿历史来说事古已有之。春秋战国时散文、小说、诗歌诸文体尚未区分，韵文以外统称散文。不同政治集团和思想流派，都将散文作为文化软武器抒发哲理，阐述政见，传达观点。如果将我国从先秦开始以历史为题材用散体书写的非虚构并抒发作者之见解的文章梳理一下，可形成一个洋洋大观的历史文化散文系列，确实有悠久的传统和自觉的意识。重要原因之一是，在漫长的封建社会中，身为人文知识分子的士，其人文教化思想和人文德行，作为本体价值无法商品化进入市场交换，直白地说，就是以劳动使用价值为基元的社会交换与分配系统中没有人文教

化及人文知识分子的位置，社会拒绝或不便（难于）供养人文知识分子。当然，人文知识分子也可以解褐入仕，并取得君主的信任与倚重，但这样做是以丧失心灵自由和思想独立性为代价，人文知识分子的意义自然也就丧失了。借历史言说人文教化和理想，就成了人文知识分子抒发心灵和感悟乃至表达人格理想和信念的唯一途径。拿历史说事，需依据一定历史本事，最适合的文体自然就是历史文化散文了。依我看，只要当下还有作家在操持所谓历史文化散文，还追求诗意，那他就注定有拿历史说事的意图，那么，也就在继承着古已有之的人文知识分子言说传统。

王充闾拿张学良这一历史事件说什么？张学良的传奇人生是人类社会历史几百年不遇的造化，本身就是艺术：捉蒋、被羁押、长寿、漂泊海外、个性凸显……无须任何修饰和虚构，秉直书写就是好故事，传记、访问记、回忆录、口述历史频频关注和驻足自然在情理之中。王充闾敢碰张学良这个题材并写成"历史文化散文"，肯定有他想说的东西。

纵观全书 15 章，不是完全按照人物生命时间先后顺序将传主的事迹依次道来。虽然叙述内容和流露的感情及对传主的赞美蕴藉复杂，不是一言可以简单概括的，这是作为文学较之于其他回忆录、人物传记不同的，但其内容和价值取向还是大致可概括出来的，即作家王充闾赞美了张学良的爱国主义情怀，讲良心重信义守承诺重友情的良知，熟悉、热爱乃至痴迷祖国悠久历史文化的品质……作家看重这样的价值取向，与他对现实社会和人生的关怀相攸关。王充闾对现实中不少人有过分强烈的权力欲望、给自己定不好位、为名利所累深有感慨："'欲望伤人'真个不假！"他还说："写张学良与宋美龄的重情守信，也是有感而发的。文中说：在我们号称'礼仪之邦'的泱泱中华，自古就流传下来'挂剑空垅''一诺千金'的诚信美谈。及至现代，世道浇漓，人情薄如纸，一切以功利、实用为转移。'红口白牙'当面承诺的事，甚至'剖腹作誓，立字为据'，到头来都统统不算数，说翻就翻，说变就变。正因为如此，今天记下两位百岁老人建立在信任基础之上、根于良知的信守不渝，还是不无借鉴意义的。"赞美良知和批判现实是他叙事的两面。

　　拿历史说事，首先得有对历史的理解，理解首先体现在叙述上。记得卢卡奇（Georg Lukac，1885—1971）在《叙述与描写——为讨论自然主义和形式主义而作》说过推崇叙述贬抑描写的话。卢卡契所谓的叙述和描写，不是写作教程中的表达方式，而是思维方式和价值取向意义上的概念。卢卡奇认为，描写的是状态的、静止的、呆板的东西，人的心灵状态或者事物的消极存在，情绪或者静物，所以，艺术就这样堕落为浮世绘。描写根本提供不出事物的真正的诗意。卢卡奇非常推崇叙述，认为"叙述的对象是往事，现代的伟大叙事作品正通过所有事件在过去的前后一致的变化，把戏剧性的因素引入了小说的形式。在叙述中，事物才能获得有世界观，就绝不可能正确地叙述，绝不可能创作任何正确的、层次匀称的、变化多端的完善的叙事作品"。叙述历史不是有什么写什么，写哪些历史，本身就是选择和确认的结果。表现在历史散文文本中就呈现为结构方式。《张学良人格图谱》由十五章组成。其中《"不能忘记老朋友"》《尴尬四重奏》《别样恩仇》《夕阳山外山》《您和凤至大姐》《"良"言"美"语》六章为一组，以张学良为中心，写他与父亲、与亦师亦友的郭松龄、与蒋介石、与青年时代恋人蒋士云、与凤至大姐、与宋美龄等人物曾经发生的奇特事件和感情纠葛。呈现扇形结构。另一组由其他九章《人生几度秋凉》《将军本色是诗人》《史里觅道》《情注梨园》《庆生辰》《猛回头》《九一八，九一八》《鹤有还巢梦》《成功的失败者》等组成，这些章目是从生活事件及爱好、情愫和夙愿，从精神深度方面开掘张学良这个历史人物，是横断面的组合结构。从这个结构我们看出了王充闾所依据的价值观和感情倾向。

二、在大历史观中拿历史说事

　　历史是由时间堆积成的，不是小玩闹，拿历史说事需要在上下几千年大历史观中才能看准说透。大历史观合乎历史也合乎文学特性。说事就渗透思想，渗透思想不能走向"玄学"。黑格尔（Georg Wilhelm Friedrich Hegel，1770—1831）说"玄学只以产生思想为它的结果，它把实在事物的形式变成纯概念的形式"。王充闾则要把历史文化散文当艺术处理，让其作为"诗的创造活动却是真理和现实世界在现实现象本身中的和解，尽管这种和解所采取的形式仍然只是精神性的"，因此，他采用的是"诗的掌握方式"。

《张学良人格图谱》出版之前，王充闾已经出版了《龙墩上的悖论——中国皇帝命运大思考》，这是一部重要的历史文化散文。从公元前221年秦始皇称帝始，到最后一个皇帝溥仪下台的公元1912年，中国封建历史的两千余年间共计有四百多个皇帝。王充闾在492个皇帝中选取了秦始皇、汉高祖刘邦、晋武帝司马炎、陈武帝陈霸先和末代皇帝陈叔宝、唐高祖李渊、宋太祖赵匡胤、宋徽宗、金代完颜三兄弟、"一代天骄"成吉思汗、明太祖朱元璋、清康熙帝和末代皇帝溥仪等。《龙墩上的悖论——中国皇帝命运大思考》就是选择的结果。选择的原则就是"龙墩上的悖论"：建功立业以丧失人性道德沦丧为代价，所希冀的恰是无法得到的，最后的结局总是追求目标的反面……我在这部书中发现了王充闾隐喻性思维所形成的结构。雅各布逊（Roman Jakobson，1896—1982）在《隐喻和转喻的两极》中认为，诗歌主要用隐喻性思维，而散文主要用转喻思维。隐喻是将两个以上相似性形象和事物在纵轴上聚合，多次相似性聚合生成哲思韵味。转喻处理相邻形象和事物的关系，根据空间排列和组合。《龙墩上的悖论》就是将13个相似性事物组织在纵轴上，隐喻出帝王的悖论。这个作品就是由于大历史观的宏阔视野，在漫长的相隔时间中，多个相似物生发出寓意，形成那条隐约可见的悖论性质的线索，形成远见卓识。

那么《张学良人格图谱》如何？首先，大历史视野影响到《张学良人格图谱》的艺术结构。就说那个扇形结构的章节：《"不能忘记老朋友"》《尴尬四重奏》《别样恩仇》《夕阳山外山》《您和凤至大姐》《"良"言"美"语》等，试想没有纵观中国从封建社会至中华民国再到中华人民共和国的巨变迁，没有将周恩来、蒋介石及张作霖等放在张学良传奇人生的大视野中比较考量，怎么能如此准确地评价周恩来的"不能忘记老朋友"所蕴含的胸襟？中国共产党优秀人物与中华文明的关系如何彰显？用王充闾的表述就是："作为高尚完美的典范，周恩来跻身于20世纪世界伟人行列，达到了人格境界的峰巅。在历史继承性与时代延展性的意义上，他的伟大人格，又成为新时代的富于魅力的宝贵精神财富，犹如一块晶莹剔透的宝石，从各个不同角度闪射着中华民族优秀文化传统的夺目光辉。"对于张学良人格、人性乃至其中凝聚的中华民族优秀精神品质，都是因为有作家的甄别、选择、提升而成为如是模样。质言之，张学良传奇人生上下几千年难得一遇，需要在相关的几个社会形态中的意识形态伦理观念背景中，予以参照性品味和评价。从艺术思维方式来看，这个扇形结构是将周恩来、蒋介石等诸多人物围绕张学良编织在若干扇形章节中，这是提取的结果，即作家认为这些人物和张学良的关系最能凸现作家所赞美的品格和精神，最能彰显张学良人格特征。恰与维柯（Giovanni Battista Vico，1668—1744年）所说相吻合："在把个别事例提升成共相，或把某些部分和形成总体的其他部分结合在一起时，替换就发展成为隐喻（metaphor）。"所以，这个扇形结构是隐喻思维的外在表现。至于《人生几度秋凉》《将军本色是诗人》《史里觅道》《情注梨园》《庆生辰》《猛回头》《九一八，九一八》《鹤有还巢梦》《成功的失败者》等九章，流动在字里行间醇厚的文化韵味是中国儒家文化的诚信良知、温柔敦厚，以及老庄文化的天人合一通达辩证的人生理念。在如此文化背景下，让张学良生活事件及爱好、情愫、历史观和夙愿等像冰山一样浮出水面。因为这是提取过的内涵，必然充盈着诗意：王充闾以这些精神内涵隐喻张学良是一个有特定文化内涵的人。概言之，《张学良人格图谱》因为有大历史观而构成转喻和隐喻相结合的艺术结构。从中可初步捕捉到优秀的历史文化散文艺术思维的特征。

三、在艺术自觉中解放自己

我以为,《张学良人格图谱》最重要的贡献是呈现了历史文化散文怎样成为艺术品。人类告别了原始诗的观念方式之后就进入了散文观念方式,"在散文的观念方式里,关键不是形象而是用作内容的那种单纯的意义,因此,观念成为认识内容的单纯手段"。散文观念方式具有精确、鲜明和可理解性,却没有意蕴与形象的融合为一。散文观念方式出现之后,为了守住文学这个人类精神的家园,人类就努力追求"从散文气氛中恢复过来的诗的观念方式"。迄今为止的漫长文学创作历史都与这个恢复过程相伴随。所以需要有艺术自觉。王充闾有这份自觉:大历史观及其相应形成的隐喻思维固然是自觉的最突出表现,这份自觉此外在诸多方面还有表现。

表现其一,很好地处理了历史文化散文如何虚构的问题。将历史文化散文定位于语言的艺术作品,就应允许虚构。"20世纪90年代以来,散文理论的一个突破就是对于散文虚构性的肯定。""散文应允许想象和虚构,应敢于打破个人经历和个人体验的限制。""对散文的虚构性的肯定,是散文走向开放和现代的一个重要标志。""散文的虚构不是像小说那样无限地虚构,散文的虚构是综合性的整合和有限度的艺术想象。"散文理论家还认为,真实与否有三点为原则:写什么必须真实;感情必须真实;生命的本真必须真实。此外就是虚构的自由天地,重要的是如何凭借想象来实现虚构的问题。王充闾的探索表现在:靠想象展开细节和深度心理内涵。《张学良人格图谱》中第一章《人生几度秋凉》由张学良在夏威夷海滩三个落入余晖中的遐想组成,每个傍晚的遐想又由诸多回忆出来的画面构成。张学良在夏威夷住了8年,这三个傍晚作为细部,是从3000多个傍晚中借艺术想象提取出来的。第一个晚上,写他刚到这里的思乡怀土之情。第二个晚上,写他的旷达、超脱、拿得起放得下,"英雄回首即神仙"

讲他幽默、乐观、富有情趣，充满了人格魅力。第三个晚上，写赵四去世了，张学良的诸多亲人都谢世了，甚至他还送走了关押他54年的蒋家父子，展示他的孤寂情怀。三个傍晚富有深度地展示了张学良的心理内涵，便于编织张学良人格图谱。特别是一些细节是通过艺术想象得到的，如此章叙的"不经意间，夕阳一晚景戏里的悲壮主角便下了场……过了许久，忽然含混地说了一句：'我们到那边去。'护理人员以为他要去对面的草坪，便推着轮椅前往，却被一荻夫人摇手制止了。她理解'那边'的特定含义——在日轮隐没的方向有家乡和祖国呀！老人颔首致意，微笑着向夫人招了招手。故国，已经远哉遥遥了……"敢于并善于虚构，需要思想和艺术双重底气：没有独到见识和思想，虚构的意义指向模糊，虚构也就没有必要了；没有艺术能力，独到的见识和思想不能艺术表达，优秀的历史文化散文就无以形成。

　　表现其二，叙述艺术化问题。历史文化散文要解放自己，叙述中大有文章可作。王充闾艺术努力在于，第一，想象中与传主面对面地对话。作品中有对话性叙述，如其中的《您和凤至大姐》那章，是采用和张学良对话的叙述方式，传统文论叫第二人称叙事。面对面地叙说，可毫无障碍地交流心理活动，事实上，这正是作家王充闾长久以来沉浸在和张学良心灵的对话的文本叙述形态。第二，有意识尝试运用各种句式。且不说夹叙夹议、穿插诗词的叙述等，就说叙述中时有所见的"如果……那……"的句式："如果20岁之前，张学良就溘然早逝，那他不过是一个'潇洒美少年'，挥金如土、纸醉金迷的纨绔子弟；可是，造物主偏向了他，使他拥有足够的时间……"这样句式与作家王充闾对人生的透彻理解有关，与辩证看待张学良传奇人生及其价值有关，何止是修辞手法，更是修养和境界使之然，基于此我们才能品味出"夕阳山外山""将军本色是诗人""成功的失败者"等章标题的哲理韵味。第三，也是最重要的叙述艺术化问题，即叙述中镶嵌"马赛克"现象。王充闾多年来遨游在中华传统文化的古典诗词、历史典籍和史实里，更重要的是善于思考。在他早年的散文写作中，已经开始出现夹杂中国古典诗词的特点。现在的《张学良人格图谱》中更在叙述中穿插和编织着史实、典故和诗词。先说史实。历史文化散文本来就是拿历史来说事,在历史中嵌入历史,历史总是相似的,相似的史实适宜于形成隐喻性,便于昭示所讲述的道理。特别是叙述张学良这样传奇人物读史理解史的文字极具意味。如在《史里觅道》叙述张学良研习明史,以及他对历史人物的考证和品评。我们读到,进入张学良视野的历史人物,诸如明末文人钱谦益、抗击倭寇的戚继光、收复中国台湾的郑成功等都成了他予以注意和品评的对象。王充闾在叙述中自然穿插进诸如王阳明遭贬受迫害的史实,而且发挥合理的艺术想象,想象张学良发出的"同是天涯沦落人"的感慨。再如叙述张学良读明史中杨升庵的心理活动,张学良和他心里熟悉及酝酿的历史人物具有了相似性,产生互相印证的效果,史实与心理分析巧妙融为一体,很是熨帖。再说典故成语。王充闾叙述的字里行间常常水乳交融地穿插进典故成语,如"在我们号称'礼仪之邦'的泱泱华夏,自古就流传下来'挂剑空垅''一诺千金'的美谈"。"至于'得黄金白金,不如季布一诺'的故事,则是发生在汉代的事情。总之,都是远哉遥遥的陈年古话了。""什么'剖符作誓,铁契丹书',什么'金匮石言,藏之宗庙',到头来一概都不管用……"典故浓缩了一个曾经的故事,嵌入典,意味着嵌入了一个故事和故事发生的背景,有极大的信息量。嵌入哪段史实、哪个典故,这与作家世界观及独到的理解相攸关。记忆库存中储存的信息越多,对于叙述对象理解越准确,越有独到见识,越能辨识出典籍和史实的性质,越知道该编织于何处,越能自然地强化作家要言说的东西。典故与历史故事本身就具有相互嵌合性质:典故依托历史故事并凝聚成代代相传的哲理,其说服力是历史性的。

表现其三,诗词入历史文化散文的问题。单独将诗词入散文提出来予以讨论,缘于王充闾早年散文就凸现出夹杂中国古典诗词的特点,在《张学良人格图谱》中此现象更为丰富复杂。这与中国文学传统有密切关系。诗词是在某个历史烟云中诗人的"以美启真""以美储善",最具人文情怀和人文思考，也最具表现力、感染力和说服力的文化载体。中国有丰富的古典诗词遗产，因此诗词入小说、入戏剧、入一切可入文体，成为历久不衰的文学现象。仅以诗词入小说为例来说明。从唐传奇开始，诗词入传奇就成为一个引人的现象，比如张鷟的《游仙窟》几乎用诗词堆积而成。到了明清文言小说诗词入小说更是突出现象，如瞿佑的《剪灯新话》等。现代小说家中深得国学精髓的沈从文更是进行了有益探索。沈从文在《菜园》等小说里将古典诗词的典故、词语融会在对人物性格、风貌和精神世界等方面的描写和刻画中，并用古典诗词映衬人物的修养，传达不易表述的复杂人生况味。概括地说，就是将古典诗词化入自己的叙述中，服从小说艺术特性而用之。可见，诗词入不同文体的方式和发生艺术效应的途径各个不同。王充闾在对《张学良人格图谱》书写中，除了依然沿用他以往散文在叙述中夹杂古典诗词因素或只言片语，以营造蕴藉文雅气氛之外，这次最值得总结的是其中的《将军本色是诗人》一章，这一章主要叙述张学良"饱览群书，博闻强记，脑子里储存许多古代的诗词名篇，他经常以诗词形式抒发那郁结难舒的情愫"。自然，随着叙述进展，张学良各个时期创作的诗词得以展示，同时随着叙述语境的变化，不断编织进若干古典诗词，这些诗词与张学良的心境、背景以及张学良所作的诗词都有内在精神的契合，被编织进叙述中的古人诗词又都有特定背景，这样由诗词连带出诗词，又连带出史实，史实诗词氤氲成特有的艺术效应。从意义生成角度看，这个效应其实依然是隐喻，对作家的要求很高，要求熟悉并理解诗词蕴含，品味出在历史与现实两个维度的相似处，然后恰如其分地编织在一起。因为，"诗人看问题，有其敏锐的视角"。我以为，古典诗词与传主所作的诗词相互印证，不单是叙述技巧问题，更是对历史与文学独到的理解使然。王充闾在探索历史文化散文艺术的同时，也接续上了人文知识分子作为"阐释并守护世界意义的人"对现实发声的传统。

在《张学良人格图谱》中王充闾的一切艺术探索，皆缘于他清晰地意识到：由心灵创造出来的艺术作品，根本特质是艺术想象的产物。如张学良这样的传奇人生，本身就有丰富的"一定时间和地点的具体的意象"，可是，如果不加艺术想象地叙述出来，充其量"只是追忆以往生活过的情境和经历过的事物，而它本身并不是创造性的"，推动王充闾艺术创造力的正是他的人文积累和人文知识分子的责任心。《张学良人格图谱》昭示了历史文化散文存在的合理性："体现在对于现实人生和人性的关注，着眼于人生的困境、生存的焦虑、命运的思考、人性的拷问。"

王充闾"从 1995 年开始历史文化散文的集中写作，15 年来，结集为 9 本书：《面对历史的苍茫》《沧桑无语》《寂寞濠梁》《文明的征服》《龙墩上的悖论》《历史上的三种人》《千秋叩问》《文在兹》《张学良人格图谱》……"这样持续漫长的写作历史、丰厚的作品，已经可以证明王充闾历史文化散文拿历史说事的艺术旨归。在学院派闭门于自己专业的时代，王充闾的言说弥足珍贵。

《张学良人格图谱》：散文体传记的新尝试

◎贺绍俊

  王充闾是近十来年涌现出的卓有成就的散文大家，他的散文往往被视为文化散文或历史文化散文的一脉，一般来说，这样的判断并没有错，而且从文化散文的角度看，王充闾也以其实践大大丰富了文化散文的表现空间和表现方式。事实上，王充闾是一位具有强烈创新意识、在内心深处涌动着强烈自由精神的作家，他的散文背后包含着现实生活的不自由感与内心深处对绝对自由的渴望之间的张力，这也是他能够保持着创新性写作的内在动力。最近出版的王充闾的《张学良人格图谱》，就是一部凝聚着作者创新精神的新书。我以为，这本书的创新性集中体现在作者对传记这种文体的突破上，他将散文的自由表达与传记的真实性原则有效地结合为一体，提供了一种散文体传记的新的写作方式。

  《张学良人格图谱》是由十余篇写张学良的散文组成的，因此有的批评家将其定位为系列散文。从作者的写作过程看，这本书也是在思索和实践中逐渐成形的作品。王充闾与张学良同乡，故乡之情加上对张学良的景仰，使他对张学良的人生经历发生了浓厚的兴趣，持续不断地收集张学良的资料，研读张学良的生平，自然而然地将张学良作为自己写作的重要对象。当他以张学良为对象进行写作时，也就是在梳理张学良的生平传记。也许从他开始写第一篇以张学良为对象的散文时，就萌生了系统研究张学良的构思。因此，每一篇都有所侧重，相互之间又不重复，从而构成一个整体，从不同角度不同方面展示了张学良的生平、性格和思想。作者本人

《张学良人格图谱》：散文体传记的新尝试

就介绍了这本书的成书过程，他在有了思考张学良的人生轨迹的系统想法之后，相继写出了十余篇以张学良为对象的散文，然后又对这些散文进行了重新修订、润色，加强其整体性，从而让我们看到了这本以张学良传记为基础的《张学良人格图谱》。说它是传记，是因为它全面记述了张学良的一生，具备了传记的基本要素；当然它又不同于一般的传记，它不是按照时间顺序来记述张学良的生命历程，而是从不同的角度来记述之。这只是在结构上不同于一般的传记，这种结构从阅读传记来说，的确有一种新鲜感，但这样一种新颖的结构并不是王充闾的创造。王充闾这部传记为我们提供的创新意义并不在形式和结构，而在传记的思维方式。这也是我所称之为散文体传记的特别意义所在。

一般来说，传记是一种纯粹客观性叙述的文体，作者的主体意识是隐藏在客观叙述的背后的，是以传主为核心的。而王充闾的这部关于张学良的传记却是让自己的主体意识浮出水面，将传记的以传主为核心的结构变为以作者主体意识为核心的结构。这也正是我所说的散文体传记的关键所在。散文这种文体从本质上说是一种直抒胸臆的文体，是一种主观性非常强的文体，王充闾本来就是一位散文大家，对于这种主观性非常强的文体写作起来得心应手。如今，他将散文体的主观性和鲜明的主体意识带到了传记体中，从而改变了传记叙述的思维方式，如果说传记叙述的思维的逻辑关系是循着传主的生命轨迹而构建的话，那么王充闾在这部传记中所表现出的逻辑关系则在以自己解读和体悟传主生平的思想脉络中构建起来的。其实，这种写作方式很接受文化历史散文。文化历史散文中有相当一部分是以历史人物为叙述对象的，散文作者通过历史人物抒发情怀。王充闾的这本书可以说与这种散文类型有相似之处，但是当他把书写张学良作为一个系统性和整体性的构思来写作时，就具有了传记的效应。也就是说，写作既任主体意识自由驰骋，也始终把握着传主的客观性，让传主的客观性全面地呈现在读者面前。

我看重的还不是散文体传记对于传记文体的创新和突破的意义，而是王充闾选择了散文体传记这种明显具有新的文体试验的内心动机。王充闾在谈到这本书的写作过程时告诉我们,他写作这本书"是积蓄心中已久的一桩夙愿",他首先是要把这本书当成传记来写,"概括汉公的生命轨迹与人格图谱",但他同时又感到大量已经出版的记述张学良身世、生平事迹的书籍几乎都有一个令人不满足之处:"都着眼于弄清事件的原委,而忽略了人物的内在蕴涵",虽然他也意识到作为传记类的文体只能如此,但他要突破这种约束,"向心灵深处进逼","探求内在精神的奥秘"。毫无疑问,王充闾所说的"向心灵深处进逼",是要揭示出传主张学良的"内在蕴涵",但我以为这只是第一层意思,在王充闾的意识深处,还跃动着一个强烈的冲动,这就是对自我心迹的表白,因此,王充闾所说的"向心灵深处进逼"也是要向自我的心灵深处进逼,这是他的第二层意思,而且应该也是更重要的意思。这就涉及王充闾为什么会选择张学良大做文章。他是从张学良身上得到一种精神的共鸣,他在阅读张学良的生平身世中有一种引以为同调的感悟。那么,张学良身上是什么东西引起了王充闾的强烈共鸣呢!有一个词透露了王充闾的心迹,这就是他在书中作为最后一个章节标题的"成功的失败者"。王充闾认为,张学良的政治生涯为时很短,却成就了惊天动地的伟业。就此,可以说他的人生是成功的。当然,如果从其际遇的蹉跌、命运的残酷、宏伟抱负未能得偿于什一来说,又不能不承认,他是一个失败者。王充闾的这段论述富有深意,令人感慨。"成功的失败者"这一词,把成功与失败这两个截然对立的词统一在一起,这是一种辩证法,一种揭示社会人生复杂悖论的辩证法。如果联系到王充闾的人生经历和他的主要身份特征,大概就可以明白,王充闾未尝不是把自己看成为一个"成功的失败者"。王充闾在谈到张学良是一位成功的失败者时,是把他作为一位政治人物来看待的。王充闾长期在党政部门工作,官至省级高位,从职业来说,王充闾无疑首先是一位政治人物。我以为,"成功的失败者"可以说是王充闾对政治人物的基本概括。在一次研讨会上,王充闾特别谈到了政治家与政客的区别。他认为,政治家具有明确的政治理想和坚定的政治方向；而政客没有政治理想和政治原则，一切从实用出发，只要能达到现实的目的，一切手段都可以用上。王充闾的论述别有一番深意。从现实层面上说，政客往往是成功的，但从人类文明的发展上说，政客的成功也许带来的是对文明的破坏和造成社会的倒退。而政治家要获得成功的难度就非常大，因为他的政治理想与现实之间会有相当大的距离，他不能向现实妥协，他只能克服困难，创造条件，为实现政治理想铺平道路。正是由于这一原因，环顾中外历史，真正成功的政治家并不多见。作为一名政治家，最艰巨的事情就是无论现实如何险恶如何充满诱惑力，仍然坚守着自己的政治理想，这不仅仅是一个道德人格的问题，也是一个信仰的问题。实际上，对于那些长年在党政部门工作的人来说，对于公务员这种职业来说，几乎每时每刻都会面临坚守还是不坚守的拷问。但是，无论是政治官员也好，还是普通公务员也好，身处所在位置，既不愿与现实的丑恶同流合污，又不能无所作为，在有限的空间里尽力做一些有益的事情。如此一来，就会放弃很多风光红火的机会，牺牲很多现实的功利，于是以世俗的眼光看，你失败了，然而正是在这种失败中你坚守了，你在坚守中默默地播下了理想的种子。跳出世俗眼光，就会发现，你才是真正的成功者。失败的成功者，王充闾的这一论断真是太精彩太深刻了。正是出于对失败的成功者的感慨和自许，王充闾在张学良身上得到强烈的共鸣。他以"失败的成功者"为切入点，剖析了张学良的方方面面。而在这些叙述中，渗透着作者本人的感叹和识见，这是两位智者心灵与心灵的沟通、精神与精神的对话。通过对张学良人生传记的重新铺陈，王充闾展示的不仅是张学良的心灵，也同时在袒露自我的心灵。显然，这是一般的传记无法做到的，通过将散文叙述和散文思维引入到传记体中，王充闾做到了这一点。这正是《张学良人格图谱》在文体上的意义。

王充闾的写作始终洋溢着浓烈的政治情怀，沿着这条线索，我们也许能够画出王充闾的人格图谱来。我曾在一篇论述王充闾散文创作的文章中谈到王充闾的政治情怀的意义："王充闾散文中的政治情怀是中国现代思想史、中国现当代文学史的一份宝贵精神财富，我们过去对其重视不够。从20世纪初中国开始现代化运动以来，就有一批现代知识分子陆续投入到政治运动之中，尽管他们选择的政党不同，各自的政治理念不同，但他们身上所表现出的现代知识分子的政治情怀却是共同的。他们都是做学问与做人并重，文章与道德兼胜。可以列举出胡适、傅斯年、丁文江等，瞿秋白、陈独秀、顾准等。当年丁文江的一位朋友写诗评价丁文江：'诗名应共宦名清'，这其实可以说是中国现代知识分子的共同追求。他们热爱和推重自由、科学、民主，坚守人格上的独立性，在学术上更有开创性，在政治上更有建设性。因此这种政治情怀就是一种重要的人文精神。"在阅读《张学良人格图谱》时，我对王充闾的政治情怀有了更深的理解。王充闾作为一位政治官员，在现实中是很难完全实现自己的政治理想的，官员有着官员的不自由，身处官场其言行不得不遵循官场的规则。但王充闾作为一位作家，其心境又是最向往自由和开放的。精神的自由与为官的不自由，这二者之间的交织和冲撞酿成了王充闾不尽的文学思绪。在自由与不自由之间酿成的文学思绪是一种平稳、谐调、含蓄、深邃的风格，我在阅读王充闾的作品时，就对这些特征感受最为强烈。说到底，这是一位政治官员顿悟的结果。当王充闾清醒意识到精神的自由与为官的不自由之间是永远不能整合为一体时，他就将政治理想的自由向往依托到文学写作之中，因此，我们就在他的作品中读到浓烈的政治情怀。"失败的成功者"，在这一点上王充闾与张学良引为同道，不过，当王充闾将政治理想依托到文学写作之中后，他的"失败"也许就在转化为"成功"，因为通过文学的输送，他的政治理想就能进入到人们的内心。从这一点来看，王充闾又比张学良多了一层幸运。或许，王充闾在写作《张学良人格图谱》时，也曾涌动过对张学良在这一点上的惋惜！

散文泛化语境下王充闾散文的文体创造

◎王　宁

散文作为一种与小说、戏剧、诗歌并列的文学体裁，其独立文体地位的获得以"五四"文学革命为肇始，周作人等理论家更从理论上奠定了文学性散文的文体地位，并归纳出其"叙事与抒情"的特质，他们借鉴西方随笔与明清小品的神韵，力图找到属于中国散文最佳的表述方式，建立起散文作为文学性文体的概念。散文除了具备文学共同的"表现性"特征，同时更注重自我心性、真实人生情感、情绪、情思的表达，它散体行文，句式参差错落，充满个性美感，使其文体散发出主观色彩浓郁，情韵美、性灵美和睿智美的"审美"与"审智"相交叠的美学特征。

一、散文文体意识的确立

文体作为文学作品的外在表达形式，往往与作家的个性、人格密切相关，所以它又与作家整体的艺术风格相关，是作家主观情感表达与写作的客观条件相契合的表达方式，它不仅仅是一个外在的符号，而且是一个作家在心智成熟、技巧完善的过程中不断深化的文学意识的显现，是一个作家与其他作家的本质区别。

而从20世纪90年代以来，散文的再次勃兴显然呼应着一个思想自由、独立思考时代的来临，这固然可喜。但是随着大众传媒时代的到来，散文又遭遇了新一轮的媒体夹击。"散文泛化"现象被作为一个令人焦虑的问题而提出，它是指散文作为一种纯文学文体的性质受到了很大的冲击，创作局面出现了一定程度的混乱，本来属于高度个人化的散文创作已被操持在不同创作群体手中，由独创转为文化工业的批量生产、批量销售、传媒炒作，由单一的纸质传播走向影视、网络、图像传媒化解读，散文由文人的案头化创作走向了前所未有的媒体空间。面对当下后现代文化浪潮下大众文化时代的来临，文化的时尚化、符号化和快餐化已是不争的事实，日常生活审美化的新型美学观念标志着一次重大的审美转变，大量带有散文意味的印刷文字的出现，也是对久居于象牙之塔内的文学的一次挑战，为我们提出了散文的美质向非文学乃至日常生活层面的转化问题，从另一角度也说明散文是一种应用层面广泛、富有生命力的文体。

王充闾作为一个坚守崇高文学信念的作家，多次通过各种或书面或演讲的方式对散文泛化现象给予关注，他在一次就散文创作的谈话中说："文体是长期积淀的产物，它是一个历史的概念。文体是内容和形式的统一，是历史和现实的统一，是稳定和不稳定的对立统一，它相对稳定，实际上是不断变化的。从我个人的创作实践来看，就是一个不断追求创新的过程。

文体意识直接指导着文体的尝试与创造，从他早期的创作起，他就开始了对散文文体的探索。从题材和文体类型上看，他的散文大致可分为记录与个人成长历程相关的亲情散文、充满文化观照文化思索意味的智性散文以及历史文化散文三类。尤其是近些年来，他进入了散文创作的中后期，体现出一种深度追求的创作意识，在穿越现实与历史的层面时，力图对重大的人生命题和文化命题进行意蕴的深度探寻，同时坚持散文的审美性、文学性，净化散文泛化危机下芜杂的文体写作，避免公共话语对文学语言的侵蚀等等，显示了一个真正散文家高度的写作责任感。

王充闾在散文文体方面的自觉不是一种单纯艺术技巧上的提升，而是面对整个人类历史和生存境遇进行的深刻反思，他的散文自觉地背负上了一个知识者所特有的社会责任感和艺术使命感，被评论家喻为"'散文时代'中的知识分子写作"（王尧语），从而在文学史上拥有了自己的意义。

他在金钱主义、物质主义大行其道的时代，有着作为一个知识分子的清醒的判断和认识，对现实和历史固守着作家内在的文化与理性的精神追求，对权力与金钱的批判、对人性闪光点的捕捉成为他内在写作动力，他对于人生与历史的诗化解读，对于现代汉语散文文体的贡献值得我们研究。

二、对散文文体的创造

如果从散文的体制和体性（风格）两方面结合的视角来考察王充闾的散文文体的特质，那么就可根据其散文表现对象的不同而分类解析他的散文整体美学风格，主要有两类作品：一是他的亲情故土类散文、游记类散文；二是他最重要的历史文化散文。因而根据表现内容的变化，他行文的文体方式也不尽相同，所呈现的美学形态亦不相同。

王充闾的散文从对自我的人生道路的追思体悟切入，由对日常生活的感悟而引发个性的沉思，充满了学者散文独特的人文情怀和感伤之情。王充闾在书写亲情故土、个人成长历程的过程中，没有将这种浓郁的情感单一化，而是写出了个人成长记忆中鲜活生动的画面与留音，以及背后忧伤的情感内核，充满了对人生况味的咀嚼与慨叹，甚至有一些是关于时代生活与个人境遇中的凄凉感触。以质朴的口吻、现实主义的叙述方式对自己的童年记忆进行回顾，父母亲情、乡土故园，这片生于斯、长于斯的土地与作者有着割舍不断的血肉联系，写这些散文时作者没有采用过多的技巧和修饰，而是伴随着记忆使往昔的生活画面自然而然地泉水般汩汩流淌而出，用一种传统散文的写作与结构方式就足以将浓烈的情感——叙写，将自己的人生体验放置在一个文化与历史的空间内进行沉思，往往获得形而上的意义，也与一般描写自我的散文自然拉开了距离，深度自是不言而喻的。

游记类散文在王充闾散文当中占据了很大篇幅，尤其是随着他年龄的增长，生活阅历的增加，足迹遍布中国和世界的许多地方，游历旅行的经历开阔了他的眼界，带给他更为丰富的人生体验。这类散文在描写个人远游见闻的同时，比以往游记散文更加注重文化含量的增加，更注重将历史人物或事件、自然文化古迹与个体心灵世界的对接，努力开发属于自我的独特的心灵世界与过往人与事的联系，哪怕只是一点灵魂的叩问，也仿佛寻找到精神的出口，用现实中一个知识分子的心境进入被历史或自然点燃的深邃意境，体验多是形而上的，是超越的，因而说他的游记是与众不同的一种文化表达，不是流于一般性的描绘与感悟。

历史文化散文无疑是王充闾散文创作的代表性文体，他以独特的知识分子人文目光将历史与传统引入现代，探究历史深处不为人知的人性根苗，用现代意识进行理性的观照，充满带有思辨色彩的历史文化意味。评论者将其归为"飞鸿散文"之列，即"轻盈翱翔于蓝天和大地之间，以空灵的意象和诗性化的象征与隐喻，抚摸历史时间的烟云和倾听历史人物的心声，对历史保持自我的崇敬和冷静的智慧，寻求自我和历史的对话、读者和历史的对话"。这样就对历史文化散文从文体、文学性、文化品位上进行了定位，明确地提出了文学散文创作鲜明的特性，更加强调了历史文化散文的现实观照意味，叩问历史是为了审视现实，用现代人文主义的目光和理性为不断发展变化的现实生活提供丰富的精神滋养和科学的价值参照。具体来讲，历史散文的创作不是一个简单地提取历史，然后使之文学化的过程，它对作家有着特殊的要求，也是散文中的特殊体式。"在取材对象上，它要求富有摄纳性的历史文本和历史材料中潜在的诗性，以及古今相通的意义。作家写历史散文可以以散文激活历史。但这一目的的实现，构思与写作中须使历史事实疏淡化，呈现当世的历史观，追求体会的特别处，多有情感的融注性，情思偕进，创造出历史散文特有的体式特征。"历史文化散文的文体构思就围绕着"以散文激活历史"的中心概念展开，从而进行文学化的呈现。如散文集《寂寞濠梁》《文明的征服》等，标志着他散文创作的成熟，即在揭示历史规律的同时，更注重对人生悲剧性无常感的揭示，从对中国古代知识分子历史命运的关注到对中国"士"阶层及儒道文化浸润下的人格反思,还对人类的命运和人类的价值进行深度的关怀,深入人的情感世界,揭示人类心灵世界的复杂性与多变性。

在一系列以人物为中心的历史文化散文中,王充闾将历史人物那些隐秘的不为人知的心灵世界一一剖析,将他们人生际遇与性格逻辑的发展做了合乎情理的阐释,让读者从史料的冰冷中解放出来,从有血有肉的人物身上捕捉到历史带给人的偶然与必然的影响。曾国藩、李鸿章、李白、王勃、李清照、骆宾王、纳兰性德、香妃等历史人物本身就具有一定的代表性或传奇性,他们身上的悲剧感和苍凉意味通过王充闾富有文学色彩的笔触展示在文本上,引起读者的强烈共鸣,这主要是由于创作主体以高尚纯净的内心、悲天悯人的人文主义情怀,将大量情感资源的注入,使每一个人物都成为性格与命运互动的可感知的生命个体,成为文学化的人物,可以令读者产生强烈共鸣的艺术典型。如写清代著名词人纳兰性德的三篇散文《情在不能醒》《青眼高歌》《纳兰心事几曾知》,王充闾选取了主人公生活中三个有代表性的侧面,即缠绵悱恻忠贞不渝的爱情、襟怀磊落待人以诚的交友原则以及他英年早逝的内在原因,并且运用纳兰性德的诗词贯穿在行文中,起到画龙点睛的作用。他将一个复杂的、挣扎的生命历程展现给我们,描绘了它无限丰富的内涵。

三、散文的语体特色

我们在研究一种文学文体时,会不由自主地按其表现内容进行分类,但是文体作为内容和形式的统一体而存在,它的外在形式与表述方式往往作为更为鲜明的外显特征,由语言作为基本元素而形成的语体特色与叙述方式常常成为区分作品个性的标志。每个追求纯文学品位的作家在写作过程中也都有意无意地疏离着大众化、公众化的语言方式,来求得个性化的表达,成为独特的"这一个"。"语体"作为一个概念被重视起来,它是个人语言表达上的作风和气派,是在文学写作中由于个人的修炼和风格的不同而形成的个人变体，语言的组织与表现手法叙述方式的不同而导致语体呈现的不同，语体与文体在某种意义上成为同义词。

进入90年代，整个文学层面显现出比较清晰的分野现象，当代散文写作经历了雅俗的分流与消长，愈发表现为纯文学与大众通俗文学的区别，不同类型的散文占据着不同类型的传媒与读者群，并各自沿着自身的轨迹运行。学者散文的勃兴则是纯文学领域一个引人注目的现象，如余秋雨散文所产生的巨大社会效应就不能不令人深思文化散文对整个文体的引导作用。

王充闾是有着深厚的中国传统文化的根底，并接受了现代正规教育的知识分子，有着宏富的知识储备和鲜明的学术见解，进入创作的中后期以后，散文文体的意识日趋成熟，并且有十分完备的个性化风致，他散文的语体与叙述方式都呈现出一种学者散文或曰知识分子叙事的古雅知性深邃的特色，即体现诗性与智性的双重呈现与诉求。诗性隐含着他对人文主义精神世界的开拓；智性隐含着他在知识传递过程中理性的反思精神。学者散文由于创作主体身份的特殊，他们往往是经过某一领域专业训练，有一定的文化修养和理论功底，并对社会人生有独立的且富有个性的认识的人，与一般的作家相比，他们更注重对文体的推陈出新，对个人风格的标举，对文学的文化内涵的挖掘。王充闾的散文就具有了学者散文的这些特质，从而在一般的散文作家里显现出超拔独到的风韵。因为具备了丰厚的文化底蕴，对散文本质的深刻认识作依托，再加上纯熟的文字驾驭能力，王充闾将散文文体的功能几乎发挥到了极致，他的散文便拥有了个人文体的独特光彩，他的散文散发出厚重、沉郁、清新、优雅的文体特色。

文化之盾的光芒与力量
——关于《张学良人格图谱》

◎高海涛

读王充闾先生的这部散文新作,掩卷后的最大感想是作者与所写对象之间的相称性。由这样权威的作家来写这样权威的历史人物,可谓正得其人,甚至可以说是一种冥冥中的文化选择。美籍俄裔诗人布罗茨基(Joseph Brodsky,1940—1996),曾写过一匹夜色中的"黑马",说它"在我们中间寻找骑手"。实际上,历史事件及其过程,历史人物及其命运,也都像这样的"黑马",总是在寻找和等待与之相称的题材驾驭者。作为现代中国最富传奇性的历史人物之一,有关张学良将军的文本林林总总,不胜枚举;但至少从我的阅读范围看,这部《张学良人格图谱》从思想品位、历史视野到文学境界,都无出其右者,甚至是比其他作品高出了许多。通观全书,我们感到这几乎是对张学良人格形象的一次重塑,对所涉及的现代史实的一次重写。陈寅恪在《柳如是别传》中引钱谦益《复尊王书》中所言以表明他的治史思想:"愿得一明眼人,为我代下注脚,发皇心曲,以百世。"对于张学良将军,王充闾先生就是这样的明眼人、慧心人,他这种接通"心史"的散文写作,很多方面都是发历史未发之覆。而且,与他写历代帝王以及曾国藩等历史人物不同,虽然其中也涉及了张学良人格中的悖论和某些人性中的内在紧张;但主要的思路还是同情了解,体悟认同,并自觉融入了作者自身的情感与生命体验,表现出十分亲和的"主体间性"(inter-subjectivity)。

一、"呐喊"与"流言"

鲁迅评《儒林外史》的结构，是"虽云长篇，颇同短制"。而这部散文集，因为集中写一个历史人物，读起来却是颇同长篇的结构。作者几乎像是塑造"典型环境中的典型人物"那样，从不同侧面勘查、揭秘、披露、解码、读解、诠释，呈现了张学良的人格形象与心路历程。他不是"人格神"，也不是仅仅用"千古功臣"或"民族英雄"这样的命名就能一言以蔽之的意识形态符号，他的人格是鲜活的、具体的、道成肉身的。这是一份细笔勾画的"人格图谱"，近看凄美，远观顽艳，有明有暗，有深有浅，传达了况味别传的命运感。

命运感是叙事作品难能可贵的美学标志，而历史文化散文，虽并非以叙事为旨归，却有时也能抵达。这与其说是出自一种叙事策略，不如说是来自一种史学传统，那就是以人为本，知人论世。尽可能地贴近主人公的人格心性，生活细节，身世命运，特别是注重揭示历史人物之间的深层关系，对在以往官方话语和民间话语中已成定式的"张学良叙事"或"张学良神话"进行重思和重构，从而释放出被宏大的历史经验和意识形态所压制与排斥的精神意义，重新激活历史叙事中"人的存在"与"人的命运"主题。换言之，也就是以小历史照亮大历史。这就如同是在鲁迅式的"呐喊"中加入了张爱玲式的"流言"，于是就显现出迥然不同的叙事气质与风貌。

这是一些历尽劫波、面对沧桑的散文，如《不能忘记老朋友》《尴尬四重奏》《夕阳山外山》《别样恩仇》《良言美语》等，把张学良与周恩来、郭松龄、蒋碧云、蒋介石、宋美龄等同时代人的复杂关系旁逸斜出地铺陈开来；而每组关系都是历史大旋律中的小插曲，时代大剧情中的小故事。正是这些小插曲或小故事，让许多为人熟悉的史实都被不同程度地陌生化了。情形仿佛是这样：在辽阔的历史风云中，那些个人化的爱恨情仇的"海燕"在骄傲地飞翔。

《您和凤至大姐》是用第二人称讲述，显得奇崛而突兀，但感觉又恰到好处，包括语言也是出人意料、别有意趣的："您已经实现了'红尘觉悟'，百年风霜历尽，万事秋风过耳。"张学良无论是在戎马生涯中，还是在幽禁岁月里，夫人于凤至总是他身边"有凤来仪"的存在，贤良恩爱自不必说，聪慧助力更应难忘。但其晚年，张在台北皈依基督教，以举行洗礼要求须一夫一妻的戒律为由，致信大洋彼岸，恳请于凤至同意离婚，以成全他与赵一荻的合法关系及他本人皈依之志。这封信和于凤至肝肠寸断之后写给赵一荻的感人至深的复信，仿佛支撑起了某种情感教堂，让一个中国式的"人间圣母"形象潜然纸上。读这篇散文，会让人感到一种奇特的张力，既是关乎情感的，也是关乎信仰的，其间所存在的悖论之处或许也可以在《圣经》和宗教批评的语境中加以讨论。

如果有谁要研究基督教在中国的传播史，关于张学良的晚年皈依及其和于凤至的忍痛分手的史诗应该是值得详述的一笔。但这里不可通约也难以还原的悖论在于，主张"神是爱"并以"神主动寻找人"为标榜的基督教，其教规和戒律何以会如此铁面无情？一个普适性的宗教不应该没有历史主义，不应该拒绝考虑个人历史的特殊经验和特殊境遇。那么问题到底出在哪里？是张学良本人的问题，赵一荻、宋美龄的问题，还是台北某个迂阔牧师的问题？或者问题就在基督教内部。詹姆逊（Fredric Jameson，1934— ）说，在马克思主义的传统中，用历史的眼光看待事物和从社会学的角度看待事物之间有一种紧张关系，前者是从境遇出发，后者是从结构出发，二者之间存在着张力。我们是否也可以说，在基督教的戒律中，可能也同样存在着这类张力，从境遇出发，还是从结构出发？总之，"英雄儿女各千秋"的张学良，到晚年归于宁静的信仰，所谓"观沧海，品幽兰，读《圣经》"，这无疑让他的传奇人生曲终奏雅，余音袅袅；但于凤至在异国他乡寂寞无助的凄凉守望，却总似在一幅宁静的画面中平添了几分凝重。或许历史就是这样，当新的史实被揭秘后，更新的史实已在被揭秘处等待着更新的揭秘，如此层出不穷的解构和建构的过程，就是历史写作的激情和趣味之所在。所以,当美籍华裔历史学家唐德刚提出张学良是"中国的哈姆雷特",他就应该更进一步,将于凤至发现为某种意义上的"欧菲利亚",哪怕仅仅是从诗化历史的目的出发,这样说也应不失为洞见。我们可以设想这位从关东黑土地走到美国洛杉矶去的中国夫人,在垂老之年接到那封书信的伤痛心境,恰如被称为"不幸爱情的歌手"的俄罗斯女诗人阿赫玛托娃(Anna Akhmatova,1889—1966)所写的那样:"寂静就像欧菲利亚,通宵为我们歌唱。"

二、历史与人的"文化诗学"

综观王充闾这本散文集,可以说既是通过人来写历史,也是通过历史来写人。全书的基本视角有二,一是主体间性,二是文本间性。不仅有人格互衬的揭秘、爱恨情仇的披露,也有对历史文本的重组与重构。作者对大量的、繁复的史料或历史文本,不是泛泛地引述,而是注重其差异和变体,充满了异质性和多样性。这样的特点,因为是如此的鲜明,我认为在一定程度上表现了对新的历史建构方法的自觉,或者说是对"文化诗学"(Cultural Poetics)认同的自觉。

文化诗学在作为文学批评方法之前,它首先是一种历史叙事和历史写作的方法。从英国的"文化唯物主义"到美国的"新历史主义",这种新思潮就是要挑战和消解以往历史观中的本原论和目的论的两大迷思,用海登·怀特(Hayden White,1928—2018)的话说,历史中必有虚构,是叙事话语问题。也正如克罗齐(Benedetto Croce,1866—1952)所言:"没有叙事,就没有历史。"历史总是以文本的形式出现在世人面前的,而以往的情况是,人们往往忽略重建整体历史语境的困难,偏信某一语境或某些语境具有决定性的力量,从而排斥了其他语境。因此,所谓"新历史主义",就是强调关注历史文本之间的关系,坚定不移地提醒人们注意产生文本的历史语境,阅读不同种类的作品、文件,特别注重历史中的插曲、奇闻逸事、偶然事件、不可思议的情境，把这些视为历史中的诗学因素，并以此来挑战既定的历史陈述，就像以诗的语言来挑战语法和逻辑的规则。

王充闾的历史文化散文写作，应该说从一开始就在叙事方法上与新历史主义的思路不无暗合之处；而在《张学良人格图谱》中，表现似乎更为突出。这些历史散文对不同类型的历史文件乃至口述历史的引证和发掘，很多是前所未有的，并能引发读者对历史的重新理解。詹姆逊说，"我们对过去的了解主要受制于历史想象力和政治无意识"，而这种新历史主义的互文性发掘和"文化厚描"，无疑是扩展了我们历史想象的空间，也在某种程度上超越了政治无意识。

这种立足"诗学"的历史叙事与言说，它的直接效果有两个。一是对以往有关张学良及其同时代人的民族主义叙事模式、爱国主义叙事模式有所突破，从而让张学良的形象从"个人忍受历史"的情境中脱身而出，显示出经过重塑的文学形象的价值。或者说，在接受过程中，读者会和作者一样，主要不是关心他所参与的历史事件，而是关心他所遭遇的"存在事件"。这正如米兰·昆德拉所理解的小说精神，那就是反对"存在的被遗忘"。从意识形态化的历史诠释和民间传奇，到存在本身的歌唱和生命本身的言说，这使张学良及其同时代人的形象不仅丰富化了，而且也陌生化了，他成了一个生命见证历史的象征。就像波伏瓦（Simone de Beauvoir，1908—1986）的小说《人都是要死的》里面的主人公，他穿越世纪，怎么也无法死去，就那样在历史的棋盘上悠然地下着跳棋。

第二个效果是对历史可能性的重新打开。文化诗学或新历史主义的一个主要启示，就是不再追求所谓的历史权威性和必然性，而更关心历史的可能性和偶然性。大事件可能肇始于小原因，小问题可能导致大风暴，这样的认识或体悟在书中显然有很多例证。如《尴尬四重奏》写郭松龄反奉及其最后战败被戮的内外情由，就堪称偶然性的文本。所谓世事茫茫难料，人生前路多歧，正是战前看似微小偶然的决策失误，导致了郭的可悲的败局。而杨宇霆公报私仇，矫命把郭夫妇就地处决，又不经意地为自己后来成为东北易帜的祭旗者埋下了伏笔。《别样恩仇》写张学良为蒋介石逝世所写的挽联，白纸黑字却未必传达内心款曲，某些顾忌、某些堂皇，以及时过境迁等情由，这些貌似散淡的推想，却表述了对历史文本权威性的质疑。历史的偶然性关联着历史的可能性，这些散文的基本修辞就是隐喻和设问：假如张学良当年不对蒋实行"兵谏"，那他们的关系又会怎样？或假如蒋在"西安事变"后信守承诺，不囚禁张学良，那张学良的历史作为和功过定位又将如何？等等。都说历史是不能假设的，但历史的假设往往能让我们更好地理解人，并通过人更好地理解历史。哲学家萨特曾评论过美国作家福克纳（William Faulkner，1897—1962）的代表作《愤怒与喧嚣》，他不赞成书中主人公昆丁父亲的说法："人是他一切不幸的总和。"他说恰恰相反，"人是他还没有而可能有的一切的总和"。的确，人是为可能性活着的，并由可能性确定其本质。而正因如此，可能性也是历史叙事不可忽略的一个重要维度。无论是对人而言还是对历史而言，另一位存在主义哲学家海德格尔的话也许更值得记住："可能性高于现实性"（Possibility is higher than actuality）。

三、面对历史的文化之盾

晚年的张学良旅居美国。《人生几度秋凉》中写他在夏威夷的海边，风轻浪软，余霞散绮，"老将军深情凝视着这一场景，过了许久，忽然含混地说了一句：'我们到那边去'"。作为散文写作，这显然是接近于小说的笔法，真实与虚构之间，传达了象征的意蕴。美籍俄裔小说家纳博科夫（Vladimir Vladimirovich Nabokov，1899—1977）思念他离开多年、始终未归的彼得堡，创造了被称作"幻归"的精神主题，就是在幻想中回到故国家园。设想张学良的一去不返的人生历程，特别是在晚年的情境中，他该有几多"幻归"，自是不言而喻。但所谓"鹤有还巢梦，云无出岫心"，在《鹤有还巢梦》中，我们又看到他有多少无奈。

文化之盾的光芒与力量——关于《张学良人格图谱》

张学良一生的历史，是抗争的历史、幽禁的历史、流放的历史，同时也是乡愁的历史。但要写出这些，哪怕仅仅要写出他的乡愁，都是相当沉重的话题。但是，读完《张学良人格图谱》中的诸篇，读者却能获得许多"轻快"的感受，这在作者散文写作的固有优长之外，我觉得是一种新的特质。

尼采（Friedrich Wilhelm Nietzsche，1844—1900）说："历史的真正价值，在于把一个普通话题改造成许多天才的变体，把通俗的曲调升华为普遍的象征，表明在一个由深度、权力和美构成的世界上都存在着什么。"如果说，尼采的这种说法是就历史的诗化而言，显得有些晦涩和抽象的话，意大利作家卡尔维诺（Italo Calvino，1923—1985）的《新千年备忘录》中的观点可能更贴近文学本身的思考。《新千年备忘录》另题为《美国讲稿》，其中的第一讲就是"轻与重"。在他看来，"轻快"不仅是某些文学作品的审美特征，而且简直可以看作是一个美学的乃至哲学的范畴。他以卡夫卡（Franz Kafka，1883—1924）的小说《煤桶骑士》为例，一个人在冬天没有煤烧，就拎着煤桶出去讨煤，但煤店老板不肯给他，他于是就骑着煤桶飞走了。卡尔维诺对此阐释说，煤桶越是装满，就越不可能飞翔，这就是轻快的意义。这样的阐释，在我们看来或许有些离题，但离题又恰好是卡尔维诺所推崇的策略。他说："如果直线是最短的距离，那么离题可以拉长它。如果离题变得足够错综迂回，说不定死亡也找不到我们，时间本身也会迷路。"

实际上，在我们当前包括历史文化散文在内的某些文学写作中，这种"轻快美学"和"离题美学"的自觉不是多了，而是远远不够。这种思考与中国传统的"性灵"说可能是相通的，但显然更接近现代叙事学的内涵。在《张学良人格图谱》中，也正是这种离题的文本策略产生了轻快、灵动、不拘一格的审美效果。比如叙述人称的转换，元叙述的采用，作者个人记忆的重现，戏剧性场景的介入，小说虚构性的借鉴，在《您和凤至大姐》《尴尬四重奏》《梨园情》《猛回头》《九一八，九一八》等篇中均有出人意料的表现。特别是《不能忘记老朋友》一篇，从写张学良转到写周恩来，这种悄然流转的离题与枝蔓，如风行水上，自然成文，以轻快的感悟拨动历史的记忆，在读者中引起了广泛的共鸣。

卡尔维诺把希腊神话中美杜莎的故事便看作是关于文学写作的寓言。他认为，历史和现实就像是神话中美杜莎的目光，你直视它就会被它石化，所以谁也杀不了美杜莎。唯一能斩下美杜莎头颅的是珀尔修斯，他穿着飞行鞋，并不直视那个女妖的面孔，而是透过铜盾的反射去看她的形象，这样他就完成了对美杜莎的征服。在卡尔维诺看来，"珀尔修斯的力量永远来自他拒绝直观"，他的"铜盾"则是他获得这种力量的保证。

可以说，每一个出色的作家都有属于他自己的观照历史与现实的奇妙"铜盾"，对王充闾而言，他的"铜盾"就是他的特殊的文化素养，丰富的阅历与深厚的学识，使他可以在历史文化散文写作的领域不断有所拓展和创新。实际上，当我们从新历史主义的角度来看待和解析他的作品的时候，应该主要不是指他的理论关怀。写散文和写诗、写小说是不一样的，诗人或小说家有可能直接从理论观念的接受出发，从而在借鉴的基础上写出后现代诗歌或新历史主义的小说；但散文家如果没有足够的素养和学识，仅从形式上要有所创新是很难做到的。

所以我最后的结论是，正是因为对传统与现代文化的深厚积淀和广博的吸收，王充闾的散文才具有了独特的、中和的、与自我性情相关的"文化诗学"的景观。而正是因为这样的对"文化诗学"或新历史主义的经验认同，他的作品在审美意蕴上也就自然会走向轻快、愉悦的文本特征；因为从理论上说，这样的文本特征恰好是由新历史主义的思想逻辑所决定的，也是新历史主义文学写作的基本共性。而在此共性中的个性表现，则当然是不言而喻的。

在散文家王充闾艺术经验的创新转换中，《张学良人格图谱》显示了文化之盾的光芒与力量。

历史文化散文的诗性

◎ 邹　军

2009年7月王充闾先生完成了一桩夙愿：多年精心创作的《张学良人格图谱》出版发行。写张学良的作品可谓是堆积如山，因此《图谱》的写作可谓是迎难而上，写出彩了难，被淹没也属正常。但《张学良人格图谱》确实将文学、哲学、历史事实融于一体，艺术真实与历史真实化为一身，达到一种诗性的真实。

一、人做的事——诗性地还原历史

"夕阳在金色霞晖中缓缓滚动，一炉赤焰溅射着熠熠光华，染红了周边的云空、海面，又在高大的椰林间洒下斑驳的光影。沐着和煦的晚风，张学良将军坐着轮椅，从希尔顿公寓出来，穿过林木腐熟的甬路，向黄灿灿的海滨行进着。"这是《张学良人格图谱》的开篇之笔。充闾先生的这段文字显示出他作为优秀散文家文笔的细腻和精致，这样的表达方式使张学良将军的形象更具亲切感，他所制造的身临其境的背景拉近了人物和读者之间的距离，好像那熠熠生辉的光华和夕阳中的晚风就在我们身边；跌宕一生的将军，经过一个世纪沧桑的老人就坐在我们面前，和着夕阳、晚风，一世的成败荣辱已成云烟，生命回归到原初的安宁。情感和思想蕴含在文学的语言之中。

这是充闾先生想要达到的效果。他不满足于传统的平铺直叙的叙事方式，而将历史陈述和文学艺术表达和谐地融合在一起。基于历史事实而超拔至诗性境界。

充闾先生显然是认识到了这一点，即诗性地还原历史的重要性，也正是这一点使《图谱》具有超越和突破意义。笔者认为，《图谱》的构思和写作基于充闾先生对文学与历史关系的重新认识，即：历史是否可以原封不动地还原；完全遵从史料是否就能达到绝对真实；如果绝对的客观历史真实存在，那么历史真实和诗性真实哪一个更贴近本质，这是充闾先生融贯在《张学良人格图谱》中的思考和探索。

充闾先生在《历史文化散文的现实关怀——在北京大学中文系的讲演稿》中说道："历史是精神的活动，精神活动永远是当下的，绝不是死掉了的过去。"按照阐释学的观点，一切历史都是当代史。传统的历史主义认定历史的总体性发展观，并竭尽全力恢复历史的原貌。政治思想家卡尔·波普尔（Karl Popper，1902—1994）在《历史主义的贫困》中认为："不可能有一部'真正如实表现过去'的历史，只能是各种历史的解释，而且没有一种解释是最后的解释，因此每一代人都有权力去做出自己的解释。"事实上，通过语言恢复历史原貌实在不太可能，即使像《史记》这样被认为"十分客观"的历史，也同样"借他人的酒杯浇自己的块垒"，在历史叙述中不免添加作者所处的社会意识形态、文化习俗、个人思想和情感因素，是各种权力话语的诉述，因此恢复原形几乎不太可能，然而，历史若失去真实，意义何在。充闾先生一定也遇到这样的困惑："客观历史具有'一度性'，过去再不复返，'不在场'的后人能否根据事件发展规律和人物性格逻辑想象出某些能够突出人物形象的细节，进行必要的心理刻画以及环境、气氛的渲染？"充闾先生的答案是肯定的："很难设想文学作品没有细节描写，因为它最能反映人物的情感和个性。"他曾在《张学良人格图谱》的附录中谈到歌德对曼佐尼的批评："如果诗人只是复述历史家的记载，那还要诗人干什么呢？诗人必须比历史家走得更远些，写得更好些。"显然，充闾先生已不愿仅仅追求字斟句酌的客观史料的真实，他要达到的是一种超越客观真实的诗性真实。

历史的诗性特征指的是历史不可避免地带有一切语言构成物的虚构性，它在根本上不能脱离想象，是想象使历史得以完成。想象使历史戴上了诗意的特征，历史的诗意特征又使历史得以向纵深发展。海德格尔曾认为"艺术是历史，作为历史，全是在作品中真理的创造性保存"。《图谱》中写张学良和于凤至的篇章，充闾先生采用了第二人称的口吻。通篇采用第二人称，而非传统传记的第三人称叙述。这种叙述方式为读者设置现场的情景，好似作者坐在张学良将军的对面，为他回忆生前的往事。又好像作者是张学良的一位老朋友，正在给远方的老将军写一封感情真挚的书信。这种叙述方式使为读者所熟悉的"张于"故事产生了陌生化的审美效果，也正是这种陌生化的审美效果把读者与作品拉得更近。

二、做事的人——追溯和重塑人物心灵史

早在古希腊时期，史官对历史的追溯便突破对历史史实原封不动的记录和保存，而更多的是对真理的寻求，充闾先生在图谱的写作中采用的古希腊式的诗意还原历史，他想揭示什么而又要寻求什么？

在《图谱》中，充闾先生将张学良的人生事迹分成了15个部分分别叙述，这种分类并非按照时间的顺序，而是从不同的角度对张学良的人生一一讲述，比如，《不能忘记老朋友》写张学良重情重义；《您和凤至大姐》写张学良的婚姻；《将军本色是诗人》写张学良的诗性人格和才华。单纯叙事容易，而追溯人物心灵复杂，但人物心灵的红与黑、矛与盾、平静与纠葛总是让人嚼之有味。《图谱》以追溯和塑造人物心灵史为己任，对张学良的人生进行了剖析，所有的记事围绕着这一中心点展开，并且充闾先生分析了构成张学良人生形态的元素：人格、社会历史背景、家庭背景和人生境遇，并将其着重点更多地落在张学良的人格构成上。张学良为人充满生命热情和冒险精神，豪爽重情义，具有诗性情怀，却容易轻信他人。

政治上的天真使他失去自由，却见证了两个女人对他忠贞不渝的爱情，他一生重情重义，虽流落外乡却因人格的魅力而被国人永记。与其说他是个政治家，不如说是个诗人。他曾是阔少、是将军、是爱国主义者、是叱咤风云的硬汉，是多情的诗人；也曾是叛徒、囚徒、负心人、百年孤独的老者……众多的角色构成了丰腴的人生，正是这诗性的人生为后世所铭记，而就张学良本人来说，他未必嚼起来津津有味：明亮与灰暗构成了张学良生命底色。

问题的提出和展现，通常为了寻求一个作者想要论证的命题，顺随充闾先生的思路，《图谱》在循序渐进中对张学良的充满悖论的一生，做了哲学上的分析，并得出了结论："成功的失败者"。这是充闾先生在张学良跌宕起伏的人生之脉的百转千回中予以凸显的命题。

事实上，浩瀚的人生之卷怎能仅以"成功"或"失败"二字就能予以概之，若由此理解生命个体的终结归纳，都可以是成功的失败者或失败的成功者。这是人生常态。充闾先生由张学良的人生升华到普遍人性的高度使《图谱》具有超越的意义。正如格林布拉特（Stephen Greenblatt）所说：不参与的、不作评判的、不将过去与现在联系起来的写作，是无任何价值的。作者在写作之前对历史的领域和范畴的预设将成为对事件进行叙写的理论载体。而这种理论的构建和表现需要作者具有诗人的洞察力和表现力，以使人物再次在历史的陈年往事中复活。

三、小结

《图谱》是历史散文，其文学性多于史学性。就中国文化中的"史"的传统来看，"史"的本意指的是史官而非史书。《说文》云："史，记事者也。从又持中，中，正也。"中国史官从它诞生的开始阶段所履行的职事，主要是记述天文术数、祭祀和军事等，以后才逐渐派生出记言记事的职能。随着历史的发展，史官的职能范围在发展变化，"史官"

这一概念的内涵及意义也在发展变化，但史官所记之言之事的真实可信，人们却不曾发生怀疑。因此，从这个意义上我们说，中国历史精神就是史官不断地修撰着真实可信的历史，而不是对历史一遍又一遍地重新阐释，甚至改写。

充闾先生打破了传统上对历史题材的处理方式，在《图谱》中打破了传统的线性结构叙事，而是设置一些问题（这些问题围绕上述论点即追溯和重塑人物心灵史），确切地说，这些记事主要为写人服务，在这些事件中折射出人物命运的走向，展示人物生命的底色。充闾先生想要做到的是向人们展示一个新的张学良，所有的叙事仅为此服务，而对人物的刻画和重塑单有历史材料还不够，如何透视材料的背后、挖掘出本质的意义所在，如何将本质意义所在恰当地表现，这是全书的关键，充闾先生以其深厚的哲学修养和娴熟的语言表现力为读者树立了新的张学良形象。

"小历史"镜像中的张学良
——读王充闾先生的《张学良人格图谱》

◎ 王静斯

对于张学良先生的了解主要来源于他的传记、相关的历史教材等一些钦定的话语文本。因此可以说，张学良先生的形象已经逐渐地模式化为几个固定的名词，即爱国人士、东北易帜事件以及西安事变。政治层面与日常生活的割裂，掩盖了张学良内心世界的丰富性。在政治层面，也许我们仅仅了解他坚定的爱国主义立场；在感情层面，众所周知的也许仅仅是其与赵四小姐之间相濡以沫的感情。然而，这在深入挖掘张学良独特的性格特征和精神世界方面却是远远不够的。王充闾先生的《张学良人格图谱》（以下简称《张》）全篇以情为线索，在亲情、爱情、友情这样一个充满日常生活气息的氛围中剖析了张学良的精神世界。相对于惯常的较为客观的人物传记而言，本文塑造了文学世界中的张学良，使其从一位大气豪放、拿得起放得下的将军转化成为有血有肉的儿子、丈夫和朋友。相对于目前张学良研究者们处心积虑地挖掘一些与其相关的无价值的花边新闻而言，王充闾先生关涉人物内心，在细节中探究人物性格，彰显了其独特的写作视角以及冲和平淡的处世态度。文如其人，这部作品恰到好处地诠释了这一观点。

可以说，充闾先生在《张》一书中将张学良这位在"大历史"的境域场中定格的人物还原到了"小历史"的镜像中来，将其由遥不可及的英雄人物还原成为浸染着日常生活气息的普通人。也就是说，正由于其在西安

"小历史"镜像中的张学良——读王充闾先生的《张学良人格图谱》

事变等重大历史事件中所秉持的坚定的爱国主义信仰,才使得他被笼罩在神性的光晕之下;正因为这种张力场的存在,才使其具有了无限的可言说空间;正是对言说空间的演绎,才产生了说不尽的张学良。宏大的历史事件引领我们进入了狭小的历史空间,即人物性格空间。而充闾先生在《张》一书中试图探究性格决定命运这一命题,也正是从"大历史"进入"小历史"这一维度展开的。因此"大历史"作为基础,而"小历史"——人物的性格又作为客观存在对其进行了有力的回护。

在宏大历史基础上,充闾先生展示了"小历史"中,即日常生活中张学良鲜活的人物性格。他把张学良由统帅东北军的将领拉到了平淡的生活中,使其变成了日常生活中的百姓;把一个威武严厉、说一不二的人物变成了我们身边的具有突出性格缺陷的普通人。可以说,在具体的道德伦理关系中,我们能够更深入地了解一个优缺点兼具、并且二者都十分突出的真实的张学良,更清晰地感受张学良身上特有的正直与率真、单纯与鲁莽。只有在平淡生活中,在面对亲人、爱人和友人的时候,人们才最愿表露内心的情感,同时在这一充满温情的环境中也最能反映人物的真性情。而充闾先生正是捕捉到了人性的这一特征,选取了几个对张学良至关重要的亲人、友人及爱人来诠释其性格的多面性和复杂性。在亲情方面,父亲对他影响极大,生日当天父亲的去世对其造成了沉重打击,因此张学良很少过生日,甚至不愿意别人提及他的生日。可以说,对于父亲去世的耿耿于怀潜隐了少帅身上所浸染的忠孝的传统思想;在朋友圈中,对于好友郭松龄的鼎力相助以及在危难之中的痛苦抉择则彰显了其重情重义侠肝义胆的气质;而在极其器重他的蒋介石面前,又流露出其性格中单纯固执的一面,同时也体现出其骨子里所镌刻的作为一名军人对于政治理想的坚守。因为在他眼中,蒋介石不仅仅是国民党的最高长官,而且是一种无形的政治信仰的集中代表。即使在多年后,有记者问及对于当年送蒋回宁是否后悔时,他仍然毫不犹豫地回答:"不后悔,这是我做事的原则,你们不懂。"而在感情方面,虽然有于凤至和赵四小姐无微不至的照顾和矢志不渝的爱,但他仍然念念不忘红颜知己蒋四小姐，在此其多情好色的本性也跃然纸上。另外，本书还通过张学良对于诗词、京剧以及历史的钟爱，以文化旨趣为中介呈现并剖析其性格。可以说，充闾先生通过日常、政治生活中的不同事件，从多个侧面关照了张学良人性的复杂性，正如一幅幅色彩绚丽的风景画，每一幅画卷自成体系、各具特色又浑然一体、相得益彰。

同时，在"大历史"的基础上生发而来的"小历史"中关于人物性格的塑造又对其形成了有力的回护。也就是说，在充分感悟人物性格以及在具体事件中的人物心理活动之后，再去解读"大历史"，即解读东北易帜、西安事变等重大事件时就会更深刻地理解张学良的行为。比如，张学良秉直固执的本性便成为其执意送蒋回宁的内在原因；而其军人的气节以及在政治方面的单纯也直接造成了其盲目地信蒋并在九一八事变中施行了不抵抗政策的结果。

王先生以历史真实为基础，进而从人物性格切入进行了合理的想象和推测。他把宏大厚重的历史人物转化成了性格鲜明的、内心极具复杂性的普通人；将大的历史事件转化为"小历史"中关于人物性格决定命运的思考。可以说，正是这样优缺点兼具的性格导致了张学良最后的政治命运。正如最后一个章节"成功的失败者"中所描述的，汉公一生都充满着戏剧性与传奇色彩，其一生都生活在矛盾与悖论中。他最见不得百姓受苦，却一生戎马生涯，使百姓受尽战乱之苦；他作为坚决的抗日者，在"九一八"事变中却落得个不抵抗的骂名；他具有放荡洒脱、不受羁绊和左右的个性，却在整整 54 年中过着幽禁没有自由的生活。

散文领域的一次冒险
——论王充闾《张学良人格图谱》

◎蔡恒忠

王充闾先生的《张学良人格图谱》给我们刻画了一个新鲜且充满诗性光辉的张学良形象。作者使用合理的文学想象和细节描写把历史的张学良人格形象进行重新塑造,成功尝试了一种纪传体散文。散文的自由活泼和历史的严格纪实似乎是不兼容的,然而王充闾先生在这部作品中对散文文体结构和表现方式进行了一次成功的冒险。

作者试图把"高贵"的散文与传记传奇的大众文学结合。由于张学良的传奇经历和人格魅力等多方面原因,坊间关于他的传说和历史资料浩如烟海。这样作者就面临着材料的选取和文体结构的搭建等问题。王充闾先生与张学良有着桑梓情缘,自幼就听到有关张学良的故事传说,作者本人有深厚的国学功底,又担任要职。"千古文人侠客梦",与张学良相似的人生阅历,使作者把自己的感情投射到传主身上。作者围绕着张学良鲜明的人格个性来选择材料,一个大爱大勇、"文人本色"的张学良形象就凸现出来了。

文体结构的突破:"史家之绝唱,无韵之离骚"的《史记》就是亦史亦文的文体,想象合理而不失真实,注重细节刻画人物心理。这些传统被作者在散文作品中良好继承和挖掘。第一章《人生几度秋凉》写了威基基海滩老人三个黄昏,这是有着颇多感伤和象征意象的镜头,开篇就把我们带入诗意的审美和历史语境中。老人面对滚滚海潮,回忆一生漫长的路程,

"'我们到那边去',护理人员以为他要去对面的草坪,一荻夫人理解'那边'的特定含义——在日轮隐没的方向有家乡和祖国呀!"此情此景真是令人涕泪唏嘘。爱国思乡是张学良一生的人格特征。这是一篇意境优美的历史人物散文的典范。单篇散文写得富有诗意、心灵摇曳是散文家王充闾先生的长项,但是要把一个历史名人的曲折生平传记用文学性的散文体来写就必须进行一次文体的冒险。传记好办的是按传主生平的时间顺序,现在作者要用单篇的散文并联组合的方式来写。材料又多,需要作者结构谋篇的智慧来解决传记的生平和散文的文体间的矛盾。作者从张学良晚年栖居海外诗意的黄昏和心理活动作为传记的引起,从第三章开始大致分别写张学良军队政治、婚姻感情、被拘读书等内容,最后两章《鹤有还巢梦》《成功的失败者》对张学良一生人格的总结。这样既有散文的诗情画意,又层次分明纪传了张学良一生的生平和功绩。这种创造不是凭空想出来的,作者在沈阳师范大学中国当代文化文学研究所做的有关创作的演讲说:"写了几篇后有了一定基础,才有了写一个完整传记的构想。"实践出智慧,只要努力探索,看起来已经山穷水尽的艺术体裁总会有突破的。

"立体多面人"的人物塑造:人物刻画在散文文体是又一个挑战和冒险,因为散文不同于小说那样可以用背景和情节的大篇幅来刻画人物形象。张学良是一个敏感的政治人物,当代文学的"正面人物"很多是重复的"纸片人",这方面文学性的散文可以来补救了。其二作者用细节刻画,在真实的基础上展开合理想象;强烈的主体情感、散文意境把人物的人格灵魂表现得淋漓尽致。作者设身处地的想象深入作者内心。比如关于张学良九一八事变时为什么不抵抗?为什么不回大陆?尽管说法纷纭甚至有传主的"口述",但是作者还是作了所谓的"诛心之论"的"保存自己军队的实力的地方保护"和"爱惜自己的羽毛"的有说服力的推论。这并不影响张学良的人格,而使读者走进伟人复杂的内心世界。伟人也是人,历史的生命在真实,文学生命在想象,历史和文学两者的结合就产生新的文学经验,人物形象就丰满了。正如王充闾先生说的:"历史是所有存在中唯一的以当下不在场做条件的存在。不在场的后人只能根据合理的想象，恢复原态。"散文的底线是作者所叙述和抒发的性灵的真实性，这也是散文的一个审美效应，不像小说的作者可以虚构。但王充闾先生能严谨地把握想象方式、时机、推理分寸等。另外作者还注意收集国外的新鲜史料，比如美国的《圣经时报》上披露的老人海外的生活。努力给读者一个合理可信、崭新鲜活而又充满诗性光辉的张学良的形象。

拒绝"戏说历史"的消费：近来影视、小说的"戏说历史"迎合大众消费娱乐的口味，造成历史失真的"次作品"很流行。为此王充闾先生表明作品要进行现实性的人文主义关怀。张学良由于历史的迷雾，有关他浪漫的传奇和情史坊间有很多传说。作品要刻画张学良的人格灵魂，情感生活是叙事的主要内容。作者以散文高雅的文化审美来转化，使两性爱情上升到伟大"柏拉图精神之恋"。文章引用材料和古文诗词，既有造成阅读阻碍，"陌生化"的文学审美效果又高雅典美。口语和诗词文赋相间，自然流畅又典雅优美。文章既有民间传奇的阅读愉快又格调高雅正该是作品的第三次突破。

总之，《张学良人格图谱》是在散文文体结构、艺术表达和文章内容选择都取得突破的一部作品。作者在对古代文学优良传统的继承和对民间通俗形式的审美提高在作品中都得到体现，《张学良人格图谱》应当是当代散文的一个典范。如果作者掌握历史材料，再增加几篇文章可进一步丰富作品。王充闾先生《张学良人格图谱》给文学一个启示和信心：文体结构的"嫁接"是文学艺术创新的一个方向。

《张学良人格图谱》的文本间性

◎阎丽杰

张学良在人生舞台上不断变换角色，充满了传奇色彩。张学良的一生往往夹杂在对立的事物之间，游离于人生的两极中。他既是钢浇铁铸的硬汉，又是悲天悯人的菩萨；既是封建军阀，又是爱国人士。要想解析张学良的人格图谱，仅仅从文学史的进化模式研究张学良很显然是不行的，作者必须具有丰富的文本积累，对张学良人格图谱进行跨文本文化研究，这就导致了张学良的人格图谱具有了文本间性。

一、文本的共时性

在《张学良人格图谱》中，正在表述的语言同已有的历史语言联系在一起，现有的表述和历史的表述已经没有了时间的先后顺序，形成一种共时性的关系，用朱莉雅·克里斯蒂娃（Julia Kristeva）的话说就是"一篇文本中交叉出现的其他文本的表述"，同时读者也变成了非时序性的读者，文本的意义在文本的互动中得以彰显。不同的言语和语境出现在同一个文本中，该文本已经成为打破时间顺序的文本异位排列，不同时间的文本被位移到同一文本中，在同一时间里共同帮助作者完成创作意图，或者说作者把不同历史时期的文本调集到一起，成为作者的代言人。在创作过程中，各种历史文本片段被作者组合在一起，众多的文本交叉、渗透，共同完成作者的创作意图，主体文本的意义可以在其他文本中得到表现。从某种意义上说，作者的创作是对前文本或潜文本的继续写作，作者让沉睡的历史文本积极地发出自己的声音，与主体文本对话、互文。王充闾非常认同新历史主义之父——斯蒂芬·格林布拉特的话："不参与的、不作判断的，不将过去与现在联系起来的写作，是无任何价值的。""文学作品总是在和它自己的历史进行对话，所以最好树立这样一个理念：文学批评应该敏感地意识到文学的复杂关系，这种关系产生于本人和他人、本人的独特才能和他人的启发之间，后者的启发是互文的而非纯心理的作用"。

王充闾在写周恩来的时候，表现出了文本共时性。王充闾在创作中有意以一种开放的、现代语境笔涉往昔，意在当今。王充闾在创作中，为了解析一个问题，打乱了文本的先后顺序，文本没有了时间的先后，公共指涉、描摹同一个问题。他围绕周恩来针对张学良说的"不能忘记老朋友"这句话，充分表现了周恩来的具有特殊人格魅力的东方型人格美。王充闾对周恩来的描写是把不同时期的多种文本放到同一语境文本中来展现周恩来的人格魅力，忽略了文本的时间顺序，使多种文本形成一种共时性关系。这些共时性的文本包括周恩来对待张学良的方式，对待宋庆龄的方式，对待老舍的方式，对待马寅初的方式等等，这些都体现了"不能忘记老朋友"蕴含丰富的处事方式，尽管其能指不同，但所指相同。同时证明周恩来人格魅力的文本还有周恩来乘飞机遇险，把生的希望留给别人，把死的危险留给自己。同时还有胡絜青的话语，冰心的话语，迪克·威尔逊（Dick Wilson，1928—2011）的话语，尼克松（Richard Milhous Nixon，1913—1994）的话语，林巧稚的话语，这些文本的时间顺序已经被忽略了，这些文本都指向同一个能指，即周恩来的人格魅力。王充闾这时像是一个多声部的音乐指挥家，在完成同一主题的交响乐。

《张学良人格图谱》对历史文化进行现实关怀，从而使得阅读过程成为共时性的阅读，而不是历时性的阅读，即不是线形的阅读，这也正是"借他人酒杯浇自己的块垒"。洛朗·坚尼（Caurent Jenny）认为："互文性的特点在于，它引导我们了解一种新的阅读方式，使得我们不再线形地阅读文本。我们可以将互文的每一处相关参考进行替换：要么把此类地方只看成是并无特别之处的片段，认为它仅仅是构成文本的一个部分而已，从而把阅读继续下去；要么去找相关的原文。"读者在阅读时可以同时具有多层解读。王充闾在完成主体文本写作的同时，也同时把阅读过的文本置入主体文本中，这样就使写作和阅读处于同一层面上。

文本的共时性需要作者有深厚的知识积累，同时可以激发读者更多的想象和相应的知识搜求，从而使文学成为一种延续和集体的记忆。王充闾正是由于"群书万卷常暗诵"，所以他的作品中蕴含了大量的丰富的知识。叶燮认为："诵读古人诗书，一一以理事情格之，则前后、中边、左右、向被、形形色色、殊类万态，无不可得；不使有毫发之罅，而物得以乘我焉。"（叶燮《原诗·内篇》）以古人诗书作为积累，万事万物尽管殊类万态，也可以为我驾驭。清人唐彪在《读书作文谱·卷五》中也说："文章读之极熟，则与我为化，不知是人之文，我之文也。作文时，吾意所欲言，无不随吾所欲，应笔而出，如泉之涌，滔滔不绝。"正如米歇尔·施奈德（Michel Schneider）所认为的："每一本书都是回应前人所言，或是预言后人的重复。"

二、文本的互文性

在《张学良人格图谱》中，文本不再自说自话，不再是一个封闭的体系，而是变成一个开放的互相有联系的体系。王充闾在创作时可以由一个文本延伸到许多其他的相关文本，他往往把思想意义相同的文本放到一起，文本和文本之间可以互相孕育，互相滋养，互相指涉。一个文本可以印证、说明另一个文本，一个文本可以成为另一个文本的最好的解读和注释。王充闾的文本写作和先驱文本形成一种交织互文的关系。罗兰·巴特（Roland Barthes，1915—1980）认为：每一篇文本都是在重新组织和引用已有的言辞。索莱尔斯（Philippe Sollers，1936— ）认为互文性就是："每一篇文本都联系着若干篇文本,并且对这些文本起着复读、强调、浓缩、转移和深化的作用"。

在王充闾的创作中,不同的语言方式交互共存,有文言文,白话文;有律诗,散文,书信,历史故事,典故,这些多元语言共存互动,其目的都指向了张学良的人格图谱。典故和引用的方法在《张学良人格图谱》中是常见的。王充闾善于用典故和引语指涉、解读主体文本。热奈特(Gerard Genette,1930—2018)认为:文本间性的最常用的方法就是使用引语和典故,引语是有清楚标记的互文性,典故是无清楚标记的互文性。

张学良的诗词里面充满了典故,文本和文本之间纵横交错,王充闾对张学良的诗词都是用其他的许多文本加以解读分析。作者可以在其他的文本中紧紧地追踪和摄取作者自身对生活的反映。如在写到"将军本色是诗人"中,张学良写的每一首诗都有很多引用的典故加以印证说明。张学良于拘禁途中写的七绝:"剡溪别去又郴州,四省驰车不久留。大好河山难住脚,孰堪砥柱在中流!"在这首诗中,涉及了《晋书》祖逖"中流击楫"和《晏子春秋》两个典故,从而达到了对这首诗的互文目的。张学良给胞姐首芳写的家书也涉及了众多文本,包括《公孙龙子》《礼记》《淮南子》《孟子》、古时歌谣等,使读者的文学接受跨越了历史,超越了时间的限制,实现古今互动,意义互证,使文本的意义更加明晰。这些涉及的文本不论古今,并列铺展开,共同完成作者的创作意图。王充闾在创作中涉及了很多的其他文本,作品中有许多文本可以指涉张学良的人格图谱,如抗击倭寇的戚继光、收复中国台湾的郑成功都可以帮助解读张学良的人格。张学良的命运可以用文本布鲁德的经历加以解读。张学良的一生就像那个古老的故事《光荣的荆棘路》,猎人布鲁德获得了无上的荣誉与尊严,却长时期遭遇难堪的厄运与生命的危险。在这里,别人的故事可以指称张学良。吉拉尔·热奈特认为:互文性就是"一篇文本在一篇文本中切实地出现"。也就是甲文和乙文同时出现在乙文中。可见,没有深厚的文化积累,没有丰富的学识,是难以使文本互文的。

文本间性的最主要的互文手法就是引用，王充闾同样善于使用引用的手法。"每次当有一段借用的文字是从原文中被抽出来，而后被作为范式照搬到一段新的文字中去的时候，才发生了互文性。"在王充闾的《张学良人格图谱》中，总能看到其他文本的引用和再现。

互文性产生的前提就是作者的思想可和各种文本的神韵相契合。作者在构思中，"神思方运，万涂竞萌"，头脑中各种意象、各种文本纷至沓来，众多纷杂。刘勰提出"神与物游"，其实何止是"神与物游"，王充闾在创作上实现了"神与神游"。因为"抱玉者联肩，握珠者踵武"（钟嵘《诗品序》），"群分而气同，形异而情一"（白居易《与元九书》）。当作者积累深厚，文思开通之时，"如星宿之海，万源从出；如钻燧之火，无处不发；如肥土沃壤，时雨一过，夭矫百物，随类而兴，生意各别，而无不具足。"（叶燮《原诗·内篇》）

三、文本的平等性

王充闾创作的文本由众多的能指交织在一起，涉及了许多前文本，众文本之间达成一种平等的默契，不同的能指指向同一个所指，不同的能指没有主要和次要之分，文本由众多文本交织组成，其他文本和本体文本形成一种平等的、合作的、民主的关系，都在共同完成作者的所指。

《张学良人格图谱》有许多关于情感的阐释和对真理的认识，而在对于至真至爱的情感的阐释，对于至明至理的真理的认识上，王充闾的文本和古今中外的其他文本有着太多的共识，他们用不同的文字表达同样的情感和认识，这时的文本是平等的、民主的，没有了地位等级的差别。王充闾在创作《张学良的人格图谱》时，"伫中区以玄览，颐情志于典坟。""精骛八极，心游万仞。"（陆机《文赋》）。王充闾在中国深厚的文化资源中，搜寻知识的记忆，展开想象力，寻找最能与张学良的人格图谱匹配的前文本，以蕴含与张学良人格近乎等量信息的前文本解析张学良的人格图谱。他在创作中勾连起许多意义相似的或等同的其他文本，"或因枝以振叶，或沿波而讨源。""暨音声之迭代，若五色之相宣。"（陆机《文赋》）触类旁通，因而王充间有意识地在各文本之间建立了一种民主平等的关系。互文性"在溯本求源里，前人的文本从后人的文本里从容地走出来"。文与他文维系着平等的关系。

文本的民主性取决于文本思想的一致和类似，因为历史是如此惊人地相似。"乃知古时人，亦有如我者"（高适），不同年代的相同群体总是在感情层面和精神追求上存在着许多相似之处。叶燮也有类似的思想："故我之著作与古人同，所谓其揆之一；既有与古人异，乃补古人之所未足，亦可言古人补我之所未足。而后我与古人交为知己也。"（叶燮《原诗·内篇》）

由于互文的文本是民主的、平等的，所以无论时间的先后，其他文本和本体文本是可以互相替换的，或者说其他文本是本体文本的注释。张学良认为诗句"孽子孤臣一稚儒，填膺大义抗强胡。丰功岂在尊明朔，确保中国台湾入版图。"写的就是他自己。"我最得意的是后两句……这是在讲我自己，讲东北啊！假如当时（1928年）我不与中央合作，而是跟日本勾搭起来，当上满洲皇帝，那东北不就没有了？"可见其他文本可以说明并替换张学良的人格图谱。清代诗人吴伟业的诗句"英雄无奈是多情"被张学良引为同调。洛朗·坚尼认为："互文性的特点在于，它引导我们了解一种新的阅读方式，使得我们不再线形地阅读文本。我们可以将互文的每一处相关参考进行替换：要么把此类地方只看成是并无特别之处的片段，认为它仅仅是构成文本的一个部分而已，从而把阅读继续下去；要么去找相关的原文。"

真实地刻画出成功的失败者人格形象
——读王充闾的长篇历史文化散文《张学良人格图谱》

◎牟心海

  王充闾最近出版的《张学良人格图谱》，是一部长篇历史文化散文。这部著作是以写张学良一生的人格形象为中心，并对他复杂的心理进行深度开掘，当然也是作者情怀和见解的展现。张学良不是圣人，也不是完人，却是一位伟大的爱国者。他自己认为是一个失败者，书中写出他的失败与成功的历史过程和复杂心理；归根结底还是成功者，所以王充闾在书中称张学良为成功的失败者。这部著作不是一般意义上的"传记"，它是文学中的散文，是以史实为基础，又没有停留在记录史实的层面上；而是真实地描绘和刻画出张学良的人格形象，并向他心灵的深处开掘，进而拓展他的精神世界。不仅生动地描绘出他的人格形象，又展现出其象外之象。当然，这部作品也表现出创作主体的思想情感，它是作者审美追求对象化的体现。

  王充闾是我国当代文学界的散文大家，特别是在历史文化散文的创作上及其在理论建树上都有突出的贡献。读了他的《张学良人格图谱》，深深感到这部著作在原来散文创作基础上又有了新的超越。我认为他这部著作不仅超越了自己以往的创作，也超越了文学史上的同类作品；因为在文学史上没有见过用这么长的散文著作去写一个人的人格形象，而且又是那么厚重而深刻。它尽管带有"传记"的某些特征，但它不是"传记"，而是历史文化散文。这部著作具有很高的文学性，又不失其历史的真实。这对于作家来说，没有深厚的文学修养和创作能力，没有渊博的历史知识不

真实地刻画出成功的失败者人格形象——读王充闾的长篇历史文化散文《张学良人格图谱》

掌握充分的史料，没有很高的思想蕴含和政治情怀，是写不出这样具有超越性的优秀作品。

我读这部作品，有下面几点看法和体会：

一、作品在结构上是以片状组合为体式构成文学作品在艺术上相应的形式。

对艺术而言主要在于形式的运用，没有好的艺术形式就不能牵动读者的情感。作者的创作水平不能忽略文学的形式运用和语言的使用。关于写张学良的作品，已有多种类型和样式的作品出版，如传记、访问录、口述历史等等，再写张学良该怎么样去写？这是有很大难度的，特别是用散文体去写，怎么去结构，也是个难题。王充闾写出了20多万字的以一个人为中心的长篇历史文化散文作品，在结构上怎么处理？他没有用"传记"的写法，以时间顺序去排列事件。作者是以表现张学良人格为中心，用片状结构而展开的。每一片状都是一个独立的单篇，每一单篇都是对相关事件叙述和情感抒发的大散文。作者是将张学良的人格表现的整体加以分解，也就是解构为若干侧面、若干个专题，每个侧面和专题里的事件和内容的展现则有时间顺序。这样，每一单篇都是一篇表现张学良人格的完整侧面。这些片状的单篇又组合成一个整体，这又有着内在的自身逻辑。

展开全书，每一片状的单篇，都是写张学良人格形象的长卷图像，这些长卷图像构成或组合为整体的人格图谱，从多个侧面表现张学良的人格特征，最后形成具体的感性的整体的人格形象。作者这样构思、结构成这部长篇历史文化散文大作，是别具匠心的，也是少见的。诚然，在西方现代绘画或文学艺术作品中，在结构上有使用拼贴的方法，有使用解构的方法，也有使用连缀的方法。王充闾这部作品与那些作品的表现方式又不完全相同，而是有着自己的连接与表述特点，有着自己深化内容表达需要的形式，有对某些事件相对集中需要的运用，这使读者读后，对每一单篇有相对的整体感，对全书表现出的人格又有着完整感。我认为这样的长篇历史文化散文，使用这样的结构方式可以说是一种创造，也是成功的。

全书共分 15 篇，开篇是起到总领的作用。在"后记"中作者写道，开篇通过三个傍晚的心理活动，从功业、爱情和人格魅力诸方面，描绘其百岁人生的奇光丽影。从第 2 篇到第 12 篇，这 11 篇是写张学良的情感世界、人际交往、生平嗜好与社会文化生活，表现出他的性情、禀赋、命运和品格。作者在这里有人生吊诡、历史悖论的探求，但始终是抓住对张学良心灵世界的透视。通过一个个飞逝的灵魂跨越时空的对话，从而复活了那种耐人寻味的思想、意象，表现出比历史更为深刻的真实。第 13 篇、14 篇，是在揭示开对他的两大疑团，也就是拖在他脑后的"两条辫子"：那就是他"九一八"为什么不抵抗？他晚年为什么不还乡？这都是读者最关注的话题。结尾篇是综述性地写出个性决定命运及个性的文化生成，剥茧抽丝，层层递进地深入开掘，回答人们心存的疑虑。这部作品就是作者通过这样的结构方式，去描绘、刻画出张学良的生命轨迹和人格图谱。在这部长篇散文作品里所体现出的特点，正像他自己所说的，对历史文化散文的创作，是"把融合诗、思、史奉为文学至境"，他认为"此书之作亦不例外"。这部著作该是他创作上的理论主张与创作实践上很好的结合，也是实践上的具体体现。

二、作品使用了多种艺术手段去刻画张学良的人格形象，有叙事、有描写、有抒情、有心理活动开掘、有细节描写、有议论等等。

（1）要表现张学良的人格，就要叙述历史上所出现的一系列事件。只有生动地真实地叙述出发生的事件，才能铸成他的人格。在《"良"言"美"语》这一篇中作者是这样叙述的："当南京方面了解到张、杨二将军和中共都无意加害蒋介石，而是真心希望和平解决这一事态后，相继委派宋子文、宋美龄前往西安参加谈判，在周恩来的斡旋下，双方最后达成一致抗日的协议。蒋介石在会见周恩来时，表示要以人格担保：回去后一定'停止内战，一致抗日'。"在这种情况下，才决定放还蒋介石，张学良并且要亲自送蒋回宁。后来他在"口述历史"中说："当时的考虑是，我亲自送他回去，也有讨债的意思，使他答应我们的事不能反悔。此外，

真实地刻画出成功的失败者人格形象——读王充闾的长篇历史文化散文《张学良人格图谱》

也可以压一压南京亲日派的气焰，使他们不好讲什么乖话。"现在分析，张的决意要去，也同宋美龄的热诚劝驾、极力催促、全权担保有一定关系。因为从蒋介石角度看，张学良能够陪同他返回南京，这可以大大帮助他挣得身份，挽回面子。因此，当宋美龄看到张学良随她登上了飞机，一时竟感动得要哭出来，当即表示："汉卿，只要有我们在，你就自管放心去南京好了。"应该说，宋美龄事先确实没有料到，蒋介石回到南京以后会翻卦，会反扑。而张学良的态度是："我是军人，自己做的事自己负责任，我没有别的想法。为了停止内战，我决心牺牲自己。"从这一大段落的叙事中，可以看到在西安事变之后的各个方面于不同时间里所表现出的态度，也看到张学良的人格形象。这里不仅概括出当时的事态，也表现出当事人的态度，也有作者的分析和评议。这里不仅是内含的容量大，又真实地生动形象地描绘出各种人物的性格和内心活动。

（2）在这部作品中，作者运用想象而发挥出描写的作用，起到了良好的效果。在作品的开篇《人生几度秋凉》中的开头，就展开了描写："威基基海滩，初秋。夕阳在金色霞晖中缓缓地滚动，一炉赤焰溅射着熠熠光华，染红了周边的云空、海面，又在高大的椰林间洒下斑驳的光影。沐着和煦的晚风，张学良将军坐着轮椅，从希尔顿公寓出来，穿过林木扶疏的甬路，向黄灿灿的海滨行进着。"作者通过三个黄昏夕阳的描述展现出这位处于黄昏时节老人的人生，疲惫了的灵魂。要安顿也是暂时的，那环境衬托出老将军的笑谑、滑稽，乃是兴于幽默而终于智慧，里面饱蕴着郁勃难舒之气和苍凉、凄苦的人生况味。这里正是对这位老人曾以做一个中国人而感到无上荣光，并为之献出一切的描绘。可以理解，这里的黄昏是诗的意象，具有很深的人生象征意义。

（3）在这部作品中，作者把对问题的分析、看法及主观见解，用抒情的方式书写出来，将情与理糅合在一起倾诉出来。如在书的最后则是用抒情的笔法写出来的，分析张学良对一些假设的回答："此事难说。"作者抒出自己的看法："不过，有一点可以断定：若是真的重新改写，那么，他的人生道路决不会如此曲折复杂，如此充满矛盾、充满悖论、充满神秘色彩，如此斑斓、多彩多姿。那样一来，闲潭静水，波澜不兴，他还会有现在这样的人格魅力、命运张力、生命活力吗？寿登期颐的老将军在回答记者提问时，他说：'还会做西安事变之事。'"作者引用了海外著名史学家唐德刚先生的评论："如果没有西安事变，张学良什么也不是。蒋介石把他一关，关出了个中国的哈姆雷特。……张学良成了爱国代表、名垂千古……只此一次，已足千古，其他各项就不必多提了。"这段带有诗意的抒情，论说之含，即有客观的评说，又有主观的情绪。有生动形象之感，有主体的情动，又有事理的支撑，充满历史感和文化感，而不是呆板的结论。

（4）议论也是作品中的一个重要手段。散文是比较自由的文体，在叙事过程中可以使用议论和论说的方式。在不通过形象自身，主体可直接出来议论，发表见解，表明创作主体的见解，这样能加重散文的厚重感和深刻性。在这部作品中，多种手段是交互融合的，在叙事中有议论，在描写中有述说，在抒情中有评论。作者有时直接出来评价张学良将军："他的命运转捩点与生命闪光点两相重合，这样，就使得他的后半生显得十分充实，且极富光彩。既谈不上愧疚，也无须更多地期待，完全处于一种怡然自得、快然自足的状态。当然，由于他的生命途程过于绵长，而且，处于社会剧烈变动时期，不可避免地要面对许多严峻的考验——这也就成了他的人生关节点。如果他一念有差，顿悔前尘，晚年不终，那就必将饱尝自毁丰碑的恶果。而他，整个做得十分完善，自然就会享誉于生前，且将流芳于后世了。"这是作者在《史里觅道》篇中的一段议论，对张学良一生的分析，是抓住他一生中的关节点予以评说，评论出他没有一念之差。认为他对于复杂的人生过程，整个做得十分完善，而得以流芳后世。这种分析型的评议是恰当的，符合历史的发展又启迪读者的思考。对这样的长篇历史文化散文，时而有作者出来说出观点，时而进行评论才能有分量，并步步走向深处。

总之，在这部长篇历史文化散文中，艺术表现的方法是随散文内容的

真实地刻画出成功的失败者人格形象——读王充闾的长篇历史文化散文《张学良人格图谱》

需要而运用，恰恰增进了作品的文采又加重了它的思想内涵。

二、对人格形象的多层展示与深度开掘对于散文这种文体并不强调它对人物形象的刻画，但作为长篇历史文化散文《张学良人格图谱》来说，则是另外的情况。

这部作品，主要是写一个人物张学良的一生历程和人格特点的表现，这自然就出现了对张学良这个爱国者人格形象的描绘和刻画，读了这部作品便会感到它是生动的真实的。在作品中不仅对他的人格形象和性格特点进行多方面展示，并向深度开掘。通过人物的心理活动向心灵深处逼近，通过推理和判断把这部著作的思想内涵挖到深处，通过史实的叙述及史料的运用使这部著作生命的根须扎向历史的深部。

作品通过他一生政治生涯的行为和遭遇，可看出他爱国之心和人格特征；通过他一生的人际交往的述说，可看出他人格中的秉性；通过他情感世界的描绘，可看出他的人格性情；通过他的嗜好的书写，可看出他的个性特点；通过他的社会文化生活的展示，可看出他一生人格中的文化意蕴。对于张学良的人格书写，重要的在于对他心理活动开掘与心理世界的展现，这也是这部作品表现出的一大特点。在《人生几度秋凉》这一篇里，写张学良在黄昏时刻的海滨："老将军深情凝视着这一场景，过了许久，忽然含混地说了一句：'我们到那边去。'护理人员以为他要去对面的草坪，便推着轮椅前往，却被一荻夫人摇手制止了。他理解'那边'的特定含义——在日轮隐没的方向有家乡和祖国呀！老将军颔首致意，微笑着向夫人招了招手。"作者是对其传主的心理进行描写，并向深处开掘。张学良在处理西安事变时的内心想法是："把蒋介石扣留在西安，'是为了争取停止内战，一致抗日，假如我们拖延不决，不把他尽快送回南京，中国将出现比今天更大的内乱，那我张学良真就成了万世不赦的罪人。如果是这样，我一定要自杀，以谢国人。'他的夫人赵一荻说：'他爱的不是哪一党、哪一派，他所爱的就是国家和同胞，因而，任何对国家有益的事，他都心甘情愿地牺牲自己去做。'他自己也说：'我是一个爱国狂。'"书中对他只身闯入龙潭虎穴,会给个人身家性命、成败得失带来什么样的后果,他则全部置之度外,一切都在所不计。这样的分析和评论是真实可信的。蒋介石这个翻手为云覆手为雨的独裁者,为了实施报复,书中写出他的心理活动,开始先是按照国法判了张学良10年徒刑,可是,又一转念,觉得不妥——10年过后,这员虎将也才40多岁,正当壮年,放出来那还得了?于是又变了个招法,改用"家法"来加以管教。一则,可以蒙上一丝脉脉温情,彰显二人之间的特殊关系,让他人不好说话;二则,从此可以监禁终生,直到垂垂老死。只是张学良却没有看出个中机窍,"一味痴迷堪叹"。在这部著作中无论是对传主,以及对与传主相关联的人物,都注重对人物的心理活动的描写和心灵世界的开掘。

在这部著作中有联想、想象的描写和叙述,有分析和假设的推论。这些都是遵循史实和社会生活的逻辑,并不是随便或盲目的书写。其中议论的言语,使作品展开更为深刻的意义。作品对张学良人格的深度开掘很大程度上是通过议论来实现的,应该说议论是散文中常用的一种手段,表现主体情怀的直接方式。议论又是通过历史情节过程的推理判断出来的,这样就形成了步步紧逼,走向历史与现实意义的深处,形成向深度的开掘。比如在书的开篇《人生几度秋凉》中,对于活了101岁的张学良,这位人们承认的民族英雄,作者做出6个如果的设想,这就把对张学良的思考引向深入,步步加深:如果20岁之前张学良就溘然早逝,那他不过是个"潇洒美少年",挥金如土,纸醉金迷的纨绔子弟;如果30岁之前,他不是顾全大局,不坚持东北易帜,不服从中央统一指挥,而被日本收买甘当傀儡的"东北王",那将戴上特大号的"汉奸"帽子;如果40岁之前没有决然发动西安事变,而是甘当蒋介石"剿共""安内"的阵前鹰犬,最终也是难逃"烹狗""藏弓"的可悲下场;如果50岁之前在羁押途中遭遇战乱风险、被特务看守干掉,成为同杨虎城一样的烈士,却少了世纪老人那份绝古空今的炫目异彩和生命张力;如果百岁之前,他在解除监禁,能够向世人昭示心迹的当儿,通过"口述历史"或者"答记者问",幡然失悔,

真实地刻画出成功的失败者人格形象——读王充闾的长篇历史文化散文《张学良人格图谱》

否定过去,那样他将是"金刚倒地一摊泥",什么也不是;如果他还能活到今天,看到两岸的现状,作为"中国统一的象征",作为一个堂堂正正的中国人,他会再次宣布:"两岸和平统一,这是我最大的愿望。"这是作者对张学良从假设意义上的分析和进行的判断推论,这就是把他人格发展的可能性,分析出来,说明张学良他是个成功的爱国者和民族英雄。这样的分析回答了人们诸多疑问和心理上的附加。这部著作能从多方面展示张学良的人格形象,并对他予以深度开掘,无论是事实的展示还是形象描绘,以及议论中的挖掘,都为把张学良人格形象送给读者起到了重要作用,是这部著作的另一成功之点。

从这部作品可以看到,王充闾对历史文化散文的创作,是在现代的现实意义上去生发历史,是将历史文本转化为文学文本。所以,这位具有张学良人格形象的"文学之人",便出现在我们面前。但这不是小说中的形象,而是散文中的形象。尽管王充闾笔下的这个人格形象,有创作主体思想情感的渗透和表现,有联想和想象的描述而表现出的细节,但对于张学良这个人格形象来说,是艺术真实与历史真实的基本重合;还可以说在这散文中的史实与历史的事实是基本重合(当然历史文本也不是历史现实存在)。在这里如果失去一方,便不是散文。那或是小说里的形象,或是实录的历史文本。正因为如此,我认为这是一部具有超越性的优秀长篇历史文化散文作品。

多重能指下的原始想象
——由《张学良人格图谱》想到的

◎赵　坤

　　王充闾先生的历史散文，是在史料、传记、回忆录、历史小说等文体途径之外，对历史叙事的另一种书写可能性的有效尝试。他以散文的形式实现着对历史和人生的参与，试图为其历史感悟寻找另一种抒情方式。如果说历史原貌是一种所指，那么针对同一所指，不同的历史写作（文体形式的或文本形式的），则可作为不同的、形式上的能指。而正是多重能指的存在，激活着受众的想象空间，才使得历史面貌还原到可靠的原始形象成为可能。王充闾先生的《张学良人格图谱》，即此种区别于传记、史料、历史小说等文体的，针对某一所指的，另一种形式上的能指，是以历史散文的形式实现着历史叙事冲动的写作。

　　历史叙事必然涉及身份立场问题。那些在公共空间里大声标榜"去立场化"的历史叙事，事实上很难真正存在，因为任何叙事都有立场。克罗齐就说"一切历史都是当代史"，科林伍德（Robin George Collingwood，1889—1943）也认为历史就是"剪刀加糨糊"的结果，但本文并无意将立场问题无限放大，因为即使克罗齐自己也承认，在立场之外，真实的历史史实始终作为一种客观存在，可以被篡改却无法被磨灭。所以，申明立场有时可能要比躲在立场背后的言说客观，至少更坦荡。《张学良人格图谱》就是这种立场鲜明的"存立场"写作。开篇他便声明，少帅是他幼年时敬仰的英雄和偶像，带着"颂其诗读其书欲知其人"的心情，主观上明确了

多重能指下的原始想象——由《张学良人格图谱》想到的

身份和立场，并将此立场一直贯穿在行文之中，以正面立场的言说作为能指一种，为原始想象作可补充的供给。

该能指的系统建构，是将历史叙事融于散文的形式中，以15篇散文结构全书，其中每篇均可独立成章，这便决定了文本内部去焦点化的平行结构，以见微知著的史传传统抗拒着西洋画以边缘虚远化突出中心的焦点透视法。在不偏倚无倚重的平行结构里，以散点透视的传统中国画技法，由宇宙自然时序作画轴，生命物理时间作画幕，盘中珠玉般地将友情、亲情、爱情、戎马悲欢等一一铺排，抖散于画轴之中画幕之上，散点游移中扫描人物的精神空间，再将多空间叠置组合，拼摹人格的图谱，以求烛照出超越物理空间的可挪动的意义。透过人格图谱，作者于历史沉潜中体味人生，发思古之幽情，抒怀现时现世的历史人生感悟，此中种种，既有少帅张学良的人生，散文家王充闾的人生，也有历史颠沛中的芸芸众生，更有种族文化沉淀在集体无意识里的民族人生。如《尴尬四重奏》里友情、亲情的二选一，是对人生两难处境的常态抒写；《别样恩仇》《不能忘记老朋友》里对友情的不同定义折射出迥异的人生观；《夕阳山外山》《您和凤至大姐》《"良"言"美"语》里对相遇、错过、责任等爱情关键词的搜索与注解；《将军本色是诗人》《史里觅道》《情注梨园》中关于人生的不同节气里的审美皈依。以及集结人生起落，并于其中追寻人生价值的《人生几度秋凉》《九一八，九一八》《成功的失败者》等等，"知人"以达"论世"。15个篇章丰满出一个东北易帜和西安事变之外的，隐匿于宏大叙事背后的"人"的张学良。

海登·怀特在《元历史》一书中，阐明历史写作是"一种以叙事散文形式呈现的文字话语结构，意图为过去种种事件及过程提供一个模式或意象。经由这些结构我们得以重现过往事物，以达到解释它们的意义的目的"。这无疑要求设身处地、尝试穿越时空的身份对接，以民族自身的记忆来补足叙事体本身的缝隙。而记忆，是在缺席的情况下对间接经验的继承并加以逻辑推理为主途径，以求达到一种在场。逻辑推理，在王充闾笔下被置换成以史实为基础的合理想象，这并非对历史的现代或当代的阐释的不信任；相反，他的很多想象恰恰是建立在对原有历史叙事的信任之上。而他的想象，也在理性的指导下显得极有节制。想象，大多是试图还原人物心理，而对至今仍悬而未决的历史谜案则十分节制。比如《夕阳山外山》中写到张学良与两位四小姐的情感纠葛处落笔极俭省；回溯东北易帜与西安事变等细节的语言要层层过滤；对不抵抗不回国等原因采用限制叙述等等。而在老人于垂暮夕阳之中"无事此静坐"时，为表现其心理活动则以叙事主体对象化方式铺陈大量的想象，并将该种想象方式贯穿于全书，这无疑遥远地呼应了司马迁有关锄麑触树（《史记·晋世家》）之类的叙述，延续了《史记》甚至是《晏子春秋》的传统。文学想象与历史真实在散文中的百年好合，是脱胎于司马迁那个文史不分家的年代里的古老传统。合理想象但拒绝杜撰，是一种尊重，也是一种责任，这在显示作者审美旨趣的同时，也显示了对能指滥用的防范。

能指的丰富在帮我们冲破惯性想象及旧有的指认方式，誊廓原始想象的同时，在全球化时代的语境下（尤其是当禁忌也成为一种消费，再加上主流意识形态行为，各种关于口头的文字的一时充塞），能指的日益丰富无疑存在着能指过剩的危险，相应必然带来的是原始想象的重叠交叉或混乱颠覆，及文化消费和消费文化等问题。对知识分子写作来说，似乎突围即有陷落的危险，坚持，成了不可为的可为。此时，《张学良人格图谱》以文入史的历史感悟作为知识分子写作一种，坚持了突围的努力。"祭如在"，同样，"敬如在"。庙堂再高，江湖再远，坚持，是敬神如神在。

主持人语

◎ 孟繁华

　　《张学良人格图谱》，是王充闾先生新近出版的一部散文体人物传记。这种文体古已有之。但王充闾先生长久地关注一个人物，并连续性地发表了15篇散文记述这个现代史的著名人物，这就不同凡响了。充闾先生在"写在前面"中说："文学是人学"，它要透过事件、现象，致力于人物特别是心灵的剖析，拓展精神世界的多种可能性空间，发掘出人性、人格、命运抉择、人生价值等深层次的蕴涵。这是文学作品与历史著作的区别。这种关于写人的观念和实践，我们在中国传统经典文献中已经了解。比如《史记》中的"本纪""列传"等，不仅记述重大的历史事件，同时也生动地记叙重要的历史人物。而这些人物的记述充满了文学性。十二本纪，三十世家，七十列传，人物都栩栩如生跃然纸上。充闾先生对本土经典文化和文学相当熟悉，他的国学功底在当代作家中几乎首屈一指。

　　当然，人格图谱不是为区别历史著作采取了文学的方式，而是文学内部规律决定的。张学良作为现代中国历史上的重要人物，对他的历史地位早有定论。《张学良人格图谱》力图走进人物的内心世界和精神世界，从而展现出张学良的人性、人格魅力。可以说，张的命运与他的性格有最直接的关系。他不是马克思主义者，因此不可能用马克思主义的思想和方法看待历史和那个时代中国的时局和未来，也不可能用中国共产党的方式处理他和蒋介石的关系。张这个人的性格可能并不复杂，他讲义气、重情谊、一诺千金；敢作敢为，有英雄气也有草莽气。这与他的出身、经历有关。

但如何在文学作品中写出他的"人格图谱",此前还不曾见过。因此,充闾先生的这次写作,可以说是一次大胆的挑战和超越。

我以为,《张学良人格图谱》这部传记值得我们重视和思考的起码有这样几点:

一、对人物内心世界的深入挖掘散文最难的是写人物,写人物最难的是写人的内心世界。如果是小说,人物掌控在作家手里,可以通过心理描写、行为方式以及人物关系来表达人物的内心。但散文要困难得多,这个困难主要是散文不能虚构。细节、事件、场景等都必须是真实的。在"图谱"中,充闾先生用了大量的细节来揭示人物的内心世界。比如,张学良是个非常幽默、风趣、诙谐、乐观的人,他特别喜欢开玩笑,和家人、朋友都是如此。但他对原则从来不开玩笑,在纽约见到的那个气功师,他就没有好脸色,说如果在当年就把你枪毙了。虽是半开玩笑,但却表达了张在原则问题上的态度。

更重要的是对张学良爱国心的揭示。张的一生功过都可评说,但爱国这一点是没有疑义的。从捉蒋到流落他乡,从有为到无为,他对国家民族的热爱,从来没有改变过。《鹤有还巢梦》中张学良对东北家乡的怀念,读了令人为之动容。"有家归不得"的感受我们没有经验,那里的大痛苦不是谁都能够承受的。张又是一个简单的人,他从前轻信蒋,后来轻信李登辉。这是性格缺陷。同时对张的个人羽毛的爱惜等也没有避讳。对他内心世界的揭示,使我们有机会看到了一个活生生的张学良,一个作为人的张学良。这就与历史叙述的不同,是文学的魅力。

二、作家主体情感的投入。充闾先生与张学良是同乡,两家故园相距15公里。同乡之谊是充闾先生写张的重要缘由,但事情又远非如此简单。更重要的是,对这位老乡的景仰与思念,对他人格魅力的仰慕和尊重。这部著作是写张学良的"人格"图谱,不是性格图谱,也不是个性图谱。我们知道,对一个人的评价,莫过于对他人格的肯定。张的人格,重要的是在大是大非上不糊涂,爱国高于一切。他捉蒋,没有丝毫个人考虑,他想的是国家民族的大义。最后也没有想到个人安危,依然送蒋回宁。

千古文人侠客梦!充闾先生对张的这种人格显然心向往之。因此,在客观评价这个人物的时候,主体情感的投入是分外充盈的。除此之外,对张个人情感生活的叙述,也多有同情甚至伤感,比如对贝夫人与张的擦肩而过,叙述中的怅然几乎感同身受。这些情感经历是很多人津津乐道的,但充闾先生在叙述时不是将这些材料用作他途,而是深情记述了青年时代相互欣赏的两个人,劫波渡尽之后的真诚友谊。这等胸怀和情操是常人难以做到。我们都知道,历史是一种建构和叙事,张有那么多的经历和故事,充闾老师为什么一定要选择他所选择的材料和故事,这与叙述者的主体情感是分不开的。

三、对大历史与小历史的理解在历史的宏大叙述中,对张的东北易帜、"捉蒋送蒋"、赠予共产党财物、促进两岸统一等关乎国家民族的重大事件,以及他在国内外的爱国情怀谈论得比较多。这个大历史对张学良个人功过的评价是非常重要的。如果没有这些历史事件,张这个人也不可能有如此大的名声和不断议论叙述的必要。但这些重大的历史事件与张学良个人性格有怎样的关系,在历史著作中谈论不多,当然,这也不是历史著作要处理的问题。但是"性格即命运",一个人的个性、性格决定了他在历史重要关口的抉择。

在《后记》中充闾先生说:"张学良并非完人,更不是一个圣者。"一生中,他做的事不算多,可是,每一件事都干得有声有色,有光有热,刻下了历久弥新的印记。他是千古功臣,也曾干过错事,平生可议之处颇多。但"他是那种有快乐、有忧伤、有情趣、有血气、个性鲜明、赢得起也输得起的人"。"他的为人,他的丰标,他的气度,无不竖起拇指,由衷地赞佩。"这些评价,是对张学良个人魅力的评价。对张个性的理解,是对一个人小历史的理解。但只有了解了人物个性的小历史,才能够解释他与大历史的关系。假如是一个卑微、委琐、对身前身后事瞻前顾后、成败得失逐一盘算的人,能够深明大义舍生取义吗?因此,只有细部才能进入历史和解释历史。王充闾先生长期致力于散文创作，这部著作的出版，是他对历史散文写作的超越，也是对坊间流行的关于张学良传记的超越，因此是一部值得我们研究和讨论的作品。

历史与现代的对话

◎张恩华

前不久，我看到一篇评论说，写历史题材的散文脱离现实，我不同意这种观点。2010年1月5日《人民日报》文艺评论，古耜先生说得好："王充闾一向主张用散文激活历史，同时用历史滋养散文，并由此实现历史意识与当代精神的对话和衔接。……一部《张学良人格图谱》虽是为少帅写心，但谁又能说它与构建理想的现代人格全然无关？"激活历史，沟通古今，各类文艺作品不乏范例。充闾的帝王、政要系列散文，对现实能说没有警策意义吗？他的文化名人系列散文，对文艺家们的启示也是多方面的。2009年，充闾在北京大学中文系演讲的主题，就是历史文化散文的现实关怀，并对现实关怀的含义作了确切说明，是"关于现代性的判断与选择，体现在对于现实人生和人性的关注，着眼于人生的困境、生存的焦虑、命运的思考、人性的拷问"。"笔涉往昔，意在当今"，他践行着并取得骄人成就。《张学良人格图谱》问世，反响如此广泛而强烈，就是一个有力证明。

全书15篇，谋篇布局，浑然一体，又可独立成章；有前言后语，并附历史文化散文专题讲演稿。作者把理论与实践完美地结合起来，为我们奉献出一部历史文化散文样本，让我们看到一个有血有肉的少帅及其百岁人生的奇光丽影。我认为，这是一部传世佳作，以下从选材、立意和艺术再现几个方面，做简要分析。

题材重大又能予以艺术的成功表现，这是一部成功作品的基础条件。人所共知，关于张学良的传记、访问记、回忆录等文章和作品，已经叠床架屋，其影视作品也是目不暇接，为什么偏要选材张学良？这里固然有著作者情感因素，乡情、心目中的偶像、人格力量的感召，激起创作欲望和灵感，更重要的在于历史人物及其事件在我国现代史中的地位和影响。"九一八"、"西安事变"，国人世人，无不关注，对于今人后人，都是永久话题。一个从失掉东北的"千古罪人"，到后来成为民族英雄，一个从"拥蒋"到"捉蒋"再到被蒋囚禁50余载的百岁老人，这中间有怎样的复杂过程和人心灵感受，书中皆有充分展现。

独具慧眼，立意出新，是一部成功作品的决定性因素。《张学良人格图谱》，不是传记，却比传记披露的心理更真切；不是小说，却比其更具直接感染力。它既写事又写人，重在写人，活灵活现；既写形又写神，重在写神，形神兼备；既写政治又写情感，相得益彰；既写伦理道德又写兴趣嗜好，色彩斑斓。它"致力于人物特别是心灵的剖析，拓展精神世界的多种可能性空间，发掘出人性、人格、命运抉择、人生价值等深层次的蕴涵"。于是，一个富有民族气节、民族美德、传奇色彩的汉公跃然纸上，并徐徐向我们走来。

《张学良人格图谱》之所以成功，还在于它非常巧妙地"融合诗、思、史"，处理好三者关系。历史文化散文，史实是基础，无史即失实。要有史家的眼光，善于发现和挖掘史实，行好记实之言，更要有哲学的思维，善于对史实加以解析和运用。本书所列事实，我们似曾已知，但经作者之手的叙事，又有了新意。像摆弄魔方一样，作者按照哲学的思维重新变换，这些事实更加鲜活起来，赋予了新的含义。《不能忘记老朋友》《别样恩仇》《"良"言"美"语》等篇章，例证颇多，感人肺腑。作者还通过文学手法艺术地巧为结构、细节描写、心理刻画，进行审美创造，引人入胜。搜寻历史中的巧合加以运用，如两个"四小姐"，两个"父子"，两个"九一八"；用揭秘手法，满足读者欲知而不深知，回答为什么"不抵抗""不回乡"，等等。无疑，这些艺术真实的再现，使作品更具吸引力与感染力。

上述几点，足可说明这部著作堪称上乘佳品，也必将成为传世之作。

《张学良人格图谱》折射出的文学性

◎汪清华

在五光十色的中国近代史中,在百余名政界要人的公私生活和政治成败记录中,少帅张学良将军的一生是富有传奇和戏剧性的。尤其是他政治生涯中最后一记撒手锏的西安事变,更是改变了中国历史的进程。他的家世,他的爱情,他的精神,他的功过为世人所津津乐道。尤其是近几年,关于少帅的传奇,关于以少帅为主角的关东演绎之类的书籍如雨后春笋般呈现在读者面前。

但王充闾先生的《张学良人格图谱》(下简称《图谱》)一书却不同于一般的传记著作,他运用的是文学手法,从张学良人生轨迹中的功业、爱情、人格魅力入手,描绘张学良百岁人生的多姿多彩。他选取独特的历史视角,以哲学的思辨解析少帅的人生、人性和命运选择。其中不乏对人生的叩问,对历史悖论的探求。本书最大的特点是摒弃了史实堆砌的纪事手法,关注的是张学良的精神世界。通过与一个个飞逝的灵魂跨越时空的对话,复活了耐人寻味的思想,意象和细节。透过深刻的历史真实,艺术地展现了张学良的人格魅力、命运张力、生命活力,是一部文学性与历史性完美结合的范例。作为一名年轻的读者,有幸与这样一部集文学性和历史性为一体的经典著作相遇是幸运的。

文学语言的表现性是作为文学作品不可忽视的审美要素之一,是语言的诗意所在。王充闾先生曾经说:文学性是创作者进入文学殿堂的身份证。你能否进入文学的殿堂,就看你是不是使用美的文字语言。"言之无文,行而不远"。文学作品是一个以语言手段构建起来的意义世界。我们在阅读中被词语所编织出来的美好的艺术境界和艺术形象所感染，从中得到美的愉悦。因此一篇好的散文是艺术，是作者通过合理想象创造的栩栩如生的形象，是对典型化素材借助于形象、细节、场面、心理刻画，进行审美创造等艺术加工的结果，应该具备审美的本质，应该有识、有情、有美、有意境；应该具备诗性的话语方式和深刻的性灵体验；应该是智慧的沉潜、意蕴的渗透，既是一种精神的创造，也是一种文化的积累。

高尔基说：语言是文学的第一要素。他是作者表达思想情感的物质载体，是读者正确把握作品中所蕴含的丰富语义欣赏作品的前提。文学语言是审美的需要，所以它是艺术性的、象征性的，不然的话就谈不上美。王充闾先生认为文学的美学作用应该占主要地位，这种功能上的要求大大超过了准确、鲜明的要求。从这种意义上讲，历史散文的功能不是要证明什么，也不是直接叙述什么，而是通过富有启迪的文字给读者以审美的愉悦，使读者在阅读中感受到、体会到一个意象，从而获得美的享受。

通读全书，感觉王充闾散文的精华在于它的文学性。他的历史散文不是史料的堆砌，而是情感的诗意再现，这恰恰是文学作品的文学性。在《人生几度秋凉》一文中，写年老的张学良参加完亲友祝寿会，黄昏时刻，以轮椅代步在威基基海滩时心潮澎湃，文中写道："洋面上，风轻浪软，粼粼碧波铺展成千顷蓝田，辽远的翠微似有若无。老将军怀着从容而飞扬的快感，沉浸在黄昏的诗性缠绵和温情萦绕里。不经意间，夕阳——晚景系里的悲壮主角便下了场，天宇的标靶上抹去了滚烫的红心，余霞散绮，幻化成一条琥珀色的桥梁。老人含糊地说了句：'我们到那边去。'夫人一获理解那边的特定含义——在日轮隐没的方向有祖国和家乡呀！"这段文字描写，既写出了晚景中的海滩，更深的含义是：夕阳下沉——将军自己这位历史主角退出历史。这一段有美有悲有无奈。通过阅读，每位读者都会悟出都会动容！在写到将军的亲人纷纷离去时，作者写道："老将军的亲人像经霜的败叶一样纷纷陨落，只留得他这一棵参天老树，镇日间，孤零零耸峙在那，痛遭悲怀。作为饱经病痛折磨的往生者，死亡未始不是一种惬意解脱，可是，留给未亡人的，却是撕心裂肺的伤痛，生不如死的煎熬。过去无时无刻不能感受到的海样深情，竟以如此难以接受方式，在异国他乡戛然终止，这对风烛残年的老人，真实再残酷不过了。一种地老天荒的苍凉，一种茫茫无际、深不见底的悲情，掀天巨浪地兜头涌来。"这一段，作者运用比喻、排比等文学手法将苍凉巨浪层层堆起，把读者带入悲伤的深深海洋，使每位经历过生离死别的人感同身受。书中这样精彩的段落比比皆是，阅读他的文章，读者始终在文字形象构建的世界徜徉。

王充闾先生是真正把散文当作纯粹的艺术性美文来写的，他坚信文学语言能够真正进入审美表达层次，是文学的关键。他说："文学的成功有赖于语言的成功，虽然文学的成功语言未必是第一要素，但语言失败了，文学肯定也是失败的。当然，文学语言和作家的文学修养是密不可分的。"《图谱》中的每一篇散文都体现了王充闾先生所拥有的那难以言传的文体技巧和令人折服的写作功力。他的散文近年来越来越受到高度评价，最根本的原因是人们意识到他的文学价值。他是一位有深厚古典文学修养的作家，传统文化的浸润使他对自然、社会、人生的理解带有深厚的文化母体印记，其中所呈现的艺术精神是如我辈年轻人所形成的写作方式所不具备的。他的散文《人生几度秋凉》《张学良读明史》《将军本色是诗人》《良言美语》《不能忘记老朋友》等几篇贯穿文史经哲，涵盖社会、人生与心灵众多领域，映现着作者博大的视野、真挚的感情、精辟的洞见。贯穿张学良一生的《成功的失败者》更是视角广阔，把新的历史眼光投射到已失去的灵魂深处，以现代的意识、独特的视角，开展超越时空的对话，进行历史与文学的对照。

曾经，我对历史文章总有些敬而仰之的感觉：觉得太沉重、太遥远。王充闾先生的散文却以如切如磋的感悟，为我疏通了历史与现实的隧道，拉近了我与历史的距离。他的巧妙构思像一缕心丝，穿透千百年的时光，使已逝去的烽烟在眼前再现过去的风华。透过老师的理解和感悟，我沿着历史的轨迹逆势而上，抵达辽远的过去，回到"旧时明月"。卷入苍茫的历史又很自然回到现实。他的散文从不限于对传统的一般性认识，不是停留在史料的简单复述，而是将零简片编、断碑残瓦装订成册，在敏锐的思辨中，触及历史尘烟背后的人性、人生、命运的真谛。以冷静深邃的史学家的眼光审视存在的价值，诠释人生的哲理意趣。在《史里觅道》一文中，王充闾老师这样阐述："历史是一面镜子。读史，面对的是古人，可是读着读着，却也常常能照见自己的影子。在读明史过程中，张学良时常有这种感觉。原来，王阳明与杨升庵遭贬时，都是37岁。37岁！这回他大为惊骇了：我不也是37岁遭受拘禁的吗？" 3个人相隔400年，竟有这样巧合！3个同龄人，完全不同的价值取向和人生意指，竟通过他的文章在相隔四百年的历史长河中相遇。他通过对人性弱点、人生困境、命运选择中的种种困惑的深刻感悟，找出一个共同核心：人性纠葛、人生困境古今相通！书中将张学良与杨升庵两个人比较：张学良基于民族大义，毅然发动"西安事变"，逼蒋介石停止内战，一致抗日，以失去一己之身自由为代价，换来了民族抗日的局面，改变历史进程，竖起了"千古功臣、民族英雄"的丰碑。而杨升庵不过是为毫无价值的皇家礼仪拼死哭谏，根本谈不上什么"名山事业"。王充闾历史地分析了二个人获罪的原因，遭贬的境遇和对人类的贡献，昭示了：一种重于泰山，一种轻于鸿毛的历史结论。由此看出，他的散文不是停留在一个横断面，不满足对事件的直接描摹，而是融入他的人生感悟，注重蕴含的深度，深入文化和生命的深处，以敏锐的、智者的眼光回望历史，发掘、思考已知的史料，给予历史人物、历史事件全新认识、全新解读。同时，他的散文超越历史与现实的局限，既让读者与历史相遇，又启发读者以今天的眼光、时下的价值观重新审视历史。突破客观叙述，设法通过主题的延伸，超越题材自身的意义，揭示时代的本质，拓宽读者的视野。

对于王充闾先生而言，历史不再是沉重的包袱，而是一条时光隧道，穿越它，那些灼热的人物，鲜活的事件随着他的笔触从历史的帷幕后走向我们，让我们在感受沧桑的过程中感受古往今来历史人物沉浮无常。因此，他笔下的历史人物的成败得失都能超出个体生命的意义，带给我们超越现实的感慨和启迪。他的每篇散文都有较深的历史含义和较宽的延展活力。

《图谱》一书通过对张学良一生命运的解析，深入到灵魂的层面，从历史、社会、家庭、个体性文化背景、人生阅历等几个维度深入分析张学良充满悖论矛盾的一生。阐发历史中人生悖论：张学良自认为是和平主义者，但命运却将他送上战场，成为领兵上将；他对吸食鸦片深恶痛绝，却因病吸毒成瘾，形销骨立，给予不治；他向往自由，放浪不羁，却身陷囹圄，大半生囚禁；他思念故乡，渴望叶落归根，却知道弥留之际有家难回，埋骨他乡。这些人生悖论，通过王充闾老师的诠释具有了历史时代的那种纵深感、凝重感。《图谱》的历史知识含量高，涉及少帅出生成长的家庭环境、两个"九一八"的功过是非、西安事变的历史背景、囚禁生涯的人生反思以及晚年异国他乡有家难回的苍凉叹息。一些充满戏剧性的人生片段更是高潮迭起。他的吸毒戒毒经历、他的爱情传奇、他的爱好京剧的情结、他的读明史动机、他的信奉基督教起因，这一个个侧面犹如多棱镜的每一面，折射出少帅一生的多姿多彩和对应的历史时代的宽广背景。文中的那些诗、那些人物、那些典故，好像不再是尘封在纸上的符号，而是宛然如生的可以触摸到的即在。

王充闾的历史散文仿佛是一块敲开历史大门的叩门砖，使我们明白：历史是人类活动的记录。人类正是有了漫长的历史，逝去的事件才对现实的当代人具有借鉴的意义。文学本身也是历史，是一个民族的精神现象史。反思历史，永远是人类面向未来的自觉追求。那些体现浓重人文精神、体现审美意识与历史感、深入心灵境遇、抵达人性的散文有着永久的生命力。

《张学良人格图谱》一书，以深邃优美的语言、冷静深邃的洞察力、感同身受的悲悯情怀、透过事情的彻悟，发掘出以张学良为中心的历史纵深和现实延展,道出了生活的实意与真谛。通篇融情于理、寓理于情、语言练达、情致清醇,与他的其他历史散文一道,又一次映现王充闾先生的人格精神与审美追求。同时也体现了王充闾先生的诗性之美和丰厚的学术功力。通过阅读本书,为我的阅读经历增添了一份精神文化积累。

论王充闾散文中的历史意识

◎张 颖

20世纪90年代以来，社会大环境的变化使得文化领域兴起了一场思想解放的浪潮，而开放的话语空间、市场经济的发展也给社会文化带来了某种浮躁气氛。作为对这种开放-浮躁的双重现状的写照与回应，作为一种知识分子的情智释放和对文化自我的重新确认，散文领域由余秋雨率先竖起了"文化散文"的大旗，一时应者云集，形成了20世纪以来最重要的散文思潮之一："文化散文"热。王充闾作为文化散文实践者之一，其创作以鲜明的风格独树一帜，赢得了广泛的欣赏和赞誉。文化散文作者们多习惯从历史典故中提炼富有文化意味的写作素材，从山水中印证古典辞章中鲜活的人物故事，他们有一种"历史癖"，常常将一己的生命感悟投入夐远的历史时空，面对历史与人文风景，时而愤慨激昂，时而伤恸感怀，笔下交织着智性之光与感性之力。王充闾也不例外，他有着广博的人文历史知识的积淀，也有着深厚的古典诗文素养和独特的生命体悟，他的历史散文因而有着智性与诗性的双重色彩。在王充闾笔下，历史与现实是一种互为镜像的关系，是时间链条上不同的点，话语空间里并置的风景；他从山水与诗文中感悟历史、观照历史，获得了超越时空的诗性审美体验；而贯穿始终的则是他对于历史中的人的关怀、对人性话题的不懈探索。

一、散文家写史各有各的出发点，有的是借历史的酒杯浇自己心中的块垒，这种散文表面写史，实质是借对历史的文化批判达到自我抒写的目的。如余秋雨的《苏东坡突围》一文中的"苏东坡"就带有作者很强的自我投影，出发点是对于个体生命的思考。一种是打通了历史与现实间的界限，借写史来抒发现实关怀，带有杂文式的针砭色彩，出发点是对于现实社会人生的关怀。王充闾的历史文化散文多属于后者。读王充闾散文的一个较深的印象是，他是一个有着强烈的现实主义精神的散文家，他习惯从历史的比较、归纳、提升中得出一些普遍性的历史规律，借以针砭现实人生。他的散文的眼界是阔大的，这跟他的文化积淀和文化视野有关，更重要的是他对社会、人生有着普遍的担当意识和关怀意识。这种担当和关怀大多数时候并非直接的言说，而是通过对史料的裁剪、对历史的带有现实意味的阐述体现出的一种立场和姿态。像《用破一生心》《人生几度秋凉》《他这一辈子》等文，叙事占主体，没有太多的议论，但通过史料裁剪与适时抒情，我们自然能够读出作者鲜明的价值立场。

历史有着针砭现实的借鉴作用是毋庸置疑的，因此文学中的历史叙事常常被当作现实的一面镜子。在王充闾笔下，我们也不难发现类似的"借镜"的意图。如他所言："离开了中国的历史，就无法理解中国的现在，也不能真正地了解中国人。"借镜的意图可说是明显的。不过，现代人的散文，经过了西方文化的洗礼，在古典与正统之外也已染上了某种现代性的思维。这种思维用作者的话说是"用现实的观点看待历史，用历史的观点看待现实"，正说明了现实与历史是一种互为镜像的关系。

历史与现实互为镜像，这是王充闾散文中一贯的逻辑思维。他笔下的历史人物，帝王也好，政客、文人也好，我们往往不觉其遥远，而好像是读一个个现实生活中的人物。对于这些历史人物的荣显、困顿与逍遥，作者有一种毫无距离感的、如在目前的把握。这不仅是因作者熟谙历史知识，还因他将自己的现实感悟渗透其中，做到了读历史就好像在读现实，打消了历史与现实之间那层时空的迷雾。历史与现实之所以能够互为镜像，很大程度在于这两者之间的相对性与相似性。什么是历史？什么又是现实？"后之视今犹今之视昔"，作者面对"陈桥崖海须臾事"的历史景观，发出了如此叹息。"今"与"昔"本是相对的，"今"总会变成"昔"，而

"昔"曾经是"今"。没有什么是恒久永驻的,所谓的历史与现实,不过是我们方便计算时间的一种权宜之计而已。"古往今来,每一个人,每一件事,都存在于时间和空间的一个交叉点,无论人们怎样冀求长久,渴望永恒,但相对于历史长河来说,却只能是电光石火一般的瞬息、须臾。"《陈桥崖海须臾事》中对于时间的暂住性的体悟看上去是颇有古典式的感伤色彩的,而骨子里却已浸染了现代人的时间观念——如果说古典的时间意识是一种春去秋来的、回环往复的循环意识,现代人的时间意识则是线性的,时间链条上的每一点都转瞬即逝。"今"与"昔"是相对的、可以互相转化,同时也是相似的。从历史的物化形态看,陈桥也好,濠梁也罢,以至严陵钓台、双溪春色,尽管随着时间的流逝,有所谓的"物是人非事事休",但从时间上看,时间链条上的不同的点之间常常有着某种惊人的相似。如作者写到宋朝的开国与亡国,引用一诗"忆昔陈桥兵变时,欺他寡妇与孤儿。谁知三百余年后,寡妇孤儿又被欺",借对宋朝的开国与亡国两个时间点的特写,写尽了历史上兴亡盛衰的无常之慨,也写尽了那个"无常"背后必然的规律,从而发出了"这历史上惊人的相似之处,确是一个绝妙的讽刺"的感叹,让人对于现实社会、大千世界自然而然地产生一种警惕与理性的审视。

王充闾的散文常将现实与历史置于同一个话语空间里进行对话,大到时空场景,微至人物心理,都被发掘出了一种深刻的逻辑关联。而这里所说的"现实"未必是指我们的当下,"历史"也未必是"当下之前"。作者常常置身于某个过去的"现实"时段,再对照那以前的"历史",挖掘出不同的时空里的共性与规律。如上文所说,现实与历史之所以能够互为镜像,是因为这两者常是相对而又相似的。"相对"是就同一条时间链条的无数的时间点而言的,"相似"说的是某些历史情节看上去的重复。还以《陈桥崖海须臾事》一文为例:宋王朝以"欺他寡妇与孤儿"夺得天下,又以"寡妇孤儿又被欺"落幕,这听起来有点历史循环论的味道。不过,如作者所说,"历史不能以'循环'二字来概括,但它确实常有惊人的相似之处，确是有规律可循的"。历史的相似并不是重复，因为永远没有重复的历史，而只有重复出现的历史规律。

如果说，我们往常的历史观不过是将现在与过去区别开来，可以称作一种"小历史"，是静止的、绝对的，在现实与历史之间存在着一条泾渭分明的鸿沟，那么，在王充闾笔下则有一种浑融一气的历史意识，是一种"大历史观"，是将现实也纳入历史的范畴。

历史与现实总是处在特定的时空中的，一个作家对历史与现实的认知往往体现了他的时空观念，而时空观念说到底又是一种文化观念和价值认知的体现。诚如有论者所言："积极开放的时空观念决定王充闾对历史事件、历史人物着意进行现实的文化审视和灵魂拷问，而不仅仅将之视为一种创作题材，更不借此发思古之幽情。他总是在尊重历史史实的前提下，着重进行历史文化精神的开掘，关注历史人物，探索历史上文人的精神世界，弘扬民族传统精神，摈弃民族心理重负，重构民族文化精神始终是他创作的主旋律。"由此，我们可以说，王充闾的时空观念背后有着一个"心怀天下事，为国担忧"的"传统知识分子"形象，也正因为他有着这样的胸怀和忧患，他才会如此有意识地"肩负着文化的重荷"，游走在历史与现实之间，将不同时空里的人文风景并置在同一个话语空间里，以历史之镜映照现实，从现实之境阐释历史，带给我们一种时空交错、意味深长的感悟与启示。

二、王充闾的历史文化散文创作有一个渐入佳境的过程。如他获得鲁迅文学奖的散文集《春宽梦窄》，已经显露出一种大气象，叙事、说理都显示了缜密的艺术匠心，但这些作品似乎还没有达到一个审美的高度，有时还带有杨朔散文时代的思维惯性，不免有些生硬。到后来的《面对历史的苍茫》《沧桑无语》等集始显示出了审美上的飞跃，行文间不仅有了鲜活的作者自我生命性情的参与，那种叙事的张力和感染力也大大增强了。

如果说文学语言本身就是一种文化符号，蕴涵了作者对于历史文化的感悟与思考，那么王充闾笔下的历史诗性常体现为一种语言的诗性。比如他喜欢在文章里使用文言词汇，特别是四字语的频繁出现使他的散文有一种古典的整饬，读上去有一种古文的节奏感。例如《青眼高歌》中写到纳兰性德："是一个醉心风雅、酷爱生活而薄于功名利禄的人。虽然出身于豪门望族，却不愿意交结达官贵人，尤其看不起那些趋炎附势的'热客'和饫甘餍肥、醉生梦死的纨绔子弟。"此类表达在王充闾散文中俯拾即是，不仅从字面上看，从节奏上读起来也颇古色古香。不可否认，较之同时代的许多散文家，王充闾散文里没有西化的语言、隐喻的句式，以及奇巧的叙事结构，他的散文总体来说是朴素的，很少故作惊人之语，但这种朴素里蕴含了旧式文人的审美情趣和文字素养，体现了一种源自文化典籍的古朴诗意。

  对历史的诗性表述归根结底离不开作者自我意识的冲动，离不开作者从心理层面与历史人物发生的激情共鸣。如上所述，王充闾散文对于历史有一种毫无距离感的把握。这种零距离的历史把握最鲜明地体现在对历史人物的心理剖析上。作者常用心理分析的手法去贴近人物的遭遇，让自己与历史人物发生某种生命的共鸣。如写"两个李白"，就深入到了李白的内心，揭示出了作为现实存在的李白和作为诗意存在的李白之间的内在冲突，将李白的狂放、志满乾坤的政治抱负展露无遗，细致描述了他在一次次政治挫折之后的苦痛、愤懑与孤独。作者这样描述李白："他轻世肆志，荡检逾闲，总要按照自己的意旨去塑造自我，从骨子里就没有对圣贤帝王诚惶诚恐的敬畏心情，更不把那些政治伦理、道德规范、社会习惯放在眼里……这要寄身官场，进而出将入相，飞黄腾达，岂不是南其辕而北其辙吗？"深刻揭示出了人物性格的内在矛盾。作者接着又写了李白虽仕途困顿，壮志难酬，却偏偏留下了千古诗名——李白曾经的功名之想统统烟消云散在历史中，而唯独留下了无数惊天地、泣鬼神的壮丽诗篇，把"两个李白"之间产生的历史的讽刺、个体的悲剧、生命的荒诞都写得入木三分。同样的对于历史人物的心理剖析在《用破一生心》《人生几度秋凉》中也有绝妙的展现。如写曾国藩："作为一位正统的理学家，曾国藩的高明之处在于，他在接受程朱理学巧伪、矫饰的同时，却能不为其迂腐和空疏所拘缚，表现出足够的成熟与圆融。也许正是因为这样，我总觉得，在他身上，透过礼教的层层甲胄，散发着一种浓重的表演意识……而他自己，时而日久，也就自我认同于这种人格面具的遮蔽，以致忘了人生毕竟不是舞台，卸妆之后还须进入真实的生活。""表演意识""人格面具"二词可谓将曾国藩的人格与心理分析得丝丝入扣，颇见作者深邃冷峻的历史眼光，也可见作者强烈的爱憎褒贬和价值立场。

如果说通过剖析历史人物的遭际与内心世界，王充闾的散文达到了一种心理的深度，给人以情感共振的感性的诗美，那么通过对诗文典故的援引与阐释，我们则能看到一种源自文化经典，蕴具象于抽象的哲理美。

跟同时代的文化散文作者一样，王充闾喜爱名山大川，有一种"山水癖"，这种"山水癖"是对山水风物的热爱，尤其是对那些有着人文积淀的山水胜迹的热爱。而"山水癖"说到底又是一种"历史癖"和"诗文癖"——"外出旅游，寻访古迹，我常常是跟着诗文走"，作者在《桐波江上一丝风》一文中这样说过，说明了作者的山水之旅实为"诗文之旅""历史之旅"。这种将山水契合进历史文化中的思维惯性不独王充闾所有，山水本是自然，山水自然作为一种"有意味的形式"本身就具有文化积淀和文化意味，历来是文人发思古幽情的渊薮。某种意义上，王充闾笔下的山水只是一种话语背景和媒介，他感兴趣的毋宁是山水背后隐现的一段段的历史承载，是那种物是人非事事休的时间暗示和沧桑意味。但从山水到历史，似乎并不一定有诗性的介入。因为原生态的山水是死的、静止的，而未经阐述的历史也只是故纸堆里的一堆堆发黄的记载而已。这时候，作者个人的记忆就参与了进来，因为历史的美感和山水的美感说到底是一种文化的美感，这种文化美感需要个体性情和个体审美的参与，只有融入了个体的记忆与感悟，山水与历史才能灵动起来，成为一种活生生的存在。当然，作者的记忆不可能是亲历历史的记忆，因为历史太遥远，但是作者有另一种形式的记忆，那就是对古典诗文的记忆。的确，"一切历史只能复活在回忆之中"

（《陈桥崖海须臾事》），而这个回忆的触媒就是古典诗文。"桐波江上一丝风""陈桥崖海须臾事""夕阳红树照乌伤""寂寞濠梁过雨余""纳兰心事几曾知"……只要翻阅起那些有着特定所指的诗句，再对照着某一时映现眼前的山水胜迹，作者心中就油然而生一种恰如灵光遇合般的冲动，好像凭由那些山水遗迹和胸中的诗文记忆，他就突然与古人相逢在浩渺的时空中了，从而在心中翻涌起种种思量与感慨。这种感慨说到底是古往今来的文人面对浩渺时空，面对逝去与永恒所发出的感慨："千古兴亡，百年悲笑，一时登览。对于一个作家来说，站在历史的峰峦上登高远眺所获得的深沉的历史感，是一种超越今古时空、令人动心动容的多重感受……是情感的一次次升华，诗情的一次次跃动，哲思的一次次闪现。"除了以诗文记忆抒写对时空变幻、沧桑历史的感悟与认知，王充闾也经常在散文中穿插进自己的古体诗创作，发出一声声自我心灵的回响与震颤。于是在他的散文里出现了一种有趣的现象：不仅诗文记忆与山水胜迹形成一种对话与诘问的关系，他自己的诗与古典诗文也形成一种对话和交流的关系。历史、山水、古人的诗与作者的诗在这里交融为一体，互相映衬，生发出一种诗的意境和美的氛围。从这个意义上说，王充闾不仅是一个散文家，更是一个从骨子里散发出才华与灵犀的诗人。

三、"诗性精神的实质是一种人文关怀。"王充闾的散文写历史，归根结底是写历史中的人，使用的是"人性扫描"的手法。所谓"人性扫描"就是把历史人物放到"人性"这枚放大镜下仔细观察，反复推敲。从人性的切入点而非从政治的、社会的切入点叙述历史人物。这意味着将历史人物当作真实的、血肉丰满的人而不是被神话、异化了的人来看待。

王充闾是一位有着浓厚的入世情怀和现实主义精神的散文家，他是比较崇拜英雄的，但"英雄"二字仁者见仁。诚然，作者对历史上建立了世俗丰功伟业的人物是欣赏的。如对远至创建了后金的努尔哈赤，近至发动了"西安事变"的张学良，他都有一种由衷的欣赏与看重。而更多时候，他是"不以成败论英雄"的。在他看来，有着一世功名的大人物也极可能是可怜与可悲的，而那些终身潦倒落魄之人却常散发着亘古的人格魅力与人性光芒。在不同的作品里形成鲜明对比的两个例子是曾国藩与大诗人陆游。以世俗的功名而论，作者承认曾国藩是"中兴第一名臣"，在中国近代史上是声名煊赫的。但面对这样一个在历史上掀动了不少波澜、引发了不少话题的人物，作者却觉得其"不那么可亲、可敬，倒是有些可悲可怜。他的生命乐章很不嘹亮，在那巨大的身影后面，除了一具委琐、畏缩的躯壳之外，看不到多少生命的活力、灵魂的光彩"。可谓做的是翻案文章，读来颇有些意外的惊喜。《用破一生心》写曾国藩的一生被"内圣外王"的欲求所紧紧捆缚着，欲进不得、欲退不舍，时时处处胆战心惊，永远戴着一副理学家的人格面具，虽居高位而如同身在炼狱，未免活得太累、太可怜了。曾国藩的人性是扭曲的人性，曾国藩的人生是悲剧的人生，作者可说是撕去了大人物脸上的光辉面具，揭示了这个人物身上的矛盾性与悲剧性。读来痛快之余，也会被作者细致入微的人性洞察力所折服。如果说曾国藩是一个人性论意义上的悲剧，王充闾笔下的陆游则是一个世俗论意义上的悲剧。陆游的人生充满了失意与凄苦。从他动荡的爱情生活到坎坷的仕途，以及毕生难酬的爱国壮志，陆游可说是受尽了世俗的苦难，而只能从梦中去寻觅失意的爱情与功业。尽管陆游是一个世俗人生的失败者，作者却认为他仍不愧为一个"感情完整、境界高远的诗翁"。因他是一个对爱情忠贞、对自我真诚、忧患苍生的人物，因为这种忠贞、真诚与忧患，陆游的诗也获得了高远的境界以致名垂千古，不啻为另一种成功。王充闾似乎特别青睐那些生平不甚得意，而充满了人性光辉的人物，类似的还有王勃、骆宾王、苏东坡、纳兰性德等。他们都是文人，而兼有为苍生、为天下的政治抱负，他们的仕途常常是困顿、波折、失意的，但他们又都有着真挚的诗人灵魂和高蹈的生命境界。由此可见，王充闾对历史人物所采取的是一种人性叙述的方式，他不大注重这些人建立了什么丰功伟业，而注意挖掘这些人物的精神世界，挖掘他们世俗声名背后的真实人格和他们在各自生存困境中所表现出的人性姿态。换言之，对王充闾而言，一个个历史人物就好像一个个的人性宝藏,他寻觅着,追问着,也从中感悟着各式各样的人生遭际所带给他的充满人性启示的生命悸动。

　　王充闾的散文写历史有着人性的深度,这不仅表现为他能烛隐抉微,写出真实立体的历史人物,更在于他能够鲜明地亮出自己的态度,直击人性中的阴暗与丑陋,体现出一种对知识分子价值立场的坚守与追求。如《灵魂的拷问》一文写清代大学者陈梦雷被"知心朋友"李光地背叛、陷害的史实,读来有着沉甸甸的分量。跟作者的大多数散文不同,《灵魂的拷问》是不那么诗意敦厚的,而显出了几分辛辣尖锐。文章从陈梦雷的遭遇写起,直接联想到了20世纪下半叶的政治运动中的人性表现:"在所谓'群体性的历史灾难'中,个人的卑劣人性往往被'时代悲剧''体制缺陷'等重重迷雾遮掩起来,致使大多数人更多地着眼于社会环境因素,而轻忽了、淡化了个人应负的道义责任。""李光地"的人性丑陋和政治运动中某些知识分子的人性表演发生的背景不同,本质上却没有什么差别,都为我们揭示了同样的人性难题,也带给我们同样沉重的思考。作者对此显然很警醒,态度也很鲜明。他对"李光地"之流是深恶痛绝的,对"李光地"之流不但没有遭到应有报应反而得志终生表现出了一种困惑和愤懑。历史的悖论或许在于,善恶未必都有报,但面对这种悖论,作者并未表现出半点的妥协,而是勇于鞭挞,执着地坚守自己的价值立场,面对人性中的沉重面,他不愿意冷眼旁观,而愿意用整颗心灵去感受人性灾难,去品尝那份辛辣的人性拷问,去亲历那种无辜的人性煎熬。《灵魂的拷问》或许可称得上是王充闾散文里的极品,这篇散文是没有什么诗意的,但是为我们提供了一种历史抒写的维度,它对历史无意去做不痛不痒的戏说和无关紧要的粉饰,而是饱含了自我全部的理性与激情,如利刃般直切人性的腐烂之处,从感官到心灵,都让人有一种震颤。而行文的犀利之处让人想起鲁迅杂文的冷峻与决绝,寄语沉痛之处又有唐宋八大家"文以载道"的流风余韵。如果说"散文是知识分子精神与情感最为自由与朴素的存在方式",那么在今天的语境中,散文已不再缺乏自由的话语空间,也不再缺乏对于人的复杂性的烛隐抉微的表现,而唯独缺少一种精神的向度和人性的高度,缺少的是直面人性困境和人性难题、既善于感悟人生又勇于承担人生的精神。而这或许是王充闾散文在当下语境中所保持的最为可贵的话语姿态。

评王充闾的历史文化散文

◎ 颜翔林

　　新时期的历史文化散文场景，不能不关涉到王充闾及其文本。作家以一系列富有审美个性的散文作品，以美学的方式和历史进行超越时空的心灵对话，重新阐释历史和追问历史，合理想象历史和寻找历史之谜的解答，对历史人物给以辩证理性的叩问和诗意的解读。换言之，作家寻求一种诗性的历史观和审美化的历史理性，期待一种既有价值判断又必要地悬置判断的哲学智慧融入自我的文本书写。王充闾的历史文化散文创作，追求富有美感的结构方式，以象征与隐喻交替的符号表现，自然和典雅相交融的话语修辞，给予阅读者唯美主义的享受，赢得批评家和大众读者的普遍赞誉。

　　一、历史与文学的本质性差异和同一性关联是一个古老的话题，亚里士多德在《诗学》中写道："两者的差别在于一叙述已发生的事，一描述可能发生的事。因此，写诗这种活动比写历史更富于哲学意味，更被严肃的对待；因为诗所描述的事带有普遍性，历史则叙述个别的事。"亚里士多德区分了历史与文学的本质性差异。然而，不能忽视的另一个事实是，历史与文学存在着同一性的关联，中西都有文史融合的传统。王充闾的历史文化散文写作，一方面追求历史题材的间离作用和陌生化的艺术效果，和现实时空拉开距离，创造有利于审美观照的心理情境。充分发挥历史题材的多义性、不确定性和空白点丰富的特性，获得文体的张力，像黑格尔所说的那样，跳开现时的直接性，达到艺术所必要的对材料的概括。另一方面，始终遵循一个美学的前提：敬畏历史和倾听历史。作家不期许今人比古人高明、自我比历史高明，不刻意地修饰历史、不轻易地对历史人物断言"功过是非"。作家首先是谦卑地倾听历史的声音，和历史进行平等的言谈，其次是对历史事物和历史人物持以宁静平和的追问，最后才是对于历史的超越一般意识形态的审美评判和诗意地解答。作家尊重历史的"细节事实"，不越雷池，而这一点恰恰是新历史主义所推崇的理解历史的原则之一。王充闾的历史文化散文的几个重要集子：《沧桑无语》《面对历史的苍茫》《何处是归程》《春宽梦窄》《千秋叩问》《龙墩上的悖论》《张学良人格图谱》等都禀赋如此的美学理念。

美学与历史的对话，贯穿着如此的艺术信念：以审美的姿态去理解历史和阐释历史，以诗意的方式去想象历史和书写历史。王充闾的历史文化散文不是机械地遵循某种历史观和方法论，也不是单一性地运用某种历史意识去理解历史事件和判断历史人物。因此，历史唯物主义和辩证理性只是作家对于历史观察的一种方式而不是唯一的方式。除此之外，佛学、儒学与道学的历史观以及新历史主义等观点与方法，都是王充闾的历史文化散文所借鉴的思想资源。王充闾的历史文化散文，密切地关联着历史事件、历史人物、历史之谜、历史品评、历史吊诡等内在结构。就历史事件而言，王充闾的书写本着一种实证主义的哲学信仰，表现对于历史细节和事实的客观尊重，秉承着敬畏历史的美学态度。在对历史事件的理解和阐释方面，则贯穿一种诗意的历史观。以一种"可能性高于现实性"的现象学哲学立场去重新诠释历史和假设历史，给予阅读者审美运思的多种可能性。对于历史人物，作家不是简单地复现"原型属性"，而醉心于勾勒"原型人物"，力求揭示历史人物的多重心理和矛盾心态，呈现灵魂的多维结构。《青山魂梦》复活两个"李白"："一方面是现实存在的李白，一方面是诗意存在的李白，两者构成一个整体的'不朽的存在'。它们之间的巨大反差，形成了强烈的内在冲突，表现为试图超越却又无法超越，顽强地选择命运却又终归为命运所选择的无奈，展示着深刻的悲剧精神和人的自身的有限性。"《用破一生心》揭示理学立命和心许成圣的曾国藩,精神深处交织深刻矛盾和无限痛苦,画出一个处于历史的关节点而聚集着生命复杂性的人物肖像。《他这一辈子》在写出李鸿章的历史悲剧性同时,更描摹出一个性格悲剧和心理悲剧的侧影。《守护灵魂上路》以诗意的感悟,勾画一位知识分子的心路历程。瞿秋白的文学和革命的选择、信仰和命运的冲突、美与爱的分离,这些矛盾冲突被散文诗性化书写之后,重新阐释了一位被历史误解的文人革命家。

  人类的理性存在一种追问的本能,对于历史而言,人总是执着于历史之谜的求解。王充闾的历史文化散文在对历史事物和历史人物书写过程,当然不放弃对于历史之谜的叩问。然而,与众多的历史文化散文存在明显的差异在于,前者喜爱破解历史和证明历史。王充闾的历史文化散文采用古典怀疑论者的方式,不是竭力求解历史之谜,而眷注于对历史之谜进行存疑和提问。《陈桥涯海须臾事》以叙事为经,品人为纬,以想象、直觉、体验的意识流方式,将被时间尘封和空间间离的历史画卷以亦幻亦真的意象重现在读者的眼帘。作者以前人何思齐"陈桥涯海须臾事,天淡云闲古今同"的诗句为叙事线索,描绘了三百余年宋王朝的悲喜交加的戏剧,对历史既有理性分析又有诗性随想,融入了通达的幽默与诙谐,以禅家拈花微笑式的生命体悟,借以慧能《坛经》:"出语尽双,皆取对法,来去相因,究竟二法尽除,更无去处。"的诗性智慧,呈现自我对历史的悲剧式循环的超然理解,辩证的机锋勘破兴衰存亡之物理。历史和人物的万象微尘,逃不脱正觉智慧的佛眼之光。宇宙万物,沧海桑田,都不过属于心识之动摇所产生之影像,内界外界,物质与非物质,无一非唯识所变。作者于是感喟:世界只不过是心灵的幻象式反映,历史像一个玄妙幽秘的无法勘破的谜语,它所能留下的只是存在于精神世界的永恒正义和审美情怀,还有幻觉之中的过眼烟云。散文对历史与人事照之以空幻,观之以虚无,又不乏逻辑公理和道德良知,文本以一种极具想象力的阐释学视界重估历史的价值与意义。历史的谜团变得不再重要,而主体对于这个谜团的诗意反思却凸显意义。王充闾的历史文化散文,还眷注于历史的吊诡与历史的悖论。《土囊吟》和《文明的征服》,异曲同工地揭示了历史的悖谬:武力征服了文明,最终征服者又被文明所征服。权术攫取了权力,最终又因权术丧失了权力,权力和权术的循环构成血缘政治的历史循环,权力法则最终服从于历史的法则。历史的因果循环体现了佛家的因果报应的理论,生命存在的所谓的"苦、集、灭、道""四圣谛"均被集聚在宋太宗和金太宗的王朝历史里。历史的悲剧性和合理性被体现在生命终结的黑色阴影里,一个缺乏慈悲心肠的生命个体,必然会得到历史的无情的惩罚,前世的罪孽很可能要得到后世的报应。这也体现了作者的道德逻辑和正义理念。文章既寻求历史之谜的答案,也悬置对于历史之谜的简单设问,渗透的是对善与恶、美与丑,武力与文明、历史与文化的辩证的理性和诗性相交融的思考。

王充闾的历史文化散文,以审美的方式和历史交谈,以诗意的领悟去心会古人。秉持的历史观念暗合和接近于西方新历史主义的某些看法。新历史主义的代表人物海登·怀特提出"元历史理论"。他自负于所谓"元历史"(Metahistory)的创见,倾向对历史进行想象性的阐释和理解,历史成为叙述、语言、想象等综合活动的聚合物,被诠释者赋予审美和道德的成分。他在《作为文学虚构的历史本文》一文中认为:"当我们正确对待历史时,历史就不应该是它所报道的事件的毫无暧昧的符号。相反,历史是象征结构、扩展了的隐喻,它把所报道的事件同我们在我们的文学和文化中已经很熟悉的模式串联起来。"王充闾认为散文创作应该容许适度的想象,历史是一次性的,它是所有一切存在中独一以"当下不再"为条件的存在。"不在场"的后人要想恢复原态,只能依据事件发展规律和人物性格逻辑,想象出某些能够突出人物形象的意象,进行必要的心理刻画以及环境气氛的渲染,其间必然存在着主观性的深度介入。作家关切"散文无文"的流弊,主张散文守护文学性和审美性这两个历史相传的要素,既要从政治理性漩涡中,从概念化、意识形态化的僵硬躯壳中挣脱出来,也要超越商业时代的消费主义、物质主义、娱乐至上的藩篱,保持作家内在的精神支撑和审美个性。他的历史文化散文写作，贯注着如此的美学理念。散文集《千秋叩问》《面对历史的苍茫》《沧浪之水》《张学良人格图谱》《龙墩上的悖论》《王充闾散文》等，无不融合历史与美学对话的艺术努力。历史事实与历史细节、历史规律与历史理性在被敬畏、尊重的逻辑前提下，进入到散文书写的层面，历史融合文学创作的想象力和审美领悟，渗透新的语境的价值判断和生命智慧。散文激活了历史，历史在当代语境焕发新的美感。

王充闾的历史文化散文，闪现出以美学的视角和诗意的领悟，对于历史的探求与追问的艺术色彩。《桐波江上一丝风》显露恢宏的气度和深邃的思理，娴熟地运用空间写时间和时空交错的手法，从地域切入历史与文化，将著名隐士严子陵作为焦点人物，由此牵引出历史上隐士群像，以戏剧主角为中心和群像展览相辅助的方式，深入探索了中国历史上的隐逸现象，揭示了隐逸文化的独特魅力和深刻内蕴。《春梦留痕》采取虚实相生的梦幻笔法，凭借自我的诗性领悟复现了一个早已消逝但又鲜活存在的文化巨匠——苏轼，揭示他由"临民""恩赐"的心态转变为与民一体的心灵轨迹，使原本悲剧性的情致转换为一种超脱宁静的审美意境，写出了一个灵魂的诗化人生。诗人流放儋州的生活，既是戏剧性的，又是诗意盎然的，散文以悲剧氛围开场，却以喜剧化的方式结尾。文本写活了为一般读者所陌生的苏轼，以诗人情怀和审美体悟呈现了一个充满激情和智慧的生命空间，在这个空间，栖居着一个永恒的苏轼。《叩问沧桑》以联想与对比的艺术笔法，将古罗马与洛阳城进行了相似和差异的双重对比，借用北宋大政治家、著名史学家司马光的"若问古今兴废事，请君只看洛阳城"的诗句，作为"旧时月色"的隐喻和文笔的线索，以简练的线条勾勒出与洛阳地域有关的历史沧桑，以《麦秀》《黍离》的古诗和"铜驼荆棘"的预言，寄托着抚今追昔、凭吊兴亡的情感。借用元人诗句"不信铜驼荆棘里，百年前是五侯家"，隐喻历史的沧桑变化。其他诸多篇目，无不寄寓着作家以美学的眼光凝视历史和以诗意的情怀阐释历史的不懈努力。

二、卓荦优异的散文除了富有精妙的哲思和深刻义理之外，还必须呈现一定的文学性和艺术美。王充闾的历史文化散文，紧扣美学与历史对话的脉络，文本以富于美感的结构方式，象征与隐喻的符号表现，自然和典雅相交融的话语修辞，给予阅读者唯美主义的形式享受。

他的新作《张学良人格图谱》，由15篇系列文本结构而成，把"张学良作为现代史上一块人格'界碑'进行凸显，完成了艰难的精神突围"。黑格尔说："艺术家的独创性不仅见于他服从风格的规律，而且还要见于他在主体方面得到了灵感，因而不只是听命于个人的特殊的作风，而是能掌握住一种本身有理性的题材，受艺术家主体性的指导，把这题材表现出来，既符合所选艺术种类的本质和概念，又符合艺术理想的普遍概念。"文学创作难题之一，是如何将耳熟能详的题材写出新的境界和新的意象，激发接受者的审美知觉和心理体验，这也是考量作家才情和灵性的一个尺规。《人生几度秋凉》这一文本，一是在写法上以夏威夷的威基基海滩三个串联的画面，勾勒出周身沾染历史尘埃的世纪老人张学良的一生沧桑，借用类似蒙太奇的镜头，以三个美丽而感伤的夏威夷海滩的黄昏为背景作底色。作家笔底生花，轻盈腾挪地勾画出将军闪烁传奇色彩的刚正、悲剧的生命轨迹，点染其忠义倔强、率真仁爱的秉性。文本犹如传统的泼墨写意，笔墨淋漓，读之令人回肠荡气，感慨不已。二是文思上独行理路，以一连串命意奇特的假设，提出对于历史和人物的双重疑问，暗藏着多种可能性的历史吊诡和命运玄机。这一节文字，哲理和禅机俱现，颇有些古典怀疑论者的遗风。三是对于人物的心理分析也有一己之见："他同一般政治家的显著区别，是率真、粗犷，人情味浓；情可见心，不假雕饰，无遮拦、无保留的坦诚。这些都源于天性，反映出一种人生境界。大概只有心地光明、自信自足的智者仁人，才能修炼到这种地步。"整个文章一气呵成，结构上巧妙编织和思理的不落言筌，令人折服。《人生几度秋凉》的结构方式，可谓是类似现象学的"看"的方法：一方面是以视觉的眼睛进行"还原直观"，以三个秋凉的黄昏为审美媒介，纵览少帅的百年人生，体察历史的神秘和偶然。另一方面，是以心灵的慧眼去"本质直观"，领悟生命主体的强力意志、爱的激情、仁的力量、智的空灵和信念的轮回。该文叙事结构的活脱精巧和运思结构的飞扬飘逸形成美妙的双峰对峙。这也许是迄今为止写少帅散文中最为传神和最见美感的篇目。《张学良人格图谱》出版之后，赢得着评论界多位名家的美誉和广大读者好评，不能不说是近年来散文界不可多见的现象。

王充闾历史文化散文一个重要的审美特性，注重于结构的营造，从构思与立意、叙述与表达的策略、方法、技巧的目的性，无不体现一种智慧性的写作机心，潜藏着作家的艺术独创性和审美形式的提炼。《青天一缕霞》，整个文章从"云"着笔，以象征性的笔法以云的形状、色彩、情态的变幻，以意识流的视角叙述天才女作家萧红才情卓荦、悲凉感伤的短暂人生。"云霞"构成散文结构的眼睛，成为凝视萧红诗意和唯美的生命路程的一串目光。"云"，既是艺术文本的机杼，又是散文意境的纹理，更是创作心理的张力，它成为整个文本的有机结构。伴随着"云"的意象的变幻和递进，文本的思理和情感的足迹也在向深层行走。作者扣住萧红挚友聂绀弩的诗句："何人绘得萧红影，望断青天一缕霞。"将文章做得空灵飘逸，才情并茂。"她像白云一样飘逝着，她的世界在天之涯、地之角……云，是萧红作品中的风景线，手稿没有，何不去读窗外的云？"如果说《青天一缕霞》在结构上是以空间写时间，《狮山史影》则以祖孙三代的皇权变更的历史时间，交错着散文结构上的空间变换，揭示出权力对于历史和人性的宰制和操纵。此文堪为绝佳妙文，以时间叙述交织着南北交错的空间，又以空间写行藏，写祖孙相继、叔侄争权的事件。尺牍之文写出明朝几代皇权更替的刀光剑影，以燕王与惠帝的叔侄相煎为主体，连带写涉了整个明史，理性中隐含诗性智慧，运思中潜隐禅意与佛理。该文的结构之目，就是一副楹联，或者说作者的立意和结构方式就围绕这一楹联延展，以它作为串联整个散文的线索和灵魂。一个熟知的历史事件由于精妙的叙事方式和文本结构形式，给予欣赏者的审美感受却是丰富而充满陌生感的。

不能不折服于作家的匠心才智。

象征和隐喻是文学性的标志之一，也是阅读者的美感来源之一。王充闾的历史文化散文，对于这两种方法格外钟情。"象征的特征是在个性中半透明式地反映着特殊种类的特性，或者在特殊种类的特性中反映着一般种类的特性……最后，通过短暂，并在短暂中半透明地反映着永恒。"《祁连雪》一文，以流动的线条摹写了"千山空皓雪"的审美意象，展开对于雪的象征和自由联想。神话与传说作为文本的联想线索，在空间上的不断流动，由此构成了叙事上的时间转移，寄寓丰富的历史内涵。文本灌注着阐释学的理念，力图达到一种新的文化语境下的"视野融合"和"效果历史"的解说，凭借新历史主义的意识，获得对以往历史的新的视界的想象和理解并由此进入到对历史的追问。王充闾历史文化散文的众多篇目，擅长运用象征的技法对于历史事件、历史场景和历史人物的描摹和刻画，呈现鲜活灵动的美感。隐喻这一概念，"在文学理论上，这一术语较为确当的含义应该是：甲事物暗示了乙事物，但甲事物本身作为一种表现手段，也要求给予充分的注意。"隐喻的笔法在《梦雨潇潇沈氏园》这一文本得以充分显现。"沈园"作为特定的审美空间寄寓着写作对象（陆游）的诗意体验，附丽着延绵的情感时间，凝聚千古词人的爱情守望和绝望的美感，作者以时间空间的渗透和转换，描叙感伤千古的爱情故事。写作主体借助于梦的隐喻，获得充分的想象力和灵感。"梦"作为隐喻的符号，既将"沈园、诗人、爱情、悲剧、诗歌、梦幻"这一系列意象交织一体，又将陆游的诗和梦、爱和死的心路历程予以审美呈现，给接受者以梦幻美的感受。汤显祖认为："世总为情，情生诗歌，而行于神。"他提出"因情成梦，因梦成戏"的美学主张，将情感、梦幻、艺术视为一体化的精神构成，并在自己的戏剧创作中实践了这一理论。王充闾历史文化散文的不少篇目，借鉴古典美学的艺术理念，表现出梦幻式的隐喻之美。

判定一个作家是否达到美学与艺术的较高境界，标准之一就是看其艺术文本的语言是否具有自我的风格，是否形成自我的独特"话语"。在当今中国的散文界，王充闾的历史文化散文以其典雅醇厚与冲淡空灵和谐糅合的语言独树一帜。究其原因，首先，受传统文化的熏陶，王充闾的散文语言汲取了古典文学的营养，借鉴古典文学的修辞技巧，诸如双声叠韵、对仗对偶、象征隐喻等。作家禀赋深邃敏锐的汉语语感，擅长于语言的意象格调的建构。创作主体心理结构的深沉睿智，使其文体的语言表述具有醇厚绵密的风味。其次，来源于作家对大自然的审美体验。文本语感的灵敏与鲜活，和王充闾挚爱山水、沉醉自然的生命态度密切关联。对大自然的审美感悟，令散文语言充盈着诗的气质和灵感。尤其近些年的散文创作，冲淡而空灵的语言风格成为其艺术魅力的一部分。最后，作家长期对哲学与美学酷爱，擅长思辨，文本语言也闪烁一定的哲思色彩，充盈着哲理散文的风格。然而，哲理化的语言由于和故事的叙述、景物的描摹结合在一起，没有概念化和抽象化的弊端，令读者易于接受。"语言也不出现于言语者的意识之中，因此语言的意义也远比某种主观行为要丰富得多。"王充闾的历史文化散文，众多的文本借助语言所隐匿的意义既是丰富的也是充满美感的。

王充闾历史文化散文的写作被关注和评论是一个值得庆幸的事件，多年沉醉散文世界的作家终于被众多批评家和读者所认同和喜爱，这是一个有意味的象征，说明文学还顽强地坚守着自己的领域，理论批评界和读者都共同关注那些寂寞的审美边缘和孤独的文学世界。王充闾的写作历程证明，创作主体是一个为散文写作而存在的生命个体，美学与历史对话是他数十年书写生涯的不懈渴求。王充闾的历史文化散文不以吉光片羽的碎片写作见长，也不依赖矫揉造作的语言夸张和哗众取宠与耸人听闻的过激议论笼络接受者，文本中寄寓着宁静的运思，典雅自然、从容洒脱的话语表达，平等自由的对话方式，期待与古人心会，与今人神往的审美境界，令阅读者在不知不觉之中感受到作者和文本的亲切睿智和澄明通透，感受到童心犹在的纯真和年长者的生命智慧，以及追忆似水年华的感伤和对于历史的诗性的评判，作家的历史文化散文弥散着一种摄取人心的魅力。

望夕阳于山外
——读王充闾近作《张学良人格图谱》

◎白长鸿

不久前，在网上读到《张学良的晚年情缘》，这篇载于《文汇读书周报》的文章很热，被中国网、环球网等多家网站转载。《张学良的晚年情缘》是王充闾先生近作《张学良人格图谱》中的一些片断，让我生出尽快看到此书的期盼。也巧，不日王向峰先生即送了我这本散文集，让我如获至珍。

初读充闾先生文章，感觉是轻松的，轻松中又有些凝重，字句里仿佛蕴含着一种思考，好像要故意考验读者的智慧。

"他像一只挣脱网罟、藏身岩穴的龙虾，在这孤悬大洋深处的避风港隐遁下来。龙虾一生中多次脱壳，他也在人生舞台上不断地变换角色：先是扮演横冲直撞、冒险犯难的堂吉诃德，后来化身为戴着紧箍咒、曾被压在五行山下的行者悟空，收场时又成了脱离红尘紫陌、流寓孤岛的鲁滨孙。"

读这些文字，我几乎惊呆了，张学良传奇的一生，竟然让几个比喻生动地勾括出来。堂吉诃德、行者悟空、鲁滨孙，与张学良本不搭界，隔着十万八千里，可是细细品味，却觉得这些比喻是那样贴切，甚至一时想不出能够代替这些比喻的例子。在这里，历史文本、表述模式与语言符号在象征意义中实现了有机统一，正像滨田正秀在《文艺学概论》中说的："语言的魅力就在于它有象征性。"

时下一些文章多有浮躁之气，而充闾先生的散文却以深刻见长，先生

望夕阳于山外——读王充闾近作《张学良人格图谱》

每有佳作出，多为人称善。东坡学士《书吴道子书后》有云："出新意于法度之中，寄妙理于豪放之外。"读充闾先生的历史文化散文，常有出新之感，大概这是他的历史文化散文受到众多读者喜爱的原因吧。虽然张学良的故事已经让人讲过多遍，读充闾先生这集子，却丝毫不觉得似曾相识。如果作者没有对张学良人生之路和精神世界进行深入挖掘，如果没有自己的个性感知和独到见解，就不可能在历史、文化的语境中营造出新的诠释。

譬如说，讲张学良的晚年，作者没有给出"英雄回首即神仙""百炼钢"成"绕指柔"那些已为人知的答案，而是于老将军的笑谑、滑稽中，看到了"兴于幽默而终于智慧，里面饱蕴着郁勃难舒之气和苍凉、凄苦的人生况味"。作者是这样形容汉公晚年的："炽烈的熔岩包上一层厚厚的硬壳，照样在地底下放纵奔流，呼呼作响。"这种深刻，让人击节。我甚至有些疑惑，作者是在讲张学良的人生，还是在讲自己对人生的感叹？

张学良的一生富有戏剧性，充满神秘色彩，常引发人们猜想。充闾先生不是采用揭秘、猎奇、噱头等办法吸引读者，而是以其深刻的哲思和灼见做出回答。在《鹤有还巢梦》中，对张学良晚年为什么没有回大陆，作者条分缕析地分析了政治条件、身体状况、客观障碍等原因，还从张学良内心层面深入探求，揭示了他超越意识形态和政治色彩的期许，这见解是独到的。在《成功的失败者》中，作者对张学良一生的是非成败不是简单地给出结论性的评价，而是从张学良生活道路中充斥着的悖论中，从他的个性、气质以及个性形成的"特殊的家庭环境、文化背景、人生阅历诸多因素的交融互汇、激荡冲突、揉搓塑抹"中进行分析，让人信服。

今年2月7日，在王充闾《张学良人格图谱》作品研讨会上，张毓茂先生有个发言，他提到，充闾的散文以思想性见长，现在，他又带着浓厚的情感来写散文，使散文更有感染力。我以为，这评价是中肯的。在《夕阳山外山》这篇散文中，我读到的不是一个老套的英雄美女故事，而是一曲让人感叹至深的凄美诉说。汉公与蒋士云早年相识相知，垂暮之年相聚相别，经作者娓娓诉来，让这段本就富有悲剧色彩的悲剧，成为绝版。青春少女与风流少帅的失之交臂，让人一叹；相爱一生却只能在晚年有九十天畅怀适意的欢聚，让人再叹；原以为后会有期却落得个永生诀别，让人三叹。特别是夫人赵一荻出于爱护的约束和限制，使喜放纵、厌约束的汉公在另一种意义上又失去了"自由"，让人们对这位没有自由的悲剧主角更生出悲悯，很容易让人想起元好问的名句"问世间情为何物"，也难免让读者在"曲终人散"后留下一声长长的叹息。

充间先生籍里与张学良将军故乡相近，出生却晚35载，已然不是一代人。充间先生没有发出"吾生晚矣"的感慨，而是用跨越时空的情思，与前辈人一起去感受、去面对、去思想。读他的文章，有一种源乎于生活、源乎于自然的亲切感，这让我想起了宋代梅尧臣的话："状难写之景，如在目前；含不尽之意，见于言外。"

我折服充间先生的语言功夫。在他笔下，有白描，白描中不乏蕴藉；有比兴，比兴中衬出诗意；行文如流水，这流水声常常引来思索；还有一些文白相间的句式，语句易懂又富韵味。读这样的文章，仿佛遇到一坛刚打开盖就嗅到醇厚味道的老酒。特别是作者常将一些生活中鲜见的出于《易》《汉书》等古籍的成语信手拈来，诸如"安时处顺""萍浮梗泛""托契深重""声应气求"等，十分妥帖，能够恰到好处地表达文义。充间先生是散文大家，读这集子，感觉先生已是心到笔到，文随思转，到了信笔由之、从心所欲不逾矩的地步。我想，这与他深厚的国学底子、丰富的人生阅历不无关系，而他那种开阔的视野、深邃的思考、独到的眼见，又让语言艺术传递着超出语言本身的深刻意蕴。

"世纪老人"传奇、多彩的一生
——读《张学良人格图谱》

◎韩志峰

王充闾的《张学良人格图谱》，不仅是一部优秀的给人以美的享受的文学作品；同时也是以独特视觉，书写民族英雄、世纪老人张学良传奇一生的史学佳品。

作者在前言中写道："现今关于张学良的传记、访问记、回忆录、口述历史，已经叠床架屋，不一而足。"为避免内容重复，乃独辟蹊径，打破传统的记述史实方法，把艺术真实与历史真实融为一体，用诗歌的语言，散文的形式，史实的眼光，哲学的思维，对事实加以解析，穷厚追委、探蹊烛微，以人物内心为轴线，以跨时空的方式，对少帅进行全方位的心理解析，为我们展示出一个大爱无私、敢作敢为、有爱有恨、有血有肉、多面、真实的张学良形象。"正如古耜先生的博客文章《〈张学良人格图谱〉是为少帅写心》评价的那样，王充闾将百年宏大的历史诗篇浓缩到15篇优美的散文中去，堪称散文史诗的经典之作。"因此，我们说2009年7月出版发行的《张学良人格图谱》不仅是王充闾完成了多年的一个夙愿；也是贡献给广大读者的一份津津有味的精神食品；同时也为人们撰写和认知历史，提供了一个经典式的范例。

1936年西安事变，是张学良命运的转折点。由此，他强迫蒋介石放下屠刀，停止内战，一致抗日，"挽救了民族危机，帮助了中国革命"，成为民族英雄，千古功臣，在人生事业上，他是个成功者；他心系民族大义，国运安危，为确保蒋介石的人身安全，执意要亲自送蒋介石回南京。从此，张学良便开始了骨肉离散。

在解读张学良为什么敢于冒天下之大不韪，发动西安事变？事后为什么又不听劝阻，一意孤行亲自送蒋回京？这既不是孟浪和鲁莽，更不是一时的冲动。

王充闾说张学良的思想观念十分驳杂，而且随着客观环境的变化，经常处于此消彼长、翻腾动荡之中。在他身上，既有忠君孝亲、维护正统、看重名节的儒家文化传统的影响；又有拿得起放得下、旷怀达观、脱略世事、淡泊名利、看破人生的老庄、佛禅思想的影子；既有流引于民间和传统戏曲中的绿林豪侠精神，"滴水之恩，涌泉相报""宁可人负我，决不我负人"，侠肝义胆"哥们义气"，又有个人本位、崇力尚争、个性解放、蔑视权威的现代西方文化特征。这种中西交汇、今古杂糅、亦新亦旧、半洋半土的思想文化结构，使他经常处于依违两难、变幻无常之间，带来了文化人格上的分裂，让矛盾与悖论伴随着整个一生……张学良的思想观念无论怎样驳杂，如何变幻不定，其本质特征还是鲜明而坚定的，那就是深沉博大的爱国主义精神，作为思想上的主旋律，他终其一生，坚守不渝，并且不断有所升华。从东北易帜到西安兵谏，无一不源于民族大义，系乎国运安危，尤其是"捉蒋""放蒋"，体现得至为充分。

他的夫人赵一荻说："他爱的不是哪一党、哪一派，他所爱的就是国家和同胞。"因而，任何对国家有益的事，他都心甘情愿地牺牲自己去做。"我这次冒着生命危险，亲自送委员长回京，原想扮演一出从来没有演过的好戏，如果委员长也能以大政治家的风度，放我回西安，这一送一放，岂不成了千古美谈！真可惜，一出好戏竟演坏了。"

对此，作家王充闾饱含崇敬心情，不无感慨地说，张学良"有大功大德于国家、民族，却失去了自由，惨遭监禁，成为阶下囚，应该说，这是最令人伤恸的事情了。可他却说得那么风趣，那么轻松，这既表明他是性情中人，思想通脱、纯正，处事简单、轻率，确实不是老蒋的对手，同时

"世纪老人"传奇、多彩的一生——读《张学良人格图谱》

也能看出，戏曲对于他该有多么深重的影响……"

从作家王充闾对张学良思想观念的综合探析中，特别是从张学良在事发当时的决断态度，使我们清楚了"西安事变"这一震惊中国、令世界瞠目的重大事件的发生，不是偶然的。而且，也只有被蒋介石背后称为"东北虎"的张学良，才会有这个勇气和胆量，在"唯我独尊""阴险狠毒"的蒋介石头上试刀。由于这一事件，张学良的政治生命结束了，成了一名囚徒，开始了长期没有自由的囹圄生活。应该说，他个人付出的代价是沉重和巨大的；从另一面讲，由于这一事件的发生和圆满解决，促成了国共第二次合作，加速了日本侵略者的灭亡，扭转了中国的历史。正是由于这些，人们才把他喻为"民族英雄""千古功臣"。101岁的他，一个牺牲个人、惠国惠民的"世纪老人"，将永远活在亿万人民心中。

追忆的双重解构
——王充闾散文集《何处是归程》的文化价值

◎程义伟

　　王充闾的《何处是归程》，是2000年中国散文创作的重要收获之一，能够反映那一时期散文创作所达到的最高水平。把这部作品放在整个20世纪中国散文的大格局里考量，无论就其文化含量还是审美境界而言，都有其独特的、无可取代的地位。即使与当代其他著名散文作家作品相比，《何处是归程》也应该说是独树一帜的，凸现了王充闾散文的地域文化特征：地方志的叩询和构筑。他写出了一部我们的地域"民俗史"。

　　可以发现王充闾写的《何处是归程》，有着相当深刻的心灵的"默契"。吸引我们注意力的，倒不是因为他有着"著名作家""鲁迅文学奖"获得者的称誉，而是他在这本散文集中有声有色地拓垦地域性文化，营建自己的文学世界时自然形成的那种亲近缘分，那种在"辽海文化"中所表现的自然生态中人的生态和心态以及渗透于其中的文化价值取向与相近的审美追求。在《何处是归程》的创作中，纵向的历史骨架与横面的文化情怀的融合，使王充闾能抓住社会历史的内核，也能以作家的视野探究自身以及现实世界人物的命运、精神、价值。

　　《何处是归程》，首先关涉题材方面，作品中回溯童年生活的文章，占据了一定的篇幅。王充闾的童年生活，处于特殊的历史时间和自然地域，伪满时期的东北盘山，一个土匪肆虐的"化外荒原"虽然贫困但不乏亲情温暖的家庭，然而，几个亲人的连续疾病与夭折，使他的幼小脆弱的存在个体，经历了数次对生命的悲剧性体验；兼之自然环境的奇异迷人，辽宁黑土地的地域文化与民俗色彩；私塾开蒙的读书经历，古怪博学的乡间鸿儒，还有繁荣满树的马樱花、那屋檐下空灵清脆的风铃声……都构成了王充闾童年生活的风景画和民俗画。事实也证明他的作品写得最多最有魅力的是有关辽西的那一部分。像他的《化外荒原》《"胡三太爷"》《押会》《西厢里的房客》《碗花糕》《吊客》《童年的风景》《青灯有味忆儿时》《我的第一个老师》，都是对故乡辽西风土人情的绝妙写照。在王充闾对乡俗风情的描写中，更关注的是人。王充闾说："我一直注重研究、探索人生、人性和社会中的文化悖论问题。悖论常常表现为一种张力，它不是思维、行动方面的错误，甚至也不同于所谓'荒谬'，它表现为一种人生的困惑，类似我们常说的'二律背反'、两难选择。悖论存在的地方，往往产生一种巨大的张力，提供深刻的认知。"因而在他的笔下，可以看到各种各样的有着辽西地方色彩的人物。由于经济、文化、历史、地理的种种原因，民族习性的相互渗透使得辽西社会风俗和道德形态与其他地方有明显的差异，具有辽宁地域民俗文化的典型性。王充闾笔下的荒僻的乡村，破败的街屋，辛苦的农人，质朴、愚昧、迷信的乡民，猖獗的匪患，亲人的相继死去，快乐的大沙岗子，枯寂的私塾生活，苦难的父母，怪异的魔怔叔，以及同样苦难而又渊博的塾师。王充闾把地域风俗的描绘与人文心态的展示融为一体。关键在于，王充闾以辽西故乡为背景的追忆散文，却能把中国社会的农村生活刻画出来，甚至写出了20世纪40年代民族的生存处境。然而，在他这本文集中，他又以辽西家乡为主，提供家乡的详细情况，作为人类世界的范例。可以说，王充闾写辽西的追忆散文全面而令人信服地陈述了生活的真实。他在《神圣的泥土》中写下了如下感言："泥土，也许是人类最后据守的一个魂萦梦绕的故乡了。纵使没有条件长期厮守在她的身边，也应在有生之年，经常跟这个记忆中的'故乡'做倾心、惬意的情感交流，把这一方胜境什袭珍藏在心灵深处，从多重意义、多个视角上对她做深入的品味与体察。通过回忆，发挥审美创造的潜能，达到一种情感的体认，一种审美意义的追寻，把被遮蔽的东西豁然敞开，把那本已模糊、漫漶的旧日情怀，以生动鲜活的'图式化外观'展现出来，烙印在心灵的屏幕之上。"这就是悬浮在作家王充闾心目中的"珍藏"。家乡辽西使他为之魂牵梦绕，深情眷顾。他把它看作整部散文集的创作起始点和灵感发源地，也未尝不可。他似在追写童年的经历和未来的工作经历，其实，他所谕示的显然是与悠久的土地紧密联系的勤劳而伟大的民族。作为一个农民的儿子，王充闾对家乡的土地和人民怀有深刻的爱，他有一种巨大的激情，要把这片黑土地放到当代生活风云变幻的时空，透视其内含的精神，其实是要发掘民族的精神。

"如果我们聚焦于'文化选择'，那么就可以说，在一个现实的'文化选择'中凝聚着又体现着、蕴含着又表现出来现实维度和历史维度。这个'文化选择球体'，现在已经显现出它的两个重要的维度了。人的心灵维度是一个'细小的''生存空间'，然而又是一个广阔无比和深奥莫测的世界。这个'世界'充填以历史——现实维度的内涵，这内涵是极其纷繁复杂、多样丰富、辽阔深邃的。正是它形成了人的文化选择的根。"就王充闾而言，辽海文化是王充闾的文化之根所在。辽西民俗的探究对王充闾的散文叙述提供了内驱力。他是以农民之子的身份来写散文的。作为农民的一员，不能不受深固的亲情与乡土文化的牵制和影响。这样的承袭与接受在相当长的时期里是无条件的，非自觉的，化作了血肉与骨髓的。王充闾写乡土忆乡土，乡土文化的一些最基本的人生原则如实用、诚朴、忍苦、善良等，以及相关的生存方式、风土人情、地域方言等，非常自然地化入他的散文创作中。所以，王充闾《何处是归程》的创作自觉地追求地域性文化风格，不仅使作品具有审美价值，而且还是反映辽宁民俗的一面镜子，是保存社会风俗的真实历史档案。《何处是归程》具有很强的民俗史的意味。例如，《青灯有味忆儿时》《吊客》《"子弟书"下酒》《家山》《化外荒原》《"胡三太爷"》《押会》，这说明，王充闾对于乡土文化的解读，有多么执着的情怀。王充闾著的《西厢里的房客》出版说明有几句话可以概括他的"散文特色":"他尤以历史文化散文见长,将历史与传统引向现代,引向人性深处,以现代意识进行文化与人性的双重观照,从中获取超越性的感悟,因而卓立于当代学者散文(文化散文)作家之林。"所以,《何处是归程》不仅仅是追忆性散文集,更应该成为历史镌刻下的地域文化见证。所以,在以上的几篇重要的作品中,王充闾给当代与后世留下了历史上辽西民俗真实的一幕,成为那个特定时代生活的缩影。

王充闾把乡俗特有的文化属性,嵌入到自己的文化性格、命运历程中,融进自己的精神世界中,写出自己具有丰厚文化底蕴的情趣。对此,王充闾有过这样的解释:"现代人终日处于困惑、焦虑、惊惧之中,举止匆忙,心情浮躁,像尼采所形容的,总是行色匆匆地穿过闹市,手里拿着表,边走边思考,吃饭时眼睛盯着商业新闻,不复有悠闲的沉思,愈来愈没有真正的内心生活。我也同样生活在滚滚红尘里,经受着各种各样的心灵羁绊,思想观念上的束缚,市场、金钱方面的物质诱惑,都曾摆在眼前,而且,仕途经历又使我比一般作家多上一层心灵的障壁。好在我一向把功名、利禄这些身外之物看得很淡;也不过分看重别人怎么对待自己,有一种自信自足、气定神闲、我行我素的定力。我觉得,人生总有一些自性的、超乎现实生活之上的东西需要守住,这样,人的精神才有引领,才能在纷繁万变的环境中保持相对独立的内在品格,在世俗的包围中葆有一片心灵的净土。""我以为,散文是最贴近人的心性,最具亲切感、人格化的一种文体。散文应是自由精神的产物,没有自由的思想、自在的氛围,就不会产生真正的散文。散文是作者人格的投影,心灵的展示,人格魅力的直呈和创造性生命的自然流泻,它应该最能体现人的心性的真实存在,反映作者的人格境界、个性情怀与文学修养。大而言之,它是一个民族的心声倾诉、精神写意与心灵升华,承担着社会批判和人性烛照、灵魂滋养的责任。"

勒内·韦勒克、奥斯汀·沃伦在《文学理论》的论述中,引述了艾略特的重要观点:诗人(作家)和他的文本,"摘要记述"了,也是保留了"其民族历史的完整层次",他"在迈向未来时,继续在精神上与自己的童年以及民族的童年保持着联系"。这里还涉及荣格所提出的，个人无意识中所蕴含的集体无意识—民族记忆的论题。在这方面，王充闾和他的《何处是归程》，也是具有丰富内涵的。为了构成"民俗史"的内涵，王充闾一方面向历史的深度掘进，另一方面则向广度延伸，在《何处是归程》中，他把观照生活的视点抬高到一个足以俯瞰20世纪的社会生活风貌。他追忆生活的来龙去脉并做出纵向的历史考察，从空间与时间、广度与深度上，完整地展示出"生命本体的自觉，以及对精神家园的探寻"。无疑，《何处是归程》是一部具有文化含量的优秀作品，它不仅将以其成功的文化创造和文化阐释成为中国当代散文的经典之作，而且一定会以其内在的力量消除社会对辽宁文化的隔膜和轻视，一定会激发他们的阅读热情和阐释兴趣。

王充闾随笔赏评

◎吴玉杰

王充闾先生是一位不断进行审美自我超越的散文作家，我们从其创作历程可以显见这一点。他创作初期的作品，多为记人叙事、感物抒怀、山水探胜的创作，譬如《柳萌絮语》《清风白水》《春宽梦窄》等文章即是；到创作中期，他开始探索用历史的眼光，深刻的哲思与完美的诗性结合，别具只眼地书写历史，写出了《青山魂》《土囊吟》《春梦留痕》等篇，颇受读者好评；跨越新世纪以来，王充闾开始把笔触伸向特定的历史时空、特定的历史人物，以探寻人性的困境和人生的难题，创作出《他这一辈子》《用破一生心》和《人生几度秋凉》等散文作品，影响甚广。新近王充闾又连续创作了《传统与现代》《学与思》《想象力谈片》等文化随笔作品，再一次显示出审美超越的自觉。这些随笔无论选题、叙事策略，还是创作心态、语言风格都显现出和其以往作品不同的审美样态，呈现出一种自由随心、即兴闲适的风格，令人感叹其在散文创作中探索、创新、超越意识的强盛。

我们知道，作为文体的随笔滥觞于16世纪的法国，蒙田（Michel de Montaigne，1533—1592）是它的鼻祖。随笔作为现代散文中极具文人气质的一支，常被称为是智者的文学。随笔或讲述文化知识，或发表学术观点，或评析世态人情，启人心智，引人深思。在写法上，它们往往旁征博引，不作理论性太强的阐释，行文缜密而不失活泼，结构自由而不失谨严，因此，富有"理趣"是其突出的特色。中国古代随笔多读书札记、杂考经史，记录轶闻，现代随笔与中国古代随笔有着不同的现代精神内涵。著名学者杨义认为，"人间闲谈的趣味"和"文明批评的宗旨"，共同构成现代随笔的书写空间，共同构成现代随笔的精神内涵。并用日本作家、评论家鹤见祐辅的观点加以佐证。鹤见祐辅认为："没有闲谈的世间，是难住的世间；不知闲谈之可贵的社会，是局促的社会。而不知道尊重闲谈的妙手的国民，是不在文化发达路上的国民。"我们从王充闾的随笔作品中见识到这种现代的精神内涵，是既有文明批评的旨向，又有人间闲谈的趣味。

品读王充闾的随笔，我们首先明显感受到的是作家创作心态的变化，这种变化让人想到鲁迅翻译的厨川白村对随笔作家创作心态的描绘："如果是冬天，便坐在暖炉旁边的安乐椅子上；倘在夏天，则披浴衣，啜苦茗，随随便便，和好友任心谈话，将这些话照样地移在纸上的东西，就是Essay。兴之所至，也说些不至头痛为度的道理吧。也有冷嘲，也有警句吧，既有滑稽，也有感愤。所谈的题目，天下国家的大事不待言，还有市井的琐事，书籍的批评，相识者的消息，以及自己的过去的追怀，想到什么就纵谈什么，而托于即兴之笔者，是这一类的文章。"这是随笔作家余裕淡然心态的理想化境，王充闾已然在此境界之中。

这种心态下的创作，叙述者"我"的姿态不傲慢，也不高人一等，作家如和好友闲话一样，以平等姿态和读者做闲谈式的交流，心态放平，调子放低，眼里心中都有读者。作者采用短句式，语言素朴、简洁，且易于接受，又有趣味，收到了深入浅出的艺术效果。说到此，不禁想起王充闾的早期作品，过多地用典和工于辞藻，曾令年轻人自嘲地戏称，要完全深入品读王充闾散文，必须手捧《新华字典》和《古代诗歌鉴赏辞典》，否则总会遇到阅读障碍。王充闾新近的随笔创作所显现的余裕淡然心态，带来了创作格调和形式的变化，呈现出一种小品与极品之别。钱钟书讲过："'小品'文的格调，我名之曰家常体（familiarstyle），因为它不衫不履得妙，跟'极品'文的蟒袍玉带踱着方步的，迥乎不同。"钱钟书如此形象地概括，用在王充闾散文创作上再恰切不过了。钱钟书所比拟"不衫不履",反映的正是随笔作家对余裕淡然心态的追求。这一时期的王充间,人生的困惑已经淡远,现实的纷扰已散尽,此时拥有的是宁静、从容、自得与自乐、自由与自适,这是一种成熟之美,一种风平浪静后老舵手的欢笑与闲谈。王充间的"极品"文,我们已品读过,而今的"小品"文以不羁的思维,"不衫不履"的率性表达,令读者在审美接受中收获甚多。

品读王充间的随笔,发现作者采用的是"散漫"的叙事策略,运用发散性思维,思维"跑野马",广征博引,流转自如,体现"随便""松散"和"无序"的审美趣味,折射出作家内心跳出窠臼、独抒性情、纵横自如的创新理念。如此的叙事策略,无掉书袋之嫌,却有益智之功效,其学术性和知识性尽显。

其散漫的文体风格,从题目的随意即可见出。与其以往作品题目的精致文气不同,近期的文章题目非常随意,直白平实。如《这里有个小山村》《学与思》《传统与现代》《想象力谈片》《公园小记》等,这种平实无饰的题目,使文章显现出放松的格调,少了霸气,多了平易,体现了作者文气的随性与自由。其散漫的文体风格,还可从其叙事的铺排上见得。王充间的随笔结构铺排性较强,往往有较多枝叶,比较芜杂。在问题的展示上,例子引证也较多,增强了铺排效果。作者用"忙中用闲"来营造一种漫谈的氛围,营造一种活泼有趣的情调,形成了一种"闲笔诗趣"。实际上,闲是作者"机智"的铺垫,是作家机敏才智的彰显。如《文化赋值丛说》中作者讲文化的赋值,从孔府家酒,新疆的"馕",讲到《庐山恋》《木鱼石的传说》;从年糕、寿桃,说到进膳、筷子;从医巫闾山、卧龙岗,写到新晃县和赫章县争名"夜郎县",可以说是旁征博引,笔意纵横。作家用娴熟的笔法,巧妙地编织,在率意随心、举重若轻中表述自己的趣味与文明批评的宗旨,引导读者自由自在地走进了一个理趣、情趣、智趣共生的审美世界。

品读王充间的随笔,我们还显见到一种素朴散淡的语言风格。王充间以往的散文作品,是尽显审美语言的律动美、诗化语言的典雅美和哲理语言的深邃美的，体现出汉语文学由古代汉语文学向现代汉语文学转型的一些重要特征。我们随取一段，即可见得。"有些历史话题就是说不清楚，那么，不说也罢。好在一些特定的历史单元，有如海天深处的巨舰，人们所最关注的，原是它的浮沉兴废、进退往还的整体情境，至于舱中某一角落某一个体悲欢离合的细节，对他人与后人来说，终竟不像'当下'置身其间那样关怀痛切。思来想去，觉得还是放翁老人的诗蛮有意思：'斜阳古柳赵家庄，负鼓盲翁正作场。死后是非谁管得，满村听说蔡中郎。'周庄沈万三，同里任兰生，他们自己都不能管得，我又管它作甚？"（《说不尽的历史话题》）但王充闾近期的随笔作品语言风格变化明显，有一种天然去雕饰的素朴大美，重质少饰，显现出不同的语言审美样态。我们且看《传统与现代》中的一段："中国传统文化博大精深、茫无涯际，在如此浩大的典籍里学习和掌握国学的精髓，是一个十分复杂的课题，三五句话恐怕说不清楚。我个人的体会，学习时首先要理出清晰、系统的脉络，否则，真是'老虎吃天，无从下口'。前代学人研究国学，必不可少的是先读《四库全书总目提要》，我就系统地读过，然后按经、史、子、集分门别类地往脑袋里灌。"这种直白、简洁、口语化而又略带风趣的语言风格，在其以往的作品是比较鲜见的。以往我们看到的是作者的大气雕琢之美，而今见得的是平易散淡之风。

老子认为，未加雕饰的朴素语言才是美的。提倡"不美"之美，即朴素美。庄子在《庄子·天道》中说："朴素而天下莫能与之争美。"可见朴素在老庄看来是美的最高境界。但这种最高境界的美，不是自然的平移，是从华丽中来的，是一种更高妙的审美创造。

南宋词论家葛立方在《韵语阳秋》中说："大抵欲造平淡当自绚丽中来，落其华芬，然后可造平淡之境。"诗人艾青也把朴素看成是对辞藻奢侈的摒弃，是脱去了华丽外衣的健康袒露；是挣脱了形式束缚的无羁的步伐；是掷给空虚技巧的宽阔的笑，等等。当然，语言的朴素不等于没有文采，它的文采美在妙语天成之中，是一种纯净的自然美。周作人早就提出散文要有简单味和涩味，其中的"简单味"就是"以口语为基本，再加上欧化语、古文、方言等分子"，语言自然、大方。王充闾近期的作品有了这种"简单味"，语言风格有着明显的格调变化，这种变化显现出愈老愈淡的味道，有绚烂之极归于平淡的神韵。这种语言外表的素朴散淡，也正是作者闲静多思、不慕荣利的心境外化，是一种精神魅力的沛然显呈。

总之，王充闾随笔以鲜明的个性神情，像拂面的清风，给人以清新、自然之感，笔调有了平实、轻松、亲切的味道。如巴金评丰子恺散文所言："就像见到老朋友一样，感到亲切的喜悦。"作为读者，笔者心有期待，期待王充闾先生的散文创作还有"升级版"的作品出现，期待他给读者带来更新的审美体验。

我们一起翘首以待。

作为现代性表意实践的王充闾历史散文

◎徐迎新

　　始终觉得王充闾散文中有一种别样的追求，追求一种不同于过去的言说历史的方式。这绝不是所谓的标新立异，标新立异是要得出一个和别人不一样的结论，而王充闾完全无意为历史下结论，他只是在探求，并引导读者一同探求。这种探求意识可以说是现代性表意范式的一种思维特征。不同于古典表意范式，它不直接认可供奉那些天经地义的信条和规则，而是寻找适合自己的表意路径。正如他自己所说："艺术的魅力在于用艺术手段燃起人们探索未知领域的欲求，有时连艺术家自己也未必说得清楚最终答案。"也许正是这种开放性、独特性引导着人们走进他的散文世界。

　　文学艺术是一种表意实践，通过符号及其意义的传递，构成社会的意识形态和价值观念。在社会从传统向现代转变的过程中，文学艺术也发生了深刻的变化，这种变化不只表现在题材和风格上，重要的是体现为表意实践的转变。王充闾作为一个现代意识极为自觉的作家，其作品的现代性意味表征出中国当代艺术的表意范式的内在变化。虽然他作品的题材是历史人物、历史事件，但穿越这些人物、事件的目光却是现代的。在王充闾的散文中，这种现代性的表意范式体现为内涵上的世俗救赎、艺术表现上的拒绝平庸与文化层面上的反思性批判。

　　在现代社会，文学艺术担当着特殊的使命，而不仅仅是认知、愉悦和消遣。对于散文创作，王充闾有着清醒的认识，他说："历史是精神的活动，精神活动永远是当下的，绝不是死掉了的过去。作家写历史题材的作品，实际是一种同已逝的古人和当下的读者，做时空睽隔的灵魂撞击与心灵对话，是要引领读者在重温历史事件、把握相关背景的同时，能够站在一个较高的层面，共同地思考当下，认识自我，提升精神境界。"他指出，历史不是死掉的过去，作家写历史，是要历史成为鲜活的现在，成为心灵驰骋的空间。更重要的是，作家要通过这一空间引领读者，从而提升精神境界。"引领读者，提升境界"，这是王充闾对文学审美活动的功能性认识，也是他文学创作现代性的表现的经典表述。西方审美现代性理论最重要的一点就是强调在价值领域的近代分化和独立，以及宗教衰落后，审美具有了取代宗教的世俗救赎功能。对此，韦伯（Max Weber，1864—1920）有一段经典的论述，他说："不论怎么来解释，艺术都承担了一种世俗救赎功能。他提供了一种从日常生活的千篇一律中解脱出来的救赎，尤其是从理论的和实践的理性主义不断增长的压力中解脱出来的救赎。"中国近代以来，传统的伦理价值退到历史的幕后，人们开始寻找新的价值来弥补这一价值空缺，所以蔡元培提出"以美育代宗教"，用审美来开辟人们对生存意义的追寻之路。然而，现代文学艺术过度政治化使得审美成了政治的附庸，作家艺术家在迷茫中艰难地寻找着自己的位置。

王充闾用自己的心灵写作完成了这种探索。他的散文以历史和现实为题材，客观地再现历史、展现现实，但绝不仅仅停留于再现，停留于表层的物质世界，而是由此进入到更为深邃的人的精神世界和意义世界。无论写张学良还是骆宾王，写曾国藩还是李鸿章，或惋惜，或感慨，都有一个中心内涵，这就是通过对人物命运的描绘，和读者一起探讨人该怎么活，生命的目的、价值、意义到底是什么。在这里他关注的不是事件本身，而是事件当中主体的内心体验，他的焦灼、他的矛盾、他的挣扎，乃至于他的无奈，从而从一个个历史瞬间中析解出生命的本真意义。他写李鸿章，用六种形象代表李鸿章的品性人格，不倒翁、太极拳师、裱糊匠、撞钟和尚、避雷针和仓中老鼠，写出了人性的贪婪、世故、虚伪与软弱。"他这一辈子，一方面活得有头有脸儿，风光无限，生荣死哀，名闻四海；另一方面，又是受够了苦，遭足了罪，活得憋憋屈屈，窝窝囊囊，像一个饱遭老拳的伤号，浑身青一块紫一块的"。李鸿章位高权重，他的人生具有典型性，面对这样一个人生标本，你的人生该如何选择？作家并没有直接给出结论，他只是用自己作为一个艺术家的方式感知这一切。王充闾写张学良"告别了刻着伤痕、连着脐带的关河丘陇，经过一番精神上的换血之后，像一只挣脱网罟、藏身岩穴的龙虾，在这孤悬大洋深处的避风港湾隐遁下来。龙虾一生中多次脱壳，他也在人生舞台上不断地变换角色：先是扮演横冲直撞、冒险犯难的堂吉诃德，后来化身为头戴紧箍咒、曾被压五行山的行者悟空，收场时又成了流寓孤岛的鲁滨孙"。这不是现实中的张学良，却又是人生历程中真实的张学良，作家把他心灵化了，成为与读者共享心理事件。关注内心体验，突显感知世界的独特方式，彰显事物的心理性质而非物理性质，这都是现代性救赎的表征。

　　王充闾散文现代性表意实践的另一特征是艺术创造上的抗拒平庸。从现代性理论视角看，抗拒平庸来自对工具理性所代表的刻板生活方式的抵制，对庸俗价值观的颠覆和对大众社会中"从众倾向"的反叛，而审美具有超越平庸生活方式和价值观念的潜在力量。抵制平庸可以说是现代表意范式的又一表征。古典表意范式强调"一切文章永远只凭理性获得光芒"（布瓦洛），而现代性表意范式则更关注直觉、想象带给人的本真体验，强调积极的思考、回归深层自我与追求独特表达。王充闾曾坦言自己"在探究历史人物、历史事件的内在蕴涵过程中，力求充分表达一己的主观倾向"。表现出极强的自我意识。这方面布莱希特的戏剧理论可以说具有代表性，他的信念是"……戏剧必须借助对人类共同生活的反映，激发这种既困难又有创造性的目光。戏剧必须使它的观众惊讶，而这要借助一种把令人信赖的事物陌生化的技巧"。王充闾很崇尚布莱希特（Bertolt Brecht，1898—1956）的戏剧理论，认为"布莱希特在谈到自己的'叙述性戏剧'与传统戏剧观念的区别时说，传统的戏剧观念把剧中人处理成不变的，让他们落在特定的性格框架里，以便观众去识别和熟悉他们，而他的'叙述性戏剧'不热衷于为他们裁定种种框范,包括性格框范在内,而把他们当成未知数,吸引观众一起去猜测,去想象"。所以,在散文创作中王充闾极为重视想象性,认为想象性是显现艺术形式的开放性、现代性、丰富性的标志,它有助于摆脱传统观念的束缚,使艺术思维由原有的平面、单向、直线模式转为多元、共时、复线模式,为散文注入新的创造激情。他自己在这方面做出了表率,其散文创作的成功正是得自于绝不人云亦云的创新性努力,从材料的选取、意象的运用到语言的裁剪,无一不追求独特而富于个性的表现,这才是文学的生命所在。因此,在大众文化时代,王充闾对散文创作的平庸化倾向尤为担忧,他说:"在消费主义倾向成为主流的情况下,散文在一天天地向商业化、娱乐性靠拢,以追踪时尚为乐趣,以迎合大众心理为目的,以逼真展现原生态、琐碎描绘日常生活为特征,强调话语表达的即时性和现场性,使散文作品成为表象化、平面化的精神符号。许多文章结构紊乱,语言粗疏,多的是烦琐、无聊、浅层次的欲望展现,少的是对审美意蕴的深度探求。文学记录历史、表现时代的传统已经淡化直到丢失。表现手法则是以流水账式的还原生活的方式,作琐屑零碎的描写。"认同平庸、放弃创造是与现代性艺术精神格格不入的,而这也可说是近年来文学创作很难唤起人们阅读热情的一个重要原因。

反思性指的是主体对自己的身份、行为的自觉反省。在这里,王充闾散文创作中体现出的现代性反思特征更多指向的是对一种文化处境、文化身份以及文化行为的反省。它是作家由现代社会回眸传统文化时所做的深层思索。

对于自己的历史散文,王充闾写道:"我写古代士人的人生际遇、命运颠折,没有停止在对本人个性、气质的探求上(这是非常必要的,应该承认,这是一种深入的探索),而是通过不同的篇章,从更深的层面上挖掘社会、体制方面的种因。我想到,中国封建士子的悲剧,不能只归咎于自身的人性弱点,还有更深远的社会根源。"正是出于这样的考虑,王充闾写了一系列传统文化反思性作品,如反思传统奴性教化的《圣朝设考选奴才》，反思皇权制度的《龙墩上的悖论》《龙墩余话》，反思传统官宦文化的《李鸿章的六种形象》，以及反思极权文化的《大欲无涯》。它们从不同侧面延展了王充闾的人性与意义追问，从对主体的历史哲学思索转入到人文生态的大命题中，展现了现代表意实践的宽广视野。其中最有代表性的是《圣朝设考选奴才》一篇，文章以生动的例证、丰富的史料，展现了传统文化制度下知识分子的扭曲人格，对于知识分子问题做出了深刻的解剖。他指出："知识者理应是思想者。专业知识、技能之外，还应具备社会批判精神和心灵的自由度。而我国封建社会中的士人，更多的却是奉行儒学传统的修齐治平、立功名世，因而，他们多是专制制度下炮制出来的精神侏儒。在2000多年漫长的封建社会中，士是一个特殊的阶层。作为民族的灵魂与神经、道义的承担者，文化的传承者，他们肩负着阐释世界、指导人生、推动社会进步的庄严使命。可是，封建社会却没有先天地为他们提供应有的地位和实际政治权力。若要获取一定的权势来推行自己的主张，就必须解褐入仕，并取得君王的信任和倚重；而这种获得，必须以丧失思想独立性、消除心灵自由度为其惨重的代价。即是说，他们参与社会国家管理的过程，实际上就是驯服于封建统治权力的过程，最后，必然形成普泛的依附性，而完全失去自我，'民族的灵魂与神经'更无从谈起。"王充闾是以现代观念之光烛照传统文化中的知识分子管理制度，展现其血腥酷毒的一面。对于背负沉重历史积淀的民族来说，这种反思是不可或缺的，是民族腾飞、自强的必经之路。王充闾的文化反思系列作品可以说是近现代自梁启超、鲁迅、周作人等国民性疗救写作的赓续之作，显示出现代性表意实践敏锐的洞察力和强烈的现实性关怀指向。这种深广的现实内涵和强烈的文化责任感也许正是王充闾散文获得广泛社会反响的原因所在。

创作主体的生命体验：生命长度与生命深度
——王充闾作品赏析

◎吴玉杰

新世纪的历史文化散文告别20世纪90年代的"众声喧哗"而成为个别"痴迷者"坚守的永远的阵地。王充闾是"痴迷者"之一。他把深切的生命体验融入历史文化散文创作，在哀叹生命华彩绽放与陨落的同时获得超越性的感悟，在有限的生命长度中追求生命的深度。而疏浅的物化时代特别需要这种深度。

生命体验是作家塑造自我和重塑自我的艺术之源，苦乐酸甜成为一种财富。外苦和内苦的生命体验经过时间的沉淀融入作家的创作心理，化作心理结构的内在构成。一旦"外存"激活"内存"或"内存"与"外存"同构时，生命体验就成为创作主体审美观照的对象，甚至成为作家创作的重要转折点。

一、生命华彩的绽放与陨落

外苦，一场大病成为王充闾刻骨铭心的生命体验。这一体验的深切与焦灼，使他看到生命华彩的绽放与陨落，生命的有限和命运的无常，也就是说，生命体验的外苦在王充闾这里化为一种形而上的思考，外苦转化为内苦。

第一，人生暂住性。一场大病，在死亡边缘徘徊的王充闾思考一些以前很少涉及的问题，首先就是对人生暂住性的深刻认识，《石上精灵》就是这种认识的直接产物。在古化石面前，人显得何其渺小，人生能够把握的时间过于短暂。王充闾以自己病痛感受到生命之苦和生命的短暂，所以格外崇敬爱怜和痛惜相似经历的作家，正是带着这样的心情，他触摸勃朗特三姊妹的病痛与心灵，写了感人至深的《一夜芳邻》。

人生暂住性的认识已经深入到作者的意识深处，他甚至以暂住者的身份叙述，"作为地球上的暂住者，我习惯于饱蘸历史的浓墨，在现实风景线的长长的画布上去着意点染与挥洒"。从生命的体验到人生暂住性的认识，到以人生暂住者的身份叙述，王充闾实现了对直观体验的超越性感悟和审美表现。

王充闾说："生命的暂住性，事物的有限性，往往使人堕入一种莫名的失望和悲凉。"如果说，生命长度有限，对于人来说已经是一个悲剧性的存在，那么，人本身内在力量的有限更会增加浓厚的悲剧意味。王充闾从生命长度的有限中认识人本身的有限性，李白试图超越又无法超越，便是人的悲剧精神和自身有限的最好注脚。王充闾从自己的生命体验中不断深入思考，从个人到人类，从生命长度的有限到人类自身的有限，诗化的表现抵达哲学的高度。

第二，生命华彩的陨落。人生暂住性是一种悲剧，而生命华彩来不及彻底绽放就匆匆陨落，在作者的心底更激起无尽的悲凉，"人生的列车走的是一条单向的不归之路"。命运无常也无情，生命华彩的绽放与陨落往往在刹那之间。嫂子英年早逝（《碗花糕》）、早年没有实现的婚事（《小好》）等，身边曾经拥有的美好随风而逝，这一切在作家的内心世界沉潜，并外化为对历史人物的审美表现。王勃、勃朗特姊妹、萧红、唐婉、纳兰性德的妻子、香妃等等，王充闾书写这些年轻生命的死亡以及他们的死亡给予生者的痛苦。作者看到情的有，也看到最后的无，只剩下无比苍凉的心境。

第三，身外的一切都是无常，这是王充闾生命重创后的又一深刻认识。

他说，身外的一切"转眼间就会化作虚无，如轻烟散去"佛家的无常感在作家的生命体验中再次具体化。王充闾自此着力探索社会人生，关注人的命运，揭示历史规律与人生的悲剧性、无常感，或者说，"是在有常中探索无常，又在无常中探索有常"。《土囊吟》《狮山面影》书写帝王的命运无常，在天堂和地狱之间，历史玩偶戏剧性的表演，最后是苦不堪言。

身外的无常，才格外珍视内心的有常。王充闾通过读书、创作丰富自己的内心世界，那些获得心灵自由的历史人物成为他文本中精神的故乡。

二、人格面具的束缚与解脱

内苦，几十年宦海生涯使王充闾饱受束缚之苦。王充闾本质上是诗人的，原本当老师，做过报纸编辑，"中途跌进宦海"。对于渴望诗意栖居的他来说，生命不再是完整的了。戴上人格面具，失去自我，正是这些体验之苦，才使王充闾把历史人物看得真真切切，清清楚楚。我们不敢说曾国藩身上有作者的影子，但是我们可以说，作者把自己在官场的体验很好地对象化到历史人物身上，如果没有相似的心灵炼狱又怎能对曾国藩的内心世界揣测得如此细腻，如此深刻，那种滴滴见血的悲苦层层溢出字里行间。用解剖刀解剖历史人物，自己的心灵也会滴血，惊人的深刻性源于主体情思的倾力熔铸。

作家身份和官员身份直接影响了王充闾早期的历史文化散文的创作。双重身份使他要面对诸多的心理压力。不能因为创作影响工作，否则会被人耻笑为只会舞弄笔墨的文人；同时，不能因为工作而影响创作，否则会被文人耻笑为"玩文学"的官员。而就文人气质来说，在他的内心深处，他最在乎的是后者。可以想象，需要付出多少辛苦才能游刃有余、超越这两个此在而趋向完美。王充闾笔下的历史人物大多是双重身份，或帝王加文人，李煜等，或官员加文人，苏轼、李白、曾国藩等，他们都有相似之苦，代表作者最高成就的历史文化散文也大多是后者。这一方面说明生命体验对作家创作的重要性，另一方面说明王充闾把生命体验成功地融入自己的创作当中。

纵观王充闾的历史文化散文，我们发现，"戴着镣铐跳舞"的创作逐渐圆熟，达到无为无不为之境。2000 年之后的他，尤其是"解甲归田"后的他心态自在，创作也更加舒卷自如。

三、创作主体的期待与失落

王充闾博闻强识，我们无法估量他的心中究竟装着多少文学和历史，但可以肯定地说，装了多少文学和历史，就装了多少期待。文人曾经生活之地，历史发生重要转折之地，也就是说，具有丰富历史文化底蕴的地方，都成为他的梦想之地。带着心中的文学和历史，满怀着期待，他访过一个又一个成为废墟的梦想之地。有多少期待，就有多少失落。

庄子，是王充闾"顶礼膜拜"的古代哲人。作者多次讲到，从小就喜欢庄子，自己的生活和创作得益于庄子很多。庄子和惠子论辩的濠上，成为作者无限憧憬的家园。写庄子的《寂寞濠梁》作为王充闾作品系列的第一部，可见作者的珍爱之情。其实，这篇散文最初发表的时候篇名是《寄情濠上》从《寄情濠上》到《寂寞濠梁》，我们可以看出作者的心意，前者是满怀期待的精神家园，后者是失落的寂寞情怀。诗意濠梁与寂寞濠梁，期待与失落，这巨大的心理落差使作者的心理涌出苦涩，何处是归程？诗意濠梁存在作者的心中，不幸的是寂寞濠梁好像粉碎了作者的丝丝梦幻。也可以说，寂寞濠梁粉碎了作者的丝丝梦幻，而诗意濠梁永存作者心中。

废墟永远也无法复活曾经生动的历史，废墟注定是寂寞的。所以，对废墟的期待只能带来失落，只有创作主体通过文本的对话才能复活历史。《千载心香域外烧》中写到王勃祠庙于 1972 年被美国飞机炸毁，"所有的一切都全部化作了尘烟，进入了虚无。""苍凉、凄苦、愤懑之情，壅塞我的心头。"而作者的目光仍然"充盈着渴望"。创作主体的矛盾性在于，失望并没有让他停止自己的脚步,而是在失望中期待,正所谓"绝望之于虚妄,正与希望相同"。

王充闾对生命之苦和心灵之苦的观照,目的在于脱去心灵的缰绳,自由自在地飞翔。所以,品尝王充闾的苦涩,有一种品味当年鲁迅的味道。

四、生命深度的打捞与解悟

王充闾说:"疾病与死亡,与其说使人体验到生命存在的长度,毋宁说使人体验到解悟生命的深度。"生命长度是有限的,人若要获得生命的价值和意义,需在有限的生命长度中追求生命的深度。作者通过历史文化散文,是想"打捞出超越生命长度的一系列感慨:永恒与有限、存在与虚无、幻灭与成功、苦难与辉煌"。

生命深度的打捞,是一种深度追求——开掘历史文本的诗性,"求体会特别处"。在历史与现实的对话中,打破人们的思维惯性,对历史人物人性化阅读,追求生命的自由。这是对生命长度、生命之苦的超越,是作者创作的审美旨归。

面对历史,王充闾在人们习以为常的地方驻足,用另一种眼光观照历史人物,发现人们所未发现的东西,历史人物的独特性所在苦。李鸿章、曾国藩等,其权力之大地位之高,被人推崇、被人羡慕,作者也正是从他们拥有的权力和地位入手,开掘其"功成名就"的背后那痛苦不堪的心灵世界,每时每刻如坐针毡,失去自我。读者阅读的结果,不是羡慕他们的高高在上,而是同情他们的生命处境,可怜他们痛苦的心灵。但创作主体不是在苦中徘徊,而是"以独特的感悟生命的体验咀嚼人生问题,思考生命超越的可能"。现实存在的李白不能实现自己的抱负,只好醉酒浇愁。作者不仅仅看到李白的苦,更看到苦中生命的自觉:"痛饮就是重视生命本身,摆脱外在对于生命的羁绊,就是拥抱生命,热爱生命,充分享受生命,是生命个体意识的彻底解放与真正觉醒。""佛向性中作,莫向身外求"。

作者看重的不是外在的形式，外在的是无常的，而是穿过生命，探寻生命与心灵的本真，这是一种有常。

生命深度，是在有限的长度中追求生命的自由，摆脱权力、地位、金钱等欲望对生命的捆绑，寻找一种生命还乡的感觉。苏东坡被贬发配海南生活之苦难以想象，尔后饱尝和亲人的"离别"之苦。用世俗的眼光看，苏东坡和高高在上的曾国藩们相比，是真正的苦不堪言。然而，在作者的笔下，曾国藩们小心翼翼、惶惶终日，李鸿章们"窝窝囊囊、憋憋屈屈"，没有生命的光彩，苏东坡却实现了生命的还乡。苏东坡与黎族人民融入一起，把自己的理想舞台由"庙堂之高"转入"江湖之远"。苏东坡超越了生命之苦，追求生命之深度，达到佛禅之境。

王充闾把他在刻骨铭心的生命体验中解悟的生命深度真切地传达给读者："死亡是精神活动的最终场所，它把虚无带给了人生，从而引起了深沉的恐惧与焦虑。而正是这种焦虑和恐惧，使生命主体悟解到生命的可贵、生存的意义。"这是王充闾书写历史文化散文的内在动因。他写的是历史人物之苦，历史人物生命之深度，实际上是"我"之苦，是现实之苦，他试图通过历史书写获得现实的超越性意义。

王充闾立足现实，回眸历史，焦灼之苦充溢文本当中。自己的生命体验使他格外重视生命的可贵、生存的意义、生命的深度。人生命的长度如此有限，只能在有限中打捞生命的深度。"抓住宝贵的瞬间干些有意义的事""寻找精神的着陆点"，成为他对自己和世人的真诚告白。这可以说，历史文化散文所展示的正是王充闾"从苦到空，又由空到有的自我澄明的精神之旅"。创作主体的这种精神之旅在新世纪的语境中彰显出重要的意义。

王充闾历史散文创作的深度意识

◎詹 丽

作为一位以文学方式走入历史的散文家,王充闾具有明确的深度意识。尤其是新世纪以来,其历史散文创作的深度意识和超越意识更加明显。他曾多次表达:散文应体现一种深度追求,即对社会人生和宇宙万物的深度关怀和深切体验。为此,他在创作中身体力行地状写波诡云谲的历史烟云时,寻求一种指向重大命题的意蕴深度,实现对审美世界的建构,对本质规律的探究。不言而喻,"追求深度是文学走向更大精神空间的必由之路,重要的问题是,如何去理解这种深度?"作者如何用散文这种文体去写历史人物实现自己的深度追求,是本文主要探讨的问题。本文从王充闾的历史观、哲学思维、个性追求三方面入手展开论述。

一、大历史观

对于"大历史观"的定义,有学者提出两种解释:一种系以宏观历史之思,从历史的纵横总体联系上把握微观的历史研究对象,即"把握"是宏观的,研究仍是微观的。另一种强调从较长的时段来观察历史,注重历史的结构性变动和长期发展趋势。简单地说,大历史观在空间上,宏观着眼,微观着笔;时间上,将现实融入历史,以现代性的眼光对历史进行审视。历史一经展开,就具有客观性和不可逆转性,因此,人们应当思考的问题是历史何以展开,分析因果关系及其历史的合理性。

如果说，"我们往常的历史观不过是将现在与过去区别开来，可以称作一种'小历史观'是静止的、绝对的，在现实与历史之间存在着一条泾渭分明的鸿沟，那么，在王充闾笔下则有一种浑然一体的历史意识，是一种'大历史观'。"他在创作中注重时间和空间概念的交错和融合，将研究对象放在纵向的历史长河中，以动态的、宏观的眼光认知事物的本质，使其思维张力延伸到文本之外；同时善于营造形象化的空间构造，将各种地理空间或物理存在作为探讨历史发展中的恒定规律或文明起源的叙事策略。这种叙述策略具体包括两方面。

一方面，在空间观念上，王充闾善于从与历史或历史人物相关的某些意象如城墙、庙堂、陵墓、古塔、青山、古道等入手，展开历史叙述，并在某一文本中反复描绘和渲染这些意象，以期达到物境、物我的交融，使读者在回忆和重构中唤起对某一个历史人物的整体感觉。如《欲望的神话》中，王充闾写秦始皇，首先从秦始皇陵墓入手，花费大量笔墨描写它的空间构型：

始皇陵占地60多平方公里，周长2100多米，高达120米。墓内构思奇特，极具匠心。内外两重城垣，呈南北狭长的回字形。陵墓穹顶上，饰有日月星辰，装入天体运行；地基堵塞了地下泉水，做成山川地理形状；墓室四周用纹石砌就，厚涂丹漆；还用水银注入形成百川、四渎，环绕其间，由机械带动，川流不息……

通过对壮观宏伟而又奢华的秦始皇陵反复提及和描述，使读者清晰地感受到秦始皇飞扬跋扈、雄心勃勃、欲望膨胀的一生。秦始皇企图让这煌煌帝业千秋万世绵延不绝，因此才打造一个固若金汤的"千年王国"，不惜动用70多万民夫，体现了他的唯我主义以及强烈的物质追求和权力攫取欲。历史就是和地理空间、物理造型、典型形象相联系，它们是历史的形象代言品。作为一位左史庄骚、汉魏文章、唐宋诗词、明清杂俎几乎都烂熟于胸的作家，王充闾对历史遗迹非常熟悉，他从空间叙述入手，用建筑体量和空间来说话，城垣、穹顶、纹石，一起发出了时空感叹，使读者在清晰可见、可辨认的形象中了解到了历史遗迹所经历的沧桑变化和当地民风的特点,感受到一种历史文化的内涵和品质。在构造这些意象时,王充闾着眼宏观,把握总体,"从大处落墨,做全景式叙写。不侧重当时、当地具体景物的描摹,不局限个人所见事物本身,不停留在某件具体事物上,不着意于刻画个别情节",即以一种博大的胸襟,尽量把它放到历史的流程中去进行宏观审视,挖掘形象背后的深层历史意蕴。

另一方面,在空间叙述中的时间构型。王充闾从空间构形落笔,追思时间长河中的历史人物的创作手法随处可见,如呼兰小镇、金元铁骑、荒榛断莽、义乌江畔、皖南青山、邯郸古道、八咏楼头等,都形成了视觉上的客观性,从而引发时光追溯,因为时间在历史中是一个决定性的因素。他在对历史遗迹的追忆中,在纷繁复杂的历史更迭中和历经沧桑的人物命运多舛中,对久远历史进行再度审视,"辨析历史与文明的发展规律,识别文明在历史进程中的特殊价值和意义。"这种叙事手法成为链接历史和现在的纽带,形成了文风的沧桑感、沉淀性和现代感。如在《人生几度秋凉》中,王充闾开篇就设计了一个空间上的构型:

威基基海滩。夕阳在金色霞晖中缓缓滚动,一炉赤焰溅射着熠熠光华,染红了周边的云空、海面,又在高大的椰林间洒下斑驳的光影。张学良将军与夫人携手,步出希尔顿公寓,顺着林木扶疏的甬路向黄灿灿的海滨走来。涨潮了,洋面上翻滚着滔滔的白浪,潮声奏起拍节分明的永恒天籁……

随后,笔锋一转,回到时间的书写上。他从蓬勃奔涌的红潮中听到昔日中原战马的嘶鸣,辽河岸边的乡音呢喃……空间上的置换,时间上的轮转,将老将军的向度推向了生命起点。他回首过往,不禁感慨童年、青年、中年的人生历程,那是"少小观潮江海上,常常是壮怀激烈,遐想着未来,天边;晚年观潮,则大多回头谛视自己的七色人生,咀嚼着多歧的命运。"王充闾形如流水般地完成了空间和时间的转换,促成了历史和现实的交融和交错。而这里所说的"现实"未必是指我们的"当下","历史"也未必是"当下之前"王充闾常常在历史与现实之间游走,置身于某个过去的"现实"时段,再对照那以前的"历史",将现实与历史置于同一个话语空间里进行对话,以历史之镜映照现实,从现实之境阐释历史,着意进行现实的文化审视和灵魂拷问,进而挖掘出不同时空里的共性与规律。他的这种积极开放的时空观念体现了一种文化观念和价值认知,带给我们一种时空交错、意味深长的感悟与启示,进而引发读者的诸多联想,以期获得更多的感悟和知识。

二、悖论

王充闾认为:"新时期的文学历程……是一个在文学创作中探索与呼唤人文精神、关注社会人生、表现内在人性,并使之不断深化的过程,是作家强化深度意识,将各自的情绪、体验和社会内容化为自己的'个体化世界',从而获得较高的美学品质的过程。"因此,在创作中,他善于建立距离性的审美态度,选择客观地与历史进行平等对话的书写方式,试图从历史的横纵向比较、归纳、提升中得出一些普遍性的历史规律。但这种时空交错下的历史比较的结果总是得出二律背反的结论,即道德和功绩、人性与政治、是非功过等的逻辑悖论。

王充闾的深刻之处,就在于他注重挖掘历史和历史人物中的深层本质和哲学意蕴,坚持阐释历史和人生,"突破一般的功业成败、道德优劣的复述,大胆引进逻辑学、数学上的悖论范畴,揭示历史进程中关于二律背反、两难选择的无解性;关于道德与功业的背反,事功与人性的背反;关于动机与效果的背反,欲望、愿望、意志与现实的背反;关于所当为与所能为,所能为与所欲为的矛盾;关于必然与偶然、应然与实然的矛盾。从中破译那些充满玄机、变数、偶然性、非理性的东西。通过大量的矛盾事物、微妙细节、异常变故,通过对封建制度、封建帝王荒诞、乖谬的揭露,对欲望无度与权力无限予以否定,呼唤一种自由超拔的生命境界。"王充闾尤其擅长从人性的角度挖掘人的本质。从哲学内涵上来看,无论是历史人物还是现代人，无论是帝王英雄还是贩夫走卒都是人性的矛盾体，是多重性集合体，是多维世界与空间的应对有机体。因此，古今中外的大师对人的定位才说法不一。老子认为人是"道""德"之物；佛教认为人是"苦难"之物；亚里士多德认为人是"社会"动物；康德认为人是自律动物；黑格尔解释人是历史动物；弗洛伊德认为人是性奴动物。人在多重世界和多重空间下被从多角度解读，形成了不同伦理或文明历程下的甚至善恶相悖的主体。王充闾抓住了哲学中的悖论命题，在微观和宏观世界带来的多种可能下阐述笔下的历史人物，在道德伦理的把握，国家、集团利益驱动下的个人修行和担当等方面论述人的主体和客观存在的悖论性。

分析楚汉之争，作者认为项羽的悲剧，从一定意义上说，是道德的悲剧；而刘邦的胜利，则颇得益于他的政治流氓的欺骗伎俩和善用权术、不守信义的卑劣人格与无赖习气，这使他把握住战场上的先机，多次化险为夷，转败为胜。当时以至后世，之所以对项羽这位失败的英雄追思、赞叹，人格的魅力与道德的张力起了很大作用。"偶因世乱成功业"。功业把"流氓皇帝"装扮成了英雄；而真正的英雄"力拔山兮气盖世"的西楚霸王，却因失败而声名受损。流氓成功，小人得志，辄使英雄气短，混世者为之扬眉吐气。这里揭示了一种历史的悖论，亦即功业与道德的背反。

对于曾国藩，王充闾认为，他是一个极为复杂的内容丰富而又充满矛盾的生命个体。如果从文化学、社会学等角度入手来研究他，那么他的睿智、博学、高瞻远瞩之处胜人一筹，"通体布满了灵窍，积淀着丰厚的传统文化精神，到处闪现着智者的辉芒。"但如果从人性批评意义来说，"他缺乏的是本色和天真，是一个丧失了本我，失去了生命出发点，迷失了存在的本源的，充其量是一个头脑发达而灵魂猥琐的机器人。""他本人就像历史和时代那样复杂，那样诡谲，那样充满悖论。"王充闾从多角度展现了一个性格丰满的还原本真的历史人物，充分表现了他进退维谷、跋前疐后的人生炼狱状态，与其他一味地歌功颂德，简单堆积材料，再现历史情景，甚至无止境拔高近乎神话的写作相比，价值和成就不言自明。

王充闾叙述成吉思汗时，以他南征北战、扩大疆域、统一国土的丰功伟绩为主线，书写他在皇权专制的国家里，在世风日下、道德沦丧的混乱社会中，为达目的不择手段的气魄与雄心和为世人所不齿的疯狂的权势欲、攫取欲、占有欲。如果从历史发展角度、政治学、历史学方面看，他的这些行为应该予以肯定，这符合了"权力竞技场"上的生存规律，保证了宏伟大业的确立、统治目标的实现、丰功伟绩的达成；但从人性角度看，只是"大汗一人威风赫赫，天下却不知积了多少白骨，流了多少孤儿寡妇之泪"；从自然规律看，一切英雄豪杰最终都逃脱不了由旺健到衰老直到死亡的历史规律，必然接受自然对人所执行的必然的无法逃避的绝对法律。人死如灯灭，一瞑之后，万虑皆空，即使一代天骄也与普通的贩夫走卒没有任何实质性的区别。

王充闾作为一个倡导多元文化的学者，摒弃"中心论""一体论"的评说模式，从多角度出发，客观地审视历史人物，将其放在历史的长河中，以现代的眼光作全面的审视，很少以自我意识对历史进行过度阐释，更不会用流行的意识形态对历史人物进行政治、伦理的价值判断或以主体性的想象活动去"合理化"地虚构历史，而是通过对史学视野的重新厘定，对历史的创造性思考与沟通去阐释历史人物。因此，他的历史文化散文不同于余秋雨的借历史人物浇自己垒块的书写模式，也不同于新世纪的历史散文家曾纪鑫借历史人物的命运和生命价值，呼唤美好的人性、优秀的品格，以此来实现他作为人类精神家的理想追求。王充闾这样的悖论式思考，一方面与他扎实的文化知识、历史修养以及哲学理论相关。正如许多哲学家都认为的那样，对象本身存在着悖论和二律背反的必然性，这也正说明了人认识世界的深刻性和理性。另一方面也与他宽阔的眼界和丰富的人生经历不可分开。王充闾是一位集文学家与历史学家于一身的作家，青年投身教育，而后走向报社编辑，中年开始从政，人生经历丰富，眼光开拓而独到。这是一种看破之后的超脱和释然，是一种经历过人生起落之后的一切归于平和，是看破，也是脱俗，是站在全球经济化时代下的与时俱进的宏观审视，更重要的是他对人生的担当和关怀。

三、历史人物心理学

　　王充闾认为深度亦是"对个性化的呼求",如果"缺乏个性化支撑,势必导致思想的平庸化。因此,在写作上,他深入挖掘人物的心灵世界,密切关注人的生存状态。在写法上追求超越和空灵,观念上努力跳出古人、他人的窠臼;在视角上,充分运用了历史人物心理学的分析手法。

　　一般认为,历史人物心理学是从心理学视角对历史中的个体或群体独特性进行研究分析的创作手法。其写作视角更能客观地多角度地表现历史人物的不同常态。黑格尔认为,历史散文"一方面使读者可以根据这种叙述,对有关的民族、时代以及当事人物的外部环境和内心的伟大或弱点,形成一幅明确的性格特征的图景;另一方面也可以看出全体各部分之间的联系以及他们对一个民族或一个事件的内在历史意义"。王充闾恰如其分地汲取心理学的某些理论、原则和方法,通过对历史人物或历史事件个体或群体的心理解释,探究世界历史进程中人类的各种活动,探求社会群体的心理史,将分析、研究的触角深入到过去研究无法企及的死角,克服了历史研究所存在的程式化弊端,力求再现历史的真实感和历史人物思想的丰富性,补充和完善历史认识的范畴。这里从三个方面展开论述。

　　一是研究个人的成长历史对其人格和行为表现的影响。王充闾通过对秦始皇、汉高祖、赵匡胤、宋太宗、成吉思汗、朱元璋、溥仪等皇帝的人生成长经历进行梳理研究,角度另辟蹊径。写成吉思汗,不仅描绘了他叱咤风云的丰功伟绩和被世人诟病的大逆不道,而且深入分析了他的世界观、人生观形成的主客观原因。作者首先将其还原成普通人,注重挖掘他成长经历和承受的人生困境以及这些人生经验对其性格形成的影响。首先,幼年饱经丧乱、流离之苦和无数次灾难性的打击,使他根本没有欢乐和友爱。在他幼小心灵里承受的只有争夺、拼杀、征服和占有;之后,连绵不断的迫害更激活和强化了他的复仇意志。他暗自发誓要用暴力反击命运的残酷。其次，极度艰苦的自然环境，尖锐的供求矛盾和空前残酷的生存竞争也促使他强势和残忍的性格的形成。另外，蒙古草原上的尚勇崇武、刚毅不屈的民族意识深深地扎在了成吉思汗的血液里，使他从小立志要统治草原，扩大疆域。

王充闾试图从富有个性化的角度和历史人物对话，摆脱历史人物的既定分析与评价，透过对人物心理的回访，从人生经历和内心活动入手，分析英雄帝王的性格特点和他们作为平凡人的软弱、痛苦和身不由己，让"读者理解历史人物的可悲、可怜，也认识历史的可感、可叹。"因此，在王充闾笔下，曾国藩作为成功的政治家有着辉煌的历史业绩和轰动的历史事件，但他看到的却是他悲剧的一生。李鸿章同样是叱咤风云的历史人物，王充闾仍然读出了他的残破人生。这种另类的书写模式，"是一种今人和古人灵魂的撞击，心灵的对接，是今人对古人的叩访、审视、清算，也是古人对今人的对照、启示和警醒，是生命的积极参与和博大的人性关怀。"

二是研究他们的心理特点及其与历史事件的关系。王充闾在创作中显露出一种大气象，在对个体的分析中总结历史发展的恒定规律和文化意蕴，叙事、说理都显示了缜密的艺术匠心。如作者从心理角度分析朱元璋当政时的系列举措的深层原因。朱元璋登基之后，采取了一系列的治国措施：如推行封建宗法制度下的"嫡长子继承制"，以期子孙安分守己，驻守藩镇，避免诸子争位的现象发生；朱元璋殚精竭虑，始终为建都、迁都之事煞费苦心；考虑如何建立与巩固中央高度集权问题。可以说，朱元璋终其一生都在思考和实行如何建立一个坚如磐石、永远立于不败之地的集权中心，甚至达到了极端的地步。推及原因，与朱元璋的发迹史密切相关。"元朝末年，风烟遍地，群雄并起之时，朱元璋以淮西一介草民，因时乘势，叱咤纵横，十数年间，便实现了宇内一统，成就了煌煌帝业。"可以说，"他的江山的取得，是龙拿虎掷、百对战疆的结果。"正是因为帝位来之匪易，所以，他时时刻刻挂念着江山会得而复失，提防着龙墩会被人抢走。于是，昼夜焦思苦虑如何才能措天下于万世之安。他经常夜不成眠，外出仰观天象，同时派人侦查舆情。怀疑、猜忌、防范，已经到了神经质的程度。于是，朱元璋的任何政策的决定和行动的实施都是建立在朱家王朝的维护和治理上。但是，可悲的是，江山仍是难以久坐。王充闾在分析中试图渗入强烈的主体意识，融入人物心灵，在理性审视中，总结帝王英雄的心理活动与历史事件的内在关联和事件发生的必然性。作者以敏锐的目光，看到他人所未曾看到的东西。这在很大程度上体现着作家的自我期待和价值判断，折射着作家自我需求的一种满足和强烈的主观感受。读者也正是通过"作者的独特感悟来发现和剖析阐释者"，形成了历史散文审美特质的再阐释。

三是研究某一群体的心理特征以及与社会历史的相互关系，揭示他们心理发展的历史线索。社会群体生活是人们的基本生活方式。社会的人要生活在一定的群体环境中。从社会群体心理角度出发，通过语言、风俗、活动、认知等方面研究某一个社会阶层的整体特征，是研究历史的重要途径，同时也不失为深度创作历史散文的一种方式。通过这种方式，不仅把握了社会群体的人格特征，而且可以深层探究民族精神的本质和民族活动的规律。例如王充闾在描写宦官人生时，从宦官阶层的构成及其特定的人格、人性角度入手，分析他们性格的形成。对其悲喜苦辣人生的解读，人格分裂、变态狠毒的分析以及对其悲惨一生的同情，都体现了王充闾独特的生命体验和深刻的内心感受。首先，宦官常年封禁在深宫之中，生活孤寂单调，枯燥无味，过着穷极无聊的日子；其次，他们手中的资产来得容易，轻抛虚掷，挥霍成性，加之身旁没有亲人、朋友、子嗣，眼前不见光明和出路，自然会形成性格的乖戾、心理的变态；再次，宦官从小低三下四地伺候人，干一些丧失人格的低贱之事，养成了奴颜婢膝、寡廉鲜耻、没有节操的品行；另外，宦官从小长在宫中，看惯了宫廷中的相互残杀，他们只能趋炎附势，在夹缝中生存，因而形成奴性和畸形的变态人格。他们大多心理扭曲，恨多爱少，心理阴暗、狠毒、残暴以至丧失人性。王充闾进一步从社会历史角度分析时代为宦官的泛滥提供了温床：一是宦臣政治是封建专制主义集权政治的必然产物，是封建统治黑暗、腐朽的集中表现。二是封建皇帝的荒淫无度的多妻制，则是宦官制度得以出现的直接原因。因此，不铲除封建制度和封建帝王，就不可能消除宦官。王充闾以多角度思维分层次重厚度地分析群体人物特征形成的深层原因，将某一群体的存在上升到社会历史层面进行思考，不仅扩大了解读历史的视野，而且加深了历史散文创作追求深层内蕴的探索意义。

  当下，新世纪文学虽已逐渐摆脱了现实功利和政治的阉割和干预，但又遭遇到物质利益的羁绊和商品大潮的挤压。如何实现文学本体的回归，张扬艺术的个性特征，扭转经济利益成为文学艺术价值导向的局面，固守作家内在的精神品质与理性支撑，追求文学创作的纯粹性和审美性，是当下文人面临的共同课题和不懈努力的方向。在这种情况下，王充闾以其卓越的文化修养和精神优势，对历史人物那种特定的历史背景和心理色彩持有充分的清醒与自觉，用文学家的手笔创作出具有哲学色彩的文学作品，体现出文学创作的深度追求，树起了历史散文中的一面鲜明旗帜。

悖论中的悖论
——读王充闾先生散文集《龙墩上的悖论——中国皇帝命运大思考》

◎韩春燕

历史无疑是人的历史，然而，历史又往往用一串串数字，一个个事件，将活生生的人变成干瘪的符号。历史是客观的，它就上演于我们时间大河的上游，而历史也是主观的，在每个观众那里，它的剧情都要经过接受主体的二度创作和加工，在这个意义上，可以说，一切历史都是个人史。

面对历史，我们可以选择不同的路径，当然，也可以看到不一样的风景。王充闾先生面对历史的苍茫，选择与那些历史深处远去的生命对话，用自己的心灵去丈量、去体察、去叩问，去照亮幽暗的历史和诡谲的命运。无论是江南首富沈万三，还是唐代诗人李太白，清代学者陈梦雷，抑或是一代名臣李鸿章和曾国藩，甚至包括刚刚离开不久的风流少帅张学良，王充闾先生都为他们绘制了一幅幅详尽的人格图谱。从自我生命体出发，去抵达另一个生命，以自己对生命和世界的感知，去探究历史人物的文化背景、性格、遭际、命运，以及他们命运遭际的偶然与必然，进而揭示宇宙人生的奥秘。这是王充闾先生走进历史的方式，也是他呈现给我们的别样风景。

皇帝，作为历史活动中的特殊人群，"由于他们至高无上的社会地位，予取予夺的政治威权，特别是血火交迸、激烈争夺的严酷环境——那个'犹如火宅，众苦充满，甚为怖畏'的龙墩宝座，往往造成灵魂扭曲、性格变态、心理畸形，时刻面临着祸福无常、命运多舛的悲惨结局。这就更会引起人们的加倍关注"。王充闾先生这本《龙墩上的悖论——中国皇帝命运大思考》，将目光投向那些湮没在历史尘埃中的封建帝王，以自己心灵的力量让他们恢复血肉之躯，重新演绎他们悲欣交加的人生。

王充闾先生的散文是感性的、审美的，更是理性的、哲学的，"悖论"二字是该书对中国皇帝命运，也是对历史和现实的终极阐释。

而这所有的一切，都是被创作主体的心灵之光所照亮的。

一部作品的文采和识见源于创作主体的心灵，而一个人心灵之光的强弱则取决于他的生命状态如何。土沃而苗发，文章是从生命深处、心灵深处生长出来的，它的每一个文字都携带着主体自身的秘密。王充闾先生是个学问大家，其丰富的知识储备，深厚的理论素养，敏锐的感知，斐然的才情，以及其粲然的生命形态，滋养着他的文字，让它们散发着生命的灵光。

王充闾先生从自己的内心出发，以文字抵达那些曾经显赫一时的生命，如今，我们可以沿着这些文字逆向而行，去探究文字中写作主体这一生命个体的存在状态。

一、道德和生命：儒家与道家的纠缠

儒释道作为中国传统文化的构成主体，塑造了一代又一代中国知识分子的文化人格，而儒与道的纠缠更是构成了中国传统知识分子绚烂丰富的生命世界和艺术世界。出世和入世，有为和无为，修齐治平与任其性命之情的逍遥游，往往成为他们"达"与"穷"时的不同选择。无论是诗仙李白"仰天大笑出门去，我辈岂是蓬蒿人"的政治抱负，还是政治家王安石"春风又绿江南岸，明月何时照我还"的绵绵乡愁，抑或是苏东坡时而敬佩"雄姿英发，羽扇纶巾，谈笑间，樯橹灰飞烟灭"的周郎，想象自己"会挽雕弓如满月，西北望，射天狼"去建功立业，时而"把酒问青天"，渴望出离万丈红尘，"欲乘风归去""挟飞仙以遨游，抱明月而长终"，都体现

悖论中的悖论——读王充闾先生散文集《龙墩上的悖论——中国皇帝命运大思考》

出了儒与道在一个人生命里的胶着状态。儒家文化为个体生命灌注了实现价值的豪情,而道家文化则总是在恰当的时候完成对其生命的救赎。

王充闾先生无疑是现代知识分子,但他深厚的传统文化素养,则为他增添了许多传统知识分子的气质,也就是说,儒家文化和道家文化与其他文化一起滋养了王充闾这一个体生命,培植了他的文化人格,而我们在王充闾先生的创作中,则可以反观这一文化人格的多元构成。

《龙墩上的悖论——中国皇帝命运大思考》是作者以文学的方式进行的一次学术研究。悖论,无疑是一道哲学命题,作者在这部书中揭示了一系列的悖论:"愿望"与"结果"的悖论,"有限"与"无限"的悖论,"功业"与"人性"的悖论,"才情"与"职位"的悖论,"路径"与"目标"的悖论……我们可以在作者关于这些悖论的阐述中发现作者感性和理性、价值判断和生命理想的复杂状态。

王充闾先生秉持的是儒家的道德理想。在其《祖龙空作万年图》一文中,作者总结了千古一帝秦皇嬴政的悲剧人生,从诸多方面对他的悲剧进行了条分缕析的深入探究。这个秦朝的始皇帝作万世之想,结果二世而亡;追求长生不老,结果壮年辞世;北修长城防强胡,结果中原耕夫造反;焚书坑儒,防备读书人,结果秦被不读书的刘、项所亡。在作者那里,这种种仿佛是"历史老人同雄心勃勃的始皇帝开了一个大玩笑"的乖谬之事,却是因为这个始皇帝拥有了太多的欲望,是过强的欲望使之进入了命运的怪圈,造成了他悲剧人生。

作者并没有一概地否定欲望,他承认欲望具有积极意义,但他对于无度的欲望无疑是给予否定和批判的,因为,在作者看来,这无度的欲望所导致的是残暴与贪婪,是冷酷和无情,是仁与爱的道德缺失。文中,作者对秦始皇的讥讽和嘲弄,主要针对的是秦始皇悖谬了儒家的道德理想,而儒家的道德理想则决定着作者对一个人最基本的感受和评判。在这篇文章中,作者将秦始皇与汉文帝相比,始皇帝不恤民力贪婪残暴,死后被无情鞭挞和嘲笑,而汉文帝"清静无为,简朴自律,与民休息,深得民心。"

"仁爱"是儒家思想的核心，而体恤百姓、爱民如子则是儒家对一个好皇帝的判断标准。显然，对照这个标准，纵使秦始皇有怎么样的雄才大略，创下了多么了不起的千秋功业，他也不是一个好皇帝。

　　而在《汉高祖还乡》一文中，作者更是直接揭示了道德与功业的背反。刘邦虽然战胜项羽成为"汉高祖"，但作者在道德层面揭示出他流氓皇帝的本来面目，礼义廉耻他一个不占，忠孝节悌与他无关，这是一个无人格、无信义、无德行的流氓无赖。而刘邦的对手项羽却是"英雄、好汉、大丈夫"。作者在文中这样写道："……出身于贵族世家，耳濡目染孔孟之道，从而常常束缚于各种道德规范的项羽所不具备的。汉将高起和王陵，曾对刘邦说：'陛下慢而侮人，项羽仁而爱人。'听了，刘邦并未予以驳斥，可见，他是认同这一结论的。所以，我们有理由说，项羽的悲剧，从一定意义上讲，是道德的悲剧。当时以致后世，之所以对这位失败的英雄追思、赞叹，人格的魅力与道德的张力起了很大作用。而刘邦的胜利，则颇得益于他的政治流氓的欺骗伎俩和善用权术、不守信义的卑劣人格与无赖习气。"可见，作者对刘邦和项羽的情感态度和道德评价无不源于其所接受的儒家文化熏陶。

　　不仅仅在这两篇文章中体现出了作者用儒家思想对对象德行的评判，在《陈朝的两口井》一文中，作者歌颂了陈武帝霸先公忠体国，襟怀豁达，以及恭以待人，俭以待物的美德，与此同时，以陈后主的骄纵奢侈、荒淫误国作为对比；在《血腥家庭》一文中，对西晋司马氏家庭的穷奢极欲、荒淫无度、凶残暴戾的否定性评判；《赵匡胤下棋》和《从无字碑说起》两文中，对赵匡胤陈桥兵变欺负孤儿寡妇的讥讽，对赵光义篡位、谋弑、凶残狠毒、人性沦丧的反感和唾弃。与之相似，对明太祖朱元璋、明成祖朱棣、雍正帝爱新觉罗·胤禛、成吉思汗孛儿只斤·铁木真的评价也莫不如此。作者并没有否认他们的才能和功绩，但无法认可他们的人格和道德品行。诚如作者在文中所写："事实上，在皇权专制的国家里，在世风日下、道德沦丧的混乱社会中，一个主要当权者，如果不具备为达到目的而不择

悖论中的悖论——读王充闾先生散文集《龙墩上的悖论——中国皇帝命运大思考》

手段的气魄与雄心，没有为世人所不齿的疯狂的权势欲、攫取欲、占有欲，也就不可能在'权力竞技场'上生存，更何谈目标的实现，功业的达成。正是这种种欲望，在裸露出人的劣根性的同时，也爆发了强势的生命力、创造力。"情感上的厌弃，理性上的认可，这也体现了深受儒家思想浸淫，同时具有现代知识分子历史观和价值观的主体自身的悖论。

王充闾先生不仅仅接受了儒家文化的熏陶，中国传统文化的另一重要构成道家文化对他的文化人格的形成也起着重要的作用。这些，在王充闾先生的诗文，尤其是那些抒发个人情怀的山水游记中体现得更为充分。

儒家强调的是道德人生，道家追求的是艺术人生，当然，道家也强调道德，但道家的道德则是先道而后德，合乎天道才有德，道德便是自由，便是"独与天地精神往来"。在《龙墩上的悖论——中国皇帝命运大思考》一书中，我们不难看出这种儒家文化与道家文化的矛盾纠缠。

深受儒家"修齐治平"思想影响的作者对秦嬴政、刘邦、赵匡胤、朱元璋、康熙等封建帝王的千秋功业固然有所肯定，但对那些以生命的自由和绝世的才情被后代铭记景仰的才子们更是非常推崇，因为他认为群雄逐鹿，无论输赢，最后都将湮没于历史的尘埃中，唯有文学艺术的精金美玉会永恒地璀璨在时间的长河中。在《血腥家族》一文中，他对西晋政治进行痛斥的同时，盛赞体现生命自由和人文觉醒的魏晋风度："魏晋文化，上接两汉，直逼老庄，在相似的精神向度中，隔着岁月的长河遥相顾望，从而接通了中国文化审美精神的血脉。同时又使生命本体在审美过程中活跃起来，自觉地把追寻心性自由作为精神的最高定位，以一种特殊的方式实现生命的飞扬。体现着人的觉醒的'魏晋风度'，在中国文化思想史上，有许多戛戛独造之处。当我们穿透历史的帷幕，直接与那些自由的灵魂对话时，会在一种难以排拒的诱惑下，感受审美人生的愉悦，自由心灵的驰骋。"

正因为作者对艺术人生的推崇，所以他才会在《赵家天子可怜虫》一文中对才非所用的宋徽宗赵佶和南唐后主李煜给予了无限同情。这两个被推到皇帝宝座的旷世才子，是因为才能和角色的错位，才导致了人生的悲剧。不仅是赵佶和李煜,"隋炀不幸为天子,安石可怜作相公。若使二人穷到老,一为名士一文雄。"作者在文中引用该诗,目的在于他赞同该诗的价值观,认为帝王宰相都没有作为一个艺术家更具有价值和意义:"如果这两个人终生不得志,一贫到死,那么,王安石将成为雄视古今的文豪,要比他现在的声誉高得多、重得多;而隋炀帝,若是作为一个名士、一个才子,也就不致留下千古骂名了。"甚至,作者还设想唐朝的几个皇帝都去从事自己所热爱并擅长的工作,让唐玄宗去搞音乐和戏剧,唐肃宗去下棋,唐僖宗去打马球,并由衷地感慨:"如果都能让他们从其所愿,能够在艺术、体育方面做出应有的贡献,那该多么理想啊?"

让心灵自由,让生命飞翔,让人格彻底艺术化,让作为最高艺术精神的道成为最终的追求,这是作者认可的生命状态,也是他所向往的理想的生命状态。

而在渴望生命在艺术世界自由驰骋的同时,我们看到王充闾先生作为创作主体也看重并大加颂扬着德才兼备、建功立业、为他人为国家为民族做出实实在在贡献的现实人生。可见,在王充闾先生那里有两个"我",一个是儒家看重道德人生的"我",一个是道家向往艺术人生的"我",而这儒与道的两个"我"并不是界限清晰,黑白分明的,它们往往纠缠一起。关于这一点,作者文中的引语便是最形象的诠释。为了更好地传达自己的意见,作者常常将儒家经典与道家经典穿插引用,孔孟老庄杂树生花,儒中有道,道中有儒,或者亦儒亦道。儒与道的纠缠体现了创作主体思想观念上的悖论,也使他的作品因文本的多义性具有了丰厚的意蕴和强大的张力。

二、理性与诗性:哲学与美学的博弈

《龙墩上的悖论——中国皇帝命运大思考》一书延续了王充闾先生以往历史文化散文的特质:深邃的历史理性与审美的诗性表达的完美结合。

王充闾先生是个知识广博的学者,也是个才华横溢的诗人,同时,他

悖论中的悖论——读王充闾先生散文集《龙墩上的悖论——中国皇帝命运大思考》

更是个睿智的思想者，他的每篇散文都在极力探究宇宙人生的奥秘，但这种探究却是以审美的方式，让读者在诗性的文字中抵达哲学。

"笔者一贯把融合诗、思、史奉为文学至境。"王充闾先生在实际的创作中也确实呈现了他的这种努力。

文学首先是审美的，面对历史，它要用"诗"的方式，也即美学的方式，传达个人的生命之悟，哲学之思。

在《龙墩上的悖论——中国皇帝命运大思考》这本书的自序中，作者更详尽地阐述了他诗、思、史融合为一的散文理想："我想用一种新的方式解读历史：透过大量的细节，透过无奇不有的色相，透过她的非理性、不确定因素，复活历史中最耐人寻味的东西，唤醒人类的记忆。发掘那些带有荒谬性、悲剧性、不确定性的异常历史现象；关注个体心灵世界；重视瞬间、感性、边缘及其意义的开掘。既穿行于枝叶扶疏的史实丛林，又能随时随地抽身而出，借助生命体验与人性反思，去沟通幽渺的时空，而不是靠着一环扣着一环的史料联结；通过生命的体悟，去默默地同一个个飞逝的灵魂作跨越时空的对话，进行人的命运的思考，人性与生命价值的考量。有感而悟、由情而理地深入到历史精神的深处，沉到思想的湖底，透视历史更深刻的真实。"

历史文化散文无疑要有细致周密的逻辑演绎，在这一点上，它酷似思想随笔、史论和学术论文，是一种具有学术气质的文学样式，而富于理性思辨则是它与一般抒情言志散文的最大区别。

"'立嫡以长不以贤'，公开放弃德才考究，致使高度集中的皇权与实际的治国理政能力相互脱节，也与专制政体所要求的全智全能型的'伟人政治'南辕北辙。而君主拥有绝对的权威、无限的权力，世间的一切荣华富贵集于一身，并且能够传宗接代，因此，一切觊觎王位的人，都不惜断头流血，拼命争夺。其结果，必然是兵连祸结，骨肉相残，直至政权丧失，国破家亡。这是一个无法跳出的怪圈，一个不能破解的悖论……"谁也不能否认这是一段富有说服力的逻辑演绎。作者站在哲学的高度发现了历史的秘密,那就是导致封建王朝不断动荡更迭且无法消弭破解的内在悖论。作者提取这类文字置于每篇文章正文之前,相当于学术论文中的内容摘要,如此,全书的理性色彩可以想见。

王充闾先生以散文的形式来表达自己深刻的思想、独到的识见,而任何思想和识见的获得都离不开理性思维和自觉贯彻理性精神,只有经过细致周密的逻辑演绎和真正独立的价值判断,才可能得出鞭辟入里的深刻洞见。

如果说对历史和生命的洞见是王充闾先生历史文化散文的思想内核,那么用美学的方式对这种思想内核进行传达和呈现的过程,则构成一篇散文丰腴美丽的风景。

散文的文字是从主体生命中流淌出来的,主体的生命情思必然要呈现于文本之中,而每一个经过情与思打磨浸润过的文字,都必然洋溢着主体独特的生命气息。

"秦始皇的一生,是飞扬跋扈的一生,自我膨胀的一生,也是奔波、困苦、忧思、烦恼的一生;是充满希望的一生,壮丽饱满的一生,也是遍布着人生的缺憾,步步逼近声望以致绝望的一生。他的'人生角斗场'犹如一片光怪陆离的海洋,金光四溅,浪花朵朵,到处都是奇观,都是诱惑,却又暗礁密布,怒涛翻滚;看似不断网取'胜利',实际上,正在一步步地向着船毁人亡、葬身海底的末路逼近。'活无常'在身后不时地吐着舌头,准备伺机把他领走。"

在这段文字中,有睿智的哲思,有喷薄的激情,有飞扬的想象,有隽永的意象,它的语言色彩繁复诗性盎然,同时有明亮的思想熠熠闪光。我们可以说它是思辨的,哲学的,更可以说它是生命的,文学的,是情与思水乳交融的。

文字是作者心灵的镜子,我们透过文字看到的是作者绚烂的生命风景。下面这段《东上朝阳西下月》的开篇语更像纯粹的写景抒情的散文:

"这天清晨,我在抚顺市区浑河岸边闲步。河水清且涟漪,照鉴着我

悖论中的悖论——读王充闾先生散文集《龙墩上的悖论——中国皇帝命运大思考》

顾长的身影，吹面不寒的清风，温煦而湿润，轻轻地梳理着鬓发，令人感到神凝气爽。净洁的青空，像刚刚拭过的，又高又远，不现一丝云迹。

我忽然发现，初起的朝阳和渐落的晓月，同时出现在左右的天边；而笔直的河流竟像是一条长长的扁担，挑着这一为鲜红、一为玉白的两个滚圆的球体，悠然向西而去。霎时，我被这奇异的景观惊呆了。"

作者以这样优美的文字起兴，是为了引出大清一始一终两个朝代和两个皇帝龙头鼠尾朝阳晓月的命运："联想到几天来踏查清太祖努尔哈赤开基创业、战胜攻取的龙兴故地，和寻访监押过清朝末代皇帝、后又成为日本侵略者傀儡的溥仪的抚顺战犯管理所的情景，顿时若有所悟，不禁百感中来，兴怀无限……"

接着作者以五首七绝的形式，描述了历史，抒发了感慨，表达了意见。而之后所有的文字都是作者对这五首七绝的具体阐述。

在王充闾先生的散文中，大量的诗歌被用来佐证观点，发表意见，抒发情感，而这些诗歌，有的是引用别人的作品，有的是作者自己的创作。

不仅仅是诗歌，在王充闾先生的这部散文集中，我们常常可以看到被植入的各种文学性文本：《汉高祖还乡》中的元曲《哨遍·高祖还乡》；《赵匡胤下棋》中的民间故事《赵匡胤输华山》；《从无字碑说起》中的京戏《贺后骂殿》；《天骄无奈死神何》中的武侠小说《射雕英雄传》；《圣朝设考选奴才》中的经典名著《儒林外史》和《聊斋志异》……

可以说，王充闾先生笔下的中国皇帝不仅仅是属于历史的，更是属于中国文学艺术的，他们活在中国文学艺术之中，对他们的千秋评价是文学的、艺术的、是审美的，而这种审美的评价将比历史本身的评价更真实、更恒久、更深入人心。

对历史的解读，必有主体的积极参与，而主体飞扬的生命神采，灵妙的体悟思量，一定会发现历史深处的秘密。

王充闾先生把《龙墩上的悖论——中国皇帝命运大思考》一书所涉的历代帝王首先还原为个体的人。在他的主体观照下，千古一帝秦始皇也不

359

过是一个令人同情的悲剧人物,而汉高祖刘邦更是一个令人不齿的流氓无赖,相反,倒是"做了情感俘虏"的失败英雄项羽具有强大的人格魅力。文学是主情的,只有有情的人和事才能激起人们的情感共鸣,同时,文学也是可以不受现实和时空限制的,它可以"精骛八极,心游万仞"。当王充闾先生发现种种历史的乖谬之后,竟会去想象宋徽宗赵佶去当宣和书画院院长,南唐后主李煜去出任金陵诗词学会会长,甚至让他们分别担任北宋和南唐的文联主席或者文化部长。而在文字表现上,他更是随处引用不同朝代的诗词谣曲,以历代诗文对历史人物的臧否来诠释自己的史识,即用文学来印证历史。

可以说,王充闾先生笔下的历史是他所理解的历史,即他个人的历史,这个历史,也是将理性精神与诗性品格融为一体的历史。

用文学来表达作者对历史的思考和洞见,将科学研究的"理"与文学创作的"情"结合起来,在美学风格上呈现理性凝重与诗意激情的浑然一体,这是王充闾历史文化散文的特性。

尽管如此,在一个作家的笔下,在同一个文本内部,哲学理性和审美诗性之间存在着必然的冲突和背反。历史散文的文学性,需要作者将诗意的想象和小说化的笔法融入历史事件,用自己的生命体验和个人情感进行历史解读。而历史散文的历史性则要求散文的逻辑思辨和学术理性,资料和议论过多,会损害文本的诗性和美感,而想象和抒情过多,则会影响文本的严肃和庄重。情与理的较量很容易造成情胜于理或理胜于情的情况出现,在王充闾先生那里,理性精神和审美情感的博弈,也是他学者身份与诗人身份的角逐,更是对他作为智者的考验。

情与理之间的博弈是动态的,如何把握情与理恰到好处的"度"?如何在对历史进行诗意的观照的同时,不以理绝情,也不以情蔽理,通情同时达理,维持情理之间的平衡,使作者的思想感情通过审美机制得以完整和谐地呈现,让诗情画意中隐含思想的重力和引力?王充闾先生也许为我们提供了一种范本。

三、意义与虚无：政治与宗教的龃龉

王充闾先生无疑是相信意义的，正因为相信意义，他才以积极主动的主体态度去探究生命，探究历史，探究宇宙人生的哲理。走进历史，是为了回到现实，叩访古人是为了利益今人，作为一个深受中国儒家文化影响的写作者，作为一名从事领导工作的社会人，他从来没有忘记自己的社会使命和责任，写作，也是他社会担当的一部分。

在散文《灵魂的拷问》中，他写道："西哲'读史使人明智'的说法，无疑是正确的。不过，我觉得，还可以从另外一个视角来切入。读史，也是一种今人与古人的灵魂的撞击，心灵的对接。俗话说，'看三国掉眼泪——替古人担忧'。这种'替古人担忧'，其实正是读者的一种积极参与和介入，而并非以一个冷眼旁观者的姿态出现。它既是今人对于古人的叩访，审视，驳诘，清算，反过来也是逝者对于现今还活着的人的灵魂的拷问，拉着他们站在历史这面镜子前照鉴各自的面目。在这种重新演绎人生的心路历程中，只要每个读者都能做到不仅用大脑，而且还能用心灵，切实深入到人性的深处，灵魂的底层，渗透进生命的体悟，那么，恐怕就不会感到那么超脱，那么自在，那么轻松了。"

作者在《龙墩上的悖论——中国皇帝命运大思考》的《圣朝设考选奴才》一文中，甚至直接阐述了古代知识分子，也即"士"应该扮演的社会角色，揭示了他们目的与达到目的的路径之间的二律背反："知识者理应是思想者。专业知识、技能之外，还应具备社会批判精神和心灵的自由度……作为民族的灵魂与神经，道义的承担者，文化的传承者，他们肩负着阐释世界、指导人生、推动社会进步的庄严使命。可是封建社会却没有先天地为他们提供应有的地位和实际政治权力。若要获取一定的权势来推行自己的主张，就必须解褐入世，并取得君王的信任和倚重：而这种获得，必须以丧失思想独立性、消除心灵自由度为其惨重的代价。"

一个人去写什么,必定因为他关注什么。王充闾先生作为一个知识者,他为自己的定位也必是"民族的灵魂与神经,道义的承担者,文化的传承者",也必然要求自己作为一个思想者,具备社会批判精神和心灵的自由度。

他在自己的文字中肯定了人作为社会存在物的意义,肯定了文学艺术的意义,他对历朝历代统治者的兴趣,对他们如何打江山,坐江山,如何维护封建统治管理国家的分析评判,更是体现出了政治的意义。

政治,指对社会治理的行为,亦指维护统治的行为。作者对帝王们的关注,是他对特殊身份的人的关注,其实也是他对政治的关注。虽然王充闾先生更属意于哲学层面的追寻,他关注的重点是人,是人的生命状态本身,但作为一个生活在现实政治生活中的人,作为一个复杂的生命个体,政治亦是他生命中的重要构成。对现实,对国家民族,对天下苍生的责任,使他在对宇宙人生奥秘探寻的同时,也关注着那些历史学上政治统治的得与失、成与败。他从秦皇嬴政的暴政亡国,到清代帝王的自大误国,历数史上数个皇帝打天下、治天下、亡天下的经验教训,而这些经验教训的总结也无非是为了裨益于今人和后人,为了我们的社会能够得到更好的发展,为了给那些管理国家的人提个醒儿。

言为心之声,而心则是宇宙间最为复杂神秘暧昧不明的构成,一个人所接受的各种文化熏染,他的人生经历、情感体验、思想体悟,以及遗传密码、心理、生理机制,甚至所处的时间空间、大小环境等等,都影响着心的状态和面貌。心是丰富的,也是复杂的,所以,其"言"也多味;心是敞开的,也是动态的,所以,其"声"也不同。

一个好的文学文本必是具有丰富的文化意蕴,多解甚至无解的。我们虽然在王充闾先生的文本中读出了他"兼济天下"的使命感和责任感,但同时也能明显感受到扑面而来的宿命气息。

王充闾先生这本书本意是探究历史的吊诡,人生的悖论的,而这种历史的吊诡,人生的悖论却"使历史的话题带上了深邃而苦涩的哲学意味"。但宗教本是哲学的近亲,当哲学对这种神秘的历史吊诡和人生悖论无能为力时，宗教就以审美的方式悄悄降临。

首先，在文本中，作者对人的命运和朝代更迭的历史持有着一种无常观。无常包含着哲学中的"变"，也即马克思主义哲学所言的世界是永恒运动并变化发展的，但马克思主义哲学强调规律和逻辑，而无常之变则往往是非逻辑，也无一般人所能认识到的规律可循的，也即具有其不可认知和把握的神秘性。佛教讲："诸行无常，是生灭法。"一切都在变，都在生灭之间，而生灭之间也包含着多种状态。佛经中说弹一下指头的时间有六十刹那，刹那生灭，就是一刹那中也具足生、住、异、灭，而历史即是无常相续的历史。或许这个世界一切的生、住、异、灭都有其内在规律可循，但这种规律却不是我等凡人所能认清和掌握的，所以它就具有了神秘主义意味，或许庄子那句"朝菌不知晦朔，蟪蛄不知春秋"能更科学地解释为什么有些事物对我们来说会永远神秘。

王充闾先生并不是某个宗教的信徒，但宗教文化作为社会文化的一部分，对他产生了潜移默化的影响。他会把某种神秘的力量化身为"历史老人"，或者"历史老仙翁""活无常"，而这上帝一样强大的历史老人"很会同雄心勃勃的始皇帝开玩笑"："你不是期望万世一系吗？偏偏让你二世而亡；你不是幻想长生不老吗？最后只拨给你四十九年寿算，连半个世纪还不到；北筑长城万里，抵御强胡入侵，不料中原大地上两个耕夫揭竿而起；焚书坑儒，防备读书人造反，而亡秦者却是不读书的刘、项。一切都事与愿违，大谬而不然。"

悖论的后边是宿命，宿命是因为有一只看不见的大手在主宰着这一切。

而作者更是用那些历史上惊人的巧合印证了这一神秘大手的存在：300年前，赵匡胤欺负后周的孤儿寡妇，建立大宋，300年后，大宋的孤儿寡妇不得不被忽必烈所欺，奉表出降；300年前，在抚顺这个地方，努尔哈赤创业开基，300年后，末代皇帝溥仪以囚徒的身份在这里接受审判改造。《左传》那句"君以此始，必以此终"到底蕴涵着怎样不可探知的内在逻辑？

作者在《东上朝阳西下月》一文对末代皇帝溥仪和大清的命运有过这样一段描述："当事人还清晰地记得,举行登基大典时,年仅3岁的溥仪,因不堪天气寒冷,气氛整肃,在龙墩上号啕大哭,连声叫喊'我要回家'。他的父亲、摄政王载沣扶着他,劝哄说'别哭,别哭,快完了,快完了'。这番话,曾引起在场的王公大臣窃窃私议,认为太不吉利。民间也有流传:'不用掐,不用算,宣统不过二年半。'果真,不长时间他就下台,完了。后来就真的回了老家——他的出生地醇亲王北府;再往后,就回到他的祖籍抚顺了。"

"本来要驰向草原,结果却闯进了马厩",作者无法解释这种历史的吊诡,那么,是谁在因与果之间示现了如此这般的征兆?

《般若波罗蜜多心经》中言:"观自在菩萨,行深般若波罗蜜多时,照见五蕴皆空,度一切苦厄。舍利子,色不异空,空不异色,色即是空,空即是色,受想行识,亦复如是。"佛家讲空,即是空相,而一切功名,所有繁华,都不过是镜花水月的虚相而已。王充闾先生面对历史,常常流露出勘破虚相的慨叹:"纵有千年铁门限,终须一个土馒头。"

他述说:千古一帝秦始皇"传之万世的打算告吹了,长生不死的欲望落空了,包括想象中的'地下王国'也已化为尘土。"他感慨:"列国纷争,群雄逐鹿,最后胜利者究竟是谁呢?魏耶?晋也?应该说,谁也不是。宇宙千般,人间万象,最后都在黄昏历乱、斜阳系缆中,收进历史老仙翁的歪把葫芦里。"他叹息:"北邙山上那些帝王将相的朽骨枯骸,又有哪一个还能留得一丝一毫的残迹!"他提示:"呜呼,遐方禹城,依旧天淡云闲,铁马金戈,都付与荒烟蔓草。谁是最后的征服者?"

他探究帝王命运朝代兴亡,试图利益当下警示后人,但他又分明表达了审美之外的一切意义的虚无,这是来自作者心灵的悖论。

也许我们不用深入分析,仅从王充闾先生文中随处可见的引用语里就能了解他的文化背景是多么复杂。他忽而引用儒道两家经典,佛禅偈理,忽而引用话本传奇,诗词谣曲,而西方古今哲学,名人名言更是见缝插针,摇曳生姿。作为一个以政治为主业并深受儒家济世思想影响的人，他不可能不关心政治、不思考与政治有关的问题。他关注历史，也是为了古为今用，他研究帝王命运，也是为了借鉴他们治国安邦的经验教训。然而，毕竟他接受了太丰富太复杂的文化熏染，面对历史，毕竟他具有强大的思考能力和体悟能力，他不知不觉就会使自己的认识超越历史和现实的层面，甚至超越一般的哲学层面，突入宗教的层面，使文本呈现出丰厚混沌的审美意蕴。

通过以上分析，我们可以看到，王充闾先生在《龙墩上的悖论——中国皇帝命运大思考》一书中，以自己的心灵之光照亮了历史，让我们在一片光亮之中看到了历史深处那些幽暗的秘密，同时，也因这片光亮的照耀，让我们发现了写作主体自身的秘密——多元共生的文化人格、蓬勃繁盛的悖论风景。

无疑，《龙墩上的悖论——中国皇帝命运大思考》一书贡献给我们的远不止这些。

走入历史 从容品味
——浅析王充闾散文创作中的历史性和文学性

◎王 惠

南有余秋雨，北有王充闾，在文学样式纷繁复杂的背景下，二者推动文化散文的发展，作为北方散文代表作家王充闾，其散文融汇中西，贯通古今。苏轼名言"观博约取，积厚薄发"大抵可以概括出王充闾一生的创作，不断充实，不断创新，不断对自己已有成功进行积极地破坏，这种对散文创作孜孜不倦的追求，挑战自我，渴望超越这条主线贯穿了王充闾散文创作30年的历程。

一、历史性与文学性的相容

历史与文学是人类的记忆，又是现实人生具有超越意义的幻想的起点，以史明志，借史言今，透过逝去的事件，开启当代人起锚的号角，在王充闾散文中呈现了大量的历史史实。走历明江大川，感悟兴衰变迁，借由对历史人事的叙咏，进而寻求情志的感悟，精神的辉映，大量的历史史实与感悟充斥在王充闾的散文创作中，因而历史性与文学性的相容也成了王充闾散文创作的重要特征之一，作者从历史的角度切入，在饱览了大量史学事实的基础上，融入自己的独特的视角和心灵体会，丝丝缕缕，从史中从容品味着人生，展示自己对历史和千秋人生的感悟，看尽浮华烟云。《人生几度秋凉》中对张学良将军一生带有感情色彩的描述，有历史变迁的足迹，也有作者独特的人生体悟，作者试图走入张学良的生活中，去努力地感悟着这位历史伟人的每一步的艰辛历程。威基基海滩旁，老人暮年，历经沧桑，从初生牛犊到东北易帜，从逼蒋抗日到失去自由，张学良用生命与尊严完成了一个个已足千古的历史事件，既扭转了中国历史，也改写了世界历史。在阅读中，可以深刻地感悟到，作者努力地将"我"与张学良内心世界相容，透过历史事件，尽可能充满真实情感去再现老人充满着传奇色彩、迷人心魄的一生；又如在《陈桥崖海须臾事》中，作者踏上中州这片大地，宋王朝的兴衰立刻涌入脑海，不自觉地缅怀过去的经验，发思古之幽情。作者同样在结合大量历史史实的前提下，融入个人独特的体会来纵观宋代的兴衰史，300年间的历史再现，赵匡胤陈桥兵变登基到子孙落得同样境地，是历史的巡回，是因果的宿命，都在历史的长河中淤成了平地，也只剩下了"汴水秋声"四个字，留存在方志里。

二、历史性与文学性的相斥

马克思主义学说中提出对立统一规律是事物发展的根本规律，有矛盾的统一性，就有矛盾的斗争性，二者是相辅相成、辩证统一，进而推动事物的发生发展，这也同样体现在王充闾散文创作中来。文学性和历史性这组对立统一规律，其散文创作融入了大量的历史史实和人生感悟，既有文学性和历史性的相容，又有文学性和历史性的相斥，作者曾说：针对当下有些历史文化散文脱离现实、堆砌史料、把本应作为背景的东西当作文章的主体，抹杀散文表达个性、展示心灵的特长等弊端，"我"还有意识地剖析、描写了一批历史人物，以彰显现实期待、主体意识与批判精神。如《用破一生心》在众人追捧曾国藩热的潮流下，其家书里儒学思想更是受到历来追捧，而作者则是在大量史实的面前，不堆砌不重复，而是充分展开自己的主体意识，在其所弘扬的仁义道德外，这位曾文正公并非其自诉的那么仁爱、公正，也并非坦坦荡荡、淡然一切的高大完美形象，而是"用破一生心"来努力地堆砌完美的自己，小心翼翼、谨言慎行，即便在日记里也大意不得，在封建礼教中极力地维护着自己的形象，作者没有堆砌历史讲述故事，而是加入了作者自己独特的思维，反其道行之，其言其行留下的高大形象不过是处心积虑用破一生心来牵强维护的，而非言行一致、发自内心的仁爱与公正。再如《两个李白》中，对这位不朽诗人形象的刻画，与历史结合的同时，又在相斥中凸显了文学性，将李白劈成了两半，一半是，志不在于为诗为文，最后竟以诗仙、文豪名垂万古，攀上荣誉的巅峰，而另一半是，醒里梦里，时时想着登龙入仕，却坎坷一世，落拓穷途，不断地跌入谷底。在历史的基础上，王充闾加入了大量的个人情感与主观意念，使两个矛盾的李白跃然纸上。王充闾散文中的文学性和历史性在相斥的过程中彰显了散文创作的文学特征，强化了其文学性和情感性，这也是历史散文与历史史实的区分，单复在《柳荫絮语》的序言中写道：文学不外是知识与情感交代的结果，苟无丰富的知识和真挚的感情，就不足与文学之事。充闾有幸，自小就受我国古典文史著作的熏陶，后又潜心研习大学文科功课。积厚而薄发，从而获得了较大的创作自由。这些概述了王充闾散文创作中所呈现的大量史实事件和人物的原因，观博约取而后将历史与文学的相融相斥跃然于纸上，呈献给读者。

  读王充闾散文，离不得史、离不得诗、离不得情、离不得悟，在文学与历史的交相辉映中，细细研读与品味，一同走入历史的长河，品味着百味人生。

"合金文化"聚合下的诗性"童心"
——读王充闾散文集《青灯有味忆儿时》

◎王 朔

  文艺批评界关注王充闾的散文多是从散文集《清风白水》开始，将他的散文创作定位在"历史文化散文"或"文化大散文"。然而，回顾王充闾更早期的作品，如《捕蟹者说》（1982年）、《洞府云迷》（1983年）、《细雨梦回》（1984年）等，不难发现王充闾先于90年代"文化大散文"热潮十年的时候就已经开始了文化散文创作的"多向的实践"。及至90年代，王充闾的散文给处于"文化闹市"困境中的散文创作提供了另一种可能，成为"我们这个时代最优秀的作家之一"，让其个人创作风格与文学史上的散文流派在达成上合流。《青灯有味忆儿时》可以说是王充闾个人创作的再一次突破。这本散文集的主题不再是散文大家游览名川大山的感慨抒情，也不再是当代知识分子与古代文人骚客的精神对话。作者立足文化土壤，通过多主体的诗性表达，在官方立场、民间立场、精英立场之间寻找平衡，打造出一种"合金文化"，在散文热退潮的新世纪，探寻另一种创作可能。通过文化研究与结构主义理论相结合的方法，我们可以探寻作者沉淀多年的美学追求和写作方式。

  通过文化研究方法可以对王充闾所谓"合金文化"进行解读。在《拉美作家群及魔幻现实主义的文化生成》中，他分析了拉美地区文化与拉美文学的关系，与中国现当代文学历史及现状做了对比。在《关东文化的现代转化与文化重塑》一文中，他进一步强调东北地域文化的复杂性和特殊性。在《青灯有味忆儿时》，王充闾通过个人经验复原了复杂的文化背景，以文学的方式将这种复杂的文化统一起来。王充闾接受过系统的古典文学教育，也接受了现代学院教育，还是一位接受马克思主义思想教育的国家干部。无论是训诂学传统、近现代科学态度还是实事求是精神，都要求以严谨客观的态度治学。王充闾在《历史文化散文的历史真实与艺术真实问题》《文学想象力刍议》等创作谈中不止一次提出自己对"写实"的追求，强调散文不能脱离现实。直面现实就不能回避现实的多元性，必须正视多种文化在文学场域的互动，构建一种民族、政府、精英都认同的意义空间。一方面"他不是以价值的尺度评价从政或为文，而是从人性的角度对不同的对象做出拒绝或认同"。另一方面"王充闾具有浓郁的政治情怀，他的政治情怀从文化内涵上看，有两点非常突出：一是具有现代知识分子意识，二是具有传统的儒家精神"。这就形成了王充闾所谓"合金文化"的文化因子，通过"童心"将各种因素糅合统一。

这种"合金文化"内涵产生了形式和内容等多方面的变化。王充闾在《青灯有味忆儿时》对自己习惯的散文文体做了一次总结。在《刘老先生》，他近乎以考据的方式不厌其烦地解释了"以我的年岁，以我所处的少年时代，怎么能够读了那么多年的私塾"，在《母亲》《老三股》等文章，介绍包括满族民俗和闯关东在内的历史背景时，又是从个人角度出发引入历史文化层面的思考，这些都带有显著的"文化大散文"特点。《游戏》则以儿童的视线观照记忆中的乡村，借用的又是80年代"新散文"流行的风格。在抒情、记叙之间，作者不忘夹叙夹议，诸如《狐狸岗子》在介绍满族剪纸、民间祭祀时，又带有60年代散文"谈天说地"的色彩。可见王充闾熟知不同历史时期的各种散文文体，在《青灯有味忆儿时》中打破了不同文体之间学术勘定的界限，把多种文体熔于一炉、信手拈来。通过形式的融合，表现出内容的融合，以及背后文化的融合。

通过语言的标记性与话语权力理论相结合，我们可以一探这种形式变化背后的意义。在以往的散文创作中，引用古诗文或者原创古诗文已然成

"合金文化"聚合下的诗性"童心"——读王充闾散文集《青灯有味忆儿时》

为王充闾创作的习惯动作,"他征引那些古代诗词达到遂心应手的地步。"在《青灯有味忆儿时》收录的散文中,我们可以看到王充闾不仅使用了古诗文,还大量使用了童谣、戏剧、俗语甚至土话,在"雅"与"俗"的百花丛中,往来穿梭,片叶不沾。比如,《记得青山这一边》作为全书的开篇之作,首句便说"人,悄没声地,来到这个世界上,而后,不知不觉,就长大了,就老了",运用东北地道的方言土话营造出一种话糙理不糙的语言风格。同样也是这篇散文,作者又引用陆游的诗文"白发无情侵老境,青灯有味似儿时",也是在讲述人在不知不觉间要面对衰老,终将回忆童年。不同表述方式背后是两套不同的文化体系,方言土话代表着民间话语,古诗文代表着官方话语,两种话语背后的文化与权力本是不同的,在王充闾的设计下,二者在同一作者的同一篇散文里阐述着同一个道理,在意义共同的特殊情况下形成互文与互释,原本相互独立的两种文化达成了和解与共存。

王充闾把多篇散文相互关联,形成了小说化的文学特色,构建了独特的叙事结构。这使得巴赫金(Mikhail Bakhtin,1895—1975)提出的复调小说理论以及主体间性理论对《青灯有味忆儿时》的文本批评依然有效。《父亲》《老哥俩》《刘老先生》《童子功》《魔怔叔》《博物学家》《嘎子哥》《子弟书下酒》《草根诗人》《马缨花》这一系列散文,除了介绍"我"的家学背景以及在私塾接受的文化教育之外,其中也塑造了完整的人物、情节、环境,与小说创作手法颇为神似。作者让同一人物在多篇散文中重复出场,通过大量细节塑造了鲜活的人物形象:"父亲""魔怔叔""我""嘎子哥""刘老先生"。这种散文与小说相结合的写作手法,搭建了多个主体平等共存的文本世界,多主体在文本中平等对话,形成了多种文化权力的博弈。而不同人物的命运形成了各自的生命旋律,在复调叙事中共同组合出文本的主旋律。"父亲"与"魔怔叔"这一对"老哥俩"是父一辈继承文化的两个样板,"父亲"对文化有着极深切的向往,由于家族史的原因而中断学习,通过其他途径过上了颇为殷实的生活;"魔怔叔"则是典型的旧知识分子形象，才华和精神境界都在"父亲"和"刘老先生"之上，由于社会历史的原因满腹经纶却怀才不遇，在"我"的眼里，他拥有无边的寂寞与才情；此二人都没能通过读书获得人生的成就，文化对他们来说是一种精神的追求。"刘老先生"和他的书斋提供了传承文化的一种可能，以严肃的私塾教育将文化的传承合理化、系统化。"嘎子哥"和"我"这一对"小哥俩"则是子一辈继承文化的两种可能。"嘎子哥"映照了"我"顽童的一面，无心学习，更无心学习中国传统文化，代表了多数人的选择。"我"的道路则是与"嘎子哥"渐行渐远，成为文化的坚定的继承者。这一系列散文共同讲述了一个完整的故事："我"和"嘎子哥"在远离统治中心的边远的村落，有幸学习传统文化，在"刘老先生"的书斋，于马缨树下开蒙入学，最终，"父亲"与"魔怔叔"，"我"与"嘎子哥"，两代人完成了继承中国文化的任务交割。在五个主体的帮助下，王充闾《青灯有味忆儿时》的文化立场最终浮出文本。

王充闾通过串联一系列相关作品，形成了《青灯有味忆儿时》整体上的新格局，以一种有意味的形式赋予作品新的文化内涵。"文化，作为连接社会交往的中介，人类创造的具有象征意义的符号总和，它经常通过'获得性遗传'，对于人们的性格、气质、心理、行为，产生多方面影响，就这个意义来说，文化就是人化，人既是社会文化的创造者，又是社会文化的制成品"。王充闾在《父亲》提出了文化与人化之间关系的命题，随后围绕不同人物赋予这一命题不同的发展方向，每个人物又都为文化传承这一个最终任务共同发挥作用。作者在《子弟书下酒》描绘了一场文人宴饮的盛会，"这次聚会，给人留下了很深的印象，多少年以后，父亲还同我谈起"，印象之所以深刻，与庆祝"我"私塾求学即将结束有关，与聚会上"老哥仨儿"精彩的表现有关，也与这样的盛会不复存在有关。传统文化在旧文人的聚会上发出耀眼光芒之后仅仅存在于"父亲"的记忆中。"老哥仨儿"在宴饮之中，抛却了各自的社会属性，统一为旧时代的文化传承者，把传统文化推崇至最高点，穷尽想象与才情，上演了一场特定时代背景下传统文化的末世狂欢,狂欢之后的旧知识分子"身体已经过于虚弱,实在是撑不住了,慢慢地躺下,书本也被放了下来"。在这一系列的最后一篇《马缨花》中,作者以对对子的方式给文化传承找到了出路。"魔怔叔"颇具禅意地拨烟灯、挪枕头,使"我"顿悟开化,上一辈的上联与下一辈的下联终于衔接起来。结尾处王充闾自陈:"六七十年过去了,无论我走到哪里,那繁英满树的马缨花,那屋檐下空灵、清脆的风铃声,仿佛时时飘动在眼前,回响在耳际。马缨——风铃,风铃——马缨,永远守候着我的童心。"现代化带来的文化冲击问题获得了诗性的答案,传统中国文化在美学层面得到重生,由此获得了穿越时空的灵性。马缨根深叶茂是代际传承的悠远,风铃清响是民族共同体的深刻记忆,二者相互缠绕构成了传统文化的基因片段,古往今来,生生不息。

可以说《青灯有味忆儿时》表现出的种种创新与突破,与王充闾坚持自身创作立场密不可分。本雅明(Walter Benjamin,1892—1940)认为现代文明的发生是古典文化的溃败。在中国现代化的过程中,无论是传统文人的"雅"文化还是民间固有的"俗"文化,都被现代西学冲击到社会的边缘,传统士大夫早已丧失了话语权,在这样的现实条件下王充闾呼唤传统文化的回归。王充闾自陈:"传统文化的传承,对个人来讲,首要的是接受、吸纳民族传统文化的精华。"岁月的沉淀让王充闾在创作过程中更加收放自如,在不断更新自己的知识框架之后,他选择了再次突破,以"忆儿时"的方式把"俗"的地域文化与"雅"的国学文化结合起来,打造了中国式的"合金文化",试图突破"文化大散文"的精英知识分子立场,在官方、民间、精英三方互动的意义空间里寻找了散文创作的新思路。

谈艺术创作领域中的"误读"
——从王向峰与王充闾先生关于《一图三解诗情远》的讨论谈起

◎张立军

"误读"理论是现代阐释理论的重要构成,"误读"理论进入人们视野的初期,即将其限定在文本阐释的领域。就文学阅读活动而言,它强调了阅读过程中,文本阐释与作者创作意图之间的张力,能否对文本意义进行确定性的追索成为"误读"理论探讨的核心问题。而接受者与作者意图之间的不完全对位,在"误读"理论的阐释下获取了合理性,并借此将读者的地位提高到了应有的位置,使艺术接受理论得到充实和扩展,促进了现代阐释理论的发展。然而,从整个文学活动来看,除了接受领域存在"误读"现象外,它的前一环节即文学创作环节是否也存在"误读"现象,作为现代阐释学的"误读"理论是否可以向创作环节延伸,是否与创作心理理论存在某种契合?

一、艺术创作领域中的"误读"现象

对上述问题的思考源自不久前《沈阳日报》发表的王向峰与王充闾两位先生的两篇短文,在文中王向峰与王充闾两位先生就一幅照片引发向峰先生创作三首不同诗的现象进行了讨论。

王向峰先生见到孙子大超从美国传来的一张照片,照片"是幽暗的天

谈艺术创作领域中的"误读"——从王向峰与王充闾先生关于《一图三解诗情远》的讨论谈起

空几片云彩，在我看来好似初升的月亮被遮蔽得只显露一线弧光，使一大片白云透出了亮色。我当时认定是一弦新月"。于是向峰先生写了一首诗：为大超题《一弯新月》：

一弯新月细如弦，穿越浮云巡九天；
弧影漫言光有限，何期指日不团圆！

在这首诗中，作者在月、云以及奇妙的弧形月光的实景描写中表达情意，新月在云的遮蔽下没有陷入无尽的黑暗，它极力透显出自己的光芒，尽管光力不足，可月光透显出的弧光所展现的抗争精神成为"团圆"的期待与希望。诗有感而发，情景交融。

可就在此图片与诗发给微友后，得朋友提示，认为是残月，于是向峰先生认同了朋友的观点，也认为照片是残月，随即重写了一首：《浮云遮月》

晴空朗月仅余弦，几片浮云掩玉盘。莫谓弧光一线小，须臾金镜照周天。

描写对象已由先前的新月转变为残月，诗所表达之意已经与先前发生了很大的变化，但是那种挣脱与雄阔的意气仍然在诗中透显。

可后来，"这图像到底是什么？"向峰先生又开始怀疑起来。"8月22日从新闻报道中得知是21日美国发生了日食，我怀疑这'云遮月'有可能是日食图，可是从未见过有这么诗意化的日食图景。"于是打电话向远在美国的孙子求证，后来得到确认，照片拍摄的是美国8月21日的日食。

当事实已经清楚后，向峰先生"又想起民间一句表现自信心在胸的俗语：'天狗吃不了日头'，不禁又生时势之想。"写出了第三首——题大超拍摄《日食图》。其诗为：

有犬天阶利令昏，欲吞朗日霸乾坤；唯因体大艰难啃，不碍光轮万古新。

面对同样的实体对象连作三首诗，在作者"误读"了对象后，经过再次"误读"到最后修正，三首诗呈现出不同的描写对象和不同的表现情感，特别是第三首诗与前两首已经完全不是一回事了。向峰先生将这件事写成一篇短文《一图三解诗情远》。

王充闾先生在读到向峰先生的《一图三解诗情远》后，随即写下了《一幅照片的诗意追索》。在他看来向峰先生三首诗的创作过程恰恰"契合了现代阐释学"，首先，是艺术文本的开放性奠定了多方阐释的基础。正像伽达默尔所认为的："理解总是在进行中，它是一个不断超越和不断转换的过程，亦即意义不断呈现的过程。就是说，艺术文本的意义永远是开放的，永远不可穷尽。"而且这种开放性"远非作者能够限制"；其次，是作者的全新接受使多种阐释成为可能。在王充闾先生看来，作者成为作者的前提首先需是一位接受者，"每一位解释者，都可以根据自己的语境、视野及需要，做出全新的解释"。向峰先生因一幅照片而创作的三首诗作也正因此而得。

沿着两位先生的思路以阐释学的视角做更微观的思考，在《一图三解诗情远》中所描述的这一实例也充分地体现出了创作环节中"误读"现象的存在，而且这种"误读"现象大致有两种存在情态。一种是，作者完全不知情下的无意"误读"。就像向峰先生创作前两首诗时的心境，完全认为所述对象即是心中所想。这种"误读"是心理意识层面的误读，而并非知识性错误，因此它并不涉及对于创作对象是非真伪的判别。这种"误读"实际上是作者的无意而为，作者在自己所理解的对象前提下进行创作，他自身并不认为或并未意识到"误读"的存在，因此，其立意、情致等从主观创作意愿上看既不矫作，也不刻意。

另一种是有意歪曲描述对象的刻意"误读"。就像《一图三解诗情远》中提到杜牧当年作《赤壁》，把黄冈赤壁当作蒲圻赤壁来写。这可能是杜牧的有意而为。在明知此赤壁非彼赤壁的情况下，仍将彼赤壁移来作诗。这是景物驱动了诗情，而诗情又驱动作者偷换了景物所致。尽管这种误读是一种技术性"误读",是作者创作技巧的一种运用,但这种运用也是纯熟而自然的,因此作者赋予作品的情致、意蕴丝毫不受影响。

不论是无意"误读"还是"刻意"误读,两种创作心境自有其相通之处,正如向峰先生所言:"都是移能指而实现诗意特别所指的需要。"不论如何情志都是真诚的。

对此,可以看出在艺术创作环节中的"误读"现象有如下的特点。

第一,作者对描述对象的误判,这是创作"误读"的最基本特征。作者与创作对象之间形成了某种扭曲与不对等关系。这里的创作对象主要就感发作者的对象体而言,它可以是实体的事物也可以是一种意识性存在,比如间接听来的一段故事等。从认识层面来说,在创作的心理准备期,创作者对对象的认识发生了偏差与误解,如前所说的两种"误读"状态而言,这种偏差的产生可以是无意而为,也可能是有意为之。分析作者与对象间偏差理解的原因,一方面可以是作者认识的误差造成的。这种偏差它并不涉及知识性的判别,而主要是心理或者情感上的误判。另一方面也可以是创作主体为达到某种艺术效果而采用技巧造成偏差的产生。如采用联想等心理因素实现。无意而为的"误读"多由作者认识的误差造成,而有意而为的"误读"多是作者运用联想等技巧所引发的。

第二,偏差理解激发了作者的创作冲动。偏差性理解只是作者创作"误读"的第一步,它还停留在一般性意识和心理反应的层面,因此,更为重要的是在主体与对象的偏差形成之后,两者之间形成何种勾连关系?比如"杯弓蛇影"中的主簿杜宣,看见杯中的弓弩倒影,误认为是蛇,顿时的反应就吓得冷汗涔涔,喝下之后竟然"其日便得腹腹痛切,妨损饮食,大用羸露,攻治万端,不为愈"。这种偏差性认识就与艺术创作毫不相干。那么,偏差对象与创作主体的关系是如何形成的呢?一般地看来,在创作语境中,是被"误读"的偏差对象激发了作者的创作冲动。也就是当偏差对象确立后,随即偏差对象占据了主动反过来激发了作者的创作冲动与激情。偏差对象与作者之间形成了创作前的互动关系。

第三，作家真挚情感的投注。当作家的创作冲动被启动，作家的创作兴致来临，创作主体会一股脑地将真挚情感向对象投注。这个时候对象的真实性已经退居幕后，对对象的认识是否存在偏差也不会有人追问，也不会追问偏差是完全误解而来还是由联想等心理因素引发，而作者所投入情感的真实性成为唯一。这种情感之真即是艺术情感之真，与现实世界的真已经完全不同，它是作者将真情实感投入对象后，创设出来的真实情感世界，借此，作者赋予了创作对象艺术的灵性与品格。

二、创作"误读"理论的回归与延伸

艺术创作环节的"误读"现象因其存在的特殊性并没有得到充分的关注，特别是理论关注。造成这种关注度不足的原因，一方面，在于艺术创作心理研究的关注点一般都在创作过程的动力和动机研究，弗洛伊德的理论自不必说，再如弗朗西斯·培根（Francis Bacon，1909—1992）认为心理上的创伤情结成为艺术家创造力的源泉；中国感物美学研究者认为物的感发成为创作的动力。另一方面，在于将这种创作中的"误读"现象与其他创作心理研究相混淆，未作细致的区分。对此，使用什么样的理论来分析和解释艺术创作环节中的这种"误读"现象，成为当前创作理论的一种现实性需求。然而，是否可以将阐释领域的"误读"理论延伸至创作领域，值得我们进一步思考。

早期的"误读"理论研究者，美国学者哈罗德·布鲁姆（Harold Bloom，1930—2019）的"误读"理论就是针对作家的创作提出的。他在《影响的焦虑》一书中，就作家在与前代作家创作的继承与突破的问题提出了"误读"理论。在他看来，诗人的伟大源自一种对独创语言与独创思想的渴望，而前代诗人形成了后代诗人难以逾越的高峰，后代诗人为谋求独创与超越，产生了对前代作家"影响的焦虑"。韩愈在《答李翊书》中，表达了类似的感慨，当他将自己的作品"其观于人也，笑之则以为喜，誉之

谈艺术创作领域中的"误读"——从王向峰与王充闾先生关于《一图三解诗情远》的讨论谈起

则以为忧,以其犹有人之说者存也"。他在面对这种"犹有人之说者存也"的境况也心存不安。可见,面对前代创作的高峰,每位作者都迫切地渴慕突破,这种渴慕的急迫心情形成了作者心中的"焦虑"。

对于影响焦虑的解决途径,布鲁姆提出:"诗的影响——当它涉及两位强者诗人,两位真正的诗人时——总是以对前一位诗人的误读而进行的。这种误读是一种创造性的校正,实际上必然是一种误译。一部成果斐然的'诗的影响'的历史——亦即文艺复兴以来的西方诗歌的主要传统——乃是一部焦虑和自我拯救之漫画的历史,是歪曲和误解的历史,是反常和随心所欲的修正的历史,而没有所有这一切,现代诗歌本身是根本不可能生存的。"布鲁姆是想通过"误读"来对抗影响的焦虑,使后代作家不断通过"误读"来"对抗"前代作家,从而获取后代自己生存的地位,甚至实现对前代的超越。

布鲁姆在这里将"误读"理论作为作家突破创作藩篱的途径,他强调作家在创作过程中对前代作品语言、立意的"误读",通过"误读"作家对前代作家的创作语言及主题有了偏差性的理解和认识,这样不仅有效地避免了重复,而且为作家的突破创造了条件。但事实上,布鲁姆先期的作家"误读"理论却并没有充分地沿着创作论向前延伸,而是转入读者阐释论。之所以如此,主要在于一方面布鲁姆将这种"误读"作为促进创作的途径和方法看待,把"误读"看作解决作家创作困境的一剂药方,这是从方法角度看待问题,而未深入到艺术创作的心理层面;另一方面布鲁姆关注的作家"误读"是一种有意而为的"误读",强调了作家的刻意和雕琢,而没有将作家无意识的"误读"纳入其中,缩小了作家"误读"的阐释范围,用刻意"误读"现象遮蔽了整个创作"误读"的事实存在。又一方面,布鲁姆"误读"理论的提出正值接受美学大潮兴起,创作论式微,"误读"顺势成了壮大接受论的理论资源。

但不论如何,从"误读"理论的产生初期以及从布鲁姆早期的阐释来看,"误读"理论与创作"误读"现象是存在相互关联的,尽管后来这种理论的发展路径发生了变化,它早期与创作间的关系已经被遗忘,但这种关联的事实存在是无法抹杀的。如此一来,面对当前创作"误读"理论的不足,我们尝试将"误读"理论与创作领域的关系进行强化,将"误读"理论向创作领域进一步延伸和拓展,既不是无根的生造,也并非无理由的套用。

三、创作"误读"理论的价值初探

将今天的读者阐释"误读"理论延伸至作者创作"误读"现象之中,这样一来,既可以用创作"误读"理论来解释很多创作过程中无法解释的现象,也可以为其他创作理论提供有力的支撑。这里以创作"误读"与"灵感"理论、"陌生化"理论的关系为例,试做分析。

在艺术创作过程中,创作"误读"是一种现实存在的特殊现象,如前面所举向峰先生《一图三解诗情远》的创作事例,这种创作"误读"在绘画、音乐等艺术领域显得更为常见。甚至大多数时候,艺术家们会将这种艺术创作过程中的"误读"现象与创作"灵感"混为一谈。

"灵感"与创作"误读"自有其相似之处。首先,从前期的心理状态看,"灵感"与创作"误读"的创作心理有相似之处。"灵感"是艺术素养积累和艺术直觉共同作用的产物,它是艺术家在前期知识、视野、体悟等积累到了一定程度后,透过直觉思维突然感发的一种艺术创作方式。"灵感"来临时创作者将整个身心投入创作之中,进入到一种堪称"迷狂"的心理状态;而文艺创作领域中的"误读"也是创作主体进入一种全身心的投入状态,创作完全是情思的表露,而没有做作和刻意而为。

其次,从创作的条件来看,创作"误读"的条件与"灵感"也类似。有很多人将"灵感"与天才论结合在一起,认为"灵感"是天才的特产,除天才之外不需要其他任何条件,而创作"误读"从表象上看,也似乎不需要外在的条件。但事实上,揭开"灵感"神秘的面纱,它与创作者的"前视野"有关,即作者心中所存在的知识储备与情感积淀,创作"误读"也是一样，它必须有作者前期的储备和见识，也包括各种体验和经历等。同时，"灵感"的生发与创作"误读"的实现也需要感发对象的出现，并且在外界感发下与作者的"前视野"产生心理的回应。

再次，从创作的结果来看，创作"误读"与"灵感"也相似。创作"误读"如布鲁姆所期待的那样，可以突破某种常规或瓶颈，实现作者自身创作的超越，因此，能够创作出具有创新意味的作品；"灵感"来临后，所创作的作品也多为佳作，为此，艺术家对"灵感"有着虔诚的期待。

最后，创作"误读"与"灵感"的状态一样都存在极大的偶然性。陆机在《文赋》中描述"应感之会""来不可遏，去不可止。藏若景灭，行犹响起"。王士祯描述灵感的这一特点时说："镜中之像，水中之月，相中之色，羚羊挂角，无迹可求，此兴会也。"柏拉图将灵感视为"神灵凭附"，认为灵感是"神灵凭附到诗人或艺术家身上，使他处在迷狂状态，把灵感输送给他，暗中操纵着他去创作"。这种灵感的获得是通过灵魂对理念的回忆来实现的，因此具有极大的偶然性。创作"误读"中，主体在创作过程中的理解偏差是"误读"的根源，但这种偏差并非一种常态，而是偶然的。它的获得同样需要具备很多复杂的条件，如创作主体前期的各种储备，主体的心境，感发主体的对象物、环境等因素，即便是得到偏差理解，偏差性理解获得得是否适度也很难把握，在这些因素的综合作用下创作"误读"才能够实现，这些复杂因素注定了创作"误读"实现的偶然性。

与灵感不同，创作"误读"与"灵感"两者又存在本质的差别。柏拉图认为，灵感的获得过程，是需要"神灵凭附"的，它更加强调直觉，注重非理性因素的作用，甚至认为在灵感来临之际创作者受控于神灵，个体的主体性已经完全丧失。

西方人对灵感的理解充分体现了这一点："西人对灵感的认识大约经历了三个阶段。一是以'神灵凭附'为核心内容的古典时期，柏拉图等古希腊哲学家是其代表，他们认为灵感是神赐真理的途径，最基本的特征是神灵凭附所生的迷狂。二是近现代时期，以康德的天才说为代表，康德认为，灵感是天生心理禀赋自然而然的流露。三是现代主义时期，以弗洛伊德的心理分析学说为代表，弗洛伊德把灵感解释为潜意识，是原始冲动、本能、欲望的呈现。"而创作"误读"却是理性思维与直觉思维相互交织的产物，是两种思维的结合。它是创作过程中，创作主体在始终保持理性思维的基础上实现的，在创作"误读"的心理状态中，理性思维从未缺席，创作主体始终对自己的创作对象以及创作本身有着清醒的认识，它是理性思维、感性思维与艺术直觉共同助推的结果。因此，创作"误读"理论也介乎于迷狂说与再现说之间，既富有理智性又带有非理性的意味。对此，从这一视角来考察艺术创作，可以更加深入于艺术创作心理层面的研究，而拓宽"灵感"理论的研究路径。

从创作心理看，创作"误读"与灵感现象有相通之处，并且研究创作"误读"理论能够对灵感论中难以解释的部分有所启示。不仅如此，从创作的效果来看，创作"误读"还与"陌生化"存在着某种关联。创作"误读"受外物所感，创作发乎真情，创作过程中，主体生出的偏差性认识使作品获得了一种"陌生化"的艺术效果。对此，研究创作"误读"理论对于充实"陌生化"理论具有一定的益处。

在强调艺术效果方面，"陌生化"理论的提出者什克洛夫斯基指出："艺术根本不是把不熟悉的变为熟悉的；恰恰相反，艺术的目的是要把熟悉的东西通过艺术手法的加工变得不熟悉，使我们对它感到陌生、新鲜，从而对它发生兴趣，产生去仔细观察和了解它的强烈愿望。"他强调打破日常语言的自动化，通过"陌生化"使艺术家重新获得对生活和艺术的感知力，"作家或艺术家全部工作的意义，就在于使作品成为具有丰富可感性内容的物质实体，使所描写的事物以迥异于通常我们接受它们时的形式出现于作品中"。而创作"误读"，因创作过程中偏差的产生，使作者对事物有了新的认识角度，获取了不同于一般的创作角度和创作视野。创作主体脱离了与对象固有的一般认知或真实认知，在变异了的对象面前进行创作，所创作的作品也因此获得了"非自动化"的效果，这种效果在一定程度上

谈艺术创作领域中的"误读"——从王向峰与王充闾先生关于《一图三解诗情远》的讨论谈起

看是与"陌生化"相一致的。

但在艺术创作过程中,创作"误读"理论与"陌生化"的侧重点完全不同。"陌生化"理论过于追求创作过程中作者的刻意性。什克洛夫斯基(Viktor Shklovsky,1893—1984)对"陌生化"的探讨深入到了语言层次,他希望运用"突出表达"等方式将日常语言"变形""异化",从而使其获得诗性的语言效果。布莱希特采用"间离法"在于建立一套使人们重新认识习以为常事件的技巧。他指出:"把一个事件或者一个人物性格陌生化,首先意味着简单地剥去这一事件或人物性格中的理所当然的、众所周知的和显而易见的东西,从而制造出对它的惊愕和新奇感。"尽管布莱希特与形式主义者采取了不同的"陌生化"路径,但不论如何都是在创作技巧上强调了作者的刻意行为,是作者在创作过程中通过技巧对"陌生化"艺术效果的追求。创作"误读"与之不同,它没有过多人工雕琢的痕迹,它尽管存在认识的偏差,但在创作主体的心目中它是一种真实的认知,创作主体将最真实的情感赋予其中。

相比之下,"陌生化"理论是一种技巧理论,它强调了艺术家通过理智的方式将日常的生活、语言、艺术形式等发生变异,从而获取"陌生化"的效果。创作"误读"是真诚的,相较于"陌生化"而言,感性化倾向更浓厚一些。或许也可以将创作"误读"理解为,作者使用"陌生化"创作方式的前心理阶段,创作主体在使用"陌生化"之前已经将日常习见的对象进行了真诚的"陌生化"认知,而且在接下来的创作过程中,它并不影响作者继续使用"陌生化"的创作技巧。

总体而言,创作过程中"误读"现象的存在值得我们重视,对创作"误读"理论的关注,有益于扩充现有的创作理论视域。就创作"误读"与灵感理论、"陌生化"理论的关系来看,创作"误读"在创作心理上与灵感相似,在创作效果上与"陌生化"相通,但相比之下,创作"误读"兼具了理性与非理性的创作心理与创作因素,它比"灵感"更加理性,比"陌生化"更加感性。对创作"误读"进行研究,既可以缓和"灵感"论的神秘化倾向和遥不可及，能够解决"灵感"论因将创作归于神灵和神秘而带来研究的阻滞与非议，同时也能够化解"陌生化"理论对技巧的苛求，以致陷入形式主义某种僵化的窠臼。

论王充闾散文创作的个性化追求

◎马平野

在商品化大潮的侵袭下,20世纪90年代以来的"散文时代"已经远去,一批曾经红极一时的散文作者或由于随波逐流或由于个性的缺失而日益淡出了人们的视线。但是其中也不乏少数人依然在默默地坚守着自己的阵地,王充闾即是其中的代表。

随着互联网的飞速发展,在多数人倾向文学的消费品格,对散文不屑一顾的今天,王充闾能始终保持着对"文化大散文"的执着追求,用自身的生命体验和独立人格维护着文学的操守,这本身就是非常可贵的。正因为如此他的创作才引起了更广泛的重视。谢冕说:"读王充闾的散文可以看到他一贯追求的目标,正是建立一种属于个人的散文风格。"可谓很中肯的评价。

一、沟通历史和文学,意在现实

"文学创作的实践表明,实现史学与文学在现实床笫上的拥抱,不仅是必要的,而且是可能的。对于历史的反思永远是走向未来的人们的自觉追求。文学从来就是一种历史,是一民族的精神追求史。"这是王充闾对他的历史观、文学观的高度概括。

王充闾读过私塾,同时又受过现代学院教育,因此对中国历史和传统文化的熟知程度非一般人所能比拟,这为他写作历史文化散文打下了良好的基础。

　　王充闾的散文多由历史引起，他的散文中的史料是非常准确的，即使放在历史学者面前也未必会逊色。比如《龙墩上的悖论》展现了自秦始皇至末代皇帝溥仪之间十三个皇帝的命运，为读者打开了许多以往不为人知的秘密。王充闾说写作历史文化散文的时候是一只脚站在往事如烟的历史尘埃上，另一只脚又牢牢地立足于现在。他立足于现在而与历史进行心灵的交流，但他的意图绝不是简单地回顾过去，而是想在史料中找到与现实人生的某些相通之处，通过古今对比，来反思人生，发现其在当下的意义。"我写这些散文，没有停留于记叙曾经发生过的史事（尽管这也是颇有教益的），而是努力揭示作者对于具体生命形态的超越性理解。"王充闾曾经写过一组有关于人才的散文，命名为《人才诗话》，通过对中国古代的"士"这一特殊知识阶层的悲剧命运的展示，表现了人才制度的重要性，可以说其目的直指现实。这方面比较典型的文章有《李煜和爱因斯坦》《闲话南郭先生》《钟馗遭贬》《让马儿跑起来》《扼住命运的咽喉》《蛟龙不能失水》等。《李煜和爱因斯坦》写李后主本来不是当皇帝的料，却偏偏成了"九五之尊"，结果受到命运的无情捉弄，既逃脱不了亡国罪责，又人未尽其才、才未尽其用，成为千古憾事；而爱因斯坦在收到"以色列总统"职务的邀请时则很有自知之明地回绝了。《闲话南郭先生》则是展现了南郭先生在两代帝王之间所得到的不同待遇。一正一反，寓意深刻。

二、主体意识的积极介入

　　王充闾的创作充满了内在的主体意识，并表达出丰富的内涵。他强调"文化大散文的写作者应该高扬主体意识，让自我充分渗入到对象领域，通过不断地质疑、探寻与追问，阐释个性化的独立的批判精神"。体现出主体价值表达和构建的自觉意识。

其实个性化的主体意识首先是主体的思维和情感的表现。王充闾的主体意识是建立在个人独立的人格基础上的,他认为"散文是最贴近人的心性、最具亲切感、人格化的一种文体。散文就是自由精神的产物,没有自由的思想、自在的氛围,就不会产生真正的散文。散文是作者人格的投射,心灵展示,人格魅力的直呈和创造性生命的自然流泻,它应该最能体现人的心性的真实存在,反映作者的人格境界、个性情怀与文学修养"。王充闾从散文的文体特点入手,强调了散文创作要显示作家鲜明的个性和主体倾向。评论家吴俊说:"王充闾将他的文化意识特别是他的生命意识,充分完全地投注在散文创作之中,他是在写他的精神体验和心灵体验,是在进行自己的人生和人格写作。"我认为这种主体的积极追求是与他所受过的教育不可分开的,特殊的教育背景、丰厚的传统文化底蕴以及多年的仕途经历注定了他作为精英知识分子既能独善其身又要兼济天下的情怀,试图通过努力实现自己的"修齐治平"的人生理想。

中国的散文创作,是与其社会背景紧密相连的。他们的创作往往在对生活和社会深入的思考中,注入自己的理解和梦想,表达出一种对现实的观照,弘扬了一种人文精神、生存价值取向。因为作家"表现自我"的主体意识也是有关其深层的社会基础的,这种"个人主体"始终是民族国家中的"个人主体",是作为民族国家变体的形象出现的。王充闾散文中主体意识的张扬正是如此。他多次谈到古代"士"的形象:"在两千多年漫长的封建社会中,"士"是一个特殊的阶层。他们是文化传统的继承者和道义的承担者,肩负着阐释世界、指导人生的庄严使命;作为国家、民族的感官和神经,往往左右着社会的发展,人心的向背。"我们联系这段文字的上下文可以看出,王充闾反对知识分子依附于政治,强调要有"心灵的自由度"、独立的人格。然而在这里他却是把"社会批判精神"和"心灵的自由度"一并提出来的,依稀可见其积极入世的精英意识,而这样的人生理想必然会反映在他的散文创作中,我们看到王充闾的散文中有多篇论及古代知识分子命运的篇什,如《青山魂》中的李白、《春梦留痕》中的苏轼、《孤枕梦寻》中的陆游、《用破一生心》中的曾国藩、《他这一辈子》中的李鸿章等等。《青山魂》中的李白既有"天子呼来不上船,自称臣是酒中仙"的桀骜和洒脱,又有"仰天大笑出门去,我辈岂是蓬蒿人"的建功立业的抱负,可以说这本身就是矛盾的,在"谪仙人"的内心深处是知识分子感时忧国、渴望入世的情怀。

三、自觉的生命体验

王充闾是一个自觉追求卓越的作家,他不满足于现有的成绩,努力追求散文的深度意识。进而他把自己的创作上升到哲学的层次上,探寻人的价值和意义。这是王充闾的历史文化散文之所以产生广泛影响的最重要原因。

"我以为,散文应体现一种深度追求,以对社会人生和宇宙万物的深度关怀和深切体验,抒发内心的真实情感,表露充满个性色彩的人格风范。"王充闾通过对当下散文创作中存在的两种不同倾向的准确分析,批判了那种消费性、商业化的"小散文",深刻地体会到在当今商业时代物质主义、金钱至上的价值取向中,作家保持内在的文化理性、固守自身的精神追求的重要性。

王充闾创作中的深度追求具体体现在对"人"的终极关怀,并赋予其哲学的思考。在王充闾眼中,"知识者理应是思想者,专业知识、技能之外,还应具备社会批判精神和心灵的自由度。"是其思想家与作家身份集于一身的自我表白。黑格尔在谈及艺术的最高境界时说:"只有在它和宗教与哲学处在同一境界,成为认识和表现神圣性、人类最深刻的旨趣以及心灵的最深广的真理的一种方式和手段时,艺术才算尽了它的最高职责。"伊格尔顿在他的作品分析的著名理论中也有"形而上的性质"是伟大的艺术作品所必备、而其他作品所没有的一个要素的论述。这些都表明,作家应当有哲人的气质,创作的作品也应该有哲学的意味,这样才能提升作品的境界，引起读者的思考。

　　王充闾把其全部的生命体验融入散文的创作中，践行着自己的审美经验和人生理想。通过对王充闾散文创作的三个不同阶段的分析，我们明显地感觉到他对"人"的看法的改变。王充闾开始自觉地把"人"看作是立体的、"有无限丰富的形态"，并认为"文学要想实现超越，必须注重对人性这个富矿进行深入的挖掘，力求从心理层次上更深地把握具体的人生形态，揭示出它的丰富性和复杂性，从而使文学更加具备'人学'的特征"。在这里，王充闾对过去散文创作中存在的表面化和政治工具化倾向进行了驳斥，并努力从理论和实践两方面注入对人的价值的关注。最典型的当属写曾国藩的《用破一生心》。曾国藩在晚清时期被誉为"中兴第一名臣"，从其身份看来，可谓是风光无限，如果作者仅从这一层次入手创作，显然会平淡无奇，与普通的历史散文并无二样。王充闾的可贵之处恰恰在于他看到了隐藏在曾国藩内心深处的痛苦并予以高度的关注。"这位曾公似乎并不像某些人说的那样可亲、可敬，倒是十足地可怜。他的生命乐章太不浏亮，在那淡漠的身影后面，除了一具猥猥琐琐、畏畏缩缩的躯壳之外，看不到一丝生命的活力、灵魂的光彩。——人们不禁要问上一句：活得那么苦，那么累，值得吗？"曾国藩是个复杂的个体存在，在他风光的背后是其分裂的人格和虚伪的人生。作者对这一人物不是简单地进行否定，而是于这一复杂性格中探寻其深层的原因——社会、文化对人性的摧残。他分析道："雄厚而沉重的历史文化积淀，已经为他做好了精确的设计，给出了一切人生的答案，不可能再作别样的选择。他在读解历史认知时代的过程中，一天天地被塑造、被结构了，最终成为历史和时代的制成品。于是，他本人也就像历史和时代那样复杂，那样诡谲，那样充满了悖论。这样一来，他也就作为父、祖辈道德观念的'人质'，作为封建祭坛上的牺牲，彻底告别了自由，付出了自我，失去了自身固有的活力，再也无法摆脱其悲剧性的人生命运。"

四、执着的创新追求

长期以来，王充闾的散文，从最初的山水名胜游记开始，而后着眼于人文、历史，写文化大散文，再到近年来，关注到人性的层面，总在尝试着突破已有的成绩，并不断地走向深入，在创新的同时体现了作者自觉的深度追求。

"未完成的心态"是王充闾的创作得以常新的根本保证。王充闾强调作家要有创新意识，要"不重复自己"，这一切正是源于他渴望超越的理想，他说："创新，是文学艺术的生命线，也是一个作家、艺术家的价值所在。"作为一位已经有了一些名气的作家，很容易陶醉于鲜花和掌声之中。王充闾却对自己的创作有着清醒的认识，他不愿满足已经取得的成绩，随时充实着个人的知识结构，警醒着自己，试图有所突破，并取得了一定的实绩。在《文学创新与深度追求》中，他系统地介绍了叶芝（William Butler Yeats，1865—1939）和易卜生（Henrik Johan Ibsen，1828—1906）的创作历程，对他们能始终保持着源源不断的创造力大加赞赏，并以他们为榜样来勉励自己，体现了他对于卓越的不懈追求。

批评家孟繁华曾说："对不同领域写作的开拓，一方面显示了王充闾开放的心态，他愿意并试图在不同的领地一试身手，将'关己'的灵魂问题提出；一方面也展示了他在创作上'螺旋式'前进的步履。他没有将自己限定在所谓的'风格'领域，一条道走到黑，而总是在学习和积累的过程中别有新声。"从"超越"的视角高度肯定了王充闾的散文创作的追求。

个性在王充闾的散文中有着充分的体现。王充闾对散文个性的把握是他自身灵魂的写照，是他所独具的对世界、人生的一种精神烛照和持存，一种审美把握和艺术占有，是主体生命的一种外在投射，一种人格力量的自我确证。王充闾正是以其独特的生命体验和艺术眼光创造了文化大散文创作的一座丰碑！

文学性、历史真实性与深度意识的有机结合

◎刘冬梅

《张学良人格图谱》是2009年王充闾先生由东方出版中心出版的一部散文体历史人物传记，体现了作者从历史文化散文创作向散文体传记创作的转变。贺绍俊教授撰文指出："这本书的创新性集中体现在作者对传记这种文体的突破上，他将散文的自由表达与传记的真实性原则有效地结合为一体，提供了一种散文体传记的心的写作方式。"这个论断是非常精准的。

《成功的失败者——张学良传》2014年由青岛出版社出版，是王充闾先生在《张学良人格图谱》基础上完成的又一部散文体历史人物传记。

两部作品表现出文学性、历史真实性与深度意识的有机结合的特点。

一、文学性——王充闾历史人物传记的主要特征

王充闾先生从《张学良人格图谱》到《成功的失败者——张学良传》的创作，都比较重视作品的文学性。两部传记的文学性主要体现在谋篇布局、对传主精神历程的展现、文学语言的使用等方面。

（一）谋篇布局

王充闾是一位散文家，还是一位持有严肃写作态度、善于思考的作家。王先生在《成功的失败者——张学良传》后记中明确说明了他立传的原因。

"张学良将军,由于是同乡,相隔时间不过三四十年,自幼便听到大量关于他的身世、形迹的逸闻,以及一些绘声绘色的传奇故事,因而评论得更多,有时互相争辩得不可开交。也正是从那时起,在心底暗自盘算着,有朝一日,定要以文学纪实的手法,为他立传,为他写真,把属于个人的独到见解穿插到里面去。"

在王充闾看来,张学良是一个招人注目、引人遐思、耐人寻味的谜团,他的人生道路曲折、复杂,生命历程充满了戏剧性、偶然性,带有鲜明的传奇色彩;他的身上充满了难于索解的悖论,存在着太大的因变参数;他是一个成功的失败者,他的一生始终被尊荣与耻辱、失意与得意、成功与失败纠缠着。

一般的名人传记经常采用线式结构,将传主的一生依次展开,从生到死,步步推演。而王充闾在谋篇布局上打破传统,另辟蹊径。

无论是《张学良人格图谱》中的扇形结构还是《成功的失败者——张学良传》的折扇式叙述方式,都与以往的传记有很大不同。现将两部作品的标题列举出来,以便分析:

	《人格图谱》	《张学良传》
第一章	人生几度秋凉	人之初
第二章	"不能忘记老朋友"	一代枭雄
第三章	尴尬四重奏	"大姐"风范
第四章	别样恩仇	尴尬的四重奏
第五章	夕阳山外山	只有为了爱
第六章	您和凤至大姐	两股道上跑的车
第七章	"良"言"美"语	九一八,九一八
第八章	将军本色是诗人	猛回头
第九章	史里觅道	别样恩仇
第十章	情注梨园	道义之交

续表

	《人格图谱》	《张学良传》
第十一章	庆生辰	"良"言"美"语
第十二章	猛回头	史里觅道
第十三章	九一八，九一八	将军本色是诗人
第十四章	鹤有还巢梦	庆生辰
第十五章	成功的失败者	情注梨园
第十六章		夕阳山外山
第十七章		鹤有还巢梦
第十八章		"长寿经"
第十九章		人生几度秋凉
第二十章		成功的失败者

除了将"您和凤至大姐"改为"大姐"风范、将"不能忘记老朋友"改为"道义之交"外，新增加的章节为"人之初""一代枭雄""只有为了爱""两股道上跑的车"和"长寿经"。

《张学良人格图谱》首尾两篇都带有综合的性质，中间分为三大块儿——分别展现传主的人际交往、感情世界，他的生平嗜好、文化生活，他的两大疑团或者说"两条辫子"。

为了更好地符合传记写人立传的要求，王充闾在《张学良人格图谱》基础上重新布局，《成功的失败者——张学良传》以张学良与父亲张作霖、前妻于凤至和妻子赵一荻三个亲人，周恩来、郭松龄、宋美龄和蒋士云四个朋友以及蒋介石、溥仪这两个当事人的交往故事为线索，梳理出其荣辱交叠、波澜起伏的人生经历，展现其复杂的性格。

王充闾曾经说过："我写历史人物，着眼于性格、命运、人生困境、生命意义的探寻，而不是满足于事件的讲述和场面的渲染。"张学良一生最值得书写的就是西安事变。但在《成功的失败者——张学良传》中找不到关于这次事变的具体场景描写，而是通过张学良与蒋介石的交往、与周恩来的知己之交、与宋美龄的真挚友谊侧面来叙述这次事变的相关情况。

西安事变后周恩来应张学良之邀，飞抵西安，两人朝夕相处八天，共商和平解决善后事宜。两人的相交兼具知己之交、患难之交与道义之交的共同特点。他们年岁相若，而出身、阅历、教养和成长的政治环境迥然不同，尤其是两个人的个性、气质乃至处世方式差异很大。但是由于为人正直真诚、重义守信、顾全大局、富有政治远见等共同基点，两位时代精英心心相印，一见如故。两个人结下了历数十年不变的深厚友谊。

（二）对传主精神历程的展现

在《成功的失败者——张学良传》后记中，王充闾表示："我的本衷是为张学良写真。'写真'者，重在一个'真'字。真，不在貌而在心。写真也就是写心，亦即着眼于展现传主及有关人物的个性特征、内在质素、精神风貌。这也就决定了，写法上不可能是须眉毕现，面面俱足，而应是努力追求明末清初散文家张岱所说的'睛中一画、颊上三毫'的传神效果。"很久以来，王充闾就立下了为张学良写一部心灵史的宏愿，力求从精神层面、人性方面进行深入挖掘，托出一个立体的、多面的形象。就是说，在讲述他的人生轨迹、行至出处的同时，还必须从个性、人格层面上揭橥他之所以具有如此命运、人生遭际的原因，所谓"人格图谱"就是这个含义。

在对传主的刻画方面，王充闾突破了一般功业成败、道德优劣的复述，大胆引进逻辑学、数学上的悖论范畴，揭示历史进程中关于二律背反、两难选择的无解性。

从书名也是最后一章的章节名称"成功的失败者"来看，非常容易引起读者的兴趣。就如王充闾所指出的那样："我们可以说，他的人生是成功的。当然，如果从他的际遇的蹉跌、命运的残酷，他的宏伟抱负未能得偿于什一来说，又不能不承认，他是一个成功的失败者。"

王充闾深入细致地分析了传主所处的环境四因素：他的父亲张作霖、

他的顶头上司蒋介石、他的死对头日本侵略者，再就是共产党与红军。这四个方面决定了他一生的成败、休咎。荣辱、得失集于此，功过、是非、毁誉亦集于此。

张学良思想观念非常驳杂，随着环境的变化经常处于此消彼长、翻腾动荡之中。作者指出："这种中西交汇、古今杂糅、亦新亦旧、半土半洋的思想文化结构，使他经常处于依违两难、变幻无常之间，带来了文化人格上的分裂与冲撞，让矛盾和悖论伴随着整个一生。"

透过现象看本质，王充闾也非常明确地揭示了传主的本质特征就是爱国主义精神。张学良为民族大义所表现出的一往无前、勇于牺牲的精神是值得赞许的，但是有时流露出一种江湖义气与个人英雄主义，浪漫、狂热、莽撞、冲动，这一切，都构成了他的命运悲剧。

（三）文学语言的运用

王充闾有古文修养，熟悉和精通古代诗文，还借鉴"五四"之后的现代语言。所以他作品的语言是文学的语言，是独具个性的语言。他指出："写作散文，忌讳用公共话语，千万不要用新闻语言——熟套子、惯用语太多。"在他的作品中融合进去象征、隐喻、虚拟、通感，以至意识流等多种手法，有的是驱遣意象，因情造境，有的是从遣词造句、文字结构方面下功夫。

例如"人生几度秋凉"一章中，有这样一段文字：

告别了刻着伤痕、连着脐带的关河丘陇，经过一番精神上的大换血之后，他像一只挣脱网罟、藏身岩穴的龙虾，在这孤悬大洋深处的避风港隐遁下来。龙虾一生中多次脱壳，他也在人生舞台上不断地变换角色：先是扮演横冲直撞、冒险犯难的堂吉诃德，后来化身为戴着紧箍咒、曾被压在五行山下的行者悟空，收场时又成了脱离红尘紫陌、流寓孤岛的鲁滨孙。

这段文字从语言来看，力避俗套，形象生动。将张学良与古今中外的堂吉诃德、孙悟空和鲁滨孙等人物产生互文性联系，更体现出了张学良作为一个个体在纵横的历史长河中把握自身命运的无力感。

在语言方面《成功的失败者——张学良传》比以往的作品更具地域特色，具有了雅中带俗的特点。在全书中多次出现俗语、歇后语、顺口溜等。为了增加作品的可读性，里面还加入一些小故事、逸闻。

二、历史真实性——王充闾历史人物传记的价值取向

传记文学的历史属性决定了它必须尊重历史真实，不能带着个人的政治立场和感情因素对传主进行曲意奉承或者恶意贬损。两部传记的历史真实性表现在它对传主及其他人物的不虚美、不隐恶。在保证历史真实的前提下，进行合理的限制性虚构或者叫技术性虚构。

（一）真实性是传记的生命

对传主张学良及其他人物，王充闾是以平等的态度，采用历史唯物主义的观点解析他们。

王充闾在"九一八，九一八"这一章节中，一方面肯定了张学良不透过的个性特征，同时也客观地指出："无论张学良如何奉行'忠恕之道'，面对日寇的疯狂入侵，蒋介石推行不抵抗政策，这是板上钉钉、洞若观火的。"

为了保证历史的真实性，《成功的失败者——张学良传》引用了大量的口述史、回忆录、信件、电报、记者采访等。里面提及的关于张学良的著作就有8部，包括《世纪情怀——张学良传》《张学良在美国》《张学良世纪传奇》《周恩来与幽禁中的张学良》《张学良探微》《影响张学良人生的六个女人》《张学良在中国台湾》《张学良与江南名媛蒋士云》。

王充闾非常善于用类比方法说明一个问题。《成功的失败者——张学良传》后记中用做四喜丸子来说明：为同一个人立传，叙述的史实、应用的素材互有雷同，是难免的；而视角、理论如何，史观怎样，作者是否有独特发现，所谓"独具只眼"，则决定着传记品味的高下。

（二）有限制虚构是传记区别于历史的一个特征

传记属于历史范畴，历史要求客观、严谨，所以在作品中要处理好历史真实与艺术真实的关系，做到有限制虚构。王充闾在《文学想象力刍议》一文中明确指出："所谓'有限制虚构'，也就是允许作者在尊重真实和散文的文体特征的基础上，对真人真事或基本的事件进行经验性的整合和合理的艺术想象；同时，又要尽量避免小说化的'无限虚构'或'自由虚构'。"

创作中王充闾注重运用联想的手段，展开心理描写。比较突出的就是"人生几度秋凉"。王充闾从3000个傍晚中选取了3个晚上，刻画了张学良微妙的心理活动：

涨潮了，洋面上翻滚着滔滔的白浪，涛声奏起拍节分明的永恒天籁，仿佛从岁月的彼端传来。原本有些重听的老将军，此刻，却别有会心地思忖着——这是海潮的叹息，人世间的一切宝藏、各种情感，海府龙宫中都是应有尽有啊……

这种写法是借鉴了外国电影《戈雅在波尔多》和英国小说家伍尔夫（Virginia Woolf，1882—1941）的短篇小说《墙上的斑点》，它们都是想象的范本。

王充闾自己说："我写的人物、事件都有事实依据，但在有些细节上，加进了合理的想象。由于合乎人物的身份特征和性格特点，看不出什么破绽。反正我是不能证实，别人也无法证伪。"

三、深度意识——王充闾历史人物传记的艺术追求

王充闾在《散文写作的深度意识》一文中指出："这种深度意识，原是人类心理层面的一种自在意识，不是凭空外加的。渴望深刻，追求深度，不断探究其自身存在状态，属于人的本性范畴，是埋藏于灵魂底部的深层

意识。……对哲理意蕴的开掘,已经成了作家、艺术家的自觉追求。"就是要用历史理性的观点去透视复杂丰富的历史现象,以诗意的历史观去洞见历史表象背后的精神隐秘和心灵轨迹。

(一)类比与对比方法的运用

在追求深度意识的过程中,王充闾经常发现历史人物遭际的相似性,进而发现古今人物悲剧命运的相似性与人生道路的差异性。他在《成功的失败者——张学良传》中多次采用类比与对比手法。例如张作霖、张学良父子与李成梁、李如松父子、张学良与溥仪、张学良与杨升庵的比较。

在读明史的过程中张学良发现,王阳明与杨升庵遭贬之时,都是37岁。而自己被拘禁也是37岁。他与杨升庵都是出身官宦之家,都属豪门公子;都是少年得志,一为三军统帅,一为文场状元;遭贬之前,都曾大红大紫,名震神州;都因为开罪于一个最高独裁者而遭到残酷报复,终身监禁。但是说到两人"获罪"的根由,王充闾认为有天壤之别,一个是重于泰山,一个是轻如鸿毛。杨升庵在遭贬后,在天文、地理、语言、戏曲、书画、医学等方面均有建树。特别是在哲学、文学和史学方面取得了突出成绩。王充闾分析道:"从一定意义上来说,他的失败促进了他的成功。"

(二)作家主体意识的张扬

两部传记的另一个明显特点就是作家主体意识的张扬。贺绍俊在评价《张学良人格图谱》时指出:"一般来说,传记是一种纯粹客观性叙述的文体,作者的主体意识是隐藏在客观叙述的背后的,是以传主为核心的。而王充闾的这部关于张学良的传记却是让自己的主体意识浮出水面,将传记的以传主为核心的结构变为以作者主体意识为核心的结构。"这个评价是非常中肯的。

一般的传记作者的整体意识多出现在对传主行为的评价或者对传主生平的总结等方面。但是《成功的失败者——张学良传》中作者却常常出现在文中，或是叙述创作原委，或是从某事引起下文。

"长寿经"一章开篇先介绍其自己创作的本章的原委：《张学良人格图谱》一书面世后，广东韶关一位读者来函，说张学良在逆境人生中，一路上"刀山剑树"，却能长命百岁。希望他能补写一篇《张学良的"长寿经"》。王充闾说："此议实获我心，因为这方面的内容比较充分，而且，确实又是公众共同感兴趣的一个话题。"

王充闾在作品中表现出来的对主体意识的张扬，是当代知识分子追求精神自由独立的表现。也是"一位政治官员顿悟的结果"（贺绍俊）。当王充闾清楚地意识到精神的自由与为官的不自由之间是永远不能整合为一体时，他就将政治理想的自由向往依托到文学写作之中。

张学良长期被拘禁，人身失去自由，但是他的精神世界是丰富的，他研究明史、情注梨园、进行诗歌创作，都表示出来生命个体的不自由与精神世界的自由相悖性和对立性。这也是王充闾选择他作为传主的一个重要原因。

结语

《张学良人格图谱》和《成功的失败者——张学良》两本传记的其他特点，如引经据典，体现了作者的古典文化底蕴不展开论述。虽然这样做很容易有掉书袋的嫌疑，但是在当今这个俗文化盛行、人人不以肤浅为耻的时代，我们还是盼望像《张学良人格图谱》《成功的失败者——张学良传》这样有文化底蕴的作品越来越多。

中国元素 诗意书写
——读王充闾《域外集》

◎曾欣乔

　　王充闾先生的《域外集》写作跨度27年，这40余篇的文章合集，中西合璧特征明显，可以说景象是国外的，文化气息却无处不打上中国文化的烙印。这些域外行迹之报道，传达的是中华文化思索之自觉。《域外集》偏重中国文化的表达，以及对大化自然与生命的诗意书写。

　　《域外集》为我们呈现了世界各地丰富的自然以及人文景观，每一个景点背后都承载着丰富的文学传奇。王充闾先生用娓娓道来的语言、细腻清新的笔调，为我们讲述着世界各地的美景以及世界各地的文学，他把异域风采描写得绘声绘色，描写里充满着丰富的中国元素，不仅为读者带来了异域风情的中国书写，同时还让读者体会到先生丰厚的文学修养和宽大的中国情怀。

中国元素的深层次体现

　　《域外集》中对于中国元素的一个独特的体现方式是在西方人文景观的外表下挖掘出深沉的中国之思考、中国之体验，即表面上是地道的欧式风情游记散文，没有刻意掺杂中国文化的痕迹，而在深层次却可以与中国古典文化紧密相连，透露着属于中国人的思考方式以及深邃思想。而二者的结合既不违背和谐，也使文章更加具有独特的韵味。

《域外集》中《湖上有余情》一文便体现了这一手法。文章是写贝加尔湖的。在古代，贝加尔湖就是北海，"中国古代部分少数民族主要活动地区"，最著名的故事之一就是苏武牧羊，即发生在北海。

作者在这里写贝加尔湖，描写它在 8 月里湖光石色的绝异色彩，写它的冷清与浩瀚，写它忽然变天的可怕。作者还写它与俄国 12 月党人的历史，以及俄罗斯作家拉斯普京（Valentin Grigoriyevich Rasputin，1937—2015），当然还有苏武牧羊的凄惨故事。在文章的结尾，作者想象若是"屈原再世，也许会继《天问》之后，写出一篇《湖问》来"。在这里，作者让贝加尔湖的冷清与广阔和中国文化的浩瀚与深沉相辅相成，二者实现了完美的结合——贝加尔湖是世界第一深湖、欧亚大陆最大的淡水湖，深与广是它的主要特点，而中国文明上下 5000 年，博大精深，作者找到了它们的共同点并且在《湖上有余情》中让二者互相映衬。文章中大量的文学故事或历史、作家的出现，增加了贝加尔湖的浩瀚之感，让贝加尔湖包容了更多历史与文学的生命，这是一汪有历史、有生命的神奇湖泊，它的冷清里有千年的情怀在诉说，它的广阔里有无数激情的生命在跳荡。这些故事让贝加尔湖的深与广得到了体现；而另一方面，贝加尔湖的冷清与广阔也增加了中国文化深沉的特质，无数中国的故事与诗句在此处上演，在贝加尔湖的茫茫水色中，都演绎得十分真实可感，也为中国文化的深沉内涵增添了光芒。"湖"，这样的文学载体，对于王充闾先生来说，恰好可以表达作为诗人散文家的对文化与生命的深层阐释。而这样的阐释，是这样中肯适时，对象化的客体与作家主体心灵的契合，都交融到湖水跟历史相关的追问与探询中，比如苏武的故事，再比如柳宗元和屈原的联想。屈原《湖问》的假设，更是提高了文旨立意的高度。由此看来，王充闾先生的这篇散文具有匠思之心的文化意义，散文不惟富有情趣。

《域外集》中《一夜芳邻》一文从暮色苍茫写起，景物描写把环境带入一个暗淡的哈沃斯与一个更加暗淡的勃朗特纪念馆，之后转到勃朗特姐妹安葬的教堂。随着时间的推移，作者在奇异的感觉的引领下走进了夜间的勃朗特纪念馆，走进了超越时空的联想与思考。"我"看到了她们的生活，看到了她们的创作。时空回转，"天色转晴"，"我"把一切嵌入记忆后，去参谒夏绿蒂（Charlotte Bronte，1816—1855）和艾米莉（Emily Bronte，1818—1848）的墓地，回想到艾米莉生命最后的时刻，以及《呼啸山庄》的结尾，之后走出哈沃斯，走出"我"的一夜芳邻。王充闾先生把勃朗特三姐妹故居的游历写于时空交错之中，在夜色的帷幕下，对话历史与时空，使她们变得灵动鬼气。行文跌宕跳跃，云谲波诡，颇有传奇之感，悬念陡设，小说的神韵也潜藏其中，有《聊斋志异》之风，夜晚的神秘，悬念的起伏，作者心绪的自然倾诉，对逝者的追忆浮现，仿佛生命鲜活再现在眼前，勃朗特三姐妹的形象因此而摇曳生姿。而这样一种真实细腻中见神韵、简约又疑窦丛生的写法，聊斋传奇之风（其实也是唐代传奇或可上溯干宝《搜神记》）的弥漫，正是王充闾先生对于中国元素的精妙运用。他对外国作家的阐释与生平肖像的勾勒完全运用中国文人的思维与表达，而中国志怪小说《聊斋》意蕴的使用便是天才地运用了灵光再现，神异颇有中国味道。还有对勃朗特三姐妹永恒地位的陈述，不是仅仅简单地表达对于勃朗特三姐妹的歌颂与赞美，而是写出了文学思想的永恒，这也是人类思想深处的东西。勃朗特三姐妹的创作，充满着丰富的想象力，同时也充满着她们的个性，"极端憎恶上流社会的虚伪与残暴"，"内心里却炽燃着盈盈爱意与似水柔情"，"高自标格，绝不俯就"，对于生命、对于爱，她们有着无限的激情。勃朗特三姐妹的不朽之作之所以经久不衰，是因为这些作品，是她们用生命去完成的杰作，因此，"作者的生命形态、生命本质便留存其间"，我们读的，是她们的心灵，王充闾先生由此写到一切向着人类心灵说话的作家，进而把中国文思和眼前之境有机勾连，写我国的司马迁读屈原，杜甫过宋玉故宅，把勃朗特三姐妹献身文学的精神转换到中国文化传统思维之中，文章如同当代《聊斋》。

　　欧洲文化特别重视生命的形态，生与死经常成为文学作品表现的主旨，因此重视陵园文化，还想象出地狱和天堂。王充闾先生的笔下奥斯陆之"人生雕塑公园"，生动表达了"冷硬"而"炽热"的生命之华。

该文不在于论述西方的生命观的探询，而是借他人的酒杯来浇洗中国人胸中的块垒；明写挪威的园林，内在却抒写了中国人豁达的生命态度。这真正是文化的散文，对终极价值的探索如探囊取物。中西掺杂，然后援引《法华经》，对死亡这一哲学命题思辨诗意、美丽。

《域外集》中《冷硬而炽烈的生命之华》一文所透露的，是中国的哲思。在"生命"这个概念面前，无论东方还是西方，都会有无尽的哲思与感慨，而一些所认知到的规律也会有异曲同工之妙，如生命都要由年少欢愉走向暮年的悲哀。而人生的终点——死亡，也是"哲学、宗教、艺术的共同背景、共同话题"，也是中西共同的背景与话题，在人生雕塑之中把中西的思考有机结合，把人们的视线由人生雕塑带入到"永恒"的想象之中。

《域外集》中《域外文人说庄子》一文足可以称为比较文学的典范之作。首先，是美国作家梭罗（Henry David Thoreau，1817—1862）。他崇尚庄子的简朴生活，践行庄子所倡导的清新诗意的生活方式，追求朗月清风中的宁静，到瓦尔登湖畔建筑小屋，拓荒垦壤，26个月；那瓦尔登湖碧澄之水和简陋的小木屋，让梭罗像庄子一般超脱自由，在现代都市文化中坚守一份清新的自我。另一位，就是把庄子哲学的隐逸渗透于自己的戏剧中的德国作家布莱希特了。他的创作有中国化的倾向，比如《四川好人》和《高加索灰阑记》。至于说阿根廷著名作家博尔赫斯（Jorge Luis Borges，1899—1986），对庄子的精神崇拜，已经是浑然地融入了他作品的关节与血液之中了。《另一个我》写1969年2月的一个上午遇见了1914年在日内瓦的自己。蝴蝶依梦铸神灵，客居他乡有知音。博氏将幽默与荒诞、写真与魔幻相统一了，创造了现代文学的奇迹。

《域外文人说庄子》，顾名思义，是国外对于庄子的认知，梭罗对于庄子的践行，是一种生活的方式，瓦尔登湖式的生活与庄子的原始与简朴的理念不谋而合，告别城市喧嚣，摆脱物质文明的束缚，与庄子所追求的"无所待"的境界是在同一个路径上前行的。而博尔赫斯所践行的，是一种文学的方式,"庄周梦蝶"所启发出的真实与梦境之间的奇幻感在博尔赫斯这里成为叙事的艺术与魔幻,如他自己所言:"魔幻文学祖师爷的头衔轮不到我,两千多年前梦蝶的庄周也许当之无愧。"

中国元素在文字中的运用

除了在深层次的笔法和思想层面体现中国文化的特质,王充闾先生的《域外集》中也采用了许多具有中国古典色彩的文字,让中国元素流散于域外的游记之中,让西方的人文景观与中国的文思自然地勾连。

《湖上有余情》中穿插了许多中国的文人诗句或典故,如苏武牧羊、《小石潭记》,以及结尾白居易的诗句。文中的景色描写也是中国风与西式风情的杂糅,如同郁达夫的《沉沦》,既可以清楚地感觉到异域的景色,但又有中国古典的感觉在其中。"碧水柔波",而"碧"色,也是中国古诗中特有的色彩,而写"鱼儿大大方方地游集岸边,鸥鸟啾鸣,上下翻飞",可以说是对《岳阳楼记》"沙鸥翔集、锦鳞游泳"的还原,结尾屈原发出的疑问,则把贝加尔湖融入了中国的文化背景之中。

而在《一夜芳邻》之中,对于"家"的情结浓厚的中国人来说是一件难得的事,可是"生于斯,卒于斯,歌哭于斯"又未尝不是一种悲哀,这是中国人对于人生天地间的生命价值观的深沉思考;而此文言句式,以及用"一方墓穴、几抔艳骨"来写她们的死亡,也是中国古典诗歌语汇的神灵展示,具有中国古代佳人般伤逝的美感。

《冷硬而炽烈的生命之华》,诗句多次出现在文中。而《域外文人说庄子》也是在介绍国外作家中介绍了许多庄子的思想与典故,中国元素自然而然地飘散在其间。

王充闾先生的《域外集》,在描写异域风景的同时讲述了许多景观背后的人文情怀与哲学思考,在王充闾先生笔下,在外国的人文景观中散发出中国文化的魅力,使游记更加引人入胜,耐人寻味。

王充闾先生的《域外集》，让读者感受到了异国文学图画的斑斓璀璨，然而我们更为关注的是，作品中流淌着的中国文化的情思。文化自觉和中国风格，当是王充闾先生的杰出贡献。先生的《域外集》，是当代文化领域不朽的文学佳作。

王充闾历史散文创作的"深度意识"研究
——以互文性为视角

◎ 刘冬梅

王充闾的历史文化散文创作大多形成系列的组合,如友情系列、知识分子系列、帝王系列等等。他提倡并在创作中始终践行着"深度意识",显示出了鲜明的个性特征。王充闾认为:深度是文学本体的品格特征,是对个性化的呼求,是抗拒媚俗、追求自在自主的生命状态,是人生智慧、思辨精神在艺术中的张扬。本文拟从互文性的视角对《李鸿章形象漫谈》与《李鸿章的八种形象》两个文本、《张学良人格图谱》与《成功的失败者——张学良传》两本书对王充闾如何在历史文化散文创作中践行深度意识进行探析。

一

《李鸿章形象漫谈》发表于《文化学刊》2010年第3期。《李鸿章的八种形象》发表于《紫禁城》2011年第3期。通过阅读比较可以清楚地发现后文本对前文本的改造。《李鸿章的八种形象》一文除了《李鸿章形象漫谈》概括的六种形象外,又加上了伤员和过河卒子两种形象。新加入的两种形象在前文本中是第二节中的两个段落。

从《李鸿章形象漫谈》到《李鸿章的八种形象》,体现出了作者思想意蕴的层层递进、逐步深化。作者将李鸿章作为一种文化现象来加以解读,认为他的出现不是偶然的,"是腐朽没落、外强中干、色厉内荏的晚清王朝的社会时代产物，是中国官僚体制下的集大成者，是近代官场的一个标本"。

说李鸿章是过河卒子，因为他将功名利禄看作命根子，生命不息，做官不止。"以高度的自觉、狂热的劲头、强烈的欲望追逐功名仕进，这是李鸿章的典型性格"。

作者运用了对比手法，将李鸿章与曾国藩、李鸿章与彭玉麟进行了详细分析。李鸿章在接到退出官场的湘军名将彭玉麟的函件时也流露出了艳羡的情怀，但他根本做不到。对于李鸿章来说，官场的荣华富贵要比湖山的清虚冷落更具有诱惑力。

王充闾在现实中对于人性的弱点、人生困境和命运抉择中的种种困惑有着深刻的关注和体悟，所以他对李鸿章形象的分析能够跨越时空的限隔，给当代人以警示和启迪。

再比较两个文本，可以发现作者在后文本中将《李鸿章形象漫谈》中的一个段落给删除了。具体内容如下：

"他不仅倨傲、矜持，有时还意气用事，甚至打痞子腔。出访俄国期间，土耳其斯坦布加拉王公乘车前来拜见，李鸿章坐在皮椅上不动身，直到王公进了客厅，他才慢慢起身，显得十分傲慢。……"

这个例子印证了上文作者提出的观点：一是胆子被吓破了，二是活要面子活受罪。看下来，这有点自相矛盾，但实际上，体现了事物的双面性。大多数的自卑者，都争强好胜，害怕落后，害怕遭人白眼和小视，因而必须把架子端得高高的，把面子搞得足足的。在后来的行文过程中，这个实例被删除，但却没有影响全文结构的整体性和有机性。

王充闾的历史文化散文，善于抓住历史人物的某一个突出特点进行分析，如李清照的愁、曾国藩的苦等等。他对历史人物从不求全责备，也不是借助史料的堆砌来救治心灵与精神的缺席，他把历史人物放到历史的长河中去体悟、去考察，是用主观精神去烛照历史，从历史的神秘中寻求共性的或者说是能称之为永恒的东西。

二

再来看《张学良人格图谱》与《成功的失败者——张学良传》两本书。

《张学良人格图谱》是2009年由东方出版中心出版的一部散文体历史人物传记。《成功的失败者——张学良传》是王充闾先生在《人格图谱》基础上完成的又一部散文体历史人物传记,2014年由青岛出版社出版。这两本书体现了作者从历史文化散文创作向散文体传记创作的转变。

从两部作品的章节标题来看,《人格图谱》共15章,分别是人生几度秋凉《不能忘记老朋友》《尴尬四重奏》《别样恩仇》《夕阳山外山》《您和凤至大姐》《"良"言"美"语》《将军本色是诗人》《史里觅道》《情注梨园》《庆生辰》《猛回头》《九一八,九一八》《鹤有还巢梦》《成功的失败者》。《张学良传》共20章,标题分别为《人之初》《一代枭雄》《"大姐"风范》《尴尬的四重奏》《只有为了爱》《两股道上跑的车》《九一八,九一八》《猛回头》《别样恩仇》《道义之交》《"良"言"美"语》《史里觅道》《将军本色是诗人》《庆生辰》《情注梨园》《夕阳山外山》《鹤有还巢梦》《长寿经》《人生几度秋凉》《成功的失败者》。

从20世纪末开始,王充闾陆续写了一系列关于张学良的散文,如《尴尬的四重奏》《人生几度秋凉》《将军本色是诗人》《张学良读明史》《不能忘记老朋友》《"良"言"美"语》《夕阳山外山》等发表在京津沪的文学刊物上,产生了较为广泛的影响。

无论是《人格图谱》还是《张学良传》绝不是将已发表的散文简单串在一起,而是用作者的主体意识去重新组织全文,力求塑造一个栩栩如生、丰满立体的集成功与失败于一身的张学良的形象。

王充闾在许多讲座中和不同的场合下,都提出,散文要有深度追求和深度意识。他曾指出:"这种深度意识,原是人类心理层面的一种自在意识,不是凭空外加的。渴望深刻,追求深度,不断探究其自身存在状态,属于人的本性范畴，是埋藏于灵魂底部的深层意识。……对哲理意蕴的开掘，已经成了作家、艺术家的自觉追求。"

1. 大量使用的对比手法

在构思创作的过程中，尤其是在努力对深度意识的实现中，王充闾惊奇地发现，历史人物在遭遇和境际方面具有显著的相似性，并在这一发现的基础上，发现了悲剧命运和相似性和人生道路的异同性在古今人物身上的体现。在《成功的失败者——张学良传》一书中，类比手法和对比手法多次出现。

2. 作家主体意识的张扬

贺绍俊在评价《张学良人格图谱》时指出："一般来说，传记是一种纯粹客观性叙述的文体，作者的主体意识是隐藏在客观叙述的背后的，是以传主为核心的。而王充闾的这部关于张学良的传记却是让自己的主体意识浮出水面，将传记的以传主为核心的结构变为以作者主体意识为核心的结构。"许多创作者对主体意识的把握，多用在对主人公的评价，抑或是对主人公生平事迹的勾勒评价方面。在《成功的失败者——张学良传》一书中，作者对的主体意识却毫不避讳地体现在了行文中，要么叙述创作的来龙去脉，要么以事引事、展开叙述。

3. 对历史严肃认真的态度

王充闾在创作时对历史保持着一种严肃认真的态度，力求很好地处理历史真实与艺术真实之间的关系。

散文是一门文学艺术，人们要写作散文时一定会借助栩栩如生、若隐若现的形象和这形象的外壳，对素材进行特殊的艺术处理，进行一定的艺术加工，从而实现艺术的目的。历史就像时间一样，具有一维性，去而不返。人们若想再现历史，只能根据事物发展的客观规律以及人物性格变化发展的必然逻辑，演绎出反映人物形象的各种现实表现，并在此基础上，对人物心理进行刻画，对人物所处的环境和氛围进行推测和渲染。

在历史真实性方面，《张学良传》用心良苦，它引用了相当数量的口述、真人回忆、来往信件、发文电报、记者现场采访等内容。此书中提及了多部有关张学良的书籍，精确统计之后发现有 9 部之多。

西方的互文性理论的特点之一就是独创性的消弭。前人之述备矣，所有的文本都是转述前人所言。但是我们还是能在一个个文本系统中为每一个文本或作品找到一个定位。王充闾笔下的李鸿章形象与众多文学艺术作品中的李鸿章形象构筑了一个广阔的文本系统，同样王充闾笔下的张学良形象也与众多的文学艺术作品中的张学良形象构成了一个文本系统。在这个文本系统中如何鉴别作品的优劣，品格的高下，还是要看作者是否有深度意识和主体意识，是否有正确的历史观，是否体现出了鲜明的创作个性。

诗之内外

◎ 孙　郁

　　想起来我自己读古诗的经历，附庸风雅的时候居多，真的沉潜下来的时候寥寥无几。许多词句似乎记得，但却不能言之一二，好像朦胧得很。常常的情况是这样，遇到诗人作品的时候，目光在动人的句子间流盼，只是一时惊异，很快将视线滑落到别地了。

　　这是不求甚解的阅读，自然不能得到真趣。有一年听过叶嘉莹先生的关于古诗词的演讲，颇为感动。后来与友人去她家里拜访的时候，见其对于古诗词的痴迷，以及诗句内化于心的样子，才知道，古代文人的遗绪对于一个人是多么重要。至少是叶先生，生命的一部分就在那些清词丽句里。

　　这样的人可以找到许多。我的前辈朋友中，王充闾算是一位。他自己写旧体诗，也研究诗文，对于古人的笔墨之趣多有心解。晚年所作《诗外文章》三卷本，乃诗海里觅珍之作，读后可知见识之广，也告诉我们什么是因诗而望道的人。

　　王充闾早年有私塾训练，对于古代诗文别有感觉。他是学者类型的作家，对于古代文学的认知不都在感性的层面，还有直逼精神内觉的理性领悟。阅读作品时，涵泳中灵思种种，流出诸多趣谈。但又非士大夫那样的载道之论，而是从现代性中照应古人之思，遂多了鲜活的判断。我阅读他的书籍，觉得不是唯美主义的吟哦，在对万物的洞悉中，起作用的不仅仅是学问的积累，还有生活经验的对照。心物内外，虚实之间，不再是隔膜的存在，作者看到了人世间的阴晴冷暖。从诗歌体悟人生哲学历史，这个特别的角度也丰富了他的散文写作。

进入诗歌王国会有不同的入口，每个人的经验不同，自然看到的隐喻有别。王充闾在浩瀚的诗歌里不仅感到古人感知世界的方式，重要的是窥见了内中的玄机。我发现他掌握的材料颇多，又能逃出俗见冷思旧迹。中国古人不是以逻辑思维观照万象，而是在顿悟里见阴阳交替，察曲直之变。《诗外文章》里就捕捉到古代诗作里的思想资源，且悠然有会心之叹。古人的思维方式与审美方式今人不易理解，但细心究之，在体味中，当可演绎出丰富的观感。

我很感慨王充闾在旧诗里的诸多发现。作者提炼了许多有趣的内质，比如"美色的悖论""知与行的背反""大味必淡""清音独远""智者以盈满为戒""论史者戒"等，都是词语背后的意绪。其中庄禅之意依稀可辨，文史哲间的精要点点，牵出幽思缕缕，在似有似无之间，聆听远去的足音带来的妙悟，读书人的快慰跃然纸上。

中国古代的诗史埋伏着诸多丰富的思想，历史与哲学的话题亦不可胜数。顾炎武从诗中寻出历史的本然，废名打捞到缥缈的佛音，马一浮则悟出孔子诗学的核心之所。我看近来学人解析古代诗词的文字，觉得各取所需，得其要义而用之。从诗中看教化之用，是儒家审美的要点之一，但曾经因为道学家的滥用而多陈腐之气。不过徐梵澄以为，好的作品，的确有精神突围的意义，他对于陈散原、黄晦闻诗词的点评，就有孔夫子的遗音，在他看来，诗歌发之于心，得以流传，乃滋养世道人心的价值使然。

这确是一个有趣的现象。缺少宗教的民族，却在诗里承载了人间的智慧之语，那悠远的韵律比庙宇间的吟哦不差，也有神启的作用吧。但这需要对于词语的阐释与升华。古人的文字常常以小见大，在微言之中散出广远之气。我们读它，不仅仅懂得词语间的要义，还要深味人性的明暗。那些明察人间万象的人，对于古人的理解可能更深。

诗外文章，是个大题目，写好它的人并不多。好的诗，一是可感，二是可展。诗外文章就是伸展的部分。有时候我们不妨把散文、小说也看作是诗的余音,它们也沐浴在诗神的光泽里。托尔斯泰(Lev Nikolayevich Tolstoy,1828—1910)说自己的《战争与和平》是看了莱蒙托夫(Mikhail Iurievich Lermontov,1814—1941)的长诗《波罗金诺》的产物,可见诗歌内在的原发性。至于海德格尔从诗人荷尔德林(Johann Christion Friedrich Holderlin,1770—1843)的诗歌里发现哲学因子,且影响了自己的写作,那更是有趣的话题了。

王充闾：诗外文章别样醇（上）

◎舒晋瑜

王充闾，中国当代卓越的散文家、诗人、学者。他的散文集《清风白水》《春宽梦窄》《面对历史的苍茫》《沧桑无语》，诗集《鸿爪春泥》等在文学界和读者中有广泛的影响。他对中国传统文化的广博学识和深切体悟，又因融通了中外文学的高超书写，释放出中国当代文学独特的审美意韵。

王充闾最新出版的《诗外文章——文学、历史、哲学的对话》，系统解读了自先秦至近代的中国哲理诗，这些优美的文化散文与被解读的诗歌交相辉映，既紧密关联又自成一体，让读者阅读本书的过程成为一次游走于哲思与美文之间的奇妙之旅。

作为一个具有传统文化修养的散文作家，王充闾人生阅历丰富，足迹曾遍及国内和欧美，遍访先贤胜地。他尤以历史文化散文见长，将历史与传统引向现代，引向人性深处，以现代意识进行文化与人性的双重观照。

著名文学评论家古耜认为，王充闾从精读原典、洞悉上游、夯实基础入手，展现一种溯源而上、由源及流的意识与能力。他的作品贯穿和浸透了作家特有的历史意识、文化情怀、人格理想、审美趣味、价值判断，无形中完成了有关中国传统文化的另一种描述与解读，凸显了作家历史和文化回望的个体风范，其文心所寄，很值得认真揣摩和仔细回味。

舒晋瑜：您的创作是自小说起步，还记得当时小说创作的情况吗？

王充闾：新中国成立初期，初中学生常举行故事会，我讲了一个自编的"老头三年生"故事。梗概是，小学生金彤终日嬉游耍闹，不肯用功读书，结果课业荒疏，屡屡降级。这天，他忽然做了一个梦，恍惚间，他已经头秃齿豁，垂垂老矣，却仍和八九岁的儿童一起读小学三年级。建校60周年庆典到了，同学们的祖父母——金彤当年的同学们，纷纷从全国各地赶回母校。这里有工程师、农艺师、大学教授，也有车间主任、劳动模范、军队将领。听说当年的老同学金彤仍然在校，有几位便捎过话来约他叙旧。这个"老头三年生"闻讯，登时愧怍流汗，悚然惊觉。从此，他刻苦自励，加倍用功，矢志成才。后来，在这个基础上，改成了小话剧，在校园演出受到欢迎。这鼓舞了我写小说、当作家的热情。但考进师范学院以后，学的是教育学，枯燥、刻板，经常萦回脑际的是如何登上三尺讲台，做一个合格的语文教师；至于"作家梦"，不要说实现，甚至想都没有想过。毕业后，任教中学不到半年，就被下放农村，当时正赶上"大跃进"，火热的现实生活，又燃起了创作欲望，一时激情四溢，于是，利用两个晚上写出一篇小说《搬家》，讲公私发生矛盾，家庭内部纷争，最后是小局服从大局。投给了辽宁日报文艺副刊，由于紧密配合当时中心工作，很快就刊发出来。得了四十八元稿费，献给生产队，买了一套锣鼓和高音喇叭。后来参观县里的工厂，还写过一篇小说《沸腾的春夜》，刊发在《营口文艺》上。作品生活气息浓厚，语言比较鲜活，但由于从小就读私塾，头脑受到禁锢，窒息了才情，阉割了想象力，致使所写跳不出生活实际，人物个性特征不突出，艺术水准不高。

自知不是封侯骨，赶紧另觅新途。不过，小说有如初恋情人，虽然已经挥手作别，却还旧情难忘，几十年来总还是愿意阅读短篇小说；每读时人小说佳作，往往见猎心喜。直到六十岁那年，还曾构想演绎清末一双才侣之苦恋悲歌，尽写其"求不得""爱别离"的怅憾幽怀；并且按照情节发展进程和男女主人公的身份，拟作了相互赠答的七绝数十首。开头和结尾的两首是这样的："款款情深见素心，西楼一霎悟前因。渔郎省识桃源路，二月春浓欲问津。""秋草凝烟忆别离，追仙蹑鬼各东西。河阳此日楼千百，只恐重来路欲迷。"但是，这时候我已兼任省作家协会主席，又当选全国作协主席委员，几次带队出国、外出采风，到高校讲课更是频繁，根本坐不下来；而现实生活与名城胜迹，更适合散文书写。这样，孕育中的小说也就"胎死腹中"了。而一些情感、情殇仍然不时地在心中隐隐作痛，后来书写《孤枕梦寻》（陆游）、《终古凝眉》（李清照）、《千古凭谁说断肠》（朱淑真）、《情在不能醒》（纳兰性德）以及《绿窗人去远》等多篇散文时，多少都流露些痕迹。

舒晋瑜：后来转向古体诗词与散文的创作，为什么？中国文坛有一些名家，李国文、张承志等从小说转向散文创作，有的是自谦才气不足，有的则称中国是散文的国度。您的看法呢？

王充闾：在这方面，我同李、张二位完全不同，他们都是在小说创作方面获得了丰硕的成果，可说是功成名就才转行的；而我只是刚刚起步，不过是一种爱好，因此，当觉察到自己不具备应有的条件，比如，个性沉稳，比较拘谨、内向；喜欢独居索处，思维方式偏于理性思辨，缺乏澎湃、激越的才情和足够的想象力，便赶紧抽身转向。往哪里转？中国是散文大国，散文的历史源远流长，而我自小就大量研习、熟读古文，脑子里记下的也多是散文典籍，酷爱《庄子》《史记》和苏东坡的文章。写作散文，即便谈不上驾轻就熟，起码有一定的优势，因而从扬长避短出发，就"卖身投靠"到散文门下了。

那么，诗词呢？可说是情有独钟，爱到深处。数十载研习，创作不辍，而且在散文创作中亦博征繁引，以至被论者认为"内在地以诗词话语为思维素材和思维符号"。但是，在痴迷的同时，我又不无几分警觉。众所周知，旧体诗与新诗，文言文与白话文，在遣词造句、表述方式以至体例、程式上，都存在着明显的差异。两千余年的文学实践表明，写作古体散文与写作旧体诗词是恰合榫卯、相得益彰的；而我的主业是经营现代散文，若是沉酣于"束缚人们的思想"的古诗词而不能自拔，甚或不自觉地成为一种"话语方式"，那就必将有碍于思路的拓展、笔墨的荡开、文势的挥洒。同样重要的，还有一个时间、精力、关注重点问题——当然要以散文为主，只能"余事作诗人"（韩愈诗）了。为此，我曾戏谑地改篡《庄子》中一个警句："诗词，作手之蘧庐（旅舍）也，止可以一宿，而不可久处。"我的一部诗词集，就名为《蘧庐吟草》。但此论一出，即遭到几位诗友的驳诘："君不见鲁迅、瞿秋白、郁达夫乎？其旧体诗均出色当行，何以现代散文亦绝妙无俦也？"我一时语塞，有顷，才回应一句："彼者文章圣手、天纵英才，吾辈常人岂能比并！"

当然，清醒也罢，警觉也罢，话是那么说，实际做起来往往还是从兴趣出发，凭感情用事。南宋诗人杨万里"自责"诗云："荒耽诗句枉劳心，忏悔莺花罢苦吟。也不欠渠陶谢债，夜来梦里又相寻。"我于诗词也是如此。旧时月色，已经刻骨镂心；不经意间，又回到了故家门巷。

舒晋瑜：中国文坛的很多一线作家，尽管作品不乏经典，但因为历史的原因，很多人在古典文化修养上是很欠缺的。您从6岁到14岁读了8年私塾，少时的这种基础，带给您怎样的滋养？

王充闾：以唯物辩证的观点来分析，受社会、时代的局限性影响，私塾弊端不少；但其也有值得借鉴的一面。比如，所授课业内容，基本上都是传统文化的精华，姑不论"四书""五经"《左传》《庄子》《楚辞》《史记》《古文观止》《唐诗三百首》等诗文经典，即便是那些童蒙读物："三百千千"、《弟子规》《幼学琼林》《增广贤文》等，也都有一定的价值。特别是，在蒙养教育阶段，十分注重德育，注重人格、人品与道德自觉，强调从蒙童开始就养成良好的道德品质和生活习惯，大至立志、做人、为国尽忠、齐家行孝，小至行为礼节，连着衣、言语、行路、视听等都有具体规定，成为我国教育的独特传统。加之，通过"童子功"的强化训练，大量的国学经典和诗文典籍牢固地记在脑子里，成为日后做学问、搞创作的宝贵财富。沈昌文先生说："王充闾的功底真好，举杯一唐诗，落杯一宋词。如今，这样的文人已经不多见了。"苏叔阳先生也说过："充闾先生是当今中国作家中，少有的几位有大学问的人。"这当然是过誉，但起码可以印证，通过私塾教育，学有所得，终身受用。

朱光潜先生有一段话，讲得很好："我以为一个人第一件应明确的是他本国的文化演进、社会变迁以及学术思想和文艺的成就。这并不是出于执古守旧的动机。要前进必从一个基点出发，而一个民族以往的成就即是它前进出发的基点。"

舒晋瑜：回顾您的文学创作，大致经历了怎样的变化？

王充闾：关于我的创作历程，2013年在京举行的《中国百位文化名人传记》首发式（首批10部，拙作《逍遥游：庄子传》为第1部）上，一位长期关注我创作的著名评论家说："你起步于随笔，写了大量思辨性散文；尔后，转入美文写作，以游记、感怀为主；新世纪前后，写作篇幅长、分量重的历史文化散文，一发而不可收，最后以《逍遥游：庄子传》达到了一个新的制高点。在我看来，这也将是一个新的转型的开始。继续写作散文，这毫无疑义；但你应该考虑向传统文化、向国学方面倾斜。"

几十年来，我也正是这样过来的：先是做中学教师，尔后便在报社编副刊，学《燕山夜话》样子，办了《辽滨寄语》，我写了多篇杂谈随笔；供职党政机关后，业余时间写了些散文；1986年3月至1987年7月，应《人民日报·海外版》"望海楼随笔"专栏约稿，写了几十篇思辨性散文。不过，其间更多的还是写作抒怀、叙事、游记之类文字，相继出版了《清风白水》和《春宽梦窄》两部散文集，前者属于"美学化的散文"，集中表现了自我的审美体验与诗意的审美情怀；后者则是尝试运用带有意识流特征的梦幻式写作手法和自由联想的方式。徐中玉、郭风、冯牧、谢冕、阎纲、兰棣之、陈辽等大家都有文章评介；1994年，作家出版社专门召开了研讨会，肯定成绩，指出前进方向。1997年，《春宽梦窄》获得了首届鲁迅文学奖。

也正是从这时开始，我转向了历史文化散文写作。多年来也形成了几个特点：一是成系列，如帝王系列、文人系列、女性系列、爱情系列、友情系列、哲思系列等；二是说古不忘观照社会现实，2009年，曾以"历史文化散文的现实期待"为题，在北大中文系做过讲演；三是往往与讲学、讲座结合，许多篇章都在多所高校、"白云书院""辽海讲坛"上讲过，有的则是应高校要求专门写就的，如在南开大学讲的《拉丁美洲魔幻现实主义的文化生成》，在沈阳师大讲的《萧红的文学创作道路》，在中国医科大学讲的《"南华一卷是医王"》（引宋人诗，说庄子事），还有这次在中国传媒大学博士生班讲的《哲理诗的历史地位与艺术展现》，等等；四是就选材说，专爱啃"硬骨头"——我一向认为，一些有价值的具有永恒魅力的精神产品，解读中往往都具有无限的可能性。艺术的魅力正在于用艺术手段燃起人们探索未知领域的欲求。为此，我喜欢研索那类富有争议的人物，人生道路曲折、复杂，生命历程充满了戏剧性、偶然性，以及谜一般的代码与能指，难于索解的悖论，甚至蕴涵着某种精神密码的人物。所写的《成功的失败者——张学良传》《用破一生心》（曾国藩）、《断念》（歌德）、《解脱》（列夫·托尔斯泰）、《守护着灵魂上路》（瞿秋白）等文化散文，都体现了这一点。

说到向国学转轨问题，只讲一点：2009 年在北大讲学时，一位学者建议：现在传统文化与国学研究受到重视，但是，面临着一项重大挑战，就是这方面人才"青黄不接"，老的写不动了，年轻的功力不足，难以胜任其事。在他看来，我有国学基础，又有较好的马克思主义理论修养，学术视野比较开阔，应该从自身优势出发，把主要精力投向传统文化的研究与创作方面。旁观者清，善言可鉴。优秀传统文化是中华民族的精神命脉，是涵养社会主义核心价值观的重要源泉，也是我们在世界文化激荡中站稳脚跟的坚实根基，为了有效地继承和发展优秀传统文化，需要认真做好创造性转化和创新性发展的工作。这样，就坚定了我在这方面做出努力的决心与信心。

舒晋瑜：早期您的散文多为叙事记人写景状物，20 世纪 90 年代中后期才将散文创作转向历史文化。这种转向有何契机？

王充闾：这种转向的契机，既有主观追求，又有客观环境、读者需要。2002 年，我在北大散文论坛上，以"渴望超越"为题，讲了我的心理状态，就是"作家，永远在路上"，颇似《简·爱》中罗切斯特对女主人公简·爱所说的:"在尘世间,事情就是这样:刚在一个可爱的休息处安定下来,就有一个声音把你叫起来,要你再往前走,因为休息的时间已经过了。"我从来没有自满自得的时候。从宣布获得"鲁奖"那天起,我就盘算着下一步怎么办。

这是从个性上讲,再一点也特别关键,就是我从1985年开始,直到1995年,十载之功,长期坚持自觉补课。其时,中国文坛正在发生着巨大变化,创作与研究领域理论热潮一浪高过一浪,尤其是"美学热"在全国上下蓬勃掀起。作家的主体性表现鲜明,文学在朝着本体回归。我自觉地认识到,知识结构不完整,学术视野狭窄,表现为中国传统文化这条腿比较粗,而缺乏现代科学思维方式、科学精神的支撑;现代的学问、西方的文史哲美,相对来说,涉猎较少,许多新的理论、新的学说、新的思想知之不深,积淀比较薄弱。这样的结果,必然是思想境界拓展不开,不能与时俱进。另外,在创作观念上,我对于文学回归本体,对于当代文学的主体性特征的认识,远不如传统散文中"文以载道"的思想那样深刻。以上是自觉补课的动因。

我曾专门利用3个月时间,系统学习了恩格斯的《反杜林论·哲学编》,反复精读,共有5种笔记,上面写满了学习心得。在此基础上,深入研读了马克思和恩格斯的《德意志意识形态》、马克思的《1844年经济学哲学手稿》。这些马克思主义经典著作为我的认知与领悟开启了一扇窗户,引起了我极大的兴趣。还有,黑格尔的《美学》、罗素(Bertrand Arthur William Russell,1872—1970)的《西方哲学史》、丹纳(Hippolyte Adolphe Taine,1828—1893)的《艺术哲学》、卡西尔(Ernst Cassirer,1874—1945)的《人论》等哲学、美学名著,以及国内几位美学家的著作,还有法国年鉴派史学、美国新历史主义史学著作。这样,一直延续到新世纪之初,对于马克思主义理论和西方的文史哲美的学习、研索,迄未间断。这在理论根底、思维方式方面,为我转向历史文化散文奠定了基础。

再就是读者需求,随着眼界的开阔和思想文化素质的提高,大量读者已经厌倦了充斥于报刊、媒体中"消费性格"的趋时媚俗类"快餐",不满足于只在散文中得到一点消遣和心灵的慰藉,希望在审美的同时也能获取更多的思想文化滋养,在更宽阔更久远的文化背景上,思考现实人生问题,增长生命智慧。于是,他们表现出对于这类有较多知识与思想含量的作品的浓厚兴趣。

舒晋瑜:您的历史文化散文,诗、史、思高度契合,挖掘历史,同时又以理性的眼光审视历史,又能结合现实,因而总能带给我们更多的启示。这么理解,您觉得有道理吗?大历史、大散文,为什么您的创作能够大开大合,这是基于怎样的基础?

王充闾:您说得很准确、很深刻。我从创作实践中体会到,散文中如能恰当地融进作家的人生感悟,投射进史家穿透力很强的冷峻眼光,实现对意味世界的深入探究、对现实生活的独特理解,寻求一种面向社会人生的意蕴深度,往往能把读者带进悠悠不尽的历史时空里,从较深层面上增强对现实风物和自然景观的鉴赏力与审美感,使其思维的张力延伸到文本之外,也会使单调的丛残史迹平添无限的情趣。创作这类散文,形象地说,作家是一只脚站在往事如烟的历史埃尘上,另一只脚又牢牢地立足于现在而与历史交谈。在这种对话中,过去不再是一去不复返的僵死材料,而是活生生的现在,它通过作家的叙述,重新恢复了生机。其旨归在于从对过去的追忆、阐释中揭示出它对现在的影响和历史的内在意义。这里应该体现出作家对史学视野的重新厘定,对历史的创造性思考与沟通,从而为不断发展变化着的现实生活提供一种丰富的精神滋养和科学的价值参照,引发读者的诸多联想。

我喜欢游历,习惯于凭借自己的游踪,对一些名城胜迹做历史性的考察与观照,对社会人生做哲学性的反思和叩问。这里凭借两个方面的优势——比较丰厚的历史文化知识、诗文积淀;较好的理论根底与思辨能力。这样,就会饱蘸历史的浓墨,在现实风景线的长长的画布上去着意点染与挥洒,使作品获得比较博大的历史意蕴和延展活力,让自己的灵魂在历史文化中撞击，从而产生深沉的人文批判，留下足够的思考空间。

创作中，我把飞扬的思绪、开启的心智，连同思索与领悟、迷茫与困惑，以艺术形式表现出来；在艰苦的劳作中寻求着思想的重量，同时将身心里的情境展开，以探求与读者交流、沟通的心灵渠道，在尘嚣十丈、物欲横流之中，保留一块思索的净土，营造诗史哲的艺术之宫。这方面的代表作是《沧桑无语》与后来的《逍遥游：庄子传》。

舒晋瑜：黑格尔说，中国"历史作家"的层出不穷、继续不断，实在是任何民族都比不上的。在浩如烟海的中国历史文化中挖掘写作的资源，对您来说，是一种怎样的感受？

王充闾：我对历史的沉迷，难以言表。我曾写过两首《读史》七绝："千年史影费寻思，碧海长天任骋驰。绿浪红尘浑不觉，书丛埋首日斜时。""伏尽炎消夜气清，百虫声里梦难成。书城未下心如沸，鏖战经旬不解兵。"我常常在散步中构思历史散文，伴着风声林籁、月色星光，展开点点、丝丝、片片、层层的遐思联想，上下古今，云山万里，绵邈无穷。有人会问：这是不是太累、太苦了？不。凡事着迷、成癖以后，就到了"非此不乐"的程度，不仅不觉苦累，有时甚至甘愿为此做出牺牲。柳永词中的"衣带渐宽终不悔，为伊消得人憔悴"，正是这种境界。看过《聊斋·娇娜》的，当会记得这样一个情节：美女娇娜给孔生割除胸间痛疽，"紫血流溢，沾染床席，（孔）生贪近娇姿，不惟不觉其苦，且恐速竣割事，偎傍不久"。

就其本质来说，创作同读书一样，也是一种精神享受。创作的艰辛，体现为一种长期熔铸性情，积贮感受，一朝绽放，四座皆春的甜美。作家面对作品，宛如母亲面对婴儿，那可爱的"宁馨儿"，总会带来一种温馨感、成就感、自豪感。像著名美学家宗白华先生在《美学散步》中所说："涌现了一个独特的宇宙，崭新的意象，为人类增加了丰富的想象，替世界开辟了新境。"正是在这一特定的条件下，我们才说："越是艰苦，越是快乐。"

读史书，需要原原本本，悉心研索；我对"二十四史"的前四史（《史记》《汉书》《后汉书》《三国志》）是下过苦功研索的，开始时也感到有些枯燥，好在逐渐摸索出一些窍门。这里以读《后汉书》为例：

其一，找熟人，抓线索。书中人物已经死去1900来年了，哪里会有熟人？有。凭着知识积累，历史上许多人早已耳熟能详。小时候看京剧，《上天台》（又名《打金砖》）中许多人物，像光武帝以及姚期、马武、邓禹、岑彭、陈俊、吴汉等一干将领，他们的言行一直刻印在脑子里。尽管历史上并无"二十八宿上天台"之事，但这些功臣名将在《后汉书》里都有传，读起来甚感亲切。同样，《三字经》里有"香九龄，能温席，孝于亲，所当执"，我在读《文苑列传》时，发现了黄香的传记，眼睛立刻一亮。记得童年背诵《幼学故事琼林》，至少有四十人的典故都出自《后汉书》，像"马融设绛帐，前授生徒，后列女乐""雷义之与陈重，胶漆相投""孟尝廉洁，克俾合浦还珠""蔡女（文姬）咏吟，曾传笳谱"等。由于有了这么多"熟人"，史书入眼，就变得活灵活现、分外醒目了。

其二，做由此及彼的联想，实现多光聚焦。前面说到黄香，由他联系到其子黄琼；又由黄琼联系到李固。他在致黄琼信中有"'峣峣者易缺，皎皎者易污。'阳春之曲，和者必寡；盛名之下，其实难副"之警语，是毛泽东在"文大"之初推荐过的。

其三，同前几次读史比较，这次在读书方法上有所改进。当年业师曾经教诲：读书应该参阅多种典籍，博取诸说，撷采众长，借他山石以攻玉。早年读《汉书》时，限于条件，主要是参照《资治通鉴》；这次不同了，手头有大量古籍可供翻检，其中尤以清人赵翼的《廿二史札记》，使我获益最多，不仅纠正了一些书中的史实错误，而且增长了许多见识。当然，有的方面也可商榷，说明赵翼高明中也有纰漏，所谓"百密一疏"。

舒晋瑜：有专家认为您的散文内容丰富，与《庄子》《史记》《左传》等中国典籍有谱系关系。这些中国古代典籍是中华文化的元话语。既可作为历史著作来读，也可作为文学著作来读。在写的时候，您心里有怎样的目标？

王充闾：您的"谱系"一词用得真好。私塾八载，朝夕苦读，口诵心惟，确实与《庄子》《史记》、东坡散文结下了血肉联系，经常处于"魂萦梦绕"以至"呼之欲出"的状态。2001年，《中华散文》杂志记者采访我，"十问"中之一："对你影响最大的散文家是谁？设想有一座海上孤岛，风光秀美，请你去度假半年，在这座孤岛上，你衣食无忧，生活富足。但很遗憾，那里再也没有其他人与你交流。为保证享有自由的精神生活，你可以带一本（仅一本）自己喜欢的散文书，你会带哪一本？为什么？"我的答复是："早在童年时期，我就接触了《庄子》，但真正读出它的奇文胜义，则是在中年以后。摊开《庄子》这部具有世界性意义的文化元典，宛如置身一座光华四射的幽邃迷宫，玄妙的哲理、雄辩的逻辑、超凡的意境、奇姿壮采的语言，令人颠倒迷离，眼花缭乱，意荡神摇，流连忘返。诚如鲁迅先生所言：'其文则汪洋辟阖，仪态万方，晚周诸子之作，莫能先也。'中国台湾学者徐复观也说：'在庄子以后的文学家，其思想、情调，能不沾溉于庄子的，可以说是少之又少。'为此，经过严格遴选，我决定带上这本《庄子》。因为我特别欣赏它那浓郁的浪漫主义色彩、创造性的思维、生动逼真的描绘、绚丽多姿的辞采。不仅此也，庄子的人生艺术化和诗性人生也特别值得称道。庄子视人格独立、个性自由为生命，浮云富贵，粪土王侯；他的作为人生归宿的'无为''无待'，直接通向诗性人生。所以，我确信它能伴我度过半年孤寂的时光，保证享有自由自在的精神生活。"

至于我喜欢苏东坡，是因为无论是才情还是气质，都使我为之倾倒，尤其喜欢他的散文。他说："吾文如万斛泉源，不择地而出，行于所当行，止于所不可不止。"又说："我一生之至乐，在执笔为文之时，心中错综复杂之情绪，我笔皆可畅达之。我自谓人生之乐未有过于此者也。"真是大才槃槃，令人高山仰止。苏东坡的立身行事，亦可圈可点。他胸怀磊落，旷怀达观，超然游于物外，大有过人之处。古人作文讲究气势，有"韩（愈）潮苏（轼）海"之喻，我写文章常把韩文、苏文奉为圭臬。

舒晋瑜：您认为怎样的散文才是好散文？

王充闾：我心目中的好散文，应该具备审美的本质、情感的灌注、智慧的沉潜、意蕴的渗透，有识，有情，有文采，有意境，具备诗性的话语方式和深刻的心灵体验、生命体验，体现主体性、个性化这些散文文体特征；既是一种精神的创造，又是一种文化的积累。

文学在充分表现社会、人生的同时，应该重视对于人的自身的发掘，本着对人的命运、人类处境和人性升华、生存价值的深度关怀，力求从更深层次上把握具体的人生形态，揭橥心理结构的复杂性。实际上，每个人都是一个丰富而独特的自我存在。文学创作，说到底是一种生命的叩问、灵魂的对接，因此，需要深入发掘深刻的心灵体验与生命体验。表现在写作中，或者采用平实、自然的语体风格，书写自己达观智慧的人生经验，使人感受到厨川白村式的冬天炉边闲话、夏日豆棚啜茗的艺术氛围；或以匠心独运的功力，展示已经隐入历史帷幕后面的世事沧桑，以崭新的视角来解读；或以理性视角、平常心理和世俗语言表达终极性、彼岸性的话题；或经由冥思苦想，艺术的炼化和哲学的参悟，使智性与灵性交融互渗。

舒晋瑜：您曾有过多年的官场经验，这种经验对您的写作有怎样的影响？或者说，有着文学的经验，对从政有怎样的帮助？

王充闾：我在市里担任五年副书记、政协主席，在省里担任九年省委常委、宣传部部长、五年省人大常委会副主任，还兼任十年省作协主席，应该说积累了一定的官场经验。丰富的人生阅历、从政经验，使我胸襟、视野比较开阔，看问题比较准确、全面，而且多有"行万里路"的机会，这些对于写作都有帮助；但也造成显著的制约、影响。为文与从政的矛盾，固然首先反映在时间、精力方面的冲突上，但这还不是根本的障碍，最主要的在于两者在个性、情志、心态、思维方式的要求上存在着巨大的差异。单就散文创作来说，知识的积累、素材的丰富与否，固属重要；但作者有无一颗感受美、发现美的敏感心灵，有无一种生命力的冲动和活泼清新的感觉，有无一双执着地探究生活底蕴的眼睛，则是散文创作的生命所系。"官场经验"与此是背道而驰的。

反过来，创作、治学对于从政，倒是颇多裨益。（诚然，二者相互矛盾、对立也是非常鲜明的,我在《两个李白》一文中对此有过详尽的描述。)依据我自身的体验,最大的益处是在立身做人方面——这是为官者的首项。由于从小就记牢了古代儒家经典的训诫,终生养成了"省身"的习惯,经常省察自己的言行、得失,发觉有轻狂、"失范"之处,随时加以矫正;在孔子"仁为立身之本"这一规范的引领下,终身奉行"己所不欲,勿施于人""讲信修睦""克己奉公"的准则。正像元人吕思诚诗中说的:"不敢妄为些子事,只因曾读数行书。"一个有真才实学真本事的人,身上往往有一股正气、书卷气,洁身自好,注重名节,而不会特别看重物质、钱财、职级、权位,因此也用不着去巴结谁、攀附谁,对于请客送礼、阿谀奉承、溜须拍马那类趋附行为,更是不屑一顾。

王充闾：诗外文章别样醇（下）

◎舒晋瑜

舒晋瑜：《国粹：人文传承书》让读者有机会集中领略了您关于"国粹"的哲理思考和文学表达。能否简单概括一下，您所理解的"国粹"？

王充闾：依我理解，国粹主要是指我国固有文化中的精华，也就是中华民族的传统文化中最具代表性和最富独特内涵、受到各个时代的人们重视的优秀文化遗产。与理解直接相关的，是"文学表达"问题。通常的做法，既然书名"国粹"，那就应该从国粹的一般范畴入手，去展布知识格局，亦即从定义出发，梳理头绪，条分缕析，做系统阐释、逻辑演绎。如果这样，那么，写出的就不是文学作品，而成了学术著作；而我所从事的是文学创作，这样在"表达"的时候，就不能从概念出发，而必须就着具体素材来做文章。就是说，"国粹"在我心中，应该是具象的，我必须"立象以尽意"，运用文学笔法，钩沉蕴含国粹文化的诸般命题，以事为经，以情为纬，独辟蹊径地写出中国传统的人文情怀、文化观念、价值选择、心灵空间，统摄诸多国粹文化范畴的精神脉络；通过一篇篇美文，纵谈那些华夏文明、传统文化的元话语，生动形象地讲述中国所特有的"科举""和亲""隐士""诗词""楹联""姓氏""丝绸之路""徽文化""竹林七贤"、贺兰山岩画、江南小镇等文化根脉与生命符号。"所谓人文传承，就是在这种理解和阐发中实现的。这是对文化传统的延展，是继承，更是激活，是文化自觉，更是一个知识分子的文化担当。"（孟繁华语）

舒晋瑜：在当下重提"国粹"，有何必要性？面对这样的宏大选题，您是以怎样的心态去写作?

王充闾:作为民族之根、文化之源,国粹涵盖了一个民族的整体思维方式、生活方式和价值系统,是区分此一民族与彼一民族的核心标志;它是提高民族素质,滋养国民气质和内在精神的源泉,更是复兴中华民族、提振文化自信的希望所在。而要使国粹充分释放正能量,实现有活力、显实效的传承,当务之急,在创造性转化和创新性发展方面多下功夫,也就是在充分汲取思想养料的同时,结合现实条件,致力于文化提升和思想超越,以创造性为特征,使之具有新蕴含、新样式、新观照。这样,写出的作品就能一头联结着固有文化传统,一头进入新文化体系之中,使传统文化中的厚重精神资源支撑现代化文化事业的发展。

面对这样的宏大选题,心情自然是凝重的,仿佛一部文化史、传统史,就是我自己的心灵史、精神史,朝乾夕惕,兢兢以为。恰如著名文学评论家古耜所言:作者"从精读元典、洞悉上游、夯实基础入手,展现一种溯源而上、由源及流的意识与能力";"贯穿和浸透于字里行间的属于作家特有的历史意识、文化情怀、人格理想、审美趣味、价值判断,它们无形中完成了有关中国传统文化的另一种描述与解读,凸显了作家历史和文化回望的个体风范,其文心所寄,很值得认真揣摩和仔细回味"。

舒晋瑜:中国古典诗词的衍生著作不胜枚举,读《诗外文章》仍有新的感受,又能与当下结合,语言清新,字字入心。写《诗外文章》,是有怎样的契机?您认为怎样才能写出新意?

王充闾:《诗外文章》登市不久,就接到杭州一位诗友的电话,说"契机抓得好,逢其时,善其事"。我说,这确实是一部别开生面的新书;但是其来有自,引用一句西湖边上的古迹"三生石"传说的诗,叫作"三生石上旧精魂"。

说到这个文本的前世今生,应须追溯到四十年前,出于治学与创作的需要,我翻检了历朝诗歌总集和许多专集、选本、诗话、纪事类古籍,记录下数百首含有哲思理蕴的诗歌。1986年3月至1987年7月,应《人民日报·海外版》"望海楼随笔"专栏约稿，我写了三十几篇思辨性散文，引用了其中一些诗句。1998年，按照辽海出版社要求，从中选出唐宋以来二百多首绝句，简释诗意，注解字词，书名《诗性智慧》，张晶教授应邀写了序言：《哲理的诗化生成》，予我以很大启发、鼓舞。到了2012年，中国青年出版社改题《向古诗学哲理》再次付梓，增加一点意蕴阐释，指出哲理所在，但依旧十分简要，结构、格局未变。

这次是以全新面貌出现的：一是，选诗范围，远溯先秦，近及近代，不再限于绝句，也选了一些五律七律，兼及古风、乐府；原有的去掉80多首，新增了一多半，计有270多位诗人、近500首哲理诗或带有哲思理趣的诗歌；二是，另起炉灶，形式创新，内蕴扩展，对应每首诗歌都写了一篇阐发性的散文，长的几千字，短的近900字；似诗话不是诗话，无以名之，说是"诗外文章"，意在"借树开花"——依托哲理诗的古树，绽放审美益智的新花，创辟一方崭新的天地。

发挥诗文同体的优势，散文从诗歌那里领受到智慧之光，较之一般文化随笔，在知识性判断之上，平添了哲思理趣，渗透进人生感悟，蕴含着警策的醒世恒言；而历代诗人的寓意于象，化哲思为引发兴会的形象符号，则表现为一种恰到好处的点拨，从而唤起诗性的精神觉醒；至于形象、意象、联想与比兴、移情、藻饰、用典的应用，则有助于创造特殊的审美意境，拓展情趣盎然的艺术空间。

舒晋瑜：《诗外文章》写了多久？类似的写作，您认为还有难度吗？是否早已驾轻就熟？

王充闾：从酝酿到成书，起码也有五六年时间，最后集中在今春定型、结稿，这里用得上古人一句话："得之在俄顷，积之在平日。"如果说难，主要是悬鹄甚高，有"取法乎上"的愿想。我所拟定的标准是，力求实现思、诗、史的结合，以史事为依托，从诗性中寻觅激情的源流，在哲学层面上获取升华的阶梯，使文学的青春笑靥给冷峻、庄严的历史老人带来生机与美感、活力与激情；而阅尽沧桑的史眼，又使得文学倩女获取晨钟暮鼓般的启示，在美学价值之上平添一种巨大的心灵撞击力。这样一来，就难以轻松了。

我经常萦结于心的，是尽最大努力增强文章的可读性。我的取径是：采用散文形式、文学手法，交代事实原委，尽量设置一些张力场、信息源、冲击波，使其间不时地跃动着鲜活的形象、生动的趣事、引人遐思的叩问。为了增加情趣、吸引读者，解读中广泛联想，征引故事，取譬设喻，使抽象与具象结合，尽力避免纯政论式的沉滞与呆板，坚持从明确的思想认识和清晰的逻辑关系出发，选用清通畅达的性情化、个性化语言，以增强作品的表现力。在这里，说理表现为一种恰到好处的点醒，有时是抒情、叙事的必要调剂。立论采取开放、兼容态度，有时展列不同观点，供读者择善而从。

舒晋瑜：我想，这样看上去对您来说似乎轻而易举地写作，实际上存在两方面突破：一是突破前人对古诗的理解，融入自己的思考；二是突破自己已有的见解和水准。也许我理解得还很浅显，您能否谈谈具体情况？对于诗词的解读，有没有颠覆我们以往认识的观点？

王充闾：解读、阐释这些哲理诗，是建立在时贤往哲的研究成果之上的，由于是"站在他们的肩膀之上"观察、瞭望，有可能产生一些新的认知、新的发现。"颠覆以往认识的观点"不敢说，但是，按照冯友兰先生提出的学术上有"照着讲"和"接着讲"的方式，在"接着讲"的过程中，我还是努力争取通过新的探索在某些方面有所突破。

一、在坚持标准的前提下，尽力发掘固有的精神资源，扩展哲理诗遴选范围，拓宽读者视野。有些哲理诗选本，侧重于这类作品比较集中的宋代与清代，首先着眼于"富矿"，这无疑是对的。我在这样做的同时，特别关注了先秦、六朝与金元明三代。就作者看，文学史上重要诗人这方面的重点诗作，自是列为首选；同时，也收录了许多普通诗人的作品，一些见诸前人笔记、纪事类著作以及方志的哲理诗，作者知名度不高，但特色独具，亦予录入，展现一些新的面孔。以清代为例：像江阴女子、仓央嘉措、赵艳雪、张璨、刘芳、陈浦、潘瑛、乌尔恭额、郭六芳，即属此类；而于华春与李龙石，则是敝同乡，只是见载于县志，如果不是借此一编，即便诗章再好，也只能永世沉埋。

二、阐释、解读中，开阔新的思路，说前人所未说。比如《诗经·蒹葭》，我从六岁入私塾，束发受书，到了第四个年头便开始背诵"蒹葭苍苍，白露为霜"，当时业师讲得比较精细，遍陈历代诸说，但都没有论及此诗含有哲思理蕴；后来，翻阅一些赏读文章，也都是从怀人、抒情角度阐释。近年研读中外美学论著，特别是王国维、宗白华、钱锺书先生的有关论述，眼界为之大开，摆脱单一的情景交融的视角，向着兴会、境界与人生哲理、心理效应的立体纵深拓展，始悟《蒹葭》原是一首意境优美的哲理诗。诗中所展现的是向而不能往、望而不能即的企盼与羡慕之情的结念落想，明明近在眼前，却因河水阻隔而形成了远在天边之感的距离怅惘；愈是不能实现，便愈是向往，对方形象在自己的心里便愈是美好，因而产生加倍的期盼。《蒹葭》中所企慕、追求、等待的是一种美好的愿景。诗中悬置着一种意象，供普天下人执着地追寻。我们不妨把"伊人"看作是一种美好事物的象征，比如，深埋心底的一番刻骨铭心的爱恋之情，一直苦苦追求却无法实现的美好愿望，一场甜蜜无比却瞬息消逝的梦境，一方终生企慕但遥不可及的彼岸，一段代表着价值和意义的完美的过程，甚至是一座灯塔、一束星光、一种信仰和一个理想。

再比如，清代诗人蒋士铨的题画诗："低丛大叶翠离离，白玉搔头放几枝。分付凉风勤约束，不宜开到十分时。"一般都是从审美角度来解析，我做了进一步扩展，启发人们思考有关盛衰、荣瘁、盈虚、消长的哲学理蕴，联想到戒满忌盈、不到顶点、留有余地这些日常处世原则，升华为一种生命智慧。

三、对于已有的定论做延伸性的补充。比如，关于"唐诗主情，宋诗主理"，这在中国文学史上已经成为通识。我在"接着讲"中，对于前者，以大量实际事例说明，唐人不仅长于抒情，在说理方面也是各擅胜场，迭出新见。诸如李白的"流俗多误""生寄死归"之论，韩愈的"祛魅""距离产生美感"之说，刘禹锡咏叹"功臣政治"，白居易评说"境由心造""美色的悖论"，刘得仁的"雨露翻相误"，梁锽的"真人弄假人"，王镣的"境遇能够改变人"，都能发人深省。说到"宋诗主理"，就应分析宋代哲理诗昌盛原因，一般都是从客观环境和诗词递嬗规律方面谈；我则注意到主观因素——宋代诗人在唐代诗歌情韵天成，盛极难继的风光下，为了另辟蹊径，便大规模地转向以议论说理入诗。并举出立论的根据：清人纪昀评说，宋人"鄙唐人不知道，于是以论理为本，以修辞为末，而诗格于是乎大变"。现当代著名学者缪钺先生有言："唐诗技术，已甚精美，宋人则欲百尺竿头，更进一步"；"唐人以种种因缘，既在诗坛上留空前之伟绩，宋人欲求树立，不得不自出机杼，变唐人之所已能，而发唐人之所未尽。其所以如此者，要在有意无意之间，盖凡文学上卓异之天才，皆有其宏伟之创造力，决不甘徒摹古人，受其笼罩，而每一时代又自有其情趣风习，文学为时代之反映，亦自不能尽同古人也。"用今天的话说，就是"创造性转化，创新性发展"，体现了一种积极、主动的进取精神。

四、从选诗到解读，都紧贴现实，关注当下，运用现代思想理念，探索人生智慧、生命体验、心灵世界、人性奥秘和人间万象、世事沧桑等诸多深层次问题。而在阐释过程中，则调动自己的一切精神资源，"排兵布阵"，大张旗鼓，广泛联想，旁征博引，从"四书""五经"、《老》《庄》等先秦典籍，到后世学人的海量著述，以及中外逸闻趣事；特别是尝试运用"以诗解诗"（或引用诗人自己的诗词联语，或他人的，或二者兼备，总量相当大）的手法，收到了说理有据、论述充分、启发联想、平添情趣的效果。

五、引用马克思主义的一些基本原理，阐释古代诗人具有深刻认知、独到见解的命题。比如，阐释清人赵翼"始知鸥鹭闲眠处，也在谋生既饱时"之句，引用马克思、恩格斯把物质生产活动称为人类生存的"第一个历史活动""一切历史的第一个前提"的论点，说明就个体的人来说，必须首先解决生命存活的基本物质需要，而后才能谈到其他方面的需要；而从社会历史发展来说，只是到了在满足社会成员生存需要并且有所剩余之时，部分成员才有可能从事物质生产以外的精神文化活动的道理。在评赵翼"冯熙造塔"一诗中，就"塔成但见高千尺，谁见人牛死道旁"之句，运用马克思关于"异化劳动"的学说加以分析，指出：异化劳动是非人的，但异化劳动的成果却可以是动人的。作为客观存在的劳动者的创造物，无论其为德政下产生的，还是虐政下产生的，总是以其不朽的文化价值或者实用价值昭然展现在世人面前，而且会千秋万代地传留下去；不会因为它们的筹建者的是非功过、德与非德，以及当日血泪交迸的创造过程，而招致损毁，消光蚀彩。在阐释唐人皇甫松诗的《诗话沧桑》一文中，我还引用恩格斯的格言："只有变化是不变的，只有不固定是固定的。"等。

舒晋瑜：您觉得自己对诗词的解读，有怎样的独特之处？

王充闾：概括起来是处理好四个关系：

首先，合理处置诗作原义与转生义、衍生义的关系。前提是着力发掘、把握原诗作者的意旨，结合其身世际遇、心路历程，了解诗的本事，切合当时语境。——准确把握原生义，是至关紧要的（有些解读者对此关注不够，是个失误）。与此同时，也应充分重视衍生义、转生义的开掘。现代阐释学与传统接受美学恰好提供了理论支撑。这一理论认为，作品的意义并非由作者一次完成，阅读过程中还会不断扩展；文本永远向着阅读开放，理解总是在进行中，这是一个不断充实、转换以至超越的过程。

其次，解读、阐释中，同时兼顾调动学术功力与借助人生阅历、生命体验的关系，二者不可偏废。哲理诗中的理趣，是诗人从独特的切身感受与审美体验中获得的，它生发于诗人的当下感兴，既不脱离具体的审美意象，又能寄寓普遍性的哲理蕴涵。这就决定了它的赏评、解读，不同于一般知识与学问的研索，也有异于抒情、写景、纪事诗的阐释。为了探求其中的精神旨趣，既需要依靠渊博、深厚的学术功力，又要借助于人生阅历与生命体验。近五百首哲理诗中，刘禹锡、白居易、王安石、苏东坡、陆游、杨万里、袁枚、赵翼八大家有110多首，占五分之一。他们阅历丰富，饱经忧患,寿命大多都很长,半数超过了八十岁;而英年早逝的王勃、李贺、纳兰性德,不在其内。这是从写的角度看;读也同样,黄庭坚谈他读陶渊明诗的体会,说:"血气方刚时读此诗如嚼枯木,及绵历世事,每观此诗如渴饮水,如欲寐得啜茗,如饥啖汤饼。"

其三,处置好诗内与诗外、诗性与哲思、作者心灵与读者心灵的多重关系。《诗外文章》的撰写,与写作一般散文不同,由于是诗文合璧的"连体婴儿",要同诗歌打交道,就须把握其富于暗示、言近旨远、意在言外的特点,既要领会诗中已经说的,还要研索诗中没有说的,既入乎诗内,又出乎诗外。应须会通古今,连接心物,着意于哲学底蕴与诗性旨趣,需要以自己的心灵同时撞击古代诗人和今日读者的心灵,在感知、兴会、体悟、自得方面下功夫,这才有望进入渊然而深的灵境。

其四,同是一首诗,时贤往哲解读时,所见略同者固多,而由于"诗无达诂",后人阐释"各以其情而自得",歧见纷呈也属常态。面对这种情况,就需处置好取舍、扬弃的关系。我的原则是"爱其所同,敬其所异",抱着博采众长、虔诚求教、精心鉴别、慎重对待的态度,接受智慧的灵光,分享思想的洞见。如果双方说得都有道理,那就兼收并蓄,一并征引,为读者提供辨别、思考的空间。

舒晋瑜:您在中国传媒大学同博士生们畅谈关于哲理诗的理解和写作——将会侧重哪些方面?结合自身经验,您认为学习写作和理解诗歌最重要的是把握什么?

王充闾:由于面对的是文学院的学术类博士和艺术博士,我的选题定在学术与艺术的交汇点上,叫作《哲理诗的历史地位及其艺术展现》,分三大部分,前一部分,通过论证,得出两个结论:无论从诗歌自身发展规律还是从时代需要、读者爱好方面看,哲理都是必需的,断不可少;问题的关键不在于有没有哲理,而在于如何表现它。后两部分,集中谈哲理在古代诗歌中的艺术展现。这是文学也是美学的一个重大课题。我讲到,综合古代诗人成功的艺术实践,发现他们手中握有三个点石成金的魔棒:一个是，通过创造意境，实现哲理艺术化。意境，是中国古典美学独有的概念，一向被称为诗歌创作的最高境界，指的是作者的主观情意与客观物境互相交融而形成的艺术境界。与此相对应的是意象。驱遣意象，是古代诗人使哲理艺术化的第二根魔棒。如果说，意境是指抒情性作品中呈现的那种情景交融、虚实相生，意味无穷却又难以明确言传，有如"镜花水月"的境界；那么，意象则是审美情思托之于感性形态创造的意态形象，是凭想象力改制事物表象的艺术呈现。人的情思是内在的无形的，别人看不见，但作为艺术表现必须感性地外显，见诸形象形式。意象，是融入了主观情意的客观物象，或是借助客观物象表现出来的主观情意。诗人将自己的人生体验与哲思融入物象上，就创造出饱含理趣的意象来。古代诗人实现哲理艺术化的第三根魔棒，是运用比兴手法以撷取理趣、张扬理趣。这是从《诗经》开始，老祖宗传下来的常用表现手法，"比"就是拈出形象性的事物来加以描绘；"兴"就是起兴，借助其他事物作为诗歌发端，以引起所要歌咏的内容。"比兴"二字联用，寓有寄托之意。讲述这些艺术手法时，都引用了书中的大量实例。

说到作诗所要把握的要领，古今诗人各有体悟，几句话难以概括。依据切身体悟，我这里只强调一点，就是诗词需要背诵。古人学写诗词，手头并没有诗词格律的书，靠的就是背诵前人作品，把握押韵、平仄、对仗的技巧。有人可能会说，今天已经有了韵书，而且可以通过网络查找诗词，那还用得着背吗？我说，那也要背。因为诗词是艺术，不同于科学知识，需要心领神会，靠的是"涵泳功夫"。从前有个说法："熟读唐诗三百首，不会吟诗也会吟。" 脑子里的诗词积累多了，随时玩味，可以欣赏它的韵味，体悟它的妙处，神驰意远，逸兴悠然。特别是旧体诗从音韵、格律，到句式、词汇、结构，都有严格的特殊要求，不凭记诵，难以达到。即便是按照格律填写，勉强凑合，也会"硌硌楞楞"，不能朗朗上口、声韵和谐。叶嘉莹先生说她从小就跟着伯父、父亲、伯母、母亲吟诵诗词，一边吟诵，一边体会、涵泳。她说她根本没有学过平仄，但写出的诗词全都合格入律。

我所走的也是这个路子——先是通过背诵掌握韵律，感悟诗的音韵美，感悟字的凝练、句的整齐、节的匀称；然后是研习句法、词汇，掌握遣词造句、比兴转义、借用化用的技巧。

舒晋瑜：早年您以诗词集《鸿爪春泥》和散文集《春宽梦窄》奠定了自己在文坛的地位，近几年似乎诗词解说的工作做得更多一些，也许我的视野有限。能谈谈您近些年的创作情况吗？不知道您在做这些事情的时候，是否也有一个长期的规划？

王充闾：我是 2005 年退休的，就从这儿说起吧。精力集中了，效率显著提高。在这期间，外出社会活动和日常的友朋聚会很少，"吃请"、游玩从来就不参与，现在连文学采风、作品研讨活动都极少参加。文友们也充分理解，说："他忙，别打搅他。"反之，高校讲学、各类讲座增多，作品出版增多。这叫作"两多一少"。近些年有代表性的作品：除了《国粹》与《诗外文章》，还有《逍遥游：庄子传》《成功的失败者——张学良传》《王充闾人物系列》（三卷本）《中国好文章》（选评古文 181 篇）；另有《文脉》（分为先秦、汉魏晋南北朝、唐宋、元明清四大部分，跨度达三千年）即将在北京大学出版社付梓。

说到长期计划，可用一句成语概之："大体则有，具体则无。"今后创作与治学总的方向，是围绕着传统文化主要是国学，做些"创造性转化、创新性发展"工作。但是，由于出版部门约稿多，具体规划不太好做，往往以约稿为转移。

舒晋瑜：能否谈谈您在语言上的追求？

王充闾：毕淑敏女士的小说、散文都很出色，是我很看重的一位作家，但过去并不相识。前年全国"作代会"上，一见面她就问我："您的散文语言和结构都有特色，请问：您的文章是一次完成，还是经过反复修改？"（大意如此）我说，两种情况都有，但主要是事先精心构思。至于语言特色，恐怕主要是比较明显地受文言的影响。关于这个问题，古耜先生早就指出过。

这里说一个小插曲。我没有进过小学，八年私塾后直接考入初中。记得开学一个星期之后，教授初中语文的石老师发现我的作文用的竟是文言，便在作文簿上郑重地写了一条批语："我们是新社会、新时代，要用新的文体写作。今后必须写语体文。"课后，又把我叫到教研室，说："文言词语简练，你这个'洎乎现世，四海承平'，确实比'到了今天，国内社会环境和谐、安定'节省一些字，可是，'文章合为时而著'，新时代的写作，要面向工农兵大众，对象不是少数精英。你左一个'洎乎'，右一个'与夫'，又有几个能懂的！"这番话，对于我来说，不啻五雷轰顶，确实产生了振聋发聩的效果。为此，我痛下决心，改变思路，从头学起。除了认真理解、背诵课本里的现代语体范文，还有意识地阅读了许多"五四"以来的新文学作品。

这里有个语言文字传统的继承与创新问题。我当时并没有意识到，"五四"时代的作家同样受到了文言的浸染，他们笔下的也并不纯是今天的白话文。这样，在原有的古文之上，又覆盖上一种新的层积。它们相生相发，相辅相成，一并活跃在这个"茅檐年少"的脑子里，而且先入为主，致使文言"胎记"始终未能彻底脱掉，直到今天，在我的散文写作中，从质料（字、词、句）、句法到结构、形式，都留存着鲜明的印迹。随手拣出两段来看——

我写李鸿章："他这一辈子，虽然没有大起大落，却是大红大绿伴随着大青大紫：一方面活得有头有脸，风光无限，生荣死哀，名闻四海；另一方面，又是受够了辱，遭足了罪，活得憋憋屈屈，窝窝囊囊，像一个饱遭老拳的伤号，伤痕累累，不堪入目。北宋那个奉旨填词的柳三变，是'忍把浮名，换得浅斟低唱'；李鸿章则是：忍把功名，换得骂名远扬。他长于肆应，极擅权变，不像曾国藩那么古板、正经，左宗棠那么刚愎自用，张之洞那么浮华、惜名。他纵横捭阖，巧于趋避，有一套讨好、应付'老佛爷'的招法，因而能够一路胜出。"或叙写，或刻画，或议论，四字句连珠炮般一路排开，形成一种气势。

《回头几度风花》是一篇抒情散文，开头是："这是一个落红成阵的傍晚。一丛丛金英翠萼的迎春花，正开得满眼鹅黄，装点出枝枝新巧，小桃红也忙不迭地吐出了相思豆一般的颗颗苞蕾；而堤畔的杏林花事已经过了芳时，绯桃也片片花飞，在淡淡的轻风中，划出美丽的弧线，飘飞至行人眼前，漫洒在绿油油的草坪上，坠落到清波荡漾的河渠里。"从标题到用语，都有别于时下的一般散文，而在我的文字里却是属于常态，就是说，已经成为一种语言积累、表述习惯，不经意间，随时涌出。

这些，即便可以叫作一种语言风格，也是自然形成的，确实谈不上自觉的追求，如此而已。

传统文化与当代性
——评王充闾的散文集《国粹：人文传承书》

◎孟繁华

王充闾是当下重要的散文大家。他煌煌二十余卷文集，以其正大的面貌、浩瀚的雄姿、淡然的笔触和云卷云舒的万千气象，展示了他丰赡、多样的散文创作成就。他曾有多种社会角色，但他本质上还是一位学者和作家。他书写日常生活的片段感受，抒写清风白水的恬淡情怀，他的文字里有仙风道骨也有人间冷暖；但他更沉迷的，似乎还是几千年来的中华本土文化历史，这些文字里有一个民族的精神血脉，有人文世界的日月星辰和江山万里。最近，北京大学出版社出版了他的以"国粹"为主题的大作——《国粹：人文传承书》，让我们有机会集中领略了王充闾与"国粹"的哲理思考和文学表达。这种思考与表达，就是王充闾与"国粹"的当代性关系。

可以说，在当代作家中就国学修养而言，很难有人可以和王充闾比较。他不仅是位学问家，重要的是他站在当代对"国粹"的理解和阐发。所谓"人文传承"，就是在这种理解和阐发中实现的。这是对文化传统的延展更是丰富，是继承更是激活。当然，自"五四"新文化运动始，对"国粹"的争论至今没有终结。即便是士阶层——传统或现代知识分子内部，关于居与处、进与退、道统与政统的矛盾和选择，也并没有完全解决，更遑论面对整个浩大而庞杂的传统文化了。因此，如何指认"国粹"、如何评价"国粹"，不仅是"文化权力"，更是一个知识分子的文化担当。

我注意到，王充闾在传承、阐发"国粹"的时候，他有一种明确的文化自觉。文化自觉，是费孝通 1997 年提出的。费先生认为：所谓文化自觉，是指生活在一定文化历史圈子的人对其文化有自知之明，并对其发展历程和未来有充分的认识。换言之，是文化的自我觉醒，自我反省，自我创建。费先生说：文化自觉是一个艰巨的过程，只有在认识自己的文化，理解并接触到多种文化的基建上，才有条件在这个正在形成的多元文化的世界里确立自己的位置，然后经过自主的适应，和其他文化一起，取长补短，共同建立一个有共同认可的基本秩序和一套多种文化都能和平共处、各抒所长、联手发展的共处原则。

王充闾的文化自觉，首先在于他"读史"的方法。他认为：读史，主要是读人，而读人重在通心。读史通心，才有可能"进入历史传统深处，直抵古人心源，进行生命与生命的对话"。而"历史传统是精神的活动，精神活动永远是当下的，绝不是死掉了的过去"；二是他强调感同身受，理解前人。他援引法国年鉴学派史学家马克·布洛赫（Marc Bloch，1886—1944）在《历史学家的技艺》中的话说："理解历史才是历史研究的指路明灯"；三是不仅读人通心，而且要对"作史者进行体察，注意研索其作史心迹，探其隐衷，察其原委"等等。要同"国粹"对话，首先是对"国粹"的基本态度。王充闾面对文化传统的这种自觉，是他能够写出篇幅浩瀚的历史散文的前提和"秘诀"。

本书分 4 章，分别是"祖先：人生命脉""人文：生命符号""河山：文明大地""传统：生活智慧"。序章后讲的就是"祖先：人生命脉"。先后对轩辕黄帝开创的人间乐园，对孔子、墨子、庄子、孟子、秦始皇、松赞干布、文成公主、李白、苏东坡、宋徽宗赵佶、秦良玉、纳兰性德、袁枚、曾国藩等，或是传说，或是诸子百家，或是帝王，或是重臣，或是文人墨客的书写。一方面，这些人物几乎构成了几千年的华夏历史，轩辕黄帝创造了人世间的乐园，诸子百家奠定了中国文化的元话语，帝王重臣的丰功伟业、文人墨客的锦绣文章等，有了他们，我们的文明史才会如此璀璨、光耀人间；另一方面，作家也践行了他"事是风云人是月"的历史观和文学观，书写历史主要还是写人。但无论写哪些人、做怎样的评价，都隐含着作家对历史、对人生况味的理解。那篇《道家智者》最为典型。他用算数的方式比喻三种人物，即做加法的一类人，做减法的一类人和加法、减法混合用的一类人。儒家、墨家是做加法的，孔子、墨子率先垂范，大禹治水13年如一日，诸葛亮鞠躬尽瘁，死而后已，都是典范；也有先用加法后用减法的，如清代袁枚、明代状元杨升庵、春秋时代的范蠡、汉代的张良、明代的刘伯温以及勉强算一个的曾国藩等都是；而终生都做减法的，就是庄子。庄子终生不仕，以快心适志。庄子生活上自甘清苦，心态上化苦为乐，思想上崇尚自由。庄子的思想多为文人崇尚，那的确是人生理想的境界。但是，人大概也越是缺乏什么也就越凸显和想象什么。庄子的境界大概是最难实现的，才为历代文人所向往吧。

"人文：生命符号"，写贺兰山岩画、《周易》、竹林七贤、古诗词、楹联、姓氏、座次等，这里的内容既有实物，也有文字，既有文人骚客的华章丽卷，也有日常生活的观念习俗。这些符号是"中国人的根脉，也是中国人特有的引以为荣的生命符号。它滋养着我们的心灵世界，激发我们的生活勇气，是中华民族一代又一代生存下去的底气"。这些符号是只有中国才具有的符号，它支配着我们的生活和情感。《座次格局》中情形我们时常经历，我们知道这里是有讲究、有学问的。但古今"座次"的含义，可能大不相同。作家讲述了"鸿门宴"的座次，里面是"玄机"；《陈丞相世家》讲的是"以示敬重"；《淮阴侯列传》讲的是谦恭；而《南越列传》讲的则是尊卑了。古代中国讲求"礼"，"座次"是"礼"的范畴。所谓"礼仪之邦"，"座次"是具体体现的一个方面。这个礼，和后来费孝通先生在《乡土中国》中讲的"差序格局"应该有相近的意思吧。当然，充闾先生在这里显然不只是讲述一个历史知识。他的用意还是对当下说话。他援引了一则消息：一次大会，服务员在收拾主席台桌面时，不慎把一把手左右两侧座位的标示牌给弄颠倒了。结果是，没等班子成员入席落座，会场上的人们就窃窃私语，乱哄哄搅成一团。会后办公室主任还挨了批评写了检讨；大、中学校庆活动与会校友的座次，也都按职级、身份、地位排列。但2012年南京大学庆祝建校110周年时，破例实行了"序齿不序爵"，"银发校友"在前排就座，主持人介绍嘉宾也是先介绍两位最年长的老校友，社会各界普遍好评。长幼亦是尊卑。所以，充闾先生历史散文的当代性，亦体现在他对当代事物的批判精神。他不只是学者，同时也是一位有当代价值立场的知识分子。

"河山：文明大地"和"传统：生活智慧"，一写人文地理，一写生活观念。写人文地理，不是触景生情、借景抒情，而是将空间与时间交错起来，时间是历史，空间是存在。空间未变时间在变，时间变了，空间的文化与审美存在也在变化。这种纵横交错的联想、想象，使同一景观发生了奇妙的变化。于是——便有了属于王充闾的三峡、皖南、同里、退思园、周庄、晋北、凉山、库尔勒等。对人文地理的书写，历史文化仍是主线；写生活智慧，写孟母、地域文化、隐士、世袭嫡传、爱情、科举等，这些与生活相关的人与事，告知我们的，是生活观念大于思想观念。思想观念处于不断变化和流动的过程中，但生活观念是恒常或变化缓慢的。在充闾先生的叙述中，我们似乎看到了那缓缓流淌的生活河流。

面对浩如烟海的传统文化，摒弃什么、传承什么，还是一个时代的大命题。当下，求新求变几乎无处不在。当然，求新求变，是时代的要求，是一个国家民族发展的要求。但是，求变必须知常，数典不能忘祖。这本来是常识，但常识往往最易忽略，最易不被理解。这时，我们回头看看，放缓一下脚步，有益无害。

祖先崇拜、思想文化、人文地理以及生活哲学等，也是历史学家、思想史家要处理的对象。那么，王充闾的文化历史散文为什么还有独特的价值，这就是王充闾散文的文学性。王充闾散文内容的丰富性，与《史记》《左传》《资治通鉴》等中国典籍有谱系关系。这些中国古代典籍是中华文化的元话语。我们可以将其作为历史著作来读，也可以将其作为文学著作来读，当然，那里也蕴含着中国特有的哲学智慧。王充闾的散文继承了这一传统。他的笔下有历史，有中国哲学的智慧，同时也更具文学性。他谈论的是历史的人与事，但常常枝蔓开去，或联想，或抒情，或状物，天上人间信马由缰。既撒得开也收得拢，既鲜活又形象，他深得中国传统文章神韵和做法。他的文字用"庾信文章老更成"形容，是再贴切不过了。读充闾先生的文章，也进一步明白了什么是文如其人。充闾先生为人温文尔雅、和颜悦色，他的修养我辈是无论如何也做不到的，望其项背也难；他的文章给人的感受也不是大开大合，醍醐灌顶，而是如涓涓细流，沁人心脾。我们在他娓娓道来中润物无声地受到感染和滋养，他的知识储备、讲述方式以及面对历史的理解、同情和会心，都给我们通透、明了的启发。如果是这样的话，王充闾先生就是这个时代融汇古今、学贯中西的大学者和散文家。

激活传统风韵 谱写时代弦歌
——读《充闾文集》

◎古 耜

  如果从1957年在大学校园里写出第一篇散文并刊发于校报算起，王充闾与文学结缘已经整整60年了。这60年间，中国的社会环境发生了巨大变化，作家的人生角色也经历着一再转换，其中不变的是他心中对文学的那份深情与挚爱。他从这份情感出发，进行着锲而不舍的读书、创作与治学。正如作家所说："我的生命存在方式与文学之梦同构。"于是，王充闾的人生旅程，生成了一片由文学创作以及相关学术研究构成的葳蕤多彩的精神林带。它是作家辛勤劳作的结晶，也是当代文坛的重要收获。而全面承载这一结晶和收获的，则是由万卷出版公司推出的20卷本、合计600余万言的《充闾文集》。

  翻开《充闾文集》，迎面而来的是古人所谓"文备众体"的生动景观——举凡传记、散文、随笔、诗词、评论、演讲、书信、鉴赏、序跋、对话等，林林总总，竞相辉映。它们不仅承载着作家特有的思想、感情、学养、才华，而且由此映现出缤纷摇曳的历史画卷与现实人生。在这个气象万千的文学世界里，最堪称流光溢彩也最让人过目难忘的，当是作家以古今兼备的腹笥，对中国传统文化所进行的游刃有余的撷英咀华和举重若轻的推陈出新。可以这样说，激活传统风韵，谱写时代弦歌，是《充闾文集》最基本的精神和艺术色调。

  随着思想文化领域本土化浪潮的强势回归，如何看待和借鉴中国传统的文化遗产与文学资源，进而实现其创造性转化与创新性发展，已成为亟待探索和必须解决的问题。在这方面，《充间文集》以其个性化追求，提供了有益的经验。

由于当年故乡环境的特殊，王充间曾读过 8 年私塾，这一经历使他不仅具备了相对系统完整的古典文化素养，而且在内心深处养成了对中国传统文化难以割舍的亲近与眷恋。不过，作为后来同样经历了新文化淘洗的现代知识分子，这种融入血脉的情感，始终不曾取代清醒的目光和理性的态度。具体来说，对于中华优秀传统文化，王充间给予倾力推崇和充分阐扬。如《叩启鸿蒙》精心解读贺兰山岩画，由衷礼赞原始先民生机盎然的心灵创造。《人文初祖》真诚表达祖先崇拜，热情呼唤中华民族坚不可摧的向心力与凝聚力。《生生之谓易》深入诠释《周易》包含的生命生存之学和发展变化之道，从源头上揭示中华文化的活力所在。《"遗编一读想风标"》多维勾画孟子高旷勃发的精神世界，着力凸显儒家一脉的本色追求。而对于定于一尊之后的儒家文化，王充间明显多了一份警惕与反思。如《用破一生心》在解剖曾国藩内心悲苦与性格分裂的过程中，指出理学"功名"观念对人性的挤压、扭曲与戕害。《灵魂的拷问》透过李光地背信弃义、卖友求荣的丑恶行径，直斥理学道德教条的虚伪性与欺骗性。而一篇《驯心》更是以酣畅犀利的笔墨，阐述了程朱理学、八股制艺的消极作用……王充间如此评价传统文化，让人联想到鲁迅笔下的孔子——对于史上的孔子，他留下"确是伟大"的称许，而对于"现代中国的孔夫子"，他给予的是严厉批判——这种有选择有区别的态度，显然植根于中国思想史和世界近代史的实际境况，因而透露出作家难能可贵的辩证意识与唯物立场。

在王充间心目中，中国传统文化是一种多元共存的结构，它以儒家为主体和主导，而儒、释、道三足鼎立，尤其是更具本土性质的儒道互补，则是它的常见形态。正如鲁迅所说："我们虽挂孔子的门徒招牌，却是庄生的私淑弟子。"庄子是道家思想的集大成者和重要代表，更是王充间一向心仪的文化前贤。唯其如此，庄子的身影不时出现于《充间文集》。从散文《寂寞濠梁》到演讲《庄子其人》《庄子善用减法》，再到《逍遥游：庄子传》，作家不仅精致勾画出庄子的生命轨迹与精神风貌，而且深入发掘着庄子思想的当代价值，诸如他对自由的崇尚，对现世的忧患，对底层的关注，对人生有限性的强调，以及由此派生出的对欲望的节制、对万物的包容等。所有这些都有效地推动着当代庄子研究的发展，同时也为中国传统文化增添了新的内涵。

　　《充闾文集》具有较高的思想和学术含量，但构成其文本主体的毕竟是多种样式的文学作品，这决定了作家对中国传统文化的借鉴与创新，更多需要通过一系列的旧"象"新解、旧话新说、旧瓶新酒来实施和完成。而在这方面，《充闾文集》同样亮点频频，佳作迭见。

　　譬如，《两个李白》《千载心香域外烧》《终古凝眉》《情在不能醒》诸篇，依次聚焦李白、王勃、李清照、纳兰性德四位诗词大家，所写人物和所用材料自是"白发苍苍"，但作家由此展开的演绎与阐发，却分明对话当下——或探讨浪漫诗仙的精神路径，或追怀天才作家蚌病成珠的命运历程，或发掘艺术天地的心灵底色，或揭示情感世界的人格魅力，凡此种种，足以让现代人或醍醐灌顶，或深长思之。《逍遥游：庄子传》和《成功的失败者——少帅写真集》是传记作品，却选择了一种折扇式、辐射式结构，这种结构方式，联系着作家从苏东坡处拿来的"八面受敌"读书法，也折映出鲁迅曾指出的《儒林外史》"虽云长篇，颇同短制""集诸碎锦""时见珍异"的特点，当属于典型的遗产借鉴，只是所有这些在为"我"所用时，都经过了自觉的变奏，以致最终成就了闪耀时代光彩的历史回望，其中若干形象、观点和见解，都具有开创性与建设性。《春宽梦窄》《辽海春深》二卷，是纯粹的游记散文。其基本内容尽管仍是由来如此的仁山智水、长亭短亭，其抒写方式亦不乏古人惯用的登临远目、思接千载，但字里行间不见了那种基于个人境遇的"思古之幽情"，取而代之的是叩问沧桑的深邃，是生命还乡的喜悦，是行走于中华大地特有的舒展与自豪，总之是一种健朗博大的现代情怀。至于旧体诗卷《邃庐吟草》，更是坚持现实为体、传统为用，将今天的生命体验镶嵌进昨日的艺术形式，从而古韵新声、老树新花，别有一番风采和韵致。

与价值判断的辩证扬弃和艺术表达的融通古今相呼应，《充闾文集》在语言建构层面，亦呈现出衔接传统、整合资源、推陈出新的追求。"五四"以降，白话勃兴，文言式微。从推动社会转型和民众启蒙的角度看，这是顺时应势的事情；但在汉语自身发展和完善的意义上，却因为一种从观念到实践的矫枉过正和骤然断裂，而留下了若干迄今依旧可见的后遗症。反映到当代散文创作中就是，有的作家语言资源贫瘠，只能耽于生活化、口语化的行文表达，以致使作品拖沓直露，索然无味；有的作家虽然具备汲取古汉语营养的意识，但缺乏将意识转化为文本的功力和路径，结果下笔往往文白杂陈、生硬造作；还有的作家在使用汉语时，由于根基不牢、脉络不清，最终让现代汉语变成了余光中所批评的"西化中文"。相比之下，《充闾文集》展现出另一种语言气象。作家凭借自身特有的新旧合璧的汉语功力，熔文言、白话、书面、口语于一炉，写出了一系列质文俱佳的篇章，从而为今天的散文语言建构提供了可资借鉴的范式。王充闾的笔下，有旧词新用，也有文言活用；有对现代小品语言的借用，也有对古代传奇唱词的活用；古意充盈，又饱含着现代人的生活情趣；叙述句式灵活，长短搭配，自然流畅。所有这些，融为一体，打通了汉语的血脉，魅力无穷。而这正是《充闾文集》对当代散文的又一贡献。

"审理"式的诗词鉴赏
——读《诗外文章——文学、历史、哲学的对话》

◎ 贺绍俊

王充闾的《诗外文章——文学、历史、哲学的对话》（以下简称《诗外文章》）是一部鉴赏、品读中国古代诗词的散文著作。作者从先秦写至近代，带领读者遨游于2000多年的诗词长河之中，领略古典诗词的哲思意蕴。这是作者长年研习古典诗词和传统文化的结晶。

阅读这部著作，让我想起了另一位学者李元洛。他一直在做古代诗词的鉴赏工作，也出版了《唐诗之旅》著作。王充闾和李元洛堪称一北一南两位诗词鉴赏大家，但各有侧重，并形成了互补。如果说李元洛侧重于"审美"的话，王充闾则可以说是侧重于"审理"。"审理"是我读了王充闾著作后创造的一个新词，也许不太贴切，但我是想强调，王充闾更看重的是古代诗词之"哲理"。这本书的简介中有一句话"作者依凭近500首历代哲理诗的古树"，意思是说书中所鉴赏的诗词都是哲理诗，我以为这句话并不准确。王充闾并没有刻意挑选哲理诗来鉴赏，而是在他的眼里，中国古代诗词离不开哲理，富有哲理恰是中国古代诗词的一大特点。

古人早就说过"诗言志，歌咏言"，认为诗是用来表达思想襟怀的。诗歌固然可以抒情，但是中国文人更加看重"诗言志"的功能。王充闾"审理"式的鉴赏正是从"诗言志"入手，抓住了中国古代诗词的灵魂。《诗外文章》开首第一篇，鉴赏的是《诗经》中的《蒹葭》："蒹葭苍苍，白露为霜。所谓伊人，在水一方。"人们一般将其作为一首优美的情诗，表现的是追

"审理"式的诗词鉴赏——读《诗外文章——文学、历史、哲学的对话》

求所爱而不及的惆怅和苦闷。但王充闾更愿意将其作为"一首美妙动人的哲理诗"来品读，他认为："《蒹葭》中所企慕、追求、等待的是一种美好的愿景。诗中悬置着一种意象，供普天下人执着地追寻。"

我以为哲理性可以区分为两类，一类是体现智慧极致的哲理性，多是哲学家关在屋子里的冥思苦想，关心的是宇宙的本质、人类的信仰等超越世俗、高蹈玄奥的问题；另一类是与历史、人生、现实紧密相连的哲理性。王充闾更偏重后一种哲理性。这可能跟王充闾一直的文学追求有关系，也跟他的身份特征有关系。王充闾的文学追求承继着"五四"的启蒙精神，具有强烈的现实感和社会担当，谈到他的身份特征则不能不注意到他长年从政的经历。从这个角度来看，我以为可以将《诗外文章》看成是王充闾与古代士大夫的精神对话，这种精神对话更多的是在哲理的层面。

士大夫是古代文人的一种身份，也是古代文人安身立命的一种方式，而诗词是他们寄托情怀的重要方式。因此，从古代诗词中可以充分了解到士大夫精神的真谛。王充闾乐于通过古代诗词与士大夫进行精神对话，还在于他本人就是一名当代的"士大夫"。他在品读古代诗词时，也许是内心的政治情怀与诗词中流露出的政治情怀产生了共鸣，也就自然而然地形成了与古代士大夫进行精神对话的姿态。

《诗外文章》所鉴赏的诗词，也选入了一些并非知名诗人的并非上乘的诗作，为什么会这样？因为王充闾选诗的标准并不是以文学性为唯一标准，而是更在乎他在精神对话中能否有所感悟。比如他引了宋人韩琦的一首诗《小桧》，韩琦就是典型的士大夫，他并不以诗文名世，但是这首诗非常准确地体现了士大夫的政治情怀，因此王充闾说："诗人借吟咏庭前移栽的小小桧柏，展示一己清风劲节的抱负、刚正不阿的品格。这里有自许，有标榜，有寄托，也有感慨。"李宗勉这个宋人的名字，对于不是专门研究古代文史的读者来说，肯定也是陌生的，但王充闾也选了他的一首诗，而且很有意思的是，他干脆给鉴赏这首诗的文章取名为"官场中的恐高症"。晋人吴隐之的《酌贪泉诗》很难说是艺术经典，但它被王充闾看中，一定是因为这首诗具有鲜明的现实意义，诗人是从为官清廉的角度来谈为人和为文的，贪与廉取决于人的操守，同客观上是否饮用了贪泉并不相关，"试使夷齐饮，终当不易心"。王充闾由此获得一种共鸣，并解读出诗人对于环境与风气、欲望与操守、主观与客观等关系的理解。

对于那些名诗人的名作，他也是侧重于从士大夫精神的角度去理解，挖掘其中的哲理性。即使有些诗作广泛流传，形成定论，王充闾也不囿于定论，而是从现代士大夫的视角入手，发现别人难以发现的角度和内涵来。比如他谈苏轼的《骊山三绝句》："辛苦骊山山下土，阿房才废又华清。"王充闾说："寥寥28字，为历朝历代有国者提出了带有普遍性、现实性的严肃课题：如何在成功之后，能够居安思危，清慎自守，持盈保泰，过好胜利这一关？"谈的分明是政治之大道。士大夫的核心就是文以载道，这个"道"是人间大道、人生大道。王充闾正是从"文以载道"的思路来读解苏轼这首诗的。他觉得这首诗是苏轼对朝代更迭、兴衰变化的一种感慨，他从中发现了古代士大夫对政治大道的理解。苏轼的《撷菜》写的是生活小事，用王充闾的话说，是写有趣生活的诗化纪实，但即使是这首写生活小事的诗，王充闾也读出了苏轼的政治情怀。总之，《诗外文章》从哲理入手鉴赏古代诗词，但又不是泛泛地谈哲理，作者以与古代士大夫进行精神对话的方式来谈哲理，因此具有了突出的现实意义。

最后，我要特别说说《诗外文章》的文风。这是一种特别朴素的文风，朴素是与真挚相联系的，没有遮掩和粉饰，就让真性情和真人格袒露在读者面前。这种朴素的文风在当前散文创作中是难得的。当前散文创作的不少问题都与文风有关，如矫情、卖弄、无病呻吟、夸大其词、巧言令色等等。而王充闾的朴素文风就体现在不矫情，不卖弄，不无病呻吟，不夸大其词，也不巧言令色上，他给我们提供的都是实实在在的干货与真货。为什么朴素的文风被冷落？因为朴素的文风要以深厚的积累为基础，是靠真性情来征服读者的。有些人没有干货与真货，便只好靠矫情、卖弄来掩盖其内心的空虚了。我希望王充闾的《诗外文章》能起到匡正文风的作用。

逍遥游拟学蒙庄
——评《逍遥游：庄子全传》

◎ 贺绍俊

　　读王充闾的《逍遥游：庄子全传》，不由得想起庄周梦蝶的故事。庄子在《齐物论》中讲述他做的一个梦，他梦见自己成了一只翩翩起舞的蝴蝶，醒来后却陷入迷茫，他不知是庄周梦为蝴蝶，还是蝴蝶梦为庄周。没想到我在阅读中也产生了庄子式的错觉，我不知道这本书到底是王充闾在说庄子，还是庄子在说王充闾。我以为王充闾在写作中大概也陷入了庄子式的迷茫，他或许竟把写作当成了一次梦蝶的过程，他是否梦见自己成为庄周？他是否以为庄周也梦见了自己？这种错觉缘于王充闾在书写庄子的时候完全融入了自己的思绪和情感，与其说这是一部关于庄子的传记，还不如说这是王充闾叩开历史大门与庄子的对话，是王充闾面对一位远古智者坦诚的自白。他说他读《庄子》时觉得庄子就在自己身边，"他的声音、他的情感、他的思想，就会随时随地地蹦出字面"，"饱享着作者与读者之间心灵对话的亲切感"。这就是说，王充闾是以一种对话的姿态去阅读《庄子》的，于是他又将阅读中的对话情景延伸到了写作这本书上，而且他一定感觉到了，写作是一次更为充分的对话，他与他所倾慕的古代智者对话，他在对话中也倾诉了他对庄子的敬佩之情。清代的殷希文追慕庄子，写下了"逍遥游拟学蒙庄"的诗句，这七个字用来形容王充闾写作这部书的心态则是非常贴切的。

　　这是一次很有意思的对话，也是一次具有现代政治情怀的文化人与古代哲学大师的思想碰撞，因此具有鲜明的现实意义。

既然在这本书中王充闾采取的是与庄子对话的姿态，那么也就意味着他在写作中的身份并不是一名纯粹的作者，并不是在进行客观的描述，他以非常确定的主体性进入到了写作之中。因此在评述这部庄子传前，有必要对王充闾的主体性作一番介绍。王充闾是一位散文大家，其实他的散文就鲜明呈现了他的主体性。在我看来，他是一名当代士大夫，因此他的散文充溢着浓烈的政治情怀。我曾在一篇论述王充闾散文创作的文章中谈到王充闾的政治情怀的意义："王充闾散文中的政治情怀是中国现代思想史、中国现当代文学史的一份宝贵精神财富，我们过去对其重视不够。从20世纪初中国开始现代化运动以来，就有一批现代知识分子陆续投入到政治运动之中，尽管他们选择的政党不同，各自的政治理念不同，但他们身上所表现出的现代知识分子的政治情怀却是共同的。他们都是做学问与做人并重，文章与道德兼胜。可以列举出胡适、傅斯年、丁文江等，瞿秋白、陈独秀、顾准等。当年丁文江的一位朋友写诗评价丁文江：'诗名应共宦名清'，这其实可以说是中国现代知识分子的共同追求。他们热爱和推重自由、科学、民主，坚守人格上的独立性，在学术上更有开创性，在政治上更有建设性。因此这种政治情怀就是一种重要的人文精神。"王充闾具有浓郁的政治情怀，他的政治情怀从文化内涵上看，有两点非常突出，一是具有现代知识分子的意识，二是具有传统的儒家精神。儒家精神强调积极入世，强调胸怀天下，强调匡世济民。王充闾长年在"宦海浮沉"，始终以先贤为榜样，将匡世济民作为其文化理想。因为其现代知识分子意识，这使得王充闾对社会、历史和政治的认知更加清醒，也更加科学。因为其传统的文化理想，在王充闾的精神世界里不可避免地也要面对古代士大夫普遍所面对的势统与道统的冲突和矛盾。在政治实践中，一个有所束缚的官员也许可以采取妥协和调和的政治现实主义的方式来解决实际问题，但这样的解决显然距离现代知识分子的理想标准来说相距甚远，于是王充闾只有通过散文来倾诉内心。在以往的散文写作中，王充闾主要表现出的是一种儒家精神,指点江山,激扬文字,忧国忧民,慷慨陈词。但势统与道统的冲突始终是他散文的一脉强大的潜流。事实上,作为一位对现代性有着清醒认识的知识分子,他对势统与道统的不可调和性看得更加透彻,也更加理性。因此他转而追求一种精神上的自由和解放。他曾在一篇写李白的散文中感叹:亏得李白政坛失意,所如不偶,以致远离魏阙,浪迹江湖,否则,千秋诗苑的青宫,则会因为失去这颗朗照寰宇的明星,而变得暗淡与寥落。但他同时又强调,李白在政坛失意不失意是次要的,重要的是李白必须有这份政治情结,没有这份政治情结,就没有他的内心冲突,也就没有李白留给我们的深邃的诗意。王充闾对李白的剖析说到底是对现实的剖析。他把古代的知识分子分为三类:在朝的、在野的和周旋于朝野之间的。他认为古代知识分子不管选择哪一种人生道路,最后都是悲剧性结局。这构成了一个文化悖论的问题,而悖论常常表现为一种张力。王充闾的写作其实可以看作是一位身处政界的现代知识分子如何在当代中国处理和化解这种张力的。王充闾从骨子里是崇尚自由精神的,这是一种现代意义上的自由精神。这种自由精神无法同传统的道统与势统的矛盾相协调。所以王充闾在位时所写的散文,其自由精神就有所控制,而当他卸任以后,他的散文明显地更加潇洒、更加洒脱、更加自由奔放了。但更重要的是,王充闾的自由精神决定了他迟早要与庄子进行一场对话。当他在散文中能够让其自由精神尽情释放时,这场对话的时机也就成熟了。

如此看来,王充闾这部《逍遥游:庄子全传》,并不是在纯粹客观地讲述庄子的一生经历和思想建树,而是以自己的主观体认去解读庄子。但正是这种所谓的"不合体例",才使得这部《逍遥游:庄子全传》更加接近历史的真相,也更加接近庄子的灵魂。因为在已有的历史资料中,庄子并没有留下多少痕迹,今人回望历史,难以复原一个完整清晰的庄子形象。过去也出版过多种庄子传,这些庄子传的作者为了让传记更加丰满,就不得不凭借想象来还原庄子,无论是将他写成瘦骨嶙峋,还是写成双目炯炯,虽然形象丰满了,但终究是今人对于庄子的想象,靠不住的。倒是庄子的精神通过他的著述留存了下来，且保存得相当完整。王充闾不拘泥于传记的客观描述，着重于诠释庄子的思想内涵，就如同从精神上给庄子画像。虽然从"形"上说显得简约，但因为较为准确地传达出庄子的"神"，可以说才是一部更加妥帖的庄子传。当然，为了准确地传达出庄子的"神"，王充闾也想了很多的办法，他巧妙运用了传记这一文体，通过"五张面孔"、"十大谜团"等叙述将庄子的思想和精神形象化；同时又将《庄子》中的孔子比喻为"演员"，分析庄子是怎么"导演"的，以及庄子是如何在与惠施的论辩中激活思想智慧的，从而将枯燥的哲学理论话题讲述得生动活泼。更重要的是采取对话的姿态，从而使整个叙述变得亲切。

　　王充闾与庄子对话的主题就是自由精神。崇尚自由精神的王充闾最看重的也就是庄子的自由精神。他认为庄子是"首倡人的自由解放的伟大思想家"。他欣赏庄子的"高远的精神境界和开阔的胸襟"，追慕庄子"异于常人，不合流俗"的独立品格，推崇庄子"以名位为轻、生命为重，视身心自由为至高无上"的哲学思想。在王充闾看来，庄子是一个能在困顿、险峻的现实社会里任心灵自由飞翔的智者，所以他给这部传记取名为《逍遥游：庄子全传》。《逍遥游》是庄子很重要的一篇文章，是《庄子》33篇的第1篇，文章充满了神奇的想象，富有浪漫色彩。庄子在文章一开头就想象有一只巨型的大鹏，展翅奋飞，翅膀就像天边的云。王充闾是这样来解读"逍遥游"的："形容精神由解放而得到自由活动的情形。"可以说，"逍遥游"典型地代表了庄子的哲学思想，王充闾对其作了一番阐释："自由是一种精神方面的感受与追求，那种自由境界，是一种主客观之间无任何对立与冲突的精神状态，是一种无任何牵系与负累的超然心境。"

　　我们可以把庄子的哲学思想理解为以自由精神为核心的生命哲学。庄子的人生观、价值观都与此相关。王充闾也分别从精神追求、价值取向等诸多方面进行了深入的分析。庄子的自由精神对于后来者影响巨大，不少学者在庄子哲学思想的基础上有了大量的引申和发展，当然后来者往往是"各尽所需"，对庄子的理解也不尽相同。如有的学者就认为庄子的思想过于悲观，甚至认为是"没落阶级思想情绪的表现"。王充闾对各种观点也作了介绍，但他显然更愿意从积极的层面去理解庄子的哲学思想。因此他凸显了庄子的几个关键点，一是庄子的生命意识，二是庄子的平民意识，三是庄子的超越世俗。

王充闾作为一名当代高级官员，以入世的姿态忧国忧民，应该说更倾向于儒家思想，而且从他的散文中也能看出他具有比较浓郁的儒家精神。那么他又为什么如此推崇庄子的哲学思想呢？莫非他是看透了官场和现实，要逍遥出世，远离尘嚣吗？当然不是。细读这部庄子传，王充闾尽管欣欣然地与庄子在逍遥境地悠闲对话，激赏庄子超然物外的心境，但他丝毫也没有厌世、颓顿的情绪。相反他是要以庄子的思想弥补当下的思想欠缺。其中最突出的一点就是，他把庄子理解为"官本位文化"坚定的反叛者。王充闾在这里强调庄子对官本位文化的反叛，真是犀利、深邃之见！中国社会的诸多问题最终都可以归结到官本位文化上，甚至包括我们的思维方式，也深深打上了官本位文化的烙印。我们今天明明清楚地认识到官本位之害，却无法纠正之。有一种观点就认为，我们的文化传统就是建立在官本位基础之上的。但王充闾从庄子的思想中发现，在我们的文化传统内部，本来就具有反对官本位的因素。王充闾认为，庄子反对官本位文化，并不是一种消极的逃避政治的态度，"从《人间世》篇看得出来，庄子对于官场腐败、仕途险恶、宦海浮沉的观察，却是至为透彻而深切的"。他还认为，庄子的思想基调"应该属于入世情怀，但他却以出世的冷眼观之"。所以我以为，王充闾是以现代的政治情怀在与庄子对话的。王充闾将庄子称为"草根性质的知识分子"，称赞庄子"完全脱离统治阶级的利益，和那些'治人者'严格划分界限。他的思想倾向、所持立场，许多都是站在平民百姓一边"。草根性质的知识分子，这样的命名分明具有强烈的现实性，这未曾不是王充闾对于当代知识分子的一种期许。因为如果当代社会有了更多的草根性质的知识分子，官本位文化的土壤也就逐渐会得到改良了。王充闾乐于与庄子对话，正是因为他看到了庄子的精神价值具有强大的当代性。

如果仅仅谈庄子的哲学思想，庄子的形象还不丰满。庄子还是一位文学家，他对中国文学的影响实在是太大了。王充闾意识到这一点，他对庄子的定位就是"诗人哲学家"，这并不是两个称号的并列，而是说，庄子是具有诗人气质的哲学家，庄子的哲学思想是以诗的方式表达出来的。王充闾不仅以较大的篇幅介绍了庄子的文学成就和特点，而且强调了庄子的哲学思想与文学之间互为因果和互相渗透的关系。庄子提倡无用，无用便是大用。想当年，庄子拒绝了去做宰相的邀请，宁愿像一只乌龟在泥泞中行走，因为他认为在政治上"有用""有为"是会带来灾难的。而他孜孜地书写《庄子》33篇，大概是把这种书写当成无用的事吧？文学从一定意义上说，的确是"无用"的，然而《庄子》33篇充分证明，无用乃大用。但愿当代文学也能从这里获得些许启示。

爱国正是将军心
——读王充闾《成功的失败者——张学良传》

◎ 古 耜

因西安事变而被誉为"千古功臣，民族英雄"的张学良将军，于本世纪初走完了生命的百年长旅。伴随着近年来中国近现代史研究的持续升温，如何认识和评价张学良，正在成为一个见仁见智、屡见歧义的话题。面对眼前的纷纭与喧哗，作为张学良的同乡，并对其生平行迹多有追踪、省察和体悟的作家、学者王充闾，以一部《成功的失败者——张学良传》（以下简称《张传》），较系统地表达了自己的观点。其严谨的逻辑推理、新颖的思维图式、别致的文本结构和精美的叙事描写，整合为质文兼备的一家之言，不仅凸显了丰沛的学识与才情，而且对当下的张学良和抗战研究，以及文学传记创作都具有借鉴和启示意义。

王充闾对如何写出"这一个"的张学良可谓用心良苦，一部《张传》也确实凭借多维多向的人脉钩沉与人际考察，凸显了传主的心灵之"真"与生命之"神"：一种构成其终生追求与精神基调的爱国情怀。你看：《道义之交》讲述周恩来与张学良的"10日之缘"，以及接下来长达几十年的相互尊重与牵念。而周公之所以在生命弥留之际，仍有"不能忘记老朋友"的嘱托，正是基于张学良将军在民族危急存亡之际，做出的重要贡献和付出的巨大牺牲。《两股道上跑的车》聚焦张学良和清朝废帝溥仪之间的关系，其笔墨所至，一边是溥仪的"依他列强，复我皇位"；一边是张学良的东北易帜，国家统一，共御外侮。两相比照，张学良的爱国精神昭然于天下。

还有，《史里觅道》专谈张学良研习明史，而他研习的目的，则在于探寻国家大势兴衰沉浮的内在规律。至于《鹤有还巢梦》更是锁定老将军的晚年心境，将一种在岁月长河里越洗越浓的乡愁，连同其历尽劫波而无悔的身世感怀与家国观念，表现得笔酣墨饱，让人不禁省悟：爱国正是将军的心灵史。毋庸讳言，从爱国主义路径走近张学良，并非肇始于王充闾；然而，调动丰富的材料，把张学良身上的爱国主义诠释得这般饱满和有力，却不能不说是《张传》的优长和贡献。

特别值得肯定的是，《张传》在书写张学良的爱国情怀与跌宕人生时，没有让笔墨仅仅停留于政治和道德层面的阐释，而是以此为基础，针对传主在复杂历史环境中形成的堪称驳杂的观念世界和充满矛盾的行为选择，大胆引入了哲学上的悖论视角与传主对话，剖解其人生玄机，破译其心灵密码。在作家看来，张学良的一生，可以用"成功的失败者"来概括——从长期遭受拘禁、政治生涯短暂、终生壮志难酬的角度看，他是个失败者，正如他自己所说："我的事业是到36岁，以后就没有了……从21岁到36岁，这就是我的生命。"然而，这样的人生厄运是同其惊天壮举西安事变联系在一起的。用曾为其撰写口述历史的唐德刚的话说："如果没有西安事变，张学良什么也不是。蒋介石把他一关，关出了个中国的哈姆雷特……张学良成了爱国的代表。"显然，这样的分析立论使传主的个性和价值获得了另一种呈现。

与坚实厚重的学术品格与研究性质相呼应，《张传》在文学表达和艺术经营上，亦颇费匠心和颇见功力。全书除了前面所说的其结构因人生文，得《史记·列传》"合传"之妙外，其大多数章节都注重汲取多渠道的审美滋养，调动多种艺术手法，以强化自身行文的新颖、精粹与变化，力求一种缤纷摇曳的叙述效果。加之作者王充闾一向腹中诗书充盈，笔下文采斑斓，更使作品别有一种隽雅飘逸的神采。

当然，《张传》也有美中不足，这主要体现在两个方面：一是作家在通过人物关系透视张学良时，忽略了一个重要的视角，这就是与其一起发动西安事变的杨虎城将军。而已有的研究告诉我们，增加杨虎城的视角，不仅可以进一步丰富作品的历史信息与细节，而且更便于我们看到一个平时不容易看到的风口浪尖上的张学良。二是不知有意或无意，全书对近年来出现的一些历史材料，如张学良与苏联的关系，缺乏必要的回应和解读，而这些内容，对于我们今后深入认识和评价张学良，恰恰是绕不过去的存在。

中国文化自信的日常智慧
——评王充闾《国粹：人文传承书》

◎古 耜

时至今日，中国的思想、文化和学术风气，正朝着本土化方向强势回归。这一全新语境把一个由来已久而又常说常新的话题，再度摆到作家学者面前，这就是：我们该以怎样的态度、理念和方法，传承和弘扬中国传统文化？在这方面，补苴罅漏，正本清源，"我注六经"，固然必不可少；但更重要的恐怕还是立足时代认知的制高点，亮出自己的胸襟与目光，博采众长，取精用宏，"六经注我"。因为只有这样，中国传统文化才能在精神淘洗和历史砥砺中，不断激活底蕴，融入新质，从而与时俱进，实现自身的创造性转化和创新性发展。正是基于这种认识，笔者愿意向文坛和学界郑重推介文史大家王充闾先生的历史文化作品新著《国粹：人文传承书》（以下简称《国粹》）。这部洋洋洒洒36万言的作品，聚焦5000年中国文化史，其行文洒墨、取材立论自是保持着作家一向奉行的扎实、缜密与严谨，然而统摄全书的最大特点，却是悄然贯穿和浸透于字里行间的属于作家特有的历史意识、文化情怀、人格理想、审美趣味、价值判断，它们无形中完成了有关中国传统文化的另一种描述与解读，同时也凸显了作家历史和文化回望的个体风范，其文心所寄，很值得认真揣摩和仔细回味。

"文主秦汉，诗规盛唐。""书不读汉唐以下。"这样的说法，如果从文学创作的角度加以审视，大抵难免有刻舟求剑、泥古不化之嫌；不过，倘若就学术研究而言，却又不能不说它颇有道理。因为研究者要在广度与深度的结合上把握传统文化，确实需要从精读元典、洞悉上游、夯实基础入手，确实需要一种溯源而上、由源及流的意识与能力。张之洞所谓："读书宜多读古书，除史传外，唐以前书宜多读，为其少空言耳。"余嘉锡断言："欲研究中国学术，当多读唐以前书，则固不易之说也。"都包含这层意思。对于这一问题，充闾先生似乎未做直接论述，但从他近年来的创作与研究多围绕先秦展开且硕果累累的情况看，他应当与张之洞们"所见略同"。而一卷《国粹》亦可证明这一点。该著拿出多个章节专门透视先秦和汉唐文化，它们或从容叙事，或睿智析理，均可谓深入浅出，别有会心。譬如，《生生之为易》在充分吸收相关研究成果的基础上，锁定"生命之学""生存之学"和"发展、变易之学"三个维度，深入发掘和精心诠释《易经》的丰富内涵，从而在本源意义上揭示了中华民族何以能够久历沧桑，却生生不息。《士君子》从王安石的怀古诗《孟子》说开去，其生动的夹叙夹议，不仅勾勒出孟子其人雄强善辩、清高自持的风标气度，而且凸显了这位"亚圣"于思想史和儒学史上的独特贡献，如呼唤知识阶层的群体自觉，高扬"民贵君轻"的旗帜，发展儒家的"民本"观念等。这时，孟子的话题便与时代潮流相衔接。还有《始祖》《鸿蒙开》《秦始皇之道》等文，均采撷不同的历史事件或文化现象，展开钩沉与思考，就中完成了对先秦乃至远古历史重要段落或场景的新颖解读，同时也传递出作家渊博扎实的学问功底。这样一些立足源头、厚积薄发的篇章，带给全书的是一种幽邃旷远之境、高屋建瓴之美。

中国传统文化以儒家为中心意脉，以儒释道多元互补为基本形态。其中道家与释家相对于儒家，都是边缘性、异质性的存在。而道家与释家相比，少的是哲理性和仪式性，而多的是本土性和世俗性。唯其如此，道家对国人性格和民间习俗的养成，对中国文化尤其是文学艺术的变易与发展，都产生过广泛而深刻的影响。正如鲁迅所说："人往往憎和尚，憎尼姑，憎回教徒，憎耶教徒，而不憎道士，懂得此理者，懂得中国大半。"然而，不知为何，鲁迅的说法并没有得到充分呼应，迄今为止，道家文化在文学世界仍是一种清浅模糊的存在，对道家文化素有研究的充闾，显然希望促进现状的改观，而一卷《国粹》便有意识强化了对道家文化的梳理与推介。请看《道家智者》。该篇在开阔的文化视野之下，着重解剖道家学派主要代表人物庄子始终如一"做减法"的生命实践，其精到的条分缕析，既阐明了这种生命实践的心理依据，又归纳出它何以可能的精神途径，其结果是不仅彰显了庄子其人的个体追求，而且完成了对道家文化的浓缩性皴染。《邯郸道》涉及曾经在古赵大地长期并存的儒家和道家文化。但透视和分析的重心分明还是后者——流传逾千载的"黄粱梦"和吕翁祠，以虚幻离奇的故事，演绎着"凡功名皆成梦幻，无少长俱是古人"的道理。这当中无疑包括消极成分，但也不无合理元素：对利欲熏心、贪得无厌者，它不啻当头棒喝；而对命乖运蹇、求进无方者，它又何尝不是一种心灵抚慰？这时，道家文化的积极意义，以及它与儒家文化奇妙的转换与互补关系，获得了清晰而客观的展现。《千古文人心》《达人境界》分别阐释李白和苏轼两大文豪的命运轨迹。其场景与事件自是缤纷摇曳，但内中贯穿的却是一种清晰自觉的理性判断：儒家支撑其社会行为，道家成就其艺术实践。这是作家对道家文化的另一种观察与解读吧？这样的努力使中国传统文化愈见斑斓、繁复与博大。

　　《国粹》是以文学为主视角的文化史建构。既然是史的一种，它就必然要遇到如何处理历史上"人"与"事"的关系问题。对此，充闾先生提出"事是风云人是月"，从而"烘云托月"的观点。他认为："历史中，人是出发点与落脚点。人的存在意义，人的命运，人为什么活、怎样活，向来都是史家关注的焦点。"（《中国心》）事实上，正是这样的观点幻化为《国粹》的中心线索。请看构成全书的四大板块：第一章"人文命脉"，集中讲述庄子、孟子、秦始皇、李白、苏轼、纳兰性德、袁枚、曾国藩等历史人物的思想、艺术、性情和命运，涵盖了思想家、政治家、文学家、艺术家、仁人志士、英雄豪杰等先贤，其笔墨所至，或知人论世，或由史通心，而落脚点都是为现实人生提供滋养与借鉴；第二章"生命符号"，相继介绍贺兰山岩画、广陵散古曲以及诗词密码、楹联趣味、姓氏文化、座次学问等。它们是文化的积淀与升华,但更是心灵的投射与创造,是人对自身的审美化与对象化。第三章"文明大地",着力呈现"三峡气象""江南传奇""凉山云和月""丝绸之路"等人文地理,但行文洒墨并不是单纯的模山范水、借景抒情,而是在此基础上,调动时空交错、散点透视的手法,牵引出相关的历史人物,从而增添江山的人文色彩和大地的精神重量。第四章"生活智慧"主要从制度和观念层面,切入传统文化和古人生活。作家的初心与重心始终是,在关注民族生存与发展的意义上,烛照其精神生态,弃扬其文化传统。由此可见,对于读者而言,《国粹》是诗意盎然、神采飞扬的一部文化史、传统史,但更是深思熟虑、自成一家的心灵史、精神史。它所传递的不单单是文学家的历史意识,同时还有以《左传》《史记》为开端的文史合一的写作方式。

散文家王充闾《诗外文章》：
不仅感知古人世界，还窥见内中玄机

◎孙　郁

有一年听过叶嘉莹先生的关于古诗词的演讲，颇为感动。后来与友人去她家里拜访的时候，见其对于古诗词的痴迷，以及诗句内化于心的样子，才知道，古代文人的遗绪对于一个人是多么重要。至少是叶先生，生命的一部分就在那些清词丽句里。

这样的人可以找到许多。我的前辈朋友中，王充闾算是一位。他自己写旧体诗，也研究诗文，对于古人的笔墨之趣多有心解。晚年所作《诗外文章》三卷本，乃诗海里觅珍之作。

王充闾早年有私塾训练，对于古代诗文别有感觉。他是学者类型的作家，对于古代文学的认知不都在感性的层面，还有直逼精神内觉的理性领悟。阅读作品时，涵泳中灵思种种，流出诸多趣谈。但又非士大夫那样载道之论，而是从现代性中照应古人之思，遂多了鲜活的判断。我阅读他的书籍，觉得不是唯美主义的吟哦，在对万物的洞悉中，起作用的不仅仅是学问的积累，还有生活经验的对照。心物内外，虚实之间，不再是隔膜的存在，作者看到了人世间的阴晴冷暖。从诗歌体悟人生哲学历史，这个特别的角度也丰富了他的散文写作。

我们的古人咏物言志的传统很久远。宋人张戒说："建安、陶、阮以前诗，专以言志；潘、陆以后诗，专以咏物。兼而有之者，李、杜也。"近代以来的朱自清、顾随、俞平伯也有类似的看法。隐情的流露与展示固然是诗歌的特点，但借诗言志，向被读书人所看重。钱钟书对于宋代诗歌的说理性的勾勒，给过我们不少启示。至于缪钺的品词论句里的妙谈，我们是有所感动的。王充闾是散文家，他的学问也非书斋气的，有别人没有的套路。就其文字来看，也是颇喜欢言志的诗文的，谙于辞章之道又能跳出学林而自辟路径。古风从文字中吹出，他也成了那文字的一部分。

进入诗歌王国会有不同的入口，每个人的经验不同，自然看到的隐喻有别。王充闾在浩瀚的诗歌里不仅感到古人感知世界的方式，重要的是窥见了内中的玄机。我发现他掌握的材料颇多，又能逃出俗见冷思旧迹。中国古人不是以逻辑思维观照万象，而是在顿悟里见阴阳交替，察曲直之变。《诗外文章》里就捕捉到古代诗作里的思想资源，且悠然有会心之叹。古人的思维方式与审美方式今人不易理解，但细心究之，在体味中，当可演绎出丰富的观感。

我很感慨王充闾在旧诗里的诸多发现。作者提炼了许多有趣的内质，比如"美色的悖论""知与行的背反""大味必淡""清音独远""智者以盈满为戒""论史者戒"等，都是词语背后的意绪。其中庄禅之意依稀可辨，文史哲间的精要点点，牵出幽思缕缕，在似有似无之间，聆听远去的足音带来的妙悟，读书人的快慰跃然纸上。

我们的古人在诗歌里最为动人的地方，是写出俗语里没有的境界，在日常风景里发现非日常化的道理。比如杜荀鹤《泾溪》，从惊险与平淡对比里，言及"反常合理"之意，是有形而上的智慧的。而苏轼《野人庐》的词语间流露出的思想，则有悟得三生的智性，王充闾形容这是实现了黑格尔所云"自己构成自己"的思想。古诗里的批判精神，也是让人感动的部分，杜甫、白居易的不必说了，就杨万里这样的诗人而言，也有些句子颇多犀利之语。他的《宿灵鹫禅寺》对于官场风气的讽刺，极为巧妙自然，王充闾阅读此诗时，从《伊索寓言》启示里，连类对比，看出中外文学里相近的题旨，其中引人思考者颇多。古人如此通透、精妙地诉说心中之情，在悠然里见出悲愤之调，看得出旧式士大夫的责任感。这是一个传统。我们在屈原以来的诗人中，一直看到这种传统的延续。

中国古代的诗史埋伏着诸多丰富的思想，历史与哲学的话题亦不可胜数。顾炎武从诗中寻出历史的本然，废名打捞到缥缈的佛音，马一浮则悟出孔子诗学的核心之所。我看近来学人解析古代诗词的文字，觉得各取所需，得其要义而用之。从诗中看教化之用，是儒家审美的要点之一，但曾经因为道学家的滥用而多陈腐之气。不过徐梵澄以为，好的作品，的确有精神突围的意义，他对于陈散原、黄晦闻诗词的点评，就有孔夫子的遗音，在他看来，诗歌发之于心，得以流传，乃滋养世道人心的价值使然。

这确是一个有趣的现象。缺少宗教的民族，却在诗里承载了人间的智慧之语，那悠远的韵律比庙宇间的吟哦不差，也有神启的作用吧。

朱光潜曾说："中国人的心理偏向综合而不喜分析，长于直觉而短于逻辑思考，谨严的分析与逻辑归纳恰是治诗学者所需要的方法。"朱光潜期待的诗学理论，在今天的中国已经渐多，不过学院派的研究文本过于呆板，也影响了思想的传播。这时候我们如果看到一种鉴赏的文字，既有学术的沉思，亦带作家的性灵，当有不少惬意在。

用负责任的态度书写历史文化

◎王　研

作家在撰写历史文化人物传记时，不能戏说、胡说、乱说
应当为读者提供一种距离历史文化人物更近的阅读方式
成功的历史文化名人传记，不仅要面向历史，也要面向当下

敬畏历史文化是一个国家能够文明、健康发展的根本前提。然而，近年来，一些文学艺术作品以戏说、颠覆历史文化为"时尚"，以恶搞、嘲弄历史名人为"乐趣"，这种创作潮流必然会对文化的整体发展造成负面影响。

在中国梦的伟大愿景中，文化的繁荣强盛是极其重要的内容之一。提升文化水平离不开对传统资源的继承。而继承传统，首先就需要用负责任的态度去面对传统、认识传统。

2012年，中国作家协会宣布将推出《中国历史文化名人传》大型丛书。这是一项重大的国家文化出版工程，参与撰写工作的均为文学界和文化界的顶尖学者。

首批推出的10种书已于今年1月正式出版，当中包括我省著名作家、学者王充闾撰著的《逍遥游：庄子传》。该书以严谨的态度面对历史，用创新的写作手法，真实而又艺术地勾勒出文化巨匠庄子的一生，展现了庄子的思想脉络和巨大的文化魅力。

《逍遥游：庄子传》出版后备受肯定，2014年4月9日，"王充闾新

著《逍遥游：庄子全传》研讨会"在沈阳举行，王向峰、彭定安、贺绍俊等 30 余位省内外知名学者齐聚沈阳，围绕该书的学术价值、文学价值进行了深入细致的研讨。

历史名人热、传记热，是当下文化领域的一个突出现象。站在传播历史文化的角度来看，这一现象值得称道，然而，不少作品背离历史真实、以戏谑的方式书写历史名人，却不能不令人感到忧虑。

传记是一种文学形式，但又与一般的文学作品不同，它的第一原则是真实性。如果失去了真实的面貌，那么所谓的历史文化书写也就变成了一种亵渎历史的行为。

肆意的戏说和颠覆，不仅不能为历史文化提供有价值的阐释，更意味着敬畏之心的泯灭。敬畏是每个人在历史文化面前都应具有的一种态度，因为敬畏才能做到严谨，严谨才能还原真实，真实才是对历史负责。

《逍遥游：庄子全传》正是一部带着敬畏之心、严谨创作而成的传记。该书的作者，著名作家、学者王充闾，以现代的视角去接近历史文化巨匠，用散文式的笔法描绘出庄子的人生，完成了一次穿越时空的哲思对话。

著名学者王向峰、黄留珠、贺绍俊、李炳银等先后为《逍遥游：庄子全传》撰写评论文章，给予高度评价。在研讨会上，省内外与会学者一致认为，《逍遥游：庄子全传》是一部极具个性特点的上乘之作，作者以探寻、研究的意图书写庄子，使世人了解其成长历程、思想轨迹、性格特点、重大贡献与巨大影响，具有提供建构和谐生存人文环境的精神食粮的重要意义。

在颠覆历史人物成为"时尚"的时候，庄严认真的治学写作行为显得尤为珍贵……当传主是影响后世的伟大人物时，更容不得半点戏说，这是一个不可侵犯的写作规约。

如今的图书市场上，历史人物传记数不胜数，但精品却很少。正如著名批评家、中国作协创研部研究员李炳银所说，在到处都可见少正经、戏说、胡说、乱说历史人物的时候，像《逍遥游：庄子全传》这样庄严认真的治学写作行为，就特别地显示出珍贵。

"传记文学，是一种基于事实存在的文学写作。因此，真实、丰富的资料掌握，是传记文学作家最为要紧的工作准备。"李炳银表示，有人因为资料稀少，就没有约束地胡乱编造，这是一种对历史和现实都不负责任的表现，"像王充闾这样治学严谨的人，自然不会选择这样的方式。"

著名批评家古耜评价《逍遥游：庄子全传》是一部新意迭出、质文俱在、难能可贵的扛鼎之作。他说："在传记著作中，让传主形象尽可能拥有准确可靠的材料依据，从而具备较高的历史真实性与可信性，是最起码也是最根本的要求，这决定了一切严肃的传记创作，都离不开必要的考证内容。《逍遥游：庄子全传》审时度势，知难而进，以独具个性的思路和方法，展开相关考证，从而把还原庄子的工作扎扎实实地推进了一步。"

作为传记，尤其是历史人物传记，其基本事实的真实性是必须遵守的。针对当下的一些文学现象，渤海大学教授石杰提出，作家在撰写历史人物传记时，可以进行细节的虚构，可以力求传神，使语言具有感染力，但不能随意发挥、凭空捏造，要在尊重史实的基础上进行文学创作。她反对戏说、颠覆和凭空捏造。

那么，面对庄子这样一位原始资料极少的历史人物，应当如何作传？石杰认为，《逍遥游：庄子全传》提供了很好的经验。"充闾先生采取的主要办法就是以其对《庄子》的个性化解读，来整合、还原庄子。这种解读从头到尾都围绕着传主的人生，都充满着作者的生命体验，体现出很强的识见修养。"

青年学者王明刚强调，当传主是影响后世的伟大人物时，更容不得半点戏说颠覆，这是一个不可侵犯的写作规约。他说："为庄子立传是非常冒险和艰难的事情，因为史料记载一鳞半爪，最具权威性的《史记》提及庄子也不过234字。想从《庄子》中了解庄子，也并非易事。"因此，他认为，不肆意颠覆，不堆砌材料，也不板着面孔掉书袋的《逍遥游：庄子全传》，火候适宜，将历史性、当下性、文学性和学术性"融"为一炉，熔炼出了真实严谨、潇洒雅致、深邃厚实的美学风格。

根据学者李耀中的粗略统计，《逍遥游：庄子全传》中涉及直接论及庄子的著作 78 部；论述所及中国古代文献 135 部；读庄诗逾百首；古今论庄及相关文献著作人 258 人；外国名著 19 部；外国名家 40 人。这还不包括王充闾用于研读篇章而未在书中直接述到的大量作家作品。因而，李耀中坦言，王充闾的写作是建立在对庄子的充分研究基础之上的，他所做的准备工作不仅仅是为专业工作者考虑，而是广及各层次的受众。

"书中没有攻城野战、宫闱秘闻，传主被展示出的是思想锋芒和对宇宙人生的思考。充闾先生集纳各家观点，客观地表述和评述，最终凝练成自家胸臆，其全面客观，可谓古今无出其右者。这是一位学者的社会责任心。"李耀中说。

用散文体书写人物传记，为传记文学创作提供了有益经验……不论读者出于文学、哲学、欣赏哪种立意，都能在品味过程中被引入一种哲思的境地。

王充闾以文学手法立传，还原了一个在平民生活经验中升华人生哲理的智者。这是《逍遥游：庄子全传》为传记文学创作所提供的一个有益经验。

著名学者、辽宁大学教授王向峰说，《逍遥游：庄子全传》是一部长篇历史文化散文，"我认为，《逍遥游：庄子全传》是一部工程浩繁的散文工程，充分地显示了王充闾的传统文化素养与精进的专务之功，堪称他文化散文创作的举巅之作。"

王充闾把庄子称为一位名副其实的"诗人哲学家"，为他作传，若不能穿透他的诗性语言，不能进入他的哲学体系，则无法成文。对此，王向峰表示："即便进入庄子的哲学语境，但如不能感悟他的精微哲理，以至达成心印，也很难实现应有的境界。"《逍遥游：庄子全传》之所以有许多值得研究的成就，就是因为它进入了这样的境界。

《逍遥游：庄子全传》令人耳目一新之处是采用散文体来创作人物传记。王充闾对这样的写法有详细的阐述，他说："以散文形式，写实手法，钩沉出处行迹，展现人物精神风貌；凡有细节勾勒、形象刻画，尽量注意出言有据、想象合理；征引寓言故事，坚持抽象与具象结合；立论采取开放、兼容态度，展列不同观点，择其善者而从之。"

辽宁大学副教授徐迎新坦言，王充闾提供了另一种历史写作方法，将叙述、描写、评议、论证相结合，呈现出一种由记载、记忆、联想与憧憬构成的立体的精神世界。"因此，我认为，充闾先生不是在一般的意义上为庄子作传，而是以探寻、研究的意图走近庄子、庄学。由于材料极少，人们几乎没有可能复原庄子完整的人生经历及其生命中那些重要的细节，只能就有限的资料，抓取其光彩的时刻。这种情形，只有结构灵活、形式自由的散文体最为适合。"

作家白长鸿也称赞《逍遥游：庄子全传》成功地将传记、散文、理论专著融为一体，展示了较强的可读性和深刻的思想内涵，提供了一种距离读者更近的《庄子》阅读方式，也为丰富庄学的文本类型提供了借鉴。他认为："这是一部语言精湛、文笔恣肆、思想深刻的'品庄'之作。不论读者出于文学、哲学、欣赏哪种立意拿起这本书，在品味过程中，都会被逐渐引入一种哲思的境地，不知不觉成为庄子哲学思想的思考者。"

王充闾的散文创作在文学界享有极高评价。散文的文体风格与庄子思想中的"逍遥"之意十分契合。王明刚在仔细研读《逍遥游：庄子全传》后发现，除了散文笔法，当中还杂糅了多种文体，戏剧效果、小说写法、历史叙述和诗歌意境闪烁其间。因此，这本传记显得既厚重又轻盈，既细密又疏朗，既朴素又华美，给读者以品咂不尽的审美感受。

优秀的历史文化散文，应是作家对史学视野的重新厘定、对历史的创造性的思考与沟通，从而为不断发展变化着的现实生活提供丰富的精神滋养和科学的参照体系。

中华民族文化博大精深，文化名人是当中的杰出代表，他们的灿烂人生就是中华文明历史的缩影，他们的思想智慧、精神气脉深深融入中华民族的血液中，成为代代相袭的中华魂魄，在实现中国梦的历史进程中，必定成为再出发的精神动力。正因为此，中国作协计划用 5 年左右的时间，完成一项原创的纪实体文学工程——《中国历史文化名人传》大型丛书的出版。《逍遥游：庄子全传》便是这一工程的首批成果。

回望历史的根本目的是从历史中汲取养分，然后为今所用。也就是说，一部成功的历史文化名人传记，不仅要面向历史，同时也要面向当下，用历史的经验来观照现实。

研讨期间，多位学者提到《逍遥游：庄子全传》的第6章"善用减法"。在这一章中，王充闾写道，从中国历史来看，大致可以找到三种人，一类专门用"加法"，一类善用"减法"，还有一类人是"加减法"混合用。所谓"加减法"指的是一种人生理念，"减法"指的是不慕荣利、摒弃虚誉，追求自我精神的超越，强调知足知止。当今社会，喜用"加法"的人太多，而善用"减法"的人太少。当"加法"效应不断放大，人必然会深陷焦虑而无法自拔。《逍遥游：庄子全传》虽是以古人为书写对象，但实际在为现实的困境寻求出路。

青年学者王香宁说，《逍遥游：庄子全传》写出了一种现代价值，书中的史料不再是僵硬的陈迹，而是实现与现代语境对接的媒介，这是将庄子其人其作其思想自然而然地转换到中国现代逻辑思维的契机。她认为："充闾先生为庄子立传，不仅看重庄子其人其作的深刻内涵，而且看重庄子思想的深远影响。当下，传统的价值认同被功利性的价值观所取代。现代人急功近利、心灵迷失、情绪焦虑、行为浮躁，与庄子所说的'与接为构，日以心斗'具有相似性，即人的生命内性的丧失。这时需要深度的精神文化，关怀人的情感世界，引导人们化解现代社会的矛盾冲突，释放心理压力。《逍遥游：庄子全传》便具有提供建构和谐生存人文环境的精神食粮的意义。"

"充闾先生在创作《逍遥游：庄子全传》的过程中，采取的是与庄子对话的姿态。"著名批评家、沈阳师范大学教授贺绍俊提出，在写作过程中，王充闾的身份并不是一名纯粹的作者，他以非常确定的主体性进入到了写作之中。"充闾先生有浓郁的政治情怀，他的政治情怀从文化内涵上看，有两点非常突出，一是具有现代知识分子的意识，二是具有传统的儒家精神。他始终以先贤为榜样,将匡世济民作为文化理想。现代知识分子意识,使得他对社会、历史和政治的认知更加清醒,也更加科学。"

作为一位文化学者,王充闾的文化理想、使命和责任,透过《逍遥游:庄子全传》获得了完整的体现。正如他自己所说:"优秀的历史文化散文,不应只满足于对历史场景的再现,而应是作家对史学视野的重新厘定、对历史的创造性的思考与沟通,从而为不断发展变化着的现实生活提供一种丰富的精神滋养和科学的参照体系。"

透识民族的文化精神
——读王充闾的《国粹：人文传承书》

◎王向峰

中国作为文化积淀十分丰厚的古国，放眼巡视，放手拾取，无处不是国粹。万里长城、北京故宫、经史子集、书法绘画，等等，不一而足。所以广义说来，我国固有的物质与精神上的文化精华都是国粹；狭义说来，国粹是专指国故，也就是我们常说的传统文化。从以上的国粹含义所涉范围来看，不论是广义或狭义的国粹，都是说不尽的。但是充闾先生这部《国粹：人文传承书》（以下简称《国粹》），却不从国粹的一般范畴入手去论列知识格局，而是运用散文笔法钩沉蕴含国粹文化之事，以事为经，以情为纬，独辟蹊径地写出了中国传统的人文情怀、文化观念、价值选择、心灵空间和统摄诸多国粹文化范畴的精神脉络。

文化的核心主体是人，人不仅是文化的创造者，也是文化的享用者，不论古往今来一律如此。因此谈论国粹首要揭示的必是创造国粹文化的人，是这些人的作为才丰厚了国粹，使古典传统文化扩展了范围，留下了许多启迪后世的嘉言懿行，泽溉古今。在充闾先生的《国粹》中，不仅第一章是以人为题材的描述对象，其余的三章，有的虽然以事类为题，也是以事系人，实写着行事之人的感人之事，它们之中都充溢着传统文化的集群性的内容。看第一章中写的12个人物：人文始祖黄帝、醒世哲人庄子、士君子的典型孟子、亦功亦过的秦始皇、和亲使者文成公主、诗仙李白、达人苏轼、作为艺术家的宋徽宗、旷代才人纳兰容若、忠烈女帅秦良玉、性情生活家袁枚、人生苦短的曾国藩。在这些各类顶级古人身上,都系有中国文化的多重意义,其中不乏历史积淀的人生经验与行为教训。就以12人中最难评价的秦始皇来说,在《国粹》中对他乃是从人性的欲望膨胀上加以分析,论其行事的极端以为世所戒,这就远超就事论事而不知其内心动因的简单的政治鉴评,这为认识了解儒家的"中庸之道"、道家的"守中"、禅宗的"正道中行"等,设定了历史反向的参照项。何况,书中对秦始皇的极端追求的另一种效果也给予了客观如实的评价:"按说,号称'千古一帝'的秦始皇嬴政,原本是一位了不起的历史人物。他以雄才大略,奋扫六合,统一天下,结束了西周末年以来诸侯长期纷争的局面,建立了中国历史上第一个统一的中央集权的封建国家。'百代都行秦政制',其非凡的功绩,在中国历代帝王中都是数得着的。"

国粹作为民族文化精神,还表现在人们的历史经验、生活习俗、道德崇尚等诸多方面。《国粹》的第二章、第三章和第四章中,许多是专写国粹精神在文化中延伸表现的。在《生生之谓易》中,作者不是面面俱到地介绍《周易》,而是以"生生之谓易"的变化无穷之易理,启人以变化的态度应世,以不落后于现实的不断发展。在这三章中,作者特别标举出几个在中国文化中特有的范畴以事作解。在《科举》这部分,从唐初的科举取士制度说到清代怎样以科举笼络汉族的士人以为专制统治之用,使心性的驯化与"文字狱"的惩治各得其所。在《隐士》这部分,作者借游访富春江上严光钓台为事端,展开了关于隐士的话题。严光与汉光武帝刘秀本是莫逆之交,刘秀在南阳起兵匡汉时,严光曾与其一起谋事;如今挚友当了皇帝,聘自己为近臣,缘何要退隐江边去钓鱼为生呢?本篇要回答的就是这个千古之谜。充闾通览隐逸文化,在文中列举了隐士的五个特点,大体上是:有高层次的文化与道德修养,是不求闻达的洁身守素的高人,以放弃富贵荣华为代价换取个体自由自在的生存条件,鄙弃俗世间以利相交和虚伪夸饰的人际关系,有自己特殊的生存理念和生命追求。文中另外又说到一条是"不会给朝廷带来任何麻烦"。应该说严光一身全具这六条。

而这六条的主旨是避开君主专制束缚以自命自主，此中最典型的代表是庄子。在《诗词密码》中，作者对于中国独有的这种泽溉大众的诗性文化，更有就实论虚的生动叙述与体类分析，很能引发兴趣。作者广泛引述评点许多古诗之后，归纳了写旧体诗应须注意的几个问题，诸如真性情与创作者个性，才情才气与才学，胸襟眼界与识见，引人爱读的审美情趣等，对这些问题，如无自身创作经验则很难说得到位。此外，在《联趣》篇中，对于中国独有的楹联文化及其逸闻趣事与名联妙语广有论列。在《姓氏文化》中，对于关涉每个中国人的姓氏名字的历史文化规约，皆追本溯源，说的是知识，读到的却是谱系的自知。在《座次格局》中，考究和论述的是中国作为礼仪之邦，依据《周礼》和《礼仪》所确立和遵循的座次礼法，其宾与主，尊与卑，长与幼，有大体不变的格局，书中鉴古论今，对于现代仍例行于各种会议与宴会的座次排列，皆各有实例论证，给人以当代人应有的礼仪教育。

《国粹》的第三章的标题为"河山：文明大地"，内容都没离开山水地域与道路，初看这好像与《国粹》的书名不相干，但是翻开书细读细品，却发现此中的古典文化含量确实还十分丰富呢。马克思在《1848年经济学哲学手稿》中提出"人化的自然界"和"人同自然界的关系直接就是人同人之间的关系"，这体现在《国粹》书中，如写长江三峡的《三峡气象》，这里的山川云水，不仅是实体的自然与社会文化遗产，更是中国精神文化的历史载体，能读尽和道出三峡文化的人就足可谓之文化专家。其余像《江南传奇》中写的古镇，《徽文脉》中所写的从宣城到当涂的一条历史文脉，有那么多文化名家出生和留居在那里，地灵人杰，呈现了文坛的盛举，足以令人钦敬。而在《丝绸之路》中，作者以立足的南霄库尔勒为视角，这里正是古丝绸之路的中段，路上存留有无限感人的故事，作者怀古思今，遥想肉膏通西域的车骑，和勇探"虎穴"的班超鞍马，探寻《西游记》所描述的有似西域的某地的取经路，对古人勇于开拓和进取的精神和遗留的历史功绩，不仅是记述，更有由衷的礼赞，无疑也会激励着今天"一带一路"

的开发者们。

　　充闾先生的《国粹》一书，荟萃了古典文化的丰富内容，更兼有艺术审美的生动笔法，文辞高雅，饱含诗意，尤其是对于今人比较生疏的一些古代文化问题，都能深入浅出地加以化解，让人读来不觉隔生，并能得到文化散文的艺术享受，可谓有一举数得的收获。

王充闾《向古诗学哲理》
——少壮功夫老始成

◎ 李 磊

　　王充闾诚心喜爱和懂得鉴赏古典诗歌，其作品随处点染着古典诗歌的神韵和笔墨，使得其作品有独特的诗性之美。他还特别擅长古体诗词的写作，出版了《邃庐吟草》《鸿爪春泥》等古体诗词集。一一展阅其古体诗词，觉实乃真正的诗心诗意，耳目为之一新。《向古诗学哲理》就是他几十年赏读古诗而辑成的读诗心得。

　　《尚书》中即有"诗言志"之说，古人作诗一贯重视诗的哲思意蕴。《向古诗学哲理》一书在诗艺阐释中，不仅揭示出人生命运抉择、人性剖析、生命体验、生活理念等诸多方面的哲思理趣，而且广泛涉及艺术鉴赏、审美情趣、诗作技巧的规律性认识。作为一册成熟完善的古典诗歌选本，无论是诗歌篇目的选取，还是对诗歌的解读，都体现着赏析者的追求和情趣。古之文人的追求主要是读书和治学，而王充闾也是这样孜孜以求地致力于读书和治学的，诚如一位美学教授所言"充闾本色是书生"。该书也充分体现着作者的学问追求。王充闾幼读私塾8年，在读私塾期间，塾师尤其重视古代诗文的授学。其幼年求学的情形，他一一记入其《青灯有味忆儿时》《绿窗人去远》《我的第一位老师》等清美隽永的散文中。《向古诗学哲理》中，也选取了很多首讲青少年时期求学的重要性的诗歌。其中有陆游的《冬夜读书示子聿》、朱熹的《七绝》、龚自珍的《己亥杂诗》等。这些诗歌清新可诵，作者对其中哲思理趣的解读也都很透彻。这让我想起他在其诗作《七绝》中的自陈"定力坚心铁样牢，浮名虚誉等烟飘。凭他俗议说三四，珍重斯文慰寂寥"。这番充满感情和感慨的话语，也理应让青年学子起而警醒。尤其"莫抛心力贸才名"句，可以说是对今人的醍醐灌顶之语。因为，一切浮名都如同云烟一样毫无意义甚至有害，当它聚集到眼前的时候，会造成绚丽的幻景，而这幻景往往会使人迷失心性，导致自己不清醒、不理智，而陷入舍本逐末的恶性循环之中。归根到底，只有学问是属于自己的。

今之青少年，有许多人都喜欢五光十色的电玩游戏，也有人在肤浅时代的躁动之下营求名利，有志于读书求学的青年渐少。王充闾在其一首诗作中鲜明地表明了自己读书治学的立场——"文场耻作利名场"。从古至今的大学问家的人生步履也告诉我们，要想学有所成，必须从青少年时期即下苦功。读书求学，可以明白事理，可以洞悉真理，更可静虑遣除这物质世界的种种烦扰以及人生的般般苦楚，修养身心，完善德行。王充闾在其诗作《读书纪感（五首）》中自陈："学海深探为得珠，清宵苦读一灯孤"，"如饮醇醪信不诬，朝朝伏案勉如初"，"探骊寻珠五十春，一番晤对一番新"，这点出了勤奋苦学和温故知新对于学有所成的重要性，同时还道出了读书的乐趣。《向古诗学哲理》中也以古之诗人的言说和作者的辨析，道明了求取学问的道路和方法。宋代的儒学大师朱熹结合自己毕生的治学实践，在其创作的让我们可以虚心涵泳的诗句中表达出很多关于读书治学的真知灼见。比如《观书有感二首》讲的是获取新知和勤奋苦学的重要性，《崇寿客舍夜闻子规得三绝句(其一)》，讲的是读书对于调适精神的作用。其中"静对琴书百虑清"尤其是绝美佳句，可谓道出了读书人最本质的内在心音。

正如我们所熟知的说法——唐诗宋词元曲明清小说，它点明了我国历代文学成就的主要领域。唐朝是我国古代诗歌的鼎盛时期，李白、杜甫、白居易相继出现，各领风骚，泽被今日。可是，唐朝之后历代诗歌的成就其实也是很突出的，诗人们的诗歌佳作也纷纷迭现。就像李白的散文《春夜宴桃李园序》和《与韩荆州书》等篇其实也是杰作，可是文名却被诗名淹没。道理与此同。而且，唐诗主情，宋诗和清诗主理。《向古诗学哲理》的成就也在于此，作者梳理出了从初唐至晚清1300年间我国古代哲理诗的发展线索和其间大批主要的杰作。尤其书中选取的清诗包括清人袁枚和赵翼谈诗歌艺术的诗作，是我以前见之甚少乃至不曾见过的，因此读来有新奇的阅读体验。而且，收入此选本的诗人不全是名人，很多作者及其作品"名不见经传"，这既昭示其搜索之博洽，又增加了不少的新鲜感。

诗歌选本如同写文章一样，不同的人选取和解读，风格、口味也划然有异。

《向古诗学哲理》中选取的古代诗歌，都格调高雅，韵味无穷，可以朗然成诵，颇具雅趣。这部书中选读的一些诗歌，鲜明地表现出正直良善、唯才是举、情感深切而又不乏超脱的情怀，这在对高启的《叹庭树》、法昭的《兄弟》和潘耒的《马当山》等诗歌的赏析中体现得尤为深切。

在文脉中揭秘心灵史

◎ 向　成

　　文化是心灵的归宿，《文脉：我们的心灵史》日前由北京大学出版社出版，它与前期出版的《国粹：人文传承书》《逍遥游：庄子全传》同属"王充闾人文三部曲"。本书是一部形象化的中国人的千年心灵史，也是一部中国人的人文精神史。它以优雅的散文梳理了中国人文的脉络，描绘中华五千年文明史上先贤的心路历程，纵贯中国的各个历史时期，揭秘了中国文化托命之人的心灵世界。这部书与您一起，走进五千年中华文化长河，以"温情与敬意"打开中国人的心灵秘史，为我们今天心灵的强大提供有力的精神依托。

　　一个民族将自己的心灵灌注在文化上，其文脉无疑就是它的一部心灵史。理解一个民族的灵魂，就要知道这个民族的文脉。"观古今于须臾，抚四海于一瞬。"中华民族的伟大复兴，一个人心灵的丰满强大，离不开对中华五千年文明的认知与运用，更为关键的还要如何看待和描绘这个文脉的历程。中国当代散文大家、文化学者、诗人王充闾的《文脉：我们的心灵史》，把历史的恢宏叙事、文化的宏大格局融入中国文化的历史日常描述中，让读者形象地感受中华民族几千年的人生智慧和精神血脉，追寻中国人延续几千年的心灵秘史，它是新时代不可多得的文化巨著。它选取中华文明长河中的朵朵浪花，以大散文笔法讲述五千年刻骨铭心的往事，点亮人们心灵中的那一盏灯。

　　文脉，就是文明演化的历史血脉，随着人类一代一代的繁衍而被延续保护下来，成为全人类的共同财富。经过漫长的熏陶浸润，逐渐成为一种民族精神、民族灵魂。文脉是一个民族的魂脉，从根本上说，更是一个民族的命脉。《文脉：我们的心灵史》是一部形象化的中国人的千年心灵史，也是一部中国人的人文精神史。

它以优雅的散文梳理了中国人文的脉络，描绘中华五千年文明史上先贤的心路历程，纵贯中国的各个历史时期，揭秘中国文化托命之人的心灵世界，写出了中国的仁人志士为传承文脉而明道、修心、守正、创新等叱咤风云的往事，以及中国人所特有的胸怀、内涵、坚守、情操……让人们在一代代文脉相传之中，得以明晰我们民族的心灵史；回荡在漫长的悠悠岁月中，理解我们的国家是如何一步步走过来的。随着人类的一天天进步，哲学、文学、艺术、思想随之繁荣起来，文脉升华到一种新的境界，这也正是人类灵魂的发展之路。本书把文脉传承与心灵历程完美结合，既能薪火相传、心心相守，又能有益于塑造自己的心灵，解除我们今天内心的困惑，升华人们的情感境界，让文脉一代一代地延续弘扬，相传留存，以感化天下、泽及四海。

本书作者王充闾具有深厚系统的国学素养、宏阔的文化视野、高超的文学叙事手法，多年研究中国文脉，"读史通心"，用心感悟中华民族的心路历程。这就是他积三十多年的研究，写就的一本具有总结性的著作。本书揭秘影响中国历史发展的文化人物，解读众多铸就中华民族性格的元典，梳理数千年一脉相承的中华文脉，转换中国文化传统的当代价值，把中国古典文学、美学、哲学、宗教等跨越历史时空的精神财富熔于一炉。

这部既文采飞扬又厚重深沉、既洋溢着中华智慧又极具个人睿智的著作，在今天是意义非凡、不可替代的。相比于其他中华文化方面的著作，这部书有独一无二的创新特征：第一，王充闾在本书中讲的中国文脉，是他站在古今贯通、文史哲交融的大国学角度面对的。他从幼年就接受系统的国学教育，以后又系统地接受现代大学教育，在饱读诗书基础之上，历经多年现实的而非拘泥于某一专业的沉淀，对中华文化已是融会贯通。第二，王充闾对中国文化的研究及写作，起步于经典，实践于现实，还遍访海内外的遗迹实地考察。他的行文典雅，却不是卖弄学问；他有书卷气，却绝非书呆子。他的这部书讲中国传统文化，却更悉心做现代转换，关照现实，为今天所用，并且情感浓郁，读来兴趣盎然。第三，王充闾第一次把文脉与心灵打通。他长年读史、研史、写史，"读史通心"是他的一大创造性提法，打通文脉与心灵就是水到渠成，自然天成。第四，依然是大家的散文笔法，依然文采飞扬，依然是大文化的典范之作。虽然这样，但全书贯通，犹如一气呵成，体系浑然而成，读来不忍释卷，装帧也令人爱不释手。

王充闾在散文、文化、诗词等各方面均取得了巨大成就。他的许多作品，被选入各种语文教材和语文试题。尤其是《国粹》出版两年行销十余万册，并且获得中宣部、中央电视台、中国图书评论学会举办的"中国好书奖"，近日又获得中国三大图书奖之一的"中华优秀出版物"提名奖。他以其丰硕的成果、突出的贡献、厚重的积淀、特有的风格，为大文化写作树立了一面旗帜、筑起了一座新的里程碑。他60年来出版的70多种著作，在海内外40余家出版社出版。还曾获首届"鲁迅文学奖"、首届"冰心散文奖"。多年来王充闾一直得到文学界、学术界的充分重视，有许多专著对他进行学术研究，他的创作水准和学术地位得到公认。

"文化是一个国家、一个民族的灵魂。文化兴国运兴，文化强民族强。没有高度的文化自信，没有文化的繁荣兴盛，就没有中华民族伟大复兴。"没有繁荣的文化润泽，我们的心灵也难免枯竭。这部书在新时代应运而生，它从数千年中华文脉中，让今天的读者更好地看清世界、了解自身、渗透生活、呵护心灵，更好认识历史、把握今天、面向未来。品读《文脉：我们的心灵史》，感知中华文化发展演进的文脉肌理，开始我们的寻根文化之旅，让我们的心灵也在中华文化的滋养中强大起来。

延伸阅读

《国粹：人文传承书》是一部形象化的中国人文传统史，也是一部中国人的心灵精神史。它以优美的散文阐释中国人文传统、讲述中华五千年波澜起伏的往事，通过对先祖、人文、河山、传统的认知和感悟，写出了中国传统的人文情怀、精神世界、心灵空间及中国文化特有的理念、智慧、气度、神韵，让人们身临其境地感受中华民族的沧桑正道，领悟日常的安身立命之道、斯文优雅的人生理念、生存处世的生活智慧，增添中国人心灵深处的文化自信和自豪，让古老的中华文明在当代呈现出生生不息的生命力。本书把人文传统与优雅汉语完美结合，富有诗情画意又极具激活力，让我们在守住中华国粹的同时，又能在当今世界明辨从哪里来向何处去，拥有一颗永远的中国心。

《逍遥游：庄子全传》作者依据《庄子》本文及相关史料，在实地调研的基础上，精心组织素材、深入构思；以散文形式、写实手法，全面展现传主的生命历程、思想轨迹、性格特点，阐明传主哲学、文学方面的成就及其在国内外的深远影响。本书以全新的视角、生动优美的语言，为世人展现出一个有血有肉、生活于两千多年前的庄子，使我们有幸在今天还能如此拉近同这位文化巨人的距离，了解他的成长历程、思想轨迹和性格特点，了解他的重大贡献与巨大影响，是一部极具个性特点的上乘之作。

千年文化 一脉相承
——王充闾《文脉：我们的心灵史》评介

◎王向峰

一个民族或一个国家文化的发生发展，总是有它的根脉传承与延续，不论后来有怎样的变化与革新，人们总是能按迹寻踪，找到其来龙去脉的规律所在。以中国现在正流通的人民币上的图案花纹来说，各自形态纷呈、美丽无比、精致专业、难以仿制，比之外国的纸币，都极具中国文化的特点。对这些纸币，我们平时虽然经常使用，却不知其装饰图案从何而来。最近看到一篇介绍人民币上图案花纹的文章，说到几种纸币上所呈的花纹形状，分别吸收了从新石器时代的彩陶、商周时代青铜器、战国与两汉的漆器、隋唐时代的建筑，以及明清时代发展至巅峰的瓷器上的装饰花纹，在每一张币面上都能指认出它的时代来源。在现行的各面值的纸币上，皆各有其从商周，时历汉唐，再至明清的装饰图案花纹的选取与改制。

这是从人民币图案中的花纹所见的工艺美术的文化流脉，而在中华文化的总体流脉中又更有特点，这就更是值得探求的大问题了。

多元互补，杂而不越

最近北京大学出版社出版了作家、学者、诗人王充闾的《文脉：我们的心灵史》一书。这本书与获得"中国好书"称号的《国粹：人文传承书》《逍遥游：庄子全传》一起组成"王充闾人文三部曲"。这本书梳理中国历史上的文脉，从"立干"上他集中抓住了两点，即作为群经之首的《周易》，以及贯穿中国文化的儒、道、释、墨的思想脉络，而作为衍化具体之"垂章条结繁"，则以对于各类有关人物的描述散现于多个篇章中，如以陆机《文赋》所标示的为文结构成篇之道，即"理扶质以立干，文垂条而结繁"一说，则可谓处置得恰到好处。尤其在展开叙述和描写时，又能以散文的精美语言娓娓道来，更能使人开发思路，萌生审美情趣。

《文脉：我们的心灵史》中每一篇章都可以单独阅读，细加思量却能认识到，书中的各篇虽各自成章，却是务总纲领、杂而不越，其具体篇章与"文脉"这一主题不论是直接或间接，分别是文脉延续中的一个涌动的漩涡，而这无数漩涡的转动，却正是文脉的律动之涌流。这种结构方式又正是本书与重在条分缕析地解说文化流脉的理论著作不同之处。因为以理论研究中国文脉的源流漫延，从《周易》开始，必广涉儒、道、墨、法、兵、名、释、阴阳等多家自身的学理构成以及相互的影响，造成中国文化的多元互补、杂而不越的特性。但是这样的著作是学术理论著作，它是极为浩繁的学术工程，至今还尚未出现，即使出现了也不能作为文化散文来读，并且也不能普适于广大社会读者的文化审美需要。

文人墨客，各领风骚

我们从《文脉：我们的心灵史》一书中看到，作者以《周易》为文脉的源流之始，在论其为"大道之源"中，引述《四库全书总目提要》之论，展开说其内涵广大，无所不包，为后继论说之各篇章的内容设好了现在的源流起点。书中论孔子与老庄的文字较多，而探究儒道这些先师的学理，其思想之源无不出自《周易》，尤其是其中的阴阳之论，而先秦时代的各家对于易理只是各据立足的基点与时代与终极追求而各有所是：儒家主要是取其阴阳中和，道家主要是取其阴柔至坚。而对于道家，后期法家主要是用"六经注我"的导引之法转化为自家的政治权术。释家对于儒家，主要取其仁爱；而释家对于道家则主要取其空无之义理以辅实相追求。按影响学的方法清理下去，就会发现平常所未曾发现的很多问题。以本书中所写的《燕赵悲歌》一文来说，内叙的主要是作者在赵国故都邯郸丛台上对于战国时代赵武灵王世家的兴衰变化的追忆与感慨，特别因清代诗人张问陶《过正定》一诗中咏史之句"士慕原陵犹侠气，人来燕赵易悲歌"，临境遐想，引发文思，想起窃符救赵、完璧归赵的史事，以及刎颈送别信陵君的侯嬴、不畏强秦的蔺相如，以至这些动人的故事齐涌笔下，更汇成一幅"燕赵悲歌"的鲜活画卷。我想就此要说的是，这"燕赵悲歌"的侠义精神是属于哪个思想文化流脉的。原来中国历史上的侠士精神乃是源自墨家的流脉。我们前面已经点到了墨家思想，它是代表手工劳动者利益的墨翟所建立的学派，在传世的《墨子》一书中力主护民、制暴、求实、非攻、兼爱，吸引的成员多为下层的实际劳作人士，这些人重义气、恨不平、重然诺、求务实，不惜为朋友两肋插刀，但在整个流派中却缺少编制思想理论的士人，最后竟致有派无学，后继者变成了白刃仇不义的实干家，成为游侠。于是在墨子之后这一流派却从理念衍化为后世的侠士文化流脉。

由于《文脉：我们的心灵史》在展现文化流脉时广作因枝振叶的伸张，书中所写的文题内容也非常丰富，不仅在儒道人物身上多施笔墨，有对孔子、老子和庄子的穷形尽相之述，也有对于各自宗于某家的历史人物，如依楚辞风韵作诗的汉高祖刘邦，还有汉朝历史上名声与功业极高极显的韩信、贾谊、司马相如；东晋的陶渊明；唐代的"玄奘"、王勃、骆宾王、杜甫、韩愈；宋代的苏轼、李清照、陆游、朱熹、朱淑真；明代的唐寅、李贽；清代的曹雪芹、黄仲则、纳兰性德、曾国藩等人。这些人在诗文创作与文坛声誉上各领风骚，在思想文脉上也各自不同，如探寻其究竟，有的其人在儒、道、释、墨等学派中各自秉持一脉，亦有人不执一尊，放任自由天性，我行我素，成为文化领域的异样人物。对于上述各朝各代的这些以文化艺术名类被纳入书中的人物，作者都有独特视角，以其人之事、之文、之诗为切入点，探幽索隐，绘形绘声，形象尽显，论见识，论文采，论感人，都显得独有风致，并能对这些各有特性的人物，写成难得一见的妙手文章。

婉约豪放，才华绝代

在《文脉：我们的心灵史》中所涉及的女性人物虽不在少数，但作者并未从揭示宫闱秘事和风流趣闻处立笔，而着眼之处全是关系文脉主体的人物，为此对于两位情采超凡的女诗人的叙写却有充分的笔墨，她们就是南宋时期在诗词创作上卓为出色的女词人李清照和朱淑真。

中国的诗词的文脉源远流长，从《诗经》到宋诗、宋词的发展与流变，中间有很多诗人、词人，诗词体式、诗词流派也各自纷呈，宋词就分为豪放和婉约两大流派，诗词作者也有两派都不属的，也有两派都沾边的。作者选写的李清照、朱淑真二人，李清照之作有婉有豪，朱淑真的词作是一律婉约。但她们二人被选入本书并多有论述，我看主要原因并不在于文脉的流属，而主要是女性的"命脉"：她们二人都是中国古代作为女性的性别不幸的悲剧命运承担者。她们的不幸都能以非常精妙清丽的词表现出来，具有同样命运的一般女子却无法以血泪诉之于文学作品。

李清照是中国文学史上空前而又后来少少的杰出女词人。她"端庄其品，清丽其词"。《文脉：我们的心灵史》中评论她是一位"才华绝代、识见超群，具有丰富的内心世界的女子，她又要比一般女性更加渴求超越人生的有限，不懈地追寻人生的本真意义，以获得一种终极的灵魂安顿"。作者对这位词风多婉约、诗亦有豪放的女词人，循其生活历程与诗词抒写，探寻其命运与遭际和词中的情感体积与重量，写出了由表及里的李清照。她"少历繁华，中经丧乱，晚境凄凉"，其愁苦之情极多极重，"字里行间的茫茫无际的命运之愁、历史之愁、时代之愁"，还有"相思之痛、婕妤之怨、悼亡之哀。充溢着颠沛流离之苦，破国亡家之悲"。李清照的这种内心追求炽热而外在却无可凭依的情况下，她只有寄情于词，她的词成了梦中寄托的天地，所以她的词才那么真切感人、高妙难比。中国古代历史上才女不少，能获得如此评价者却不多。

如果说李清照的不幸是从丧夫、国破之后开始的，之前作为大家闺秀还有一段妇唱夫随的幸福时光；而以《断肠诗词》名世的朱淑真，其生命历程和婚姻经历，却完全可以用她的诗词集名中的"断肠"二字加以概论。朱淑真作为理学盛行的南宋时代的弱女子，不恪守封建理教的命运安排，自寻其所爱，广受世俗白眼与轻蔑，自然不能像历代烈女那样能得以入传旌表，被敬崇为女性的行为楷模，所以她除了有《断肠诗词》证明她的存在，此外则一片模糊。如果在历史上也立有一个以"桑间濮上"为名的女性自主命运的诗词流派，那汉代随司马长卿私奔的卓文君，一定会被推为《诗经》风诗中大胆追爱的女性的后继的领先人物，而南宋的朱淑真也会是流脉中被立传有名的佼佼者。作者在本书"何人说断肠"中，以爱情心理侦探一样的精细，曲尽其微的笔触，对朱诗的述实、意象、想望等，加以现实的索隐、钩沉，不仅复原了以诗为证的旷代女词人的形象，也深入地展现了其人独有的细致而又丰富的内心世界。朱淑真的许多诗词在充闾的引述阐发中都能化为女词人的形象。如引朱词（一说欧阳修之作）《生查子·元夕》："去年元夜时，花市灯如昼。月上柳梢头，人约黄昏后。今年元夜时，月与灯依旧。不见去年人，泪湿春衫袖。"作者对此述评说："此时的元夜虽然繁华依旧，但是，'揭天鼓吹闹春风'的温情却不见了，留给她的只是泪眼哭湿的春衫双袖。这种无望的煎熬，直叫人柔肠寸断。"这精到而深情的诗语揭示得极其到位。

《文脉：我们的心灵史》正是这样以如椽的大笔，在千年的文脉流淌中，尽写中国人的心灵。千年文化一脉相承，这本书会让我们把中国优秀文化传承下去，并在新时代我们的生活中不断创新。